Lezers en boekhandelaren over *De zeven zussen*

'Maia's verhaal is een veelbelovend begin van een familiesaga. Lucinda Riley verveelt nergens, haar personages zijn geloofwaardig, de vele raadsels ook. Ik kijk al uit naar het volgende deel. Vijf sterren!' – Jeannie

'Ik zat regelmatig op het puntje van mijn stoel, hoe loopt dit af? Het liefst had ik dit boek in één ruk uitgelezen, wat goed aangeeft hoe mooi en spannend het is. De emoties worden ook heel mooi beschreven. Ik kan je vertellen dat ik niet kan wachten om de volgende boeken ook te mogen lezen! Dit boek moet je echt gelezen hebben.' – Joyce Elise

'Momenten vol hoop, liefde en tegenslagen die je samen met Maia beleeft, zorgen ervoor dat dit boek je vastgrijpt en niet meer loslaat. Hoe alles met elkaar is verweven is echt geweldig! Lucinda Riley heeft een haast niet neer te leggen verhaal geschreven. Dit is het eerste boek dat ik van haar las en ik kijk echt uit naar de andere boeken in deze zevendelige serie.' – Kwante

'Ik kreeg het boek getipt en kon niet stoppen met lezen totdat ik het uit had. Het is een mooi geschreven, makkelijk leesbaar en spannend verhaal, vol puzzelstukjes en interessante historische context.' – Megan

'Wauw! Weer een prachtig boek van Lucinda Riley. Twee mooie verhaallijnen die je vasthouden. Laat je daarom niet weerhouden door de ruim zeshonderd pagina's. Ik ben benieuwd naar de verhalen van de andere zussen.' – Tamara

'Een heerlijk boek, een mooie combinatie tussen het heden en verleden. Boeiend en pakkend vanaf de eerste bladzijdes.' – Sabine

'Je wordt binnen no-time opgeslokt door het verhaal en blijft maar lezen.' – Bregje

'Ik ben verkocht, het boek is in één woord GEWELDIG. Gelukkig had ik vakantie en kon ik lekker doorlezen. Zo mooi geschreven en zo ontroerend. Iedere keer wordt de spanning weer opgebouwd en wil je weten hoe het verdergaat. Een boek waarin je zelf ook wel de hoofdpersoon zou willen zijn.' – Marij, The Readshop Express Oranjerie

'Het is gewoon een zalig boek om tussendoor te lezen. Prettige schrijfstijl en het verhaal zit goed in elkaar!' – Joke, Boekhandel de Korf

'Zo af en toe heb je een juweeltje in handen dat je niet meer weg kunt leggen. Zo verging het mij met dit boek, in vier dagen had ik het uit, kreeg ik heimwee en nu verlang ik naar het volgende deel!' – Heleen, Boekhandel van der Meer

LUCINDA RILEY

De zeven zussen

Maia's verhaal

XANDER

Uitgegeven door Xander Uitgevers BV
Hamerstraat 3, 1021 JT Amsterdam

www.xanderuitgevers.nl

Oorspronkelijke titel: *The Seven Sisters*
Oorspronkelijke uitgever: Macmillan
Vertaling: Dieuwke van der Veen, Erica Disco en Kees van Weele
Omslagontwerp: zero-media.net, Munich
Belettering: Studio Marlies Visser
Omslagbeeld: Michael Trevillion/Trevillion Images & Getty Images
Auteursfoto: Lana Pinho
Zetwerk: Michiel Niesen, ZetProducties

Eerste druk 2017
Tweede druk 2017

ISBN 978 94 0160 797 1 | NUR 302

Voor mijn dochter, Isabella Rose

'We liggen allemaal in de goot,
maar sommigen onder ons kijken naar de sterren.'
– Oscar Wilde

HOOFDPERSONEN

Atlantis
Pa Salt, adoptievader (overleden)
Marina (Ma), verzorgster van de zussen
Claudia, huishoudster op Atlantis
Georg Hoffman, Pa Salts advocaat
Christian, de schipper

De zusjes D'Aplièse
Maia
Ally (Alcyone)
Star (Asterope)
CeCe (Celaeno)
Tiggy (Taygete)
Electra
Merope (afwezig)

MAIA

JUNI 2007
EERSTE KWARTIER
13:16:21

1

Ik zal zolang ik leef precies weten waar ik was en wat ik deed toen ik hoorde dat mijn vader was overleden.

Ik zat in de mooie tuin van het Londense herenhuis van mijn oude schoolvriendin Jenny en koesterde me in de junizon, terwijl Jenny haar zoontje van de crèche haalde. Mijn boek, *The Penelopiad*, lag opengeslagen maar ongelezen op mijn schoot.

Ik voelde me rustig en bedacht dat het een goed idee was geweest om er even tussenuit te gaan. Ik bestudeerde net de knoppen van de clematis, die, aangemoedigd door een warme vroedvrouw, op het punt stonden van een weelderig kleurenboeket te bevallen, toen mijn telefoon ging. Ik keek op het schermpje. Het was Marina.

'Hoi Ma, hoe gaat het?' vroeg ik, en ik hoopte dat de zomerwarmte doorklonk in mijn stem.

'Maia, ik...'

Marina zweeg, en ik wist dat er iets goed mis was. 'Wat is er?'

'Maia, het valt me zwaar om je dit te vertellen, maar je vader heeft gistermiddag hier thuis een hartaanval gehad, en hij is vanochtend vroeg... gestorven.'

Ik kon niets zeggen, er raasden duizenden idiote gedachten door mijn hoofd. De eerste was dat Marina om wat voor reden dan ook had besloten een misselijke grap met me uit te halen.

'Ik vertel het jou als eerste van de zussen, Maia, omdat je de oudste bent. En ik wilde je vragen of je het zelf aan ze wilt vertellen of dat liever aan mij overlaat.'

'Ik...'

Ik kon geen verstandig woord uitbrengen, ook niet toen ik me realiseerde dat Marina, die lieve, geliefde Marina, de vrouw die als een moeder voor me was, me nooit zoiets zou vertellen als het niet waar was. Dus moest het wel waar zijn. En op dat moment stond mijn wereld stil.

'Maia, zeg alsjeblieft of het wel goed met je gaat. Ik heb nog nooit zo'n akelig telefoongesprek moeten voeren, maar wat moest ik anders? God weet hoe de andere meisjes hierop zullen reageren.'

Pas op dat moment hoorde ik het verdriet in háár stem en begreep ik dat ze niet alleen belde om me dit te vertellen, maar dat ze er ook behoefte aan had hierover met mij te praten. Dus stapte ik in mijn vertrouwde comfortzone, dat wil zeggen: anderen troosten.

'Natuurlijk bel ik de zusjes als je dat liever wilt, Ma, hoewel ik niet precies weet waar ze op dit moment allemaal zitten. Was Ally niet ergens aan het trainen voor een regatta?'

En zo praatten we nog een tijdje door over waar elk van mijn jongere zussen kon uithangen, alsof we niet samen treurden over het verlies van mijn vader maar ze voor een verjaardagsfeestje wilden uitnodigen. Dat gaf het gesprek een surrealistisch tintje.

'Wanneer zullen we de begrafenis plannen? Nu Electra in Los Angeles zit en Ally ergens midden op zee zit, zal dat op zijn vroegst volgende week kunnen, denk je niet?' vroeg ik.

'Nou...' Ik hoorde de aarzeling in Marina's stem. 'Misschien kunnen we dat het beste bespreken als je hierheen komt. Je hoeft je echt niet te haasten, Maia, dus als je liever je laatste vakantiedagen in Londen doorbrengt is dat prima. We kunnen hier toch niets meer voor hem doen...' Haar stem stierf weg, ze werd overmand door verdriet.

'Ma, natúúrlijk neem ik de eerste de beste vlucht naar Genève. Ik bel direct de luchtvaartmaatschappij en ga proberen iedereen te bereiken.'

'Het spijt me zo verschrikkelijk, *chérie*,' zei Marina verdrietig. 'Ik weet dat je erg dol op hem was.'

'Ja,' zei ik, en ik besefte dat de merkwaardige kalmte tijdens ons gesprek over wat er allemaal geregeld moest worden, me plotseling in de steek liet, als de stilte vlak voor een hevige onweersbui. 'Ik bel je zodra ik weet hoe laat ik aankom.'

'Pas alsjeblieft goed op jezelf, Maia. Je hebt net een schokkend bericht gekregen.'

Ik hing op en voordat de onweerswolken in mijn hart zich zouden ontladen en me konden overspoelen ging ik naar boven om mijn reispapieren te pakken en de luchtvaartmaatschappij te bellen. Ik werd in de rij wachtenden gezet en wierp ondertussen een blik op het bed waaruit ik die ochtend was opgestaan met de gedachte: weer een heerlijke dag. Ik dankte God voor het feit dat de mens niet in de toekomst kan kijken.

De bureaucratische mevrouw die ik eindelijk aan de lijn kreeg was niet bepaald behulpzaam. Toen ze begon over volgeboekte vluchten, extra kosten en creditcardgegevens voelde ik dat mijn emotionele dam op doorbreken stond. Toen ze me eindelijk met tegenzin een plaats op de vlucht van vier uur had toegewezen – wat betekende dat ik direct al mijn spullen in mijn weekendtas zou moeten gooien en een taxi naar Heathrow moest nemen – ging ik op het bed zitten en bleef ik zó lang naar het behang staren dat het bloemetjespatroon in beweging kwam.

'Hij is weg,' fluisterde ik. 'Voorgoed. Ik zie hem nooit meer.'

Ik had verwacht dat die woorden een stortvloed aan tranen teweeg zouden brengen, maar tot mijn verbazing gebeurde er niets. Ik zat daar maar, verdoofd, met mijn hoofd vol praktische zaken. Ik vond het vreselijk om alle vijf mijn zusters te moeten bellen en speurde mijn emotionele archief af om te bepalen wie ik het als eerste zou vertellen. Dat was onvermijdelijk Tiggy, de op een na jongste van ons zessen en het zusje met wie ik me altijd het meest verbonden had gevoeld.

Met trillende handen scrolde ik naar haar nummer. Toen ik haar voicemail kreeg kon ik alleen een paar warrige woorden uitbrengen, en de boodschap dat ze moest terugbellen. Tiggy werkte ergens in de Schotse Hooglanden in een centrum voor verweesde en zieke wilde herten.

En wat de andere zussen betrof, hun reacties zouden variëren van onverschilligheid tot emotionele uitbarsting.

Omdat ik geen idee had hoe ik er zelf emotioneel aan toe zou zijn als ik ze aan de lijn kreeg, koos ik de weg van de minste weerstand en stuurde ze een sms'je met het verzoek zo snel mogelijk contact op te nemen. Daarna propte ik snel mijn spullen in mijn weekendtas en haastte ik me de smalle trap naar de keuken af om een briefje met uitleg voor Jenny achter te laten.

Ik gokte erop dat ik in een stad als Londen een taxi zou kunnen aanhouden, en vertrok. Met stevige pas liep ik de lommerrijke halfronde laan in Chelsea door, zoals elk normaal mens dat op een doodgewone dag doet. Ik geloof dat ik zelfs nog hallo zei tegen een voorbijganger die zijn hond uitliet, en naar hem glimlachte.

Niemand zal aan mij kunnen zien wat me is overkomen, dacht ik toen ik in de taxi stapte die ik op de drukke King's Road had kunnen bemachtigen en de chauffeur opdracht gaf naar Heathrow te rijden.

Niemand zal het zien.

Vijf uur later, toen de zon kalmpjes over het Meer van Genève neerdaalde, kwam ik aan bij onze privéaanlegsteiger, waarvandaan ik de laatste etappe van mijn reis naar huis zou afleggen.

Christian zat al in de slanke motorsloep op me te wachten. Aan zijn gezicht te zien had hij het nieuws al gehoord.

'Hoe gaat het met u, *Mademoiselle* Maia?' vroeg hij, toen hij me aan boord hielp. Zijn blauwe ogen straalden medeleven uit.

'Ik... ik ben blij dat ik hier ben,' was mijn neutrale reactie, terwijl ik doorliep naar de met roomkleurig leer beklede bank langs de achtersteven. Ik zat altijd voorin naast Christian als we tijdens het twintig minuten durende tochtje naar huis over het rustige water van het Meer van Genève raceten. Maar dit keer had ik behoefte aan privacy. Terwijl Christian de krachtige motor startte keek ik om me heen en zag het zonlicht schitteren in de ramen van de fantastische huizen langs het meer. Ik stelde me tijdens die vaartochtjes vaak voor dat ze toegang boden tot een onaardse wereld, ver van de alledaagse werkelijkheid.

De wereld van Pa Salt.

Ik voelde de eerste tranen in mijn ogen prikken toen ik aan mijn vaders bijnaam dacht, die ik als klein kind had verzonnen. Pa Salt was dol op zeilen, en als hij thuiskwam, naar ons huis aan de oever, rook hij vaak naar zee en buitenlucht. De bijnaam was blijven hangen, en toen mijn jongere zussen bij ons waren komen wonen gingen ze hem ook zo noemen.

Toen de boot snelheid maakte en ik de zwoele wind langs mijn haar voelde strijken, dacht ik aan de honderden tochtjes naar Atlantis, Pa's sprookjeskasteel.

Atlantis was over land niet te bereiken, want het stond op een uitstekend stuk privégrond, en achter ons huis lag een steil, bergachtig terrein, zodat je er alleen per boot naartoe kon. De dichtstbijzijnde buren woonden kilometers verder weg, aan het meer, zodat Atlantis ons privékoninkrijkje vormde, afgezonderd van de rest van de wereld. Alles aan Atlantis was magisch, alsof Pa Salt en wij, zijn dochters, daar onder een betovering leefden.

Pa Salt had ieder van ons als baby uitgekozen, hij had ons uit alle vier de windstreken gehaald en mee naar huis genomen om daar onder zijn bescherming te wonen. En ieder van ons was bijzonder, zoals Pa graag zei, ieder van ons was ánders, we waren zíjn meisjes. Hij noemde ons naar de Zeven Zusters, zijn favoriete sterrengroep, waarvan Maia de eerste en oudste is.

Toen ik klein was nam hij me vaak mee naar het observatorium met de glazen koepel, boven op het huis. Dan tilde hij me met zijn grote, sterke handen op en mocht ik door zijn telescoop naar de sterrenhemel kijken.

'Daar heb je 'm,' zei hij dan, als hij de lens had scherpgesteld. 'Kijk, Maia, naar die prachtige, fonkelende ster ben jij genoemd.'

En ik zág de ster. Ik luisterde nauwelijks als hij vertelde over de mythe rond onze namen maar genoot van zijn stevige armen om me heen en was me intens bewust van dat zeldzame, bijzondere moment waarop ik Pa helemaal voor mezelf had.

Ik had Marina toen ik opgroeide altijd als mijn echte moeder beschouwd en haar naam zelfs tot Ma afgekort. Pas op latere leeftijd realiseerde ik me dat ze eigenlijk een veredeld kindermeisje was, door Pa in dienst genomen om voor me te zorgen omdat hij zo vaak van huis was. Maar natuurlijk was Marina voor ons allemaal veel meer dan een kindermeisje. Zij was degene die onze tranen afveegde, die ons een standje gaf vanwege onze tafelmanieren en ons kalmpjes door de lastige overgang van kind naar vrouw had geloodst.

Ma was er altijd, en ik had niet meer van haar kunnen houden als ze me zelf ter wereld had gebracht.

Tijdens de eerste drie jaar van mijn bestaan woonden Marina en ik met ons tweeën op ons sprookjeskasteel aan het Meer van Genève, terwijl Pa Salt de zeven zeeën bevoer om zaken te doen. Na die drie jaar kwamen mijn zusters een voor een bij ons wonen.

Als Pa thuiskwam nam hij altijd een cadeautje voor me mee. Zodra ik de boot hoorde rende ik langs de uitgestrekte gazons en boompartijen van het park naar de aanlegsteiger om hem te begroeten. Net als ieder kind wilde ik weten wat voor verrassing hij in zijn magische zakken had verstopt. Op een dag gaf hij me een fijn bewerkt houten beeldje van een rendier. Hij verzekerde me dat het in het atelier van de Kerstman zelf, op de Noordpool, was gemaakt. Maar achter hem dook een vrouw in uniform op, met een in een sjaal gewikkeld bundeltje in haar armen. En het bundeltje bewoog.

'Maia, dit keer heb ik een heel bijzonder cadeau voor je meegebracht. Je hebt een zusje.' Hij glimlachte toen hij me optilde. 'Nu ben je niet langer alleen als ik weg moet.'

Vanaf dat moment veranderde mijn leven. Na een paar weken verdween de kraamvrouw die Pa had meegenomen en nam Marina de zorg voor mijn kleine zusje op zich. Ik begreep maar niet hoe dat rode, krijsende ding, dat vaak stonk en alle aandacht voor zich opeiste, een cadeau kon zijn. Tot Alcyone – ze was genoemd naar de tweede ster van de Zeven Zusters – op zekere ochtend tijdens het ontbijt vanaf haar kinderstoel naar me glimlachte.

'Ze weet wie ik ben!' zei ik verrast tegen Marina, die haar aan het voeren was.

'Natuurlijk weet ze wie je bent, Maia, liefje. Jij bent haar grote zus, de zus tegen wie ze zal opkijken. Jíj bent degene die haar straks een hoop dingen moet leren die zij nog niet weet maar jij wel.'

En toen Ally – want zo was ik haar gaan noemen – opgroeide werd ze mijn schaduw, volgde ze me overal, wat me evenveel irriteerde als het me plezier deed. Ze waggelde steevast achter me aan en eiste dan luidkeels: 'Maia, wacht op mij.'

Ally mocht in het begin dan wel een ongewenste toevoeging aan mijn droombestaan op Atlantis zijn, ik had me geen liever en schattiger zusje kunnen wensen. Ze huilde maar zelden en vertoonde niet de driftbuien die je zo vaak bij peuters ziet. Met haar waterval aan roodgouden krullen en grote blauwe ogen bezat ze een natuurlijke charme, waarmee ze iedereen, ook haar vader, inpalmde. Als Pa Salt van een lange reis thuiskwam lichtten zijn ogen op als hij haar zag, en ik wist zeker dat ze dat bij mij niet deden. En terwijl ik verlegen was en me gereserveerd opstelde tegenover vreemden, was Ally open en vol vertrouwen, zodat ze iedereen voor zich innam.

Ally was ook zo'n kind dat in alles uitblonk, vooral in muziek, maar ook in elke sport die met water te maken had. Ik weet nog dat Pa haar in ons uitgestrekte zwembad leerde zwemmen. Terwijl ik de grootste moeite had om te blijven drijven en het vreselijk vond om onder water te zijn, gleed mijn zusje als een zeemeermin door het water. En terwijl ik zelfs op de grote Titan, Pa's prachtige, oceaanwaardige jacht, nog geen zeebenen ontwikkelde, smeekte Ally hem om haar mee te nemen in de Laser, die permanent aan onze steiger lag aangemeerd. En terwijl ik tegen de krappe achtersteven weggedoken zat, hadden Pa en Ally de boot volledig onder controle als we over het glasheldere water raceten. Hun gemeenschappelijke passie voor zeilen schiep een sterke band die ik voor mijn gevoel nooit met hem zou kunnen hebben.

Hoewel Ally aan het Conservatoire de Musique de Genève had gestudeerd en een sterk getalenteerd fluitiste was, die een carrière bij een beroepsorkest had kunnen opbouwen, had ze gekozen voor een fulltimebestaan als zeiler. Ze deed regelmatig mee aan regatta's en had Zwitserland bij een aantal wedstrijden vertegenwoordigd.

Toen Ally bijna drie was, kwam Pa thuis met het volgende zusje, dat hij Asterope doopte, naar de derde van de Zeven Zusters.

'Maar we noemen haar Star,' had Pa, glimlachend naar Marina, Ally en mij, gezegd, toen we de nieuwste aanwinst van de familie in haar mandwiegje bestudeerden.

Ik kreeg inmiddels elke ochtend les van een privéleraar, en daardoor was de komst van mijn nieuwe zusje minder ingrijpend dan die van Ally. En al een half jaar later kwam er nog een baby bij, een meisje van twaalf weken oud, genaamd Celaeno, wat door Ally onmiddellijk tot CeCe werd afgekort.

Star en CeCe scheelden maar drie maanden, en ik weet niet beter of die twee smeedden van meet af aan een hechte band.

Ze waren praktisch een tweeling, brabbelden met elkaar in hun eigen babytaaltje, waarin ze zelfs nu nog af en toe met elkaar communiceren. Ze leefden in hun eigen wereldje en sloten ons, de andere zussen, uit. En zelfs nu ze twintigers waren was daar niets aan veranderd. CeCe, de jongste van de twee, was de baas. Met haar stevige lijf en notenbruine huid vormde ze een groot contrast met de bleke, graatmagere Star.

Het jaar daarop arriveerde er weer een baby, Taygete. Ik doopte haar direct om tot Tiggy, omdat haar korte, donkere sprieten haar naar alle kanten uit haar minuscule hoofdje staken, waardoor ze me deed denken aan de egel in het beroemde verhaal van Beatrix Potter.

Ik was inmiddels zeven jaar, en vanaf het moment dat ik Tiggy zag voelde ik een band met haar. Ze was het teerst gebouwd van ons allemaal en kreeg de ene kinderziekte na de andere, maar ze was als klein kind al stoïcijns en makkelijk. Nadat Pa een paar maanden later alweer met een baby'tje was thuisgekomen – dat Electra werd genoemd – vroeg de uitgeputte Marina me nogal eens om op Tiggy te passen, die vaak koorts of aanvallen van benauwdheid had. Toen uiteindelijk bleek dat Tiggy astma had, werd ze maar zelden in haar kinderwagen naar buiten gereden, uit angst dat de koude lucht en zware mist slecht zouden zijn voor haar borst.

Electra was mijn jongste zus, en die naam paste perfect bij haar. Ik was inmiddels gewend aan baby's en hun claimgedrag, maar mijn jongste zusje spande op dat gebied de kroon. Ze was een en al elektriciteit. Dankzij haar aangeboren talent om van het ene op het andere moment van donker naar licht en vice versa te schakelen, werd ons voorheen zo rustige huishouden dagelijks opgeschrikt door schril gekrijs. Als ik terugdenk aan mijn jeugd hoor ik weer haar driftbuien; en haar temperamentvolle karakter werd er in de loop van de jaren niet milder op.

Als we het over Electra hadden gebruikten Ally, Tiggy en ik

onder elkaar ons zelfverzonnen bijnaampje: 'Tricky'. We liepen op eieren als we in haar buurt waren, doodsbenauwd dat we iets deden wat een razendsnelle stemmingswisseling zou veroorzaken. Er zijn eerlijk gezegd momenten geweest waarop ik haar haatte omdat ze ons leven op Atlantis ontwrichtte.

Maar zodra Electra wist dat een van ons in de problemen zat, was zij de eerste die hulp en steun bood. Haar empathie was even groot als haar ego.

Na Electra wachtte het hele huishouden op de komst van de Zevende Zuster. We waren tenslotte genoemd naar Pa Salts favoriete sterrengroep, dus zonder nummer zeven waren we niet compleet. We waren heel benieuwd naar haar en wisten zelfs hoe ze heette, Merope. Maar er ging een jaar voorbij, en nog een jaar, en nog een, en nog altijd had Pa geen baby mee naar huis genomen.

Ik herinner me nog levendig dat ik een keer samen met Pa in zijn observatorium stond. Ik was veertien en stond op het punt vrouw te worden. We wachtten op een zonsverduistering en hij had me verteld dat een eclips een keerpunt voor de mensheid betekende en meestal een verandering met zich meebracht.

'Pa,' vroeg ik, 'neem je ooit nog eens ons zevende zusje mee naar huis?'

Zijn stevige, beschermende lijf leek een paar seconden te verstarren. Hij zag er plotseling uit alsof hij de last van de wereld op zijn schouders torste. Hij draaide zich niet om, omdat hij zich moest concentreren op het richten van de telescoop, maar ik voelde dat mijn vraag hem van zijn stuk had gebracht.

'Nee, Maia, dat zal niet gebeuren. Omdat ik haar nooit heb gevonden.'

Toen de vertrouwde, dikke sparrenhaag in zicht kwam die ons huis aan het water tegen nieuwsgierige blikken beschermde, zag ik Marina op de steiger staan en begon de verschrikkelijke waarheid dat ik Pa kwijt was eindelijk tot me door te dringen.

En ik realiseerde me dat de man die het koninkrijk had gesticht waarin wij zijn prinsessen waren, er niet langer was om de betovering vast te houden.

2

Toen ik was uitgestapt sloeg Marina zachtjes haar troostende armen om me heen. Zwijgend liepen we langs de bomen en de uitgestrekte, glooiende gazons naar het huis. In juni was ons huis op zijn mooist. De weelderige tuinen pronkten met hun ontluikende bloemenpracht en verleidden de voorbijganger tot het verkennen van de verborgen paadjes en geheime grotten.

Het huis zelf was eind achttiende eeuw in Louis XV-stijl gebouwd en een droombeeld van elegantie en grandeur. De stoere, zachtroze gepleisterde muren werden onderbroken door hoge ruitjesramen en het steile rode dak had op elke hoek torentjes. Het interieur met zijn chique meubels was van elke eigentijdse luxe voorzien, en de dikke tapijten en grote luie banken gaven iedereen die daar woonde een gevoel van veiligheid en bescherming. Wij zusjes sliepen op de bovenste verdieping, waar we een fantastisch en onverstoord uitzicht over de bomen heen op het meer hadden. Marina bewoonde op diezelfde verdieping een aantal kamers en suite.

Ik wierp een zijdelingse blik op Marina. Ze zag er uitgeput uit en er stonden kringen van vermoeidheid onder haar vriendelijke bruine ogen; ze had haar altijd glimlachende mond samengeperst. Ze moest nu halverwege de zestig zijn, maar dat zou je haar niet geven. Marina was een elegante vrouw, lang, knap, met fijne, scherp getekende trekken, altijd onberispelijk gekleed, met een natuurlijke charme die haar Franse afkomst verraadde. Toen ik jong was droeg ze haar zijdeachtige haar altijd los, maar ze had het nu in een knotje in haar nek.

In mijn hoofd streden duizend vragen om voorrang, maar op één vraag wilde ik direct antwoord. 'Waarom heb je me niet onmiddellijk geïnformeerd toen Pa die hartaanval kreeg?' vroeg ik toen we naar binnen gingen en naar de salon met het hoge plafond liepen, die uitkeek op een ruim terras omzoomd door bloempotten vol warmrode en goudgele Oost-Indische kers.

'Maia, geloof me, ik heb gesmeekt of ik het jullie mocht vertellen, jullie allemaal, maar toen ik daarover begon raakte hij zo van streek dat ik zijn wens wel moest respecteren.'

En ik begreep maar al te goed dat als Pa haar had verboden contact met ons op te nemen, ze weinig keus had. Pa was de koning en Marina op zijn best de lakei die hij het meest vertrouwde en op zijn slechtst zijn bediende die hem klakkeloos diende te gehoorzamen.

'Waar is hij nu?' vroeg ik. 'Ligt hij nog in zijn slaapkamer? Zal ik naar hem toe gaan?'

'Nee, chérie, hij is niet boven. Wil je een kop thee voordat ik je wat meer vertel?'

'Om heel eerlijk te zijn ben ik meer toe aan een gin-tonic,' bekende ik, terwijl ik me op een van de enorme banken liet ploffen.

'Dat zal ik Claudia even vragen. En ik denk dat ik deze keer met je meedoe.'

Ik keek Marina na toen ze de salon uitging om Claudia, de huishoudster, te zoeken. Claudia woonde al even lang op Atlantis als Marina. Ze was Duitse, en onder haar strenge uiterlijk ging een hart van goud schuil. Net als wij allemaal adoreerde ze haar heer en meester. Ineens vroeg ik me af wat er nu met haar en Marina zou gebeuren. En trouwens, wat er met Atlantis zou gebeuren nu Pa er niet meer was.

Die woorden klonken heel vreemd in deze context. Pa was er zo vaak niet, hij was voortdurend op reis, moest altijd ergens heen, hoewel niemand van het personeel of het gezin precies wist wat hij deed voor de kost. Ik vroeg het hem een keer toen mijn vriendinnetje Jenny tijdens de schoolvakantie bij ons logeerde en duidelijk onder de indruk was van onze luxueuze leefstijl.

'Je vader is vast heel erg rijk,' fluisterde ze toen we uit Pa's privévliegtuig stapten, toen dat op vliegveld La Môle bij Saint-Tropez was geland. De chauffeur stond ons onderaan het vliegtuig op te wachten om ons naar de haven te brengen. Daar zouden we aan boord gaan van ons magnifieke kajuitjacht met tien kooien, voor onze jaarlijkse cruise over de Middellandse Zee, op weg naar de bestemming die Pa voor ons had bedacht.

Net als elk ander kind, arm of rijk, wist ik niet anders toen ik opgroeide, en onze manier van leven had me nooit erg bijzonder geleken. We kregen als kind allemaal les van een privéleraar, en pas toen ik op mijn dertiende naar kostschool ging begon ik me te realiseren hoe sterk ons leven verschilde van dat van de meeste andere mensen.

Toen ik Pa eens vroeg wat hij eigenlijk deed om ons gezin van al die luxe te voorzien, keek hij me met die geheimzinnige glimlach van hem aan en zei: 'Ik ben een soort tovenaar.'

Dat zei me natuurlijk niets, wat precies zijn bedoeling was.

Naarmate ik ouder werd besefte ik steeds sterker dat Pa Salt een meestergoochelaar was en dat niets was wat het leek.

Toen Marina met twee gin-tonics op een dienblaadje terugkwam, bedacht ik dat ik na drieëndertig jaar nog altijd geen flauw idee had van wat mijn vader in de wereld buiten Atlantis had gedaan. En ik vroeg me af of ik dat nu eindelijk zou ontdekken.

'Daar gaan we,' zei Marina, terwijl ze het glas voor me neerzette. 'Op je vader,' en ze hief het glas. 'God hebbe zijn ziel.'

'Ja, op Pa Salt. Moge hij in vrede rusten.'

Marina nam een flinke slok, zette haar glas neer en pakte mijn handen vast. 'Maia, voordat we het over andere dingen hebben, moet ik je eerst iets vertellen.'

'Wat dan?' vroeg ik, en ik keek naar haar vermoeide, bezorgde gezicht.

'Je vroeg me daarstraks of je vader nog hier was. Het antwoord is dat je vader al te ruste is gelegd. Het was zijn wens om onmiddellijk te worden begraven en daar mocht niemand van jullie bij zijn.'

Ik staarde haar aan alsof ze haar verstand had verloren. 'Maar Ma, je vertelde me een paar uur geleden dat hij vanochtend vroeg is overleden! Zo snel kun je toch onmogelijk een begrafenis regelen? En waarom nu al?'

'Maia, het was je vaders onverbiddelijke wens dat zijn lichaam direct na zijn overlijden met zijn vliegtuig naar zijn jacht zou worden vervoerd. Eenmaal aan boord moest hij in een loden kist worden gelegd, die kennelijk al jaren in het ruim van de Titan gereedstond voor deze situatie. Daarna moest hij naar open zee worden gevaren. Gezien zijn passie voor water had hij de zee als laatste rustplaats gekozen. En hij wilde zijn dochters de aanblik van die gebeurtenis besparen.'

'O mijn god,' zei ik. Ik rilde van afschuw van Marina's woorden. 'Maar hij begreep toch zeker wel dat wij fatsoenlijk afscheid van hem wilden nemen? Hoe kon hij zoiets nou doen? Wat moet ik de anderen vertellen? Ik...'

'Chérie, jij en ik wonen hier het langst van allemaal en we weten allebei dat waar het je vader betrof een "waarom" niet aan de orde was. Ik weet alleen dat hij te ruste wilde worden gelegd zoals hij heeft geleefd: in volledige beslotenheid,' zei Marina rustig.

'En met alles volledig onder controle,' vulde ik aan, terwijl ik woede voelde opvlammen. 'Je zou bijna denken dat hij er niet gerust op was dat zijn geliefden zijn wensen zouden respecteren.'

'Wat zijn overwegingen ook zijn geweest,' zei Marina, 'ik hoop alleen maar dat hij in jullie herinnering toch de liefhebbende vader blijft die hij was. En wat ik wél zeker weet is dat jullie zijn wereld vormden.'

'Maar wie van ons kende hem nou echt?' vroeg ik, met tranen van frustratie in mijn ogen. 'Heeft een arts zijn overlijden bevestigd? Je hebt toch wel een overlijdensakte? Mag ik die zien?'

'De dokter vroeg me naar zijn persoonsgegevens, zoals geboortedatum en geboorteplaats. Ik heb gezegd dat ik maar een werkneemster was en dat soort dingen niet precies wist. Ik heb hem in contact gebracht met Georg Hoffman, de advocaat die je vaders zaken behartigt.'

'Maar waaróm was hij zo op zichzelf, Ma? Ik zat in het vliegtuig te bedenken dat hij bij mijn weten nooit vrienden heeft meegenomen naar Atlantis. Als we op het jacht waren kwam er af en toe een zakenrelatie aan boord voor een bespreking, en dan verdwenen ze naar zijn studeerkamer, maar echt vrienden maken deed hij niet.'

'Hij wilde zijn gezinsleven gescheiden houden van zijn zakelijke leven, zodat hij als hij thuis was alle aandacht aan zijn dochters kon schenken.'

'De dochters die hij van over de hele wereld had meegenomen en geadopteerd. Waarom, Ma, waarom?'

Marina keek me zwijgend aan, maar ik kon uit haar wijze, rustige blik niet opmaken of ze het antwoord op die vraag wist.

'Ik bedoel,' ging ik verder, 'als kind vind je je leventje vanzelfsprekend. Maar jij en ik weten heel goed dat het hoogst ongebruikelijk, om niet te zeggen raar is dat een alleenstaande man van middelbare leeftijd zes meisjes als baby adopteert, meeneemt naar Zwitserland en ze bij zich thuis laat opgroeien.'

'Je vader wás ook een ongewoon mens,' gaf Marina toe. 'Maar het is toch niet sléch als je behoeftige weesjes de kans op een beter leven onder jouw bescherming wilt bieden,' pareerde ze. 'Heel veel rijke mensen die zelf geen kinderen hebben adopteren een kind.'

'Maar die zijn meestal getrouwd,' antwoordde ik nogal bot. 'Ma, weet jij of Pa ooit een vriendin heeft gehad? Iemand van wie hij hield? Ik heb hem drieëndertig jaar gekend en niet één keer met een vrouw gezien.'

'Chérie, nu je vader er niet meer is besef je ineens dat je op heel veel vragen die je hem had willen stellen nooit meer een antwoord zult krijgen, maar ik kan je echt niet helpen. Bovendien is het daar het moment niet voor,' voegde Marina er heel lief aan toe. 'Voor nu moeten we vieren wat hij voor elk van ons betekende en aan hem terugdenken als de vriendelijke en liefhebbende man die hij binnen de muren van Atlantis was. Je moet ook niet vergeten dat je vader al over de tachtig was. Hij had een lang en zinvol leven achter zich.'

'Maar drie weken geleden zeilde hij nog met de Laser en was hij daar aan de gang als een vent van half zijn leeftijd,' zei ik. 'Ik kan dat beeld moeilijk associëren met iemand die stervende is.'

'Dat klopt, en goddank heeft hij niet zoals zo veel leeftijdgenoten een tergend langzame dood hoeven sterven. Ik ben zó blij dat jij en de andere meisjes zich hem blijven herinneren als fit, vrolijk en gezond,' zei Marina om me een beetje op te beuren. 'Ik weet zeker dat hij dat heeft gewild.'

'Hij heeft op het laatst toch niet geleden, hoop ik?' vroeg ik voorzichtig, terwijl ik diep in mijn hart wist dat Marina me zoiets nooit zou vertellen.

'Nee. Hij wist wat er zou komen, Maia, en ik geloof dat hij met God in het reine was gekomen. Heus, ik denk dat hij blij was dat hij mocht gaan.'

'Maar hoe vertel ik de anderen in hemelsnaam dat hun vader is overleden?' vroeg ik wanhopig. 'En dat er zelfs geen lichaam meer is dat ze kunnen begraven? Ze zullen net als ik het gevoel hebben dat hij simpelweg in het luchtledige is verdwenen.'

'Daar heeft je vader al voor zijn overlijden over nagedacht. Georg Hoffman, zijn advocaat, heeft eerder vandaag contact met me opgenomen. Ik kan je beloven dat jullie allemaal de gelegenheid krijgen afscheid van hem te nemen.'

'Zelfs na zijn dood heeft Pa zijn zaakjes nog onder controle,' zei ik, vertwijfeld zuchtend. 'Ik heb trouwens bij alle zussen een bericht achtergelaten, maar er heeft nog niemand teruggebeld.'

'Georg Hoffman is stand-by en komt hier zodra jullie er allemaal zijn. En alsjeblieft, Maia, vraag me niet wat hij ons gaat vertellen, want ik heb geen flauw idee. Nou, ik heb Claudia soep voor je laten maken, want je hebt sinds vanochtend vast nog niets gegeten. Wil je die in het Paviljoen eten of blijf je vanavond liever hier in huis?'

'Ik neem hier wel wat soep, en dan ga ik naar huis, als je het niet erg vindt. Ik wil nu graag alleen zijn.'

'Natuurlijk,' zei Marina, en gaf me een knuffel. 'Ik weet dat dit een vreselijke schok voor je is. En ik vind het heel naar dat jij ook nu weer de verantwoordelijkheid op je schouders draagt, maar Pa heeft me gevraagd het jou als eerste te vertellen. Misschien vind je daar nog wat troost in. En zal ik nu Claudia maar vragen de soep op te warmen? Volgens mij kunnen we allebei wel wat troostvoedsel gebruiken.'

Na het eten stuurde ik de duidelijk ook doodvermoeide Marina naar bed en gaf haar een nachtzoen. Ik ging niet direct weg maar klom langs de talloze trappen naar de bovenste verdieping om een kijkje te nemen in de kamers van mijn zusjes. Aan geen enkele kamer was iets veranderd sinds de bewoonster haar nest aan het water was uitgevlogen, en elke kamer toonde feilloos het grote verschil in karakter tussen mijn zussen. En geen enkele zus die net als een postduif naar het nest kwam terugvliegen, had ook maar de minste belangstelling om iets te veranderen. Ook ik niet.

Ik ging mijn vroegere kamer binnen en liep naar de plank met mijn lievelingsspulletjes uit mijn jeugd. Ik pakte een oude porseleinen pop op die ik als klein meisje van Pa had gekregen. Zoals altijd had hij een magisch verhaal rond het cadeau geweven. De pop was van een jonge Russische gravin geweest die, toen haar poppenmoeder opgroeide en haar vergat, zich eenzaam voelde in haar ingesneeuwde paleis in Moskou. Ze heette Leonora en had dringend behoefte aan een nieuw paar liefhebbende armen, vertelde hij erbij.

Ik legde de pop terug en pakte de doos met het cadeau dat Pa me voor mijn zestiende verjaardag had gegeven, opende hem en haalde de halsketting eruit.

'Dit is een maansteen, Maia,' had hij gezegd toen ik naar de aparte, iriserende steen was blijven staren, die een blauwachtige tint uitstraalde en door kleine diamantjes omringd was. 'Hij is ouder dan ik en heeft een boeiend verhaal te vertellen.' Ik weet nog dat hij op dat moment aarzelde, alsof hij voor zichzelf snel iets moest beslissen. 'Misschien vertel ik je dat nog weleens,' ging hij verder. 'De ketting is nu misschien nog een beetje te volwassen voor je, maar op een dag zal hij je heel goed staan.'

Dat had Pa goed ingeschat. In die tijd was ik net als al mijn schoolvriendinnen behangen met goedkope zilveren armbanden en had ik grote crucifixen aan een leren bandje om mijn nek hangen. Ik had de maansteen nooit gedragen en sinds die dag was hij daar, op de plank, blijven liggen.

Maar nu zou ik hem dragen.

Ik ging naar de spiegel en deed het fijne gouden kettinkje met zijn minuscule slotje om. Misschien verbeeldde ik het me, maar tegen mijn huid leek de maansteen licht af te geven. Instinctief voelde ik eraan terwijl ik naar het raam liep en uitkeek over de fonkelende lichtjes op het Meer van Genève.

'Rust in vrede, Pa Salt,' fluisterde ik.

En om niet door nog meer herinneringen overspoeld te worden verliet ik snel de kamer uit mijn jeugd, sloot ik de deur van het huis achter me en liep langs het smalle paadje naar mijn huidige grotemensenwoning, tweehonderd meter verderop.

De voordeur van het Paviljoen was nooit op slot; met de hightechbewaking rond het terrein bestond er weinig kans dat iemand er met de paar spullen die ik had vandoor ging.

Claudia had de lampen in mijn zitkamer al aangedaan. Overmand door wanhoop liet ik me op de bank neerploffen.

Ik was het zusje dat nooit was weggegaan.

3

Om twee uur 's nachts ging mijn mobieltje. Ik was nog klaarwakker en lag te piekeren waarom ik niet gewoon mijn emoties de vrije loop kon laten en kon huilen om Pa's dood. Mijn maag draaide zich om toen ik zag dat het Tiggy was.

'Hallo?'

'Maia, sorry dat ik zo laat bel, maar ik krijg je bericht nu pas door. We hebben hier veel storingen in het bereik. Ik hoorde aan je stem dat er iets was. Gaat het wel goed met je?'

Bij het horen van Tiggy's lieve, heldere stem begon de brok ijs die zich op de plaats van mijn hart had vastgezet, aan de randen te ontdooien.

'Ja, met mij wel, maar...'

'Pa Salt?'

'Ja,' zei ik met verstikte stem, ik was zo gespannen dat ik geen adem kreeg. 'Hoe weet je dat?'

'Ik wist het niet... ik bedoel... maar ik liep vanochtend op de hei naar een jong damhertje te zoeken dat we een paar weken geleden hadden gemerkt. Ze was dood toen ik haar vond, en om een of andere reden moest ik aan Pa denken. Ik wuifde die gedachte weg, dat komt natuurlijk doordat je van streek bent, zei ik tegen mezelf. Is hij...'

'Tiggy, ik vind het heel erg, maar ik moet je vertellen dat Pa vandaag is overleden. Of nee, eigenlijk gisteren,' corrigeerde ik mezelf.

'O nee, Maia! Dat meen je niet! Wat is er gebeurd? Een zeilongeluk? Ik heb laatst nog zó gezegd dat hij niet meer in zijn eentje met de Laser moest gaan varen.'

'Nee, hij is hier thuis gestorven. Aan een hartaanval.'

'Was jij bij hem? Heeft hij geleden? Ik...' Tiggy's stem haperde. 'Ik zou het een ondraaglijke gedachte vinden te weten dat hij heeft geleden.'

'Nee, Tiggy, ik was niet hier. Ik was een paar dagen in Londen, bij mijn vriendin Jenny. Het was nota bene Pa' – mijn adem stokte toen ik daaraan terugdacht– 'die me overhaalde om te gaan. Hij zei dat het me goed zou doen om er een paar dagen tussenuit te gaan.'

'O, Maia, wat vreselijk voor je! Je bent bijna nooit van huis, en dan gá je een keer...'

'Ik weet het.'

'Je denkt toch niet dat hij het voelde aankomen, hè? Dat hij jou wilde sparen?'

Tiggy sprak hardop uit wat de afgelopen uren een paar keer door mijn hoofd was geflitst.

'Nee, dat denk ik niet. Volgens mij noemen ze zoiets de wet van Murphy. Hoe dan ook, maak je om mij geen zorgen. Ik maak me veel meer zorgen om jou na het akelige bericht dat ik je heb moeten brengen. Gaat het een beetje? Was ik maar bij je, dan kon ik even mijn armen om je heen slaan.'

'Eerlijk gezegd kan ik niet zeggen hoe ik me voel, het is nog zo onwerkelijk. Misschien besef ik het pas als ik thuis ben. Ik ga proberen een vlucht voor morgen te regelen. Heb je het de anderen al verteld?'

'Ik heb eindeloos boodschappen achtergelaten met het dringende verzoek te bellen.'

'Ik kom zo snel mogelijk naar huis om je te helpen, lieve Maia. Er is natuurlijk een hoop te regelen rond de begrafenis.'

Ik kon het niet opbrengen om te vertellen dat onze vader al was begraven. 'Het zal fijn zijn om je bij ons te hebben. En probeer als het even kan nu wat te slapen, Tiggy, en mocht je behoefte hebben om te praten: ik ben hier.'

'Dank je.' Ik hoorde aan de trilling in Tiggy's stem dat de tranen niet ver weg waren nu het nieuws langzaam maar zeker doordrong. 'Maia, je weet toch dat hij niet echt weg is, hè? Niemands ziel sterft, ze verhuist alleen naar een ander niveau.'

'Laten we het hopen, Tiggy. Welterusten, lieverd.'

'Hou je taai, Maia, en ik zie je morgen.'

Na afloop van het gesprek ging ik uitgeput op mijn bed liggen. Ik wenste dat ik net als Tiggy heilig geloofde in een hiernamaals. Maar ik kon op dat moment geen enkele spirituele reden bedenken waarom Pa Salt deze aarde had moeten verlaten.

Misschien had ik ooit werkelijk geloofd dat er een God was, of op zijn minst een hogere macht die ons menselijk begrip te boven gaat. Maar ergens onderweg was die troostende gedachte me ontglipt.

En als ik eerlijk tegenover mezelf was, wist ik precies wanneer dat was gebeurd.

Kon ik maar leren om weer te vóélen, dacht ik, was ik maar niet langer die robot die naar buiten toe een rustig en normaal functionerend wezen was. Het feit dat ik niet in staat bleek om met gepaste emoties op Pa's dood te reageren maakte me meer dan wat ook duidelijk hoe diepgaand mijn probleem was.

En toch, zo peinsde ik, kostte het me geen moeite om anderen te troosten. Ik wist dat al mijn zussen me als een rots in de branding beschouwden. Maia was er altijd als je een probleem had, Maia, altijd zo praktisch en verstandig. Maia, de sterkste van het stel, zoals Marina ook nu weer had gezegd.

Maar als er íémand van ons bang was, was ik het wel. Al mijn zussen hadden het nest verlaten en waren uitgevlogen, maar ik was gebleven en had me verschuild achter het excuus dat ik hier moest blijven om voor Pa te zorgen, die een dagje ouder werd. En dan volgde mijn tweede smoesje: dit solitaire bestaan paste perfect bij de carrière die ik had gekozen.

De ironie wilde dat ik, met mijn nogal inhoudsloze privébestaan, mijn dagen doorbracht in een fictieve en vaak romantische wereld: ik vertaalde Russische en Portugese romans in het Frans, mijn moedertaal.

Het was Pa die als eerste mijn talent ontdekte. Het was hem opgevallen dat ik elke taal waarin hij tegen me praatte, moeiteloos kon imiteren. Hij sprak zelf een aantal talen vloeiend en genoot ervan om over te schakelen van de ene taal naar de andere en te zien of ik met datzelfde gemak kon antwoorden. Tegen de tijd dat ik twaalf was sprak ik vloeiend Frans, Duits en Engels – drie talen die in Zwitserland worden gesproken – en was ik al aardig bedreven in Italiaans, Latijn, Grieks, Russisch en Portugees.

Ik had een ware passie voor talen, en die vormden een permanente uitdaging, want hoe goed ik ook was, het kon altijd nóg beter. Ik kon helemaal opgaan in woorden en correct taalgebruik, en toen er nagedacht moest worden over wat ik zou gaan studeren, lag de keus voor de hand.

Ik vroeg aan Pa welke talen ik het beste kon gaan studeren. Hij keek me nadenkend aan. 'Nou ja, Maia, je moet zelf kiezen, maar misschien kun je beter niet de taal nemen die je het beste beheerst, want je krijgt straks drie of vier jaar de tijd om hem te leren en te perfectioneren.'

'Ik weet het echt niet, Pa,' zei ik met een zucht. 'Ik vind elke taal geweldig. Daarom vraag ik het jou.'

'Oké, dan geef ik je mijn rationele visie. Ik kan je vertellen dat de economische macht de komende dertig jaar radicaal zal verplaatsen. En nu jij drie belangrijke westerse talen al volledig beheerst zou ik als ik jou was eens verder kijken.'

'Bedoel je landen als China en Rusland?' vroeg ik.

'Ja, en vergeet India en Brazilië niet. Allemaal landen met enorme onaangeboorde bronnen en een fascinerende cultuur.'

'Ik vond Russisch erg leuk, en Portugees eigenlijk ook. Dat is een heel' – ik weet nog dat ik naar het woord moest zoeken – 'expressieve taal.'

'Nou, kijk eens aan,' zei Pa glimlachend en zichtbaar blij met mijn antwoord. 'Waarom ga je ze niet alle twee studeren? Met jouw talenknobbel kun je dat makkelijk aan. En Maia, ik garandeer je, als je een van die twee talen of allebei onder de knie hebt, ligt de wereld aan je voeten. Er zijn tegenwoordig maar weinig mensen met voldoende visie om te zien wat eraan komt. De wereld verandert, en jij staat in de voorhoede.'

Ik had een vreselijk droge keel, stond moeizaam op en strompelde naar de keuken om een glas water te halen. Ik dacht eraan hoe Pa had gehoopt dat ik, met mijn unieke pakket aan kennis en vaardigheden, vol zelfvertrouwen de nieuwe dageraad die volgens hem beslist op komst was, tegemoet zou treden. Ik was dat destijds ook beslist van plan. Los van alle andere overwegingen wilde ik dolgraag dat hij trots op me zou zijn.

Maar zoals dat met zoveel mensen het geval is, was het leven me te slim af en slingerde het me met een reuzenworp weg van mijn voorgenomen traject. En zo werd mijn pakket aan vaardigheden geen springplank naar de wijde wereld maar stelde het me in staat om me te verschuilen in het thuis van mijn jeugd.

Elke keer als mijn zusjes vanuit hun afwisselende, kosmopolitische bestaan binnen kwamen fladderen, plaagden ze me met mijn kluizenaarsbestaan. Ze waarschuwden me dat ik nog eens een oude vrijster zou worden, want hoe kon ik ooit iemand ontmoeten als ik nog geen voet buiten Atlantis wilde zetten?

'Je bent zó mooi, Maia. Dat zegt iedereen die jou ontmoet, en jij zit daar maar en laat je schoonheid wegkwijnen,' had Ally bij haar laatste bezoek gezegd.

En misschien wás het ook wel zo dat ik vooral dankzij mijn uiterlijk opviel. Toen we klein waren hadden we alle zes een labeltje gekregen met onze kerneigenschap, dat wat ons bijzonder maakte: Maia, de schoonheid; Ally, de leider; Star, de vredestichter; CeCe, de pragmaticus; Tiggy, de zorgzame; Electra, de dynamo.

Maar hadden die talenten ons eigenlijk wel succes en geluk gebracht?

Een paar zusjes waren nog jong en leidden nog maar zo kort een eigen leven dat ze dat nog niet konden weten en ik het nog niet kon beoordelen. Voor mij gold dat mijn 'gave' me alleen maar het pijnlijkste moment van mijn leven had bezorgd, gewoon omdat ik destijds te naïef was om te beseffen dat schoonheid macht betekende. En daarom verstopte ik nu die schoonheid, wat betekende dat ik mezelf verstopte.

De laatste tijd had Pa, als hij op bezoek kwam in het Paviljoen, vaak gevraagd of ik wel gelukkig was.

'Natuurlijk, Pa,' antwoordde ik dan steevast. Voor de buitenwereld had ik immers weinig redenen om niet gelukkig te zijn. Ik werd omringd door alle mogelijke comfort en had op steenworp afstand twee paar liefhebbende armen. En eigenlijk lág de wereld ook aan mijn voeten. Ik had geen banden, geen verantwoordelijkheden, maar wát verlangde ik daarnaar...

Ik moest glimlachen bij de gedachte dat Pa me nog maar een paar weken geleden had aangemoedigd om mijn oude schoolvriendin in Londen te bezoeken. En omdat het Pa was die het voorstelde, en ik mijn hele volwassen leven al het gevoel had dat ik hem teleurstelde, was ik gezwicht. Ik was dan misschien niet 'normaal', maar hopelijk zou hij me dan normaal vinden.

En dus was ik weggegaan, naar Londen, om bij terugkeer te ontdekken dat ook hij 'weg' was. Voorgoed.

Het was inmiddels vier uur in de ochtend. Ik ging terug naar bed en hoopte vurig dat ik zou wegdoezelen. Mijn hart bonkte tegen mijn borstkas toen het tot me doordrong dat ik Pa niet langer als smoes kon gebruiken om me te verstoppen. Misschien werd Atlantis wel verkocht. Pa had het geen enkele keer met me gehad over wat er na zijn dood zou gebeuren. En bij mijn weten had hij daar met mijn zussen ook nooit over gesproken.

Tot een paar uur geleden was Pa almachtig en alomtegenwoordig geweest. Een natuurkracht die ons stevig overeind hield.

Pa noemde ons altijd zijn gouden appels. Rijp, volmaakt van vorm, klaar om te worden geplukt. En nu was er aan de tak met appels geschud en waren we met zijn allen op de grond getuimeld, zonder een vaste hand om ons op te vangen.

Er werd aan de voordeur geklopt. Slaapdronken strompelde ik mijn bed uit om open te doen. Een paar uur eerder – het begon al te schemeren – had ik uit pure wanhoop de slaappillen gezocht die me ooit waren voorgeschreven en er een ingenomen. Een blik op de klok in de hal zei me dat het al over elven was, en ik had spijt dat ik voor de verleiding was gezwicht.

Voor de deur stond Marina, met een bezorgd gezicht. 'Goedemorgen, Maia. Ik heb je vaste lijn en je mobieltje gebeld, maar ik kreeg geen gehoor, dus ik kom even kijken hoe het met je gaat.'

'Sorry, ik heb een slaappil genomen, en ik was compleet van de wereld,' zei ik gegeneerd. 'Kom binnen.'

'Nee, ik laat je rustig wakker worden, en misschien kun je naar het huis komen nadat je je gedoucht en aangekleed hebt? Tiggy heeft gebeld, ze komt vanmiddag om een uur of vijf. Ze heeft Star, CeCe en Electra kunnen bereiken, dus die zijn ook onderweg naar huis. Heb je nog iets van Ally gehoord?'

'Ik check mijn mobieltje, is er geen bericht dan probeer ik het nog een keer.'

'Gaat het een beetje? Je ziet er slecht uit, Maia.'

'Komt goed, Ma, heus. Ik kom zo.'

Ik sloot de voordeur, repte me naar de badkamer en plensde water in mijn gezicht. Na een blik in de spiegel begreep ik waarom Marina die bezorgde opmerking had gemaakt. Rondom mijn ogen hadden zich in één nacht rimpels gevormd, en daaronder stonden diepe blauwe kringen. Mijn altijd glanzende, donkerbruine haar hing sluik en vettig rond mijn gezicht. En mijn huid, gewoonlijk honingkleurig en smetteloos, was paffe-rig en bleek.

'Niet echt de schoonheid van de familie vanochtend,' mompelde ik tegen mijn spiegelbeeld, waarna ik in de kluwen beddengoed naar mijn mobieltje viste. Ik vond het uiteindelijk onder het dekbed en zag dat ik acht berichten had gemist. Ik luisterde naar de stemmen van mijn zusjes, met berichten waaruit schok en ongeloof sprak. De enige die nog niet op mijn sos-bericht had gereageerd was Ally. Ik liet weer een voicemailbericht achter met het dringende verzoek me te bellen.

In het grote huis waren zowel Marina als Claudia druk bezig met het luchten van kamers en het verschonen van beddengoed. Ik zag dat Marina ondanks haar verdriet blij was dat haar kroost terugkwam naar het nest. Het kwam nog maar zelden voor dat we allemaal tegelijk onder één dak verbleven. De laatste keer was in juli geweest, elf maanden geleden, toen we met Pa's jacht een cruise langs de Griekse eilanden maakten. Met de kerst waren we maar met zijn vieren geweest, omdat Star en CeCe in het Verre Oosten rondreisden.

'Ik heb Christian met de boot eropuit gestuurd om mijn bestellingen op te halen,' zei Marina, toen we samen naar beneden liepen. 'Je zussen doen tegenwoordig zo moeilijk met eten, nu Tiggy veganist is en Electra god weet wat voor dieettrend volgt,' mopperde ze. Maar tegelijkertijd genoot ze volop van deze onverwachte chaos, die haar zichtbaar herinnerde aan de tijd dat ze ons onder haar hoede had. 'Claudia was al voor dag en dauw in de keuken bezig, maar ik vond dat we het vanavond maar simpel moesten houden met pasta en salade.'

'Weet je al hoe laat Electra aankomt?' vroeg ik haar. We liepen de keuken in, waar de verrukkelijke geuren van Claudia's baksels een golf van jeugdherinneringen opriepen.

'Waarschijnlijk pas in de kleine uurtjes. Ze heeft een vlucht van LA naar Parijs kunnen krijgen, en van daaruit vliegt ze naar Genève.'

'Hoe klonk ze?'

'Ze huilde,' zei Marina. 'Hysterisch.'

'En Star en CeCe?'

'Zoals gewoonlijk heeft CeCe de reis voor hun beiden geregeld. Ik heb Star niet gesproken. CeCe klonk diep geschokt, het arme kind, alsof ze totaal uit het lood geslagen was. Ze zijn net tien dagen terug uit Vietnam. Neem wat vers brood, Maia, je hebt vast nog niks gegeten vanochtend.'

Marina smeerde een dik met boter en jam belegde boterham voor me. Ik nam een hap en mompelde: 'Ik moet er niet aan denken hoe ze er straks aan toe zijn.'

'Ze zijn wie ze zijn en ze zullen allemaal op hun eigen, karakteristieke manier reageren,' was Marina's wijze antwoord.

'En ze denken natuurlijk dat ze hier voor Pa's begrafenis komen,' zei ik met een zucht. 'Dat zou een enorm heftige gebeurtenis zijn geweest, maar ook een afscheidsritueel. Dan hadden we zijn leven kunnen vieren, hem te ruste kunnen leggen en hopelijk verder kunnen gaan met ons leven. Nu komen ze thuis om te ontdekken dat hun vader simpelweg is verdwenen.'

'Ik weet het, Maia. Maar het is nu eenmaal gebeurd,' zei Marina verdrietig.

'Maar zijn er dan niet op zijn minst wat vrienden of zakenrelaties die we op de hoogte moeten stellen?'

'Georg Hoffman zei dat hij dat zou doen. Hij belde vanochtend weer om te vragen wanneer jullie er allemaal zijn, zodat hij hierheen kan komen om jullie te spreken. Ik heb beloofd hem te bellen zodra we contact hebben gehad met Ally. Misschien kan hij wat licht werpen op de mysterieuze gedachtekronkels van je vader.'

'Nou, ik hoop dat in ieder geval iémand dat kan,' mopperde ik verontwaardigd.

'Maia, vind je het erg om verder in je eentje te eten? Ik heb nog honderd-en-een dingen te doen voordat je zusters komen.'

'Geen probleem,' zei ik. 'En dank je wel, Ma. Ik weet niet wat we zonder jou zouden moeten beginnen.'

'En ik niet zonder jou.' Ze gaf me een schouderklopje en ging de keuken uit.

4

Even na vijven hoorde ik de sloep aanleggen bij de steiger. Ik had die middag doelloos in de tuin rondgezworven en was daarna achter mijn bureau gaan zitten in een poging met wat vertaalwerk even niet aan Pa te hoeven denken. Opgelucht dat Tiggy er eindelijk was en ik niet langer alleen met mijn gedachten hoefde te zijn, rukte ik de voordeur open en rende ik de gazons over om haar te begroeten.

Ik keek naar haar toen ze met sierlijke bewegingen uit de boot stapte. Toen ze nog heel jong was had Pa haar vaak voorgesteld op balletles te gaan, want Tiggy líép niet, Tiggy zwééfde. Ze bewoog haar slanke, soepele lichaam zó licht dat het leek alsof haar voeten de grond niet raakten. Met haar grote, glanzende ogen en volle wimpers die haar hartvormige gezicht domineerden, had ze een bijna bovenaardse uitstraling. Terwijl ik zo naar haar stond te kijken trof het me plotseling dat ze wel wat leek op de broze hertjes die ze met zoveel bezieling verzorgde.

'Maia, lieverd,' zei ze, en stak haar armen naar me uit.

Heel even bleven we in een zwijgende omhelzing staan. Toen ze zich weer van me losmaakte stonden haar ogen vol tranen.

'Hoe gaat het met je?' vroeg ze.

'In shock, verdoofd. En jij?'

'Net zo. Ik kan het nog steeds niet bevatten.' Met onze armen stevig om elkaars schouders liepen we naar het huis.

Op het terras bleef Tiggy plotseling staan en keerde zich naar me toe. 'Is Pa...?' Ze wierp een blik op het huis. 'Want als dat zo is moet ik me wel even voorbereiden.'

'Nee, Tiggy, hij is hier niet meer.'

'O, dan hebben ze hem zeker meegenomen naar een...' Bij die verdrietige gedachte viel haar stem weg.

'Laten we naar binnen gaan en een kop thee drinken, dan leg ik het je allemaal uit.'

'Weet je, ik heb geprobeerd zijn aanwezigheid te voelen, zijn geest,' zei Tiggy zuchtend, 'maar ik voel helemaal niets, alleen maar een grote leegte.'

'Misschien is het nog te vroeg om sowieso iets te voelen,' troostte ik haar. Ik kende Tiggy's wonderlijke ideeën en wilde die niet ondermijnen met mijn kille nuchterheid. 'Het lukt mij in elk geval niet,' zei ik, terwijl we naar de keuken liepen.

Claudia stond aan het aanrecht en toen ze zich omdraaide naar Tiggy – die volgens mij haar lievelingetje was – keek ze haar vol medeleven aan.

'Wat vreselijk, hè?' zei Tiggy, terwijl ze Claudia omhelsde. Ze was de enige van ons die zich bij Claudia zo op haar gemak voelde dat ze haar durfde te omarmen.

'Ja, vreselijk,' zei Claudia. 'Gaan jullie maar naar de woonkamer, dan kom ik de thee wel brengen.'

'Waar is Ma?' vroeg Tiggy, op weg naar de woonkamer.

'Ma is boven de laatste hand aan het leggen aan jullie kamers. En misschien wilde ze ons eerst even een tijdje samen gunnen,' zei ik toen we gingen zitten.

'Was ze hier? Ik bedoel: was ze bij Pa toen hij stierf?'

'Ja.'

'Maar waarom heeft ze ons dan niet eerder geïnformeerd?' vroeg Tiggy zich, net als ik, hardop af.

Een half uur lang gaf ik Tiggy antwoord op de vragen waarmee ik Marina zelf de vorige dag had overladen. Ik vertelde haar ook dat Pa's lichaam in een loden kist aan de zee was toevertrouwd. Ik had verwacht dat Tiggy net zo verontwaardigd zou zijn als ik, maar ze haalde alleen begrijpend haar schouders op.

'Hij wilde terug naar zijn geliefde plek om daar zijn lichaam voorgoed te laten rusten. En Maia, ergens ben ik blij dat ik hem niet levenloos heb gezien, want nu kan ik me hem altijd herinneren zoals hij was.'

Verbaasd staarde ik mijn zusje aan. Tiggy, de gevoeligste van ons allemaal, was – althans uiterlijk – lang niet zo aangedaan door het nieuws van Pa's dood als ik had verwacht. Haar dikke kastanjebruine lokken vormden een glanzende omlijsting van haar gezicht, en haar grote ogen met hun meestal onschuldige, bijna verschrikte uitdrukking schitterden. Door Tiggy's bedaarde kijk op de situatie hoopte ik dat mijn andere zusjes misschien wel even positief zouden reageren, ook al was ik daar niet toe in staat.

'Ironisch genoeg zie je er geweldig uit, Tiggy,' complimenteerde ik haar, en ik meende het. 'Zo te zien doet de Schotse buitenlucht je goed.'

'Nou, zeker weten,' zei ze. 'Na al die jaren waarin ik als kind binnen moest blijven had ik ook het gevoel dat ik werd losgelaten in de vrije natuur. Ik ben echt dol op mijn baan, hoewel het af en toe keihard werken is, en het huisje waarin ik woon is ongelooflijk primitief. Ik heb binnen niet eens een wc.'

'Wauw,' zei ik vol bewondering, omdat ze in staat was afstand te doen van alle basiscomfort om zich aan haar passie te wijden. 'Dus het is bevredigender dan het laboratoriumwerk bij de dierentuin in Servion?'

'O god, totáál anders.' Tiggy trok een wenkbrauw op. 'Dat was heel leuk werk, maar eerlijk gezegd vond ik het er vreselijk, omdat ik niet met dieren kon werken maar alleen hun genetische materiaal mocht analyseren. Je zult me wel voor gek verklaren dat ik een grootse carrière heb laten schieten om voor een hongerloontje dag en nacht door de Hooglanden te zwerven, maar dit geeft me zó veel meer bevrediging.'

Ze keek op en glimlachte naar Claudia, die de kamer was binnengekomen met een dienblad dat ze voor ons op de lage tafel zette.

'Ik vind je niet gek, Tiggy. Ik begrijp het helemaal, echt.'

'En eigenlijk voelde ik me tot aan ons telefoongesprek van gisteravond gelukkiger dan ooit.'

'Je hebt je roeping gevonden, dat is het,' zei ik glimlachend.

'Ja, en nog een paar andere dingen,' zei ze, en ik zag een blosje op haar delicate jukbeenderen verschijnen. 'Maar dat vertel ik je een andere keer nog wel. Wanneer komen de anderen thuis?'

'CeCe en Star zijn hier als het goed is tegen zevenen, Electra verwacht ik ergens in de kleine uurtjes,' zei ik, terwijl ik thee inschonk.

'Hoe reageerde Electra toen je het haar vertelde? Nou ja, je hoeft eigenlijk niet te antwoorden, ik zie het helemaal voor me.'

'Ma heeft haar gesproken. Ze zal de ogen uit haar hoofd hebben gehuild.'

'Geheel in stijl dus,' zei Tiggy, en nipte aan haar thee. Plotseling zuchtte ze, ik zag haar ogen dof worden. 'Het voelt zó raar. Ik denk steeds dat Pa hier elk moment kan binnenlopen. Maar dat zal nooit meer gebeuren.'

'Nee, dat zal nooit meer gebeuren,' zei ik verdrietig.

'Moeten we iets doen?' vroeg Tiggy. Ze stond abrupt op van de bank en liep naar het raam. 'Ik heb het gevoel dat we iets, wat dan ook, moeten doen.'

'Zodra we er allemaal zijn komt Pa's advocaat hierheen om met ons te praten en het een en ander uit te leggen, maar voorlopig kunnen we niks anders doen dan wachten.' Ik trok mismoedig mijn schouders op.

'Ja, dat zal dan wel.'

Ik sloeg Tiggy gade, die met haar voorhoofd tegen de ruit gedrukt stond.

'Geen van ons kende hem echt, hè?' vroeg ze rustig.

'Nee, geen van ons.'

'Maia, mag ik je nog iets vragen?'

'Uiteraard.'

'Vraag jij je weleens af waar je vandaan komt? Ik bedoel, wie je echte vader en moeder zijn?'

'Natuurlijk is dat weleens bij me opgekomen, Tiggy, maar Pa was alles voor mij. Hij wás gewoon mijn vader. Daarom heb ik waarschijnlijk nooit de behoefte gehad om verder te denken, misschien wilde ik dat niet eens.'

'Zou je je schuldig voelen als je daar probeerde achter te komen?'

'Misschien wel,' antwoordde ik. 'Maar ik heb altijd genoeg gehad aan Pa, en een lievere en zorgzamere ouder had ik me niet kunnen voorstellen.'

'Dat begrijp ik heel goed; jullie hadden een speciale band. Misschien is dat altijd zo bij het oudste kind.'

'Maar we hadden allemáál een bijzondere band met hem; hij hield van ons allemaal.'

'Ja, ik weet dat hij van me hield,' zei Tiggy rustig. 'Maar dat heeft me er niet van weerhouden me af te vragen waar ik werkelijk vandaan kom. Ik heb weleens overwogen het hem te vragen, maar ik wilde hem geen verdriet doen. Dus heb ik het hem niet gevraagd. In elk geval is het nu te laat.' Ze onderdrukte een geeuw en zei: 'Vind je het erg als ik naar mijn kamer ga om even uit te rusten? Misschien is het de uitgestelde schok of het feit dat ik al wekenlang geen vrije dag heb gehad, maar ik voel me totaal uitgeput.'

'Natuurlijk niet, Tiggy, ga jij maar even liggen.'

Ik keek haar na terwijl ze de kamer uit zweefde. 'Tot straks.'

'Slaap lekker,' riep ik haar na; en weer was ik alleen. En gek genoeg ook geïrriteerd. Misschien lag het aan mij, maar Tiggy's uitstraling van iemand die boven emoties verheven is en alles om haar heen van een afstand bekijkt, leek plotseling sterker geworden. Ik wist niet precies wat ik had verwacht. Ik had immers opgezien tegen de reactie van mijn zusters en zou dus blij moeten zijn dat Tiggy het zo goed leek op te nemen.

Of was ik eigenlijk van streek omdat al mijn zusters een leven leidden dat aan Pa Salt en het thuis van hun jeugd was ontstegen, terwijl Pa Salt en Atlantis mijn leven vormden?

Kort na zeven uur stapten Star en CeCe van de steiger, waar ik klaarstond om ze te begroeten. CeCe, die niet zo knuffelig is, liet toe dat ik haar even omhelsde, maar maakte zich direct weer los.

'Schokkend nieuws, Maia,' was haar commentaar. 'Star is behoorlijk overstuur.'

'Dat geloof ik graag,' antwoordde ik, met een blik op Star, die, bleker dan ooit, achter haar zuster stond.

Ik stak mijn armen naar haar uit. 'Hoe gaat het, lieverd?'

'Ik ben er kapot van,' fluisterde ze, en ze liet haar hoofd met die prachtige, als maanlicht stralende bos haar even op mijn schouder rusten.

'We zijn nu in elk geval bij elkaar,' zei ik. Star wendde zich weer tot CeCe, die onmiddellijk haar stevige arm beschermend om haar heen sloeg.

'Wat moet er gebeuren?' vroeg CeCe terwijl we met zijn drieen naar het huis liepen.

En ook Star en CeCe nam ik mee naar de woonkamer en nadat ze waren gaan zitten vertelde ik voor de tweede keer over de omstandigheden rond Pa's overlijden en over zijn wens om alleen, zonder ons erbij, te worden begraven.

'En wie heeft Pa overboord gezet?' informeerde CeCe, met de klinische logica die mijn vierde zus eigen was. Ik wist dat het niet ongevoelig bedoeld was, CeCe wilde gewoon de feiten.

'Dat heb ik eerlijk gezegd niet gevraagd, maar dat kunnen we nog wel nagaan. Het zal een bemanningslid van de Titan zijn geweest.'

'En waar is het gebeurd? Ik bedoel, bij Saint-Tropez, waar het jacht aangemeerd lag, of zijn ze uitgevaren naar zee? Dat moet haast wel,’ zei CeCe.

Star en ik huiverden door haar behoefte aan details. ‘Ma zegt dat hij begraven is in een loden kist die al aan boord van de Titan stond. Maar waar precies, dat weet ik echt niet,’ zei ik, in de hoop dat daarmee een eind zou komen aan CeCe’s ondervraging.

Ze bleef aandringen. ‘En ik neem aan dat die advocaat ons precies gaat vertellen wat er in Pa’s testament staat?’

‘Ja, dat lijkt me wel.’

‘Dus we zijn nu armlastig, als ik het goed begrijp,’ zei ze, haar schouders ophalend. ‘Weten jullie nog wat een obsessie het voor hem was dat we onze eigen boterham moesten verdienen? Het zou echt iets voor hem zijn om zijn hele hebben en houden aan goede doelen na te laten.’

CeCe’s gebruikelijke tactloosheid was vandaag opvallender dan gewoonlijk. Ik begreep wel dat dat haar manier was om de pijn die ze voelde te verzachten, maar toch had ik er even genoeg van. Ik reageerde niet op haar opmerking maar wendde me tot Star, die stilletjes naast haar zus op de bank zat.

‘Hoe gaat het met je?’ vroeg ik meelevend.

‘Ik...’

‘Ze is in shock, net als wij allemaal,’ brak CeCe in, voordat Star iets kon zeggen. ‘Maar we komen hier samen uit, hè?’ zei ze en omklemde met haar sterke, gebruinde hand Stars bleke, frêle vingers. ‘Het is zó jammer, want ik had juist goed nieuws aan Pa willen vertellen.’

‘Wat voor nieuws?’ vroeg ik.

‘Ze hebben me een plaats aangeboden op de basisopleiding van het Royal College of Art in Londen. Die begint in september en duurt een jaar.’

‘Wat geweldig, CeCe,’ zei ik. Ik had nooit iets begrepen van haar wonderlijke ‘installaties’, zoals ze die noemde, moderne kunst sprak me veel minder aan dan de wat traditionelere kunst. Maar ik wist dat dit CeCe's passie was en was blij voor haar.

'Ja, we zijn dolblij, hè Star?'

'Ja,' antwoordde Star gehoorzaam, hoewel ze er niet bepaald blij uitzag. Ik zag haar onderlip trillen.

'We gaan ons in Londen settelen. Althans, als er nog wat in kas is na het gesprek met die advocaat van Pa.'

Mijn geduld was nu echt helemaal op. 'Alsjeblieft, CeCe,' zei ik, 'dit is toch niet het moment om over dat soort dingen te praten!'

'Sorry Maia, zo zit ik nou eenmaal in elkaar, dat weet je. Ik was dol op Pa. Het was een briljant mens en hij heeft me altijd aangemoedigd in mijn werk.'

Héél even zag ik in CeCe's hazelnootkleurige ogen iets kwetsbaars en misschien zelfs een vleugje angst.

'Ja, hij was uniek,' zei ik instemmend.

'Oké, Star, zullen we naar boven gaan en uitpakken?' stelde CeCe voor. 'Hoe laat eten we, Maia? Ik denk dat we allebei wel aan een hapje eten toe zijn.'

'Ik zal Claudia vragen of ze zo snel mogelijk iets klaarmaakt. Electra hoeven we de eerste uren niet te verwachten en van Ally heb ik nog niks gehoord.'

'Dan zien we je straks,' zei CeCe, die opstond, met in haar kielzog de volgzame Star. 'En als ik iets kan doen, vraag het gerust,' zei ze met een droevig glimlachje. En ik wist dat CeCe, zo ongevoelig als ze kon zijn, het meende.

Toen ze waren vertrokken zat ik nog een tijdje te peinzen over de raadselachtige verhouding tussen mijn derde en vierde zus. Marina en ik hadden het er vaak over gehad, want we waren allebei bezorgd dat Star zich verschuilde achter CeCe's sterke persoonlijkheid.

'Star schijnt er geen enkele eigen mening opna te houden,' had ik heel vaak gezegd. 'Ik heb geen flauw idee hoe ze over dingen denkt. Dat is toch niet gezond?'

Marina was het van harte met me eens, maar als ik er bij Pa over begon volstond hij met zijn raadselachtige glimlach en de opmerking dat ik me geen zorgen moest maken.

'Maia, op een dag zal het stralende engeltje haar vleugels spreiden en uitvliegen. Wacht maar af.'

Ik was niet echt gerustgesteld door die opmerking, want Star leunde dan wel sterk op CeCe, maar iedereen kon zien dat er sprake was van wederzijdse afhankelijkheid. En als Star écht op zekere dag haar vleugels zou spreiden, zoals Pa had voorspeld, was CeCe gewoon nergens meer.

Tijdens het avondeten heerste er een sombere sfeer. Mijn drie zussen begonnen langzaam maar zeker te beseffen dat ze thuis waren, waar alles om ons heen ons herinnerde aan ons grote verlies. Marina deed haar uiterste best om de stemming te verbeteren, maar leek niet precies te weten hoe ze dat moest aanpakken. Ze vroeg elk van haar dierbare meisjes uit over hun huidige leven, maar door de onuitgesproken herinneringen aan Pa Salt stonden bij ons af en toe de tranen in de ogen. Uiteindelijk staakten we onze pogingen tot een gesprek en hulden we ons in stilzwijgen.

'Ik zal blij zijn als we contact hebben gehad met Ally, dan kunnen we tenminste horen wat Pa Salt ons wilde vertellen,' zei Tiggy met een diepe zucht. 'Willen jullie me excuseren? Ik ga naar bed.'

Ze gaf ons een nachtzoen en liep de kamer uit, even later gevolgd door CeCe en Star.

Daar zaten we dan met zijn tweeën. 'O jee,' verzuchtte Marina, 'ze zijn allemaal totaal van slag. En ik ben het met Tiggy eens: hoe eerder we Ally hebben kunnen bereiken en ze hier is, hoe eerder we verder kunnen.'

'Ze heeft kennelijk geen bereik met haar mobieltje,' zei ik. 'Jij zult wel bekaf zijn, Ma. Ga jij maar naar bed; ik blijf wel op om op Electra te wachten.'

'Weet je het zeker, chérie?'

'Ja, ik weet het zeker,' zei ik nadrukkelijk, want ik wist dat Marina het lastig vond om met mijn jongste zus om te gaan.

'Dank je, Maia,' zei ze, zonder verder protest. Ze stond op van tafel, gaf me een tedere kus op mijn hoofd en verliet de kamer.

Daarna stond ik erop om Claudia nog een half uurtje te helpen bij het afruimen, allang blij dat ik in afwachting van Electra iets te doen had. Claudia hield niet van gebabbel over koetjes en kalfjes, en dit keer deed haar rustige en stille aanwezigheid me goed.

'Zal ik afsluiten, *Miss* Maia?' vroeg ze.

'Nee hoor, het is voor jou ook een lange dag geweest. Ik sluit wel af, ga jij maar naar bed.'

'Zoals u wenst. *Gute Nacht*,' zei ze, en verliet de keuken.

Ik besloot om wat door het huis te zwerven, nog klaarwakker doordat ik die ochtend voor mijn doen lang had uitgeslapen. Bovendien kon ik Electra op zijn vroegst over een paar uur verwachten. Aangekomen bij Pa's studeerkamer kreeg ik ineens een sterke behoefte om zijn aanwezigheid te voelen. Ik draaide aan de deurknop. De deur zat op slot.

Dat verbaasde en irriteerde me. Tijdens de vele uren die Pa vanuit huis werkte had de deur voor ons zusjes altijd onbelemmerd opengestaan. Hij had het nooit te druk voor een gastvrije glimlach als ik verlegen had aangeklopt, en ik vond het heerlijk om in de ruimte te zitten waarin hij fysiek aanwezig was maar die ook de kern van zijn wezen bevatte. Op zijn bureau stond een batterij computers, aan de muur hing een gigantisch videoscherm stand-by voor satellietvergaderingen, maar mijn blik dwaalde steevast af naar zijn persoonlijke schatten die verspreid in de kast achter zijn bureau stonden.

Simpele voorwerpen die hij op zijn vele reizen over de hele wereld had verzameld, had hij me verteld. Een miniatuurschilderij met verguld lijstje van de Madonna, dat in mijn handpalm paste, een oude viool, een verweerd leren buideltje, en een gehavend boek van een Engelse dichter van wie ik nog nooit had gehoord. Niets zeldzaams, niets wat bij mijn weten bijzonder waardevol was, gewoon dingen die voor hem een persoonlijke betekenis hadden.

Ik wist zeker dat een man als Pa, als hij had gewild, ons huis vol had kunnen zetten met onbetaalbare kunst en exclusief antiek, maar ons huis bevatte eigenlijk niet veel kostbare kunst. Als het ging om materiële zaken had hij naar mijn gevoel een afkeer van waardevolle maar levenloze spullen. Hij stak uitgebreid de draak met schatrijke leeftijdgenoten die exorbitante bedragen betaalden voor een beroemd kunstwerk en dat vervolgens uit angst voor diefstal in hun kluis opborgen.

'Kunst moet voor iedereen toegankelijk zijn,' zei hij. 'Kunst is een geschenk van de schilder aan je ziel. Een schilderij dat wordt weggestopt is waardeloos.'

Toen ik het eens waagde om te zeggen dat hij zelf een privévliegtuig en een groot luxejacht bezat, had hij een wenkbrauw opgetrokken.

'Maar Maia, begrijp je dan niet dat die dingen niet meer dan een vervoersmiddel zijn? Ze verlenen me nuttige diensten, ze zijn een middel, geen doel. Als ze morgen in brand vliegen, heb ik ze binnen de kortste keren vervangen. Ik heb genoeg aan mijn zes menselijke kunstwerken: mijn dochters. Voor mij vormen die het enige op deze aarde wat de moeite waard is om te koesteren, want jullie zijn stuk voor stuk onvervangbaar. Mensen van wie je houdt zijn onvervangbaar, Maia. Zul je dat nooit vergeten?'

Dat had hij jaren geleden tegen me gezegd, en zijn woorden waren me altijd bijgebleven. En ik wenste tot in het diepst van mijn ziel dat ik op de juiste momenten aan die woorden had gedacht.

Ik voelde een emotionele leegte toen ik bij de deur van Pa's studeerkamer wegliep en naar de woonkamer ging. Ik kon er met mijn verstand niet bij waarom de studeerkamer was afgesloten. Ik vraag het morgen aan Marina, dacht ik. Terug in de woonkamer zag ik een foto liggen op een tafel waar ik langsliep. Hij was een paar jaar geleden aan boord van de Titan genomen en toonde Pa, leunend tegen de reling, omringd door al zijn dochters. Breed grijnzend, zijn knappe gezicht ontspannen, zijn dikke bos grijzend haar door de zeewind naar achteren geduwd, zijn zongebruinde lijf nog altijd strak en gespierd.

'Wie wás jij eigenlijk?' vroeg ik, fronsend, aan de foto.

Omdat ik niets beters te doen had, zette ik de tv aan en zapte tot ik bij een nieuwsuitzending kwam. Als gewoonlijk was het een en al oorlog, leed en verwoesting, en ik wilde net verder zappen toen de nieuwslezer meldde dat het lichaam van Kreeg Eszu, een beroemde captain of industry, directeur van een groot bedrijf op het gebied van internationale communicatie, bij de inham van een Grieks eiland was aangespoeld.

Ik bleef gespannen luisteren, de afstandsbediening lag als bevroren in mijn hand, toen de nieuwslezer berichtte dat Kreeg volgens een mededeling van de familie onlangs de diagnose 'terminale kanker' had gekregen. De conclusie was dat hij na het horen van die diagnose had besloten zichzelf van het leven te beroven.

Mijn hart ging sneller kloppen. Niet alleen omdat ook míjn vader onlangs had besloten om voor eeuwig op de bodem van de oceaan te rusten, maar ook omdat dit verhaal direct met míj te maken had...

De nieuwslezer berichtte verder dat Eszu's zoon Zed, die al een aantal jaren met zijn vader samenwerkte, het bedrijf met onmiddellijke ingang zou overnemen als president van Athenian Holdings. Er verscheen een foto van Zed op het scherm, en instinctief sloot ik mijn ogen.

'O god,' zei ik kreunend. Ik vroeg me af waarom het noodlot

net dit moment had uitgekozen om me aan een man te herinneren die ik al veertien jaar lang uit alle macht probeerde te vergeten.

De ironie wilde kennelijk dat we allebei binnen een tijdsbestek van een paar uur onze vader aan de zee hadden moeten toevertrouwen.

Ik stond op en ijsbeerde door de kamer, in een poging om het beeld van dat gezicht – dat nog knapper was dan in mijn herinnering– uit mijn brein te wissen.

Denk aan de pijn die hij je heeft bezorgd, Maia, zei ik tegen mezelf. Het is voorbij, het was jaren geleden al voorbij. Wat je ook doet: ga niet terug.

Alle energie was uit me weggevloeid. Ik zuchtte en liet me op de bank zakken, en ik wist dat het nooit echt voorbij zou zijn.

5

Een paar uur later kondigde het zachte gezoem van de motorsloep de komst van Electra aan. Ik haalde diep adem en probeerde me te herpakken. Ik liep de maanverlichte tuin in, waar het bedauwde gras warm aanvoelde onder mijn blote voeten, en zag dat Electra me al over het gazon tegemoetkwam. In het maanlicht leek haar prachtige lichtbruine huid van binnenuit te worden verlicht, en met die eindeloos lange benen van haar had ze de afstand tussen ons in een mum van tijd overbrugd.

Ik voelde me altijd nietig naast Electra met haar meer dan één meter tachtig en haar statige, natuurlijke elegantie. Toen we tegenover elkaar stonden was zíj het die míj stevig omarmde en mijn hoofd tegen haar borst drukte.

'O Maia,' kreunde ze. 'Zeg alsjeblieft dat het niet waar is. Hij kan toch niet dood zijn, hij kan toch niet zomaar...' Ze begon luid te snikken, en om de anderen niet wakker te maken leek het me beter om haar mee te nemen naar het Paviljoen. Ik loodste haar zachtjes die kant op, en ook nadat ik de deur achter ons gesloten had en haar in de zitkamer op de bank had geïnstalleerd, bleef ze klaaglijk huilen.

'Maia, wat moeten we zonder hem?' vroeg ze, terwijl ze me met haar amberkleurige ogen smekend aankeek.

'We kunnen niets doen om de pijn van het verlies weg te nemen, maar hopelijk kunnen we elkaar wel troosten nu we bij elkaar zijn,' zei ik, terwijl ik snel een doos tissues pakte en voor haar neerzette. Ze nam een tissue en veegde haar tranen weg. 'Ik heb aan één stuk door gehuild sinds Ma het me vertelde. Dit is onverdraaglijk, Maia, ik kan dit gewoon niet aan.'

'Nee, dat kunnen we geen van allen,' gaf ik toe. En terwijl ik naar haar keek en haar aanhoorde terwijl ze haar verdriet de vrije loop liet, bedacht ik hoe sterk haar adembenemende fysieke aanwezigheid contrasteerde met het kwetsbare kleine meisje dat ze diep in haar hart was. Ik kwam in tijdschriften vaak foto's tegen waarop Electra, stralend en zelfverzekerd, arm in arm stond met een filmster of rijke playboy, en dan vroeg ik me af of dit echt dezelfde vrouw was als de emotioneel labiele zus die ik kende. Ik was voor mezelf tot de conclusie gekomen dat Electra vanuit een aangeboren, diepgewortelde onzekerheid permanent behoefte had aan vertoon van liefde en aandacht.

'Zal ik iets te drinken voor je halen?' vroeg ik, toen ze even ophield met snikken. 'Een cognacje misschien? Misschien word je daar wat rustiger van.'

'Nee, ik drink al maanden niet meer. Mitch is ook gestopt.'

Electra's vriend van dat moment stond bij de rest van de mensheid bekend als Michael Duggan, een wereldberoemde Amerikaanse zanger die op een internationale, volledig uitverkochte tournee was en in tot de nok gevulde stadions optrad voor krijsende fans.

'Waar is hij nu?' vroeg ik, in de hoop haar met dat onderwerp af te leiden en daarmee een nieuwe stortvloed aan tranen te voorkomen.

'In Chicago, volgende week treedt hij op in Madison Square Garden. Maia, weet jij hoe Pa Salt is gestorven? Ik móét het gewoon weten.'

'Weet je het zeker, Electra? Je bent nog erg overstuur en je hebt een ontzettend lange vlucht achter de rug. Misschien ben je wat rustiger als je een nachtje goed geslapen hebt.'

'Nee, Maia.' Electra schudde haar hoofd en deed zichtbaar een poging zichzelf te vermannen. 'Vertel het alsjeblieft nú.'

En dus vertelde ik voor de derde keer wat Marina mij had verteld, zo snel maar ook zo volledig mogelijk. Electra zat stil en geconcentreerd naar me te luisteren en nam elk woord in zich op.

'En heb je al nagedacht over het regelen van de begrafenis? Mitch zei dat als het volgende week was, hij misschien kon overkomen om me erdoor te helpen.'

Voor het eerst was ik oprecht opgelucht dat Pa ervoor had gekozen in stilte te worden begraven. Bij de gedachte aan het mediacircus dat gepaard zou gaan met de verschijning van Electra's vriendje en megaster liepen de rillingen me over de rug.

'Electra,' zei ik, 'we zijn allebei moe en...'

'Wat is er, Maia?' vroeg Electra, die onmiddellijk mijn aarzeling merkte. 'Vertel het me, alsjeblieft.'

'Oké, maar probeer dan niet nog eens zo van streek te raken.'

'Ik zal mijn best doen, dat beloof ik.'

Dus vertelde ik haar dat de begrafenis, of hoe je het ook moest noemen, al had plaatsgevonden. En ik moest haar nageven: hoe wit de knokkels van haar in spanning gebalde vuisten ook waren, ze begon niet opnieuw te huilen.

'Maar waarom zou hij zoiets gedaan hebben?' vroeg ze. 'Het is toch wreed dat hij ons de kans ontneemt om fatsoenlijk afscheid te nemen? Dat vind ik nou echt iets voor hem, weet je,' vervolgde ze, met een boze glans in haar goudgele ogen. 'Ik vind het echt egoïstisch van hem.'

'Nou, we moeten er maar van uitgaan dat hij dat anders zag en dat hij ons juist de pijn van het afscheid wilde besparen.'

'Ja, maar hoe kan ik nou echt voelen dat hij er niet meer is? Hoe kunnen wij dat nou voelen? In LA hebben ze het de hele tijd over "afsluiten" en hoe belangrijk dat is. Maar hoe moeten wij dat dan doen?'

'Eerlijk gezegd, Electra, denk ik niet dat je het ooit echt "afsluit" als je iemand van wie je houdt hebt verloren.'

'Misschien niet, maar dit helpt ook niet echt.' Electra keek me met een boze blik aan. 'Nou ja, Pa Salt en ik waren het over de meeste dingen al nooit eens. Ik bedoel, hij had duidelijk geen goed woord over voor de manier waarop ik mijn brood verdiende. En volgens mij was hij de enige die dacht dat ik hersens had. Je weet hoe woedend hij was toen ik voor mijn eindexamen was gezakt.'

Ik herinnerde me de stevige discussies die tijdens Electra's jeugd vanuit Pa's studeerkamer te horen waren maar al te goed; ze gingen altijd over Electra's belabberde schoolrapporten en het leven dat ze leidde. Voor Electra waren regels er om overtreden te worden, en van ons zussen was zij de enige die de confrontatie aanging en een ruzie uitvocht. Toch had ik altijd een sprankje bewondering in Pa's blik gezien als hij het over zijn temperamentvolle jongste dochter had.

'Dat is beslist een pittige tante,' zei hij vaak tegen me. 'En daardoor zal ze zich altijd van de grauwe massa onderscheiden.'

'Electra, hij was dol op jou,' troostte ik haar. 'En ja, misschien wilde hij ook echt dat je je hersens gebruikte, maar welke vader wil dat nou niet? En laten we eerlijk zijn, niemand van ons is zo succesvol en beroemd als jij. Vergelijk jouw leven eens met dat van mij. Jij hebt alles.'

'Nee, dat heb ik niet,' zei ze met een zucht. 'Het is een en al schone schijn, het is leeg, maar het is niet anders... Ik ben moe, Maia, vind je het goed dat ik hier bij jou in het Paviljoen blijf slapen?'

'Natuurlijk! Het logeerbed is opgemaakt. Slaap maar uit zo lang als je wilt, zolang we Ally niet hebben bereikt kunnen we toch niks anders doen dan wachten.'

'Dank je. En sorry dat ik zo emotioneel werd. Mitch heeft me in contact gebracht met een therapeut die me probeert te helpen met mijn stemmingswisselingen,' bekende ze. 'Krijg ik een knuffel?' vroeg ze, toen ze opstond.

'Natuurlijk krijg je een knuffel!'

Ik nam haar in mijn armen en drukte haar tegen me aan. Even

later pakte ze haar weekendtas en liep ze naar de deur, maar bij de deur bleef ze plotseling staan. 'Ik heb vreselijke hoofdpijn,' zei ze. 'Heb je toevallig codeïne in huis?'

'Nee, sorry, maar ik heb vast nog wel ergens een paar paracetamolletjes.'

'Laat maar.' Electra gaf me een vermoeide glimlach. 'Tot morgen.'

Ik deed de lichten in het Paviljoen uit en ging naar mijn slaapkamer. En zoals ik verbaasd was geweest over Tiggy's onderkoelde reactie, zo had de houding van Electra me stof tot nadenken gegeven. Ze had die avond een onderhuidse wanhoop laten doorschemeren die me zorgen baarde.

Toen ik onder de dekens kroop die na mijn onrustige nacht weer netjes door Claudia waren gladgestreken, kwam de gedachte bij me op dat de dood van Pa Salt voor ons allemaal weleens een positief keerpunt zou kunnen betekenen.

Geen van mijn zussen was op toen ik de volgende ochtend bij Marina ging informeren of ze al iets van Ally had gehoord.

'Nee,' antwoordde ze een tikje hulpeloos.

'Pa had wel geweten wat we moesten doen. Dat wist hij altijd.'

'Absoluut,' zei ze. 'Hoe was het met Electra?'

'Geschokt, totaal van slag en erg boos omdat ze niet fatsoenlijk afscheid van Pa kan nemen, maar in staat om haar emoties onder controle te houden. Dat ging maar net.'

'Mooi. Georg Hoffman heeft weer gebeld om te vragen of we al contact hebben gehad met Ally, en ik moest nee zeggen. Wat kunnen we nou doen?'

'Niks, behalve geduldig zijn. Trouwens, Ma,' zei ik, terwijl ik een kop thee voor mezelf klaarmaakte, 'toen ik gisteravond Pa's studeerkamer in wilde zat de deur op slot. Weet jij waarom die dicht zit?'

'Omdat je vader me kort voor zijn overlijden heeft gevraagd

die deur op slot te doen. En hij stond erop dat ik hem direct daarna de sleutel gaf. Ik heb geen idee waar hij hem heeft neergelegd en eerlijk gezegd is het me door al die ellende ontschoten.'

'Nou, die zullen we dan moeten gaan zoeken. Georg Hoffman zal daar sowieso moeten zijn, want Pa bewaarde daar natuurlijk zijn papieren.'

'Uiteraard. Maar goed, nu nog geen van je zussen is komen opdagen en het al bijna twaalf uur is, heb ik bedacht dat Claudia maar een brunch voor ons moet klaarmaken.'

'Goed idee. Ik loop even naar het Paviljoen om te kijken of Electra al wakker is.'

'Prima, chérie.' Marina wierp me een sympathiek glimlachje toe. 'We zullen niet zo lang meer hoeven te wachten.'

'Ik weet het.'

Op weg naar het Paviljoen zag ik tussen de bomen door een eenzaam figuurtje op de steiger zitten, dat over het meer staarde. Het was Star. Ik liep naar haar toe en tikte op haar schouder, zachtjes, om haar niet te laten schrikken.

'Star, gaat het een beetje?'

'O, jawel hoor,' zei ze, haar schouders ophalend.

'Mag ik naast je komen zitten?'

Ze knikte nauwelijks merkbaar, en pas toen ik ging zitten en mijn benen over de rand van de steiger had gezwaaid zag ik haar betraande gezicht.

'Waar is CeCe?' vroeg ik.

'Die slaapt nog. Ze wil altijd slapen als ze van streek is. Ik heb geen oog dichtgedaan vannacht.'

'Ik heb ook altijd moeite met inslapen.'

'Ik kan gewoon niet geloven dat hij er niet meer is, Maia.'

Ik bleef zonder iets te zeggen naast haar zitten, wetend dat ze maar zelden met iemand anders dan CeCe openlijk over haar gevoelens praatte. En ik was bang iets te zeggen waardoor ze weer zou dichtklappen.

'Ik voel me...' zei ze na een tijdje '... verloren. Ik heb altijd geweten dat Pa de enige was die me echt begreep. Écht begreep, bedoel ik.'

Ze wendde zich tot mij, en haar beeldschone, bijna onwereldse trekken waren tot een masker van wanhoop verwrongen. 'Begrijp je wat ik bedoel, Maia?'

'Ja,' zei ik langzaam. 'Ik denk het wel. En Star, vergeet alsjeblieft niet dat ik er altijd ben als je eens met iemand anders wilt praten. Zul je dat onthouden?'

'Zal ik doen.'

'Zijn jullie dáár!'

We schrokken op en draaiden ons om. Het was CeCe, die met grote passen over de steiger kwam aangelopen. Misschien verbeeldde ik het me, maar ik weet bijna zeker dat er een flintertje irritatie in Stars lichtblauwe ogen opdook en weer verdween.

'Ik ben even een frisse neus gaan halen want jij sliep nog,' zei Star, terwijl ze opstond.

'Nou, nu ben ik wakker. En Tiggy ook. Is Electra gisteravond nog gekomen? Ik heb net even in haar slaapkamer gekeken, maar zo te zien had daar niemand geslapen.'

'Dat klopt, ze is bij mij in het Paviljoen blijven slapen. Ik zal eens kijken of ze inmiddels wakker is,' zei ik. Ik stond ook op en volgde mijn twee zussen over het grasveld terug naar huis.

'Maia, je zult het wel zwaar hebben gehad gisteravond, met Electra's gevoel voor dramatiek,' zei CeCe.

'Ze was voor haar doen vrij rustig,' antwoordde ik, wetend dat er tussen mijn vierde en zesde zus niet bepaald een liefdevolle band bestond. Ze waren elkaars tegenpool: de praktische CeCe, die gruwde van elk vertoon van emoties, en de overgevoelige Electra.

'Nou, dat zal vast niet lang duren,' reageerde CeCe snuivend. 'Tot straks.'

Op weg naar het Paviljoen dacht ik na over de irritatie die Star had getoond. Ze had niets in die trant gezegd, maar voor het eerst had ik de, weliswaar vage, indruk dat ze moeite had met CeCe's dominante gedrag.

Terug in het Paviljoen hoorde ik geluiden in de keuken. Electra, die er adembenemend uitzag in haar smaragdgroene ochtendjas, was de ketel aan het vullen.

'Goed geslapen?' vroeg ik.

'Als een baby. Je kent me, ik slaap altijd als een roos. Wil je thee?'

Ik keek met een kritisch oog naar het theezakje. 'Wat is dat voor thee?'

'*Virgin green.* In Californië drinkt iedereen het. Het schijnt goed voor je te zijn volgens Mitch.'

'Nou, je kent me, ik ben verslaafd aan de goeie ouwe *English breakfast tea,* boordevol cafeïne, dus ik doe niet met je mee.'

'We zijn allemaal verslaafd aan iets, Maia. Ik zou me om die thee maar niet druk maken als ik jou was. En, nog iets van Ally gehoord?'

Ik vertelde haar tot in detail wat Marina en ik hadden besproken.

'Ik weet dat geduld niet mijn grootste deugd is, zoals mijn therapeut me voortdurend voorhoudt, maar is het nou echt de bedoeling dat we hier blijven rondhangen tot Ally een keer komt opdagen? Als ze op zee is kan dat nog weken duren.'

'Ik hoop echt van niet,' zei ik, terwijl ik toekeek hoe ze met haar gebruikelijke elegantie door de keuken paradeerde. Ik werd dan wel beschouwd als de schoonheid van de familie, maar ik had altijd gevonden dat Electra recht had op die titel. Net uit bed, het haar dat losjes in een dikke bos dichte krullen over haar schouders hing, en een gezicht dat geen greintje make-up nodig had om haar fraaie jukbeenderen en volle lippen te accentueren. In combinatie met haar atletische en toch vrouwelijke lichaam deed ze me denken aan een Amazonekoningin uit de Griekse oudheid.

'Ligt hier nog iets in dat niet boordevol toevoegingen zit?' informeerde ze, terwijl ze de koelkast opentrok en de inhoud bestudeerde.

'Sorry. Gewone stervelingen als ik staan niet naar de kleine lettertjes op een etiket te turen,' kaatste ik terug, hopend dat de grap zou overkomen.

'Laten we wel zijn, Maia, het maakt toch ook niks uit hoe je eruitziet als je dag aan dag geen mens tegenkomt?'

'Nee, je hebt gelijk, het maakt niks uit,' antwoordde ik mat. Het wás ook gewoon zo.

Electra besloot uiteindelijk tot een banaan als ontbijt, pelde hem en at hem lusteloos op. 'Ik heb over drie dagen een uitgebreide fotoshoot voor *Vogue* en ik hoop niet dat ik die moet afzeggen.'

'Dat hoop ik ook niet, maar we hebben geen idee wanneer Ally hier kan zijn. Ik heb gisteravond nog gegoogeld of er op dit moment zeilregatta's zijn, maar ik kon niks vinden. Dus we kunnen ook geen boodschap naar de marineautoriteiten sturen om contact met haar te zoeken. In elk geval zijn de anderen in het huis nu wakker, dus zullen we die maar eens gaan opzoeken zodra je aangekleed bent?'

'Als dat moet,' antwoordde Electra nonchalant.

'Oké, dan zie ik je straks,' zei ik. Ik stond op van tafel, want als Electra eenmaal in zo'n stemming was kon je haar maar beter met rust laten. Ik liep naar de kamer die ik als studeerkamer gebruikte, ging achter mijn bureau zitten en zette mijn computer aan. Er was een heel aardig mailtje van een Braziliaanse schrijver, Floriano Quintelas, wiens prachtige roman, *De stille waterval,* ik een paar maanden eerder uit het Portugees had vertaald. Ik had tijdens het vertaalproces met hem gecorrespondeerd als ik met een bepaalde zin worstelde, want ik wilde zijn poëtische, etherische stijl zo authentiek mogelijk overbrengen, en sindsdien mailden we elkaar regelmatig.

Hij mailde dat hij in juli naar Parijs zou komen en het leuk zou vinden als ik de presentatie van zijn boek zou bijwonen. Hij had de eerste hoofdstukken van zijn nieuwe boek bijgevoegd en vroeg of ik die wilde lezen, als ik tijd had.

Zijn mailtje bezorgde me een warm gevoel, want vertalen was soms een even anonieme als ondankbare taak. Ik koesterde dan ook de zeldzame gelegenheden waarbij een auteur direct contact met me opnam en ik een band met een schrijver voelde.

Ik werd afgeleid doordat ik een bekende gestalte vanaf de steiger over het gras zag rennen.

'Ally?' fluisterde ik verbaasd, en ik sprong overeind. 'Electra, Ally is er!' riep ik terwijl ik het Paviljoen uit rende om haar te begroeten.

Mijn andere zussen hadden haar kennelijk ook zien aankomen, want toen ik bij het terras van het grote huis arriveerde stonden ze al in een kluitje om haar heen.

'Maia,' zei Ally toen ze me zag, 'is het niet vreselijk?'

'Ja, verschrikkelijk. Maar hoe ben je het te weten gekomen? We proberen je al twee dagen te bereiken.'

'Zullen we naar binnen gaan?' zei ze. 'Dan vertel ik het daar wel.'

Op weg naar het huis bleef ik achter bij mijn zussen, die zich rond Ally verdrongen. Ook al was ik de oudste en degene die ze opzochten als ze een probleem hadden, het was Ally die steevast de leiding over de groep op zich nam. En ook nu liet ik dat toe.

Marina stond met open armen onderaan de trap Ally op te wachten. Nadat Ally haar had omhelsd stelde ze voor om met z'n allen naar de keuken te gaan.

'Goed idee. Ik snak naar een kop koffie,' zei Ally. 'Ik heb een lange reis achter de rug.'

Terwijl Claudia een grote pot koffie aan het zetten was, kwam Electra geruisloos binnen. Ze werd door iedereen hartelijk begroet, behalve door CeCe, die nadrukkelijk volstond met een hoofdknikje in haar richting.

'Oké, ik zal jullie vertellen wat er gebeurd is, maar eerlijk gezegd ben ik nog steeds wat van slag,' zei Ally toen we met zijn allen rond de tafel zaten. 'Ma,' zei ze tegen Marina, die op de achtergrond bleef drentelen, 'jij zou dit ook moeten horen. Misschien kun jij ons helpen om een verklaring te vinden.'

'Nou, ik was dus op de Egeïsche Zee aan het trainen voor de Cyclades Regatta, toen een zeilvriendje van me vroeg of ik een paar dagen mee wilde op zijn motorjacht. Het was fantastisch weer en ik vond het geweldig om voor de verandering even te relaxen op het water,' zei Ally met een schuldig glimlachje.

'Van wie was die boot?' vroeg Electra.

'Dat zeg ik net, van een vriend,' reageerde Ally kortaf, en de anderen trokken ongelovig hun wenkbrauwen op.

'Hoe dan ook,' vervolgde Ally, 'een paar dagen geleden zei die vriend dat hij van een zeilmaatje een radiobericht had gekregen met de mededeling dat hij de Titan had gespot. Ze lag aangemeerd aan de kust van Delos. Die vriend van me wist natuurlijk dat dat Pa's boot was, en het leek ons leuk om hem met een bezoekje te verrassen. Als we er een beetje vaart achter zetten was het maar een uurtje varen, dus we lichtten het anker en voeren uit.'

Ally nam een slok koffie voordat ze verderging.

'Toen we in de buurt kwamen kon ik de Titan door de verrekijker zien, en ik seinde naar Hans, Pa's schipper, dat we vlakbij waren. Maar om redenen die ik toen niet begreep kwam er geen bericht terug,' zei Ally zuchtend. 'En ik kon eigenlijk al zien dat de boot van ons wegvoer. We probeerden uit alle macht om haar in te halen, maar zoals jullie weten vaart Pa's boot behoorlijk snel als het moet.'

Ik keek de tafel rond naar de gefascineerde gezichten van mijn zussen, die aan Ally's lippen hingen.

‘Ik had een heel zwak signaal op mijn mobieltje en kreeg pas gisteren al die boodschappen door waarin jullie vroegen om zo snel mogelijk te bellen. En eentje van jou, CeCe, waarin je precies vertelde wat er was gebeurd.’

‘Sorry, Ally.’ CeCe sloeg met enige schaamte haar ogen neer. ‘Ik vond dat het geen zin had om eromheen te draaien. We wilden je zo snel mogelijk hier hebben.’

‘En hier ben ik. Dus kan iemand me alsjeblieft bijpraten? En me vertellen waarom Pa Salts boot in Griekenland voer terwijl hij al dood was?’ vroeg Ally op indringende toon.

Iedereen, ook Ally, keek naar mij. Dus vertelde ik, zo beknopt mogelijk, wat er was gebeurd, waarbij ik af en toe Marina om bevestiging vroeg. Alle kleur trok weg uit Ally’s gezicht toen ik vertelde waar en hoe onze vader zijn eeuwige rust had willen vinden.

‘O mijn god,’ fluisterde ze. ‘Dus de kans bestaat dat ik per toeval aanwezig was bij zijn besloten begrafenis. Geen wonder dat de boot zo snel mogelijk bij me vandaan racete. Ik...’

Ze liet haar hoofd op haar handen vallen. Haar zussen stonden op en gingen om haar heen staan. Marina en ik keken elkaar over de tafel heen verdrietig aan. Eindelijk herpakte Ally zich en bood ze haar excuses aan voor haar emotionele uitbarsting.

‘Het moet een vreselijke schok voor je zijn geweest toen je je realiseerde wat er gebeurde,’ zei Tiggy. ‘We vinden het zo naar voor je, Ally.’

‘Bedankt, allemaal,’ zei Ally met een knikje. ‘Maar nu ik erover nadenk schiet me te binnen dat Pa me een keer tijdens een zeiltocht heeft verteld dat hij op zee begraven wilde worden. Dus ergens is het ook wel logisch.’

‘Behalve dan dat we geen van allen waren uitgenodigd voor de begrafenis,’ zei Electra mokkend.

‘Nee, dat waren we niet,’ zei Ally met een zucht. ‘En toch was ik er, door puur toeval. Maar ik wil graag even alleen zijn, als jullie het niet erg vinden.'

Dat leek ons heel verstandig, en terwijl we haar sterkte wensten verliet Ally de keuken.

'Wat erg voor haar,' zei Marina.

'Ja, maar nu weten we tenminste waar Pa Salt begraven wilde worden,' zei CeCe.

'Jezus, CeCe, is dat het enige waar je aan denkt?' reageerde Electra fel.

'Sorry, ik ben nou eenmaal praktisch ingesteld,' antwoordde CeCe laconiek.

'Nou, ik ben best wel blij dat we nu weten waar zijn laatste rustplaats is,' was de reactie van Tiggy. 'We weten allemaal dat hij verzot was op de Griekse eilanden, vooral de Cycladen. We zouden van de zomer met zijn jacht daarheen kunnen varen en een bloemenkrans in zee gooien, ongeveer op de plek waar Ally de boot spotte.'

'Wat een mooi idee, Tiggy,' waagde Star in te brengen.

'Nou, meisjes, wie van jullie is er toe aan een brunch?' vroeg Marina.

'Voor mij niet,' zei Electra. 'Ik neem wat sla, als er hier in huis tenminste nog iets groens te bekennen is.'

'We vinden vast wel iets naar jouw smaak,' zei Marina geduldig, en gaf een seintje aan Claudia dat ze aan het eten kon beginnen. 'Zal ik Georg Hoffman dan maar bellen en vragen of hij hierheen komt, nu Ally er is?'

'Zeker weten,' zei CeCe, nog voor ik iets kon zeggen. 'Wat Pa Salt ons ook te zeggen had, laten we het maar zo snel mogelijk horen.'

'Denk je dat Ally er al aan toe is?' vroeg Marina. 'Ze heeft nog maar net zo'n vreselijke schok gehad.'

'Eerlijk gezegd denk ik dat dat voor ons allemaal geldt,' zei ik. 'Dus ja, Ma, bel Georg maar.'

6

Ally verscheen niet bij de lunch, en we lieten haar maar met rust. We wisten dat ze tijd nodig had om te bevatten wat er was gebeurd.

Marina kwam de keuken binnen toen Claudia de tafel aan het afruimen was. 'Ik heb Georg gesproken, hij komt vanavond kort voor zonsondergang. Jullie vader had kennelijk duidelijke wensen wat betreft het tijdstip.'

'Oké. Nou, ik kan na die uitgebreide lunch wel wat frisse lucht gebruiken,' zei CeCe. 'Iemand zin in een tochtje over het meer?'

Dat leek mijn andere zussen wel wat, ze waren waarschijnlijk allang blij dat ze even konden ontsnappen aan de toenemende spanning.

'Ik ga niet mee, als jullie het niet erg vinden,' zei ik. 'Een van ons moet hier zijn voor Ally.'

Toen ze met zijn vieren samen met Christian waren vertrokken, zei ik tegen Marina dat ik terugging naar het Paviljoen en dat ik daar was als Ally me nodig had. Ik nestelde me met mijn laptop op de bank en begon aan de eerste hoofdstukken van Floriano Quintelas' nieuwe boek. Net als in zijn eerste boek was zijn stijl verfijnd en kunstig en hanteerde hij de manier van vertellen waar ik zo dol op was. Het speelde zo'n honderd jaar geleden, in de buurt van de Watervallen van de Iguaçu en vertelde het verhaal van een Afrikaanse jongen die uit de tirannie van de slavernij was bevrijd. Ik was kennelijk zó verdiept in mijn boek dat ik ontspande en zelfs even wegdoezelde, want ineens merkte ik dat mijn laptop op de grond was gegleden en iemand me riep.

Ik schrok wakker en zag dat het Ally was.

'Sorry, Maia. Je sliep, hè?'

'Ja, ik geloof het wel,' zei ik, en gek genoeg voelde ik me schuldig.

'Ma zei dat de anderen het meer op zijn gegaan, dus kwam ik op het idee eens met jou te gaan praten. Vind je dat vervelend?'

'Helemaal niet,' zei ik, en ik probeerde de sloomheid na dat onverwachte middagdutje van me af te schudden.

'Zal ik een kop thee voor ons maken?' vroeg Ally.

'Ja, graag. Voor mij de gebruikelijke English breakfast tea.'

'Weet ik,' zei ze glimlachend, en bij het verlaten van de kamer trok ze heel licht haar wenkbrauwen op. Toen ze terugkwam met twee dampend hete koppen thee en ging zitten, zag ik dat haar handen trilden toen ze de mok naar haar mond bracht.

'Maia, ik moet je iets vertellen.'

'Wat dan?'

Ally zette haar kop abrupt terug op de schotel. 'Laat die thee maar staan. Heb je trouwens niks sterkers?'

'Er staat nog witte wijn in de koelkast,' zei ik, en ik ging naar de keuken om de fles en een glas te halen. Aangezien Ally maar zelden dronk begreep ik dat ze me iets belangrijks te vertellen had.

'Dank je,' zei ze, toen ik haar het glas overhandigde. 'Het zal wel niks zijn, maar toen we vlak bij de plek waren waar Pa's boot had gelegen en we die razendsnel uit het zicht zagen verdwijnen, lag daar nóg een grote boot voor anker.'

'Nou, zó gek is dat toch niet?' vroeg ik. 'Het is eind juni, en in deze tijd wemelt het van de vakantiegangers op de mediterrane wateren.'

'Ja, maar dit was een boot die mijn vriendje en ik herkenden. Het was de Olympus.'

Mijn theekopje bevond zich halverwege mijn mond maar belandde kletterend terug in zijn schoteltje.

'En je hebt vast wel gehoord wat er op de Olympus is gebeurd. Ik las het in de krant, in het vliegtuig.' Ally beet op haar lip.

'Ja, ik zag het op het nieuws.'

'Vind je het niet vreemd dat Pa juist deze plek als laatste rustplaats heeft gekozen? En dat Kreeg Eszu waarschijnlijk rond diezelfde tijd ervoor koos om vlak bij die plek zelfmoord te plegen?'

Ook ik vond het, om meer redenen dan ik Ally ooit zou kunnen vertellen, een bizar, bijna weerzinwekkend toeval. Maar meer dan toeval? Onmogelijk.

'Ja,' zei ik, en ik probeerde het nare gevoel dat zich meester van me maakte, te verdringen. 'Dat is zeker vreemd. Maar er is vast geen verband tussen die twee gebeurtenissen. Ze kenden elkaar niet eens, toch?'

'Voor zover ik weet niet,' zei Ally. 'Maar wat wisten we nou helemaal over Pa's leven behalve dit huis en zijn jacht? We hebben maar zelden vrienden of zakenrelaties van hem ontmoet. En het zou heel goed kunnen dat die twee elkaar ooit ergens hebben ontmoet. Het waren tenslotte allebei succesvolle, schatrijke zakenlui.'

'Dat is zo, Ally, maar ik ben ervan overtuigd dat het puur toeval is. Jij was immers zelf ook in die omgeving met je boot? Delos is gewoon een prachtig eiland en een populaire bestemming voor boten.'

'Ja, dat weet ik wel. Maar de gedachte dat pa daar alleen op de bodem van de zee ligt laat me maar niet los. En ik wist toen natuurlijk niet dat hij dood was, laat staan dat hij daar ergens onder het oppervlak van die ongelooflijk blauwe zee lag. Ik...'

Ik stond op en sloeg een arm om de schouders van mijn zusje. 'Ally, vergeet die andere boot alsjeblieft, die is niet belangrijk. En ik vind het juist een hele troost dat jij het stukje zee hebt gezien waar Pa begraven wilde worden. Misschien kunnen we van de zomer met zijn allen daarheen varen, zoals Tiggy voorstelde, en dan een krans op het water gooien.'

'En het ergste is nog dat ik me zo schuldig voel!' zei Ally, die inmiddels zat te snikken.

'Waarom?'

'Omdat... Omdat ik die paar dagen op de boot zó gelukkig was. Zo gelukkig heb ik me mijn hele leven niet gevoeld. En ik moet je bekennen dat ik met niemand contact wilde hebben en daarom mijn mobieltje heb uitgezet. En in de tijd dat mijn mobieltje was uitgeschakeld, ging Pa dood. Toen hij me nodig had, was ik er niet!'

'Ally, Ally.' Ik veegde zachtjes haar haar uit haar gezicht, nam haar in mijn armen en wiegde haar. 'Niemand van ons was erbij. En heus, ik denk echt dat Pa het zo heeft gewild. Vergeet niet dat ik hier woon, en zelfs ík was uitgevlogen toen het gebeurde. Uit wat Ma me vertelde maak ik op dat we echt niets hadden kunnen doen. En dat moeten we ook geloven.'

'Ja, dat weet ik. Maar ik had het gevoel dat ik hem nog zoveel dingen had willen vragen en willen vertellen, en nu is hij er niet meer.'

'Ik denk dat we allemaal dat gevoel hebben,' zei ik verdrietig. 'Maar we hebben in elk geval elkaar.'

'Ja, dat is ook zo. Dank je, Maia,' zei Ally. 'Vind je het niet onbegrijpelijk,' zei ze met een zucht, 'dat ons leven binnen een paar uur zo totaal is veranderd?'

'Nou en of,' zei ik uit de grond van mijn hart. 'Hoe dan ook, je moet me wel een keer vertellen hoe het komt dat je zo gelukkig bent.'

'Dat vertel ik je echt nog wel een keer, dat beloof ik. Maar nu nog niet. En hoe gaat het met jou, Maia?' vroeg ze, plotseling overschakelend.

'O, goed hoor.' Ik haalde mijn schouders op. 'Nog in shock, net als wij allemaal.'

'Ja, natuurlijk, en het zal niet makkelijk zijn geweest om het onze zusjes te vertellen. Het spijt me dat ik hier niet was om je te helpen.'

'In elk geval kunnen we Georg Hoffman spreken nu je er bent, dan kunnen we verder.'

'O ja, ik vergat nog te zeggen dat Ma ons over een uur in het huis verwacht. Georg kan hier elk moment zijn, maar wil kennelijk eerst even met haar praten. Dus als we toch moeten wachten, lust ik nog wel een glaasje wijn,' zei Ally.

Om zeven uur liepen Ally en ik naar het huis. De andere zussen zaten al op het door de avondzon beschenen terras.

'Is Georg Hoffman er al?' vroeg ik toen we waren gaan zitten.

'Ja, maar ze vroegen of we hier wilden wachten. Hij en Ma zijn ergens naartoe verdwenen. Typisch Pa Salt, geheimzinnig tot het eind,' merkte Electra een beetje zuur op.

Met zijn zessen wachtten we in spanning tot Georg en Marina eindelijk het terras op kwamen.

'Sorry, meisjes, dat we jullie zo lang hebben laten wachten, ik moest even iets regelen. Gecondoleerd met jullie verlies,' zei hij stijfjes, en schudde ieder van ons over de tafel heen op de typisch Zwitserse, wat formele manier de hand. 'Mag ik gaan zitten?'

'Uiteraard,' zei ik, en wees naar de stoel naast me. Ik keek eens goed naar hem. Georg Hoffman zag er onberispelijk uit in zijn donkere pak. Vanwege de rimpels in zijn zongebruinde gezicht en zijn terugwijkende zilvergrijze haar schatte ik hem begin zestig.

'Ik ben binnen als iemand me nodig heeft,' zei Marina met een knikje naar ons, en ze liep terug naar het huis.

'Zo, meisjes,' zei Georg. 'Het spijt me bijzonder dat mijn eerste kennismaking met jullie onder zulke tragische omstandigheden plaatsvindt. Maar dankzij jullie vader heb ik het gevoel dat ik jullie allemaal al heel goed ken. Het eerste wat ik jullie te vertellen heb is dat hij heel veel van jullie hield. En niet alleen dát, hij was ook geweldig trots op wat ieder van jullie heeft bereikt. Ik sprak hem nog vlak voordat hij... ons verliet, en hij wilde dat ik dat tegen jullie zei.'

Tot mijn verbazing zag ik een traan in zijn ooghoek glinsteren. Ik wist dat het voor een man als Georg niet gebruikelijk was om ook maar de minste emotie te tonen, dus dat maakte hem wat sympathieker.

'We zullen beginnen met het financiële gedeelte, dan hebben we dat maar gehad. Ik kan jullie geruststellen met de mededeling dat voor de rest van jullie leven in jullie onderhoud zal worden voorzien, althans tot op zekere hoogte. Jullie vader was echter onvermurwbaar in zijn voorwaarde dat jullie niet als luie prinsesjes door het leven zouden gaan, dus jullie ontvangen een inkomen waarmee jullie net kunnen rondkomen maar geen luxe leventje kunnen leiden. Voor alles boven dat minimum zullen jullie zelf dienen te zorgen, zoals hij dat ook heeft gedaan. Jullie vaders vermogen zal echter voor jullie worden beheerd via een trust, en hij heeft mij met die opdracht vereerd. Daarnaast heb ik de bevoegdheid om jullie verdere financiële steun te verlenen als jullie met een voorstel of probleem bij me komen.'

We zaten doodstil te luisteren naar wat Georg ons te vertellen had.

'Dit huis vormt eveneens onderdeel van het te beheren vermogen, en Claudia en Marina hebben allebei verklaard dat ze heel graag hier willen blijven en ervoor willen zorgen. Op de dag waarop de laatste zuster overlijdt vervalt de trust, kan Atlantis worden verkocht en wordt de opbrengst verdeeld tussen jullie eventuele kinderen. Zijn die er niet, dan gaat het geld naar een door jullie vader gekozen goed doel. Ik persoonlijk vind dat jullie vader het bijzonder slim heeft aangepakt: hij heeft ervoor gezorgd dat het huis voor de rest van jullie leven beschikbaar blijft, zodat jullie altijd een veilige thuishaven hebben. Maar jullie vaders ultieme wens is uiteraard dat jullie uitvliegen en jullie eigen lot in handen nemen.'

Mijn zussen wierpen elkaar onzekere blikken toe, ze wisten zo te zien niet goed of ze blij moesten zijn met Pa's besluit. Voor mij veranderde er praktisch en financieel gezien weinig. Ik had nog steeds het Paviljoen, waarvoor ik Pa een nominale huur betaalde, en in mijn andere behoeftes kon ik dankzij mijn beroep ruimschoots voorzien.

'En dan is er nóg iets wat jullie vader heeft nagelaten, en ik wil jullie vragen om met me mee te komen. Deze kant op, alsjeblieft.'

Georg stond op. Maar in plaats van naar de voordeur te lopen liep hij naar de zijkant van het huis. Als makke schapen volgden we hem, de tuinen door, tot we terechtkwamen in een kleinere tuin die verscholen lag achter een haag van perfect gesnoeide taxusbomen. De tuin keek direct uit op het meer en bood een spectaculair, ongestoord uitzicht op de zonsondergang en de bergen aan de overkant.

Vanaf het terras in het midden leidde een trap naar een smalle baai van kiezelstenen, waar we 's zomers vaak in het heldere, koele water hadden gezwommen. Ik wist dat dit Pa's favoriete plek in de tuin was. Als ik hem in huis niet kon vinden ging ik hierheen, en meestal zat hij daar, tussen de fraai verzorgde bloemperken, waaruit de lieflijke geur van lavendel en het zoete parfum van rozen opsteeg.

'Zo, hier is het,' zei Georg. 'En dit wil ik jullie laten zien.'

Hij wees naar het terras. We staarden met zijn allen naar het vreemde maar prachtige beeld in het midden. We gingen eromheen staan en bestudeerden het gefascineerd. Het geheel bestond uit een stenen sokkel die tot iets beneden heuphoogte reikte, met daarop een heel bijzonder beeld, dat uit ronde vormen bestond. Toen ik wat beter keek zag ik dat het een ingewikkeld geheel van slanke, elkaar kruisende cirkels vormde, die een kleine gouden bal omsloten. Toen ik wat dichterbij ging staan realiseerde ik me dat de bal een globe voorstelde, waarin de omtrekken van de continenten waren gegraveerd, en dat door het hart van de globe een dunne, metalen staaf met aan één kant een pijlpunt stak. Het geheel werd omcirkeld door een grotere cirkel, waarop de twaalf sterrenbeelden waren afgebeeld.

'Wat is dat?' vroeg CeCe, die onze verbazing verwoordde.

'Dat is een armillarium,' antwoordde Georg.

Toen hij zag dat elke blik van herkenning bij ons uitbleef, vervolgde hij: 'Het armillarium bestaat al duizenden jaren. De oude Grieken gebruikten een armillairsfeer, zoals het ook wel wordt genoemd, om de positie van de sterren en de tijd te bepalen. Deze cirkels,' zei hij, en hij wees naar de gouden cirkels rondom de globe, 'beelden de evenaar, de andere keerkringen en de lengtecirkels van de aarde uit. En de meridiaan, die om al die ringen heen loopt en waarop de twaalf tekens van de dierenriem zijn afgebeeld, loopt van noord naar zuid. De staaf in het midden wijst recht naar Polaris, de Poolster.'

'Wat mooi,' zei Star ademloos, die vooroverboog om het van dichterbij te bekijken.

'Ja, maar wat heeft het met ons te maken?' vroeg Electra.

'Het is niet aan mij om dat uit te leggen,' zei Georg. 'Maar als je heel goed kijkt zie je dat jullie namen op de cirkels staan die ik net aanwees.'

We bogen nog verder voorover en zagen dat hij gelijk had.

'Hier staat jouw naam, Maia,' zei Ally. 'Er staan getallen achter, het lijkt wel een stel coördinaten,' vervolgde ze. Ze keek er nog eens naar en bestudeerde ze. 'Ja, zeker weten, het zijn coördinaten. Daar maken we op zee ook constant gebruik van.'

'En ze hebben ook inscripties,' zei Electra, 'maar het lijkt wel alsof die in een andere taal zijn gegraveerd.'

'Dat is Grieks,' zei ik. Ik had de letters direct herkend.

'Wat staat er?' vroeg Tiggy.

'Ik heb pen en papier nodig om ze op te schrijven en uit te

kunnen werken,' zei ik, terwijl ik mijn eigen inscriptie nauwkeurig bestudeerde.

'Oké, een heel leuk beeld en het staat op het terras. Maar wat betekent het nou eigenlijk?' vroeg CeCe ongeduldig.

'Nogmaals, het is niet aan mij om dat te vertellen,' antwoordde Georg. 'Welnu, op dit moment is Marina volgens je vaders instructies champagne aan het schenken op het hoofdterras. Hij wilde dat jullie zouden toosten op zijn heengaan. En daarna overhandig ik ieder van jullie namens hem een envelop die hopelijk veel meer verklaart dan ik ooit zou kunnen.'

Opnieuw liepen we, nog sprakeloos van verbazing, achter hem aan de tuinen door. En inderdaad: op het grote terras stonden twee gekoelde flessen Armand de Brignac en een blad met kristallen flûtes. Toen we waren gaan zitten liep Marina bedredderend om ons heen om onze glazen te vullen.

Georg hief zijn glas. 'Ik zou graag samen met jullie je vaders bijzondere leven vieren. Ik kan jullie alleen maar zeggen dat dit de uitvaart is die hij zich wenste: al zijn meisjes bijeen op Atlantis, het thuis waar hij al die jaren tot zijn eer en genoegen met jullie heeft mogen doorbrengen.'

Als robots hieven we alle zes ons glas. 'Op Pa Salt,' zei ik.

'Op Pa Salt,' zeiden de anderen in koor.

We nipten ongemakkelijk van de champagne. Ik keek omhoog, naar de hemel, naar het meer en de bergen in de verte, en zei in stilte tegen Pa dat ik van hem hield.

'En wanneer krijgen we die brieven?' vroeg Ally even later.

'Die ga ik nu halen.' Georg stond op en verliet de tafel.

'Nou, als dit niet de meest bizarre uitvaart is die ik ooit heb meegemaakt,' zei CeCe.

'Laat dat maar aan Pa Salt over,' zei Electra flauwtjes glimlachend.

'Mag ik nog wat champagne?' vroeg Ally.

Marina zag dat onze glazen leeg waren en kwam ze bijvullen.

‘Begrijp jij het, Ma?’ vroeg Star nerveus.

‘Ik weet niet meer dan jij, chérie.’ Dat was de ondoorgrondelijke Marina ten voeten uit.

‘Ik wilde dat Pa hier was,’ zei Tiggy, bij wie plotseling de tranen in de ogen sprongen. ‘Dan kon hij alles zelf uitleggen.’

‘Maar hij is er niet,’ zei Ally rustig tegen haar, ‘en ergens heb ik ook het gevoel dat dit klopt. Hij maakte iets wat zó vreselijk is zo gemakkelijk mogelijk voor ons. En nu moeten we steun vinden bij elkaar.’

‘Je hebt gelijk,’ zei Electra.

Ik keek naar Ally, die weer eens de juiste woorden had gevonden om ons als zusters te verbinden, en wenste dat ik dat ook kon.

Toen Georg terugkwam waren we dankzij de champagne al wat meer ontspannen. Hij ging zitten en legde zes dikke crèmekleurige enveloppen op tafel. ‘Deze brieven zijn ongeveer zes weken geleden bij mij in bewaring gegeven, met de instructie dat ik na het overlijden van jullie vader aan elk van jullie er één moest overhandigen.’

Even geïnteresseerd als achterdochtig keken we ernaar. ‘Zou ik ook nog wat champagne mogen?’ vroeg Georg op wat gespannen toon.

Op dat moment besefte ik hoe moeilijk dit ook voor hem moest zijn. Zes rouwende zusters informeren over het testament van hun vader zou zelfs voor de meest pragmatische persoon een uitdaging zijn.

‘Natuurlijk, Georg,’ zei Marina, en schonk zijn glas vol.

‘En is het de bedoeling dat we die nu openmaken of later, als we alleen zijn?’ vroeg Ally.

‘Daar heeft je vader niets over bepaald,’ antwoordde Georg. ‘Het enige wat hij zei was dat ieder van jullie die envelop mag openen zodra je er klaar voor bent en het goed voelt om het te doen.’

Ik keek naar mijn envelop. Mijn naam was in het mooie, vertrouwde handschrift van mijn vader geschreven. Bij het zien ervan kon ik wel huilen.

We keken elkaar aan om te peilen hoe de anderen erover dachten.

'Ik denk dat ik de mijne liever in mijn eentje lees,' zei Ally.

De anderen mompelden instemmend. Ally had weer eens instinctief het algeheel heersende gevoel opgemerkt.

'Zo, mijn taak zit erop.' Georg dronk zijn glas leeg, haalde zes visitekaartjes uit de zak van zijn colbertje en deelde die rond. 'Aarzel alsjeblieft niet om contact met me op te nemen als jullie mijn hulp nodig hebben. En je kunt ervan op aan dat ik dag en nacht voor jullie beschikbaar ben. Maar jullie vader kennende denk ik dat hij met alles wat jullie nodig mochten hebben rekening heeft gehouden. En nu is het voor mij tijd om op te stappen. Nogmaals gecondoleerd, meisjes.'

'Dank je, Georg,' zei ik. 'We stellen uw hulp erg op prijs.'

'Tot ziens.' Hij stond op en knikte ons toe. 'Jullie weten me te vinden als je me nodig hebt. Ik vind de weg wel.'

Zwijgend keken we hem na. Even later stond ook Marina op.

'Volgens mij hebben we zo langzamerhand best wel trek. Ik zal Claudia vragen of ze het eten hier komt opdienen,' zei ze, en ze verdween het huis in.

'Ik durf hem bijna niet open te maken,' zei Tiggy, die haar envelop betastte. 'Ik heb geen flauw idee wat erin zit.'

'Maia, kun je misschien nog eens naar dat armillarium gaan om die citaten op het beeld te vertalen?' vroeg Ally.

'Natuurlijk, maar dat doe ik dan na het eten,' zei ik, want Marina en Claudia kwamen al met volle borden het terras op.

'Ik hoop dat jullie het niet erg vinden, maar ik heb geen trek,' zei Electra en stond op. 'Tot straks.'

Toen ze was vertrokken was het duidelijk dat we Electra benijdden om haar lef. We wilden allemaal even alleen zijn.

'Heb jij trek, Star?' vroeg CeCe.

'Ik vind dat we wel iets moeten eten,' antwoordde Star rustig, terwijl ze haar envelop stevig omklemde.

'Oké,' zei CeCe.

Dapper werkten we het door Claudia liefdevol bereide eten naar binnen. Vervolgens stonden mijn zusters een voor een op en gingen zwijgend van tafel, tot alleen Ally en ik overbleven.

'Vind je het erg, Maia, als ik ook naar bed ga? Ik ben bekaf.'

'Natuurlijk niet,' antwoordde ik. 'Jij hebt het als laatste gehoord en je bent nog niet over de schok heen.'

'Nee, dat denk ik ook niet,' zei ze, en stond op. 'Welterusten, lieve Maia.'

'Welterusten.'

Ik keek haar na terwijl ze over het terras wegliep en sloot mijn vingers om de envelop die al een uur lang naast mijn bord lag. Na een tijdje stond ik op en liep naar het Paviljoen. Ik ging naar de slaapkamer, legde de envelop onder mijn kussen en haalde pen en papier uit mijn studeerkamer.

Met een zaklamp in de aanslag liep ik de tuinen door om het armillarium te gaan bestuderen. De duisternis viel nu echt in, aan de hemel verschenen de eerste sterren. Pa had me vaak vanuit zijn sterrenwacht de Zeven Zusters laten zien, wanneer die tussen november en april recht boven het meer stonden.

'Ik mis je,' fluisterde ik naar de hemel, 'en ik hoop dat ik het ooit zal begrijpen.'

Ik richtte mijn aandacht op de gouden ringen die rond de globe cirkelden. Met de zaklamp in mijn linkerhand schreef ik zo goed en zo kwaad als het ging de Griekse woorden over, en ik besloot om de volgende dag terug te gaan om te checken of ik alles goed had overgenomen. Ik telde de inscripties. Het waren er zes.

Maar er was nóg een ring waar ik nog niet eerder naar had gekeken. Ik liet het licht van mijn zaklamp over de zevende ring schijnen. Geen inscripties. Alleen een naam: Merope.

7

Ik was tot in de kleine uurtjes bezig met het vertalen van de citaten. Ik vond het niet correct om te oordelen of elk citaat van toepassing was op de zus voor wie het was bedoeld. Met mijn eigen citaat wachtte ik tot het laatst, bijna te bang om te weten wat het zou betekenen. Toen ik klaar was met vertalen haalde ik diep adem en las het.

Laat angst nooit je lot bepalen.

Beter en treffender dan met die zeven woorden had Pa mij en mijn karakter niet kunnen typeren.

De volgende ochtend maakte ik mijn onontbeerlijke kop thee klaar, ging terug naar de slaapkamer, trok voorzichtig de envelop onder mijn kussen vandaan en nam die mee naar de zitkamer. Ik bleef er een tijdje naar zitten kijken en nam af en toe een slokje thee.

Daarna haalde ik een paar keer diep adem, pakte de envelop en scheurde hem open. Er zat een brief in, maar ook iets anders. Ik stak mijn hand in de envelop; het was iets hards, maar voelde toch een beetje zacht aan tussen mijn vingers. Toen ik het eruit trok zag ik dat het een driehoekig tegeltje was, roomkleurig, met een groenige glans. Toen ik het omdraaide zag ik aan de achterkant een onleesbare, vervaagde inscriptie.

De inscriptie was niet te ontcijferen, dus legde ik het tegeltje neer, vouwde Pa's brief open en begon te lezen.

Atlantis
Meer van Genève
Zwitserland

Mijn lieve Maia,

Als je deze brief leest ben je ongetwijfeld verdrietig en verbijsterd. Ik kan je alleen maar zeggen hoeveel vreugde jij, mijn geliefde eerstgeboren dochter, me hebt bezorgd. Ik kan me er niet op beroepen je biologische vader te zijn, maar ik vraag je dringend om te geloven dat ik als een echte vader van je heb gehouden. En ik wil je zeggen dat jíj degene was die me heeft geïnspireerd tot het adopteren van je mooie jongere zusters, en dat niets en niemand in mijn leven me meer vreugde heeft verschaft dan jullie.
Je hebt me nooit gevraagd iets te vertellen over je werkelijke afkomst, me niet gevraagd naar het verhaal over waar ik jou heb gevonden en de omstandigheden die tot je adoptie hebben geleid. Wees ervan verzekerd dat ik je dat had verteld als je me ernaar had gevraagd, zoals een van je zusters een paar jaar geleden heeft gedaan. Maar nu ik deze aarde ga verlaten acht ik het niet meer dan gepast om jou de vrijheid te geven om, als je dat wilt, je afkomst te achterhalen.
Geen van jullie had bij haar komst een geboorteakte, en zoals je weet staan jullie allemaal officieel als mijn dochters geregistreerd. Dat kan niemand van jullie afnemen.
Ik wil je echter op zijn minst de juiste richting wijzen. Daarna kan alleen jíj de reis naar je verleden aanvaarden, als je dat zou willen.
Op de armillairsfeer die je inmiddels hebt gezien staat een stel coördinaten dat exact aangeeft wáár op de planeet jouw geschiedenis is begonnen. En de envelop bevat nog een kleine aanwijzing die je verder op weg kan helpen.

Maia, ik weet niet wat je zult aantreffen als je besluit om terug te gaan naar je geboorteland. Maar wat ik je wel kan zeggen is dat je echte familie en hun verhaal mijn leven hebben geraakt. Het doet me verdriet dat de tijd ontbreekt om jou mijn eigen verhaal te vertellen, en dat jij soms het gevoel had dat ik veel dingen voor mezelf hield. Wat ik heb gedaan, deed ik om jullie te beschermen. Maar geen enkele man en geen enkele vrouw is een eiland, dat spreekt voor zich. En toen jij opgroeide moest ik jou laten gaan, zodat je kon uitvliegen.

Ieder van ons bewaart geheimen, maar geloof me alsjeblieft als ik zeg dat familie álles is. En dat er op aarde geen sterkere kracht bestaat dan de liefde van een ouder voor zijn kind.

Maia, het is niet meer dan begrijpelijk dat ik terugkijk op mijn leven en van veel beslissingen spijt heb. En natuurlijk is fouten maken menselijk, daardoor leren en groeien we ook. Maar mijn grootste wens is dat ik op zijn minst de wijsheid die ik heb vergaard aan mijn dierbare dochters heb overgedragen.

Ik denk dat jij door de levenservaring die je tot nu toe hebt opgedaan, je vertrouwen in de menselijke natuur hebt verloren. Mijn lieve Maia, besef alsjeblieft dat ook ik onder dergelijk verdriet gebukt ben gegaan en dat het bij tijden mijn leven heeft ontwricht. Maar in de vele jaren die ik op deze aarde rondloop heb ik geleerd dat tegenover één rotte appel duizenden goede appels staan. Mensen met een hart vol vriendelijkheid en goedheid. Vertrouw maar op de goedheid die in ieder van ons aanwezig is. Pas dan zul je ten volle kunnen leven en liefhebben.

Ik verlaat je, mijn lieve, lieve Maia. Ik weet zeker dat ik jou en je zusters veel stof tot nadenken heb gegeven.

Vanuit de hemel zal ik altijd over jullie blijven waken.

Je liefhebbende vader,

Pa Salt x

Ik bleef een tijdje met de brief in mijn handen zitten en merkte dat ze trilden. Ik wist dat ik hem nog een keer moest lezen, waarschijnlijk zelfs een derde of vierde keer, maar één zinnetje bleef hardnekkig hangen.

Had Pa het geweten?

Ik belde Marina op haar mobieltje en vroeg of ze naar me toe wilde komen. Vijf minuten later was ze er, en ze zag direct aan mijn gezicht hoe ontsteld ik was. Ze volgde me naar de zitkamer en wierp een blik op de brief die opengevouwen op de lage tafel lag.

'O Maia,' zei ze, en strekte haar armen naar me uit. 'Wat zul je verdrietig zijn, nu je je vaders stem vanuit het graf hebt gehoord.'

Ik reageerde niet op haar uitgespreide armen. 'Ma, wil je me alsjeblieft vertellen of je Pa ooit over ons geheim hebt verteld?'

'Natuurlijk niet! Ik zou je nooit verraden, alsjeblieft, geloof me.'

Ik kon aan Marina's altijd zo vriendelijke blik zien hoe gekwetst ze was.

'Dus hij heeft het nooit geweten?'

'Nee. Hoe zou dat ook kunnen?'

'Hij schrijft in die brief iets waardoor ik de indruk kreeg dat hij het móét hebben geweten.'

'Mag ik even kijken?'

'Natuurlijk. Alsjeblieft.' Ik gaf haar de brief. Ze ging op de bank zitten en begon te lezen. Ik observeerde haar nauwlettend terwijl ze hem las.

Toen ze klaar was keek ze met een veel kalmere uitdrukking naar me op en knikte begrijpend.

'Ik kan me je reactie voorstellen, maar ik denk echt dat je vader alleen maar zijn eigen waarheid met je wilde delen.'

Ik plofte op de bank neer en liet mijn hoofd op mijn handen zakken.

'Maia.' Marina schudde haar hoofd en zuchtte. 'Zoals je vader in de brief ook zegt, we maken allemaal fouten. We doen alleen maar wat ons op dat moment het beste lijkt. En jij hebt als enige van de meisjes je leven lang de gevoelens van anderen boven die van jezelf gesteld. Vooral die van je vader.'

'Ik wilde hem niet teleurstellen, Marina.'

'Dat weet ik, chérie, maar het enige wat jullie vader voor ieder van jullie wilde, was dat jullie gelukkig waren en dat jullie je veilig en bemind wisten. Juist op een dag als vandaag mag je dat niet vergeten. Maar nu je vader er niet meer is wordt het voor jou misschien tijd om eens na te denken over jezelf en wat jíj wilt.' Marina schudde resoluut haar hoofd en stond op. 'Goed, Electra heeft aangekondigd dat ze gaat vertrekken, en Tiggy ook. CeCe heeft vanochtend direct Georg Hoffman gebeld en is samen met Star vertrokken naar zijn kantoor in Genève. En Ally is in de keuken druk in de weer op haar laptop.'

'Weet je of iemand de brief al heeft gelezen?' vroeg ik, terwijl ik mezelf probeerde te herpakken.

'Als dat zo is hebben ze me dat niet verteld,' reageerde Marina. 'Heb je zin om bij ons in het huis te komen lunchen, voordat Electra en Tiggy vertrekken?'

'Graag. En Ma, het spijt me dat ik aan je heb getwijfeld.'

'Gezien de brief is dat volkomen begrijpelijk. Neem jij maar rustig de tijd om weer een beetje bij te komen, dan zie ik je om één uur in het huis.'

'Dank je wel,' fluisterde ik, terwijl Marina de kamer uit liep. Vlak bij de voordeur bleef ze staan en draaide ze zich om.

'Maia, geloof me, jij bent de dochter die ik had willen hebben. En net als je vader houd ik van je alsof je mijn dochter bent.'

Toen ze weg was bleef ik een tijdje op de bank zitten en huilde mijn hart uit mijn lijf. Het leek wel of een maalstroom van lang verstopte gevoelens popelde om te worden bevrijd, en tot mijn schande verloor ik mijn zelfbeheersing en liet ik me meesleuren door een golf van zelfmedelijden.

Ik besefte dat ik huilde om mezelf. Niet om Pa en zijn onverwachte dood en de pijn die hij tijdens zijn laatste momenten moest hebben geleden, maar om mijn eigen verdriet om dit verlies en het afschuwelijke besef wat voor minderwaardig type ik wel niet was dat ik hem niet genoeg had vertrouwd om de waarheid te vertellen.

Wat voor iemand was ik eigenlijk? Wat had ik gedaan?

En waarom kwam juist nu alles weer boven, terwijl het ging om dingen die nauwelijks in verband stonden met de dood van Pa?

Je gedraagt je precies zoals Electra, zei ik tegen mezelf, in de hoop daarmee te ontnuchteren. Maar dat gebeurde niet. De tranen bleven komen. Ik verloor elk besef van tijd, en toen ik eindelijk opkeek zag ik Tiggy met een bezorgd gezicht voor me staan.

'O Maia, ik kwam alleen maar zeggen dat Electra en ik straks weggaan en we wilden nog even afscheid van je nemen. Maar zo kan ik jou hier niet achterlaten.'

'Nee,' snotterde ik. 'Sorry, ik...'

'Waar moet jij je nou voor verontschuldigen?' vroeg ze, en ze kwam naast me zitten en pakte mijn hand. 'Jij bent ook een mens. Volgens mij vergeet je dat weleens.'

Ik zag dat ze een vluchtige blik op Pa's brief wierp, die nog op tafel lag. In een beschermende reflex griste ik hem weg.

'Heeft de brief je erg aangegrepen?' vroeg ze.

'Ja... en nee.'

Ik wist dat ik het haar niet kon uitleggen. Van alle zusters die hier voor me hadden kunnen staan was Tiggy degene die ik het meest had bemoederd, die op mij had geleund en voor wie ik er altijd was. De rolwisseling was me niet ontgaan.

'Je hebt trouwens de lunch gemist,' zei ze.

'Sorry.'

'Wil je alsjeblieft eens ophouden met sorry zeggen? We begrijpen het allemaal en we houden allemaal van je. En we weten wat Pa's dood voor je betekent.'

'Maar moet je mij nou zien! Ik ben de sterke, degene die altijd alles voor iedereen oplost. En nu ben ik degene die instort. Heb jij je brief al gelezen?' vroeg ik.

'Nee, nog niet. Ik denk – althans, zo voel ik het – dat ik hem wil meenemen naar Schotland. En dat ik dan op mijn eigen, speciale plekje op de hei ga staan om hem te lezen.'

'Nou, dit is míjn thuis, míjn plek, dus ik heb de mijne hier opengemaakt. Maar ik voel me zo schuldig, Tiggy,' biechtte ik op.

'Waarom?'

'Omdat... Omdat ik om mezelf heb zitten huilen. Niet om Pa, maar om mezelf.'

'Maia,' zuchtte ze. 'Denk je nou echt dat er een andere reden is waarom mensen treuren om de dood van een geliefd iemand?'

'Ja, natuurlijk is die er. Ze huilen om een leven dat is afgebroken, om de pijn die zo iemand heeft geleden.'

'Tja,' zei Tiggy met een klein glimlachje. 'Ik weet dat jij het moeilijk vindt om te geloven wat ik geloof, dat er echt een leven na de dood is en dat onze ziel voortleeft. Maar ik stel me voor dat Pa nu ergens in het universum is, verlost van zijn onvolmaakte lichaam en voor het eerst vrij. Want ik kon zó vaak aan zijn ogen zien dat hij in zijn leven veel heeft geleden. En als een van mijn herten doodgaat en van de pijn van het leven bevrijd wordt, dan huil ik om mijn eigen verlies, omdat ík het dier zo zal missen, dat kan ik je wel vertellen. Maia, ook al kun je niet geloven dat er meer is tussen hemel en aarde, probeer dan in elk geval te begrijpen dat verdriet vooral gaat om de mensen die achterblijven. Om óns. We treuren om onszelf en ons verlies. En daar moet je je helemaal niet schuldig over voelen.'

Ik keek naar mijn zusje, dat een en al kalme aanvaarding uitstraalde. En ik moest diep in mijn hart erkennen dat ik dat deel van mij dat ze 'ziel' had genoemd, jarenlang bewust had weggestopt.

'Dank je, Tiggy,' zei ik, 'en sorry dat ik niet bij de lunch was.'

'O, je hebt niet veel gemist. We waren maar met zijn tweeën, Ally en ik. Electra was aan het inpakken en zei dat ze sowieso al veel te veel troep binnen had gekregen, en CeCe en Star zijn nog in Genève. Die zijn vanochtend naar Georg Hoffman gegaan.'

'Dat hoorde ik van Ma. Ik neem aan dat het CeCe om geld te doen was?'

'Lijkt me wel. Je weet dat ze een plaats op een kunstopleiding in Londen heeft gekregen? Ze zullen ergens moeten wonen en dat kost geld.'

'Klopt.'

'Pa's dood heeft op jouw situatie de grootste impact van ons allemaal, Maia. Ik bedoel, we weten allemaal dat je hier bent gebleven om hem gezelschap te houden en voor hem te zorgen.'

'Dat is niet helemaal waar, Tiggy. Ik ben gebleven omdat ik nergens anders heen kon,' biechtte ik plompverloren op.

'Je bent weer eens ongelooflijk streng voor jezelf. Pa was maar deels de reden dat je hier bleef. Maar nu Pa er niet meer is ligt de wereld toch aan je voeten? Dat werk van jou kun je op elke willekeurige plek doen, dus je kunt gaan en staan waar je wilt.' Tiggy keek op haar horloge. 'Ik moet nu echt gaan pakken. Nou, dag Maia, lieve schat,' zei ze, en sloeg haar armen om me heen. 'Zorg alsjeblieft goed voor jezelf. Je weet dat je me altijd kunt bellen. Waarom kom je me niet eens opzoeken in de Schotse Hooglanden? Het is daar zó prachtig en ongelooflijk rustig.'

'Misschien, Tiggy. Dank je wel.'

Al snel nadat ze was vertrokken verzamelde ik de nodige moed om Electra gedag te gaan zeggen. Maar in de tuin, toen ik op weg was naar de steiger, stond ze ineens voor me.

'Ik ben ervandoor,' zei ze. 'Mijn agentschap zegt dat ze me aanklagen als ik morgen niet naar de fotoshoot kom.'

'Begrijp ik.'

Electra hield haar hoofd schuin en keek me aan. 'Hé, gaat het?'

'Ja hoor, prima.'

'Moet je luisteren, waarom kom je niet eens langs in La La Land nu je hier niet meer op Pa hoeft te passen? Dan kan je een tijdje bij Mitch en mij logeren. We hebben een hartstikke leuk gastenverblijfje in de tuin, en je bent altijd welkom, echt.'

'Bedankt, Electra. Laat wat van je horen, oké?'

'Tuurlijk. Nou, tot gauw dan,' zei ze, toen we bij de steiger aankwamen en zagen dat CeCe en Star net uit de boot stapten.

'Hoi meiden,' zei CeCe, en ik zag aan haar glimlach dat de missie naar Genève geslaagd was.

'Ga je weg, Electra?' vroeg Star.

'Ik moet terug naar LA. Er zijn hier mensen die moeten werken voor de kost,' zei ze venijnig, een opmerking die duidelijk bedoeld was voor CeCe.

'Ja, en er zijn hier ook mensen die niet met hun lichaam maar met hun hersens de kost verdienen,' kaatste CeCe terug, toen Ally en Tiggy net bij de steiger aankwamen.

'Kom, kom, meisjes, op een dag als vandaag hebben we elkaar toch juist nodig?' Ally liep naar haar zus en kuste haar op beide wangen. 'We moeten proberen snel een afspraak te maken.'

'Oké,' zei Electra. Ze gaf Star een kus, maar negeerde CeCe. 'Ben je zover, Tiggy?'

'Ja hoor,' zei Tiggy, nadat ze haar andere zussen had omhelsd. Ze liep naar Star, fluisterde iets in haar oor en Star fluisterde iets terug.

'Kom, we gaan,' commandeerde Electra. 'Ik kan het me niet permitteren mijn vlucht te missen.'

Ik bleef staan kijken toen Tiggy en Electra in de boot stapten. De motor zoemde en wij, de vier achtergebleven zussen, zwaaiden de twee na en liepen terug naar het huis.

'Ik denk dat Star en ik straks ook vertrekken,' zei CeCe.

'Echt waar? Kunnen we niet wat langer blijven?' vroeg Star.

'Wat heeft dat voor zin? Pa is er niet meer, we hebben de advocaat gesproken en nu moeten we zo snel mogelijk naar Londen om woonruimte te zoeken.'

'Je hebt gelijk,' antwoordde Star.

'Wat ga jij doen in Londen als CeCe die kunstopleiding volgt?' vroeg Ally.

'Dat weet ik nog niet precies,' antwoordde Star.

'Je denkt erover een cursus bij Le Cordon Bleu te gaan doen, hè Star?' En tegen mij vervolgde CeCe: 'Ze is toch zo'n fantastische kok. Oké, ik ga naar vluchten kijken. Ik weet dat er om acht uur een van Genève naar Heathrow gaat, dat zou voor ons perfect zijn. Tot zo.'

Ally en ik bleven de twee meisjes staan nakijken toen ze naar het huis liepen.

'Niks zeggen,' zei ik zuchtend. 'Ik weet het.'

'Toen we opgroeiden heb ik het altijd als iets positiefs beschouwd dat ze zo close waren,' zei Ally. 'Ze waren de middelste zussen en het was mooi dat ze elkaar hadden.'

'Ik weet nog dat Pa voorstelde dat ze naar verschillende scholen gingen, en dat Star toen hysterisch begon te snikken en hem smeekte om ze naar dezelfde school te laten gaan,' peinsde ik hardop.

'Het probleem is onder andere dat niemand ooit de kans krijgt om Star alleen te spreken. Gaat het wel goed met haar? Sinds ze hier is ziet ze er bar slecht uit.'

'Ally, ik heb echt geen flauw idee. Ik heb soms zelfs het gevoel dat ik haar nauwelijks ken,' moest ik toegeven.

'Nou ja, als CeCe het straks druk heeft met haar kunstopleiding en Star besluit om iets anders te gaan doen, krijgen ze misschien de kans om een beetje van elkaar los te komen. Maar wat vind je, zullen we op het terras gaan zitten? Dan loop ik even naar Claudia om te vragen of ze je een paar sandwiches brengt.

Je ziet bleek, Maia, en je hebt de lunch gemist. En ik wilde nog iets met je bespreken.'

Ik vond het best en ging op het terras zitten; de warmte van de zon op mijn gezicht ontspande me. Even later kwam Ally naast me zitten.

'Claudia komt iets te eten brengen,' zei ze. 'Maia, ik wil me nergens mee bemoeien, maar heb je gisteravond je brief geopend?'

'Ja, dat heb ik. Of liever gezegd vanochtend,' zei ik.

'En je bent er duidelijk door van streek.'

'In het begin wel, maar nu gaat het wel weer, Ally, heus,' antwoordde ik, een beetje overvallen door die vraag. Tiggy's lieve bezorgdheid had me getroost, maar door Ally's aandacht zou ik me wat bemoederd voelen. 'En jij?'

'Ja, ik heb hem opengemaakt,' zei Ally. 'Het was een mooie brief, ik moest erom huilen, maar ik voelde me er ook door gesterkt. Ik heb vanochtend op internet naar de coördinaten gezocht en ik weet precies waar we allemaal oorspronkelijk vandaan komen. En daar zitten een paar verrassingen bij, dat kan ik je wel vertellen,' vervolgde ze, toen Claudia met een bord met sandwiches kwam aanlopen en dat voor me neerzette.

'Dus jij weet precies waar wij zijn geboren? Waar ik ben geboren?' vroeg ik.

'Ja, of ik heb op zijn minst een aanwijzing voor de plaatsen waar Pa ons heeft gevonden. Wil je het weten, Maia? Ik kan het je vertellen, maar ik kan het ook aan jou zelf overlaten om het op te zoeken.'

'Ik weet het nog niet,' zei ik aarzelend, want ik voelde een zenuwachtig gefladder in mijn buik opkomen.

'Ik kan je in elk geval vertellen dat Pa een zeer bereisd persoon was.'

Ik keek naar haar en wenste dat ik bij deze vreemde paradox van de geheimzinnige dood en ontsluierde geboortemysteries dezelfde kalmte kon vertonen als Ally.

'Dus jij weet nu waar je vandaan komt?' vroeg ik.

'Ja, maar ik kan het nog niet helemaal plaatsen.'

'En de anderen? Heb je hun verteld waar ze zijn geboren?'

'Nee, maar ik heb ze uitgelegd hoe ze de coördinaten op Google Earth kunnen vinden. Zal ik het jou ook uitleggen? Of alleen maar zeggen hoe het moet?' Ally keek me met haar prachtige blauwe ogen doordringend aan.

'Ik weet het gewoon nog even niet.'

'Nou ja, zoals ik zeg, je kunt het heel makkelijk zelf opzoeken.'

'Dan doe ik het zodra ik er klaar voor ben,' zei ik resoluut, met het gevoel dat ik weer eens een stap achterliep op mijn zuster.

'Ik zal precies opschrijven hoe je de coördinaten kunt lokaliseren, voor als je hebt besloten om het uit te zoeken. Heb je trouwens nog gelegenheid gehad om iets van die Griekse citaten op dat armillarium te vertalen?'

'Ja, ik heb ze allemaal vertaald.'

'Nou, ik zou dolgraag weten wat Pa voor mij heeft gekozen,' zei Ally. 'Dus wil je me dat alsjeblieft vertellen?'

'Ik weet het niet precies meer, maar ik kan wel even naar het Paviljoen gaan en het voor je opschrijven.'

'Fijn!'

Ik nam een hap van een sandwich en wenste voor de duizendste keer dat ik meer zoals Ally was, die alles wat op haar weg kwam kalm aanvaardde, die nooit bang was voor wat het leven voor haar in petto had. De carrière die ze had gekozen was de perfecte metafoor voor haar karakter: ze hield van solitair werk vol risico's, van krachtmetingen met huizenhoge golven die in één seconde haar breekbare boot konden doen kapseizen. Van ons allemaal zat Ally het beste in haar vel. Ze gaf zich nooit over aan negatieve gedachtes; als ze tegenslag te verduren kreeg beschouwde ze dat als een positieve levensles, en dan ging ze weer verder.

'Dus het lijkt erop dat wij tweeën de rest van de zussen van de nodige informatie kunnen voorzien, als ze naar hun verleden willen graven,' peinsde ze hardop.

'Dat klopt, maar misschien is het voor ons allemaal nog te vroeg om te besluiten of we Pa's aanwijzingen willen volgen en terug willen gaan naar het verleden.'

'Zou kunnen,' zuchtte Ally. 'Bovendien begint de Cycladenrace en moet ik hier zo snel mogelijk weg om me bij de bemanning te voegen. Eerlijk gezegd, Maia, zal het moeilijk worden om het water weer op te gaan na wat ik een paar dagen geleden heb meegemaakt.'

'Dat kan ik me voorstellen,' zei ik. Na wat ik nog maar net over Ally's karakter had bedacht, was ik verbaasd over haar plotselinge kwetsbaarheid. 'Maar als je daar eenmaal bent, komt het wel goed,' stelde ik haar gerust.

'Ik hoop het. Ik moet je zeggen dat ik me voor het eerst sinds ik met wedstrijdzeilen ben begonnen zorgen maak.'

'Je hebt je jarenlang op je vaardigheden als zeiler gestort, Ally, dus raak nou niet ineens van streek doordat je bang bent.'

'Je hebt gelijk. Ik ga mijn uiterste best doen om ons te laten winnen. Voor hem. Dank je, Maia. Weet je, ik zat vanochtend te denken hoe sterk ik mijn leven door dat zeilen heb laten domineren. Als jong meisje moest en zou ik professioneel fluitist worden, weet je nog? Maar tegen de tijd dat ik naar het conservatorium zou gaan, had het zeilvirus me al compleet in zijn klauwen.'

'Natuurlijk weet ik dat nog.' Ik moest glimlachen. 'Je hebt voor zo veel dingen talent, Ally, maar ik moet toegeven dat ik je fluitspel mis.'

'Grappig dat je dat zegt, want ik begin me te realiseren dat ik het zelf ook mis. Gaat het straks wel goed met jou als je hier alleen zit?'

'Ja hoor, prima. Maak je om mij alsjeblieft geen zorgen. Ik heb Ma en ik heb mijn werk. Met mij is alles oké.'

‘Heb je zin om later deze zomer een paar dagen mee te varen op mijn boot? We kunnen overal heen zeilen, waar je maar wilt, misschien langs de kust van Amalfi. Beeldschoon en een van mijn favoriete plekken. En misschien neem ik mijn fluit mee aan boord,’ zei ze met een licht glimlachje.

‘Da’s een geweldig idee. Maar we zullen zien. Ik heb het op het moment erg druk met vertalen.’

‘We hebben een plaats op een vlucht naar Heathrow kunnen bemachtigen!’ kraaide CeCe, die achter ons het terras op stormde. ‘Christian brengt ons over een uur naar het vliegveld.’

‘Dan zou ik kunnen kijken of ik een lastminutevlucht naar Nice kan krijgen, dan kan ik met jullie mee. Vergeet je niet het citaat voor me uit te schrijven, Maia?’ zei Ally, die opstond en in het huis verdween.

‘Is alles naar wens verlopen bij Georg?’ vroeg ik CeCe.

‘Prima,’ knikte CeCe. ‘Ik neem aan dat je de citaten al heb vertaald?’ vroeg ze, terwijl ze een stoel bijtrok en ging zitten.

‘Ja.’

‘Ally vertelde me dat ze onze coördinaten ook al had.’

‘Heb jij je brief al opengemaakt?’ vroeg ik.

‘Nee. Star en ik waren het erover eens dat we het beste een rustig moment samen kunnen uitkiezen en hem dan openmaken. Maar het zou heel handig zijn als je alvast onze citaten kunt opschrijven, ze in een envelop stopt en die voordat we vertrekken aan ons meegeeft. Ik heb dat voor de coördinaten ook aan Ally gevraagd.’

‘Natuurlijk kan ik je dat van jou geven, CeCe. Maar Pa heeft in zijn brief aan mij nadrukkelijk gezegd dat ik elk citaat dat ik vertaal alleen aan de zus in kwestie mag geven. Dus ik geef dat van Star rechtstreeks aan haar,’ zei ik, verbaasd over het gemak waarmee ik dat leugentje opdiste.

‘Oké,’ zei CeCe, en haalde haar schouders op. ‘Maar we laten ze natuurlijk tóch aan elkaar zien.’ Ineens wierp ze me een snelle blik toe. 'Gaat het straks wel goed met jou nu Pa er niet meer is? Wat ga je nu doen?'

'Ik heb mijn werk, en daar heb ik mijn handen vol aan,' stelde ik alweer een zus gerust.

'Ja, maar we weten allemaal dat je hier woonde vanwege Pa. Hoe dan ook, het zou erg leuk zijn als je ons in Londen in ons nieuwe appartement komt opzoeken. Ik heb al contact gehad met een paar verhuurbureaus. We zouden het allebei geweldig vinden als je komt logeren.'

'Heel aardig van je, CeCe. Ik laat het je weten.'

'Mooi. Mag ik je iets vragen, Maia?'

'Natuurlijk mag je dat.'

'Denk je... Denk je dat Pa op me gesteld was?'

'Wat een rare vraag! Natuurlijk was hij op jou gesteld. Hij hield van ons allemaal evenveel.'

'Ja, maar...'

CeCe's korte, brede nagels bewogen over het tafelblad alsof ze pianospeelde.

'Wat is er?' vroeg ik.

'Nou, eerlijk gezegd zie ik er erg tegen op om de brief open te maken. Ik bedoel, je weet dat ik niet bepaald de meest emotionele persoon ben en ik heb ook nooit het gevoel gehad dat ik een sterke band had met Pa. Ik ben niet dom. Ik weet dat mensen me bot en wel érg praktisch vinden, behalve Star natuurlijk, maar vanbinnen ben ik echt supergevoelig. Begrijp je dat?'

Bij die onverwachte bekentenis raakte ik instinctief CeCe's hand aan. 'Ik begrijp het helemaal. Maar CeCe, ik herinner me nog dat jij als baby hier kwam en dat Ma geschokt was omdat je hier al zo snel na Star was. Toen ik Pa vroeg waarom we al zo snel een nieuw zusje hadden, zei hij dat dat was omdat jij zo bijzonder was, hij moest je gewoon meenemen. En dat is de waarheid, CeCe.'

'Is dat echt zo?'

'Echt waar.'

Voor het eerst sinds ik mijn vierde zuster kende leek het erop dat het huilen haar nader stond dan het lachen.

'Dank je wel, Maia,' zei ze dankbaar. 'En nu ga ik Star opzoeken om te zeggen dat we zo weg moeten.'

Ik keek haar na toen ze opstond en wegging en bedacht hoe Pa's dood ons nu al had veranderd.

Een uur later, nadat ik elke zus de vertaling van haar inscriptie had gegeven, stond ik alweer op de steiger om afscheid te nemen. De sloep met daarin Ally, CeCe en Star scheerde over het water, ze keerden terug naar hun eigen leven. In het Paviljoen schonk ik mezelf een glas wijn in, en ik dacht erover na dat elk van mijn zussen me in haar leven had verwelkomd, en dat ik als ik wilde het komende jaar van de ene uithoek van de wereld naar de andere kon reizen om hun leefwereld van dichtbij te zien.

Maar ik zat hier en woonde nog in het huis van mijn kinderjaren. En toch was er daarvóór nog een andere plek geweest. En een leven dat ik me niet herinnerde en waarover ik niets wist.

Vastbesloten liep ik naar mijn bureau en zette mijn laptop aan. Misschien werd het tijd om te ontdekken wie ík was. Waar ik vandaan kwam. En waar ik thuishoorde.

Mijn handen trilden een beetje toen ik Google Earth opende. Heel nauwkeurig typte ik aan de hand van Ally's instructies de coördinaten in. Ik hield mijn adem in, wachtend tot de laptop zou onthullen waar ik vandaan kwam. Het cirkeltje op het scherm bleef eindeloos ronddraaien, als een aardbol om haar as, maar eindelijk zag ik de informatie voor mijn ogen verschijnen. De naam van mijn geboorteplaats kwam tevoorschijn.

8

Verrassend genoeg sliep ik die nacht diep en droomloos en werd ik opgefrist wakker. Ik lag een tijdje naar het plafond van mijn slaapkamer te staren om alles te verwerken wat ik de vorige dag te weten was gekomen.

Wat ik had ontdekt had ik niet echt schokkend gevonden; het was alsof ik die informatie altijd al in mijn DNA had meegedragen. En wat ik had gevonden, vormde door puur toeval eigenlijk al een deel van mijn leven. Ik kon haast niet geloven dat ik het huis waarin ik misschien geboren was, nu ook echt had gezien. Op de luchtfoto van Google Earth leek het enorm groot en deftig, en ik vroeg me dan ook af waarom Pa me als baby uit zo'n schitterend huis had weggehaald.

Net toen ik uit bed stapte ging mijn mobieltje. Ik greep het snel, maar de verbinding was al verbroken. Er was vanaf een onbekend nummer gebeld, dus ik nam aan dat het telefonische reclame was. Ik liet het ding daar liggen en liep naar de keuken om de nodige energie op te doen met mijn vertrouwde mok English breakfast tea.

Ik nam af en toe een slokje thee en peinsde over het ongelooflijke feit dat ik, als ik wilde, gewoon in een vliegtuig kon stappen en binnen vierentwintig uur op de deur van mijn verleden kon kloppen.

A Casa das Orquídeas, Laranjeiras, Rio de Janeiro, Brazil.

Ik speurde mijn brein af naar de precieze details van mijn gesprek met Pa toen ik mijn studierichting moest kiezen. Hij had me ongetwijfeld aangeraden om Portugees als een van mijn talen te kiezen, en ik herinnerde me hoe die taal me was komen aanwaaien, alsof het mijn moedertaal, Frans, was. Ik liep naar de zitkamer en haalde het driehoekige tegeltje uit de envelop om de vervaagde inscriptie op de achterkant opnieuw te bestuderen.

Nu ik wist dat het Portugees was, begreep ik beter hoe ik het moest aanpakken. Ik kon een paar letters ontcijferen, en een jaartal, 1929, maar de rest viel niet te ontcijferen.

Plotseling ging er een rilling van opwinding door me heen, die ik onmiddellijk onderdrukte. Zomaar ineens naar Brazilië gaan, dat was toch belachelijk?

Maar was dat wel zo belachelijk?

Bij een tweede kop thee liet ik het idee op me inwerken. Oké, goed, besloot ik toen ik wat rustiger was geworden, laat ik er maar eens naartoe gaan. Ik vertaalde immers werk van Braziliaanse schrijvers in het Frans, dus ik had een goede aanleiding om een keer die kant op te gaan. Ik kon weleens een bezoekje aan de Braziliaanse uitgever van Floriano Quintelas regelen, de schrijver die me onlangs nog had gemaild, om te zien of die me wilde aanbevelen bij andere schrijvers.

Weer ging mijn mobieltje. Ik liep naar de slaapkamer en pakte het van mijn nachtkastje. De voicemailservice maakte me attent op het eerder gemiste bericht. Met het toestel aan mijn oor was ik op weg naar de keuken, toen ik een andere, al te bekende stem een bericht hoorde inspreken.

'Hoi Maia, met mij. Ik hoop dat je je mij nog herinnert,' zei hij met een nonchalant lachje. 'Moet je horen, ik weet niet of je het vreselijke bericht over mijn vader hebt gehoord, maar het is echt ontzettend tragisch. Ik moet je eerlijk zeggen dat we de schok nog niet te boven zijn. Ik had je anders niet gebeld, maar van een zeilvriendje van me hoorde ik over jouw vader, ik begrijp dat ook hij onlangs is overleden. Hoe dan ook, ik moet de komende dagen in Genève zijn en het leek me fijn om je weer eens te zien. Dan kunnen we op elkaars schouder uithuilen. Het leven zit raar in elkaar, hè? Ik heb geen idee of je nog in Genève woont, maar ik heb je vaste nummer ook nog ergens. Dus ik geef je wel een belletje als ik er ben, of als ik niks van je hoor ga ik misschien op goed geluk naar het befaamde Atlantis. Het spijt me heel erg van je vader. Hou je taai.'

Bij de piep aan het eind van het bericht stond ik als aan de grond genageld. Ik was niet in staat om me te bewegen, te geschokt doordat ik na veertien jaar ineens weer zijn stem hoorde.

'O mijn god,' fluisterde ik, terwijl ik de mogelijkheid dat Zed hier over een paar dagen voor de deur stond tot me liet doordringen. Ik voelde me als een konijn dat in de koplampen staart en was het liefst onder mijn bed gekropen, uit pure angst dat hij al in Genève was en me hier elk moment kon komen opzoeken.

Toen ik me realiseerde dat Marina of Claudia de telefoon kon aannemen en in alle onschuld zouden zeggen dat ik inderdaad thuis was, sloeg me helemaal de schrik om het hart. Ik moest ze onmiddellijk waarschuwen dat ze tegen iedereen die belde moesten zeggen dat ik niet thuis was.

Maar stel dat Zed ineens voor de deur stond? Hij wist precies waar Atlantis was, ik had hem dat ooit tot in detail uitgelegd.

'Ik moet hier weg,' fluisterde ik, en eindelijk gehoorzaamden mijn benen me en kon ik naar de zitkamer lopen, waar ik rusteloos bleef ijsberen om te besluiten bij welke zus ik zou gaan logeren.

Ik vond geen enkele uitnodiging erg aanlokkelijk en vroeg me af of ik niet beter gewoon terug kon gaan naar Londen en mijn toevlucht kon zoeken bij Jenny tot de kust veilig was.

Maar hoe lang kon dat wel niet duren? Het zou heel goed kunnen dat Zed langer in Genève bleef; ik durfde erop te wedden dat zijn vaders enorme vermogen in de kluizen van de Zwitserse banken lag opgeslagen en daar werd beheerd.

'Waarom juist nu?' jammerde ik tegen mijn schikgodinnen.

Net nu ik tijd nodig had om weer wat tot mezelf te komen en tot rust te komen, moest ik weg. Als ik hem nu zou zien zou ik compleet instorten, zeker nu ik me zo kwetsbaar voelde.

Ik keek naar het tafeltje voor me en liet intuïtief mijn vingers over het gladde oppervlak van het driehoekige tegeltje glijden. Ik bleef ernaar staren, terwijl een idee dat bij me opkwam steeds vastere vorm aannam.

Als ik afstand tussen hem en mij wilde, als niemand mocht weten waar ik was, dan was Brazilië dé oplossing. Ik kon mijn laptop meenemen en daar aan mijn vertaling werken. Waarom zou ik het eigenlijk niet doen?

'Ja, Maia, waarom ook niet?' zei ik tegen mezelf.

Een uur later liep ik de keuken binnen en vroeg ik Claudia waar Marina was.

'Die is naar Genève voor wat boodschappen, Maia. Kan ik een boodschap doorgeven als ze terug is?'

'Ja,' zei ik, en ik moest diep graven naar de nodige moed voor wat ik nu ging zeggen. 'Zeg maar dat ik vanavond voor ten minste een paar weken vertrek. En, Claudia, als er iemand op de vaste lijn voor me belt of langskomt, wil je dan zeggen dat ik een tijdje weg ben?'

Claudia's meestal stoïcijnse gezicht toonde verbazing. 'Waar ga je naartoe, Maia?'

'Gewoon, weg,' zei ik zo neutraal mogelijk.

'Goed,' antwoordde ze. Ik wachtte tot ze verderging, maar daar liet ze het bij.

'Dus ik ga nu terug naar het Paviljoen om te pakken,' zei ik. 'En misschien kun je Christian als hij terugkomt laten weten dat ik de boot rond drie uur nodig heb om naar Genève te gaan.'

'Zal ik een lunch voor je klaarmaken?'

'Nee, dank je,' zei ik; mijn maag was nu al behoorlijk van streek. 'Ik kom nog wel even dag zeggen voor ik vertrek. En vergeet niet, Claudia, als er vanaf nu iemand voor me belt, ben ik er niet.'

'Dat weet ik, Maia, dat zei je al.'

Twee uur later had ik een hotel en vluchten geboekt en verliet ik Atlantis met een haastig gepakte koffer. Terwijl de boot zachtjes over het water gleed naar Genève, flitste het door me heen dat ik niet wist of ik wegliep van mijn verleden of er juist naartoe ging.

9

Door het tijdsverschil van vijf uur zette ik de volgende ochtend om zes uur voet op Braziliaanse bodem. Ik had verwacht onder de brandende Zuid-Amerikaanse zon de luchthaven uit te stappen en was dan ook teleurgesteld onder een bewolkte hemel aan te komen. Maar het was daar natuurlijk winter, en al was het er ver boven de twintig graden, van de intense tropische hitte waarop ik me had ingesteld was geen sprake. In de aankomsthal stond een man met een bord met mijn naam me op te wachten.

'*Olá, eu sou Senhorita D'Aplièse. Como você esta?*' zei ik in het Portugees terwijl ik naar hem toeliep. Ik genoot van de verbaasde blik op zijn gezicht.

Hij bracht me naar de auto, en op weg naar Rio keek ik met grote belangstelling om me heen. Dus dit was mijn geboortestad. Ik had in mijn tweede jaar aan de universiteit meegedaan aan een Braziliaans uitwisselingsprogramma, maar dat had zijn basis in São Paulo, en verder had ik alleen Salvador, de oude hoofdstad, bezocht. Door alle verhalen over Rio en zijn misdaad, zijn armoede en zijn wilde nachtleven zat ik als alleenstaande vrouw niet te springen om een bezoekje te brengen aan die stad. Maar hier zat ik, en als Pa's informatie klopte was ik deel van het DNA van de stad en vormde Rio deel van mijn DNA.

De chauffeur, dolblij dat hij eindelijk weer een vloeiend Portugees sprekende buitenlandse passagier had, vroeg waar ik vandaan kwam.

'Hier. Ik ben hier geboren,' antwoordde ik.

Hij nam me via zijn achteruitkijkspiegel eens goed op.

'Maar natuurlijk! Nu zie ik het: u bent Braziliaanse! Maar uw achternaam is D'Aplièse, dus ik dacht dat u Française was. Bent u hier op familiebezoek?'

'Ja, ik geloof het wel,' zei ik, terwijl de waarheid van die woorden nog naklonk in mijn hoofd.

'Kijk,' zei de chauffeur, en hij wees naar een hoge berg waarop een wit standbeeld van een menselijk figuur stond, die met wijd open armen de stad omarmde. 'Dat is onze *Cristo Redentor.* Als ik Hem zie, weet ik dat ik weer thuis ben.'

Ik staarde omhoog naar de bleke, elegant gebeeldhouwde figuur, die als een engelachtige verschijning te midden van de wolken leek te zweven. Net als de rest van de wereld had ik dat beeld talloze keren in de media gezien, en toch was het in het echt adembenemend en verrassend ontroerend.

'Heeft u Hem al eens bezocht?' vroeg mijn chauffeur.

'Nee, nog niet.'

'Dan bent u een echte inwoner van Rio, een *carioca*!' zei hij grijnzend. 'Het mag dan een van de zeven moderne wereldwonderen zijn, wij in Rio vinden het wel best. Het zijn de toeristen die er in horden op afkomen.'

'Ik ga er beslist een keer naartoe,' beloofde ik, terwijl we in een tunnel verdwenen en Christus de Verlosser uit het zicht verdween.

Veertig minuten later stopten we voor Hotel Caesar Park. Aan de overkant van de brede straat lag het strand van Ipanema, nog verlaten vanwege het vroege uur, maar gewoonweg schitterend. Het strekte zich uit zo ver het oog reikte.

'Hier hebt u mijn kaartje, Senhorita D'Aplièse. Mijn naam is Pietro en u kunt me op elk moment bellen als u in de stad moet zijn.'

Ik bedankte hem met '*obrigada*', gaf hem een paar reals fooi en volgde de portier naar de lobby om in te checken.

Een paar minuten later nam ik mijn intrek in een prettig ruime suite met grote ramen aan de voorkant, die een prachtig uitzicht op het strand van Ipanema boden. De suite was belachelijk duur, maar op zo korte termijn was er niets anders beschikbaar. En ik gaf altijd zo weinig uit dat ik me nu totaal niet schuldig voelde. Ik wilde even afwachten wat er de komende dagen gebeurde, en als ik besloot om langer te blijven zou ik een appartement huren.

Maar wat zou er de komende dagen gebeuren?

De afgelopen vierentwintig uur waren als een wervelwind geweest, en die situatie was versterkt door mijn paniek en de noodzaak om Zwitserland zo snel mogelijk te verlaten. Ik had nog niet eens goed nagedacht over wat ik bij aankomst zou doen. Ik had in het vliegtuig slecht geslapen en was nog doodmoe van het trauma van de laatste dagen. Dus besloot ik voorlopig te volstaan met het ophangen van het bordje 'niet storen' aan mijn deurknop. Ik gleed tussen de frisse, heerlijk geurende lakens en viel in slaap.

Een paar uur later werd ik wakker. Ik merkte dat ik niet alleen trek had, maar ook dolgraag de stad wilde zien, dus nam ik de lift naar het restaurant op de bovenste verdieping. Op het terrasje met zijn fantastische uitzicht over zowel de zee als de bergen bestelde ik een caesarsalade en een glas witte wijn. De wolken waren als een vage herinnering verwaaid, het strand onder me lag vol gebruinde lijven die lagen te zonnen.

Na het eten begon de mist in mijn hersens langzaam maar zeker op te klaren, zodat ik kon bedenken wat ik het beste kon doen. Ik bestudeerde het adres dat de coördinaten me exact hadden opgegeven en dat ik in mijn smartphone had opgeslagen. Ik moest maar accepteren dat er geen garantie was dat mijn oorspronkelijke familie er nog woonde. Ik wist niet hoe ze heetten, ik wist helemaal niets van ze. Bij de gedachte dat ik daar op de stoep zou staan met de mededeling dat ik op zoek was naar mijn lang geleden verloren familie ontschoot me een zenuwachtig lachje.

Maar toen schoten Pa Salts woorden op het armillarium me te binnen. Wijze woorden waaraan ik me moest houden, en het ergste wat me kon overkomen was dat ze de deur in mijn gezicht zouden dichtslaan. Misschien hadden het glas wijn en de jetlag me een ongewone portie moed verschaft. Ik ging terug naar mijn suite en voordat ik misschien van gedachten zou veranderen belde ik de receptie om te vragen of chauffeur Pietro beschikbaar was.

'Geen probleem,' zei de receptionist. 'Wilt u nu direct gebruikmaken van de auto?'

'Ja.'

En zo zat ik tien minuten later weer in Pietro's auto en reden we langzaam het centrum van de stad uit.

'Dat huis, A Casa das Orquídeas, dat ken ik volgens mij,' zei hij.

'Ik niet,' moest ik bekennen.

'Nou, als het dat huis echt is, dan is het heel interessant. Het is heel oud en vroeger woonde er een rijke Portugese familie,' vervolgde hij, toen we weer in een van de traag voortbewegende en volgens Pietro permanente files van Rio terechtkwamen.

'Misschien heeft het wel een nieuwe eigenaar,' zat ik hardop te denken.

'Zou kunnen.' Hij keek naar me via de achteruitkijkspiegel en voelde kennelijk aan dat ik gespannen was. 'Bent u op zoek naar een familielid?'

'Ja,' antwoordde ik naar waarheid, en toen ik omhoog keek zag ik Christus de Verlosser boven me uittorenen. Ik was nooit een erg religieus type geweest, maar op dat moment gaven zijn uitgestrekte armen, die de hele wereld leken te omvatten, me een bijzonder gevoel van troost.

'Zo, over een paar minuten komen we aan bij uw adres,' zei Pietro een kwartier later. 'Ik denk niet dat u vanaf de straat veel kunt zien, er staat een hoge heg omheen vanwege de privacy. Dit was vroeger een heel exclusieve buurt, maar ze hebben het hier sindsdien jammer genoeg vol gezet met nieuwbouw.'

Er stonden inderdaad allerlei industriële gebouwen en appartementengebouwen.

'Daar is het huis, senhorita.'

Ik volgde Pietro's wijsvinger en zag een lange verwilderde heg, waar wilde bloemen hun mooie maar destructieve kopjes doorheen staken. Ik vergeleek het beeld met onze onberispelijk verzorgde tuin in Genève en concludeerde dat zich al heel lang geen liefhebbend paar handen over deze heg had ontfermd.

Het enige wat ik boven de heg uit kon zien waren een paar ouderwetse schoorstenen, waarvan het oorspronkelijke baksteenrood met jaren aan roet was bedekt en pikzwart was geworden.

Ook Pietro had direct gezien hoe verwaarloosd de buitenkant van het huis was. 'Misschien staat het wel leeg,' suggereerde hij, zijn schouders ophalend.

'Misschien, ja.'

'Zal ik de auto hier neerzetten?' vroeg hij. Hij minderde vaart en zette hem een paar meter voorbij het pand aan de kant.

'Ja, graag.'

Hij stopte, zette de motor af en draaide zich naar me om. 'Ik blijf hier op u wachten. Succes, Senhorita D'Aplièse.'

'Dank je.'

Ik stapte uit en sloeg het portier veel te hard dicht, al helemaal gefixeerd op wat me te wachten stond. Op de stoep langs het huis zei ik tegen mezelf dat wat er in de komende minuten ging gebeuren niet echt belangrijk was, dat ik een liefhebbende vader had gehad en iemand die als een moeder voor me was, en dat ik mijn zusters had. En goedbeschouwd had de reden waarom ik hier was veel minder te maken met wat ik achter deze heg zou aantreffen dan met datgene waarvoor ik intuïtief op de vlucht was geslagen.

Die gedachte gaf me het nodige zelfvertrouwen, en ik stapte door het hoge, smeedijzeren hek de oprit op. En voor het eerst zag ik het huis waar volgens de coördinaten mijn geschiedenis was begonnen.

Het was een elegant achttiende-eeuws herenhuis, dat met zijn formele, vierkante vorm, zijn witgepleisterde muren, zijn weelderig gevormde lijstwerk en steunbalken de sfeer van het koloniale verleden van Brazilië ademde. Maar toen ik dichterbij kwam zag ik dat het pleisterwerk smoezelig en gebarsten was, en dat het schilderwerk van de tientallen openslaande vensters op veel plaatsen was gaan bladderen en het kale houtwerk blootlegde.

Ik verzamelde moed en liep naar het huis, passeerde de basis van een marmeren, gebeeldhouwde fontein, waar ooit speelse waterstraaltjes moesten hebben geklaterd. De rolluiken van de meeste ramen zaten potdicht, zodat ik me afvroeg of Pietro niet gelijk had en dat dit huis leegstond.

Ik liep het brede bordes naar de voordeur op en drukte op de ouderwetse bel. Maar die bracht binnen geen enkel geluid teweeg. Ik probeerde het nog twee keer en klopte vervolgens zo zelfverzekerd als ik maar durfde op de deur. Ik wachtte, maar hoorde geen voetstappen naderen. Ik besloot nog een keer te kloppen, dit keer harder.

Nadat ik zeker een paar minuten voor de deur had staan wachten, realiseerde ik me dat dit zinloos was en dat er niemand zou opendoen. Ik keek omhoog en zag weer die luiken voor de ramen en concludeerde dat het huis waarschijnlijk niet bewoond was.

Toen ik de trap afliep twijfelde ik even wat ik zou doen: linea recta teruggaan naar Pietro en de hele zaak vergeten, of nog even om het huis rondsnuffelen om te kijken of ik niet door een spleet van een luik kon gluren. Ik besloot tot het laatste en sloop de zijkant van het huis langs.

Het huis bleek heel wat dieper te zijn dan het breed was, en de zijmuur liep door tot wat ooit een prachtige tuin was geweest. Ik liep tot het eind van de muur, teleurgesteld dat ik geen kijkgaatje had kunnen ontdekken. Waar de muur eindigde lag een met mos bedekt terras.

Mijn blik werd onmiddellijk getrokken naar het stenen beeld van een jonge vrouw, dat in de uiterste hoek van het terras tussen een paar gebarsten terracotta bloempotten stond. De vrouw was zittend afgebeeld en staarde recht voor zich uit. Van dichtbij zag ik dat de neus was afgebrokkeld, maar dat deed niet af aan de zuivere, simpele lijnen van haar figuur en de strenge schoonheid van de vrouw.

Ik wilde net de hoek omslaan om de achterkant van het huis te inspecteren, toen ik onder een boom in de tuin die aan het terras grensde, een gestalte opmerkte.

Mijn hart bonsde in mijn keel. Ik deinsde achteruit, drukte me tegen de zijmuur om niet gezien te worden en keek voorzichtig om de hoek om de persoon beter te kunnen bekijken. Vanaf die afstand was het lastig om precies te zien hoe ze eruitzag, ik wist alleen dat het een vrouw was en uit de manier waarop ze zat maakte ik op dat ze erg oud was.

Bij het zien van de vrouw schoten er duizend razendsnelle gedachten door me heen. Ik was al nooit goed in het nemen van snelle beslissingen, en daar stond ik, tegen de muur gedrukt, met een half oog gericht op een oude vrouw die misschien wel of misschien niet familie van me was.

Ik keek naar de hemel en wist instinctief dat Pa dit soort momenten altijd onverschrokken tegemoet was getreden. En voor het eerst in mijn volwassen bestaan zou ik dat ook doen.

Ik stapte in het volle zicht van de vrouw en liep naar haar toe. Ze draaide haar hoofd niet naar me toe toen ik dichterbij kwam.

Toen ik dichtbij genoeg was om haar goed te kunnen zien, zag ik dat ze haar ogen dicht had en leek te slapen.

Daardoor kreeg ik de kans haar gezicht wat beter te bestuderen. Ik vroeg me af of ik trekken van mezelf zou moeten herkennen, maar ik wist dat ze net zo goed een totaal onbekende kon zijn, iemand die het huis tijdens de drieëndertig jaar dat ik er weg was had bewoond.

'*Desculpe?* Kan ik u helpen, senhorita?'

Ik maakte een sprongetje van schrik toen ik de zachte stem achter me hoorde. Ik draaide me om en zag een broodmagere, oudere, donkere vrouw met grijzend kroeshaar, gekleed in een ouderwets dienstbodenuniform, die me achterdochtig aankeek.

'Sorry,' zei ik snel. 'Er werd niet opengedaan...'

De vrouw legde een vinger tegen haar lippen. 'Sst, ze slaapt. Wat komt u hier doen?'

'Ik...' Hoe kon ik deze vrouw in een paar gefluisterde woorden mijn verhaal uitleggen? 'Mij is verteld dat ik iets met dit huis te maken heb en ik zou graag de eigenaar spreken.'

Ze nam me van hoofd tot voeten op, en ik zag haar ogen even oplichten toen haar blik op mijn hals bleef rusten.

'Senhora Carvalho ontvangt niemand. Ze is erg ziek en heeft veel pijn.'

'O, maar misschien kunt u tegen haar zeggen dat ik langs ben geweest.' Ik haalde een visitekaartje uit mijn tas en gaf het aan de dienstbode. 'Ik logeer in Hotel Caesar Park. Wilt u zeggen dat ik haar heel graag wil spreken?'

'Dat wil ik wel, maar dat zal weinig uitmaken,' zei ze kortaf.

'Mag ik vragen hoe lang de mevrouw in de stoel hier al woont?'

'Haar hele leven. En nu ga ik u uitlaten.'

Toen ik dat hoorde liepen de rillingen me over de rug. Ik wierp nog een laatste blik op de oude vrouw in de stoel. Als Pa Salt en zijn coördinaten het bij het juiste eind hadden, moest er op de een of andere manier een relatie bestaan tussen deze vrouw en mij. Ik draaide me om en liet me door de dienstbode terugleiden over het terras. We stonden net bij de hoek van het huis toen we achter ons een breekbare stem hoorden.

'Wie is dat?'

We bleven staan en draaiden ons om, en ik zag een glimp van angst in de ogen van de dienstbode.

'Vergeeft u me, Senhora Carvalho, ik wilde u niet storen,' antwoordde ze.

'Dat doe je niet. Ik zit al vijf minuten naar jullie te kijken. Breng haar hier. Op honderd meter van elkaar valt er geen gesprek te voeren.'

De dienstbode volgde het bevel van haar mevrouw op en leidde me met tegenzin langs het terras en de trap de tuin weer in. Ze bracht me tot vlak voor de oude vrouw en las de gegevens op mijn kaartje voor.

'Dit is Senhorita Maia D'Aplièse en ze is vertaler.'

Nu ik vlak voor de vrouw stond zag ik hoe uitgemergeld ze was en hoe doods en grauw haar huid was, alsof haar levenskracht langzaam uit haar wegvloeide. Maar toen haar priemende blik me opnam en ik daar een flits van herkenning en schrik in zag, wist ik dat ze nog helder van geest was.

'Wat komt u hier doen?'

'Dat is een lang verhaal.'

'Wat wilt u?'

'Niets, ik...'

'Senhorita D'Aplièse heeft me verteld dat ze een bepaalde band heeft met dit huis,' zei de dienstbode, op naar ik meende bijna aanmoedigende toon.

'Werkelijk? En wat voor soort band mag dat dan wel zijn?'

'Mij is verteld dat dit het huis is waarin ik ben geboren,' zei ik.

'Wel, het spijt me u te moeten teleurstellen, senhorita, maar er zijn sinds de geboorte van mijn eigen kind, meer dan vijfenvijftig jaar geleden, onder dit dak geen baby's meer geboren.

Nietwaar, Yara?' zei ze tegen de dienstbode.

'*Sim,* senhora.'

'En van wie heeft u die informatie? Ongetwijfeld van iemand die betrekkingen met mij wil aanknopen, zodat hij dit huis kan erven als ik dood ben.'

'Nee, senhora, ik garandeer u dat dit niets met geld te maken heeft. Dat is niet de reden dat ik hier ben,' zei ik resoluut.

'Wilt u mij dan alstublieft vertellen waarom u hier wél bent?'

'Omdat ik als baby ben geadopteerd. Mijn adoptievader is vorige week overleden, en hij heeft me een brief nagelaten waarin hij zegt dat dit het huis is waarin mijn familie ooit heeft gewoond.' Ik keek haar doordringend aan, in de hoop dat ze aan mijn blik kon zien dat ik de waarheid sprak.

'Ach zo.' En weer bekeek ze me nauwlettend, en ze leek even te aarzelen alvorens te antwoorden. 'Dan moet ik u zeggen dat uw vader een vreselijke vergissing heeft begaan en dat u een vergeefse reis hebt ondernomen. Goedendag.'

Toen ik me eindelijk door de dienstbode liet wegleiden, wist ik met absolute zekerheid dat de oude vrouw had gelogen.

10

Het was pas acht uur toen ik terugkwam in het hotel, maar volgens mijn lijf was het al ver over middernacht. Ik was zo dom om in een diepe, droomloze slaap te vallen, zodat ik de volgende ochtend al om vijf uur wakker werd, toen het nog schemerde.

Ik lag nog een tijdje na te denken over wat ik de vorige dag had gezien en meegemaakt. Ondanks de keiharde ontkenning door de oude vrouw zei elke vezel in mijn lijf dat Pa Salt geen ongelijk kon hebben. Maar ik bedacht mistroostig dat ik geen idee had wat ik hierna kon doen. Wat de vrouw en haar dienstbode ook wisten, ze waren duidelijk niet van plan het mij te vertellen.

Ik haalde het tegeltje uit mijn handtas en probeerde voor de zoveelste keer de inscriptie te ontcijferen, maar gaf het al snel op. Wat had het voor zin? Het enige wat ik had waren een paar onleesbare, vervaagde woorden en een datum. Een moment in de tijd op de achterkant van een driehoekig stukje steen.

Om wat afleiding te hebben pakte ik mijn laptop. Tussen mijn e-mails was een bericht van de Braziliaanse uitgever voor wie ik had gewerkt en met wie ik contact had gehad toen ik op vliegveld Parijs-Charles de Gaulle drieënhalf uur op mijn transit had moeten wachten.

Beste Senhora D'Aplièse,
Het verheugt ons zeer dat u hebt besloten Brazilië te bezoeken. Onze kantoren zijn gevestigd in São Paulo, dus misschien is het voor u wat lastig om hierheen te komen voor een bezoekje, maar mocht u dat toch doen dan zouden we het geweldig vin-

den om met u persoonlijk kennis te maken. We hebben echter uw e-mail doorgestuurd aan Floriano Quintelas, de schrijver zelf, aangezien hij in Rio woont. Ik weet zeker dat hij u heel graag zal ontmoeten en u gedurende uw verblijf in ons mooie land met alle plezier zal willen bijstaan. Mocht u iets nodig hebben, aarzelt u dan alstublieft niet om het ons te vragen.

Hartelijke groeten,
Luciano Baracchini

Ik glimlachte spontaan vanwege de vriendelijkheid en warmte die het e-mailbericht uitstraalde. Door mijn vorige bezoek wist ik dat er hier een totaal andere cultuur heerste dan in het veel formelere Zwitserland. Ik twijfelde er ook geen moment aan dat deze mensen, die me niet eens kenden, me hartelijk zouden ontvangen en me op alle mogelijke manieren zouden helpen als ik een probleem had.

Ik ging weer achterover liggen en keek naar buiten, waar de zon boven de zee opkwam en het vroege ochtendverkeer al over de brede boulevard raasde. De stad ontwaakte.

Na gisteren was de vraag: moest ik wel dieper graven om de geheimen die Rio voor me verborgen hield te achterhalen?

Het enige alternatief was teruggaan naar Genève, en dat was op dit moment gewoonweg onmogelijk. Daarom besloot ik in elk geval nog een paar dagen te blijven en de toerist uit te hangen. Ik was wat mijn afkomst betreft dan wel op een doodlopend spoor beland, ik kon in elk geval de stad waar ik misschien geboren was ontdekken.

Ik kleedde me aan, nam de lift naar beneden en liep het hotel uit, stak de weg over en stond op het strand van Ipanema. Vanwege het vroege uur was het strand verlaten, en terwijl ik de golven tegemoetliep die stuksloegen op het zachte zand onder mijn voeten, draaide ik me om en bekeek ik Rio vanuit de zee.

Een massa gebouwen, allemaal verschillend van hoogte en omvang, verdrongen elkaar om een plek aan zee; boven de skyline van de stad waren nog net de toppen van de heuvels te zien. Rechts van me eindigde de uitgestrekte reep zand van de baai in een rotsachtige landtong. Links van me had ik een schitterend uitzicht op de tweelingberg Morro Dois Irmãos.

En terwijl ik daar stond, helemaal alleen, voelde ik de energie door mijn aderen stromen en overviel me een gevoel van lichtheid en bevrijding.

Dit is een deel van mij, en ik maak er deel van uit, ging het door me heen.

Intuïtief begon ik langs het strand te rennen, met mijn tenen gespannen voor houvast en steun in het gladde zand, en in een opwelling van intense vreugde strekte ik mijn armen wijd uit. Even later bleef ik hijgend staan, voorovergebogen, en ik moest lachen om mijn eigen, ongewone gedrag.

Ik verliet het strand, stak de weg over en liep een eind de stad in. Opvallend was de mengeling van koloniale en moderne gebouwen, die dankzij veranderende modes in de architectuur gedwongen waren als goede buren naast elkaar te leven.

Toen ik een hoek omsloeg kwam ik op een plein terecht waar kooplui bezig waren met het opzetten van hun kraampjes voor de vroege groente- en fruitmarkt. Ik bleef bij een kraam staan en pakte een perzik. De jongeman achter de perziken glimlachte naar me.

'Die mag u meenemen, senhorita.'

'Obrigada,' zei ik, zette mijn tanden in het zachte, sappige vruchtvlees, en liep door. Plotseling bleef ik staan om omhoog te kijken, en weer zag ik de witte figuur van de Cristo boven me zweven.

'Dát ga ik vandaag doen,' zei ik hardop tegen mezelf.

Ineens realiseerde ik me dat ik geen flauw idee had waar ik was of hoe ver ik van het hotel was afgedwaald. Ik besloot simpelweg op het geluid van de branding af te gaan, en net als een postduif, bij wie de weg naar huis zit ingeprent, vond ik uiteindelijk de weg terug.

Ik ontbeet op het terras boven en voor het eerst sinds Pa's overlijden had ik trek. Terug in mijn kamer zag ik dat er een aantal berichten op mijn mobieltje stond. Ik besloot ze te negeren, ik voelde er niets voor om het opgetogen gevoel dat ik nog steeds had, door wat voor realiteit dan ook te laten bederven. Maar in mijn inbox zat een e-mail met een afzender die mijn aandacht trok: Floriano Quintelas.

Lieve Senhorita D'Aplièse,
Van mijn uitgever hoorde ik tot mijn verrassing dat u hier in Rio bent. Ik zou het heel fijn vinden u persoonlijk te ontmoeten en misschien kan ik u een keer mee uit dineren of lunchen nemen om u te bedanken voor uw vertaalwerk aan mijn boek. Mijn Franse uitgevers verwachten dat het boek erg goed zal verkopen. Of misschien wilt u gewoon mijn prachtige stad door de ogen van een echte carioca bekijken? Mijn mobiele nummer staat onderaan dit bericht. En eerlijk gezegd zou ik diep beledigd zijn als u tijdens uw verblijf geen contact met me opneemt.
Ik sta tot uw beschikking.
Met hartelijke groeten,
Floriano Quintelas

Ik moest grinniken. Tijdens de veelvuldige contacten in het afgelopen jaar over *De stille waterval* was me al duidelijk geworden dat Floriano overbodige woorden louter verspilling vond.

Zou hij ook contact met mij opnemen als hij in Genève was en ik hem had aangeboden de stad te laten zien? En zou ik beledigd zijn als hij dat niet deed?

Het antwoord op beide vragen was 'ja'.

De beste en minst actieve manier leek me om hem te sms'en. Ik weet niet meer precies hoeveel minuten het me kostte om het bericht op te stellen, te veranderen, te herschrijven, maar uiteindelijk was ik tevreden met het resultaat en drukte ik op 'verzenden'.

> *Beste Floriano, ik vind het heerlijk om hier in Rio te zijn, en het zou leuk zijn* – ik had 'fijn' verwijderd – *om een keer een afspraak te maken. Ik ga nu toeristje spelen en de Corcovado bezoeken, maar u kunt me op dit nummer bereiken. Met vriendelijke groeten, Maia D'Aplièse.*

Tevreden dat het me was gelukt om in één bericht zowel warmte als afstand over te brengen – ik was tenslotte óók schrijver – ging ik naar de conciërge in de lobby om te informeren naar de mogelijkheden van een bezoek aan Christus de Verlosser.

'Senhorita, er zijn twee mogelijkheden: de luxe variant of de authentieke ervaring,' zei hij. 'Maar persoonlijk zou ik u de tweede aanraden. Neem op straat een taxi naar Cosme Velho en zeg dat u de Cristo gaat bezoeken, en ga dan met de trein omhoog naar de berg Corcovado.'

'Dank u wel.'

'Graag gedaan.'

Tien minuten later zat ik in een taxi op weg naar Cosme Velho en de Cristo. Ik hoorde mijn mobieltje in mijn handtas overgaan, zag dat het Floriano Quintelas was en nam op.

'Hallo?'

'Senhorita D'Aplièse?'

'Ja.'

'Met Floriano. Waar bent u?'

'In een taxi op weg naar de Cristo. Ik ben nu vlak bij het treinstation.'

'Mag ik met u mee?'

Hij hoorde mijn aarzeling.

'Als u liever alleen gaat, begrijp ik dat best.'

'Nee, natuurlijk niet. Het lijkt me prettig om een lokale gids te hebben.'

'Oké, als u dan met de trein de berg opgaat, zie ik u bovenaan bij de trap, afgesproken?'

'Oké,' antwoordde ik. 'Maar hoe herkent u me? Het zal daar wel druk zijn.'

'Ik herken u echt wel, Senhorita D'Aplièse. Ik heb uw foto op internet gezien. *Adeus*.'

Ik betaalde de chauffeur en stapte uit voor het Estação do Corcovado, het piepkleine stationnetje aan de voet van de berg, en vroeg me af hoe Floriano Quintelas eruitzag. Ik had hem tenslotte nog nooit ontmoet en was alleen op zijn schrijfstijl verliefd geworden.

Ik kocht een kaartje en stapte aan boord van de uit twee rijtuigen bestaande trein. Hij deed me denken aan de fragiele bergtreintjes in de Alpen, die zich als een slang tegen de bergen op kronkelen. Ik ging zitten en hoorde een kakofonie aan talen om me heen, maar opvallend genoeg geen Portugees. Nadat de trein eindelijk in beweging was gekomen, keek ik uit op een dichtbeboste helling, vol bewondering voor het feit dat er vlak bij een grote stad zo'n wildernis kon bestaan. Zoiets zou in Genève nooit mogen.

Mijn hoofd werd steeds verder achterover gedrukt naarmate we hoger kwamen, en ik vond het indrukwekkend dat de mens in staat was een voertuig te ontwerpen dat mij en mijn medepassagiers over een vrijwel verticale berghelling kon vervoeren. Hoe hoger ik kwam, hoe spectaculairder het uitzicht werd, totdat we ten slotte bij een stationnetje tot stilstand kwamen, waar iedereen uitstapte.

Toen ik omhoogkeek had ik uitzicht op de hielen van Christus de Verlosser, die op een hoge sokkel waren vastgezet. Het beeld torende zo hoog boven me uit dat ik de rest nauwelijks kon zien. Mijn medepassagiers begonnen de trap naar het beeld te beklimmen, en ik begon te twijfelen of Floriano me bovenaan of onderaan de trap zou ontmoeten. Maar om niet nog meer tijd te verspillen begon ik maar gewoon te klimmen. En te klimmen. Een paar honderd treden hoger bleef ik hijgend van de hitte en de inspanning staan om op adem te komen.

'Olá, Senhorita D'Aplièse. Het is me een genoegen u eindelijk persoonlijk te ontmoeten.'

Een paar warme bruine ogen keek me glimlachend en vanwege mijn verbaasde gezicht een tikkeltje geamuseerd aan.

'U bent Floriano Quintelas?'

'Ja! Herkent u me niet van mijn auteursportret?'

Ik nam het knappe, gebruinde gezicht in me op, de volle lippen die in een brede grijns witte, gelijkmatige tanden toonden. 'Jawel, maar,' zei ik terwijl ik naar de trap onder me gebaarde, 'hoe is het mogelijk dat u hier eerder bent dan ik?'

'Omdat ik hier al was, senhorita,' zei hij grinnikend.

'Hoezo, hoe kan dat nou?' vroeg ik stomverbaasd.

'U heeft duidelijk mijn biografie niet goed gelezen. Anders had u wel geweten dat ik historicus van beroep ben. En dat ik zo af en toe als gids kan worden ingehuurd door elk gedistingeerd persoon die mijn superieure kennis van Rio tot zich wenst te nemen.'

'Ah, juist.'

'Om u de waarheid te zeggen kan ik nog niet leven van de opbrengst van mijn boek, daarom vul ik hiermee mijn inkomen als schrijver aan,' biechtte hij op. 'Maar het is niet echt zwaar werk om bezoekers mijn prachtige stad te laten zien en ze erover te vertellen. En vanochtend had ik een groep rijke Amerikanen die hier vóór de grote stroom wilden zijn. U ziet dat het nu al erg druk is.'

'Inderdaad.'

'Dus, Senhorita D'Aplièse, ik sta tot uw beschikking.'

'Dank u,' zei ik, nog wat van slag doordat hij al direct en zo onverwacht voor me had gestaan.

'Bent u klaar voor de geschiedenis van het meest iconische monument van Brazilië? En u hoeft me na afloop echt geen fooi te geven,' grapte hij, terwijl hij me tussen de menigtes door naar het terras voor het beeld loodste. 'Hiervandaan heb je het beste uitzicht op Hem. Is Hij niet ongelooflijk?'

Ik liet mijn blik omhooggaan naar het zachtaardige gezicht van de Cristo, terwijl Floriano over de geschiedenis van de oprichting van het beeld vertelde. Ik was zó vervuld van de aanblik van het beeld dat ik nauwelijks in staat was om die informatie te verwerken.

'Het echte wonder is dat er tijdens de bouw niemand is omgekomen. Interessant is ook het feit dat de projectleider als jood aan de bouw begon, maar zich tegen het einde tot het christendom bekeerde. Senhor Levy heeft alle namen van zijn gezin opgeschreven en vastgelegd in het hart van de Cristo voordat het met beton in het standbeeld werd ingesloten.'

'Wat een mooi verhaal.'

'Er bestaan veel van dat soort ontroerende verhalen. Nog een voorbeeld,' en hij wenkte me naar voren tot vlak bij het beeld, 'de hele buitenkant van de Cristo bestaat uit een mozaïek van driehoekjes van speksteen. Societydames zijn maandenlang bezig geweest om ze op een netwerk van stof te plakken en die tot grote panelen te vormen, zodat de buitenste laag flexibel was en er geen scheuren over het hele standbeeld zouden kunnen ontstaan. Een oude dame die daar destijds aan heeft meegewerkt vertelde me eens dat veel vrouwen de namen van hun geliefden en een boodschap of gebed op de achterkant van die tegeltjes schreven. En daar zijn ze dan, voor altijd verbonden aan de Cristo.'

Mijn hart sloeg over, ik staarde hem stomverbaasd aan.

'Senhorita Maia, is er iets? Is het iets wat ik heb gezegd?'

'Dat is een lang verhaal,' was het enige wat ik kon uitbrengen toen ik mijn stem weer terug had.

'Nou, u kunt zich voorstellen dat ik een groot liefhebber ben van lange verhalen,' zei hij ondeugend glimlachend. In afwachting van net zo'n glimlachje keek hij me nadrukkelijk aan, maar zijn gezicht kreeg ineens een bezorgde uitdrukking. 'U ziet plotseling bleek, senhorita. Misschien te veel zon. We nemen een foto – en u moet natuurlijk net als de Cristo met uw armen wijd voor het beeld gaan staan – en dan gaan we naar het café om wat water voor u te halen.'

Dus volgde ik Floriano's instructies op en poseerde ik voor het standbeeld, net als honderdduizenden toeristen voor me. Ik voelde me ontzettend dom zoals ik daar stond, met mijn armen uitgestrekt en mijn gezicht in een krampachtige poging tot een glimlach.

Toen dat gebeurd was bracht hij me terug naar de trap en naar een café in de schaduw en zei dat ik aan een van de tafeltjes moest gaan zitten. Hij kwam even later terug en ging tegenover me zitten, zette een fles water op tafel en schonk twee glazen vol. 'En, vertel eens, wat is uw verhaal?'

'Floriano, het is echt heel ingewikkeld,' zei ik met een zucht, meer kon ik op dat moment niet zeggen.

'En ik ben een vreemde voor u en u vindt het wat ongemakkelijk om het mij te vertellen. Dat begrijp ik,' zei hij, met een onverstoorbaar knikje. 'Zo zou ik dat ook ervaren. Mag ik u twee vragen stellen?'

'Uiteraard.'

'Ten eerste, is uw "heel ingewikkelde verhaal" de reden dat u in Rio bent?'

'Ja.'

'En ten tweede, wat heb ik gezegd waardoor u zo geschokt was?'

Ik nam een slokje water en dacht ondertussen over die vraag na. Het probleem was dat als ik dat vertelde, het erop zou neerkomen dat ik alles moest uitleggen. Maar aangezien hij waarschijnlijk een van de weinige mensen was die me kon vertellen of de gladde, driehoekige tegel met die vage woorden aan de achterkant ooit bedoeld was voor de Cristo, had ik niet veel keus.

'Ik zou u iets willen laten zien,' zei ik ten slotte.

'Laat maar zien,' moedigde hij me aan.

'Het ligt in mijn kluisje in het hotel.'

'Is het kostbaar?' Floriano trok een wenkbrauw op.

'Nee, althans niet in geld uitgedrukt, maar voor mij wel.'

'Nou ja, ik zit nu al drie lange uren bij de Cristo, dus ik stel voor u naar uw hotel te rijden en dat u het voorwerp, wat het ook moge zijn, ophaalt en aan me laat zien.'

'Heus, Floriano, ik wil je niet tot last zijn.'

'Senhorita Maia,' zei hij, terwijl hij opstond. 'Ik moet toch naar beneden, de berg af, dus dan kunt u net zo goed meegaan. Kom, we gaan.'

'Oké, dank je.'

Tot mijn verrassing liep hij niet naar de trein maar naar een minibusje dat bij het café geparkeerd stond. Hij stapte in, groette de chauffeur en gaf hem een amicale klap op zijn rug. Er zaten al passagiers in het busje, we namen plaats en reden even later over een kronkelende, door dichte jungle omgeven weg naar beneden. Een paar minuten later kwamen we aan op een parkeerterrein. Floriano liep naar een rood Fiatje en deed het portier van het slot.

'Soms willen mijn klanten niet via de pittoreske route, dus dan breng ik ze rechtstreeks hierheen,' legde hij uit. 'En, senhorita, waar gaat de reis naartoe?'

'Het Caesar Park Hotel in Ipanema.'

'Perfect, want mijn favoriete restaurant ligt daar net om de hoek, en mijn maag zegt dat het tijd wordt voor de lunch. Ik ben dol op eten,' verklaarde hij, toen we met grote snelheid de rest van de steile en slingerende weg omlaag aflegden. 'Ik moet bekennen dat ik het heel spannend vind om te ontdekken wat je me wilt laten zien,' zei hij, toen we van de Corcovado af kwamen en ons in de eindeloze verkeersstroom van Cosme Velho naar het centrum voegden.

'Het stelt waarschijnlijk niks voor,' zei ik.

'Dan is er ook niks verloren als je het mij laat zien,' zei hij nuchter.

Tijdens de rit wierp ik af en toe een steelse blik op mijn nieuwe vriend. Ik vond het altijd een aparte ervaring om iemand te ontmoeten met wie ik alleen nog had gecorrespondeerd of gemaild. Maar eigenlijk was Floriano precies zoals ik me hem, afgaande op zijn romans en e-mails, had voorgesteld.

Hij was ontzettend knap en in het echt véél aantrekkelijker dan op zijn auteursportret, en dat kwam door zijn losse charme en zijn energie. Alles aan hem – van zijn dikke zwarte bos haar en zijn zongebruinde huid tot aan zijn gespierde en sterke lijf – straalde zijn Zuid-Amerikaanse afkomst uit.

Maar de ironie wilde dat hij mijn type niet was. Ik voelde me elke keer weer aangetrokken tot het andere uiterste: het westerse type met zijn blonde uitstraling en lichte huid. Misschien omdat dat ook de tegenpool was van mijn mediterrane uiterlijk, bedacht ik.

'Zo,' zei hij, toen hij op het voorplein van het hotel stopte, 'loop jij maar naar boven om dat waardevolle voorwerp op te halen, ik wacht hier wel.'

In mijn suite haalde ik snel een kam door mijn haar en deed wat lipstick op, haalde het tegeltje uit de safe en stopte het in mijn handtas.

'Zo, en nu gaan we lunchen,' kondigde Floriano aan, toen ik weer in zijn Fiatje stapte en we snel wegreden. 'Het is hier net om de hoek, maar het kan even duren eer we een plekje voor de auto hebben.' Een paar minuten later wees hij naar een wit huis in koloniale stijl, waar op een fraai terras tafels waren gedekt. 'Daar gaan we heen. Stap jij maar vast uit en regel een tafeltje. Ik ben zo terug.'

Een serveerster bracht me naar een plekje in de schaduw. Ik keek naar de mensen om me heen en checkte mijn mobieltje op berichten. Mijn hart begon weer te bonzen toen ik de stem van Zed hoorde, die meldde dat hij Atlantis had gebeld en van de huishoudster te horen had gekregen dat ik in het buitenland zat. Hij vond het jammer dat hij me gemist had, want hij zou de volgende dag naar Zürich vertrekken.

Dat betekende dat ik nu veilig naar huis kon gaan...

'*Meu Deus*! Ik laat je een paar minuten alleen en je hebt alwéér zo'n rare kleur,' riep Floriano uit, die inmiddels tegenover me was komen zitten en me met een vorsende blik aankeek. 'Wat is het déze keer?'

Het verbaasde me dat hij voor de tweede keer had aangevoeld dat ik gespannen was. En ik besefte dat ik voor deze man met zijn natuurlijke, feilloze intuïtie moeilijk iets zou kunnen verbergen.

'O, niks,' zei ik, en ik stopte mijn mobieltje in mijn handtas. 'Ik ben juist erg opgelucht.'

'Mooi. Nou, ik ga een Bohemia bestellen, doe je mee?'

'Ik ben eerlijk gezegd niet zo'n bierliefhebber.'

'Maar Maia, je bent in Rio! Je móét een biertje nemen. Een biertje of een caipirinha, en ik kan je verzekeren dat die heel wat sterker is.'

Dus ging ik maar voor het bier, en toen de serveerster kwam opnemen bestelden we allebei de sandwich met biefstuk die Floriano had aanbevolen.

'Het is Argentijns vlees, en hoewel we die lui haten omdat ze veel te vaak van ons winnen met voetbal, eten we maar al te graag hun koeien,' zei hij grijnzend. 'Maar ik kan echt niet langer wachten tot je dat dierbare ding van jou laat zien.'

'Oké.' Ik haalde het tegeltje uit mijn tas en legde het voorzichtig op de schragentafel tussen ons in.

'Mag ik?' vroeg hij, en reikte er al naar.

'Natuurlijk.'

Ik bleef naar hem kijken toen hij het voorzichtig pakte en bestudeerde. Hij draaide het om en keek naar de vervaagde woorden op de achterkant.

'Oké,' zei hij met een zucht. 'Maar nou begrijp ik waarom je zo geschokt was. En je hoeft het niet eens te vragen, want het lijkt me zeker dat dit tegeltje ooit bedoeld was om het lichaam van de Cristo te versieren. Zo, zo,' was zijn commentaar, en hij was er even stil van. Uiteindelijk vroeg hij: 'Kun je me vertellen hoe je hieraan bent gekomen?'

Dus nadat het bier en de sandwiches waren geserveerd vertelde ik Floriano het hele verhaal. Hij luisterde geduldig en onderbrak me alleen als hij over een bepaald detail meer wilde weten. Toen ik eindelijk klaar was met mijn verhaal, was Floriano's bord leeg en had ik mijn sandwich nauwelijks aangeraakt.

'En nu draaien we de rollen om. Jij eet en ik praat.' Hij wees naar mijn bord en ik volgde zijn bevel op. 'Ik kan je met één ding zeker helpen, en dat is de naam van de familie die in A Casa das Orquídeas woont. De familie Aires Cabral is heel bekend in Rio, het is een aristocratische familie. Ze stammen af van de voormalige Portugese koninklijke familie. Heel wat Aires Cabrals hebben een rol gespeeld in de tweehonderdjarige geschiedenis van Rio.'

'Maar ik heb geen enkel bewijs waarmee ik de oude vrouw kan laten zien dat ik gerelateerd ben aan haar familie,' zei ik.

'Nou, dat weten we nog niet. En dat geldt eigenlijk voor alles zolang we geen behoorlijk onderzoek hebben gedaan,' zei Floriano. 'Ten eerste is het voor mij heel makkelijk om via geboorteaktes en huwelijks- en overlijdensregisters hun geschiedenis te achterhalen. Ik ben ervan overtuigd dat bij zo'n prominente katholieke familie die registers altijd nauwkeurig zijn bijgehouden. En daarna moeten we de namen op het tegeltje zien te ontcijferen en kijken of die met een Aires Cabral matchen.'

Ik begon me wat licht in mijn hoofd te voelen door de combinatie van vroeg opstaan, mijn jetlag en het bier. 'Is dat het waard?' vroeg ik hem. 'Ook al zouden de namen matchen, dan nóg vraag ik me af of die oude vrouw ook maar iets zou toegeven.'

'Eén stap tegelijk, Maia. En alsjeblieft, probeer wat minder moedeloos te zijn. Je bent helemaal hierheen komen vliegen om je geschiedenis te achterhalen, dan kun je niet na een dag al opgeven. Dus met jouw toestemming ga ik detective spelen, en jij gaat terug naar het hotel om een dutje te doen. Oké?'

'Heus, Floriano, ik wil je echt niet tot last zijn.'

'Last? Voor een historicus als ik is dit een geschenk! Maar ik waarschuw je: het kan zomaar gebeuren dat een deel van je verhaal in mijn volgende boek terechtkomt,' zei hij glimlachend. 'En mag ik dit meenemen?' vroeg hij, wijzend op het tegeltje. 'Misschien wip ik even langs bij het Museu da República om te zien of daar een van mijn vriendjes met hun magische uv-apparatuur in het lab rondhangt. Die kunnen me vrijwel zeker helpen bij het ontcijferen van de inscriptie op de achterkant.'

'Ja, natuurlijk,' zei ik, want het leek me wat bot om te weigeren. Plotseling zag ik dat er achter Floriano twee jonge vrouwen van in de twintig een beetje verlegen ronddrentelden.

'Neem me niet kwalijk, maar bent u Senhor Floriano Quintelas?' vroeg een van de meisjes, terwijl ze dichterbij kwam.

'Ja, dat ben ik.'

'We wilden alleen maar even zeggen dat we uw boek heel mooi vonden. En mogen we alstublieft uw handtekening?' Het meisje haalde een notitieboekje en een pen tevoorschijn en gaf ze aan Floriano.

'Natuurlijk,' zei hij glimlachend, en ondertussen met de meisjes babbelend zette hij zijn handtekening. Blozend van opwinding vertrokken de twee.

'Zo, dus je bent beroemd?' zei ik plagerig toen we opstonden van tafel.

'In Rio, ja,' en hij haalde zijn schouders op. 'Mijn boek was hier een bestseller, maar alleen omdat ik mensen betaald heb om het te lezen,' grapte hij. 'Een aantal landen heeft het gekocht om te laten vertalen, daar komt het volgend jaar uit. Dus we zullen afwachten of ik straks mijn beroep als gids kan opgeven en fulltime kan gaan schrijven.'

'Nou, ík vond het een mooi en ontroerend boek en ik denk dat het goed zal verkopen.'

'Dank je, Maia,' zei hij. 'Nou, je hotel is hier vlakbij,' vervolgde hij, en wees me hoe ik moest lopen. 'Ik moet ervandoor voordat de afdelingen in het museum waar ik moet zijn, sluiten. Zullen we vanavond rond zeven uur afspreken in de lobby van het hotel? Misschien heb ik dan al een paar antwoorden voor je.'

'Graag, als je tijd hebt.'

'Heb ik. *Tchau.*'

Hij zwaaide naar me, en ik zag hem resoluut weglopen. Ik liep de andere kant op en realiseerde me dat deze man – historicus, schrijver, beroemdheid en deeltijdgids – een mens vol verrassingen was.

11

'Nou...'

Een paar uur later stonden we in de lift naar het terras boven in het hotel. Floriano was zichtbaar opgetogen. 'Ik heb nieuws voor je. En omdat het goed nieuws is, denk ik dat dit een mooi moment is om van je allereerste caipirinha te genieten.'

'Oké,' zei ik, terwijl we een tafel vooraan op het terras kozen. Ik keek naar de zon die boven het strand onderging en zich langzaam achter de tweelingberg liet zakken, terwijl er geleidelijk aan een milde schemer neerdaalde.

'Kijk.' Hij haalde een vel papier uit een plastic mapje en gaf dat aan me. 'Kijk hier eens naar. Het is een lijst van alle geregistreerde geboortes, huwelijken en sterfgevallen sinds 1850 in de familie Aires Cabral.'

Ik wierp een blik op de lijst met namen en kon nog steeds niet geloven dat die iets met mij te maken hadden.

'Je ziet hier dat Gustavo Aires Cabral in januari 1929 trouwde met Izabela Bonifacio. Ze kregen in 1930 een dochtertje dat ze Beatriz Luiza noemden. Van haar is geen overlijdensakte, dus we moeten er voorlopig van uitgaan dat zij de oude vrouw is die je gisteren bij het huis hebt ontmoet.'

'En heeft ze kinderen?' vroeg ik voorzichtig.

'Ja, die heeft ze. Ze trouwde in 1951 met Evandro Carvalho, en ook zij kregen een dochtertje, in 1956, dat ze Cristina Izabela noemden.'

'Carvalho was de achternaam van de oude vrouw! Zo noemde de dienstbode haar. En Cristina? Wat weet je van haar?'

'De lijn lijkt daar op te houden, voor zover het gaat om geboortes en sterfgevallen in Rio,' vervolgde Floriano. 'Ik kan geen geboorteaktes over een eventueel kind van Cristina vinden. Maar ja, we weten de achternaam van de vader niet, en zelfs niet of ze ooit getrouwd is. Jammer genoeg ging het kantoor van de burgerlijke stand sluiten, daardoor had ik geen tijd om alles nog eens via een andere ingang te checken.'

'Dus als ik echt een bloedverwant ben van deze familie, en het is een heel groot "als", dan is Cristina de voor de hand liggende kandidaat om mijn moeder te zijn,' zei ik rustig. Toen mijn drankje arriveerde zei ik '*Saúde*' en bracht een toost uit, nam een flinke slok van mijn cocktail en verslikte me bijna toen de sterke, bittere drank mijn keel in gleed.

Floriano moest een beetje grinniken. 'Sorry, ik had je moeten waarschuwen dat het nogal pittig is,' zei hij, terwijl hij een slok van zijn eigen caipirinha nam alsof het water was. 'Ik ben ook nog even langsgegaan bij het Museu da República en heb die vriend van me gevraagd om met zijn speciale uv-apparatuur naar de inscriptie op de achterkant van de tegel te kijken. Het enige wat hij met zekerheid kon zeggen was dat de eerste naam op het tegeltje "Izabela" is. Op basis van de aktes die ik heb gevonden zou dat theoretisch gezien jouw overgrootmoeder moeten zijn.'

'En de andere naam op de tegel?'

'Die is erger versleten, maar mijn vriend is nog met verdere testjes bezig. Hij heeft al wel de eerste drie letters kunnen ontcijferen.'

'En zijn dat de eerste drie letters van mijn mogelijke overgrootvader, Gustavo Aires Cabral?'

'Nee, dat zijn het niet. Kijk, hij heeft opgeschreven wat hij tot nu toe heeft weten te ontcijferen.' Floriano haalde nog een vel papier uit de map.

Ik bestudeerde het papier. 'L-a-u?' Ik keek hem kritisch aan.

'Geef Stephano vierentwintig uur en ik weet zeker dat hij dan de rest van de naam heeft ontcijferd. Hij is de beste, dat garandeer ik je. Wil je er nóg een?' vroeg hij, wijzend op mijn caipirinha.

'Nee, dank je. Ik neem denk ik liever een glas witte wijn.'

Nadat Floriano de drankjes had besteld keek hij me doordringend aan.

'Wat is er?'

'Ik moet je nog iets laten zien, Maia. En als dat niet het ultieme bewijs is dat je ook echt familie bent van de Aires Cabrals, dan weet ik het ook niet meer. Ben je er klaar voor?'

'Het is toch niet iets ergs, hè?' vroeg ik enigszins ongerust.

'Nee, ik vind het juist heel mooi. Hier.' En hij overhandigde me nog een document. Deze keer was het een paginagrote, grofkorrelige foto van een vrouwengezicht.

'Wie is dat?'

'Izabela Aires Cabral, van wie de voornaam achter op jouw tegel staat en die heel goed je overgrootmoeder zou kunnen zijn. Maia, je ziet de gelijkenis toch wel, hè?' drong hij aan.

Ik staarde naar het gezicht van de vrouw. En ja, zelfs ík zag mijn eigen gezicht, het was alsof ik in de spiegel keek. 'Misschien,' zei ik en haalde mijn schouders op.

'Het is gewoon griezelig,' verklaarde Floriano met grote stelligheid. 'En ik kan je zeggen dat op de plek waar dit vandaan komt nog heel wat meer van dergelijke foto's zijn. Er bestaat een compleet archief met foto's van Izabela, uit oude kranten die ik in de Biblioteca Nacional do Brasil op microfiches heb bekeken. Ze werd in die tijd als een van de mooiste vrouwen van Brazilië beschouwd. Ze trouwde in januari 1929 hier in de kathedraal van Rio met Gustavo Aires Cabral. Het was het societyhuwelijk van het jaar.'

'Dat zou natuurlijk wel erg toevallig zijn,' zei ik, en ik voelde me wat ongemakkelijk bij Floriano's impliciete vergelijking met de societyschoonheid uit haar tijd. 'Maar...'

'Ja?' zei hij gretig.

'Toen ik bij A Casa das Orquídeas was, zag ik in de hoek van het terras een beeld. Het viel me op omdat het zo'n ongewoon beeld was, niet het soort dat je in een tuin zou verwachten. Het beeldde een zittende vrouw uit. En als ik naar deze foto kijk, weet ik zeker dat het dezelfde vrouw is. En ja, ze kwam me inderdaad bekend voor.'

'Omdat ze op jou lijkt,' zei hij, toen de serveerster de drankjes voor ons neerzette. 'Nou, ik heb het gevoel dat we al een heel stuk verder zijn gekomen.'

'Ik ben je heel dankbaar, Floriano, maar ik denk nog steeds dat de oude vrouw die ik gisteren ontmoette niet van plan is me iets te vertellen of me ooit zou erkennen. Waarom zou ze ook? Zou jij in zo'n situatie niet hetzelfde doen?'

'Ik geef toe dat als er een totaal onbekende mijn tuin zou binnenwandelen en zou aankondigen dat ze familie van me is, ik haar met enige argwaan zou benaderen, ook al leek ze sprekend op mijn moeder,' gaf Floriano nuchter toe.

'En hoe gaan we nu verder?' vroeg ik.

'We gaan weer naar haar toe. Ik moest maar eens met je meegaan. Het geeft het bezoek wat meer gewicht als ze mijn naam hoort.'

Ik moest een ironisch glimlachje onderdrukken omdat Floriano er totaal niet aan twijfelde dat de oude vrouw zou weten wie hij was. Het was me al eerder opgevallen dat Zuid-Amerikanen niet gehinderd worden door bescheidenheid en een verfrissende openheid en eerlijkheid tonen als het om hun talenten en prestaties gaat.

'Ik wil dat beeld waarover je het had ook zien, Maia,' ging hij verder. 'Vind je het goed als ik meega?'

'Ja, prima. Je hebt me hier zo geweldig bij geholpen.'

'Ik kan je verzekeren dat het genoegen geheel aan mijn kant is. Tenslotte lijk je als twee druppels water op een van de mooiste vrouwen die Brazilië ooit heeft voortgebracht.'

Ik bloosde en voelde me nogal ongemakkelijk bij dat compliment. Mijn cynische geest vroeg zich onmiddellijk af of Floriano tegenprestaties verwachtte. Losse seks was tegenwoordig de norm, wist ik, maar geen haar op mijn hoofd die daaraan dacht.

'Excuseer,' zei hij toen zijn mobieltje ging, en hij praatte vervolgens in rap Portugees met iemand die hij '*querida*' noemde. 'Geen probleem,' zei hij uiteindelijk, 'ik ben over een kwartiertje bij je.' Hij keek me aan en zuchtte. 'Heel jammer, maar ik moet je helaas verlaten,' zei hij, en hij dronk zijn caipirinha op. 'Petra, de vrouw met wie ik samenwoon, heeft het weer eens voor elkaar gekregen haar sleutel kwijt te raken.' Hij rolde met zijn ogen en gebaarde om de rekening.

'Nee,' zei ik resoluut, 'ik trakteer, als dank voor al je hulp.'

'Dan wil ik jou ook bedanken,' zei hij met een elegant hoofdknikje. 'Hoe laat zal ik je morgen ophalen?'

'Wat jou het beste schikt. Ik heb geen plannen.'

'Dan stel ik half elf voor, voordat Senhora Beatriz Carvalho haar lunch en middagslaapje heeft gehad. Blijf maar zitten,' zei hij toen hij opstond. 'Blijf jij maar hier en drink je wijn op. Tot morgen, Maia. Tchau.'

Hij liep weg, knikte charmant naar de serveerster, die hem met een blik van bewondering en herkenning nastaarde. Ik nam een slokje wijn en voelde me belachelijk omdat ik me even had verbeeld dat hij met me naar bed wilde

Maar Floriano had zijn eigen leven, net als ieder ander. Nou, dacht ik terwijl ik nog een slokje nam, wie weet sta ik wel op het punt om míjn leven te vinden.

12

De volgende ochtend verscheen Floriano precies op tijd in de lobby. We gingen op weg in zijn rode Fiat, die hij zelfverzekerd door de eindeloze verkeersstroom navigeerde, en bij elke bijnabotsing stokte mijn adem.

'Waar kom je eigenlijk vandaan?' vroeg ik, om zijn schrikwekkende rijstijl even te vergeten. 'Ben je een echte Braziliaan?'

'En wat versta je onder een echte Braziliaan?' vroeg hij. 'Er bestaat niet zoiets als een echte Braziliaan. We vormen een ras dat is ontstaan uit gemengd bloed en allerlei nationaliteiten, religies en kleuren. De enige "echte" Brazilianen waren de oorspronkelijke *nativos* die door de Portugezen werden uitgemoord nadat die vijfhonderd jaar geleden voet op Braziliaanse bodem hadden gezet en de rijkdommen van ons land voor zichzelf opeisten. En veel nativos die niet zo'n gruwelijke dood stierven, bezweken aan de ziektes die de kolonisten meebrachten. Om een lang verhaal kort te maken: mijn moeder is van Portugese afkomst, mijn vader is Italiaan. Er bestaat hier in Brazilië niet zoiets als een zuivere stamboom.'

Ik leerde snel over het land dat me misschien had voortgebracht 'En hoe zit het met de Aires Cabrals?'

'Nou, het interessante is dat die zuiver Portugees waren, totdat Izabela, jouw potentiële overgrootmoeder, op het toneel verscheen. Haar vader was een schatrijk man van Italiaanse afkomst, die, net als zovelen in die tijd, een fortuin had vergaard in de koffie. En tussen de regels door vermoed ik dat de Aires Cabrals net als veel luie, aristocratische families een moeilijke tijd doormaakten. Izabela was erg mooi én van rijke komaf, dus je kunt er vrijwel zeker van zijn dat er een deal werd gesloten.'

'Dus je zou kunnen stellen dat jouw conclusies op dit punt eerder veronderstellingen zijn dan feiten?' vroeg ik.

'Voor honderd procent veronderstellingen. Maar dat is, afgezien van data en een enkele brief of dagboek, altijd het geval als je aan een onderzoek naar een historische situatie begint,' legde hij uit. 'Niets is ooit helemaal zeker, omdat de stemmen die je zou moeten horen om het verhaal bevestigd te krijgen niet meer onder ons zijn. Als historicus moet je leren de stukjes van een legpuzzel bij elkaar te leggen om het plaatje compleet te krijgen.'

'Ja, dat zal wel,' peinsde ik hardop, ik begreep wel wat hij bedoelde.

'Natuurlijk zullen de geschiedenis en het geschiedenisonderzoek in deze tijd van internet, waarin alles vastgelegd wordt, veranderen. We treden een nieuw tijdperk binnen, dat minder geheimen zal bevatten, minder mysteries die moeten worden opgehelderd. Goddank ben ik ook romanschrijver, want Mister Wikipedia en zijn vrienden hebben ons als historici van de troon gestoten. Als ik oud ben zijn mijn memoires geen cent waard, want iedereen kan mijn verhaal op internet lezen.'

Ik zat daar nog over na te denken toen Floriano zonder dat ik hem de weg had hoeven te wijzen, de oprit van A Casa das Orquídeas opreed.

'Hoe wist jij zo precies waar het is?' vroeg ik verbaasd, terwijl hij zelfverzekerd de auto voor het huis parkeerde.

'Lieve Maia, jouw potentiële verloren gewaande familie is beroemd in Rio. Elke historicus kent dit huis. Het is een van de weinige overblijfselen uit voorbije tijden,' zei hij, terwijl hij de motor afzette en zich naar me toe draaide. 'Zo, ben je er klaar voor?'

'Ja.'

Met Floriano in de voorhoede liepen we naar het huis en stapten het bordes op.

'De bel doet het niet,' zei ik.

'Dan klop ik.'

En dat deed hij. Heel hard, alsof hij de doden tot leven wilde wekken. Toen hij binnen dertig seconden geen reactie kreeg, bonsde hij nogmaals op de deur, dit keer nog harder, wat in het huis het geluid van voeten die over tegels liepen teweegbracht. Grendels werden opzijgeschoven, sloten werden geopend. En eindelijk werd de deur opengetrokken en stond ik oog in oog met de donkere, grijsharige vrouw die ik enkele dagen eerder had ontmoet. Zodra ze me zag vertrok haar gezicht in een kramp van paniek en herkenning.

'Het spijt me dat ik u stoor, senhora, maar mijn naam is Floriano Quintelas. Ik ben een vriend van Senhorita D'Aplièse. Ik kan u verzekeren dat we uw mevrouw niet willen storen of van streek maken. We beschikken echter over informatie die wellicht interessant voor haar is. Ik ben een gerespecteerd historicus en tevens romanschrijver.'

'Ik weet wie u bent, Senhor Quintelas,' zei de dienstbode, die mij bleef aankijken. 'Senhora Carvalho gebruikt op dit moment haar koffie in de ochtendsalon, maar zoals ik uw vriendin ook reeds heb meegedeeld: ze is ernstig ziek.'

Ik had het liefst even gegiecheld om het deftige taalgebruik van de dienstbode. Het leek wel of ze optrad in een tweederangs victoriaans melodrama.

'Mogen we even binnenkomen en Senhora Carvalho uitleggen wie we zijn?' stelde Floriano voor. 'En als blijkt dat ze niet tot een gesprek in staat is, dan beloof ik u dat we weer vertrekken.'

Floriano stond al met één voet op de drempel, zodat er voor de nerveuze dienstbode niets anders op zat dan een stap achteruit te doen en ons binnen te laten in een grote, betegelde hal, met een hoge, gewelfde trap die doorliep tot aan de bovenste verdieping. In het midden van de hal stond een elegante piëdestaltafel van mahoniehout; tegen een van de muren stond een imposante staande klok. Onder de kromming van de trap begon een lange, smalle gang die duidelijk vanuit de hal doorliep naar de achterkant van het huis.

'Zou u zo vriendelijk willen zijn ons voor te gaan?' zei Floriano, die het deftige taalgebruik van de dienstbode overnam.

Ze stond even te aarzelen, alsof ze voor zichzelf iets moest beslissen. Daarna knikte ze ons toe en liep ze naar de gang, met ons in haar kielzog. Maar toen we aan het eind van de schemerige gang voor een deur bleven staan, draaide ze zich naar ons om. En dit keer was ze duidelijk onvermurwbaar: we mochten niet naar binnen voordat ze haar mevrouw had gesproken.

'Wacht hier,' zei ze resoluut.

Toen ze aanklopte, de deur voor onze neus dichtdeed en de kamer binnenging, keerde ik me naar Floriano.

'Eigenlijk is het gewoon een zieke oude dame. Is het wel netjes van ons om haar van streek te maken?'

'Nee, Maia, maar is het tegelijkertijd wel netjes als ze straks misschien weigert om gegevens over jouw werkelijke afkomst te verstrekken? De vrouw achter deze deur zou heel goed je grootmoeder kunnen zijn. Vind je het nou echt zo erg dat we haar een paar minuten in haar ochtendroutine storen?'

De dienstbode kwam de kamer uit. 'Ze zal u vijf minuten ontvangen. Langer niet.' En weer voelde ik dat ze me met een intense blik bekeek toen we een schemerige kamer binnenkwamen die muf en vochtig rook. Er was duidelijk in geen tientallen jaren iets aan de inrichting veranderd, en toen mijn ogen aan het donker gewend waren zag ik het tot op de draad versleten oosterse tapijt onder onze voeten en de slap geworden vale, damasten gordijnen voor het raam. De alom heersende sjofelheid werd echter gecompenseerd door de fraaie antieke meubels van rozenhout en notenhout en de schitterende kroonluchter aan het plafond.

Senhora Carvalho zat in een hoge, rechte, met fluweel beklede stoel, met een deken over haar knieën. Op de tafel naast haar stond een batterij pillenflesjes en een kan met water.

'U bent er weer,' zei ze.

'Vergeeft u Senhorita D'Aplièse alstublieft dat ze u nogmaals lastigvalt,' begon Floriano. 'Maar u kunt zich voorstellen dat het zoeken naar haar familie voor haar een serieuze aangelegenheid is. En ze wil zich niet van haar voornemen laten afbrengen.'

'Senhor Quintelas,' zei de oude vrouw met een zucht. 'Ik heb uw vriendin eergisteren al verteld dat ik haar niet kan helpen.'

'Weet u dat zeker, Senhora Carvalho? U hoeft toch maar naar dat portret boven de open haard te kijken om te zien dat Senhorita Maia hier zonder bijbedoelingen is? Ze is niet uit op geld, ze wil alleen haar familie opsporen. Is dat zo verkeerd? Kunt u haar dat nu echt kwalijk nemen?'

Ik keek in de richting waarin Floriano had gewezen en zag een portret in olieverf van de vrouw van wie ik inmiddels wist dat het Izabela Aires Cabral was. Alle twijfel was verdwenen. Zelfs ík kon zien dat ik haar evenbeeld was. 'Izabela Aires Cabral was uw moeder,' vervolgde Floriano. 'En u kreeg óók een dochter, Cristina, in 1956.'

De oude vrouw zat daar zwijgend, met samengeperste lippen.

'Dus u bent niet bereid om zelfs maar de mogelijkheid te overwegen dat u een kleindochter hebt? Ik kan u zeggen, senhora, dat een vriend van me op dit moment in het Museu da República bewijs aan het verzamelen is over de afkomst van Senhorita D'Aplièse. We komen terug,' beloofde Floriano.

De oude vrouw bleef zwijgen en ontweek Floriano's strakke blik. Plotseling kromp ze jammerend ineen. 'Gaat u alstublieft weg,' zei ze, en ik zag de intense pijn in haar ogen.

'Zo is het genoeg,' fluisterde ik ontsteld tegen Floriano. 'Ze is ziek, dit is niet eerlijk.'

Floriano gaf met een licht knikje toe. 'Adeus, senhora, ik wens u nog een prettige dag.'

'Het spijt me heel erg, Senhora Carvalho,' zei ik. 'We zullen u niet meer lastigvallen, dat beloof ik u.'

Floriano maakte rechtsomkeert en liep resoluut de kamer uit, en bijna in tranen en beschaamd volgde ik hem.

We liepen naar de dienstbode, die in de hal was blijven wachten.

'Bedankt dat u ons hebt binnengelaten, senhora,' zei Floriano, toen ze ons naar de voordeur bracht.

'Hou haar aan de praat,' fluisterde hij tegen me, 'ik wil nog even naar iets kijken.'

Terwijl Floriano het bordes afliep wendde ik me met een schuldig gezicht tot de dienstbode.

'Het spijt me heel erg dat we Senhora Carvalho zo van streek hebben gemaakt. Ik beloof u dat ik niet terugkom zonder dat ze haar toestemming geeft.'

'Senhora Carvalho is erg ziek, senhorita. Ze is stervende en heeft niet lang meer te leven, begrijpt u?'

Omdat ze wat aarzelend op de drempel bleef staan, vermoedde ik dat ze nog iets wilde zeggen.

'Wat ik nog wilde vragen,' zei ik, en ik wees naar de fontein die niet langer meer zijn speelse rol in het midden van de oprit vervulde. 'Heeft u dit huis nog in volle glorie gezien?'

'Ja, ik ben hier geboren.' Ze staarde met een treurige, melancholieke blik naar het vervallen bouwsel. Net toen ik vanuit mijn ooghoek Floriano langs de zijkant van het huis zag verdwijnen, draaide ze zich plotseling naar me.

'Senhorita,' fluisterde ze. 'Ik heb iets voor u.'

'Pardon?' Ik was even afgeleid door Floriano's verdwijning en had niet gehoord wat ze zei.

'Ik heb iets wat ik aan u wil geven. Maar mocht ik dat aan u toevertrouwen, zweert u dan alstublieft dat u het nooit aan Senhora Carvalho vertelt.'

'Uiteraard,' zei ik. 'Ik begrijp het volkomen.'

De dienstbode haalde een dun, in bruin papier gewikkeld pakje uit de zak van haar witte schort en gaf dat aan me.

'Alstublieft, ik smeek u, vertelt u aan niemand dat ik dit aan u heb gegeven,' zei ze met een schorre stem. 'Mijn moeder heeft ze aan mij doorgegeven. Ze zei dat ze deel uitmaakten van de geschiedenis van de familie Aires Cabral en ze heeft ze me vlak voordat ze stierf in bewaring gegeven.'

Ik staarde haar verbaasd aan. 'Dank u wel,' zei ik zachtjes, terwijl ik tot mijn opluchting zag dat Floriano weer tevoorschijn was gekomen en bij de auto stond. 'Maar waarom?' vroeg ik haar.

Met een lange, benige vinger wees ze naar de maansteen aan het dunne gouden kettinkje om mijn nek. 'Ik weet wie u bent. Adeus.' Ze ging snel naar binnen en deed de voordeur dicht.

Totaal verbluft stopte ik het pakje in mijn handtas en liep de trap af.

Floriano zat al in de auto en had de motor gestart. Ik stapte in en in Floriano's gebruikelijke tempo vertrokken we.

'Heb je het beeld gezien?' vroeg ik.

'Ja,' antwoordde hij. 'Het is jammer dat ze weigert je te erkennen, Maia, maar de kronkels in mijn brein zijn nu bezig om de paar stukjes van de puzzel bij elkaar te leggen. En misschien begrijp ik haar terughoudendheid wel. Als we weer in de stad zijn, zet ik jou bij het hotel af en ga ik terug naar het Museu da República en de *biblioteca*. Zal ik je bellen zodra ik meer weet?' vroeg hij toen we bij het hotel waren.

'Ja, graag,' zei ik.

Toen ik was uitgestapt zwaaide hij nog even en reed weg, en ik ging naar binnen en nam de lift naar mijn suite. Ik hing het 'niet storen'-bordje aan mijn deurknop, liep naar het bed en haalde het pakje uit mijn tas. Er zat een bundeltje brieven in, strak samengebonden met een touwtje. Ik legde het op het bed, trok de knoop los en pakte de eerste envelop, die heel zorgvuldig met een briefopener was opengemaakt. Ik bestudeerde het handschrift op de envelop en zag dat alle brieven waren geadresseerd aan ene Senhorita Loen Fagundes.

Heel voorzichtig haalde ik de brief uit de envelop, ik voelde flinterdun briefpapier tussen mijn vingers. Ik vouwde hem open en zag dat bovenaan de brief een adres in Parijs en de datum 30 maart 1928 waren vermeld. Toen ik de paar brieven daaronder snel doornam realiseerde ik me dat er geen enkele chronologische volgorde zat in het stapeltje vóór me, want er waren brieven uit 1927 bij, ook aan Loen Fagundes en gericht aan een ander adres in Brazilië. Ik opende nog een paar brieven, en die waren allemaal ondertekend met 'Izabela', de vrouw die misschien mijn overgrootmoeder was. De woorden van de dienstbode klonken nog na in mijn hoofd: 'Ik weet wie u bent.'

Ik voelde aan het kettinkje met de maansteen. Het enige wat ik kon bedenken was dat het als een soort aandenken met me was meegegeven, misschien wel door mijn moeder, toen Pa Salt me als baby adopteerde. Toen hij het me gaf had hij gezegd dat er een interessant verhaal aan verbonden was. Misschien was dat een subtiele wenk om op een dag naar dat verhaal te vragen, misschien had hij me destijds niet overstuur willen maken door een direct verband met mijn verleden te suggereren. Hij had gewacht tot ik ernaar zou vragen. En nu wenste ik met heel mijn hart dat ik dat had gedaan.

Het uur daarna ging ik met de brieven aan de slag. Ik legde ze eerst in chronologische volgorde op een stapeltje. Het waren er meer dan dertig.

Ik popelde om de brieven in hun mooie, onberispelijke handschrift te lezen. Mijn mobieltje ging en aan de andere kant van de lijn hoorde ik een opgewonden Floriano.

'Maia, ik heb nieuws. Kan ik over een uurtje naar je toe komen?'

‘Vind je het erg om morgenochtend af te spreken? Ik heb waarschijnlijk een virusje opgepikt,’ loog ik met een schuldgevoel, want ik wilde de rest van de dag besteden aan het lezen van de brieven.

‘Morgen tien uur dan maar?’

‘Ja, dan zal het wel weer over zijn.’

‘Als je iets nodig hebt, Maia, bel me alsjeblieft.’

‘Zal ik doen, dank je wel.’

‘Geen probleem. Beterschap,’ zei hij.

Ik schakelde mijn mobieltje uit en belde roomservice om twee flessen water en een clubsandwich te bestellen. Nadat die waren bezorgd en ik ze verstrooid naar binnen had gewerkt, pakte ik met trillende vingers de eerste brief en begon te lezen.

IZABELA

RIO DE JANEIRO
NOVEMBER 1927

13

Izabela Rosa Bonifacio werd wakker van het krassende geluid van trippelende pootjes over de tegelvloer. Ze ging rechtovereind zitten, keek vanuit haar bed omlaag en zag dat een *sagui* haar aanstaarde. Het beestje hield haar haarborstel in zijn handjes, harige kopieën van haar eigen handen. Bel moest giechelen omdat de sagui haar bleef aanstaren en met zijn glanzende zwarte oogjes bedelde om ervandoor te mogen gaan met zijn nieuwe speeltje.

'Zo, dus jij wilt je haar borstelen?' vroeg ze, en ze schoof op haar buik naar het voeteneind van het bed. 'Alsjeblieft,' vroeg ze, 'geef hier. Het is míjn borstel en *mãe* wordt heel boos als je hem steelt.'

Het aapje wees met zijn kop al in de richting van zijn ontsnappingsroute en toen Bel met haar lange, slanke vingers een greep naar de borstel deed, maakte het beestje een sierlijke sprong naar de vensterbank en verdween uit het zicht.

Met een zucht viel Bel terug op het bed. Ze zou voor de zoveelste keer een preek krijgen van haar ouders dat ze die luiken dicht moest houden, juist om dit te voorkomen. De haarborstel was van paarlemoer, een doopgeschenk van haar grootmoeder aan vaderskant, en, zoals ze tegen het aapje had gezegd, haar moeder zou niet bepaald blij zijn. Ze kronkelde op haar buik terug naar het hoofdeind en legde haar hoofd op het kussen. Ze koesterde de ijdele hoop dat de sagui tijdens zijn vlucht naar huis de borstel in de tuin zou laten vallen. Zijn thuis, dat was het oerwoud op de berg achter hun huis.

Een zwak briesje veegde een lok dik, zwart haar over haar voorhoofd en voerde de subtiele geuren van de guavebomen en citroenboompjes mee die onder haar raam stonden. Hoewel de wekker naast haar bed half zeven aanwees, voelde ze nu al de hitte van de naderende dag. Ze keek omhoog en zag dat nog geen sliertje wolk de snel lichter wordende hemel verstoorde.

Loen, haar dienstmeisje, zou pas over een uur aan haar deur kloppen om te helpen met aankleden. Bel vroeg zich af of ze eindelijk de moed kon verzamelen om, terwijl iedereen sliep, het huis uit te sluipen en te gaan zwemmen in het koele water van het heerlijke, blauw betegelde zwembad dat haar vader, Antonio, kortgeleden had laten aanleggen.

Dat zwembad was Antonio's nieuwste aanwinst en hij was er erg trots op, aangezien het een van de eerste in zijn soort in een particulier huis in Rio was. Een maand geleden had hij al zijn belangrijke vrienden uitgenodigd om het te komen bekijken, en die hadden het allemaal braaf op het omringende terras staan bewonderen. De mannen in hun dure maatpakken, de vrouwen in de nieuwste ontwerpen uit Parijs, aangeschaft in de exclusieve winkels aan de Avenida Rio Branco.

Bel had bij die gelegenheid gedacht hoe ironisch het was dat niet een van de gasten badkleding bij zich had, en ook zij had daar in de brandende hitte gestaan en ernaar gesnakt om haar deftige kleren uit te trekken en een duik te nemen in het koele, heldere water. Ze had zelfs tot nu toe nog niemand het zwembad zien gebruiken. Toen ze haar vader had gevraagd of ze er in mocht gaan zwemmen, had hij zijn hoofd geschud.

'Nee, querida, de bedienden mogen je niet in badpak zien. Je moet zwemmen als ze niet in de buurt zijn.'

Aangezien de bedienden altíjd in de buurt waren, had Bel zich al snel gerealiseerd dat het zwembad gewoon het zoveelste statussymbool was, een gewichtig bezit waarmee haar vader indruk kon maken op zijn vrienden. Weer een halte verder op zijn nooit eindigende tocht naar de zo vurig begeerde sociale status.

Als ze mãe vroeg waarom *pai* nooit tevreden leek te zijn met wat hij had, terwijl ze in een van de mooiste huizen van Rio woonden, regelmatig in het Copacabana Palace Hotel dineerden en zelfs een gloednieuwe Ford-automobiel hadden, haalde haar moeder laconiek haar schouders op.

'Gewoon omdat hij nooit van achternaam zal kunnen veranderen, hoeveel auto's of plantages hij ook bezit.'

Bel was er in haar zeventienjarige bestaan achter gekomen dat Antonio afstamde van Italiaanse immigranten, die naar Brazilië waren getrokken om op een van de vele koffieplantages in de groene, vruchtbare streek rond São Paulo te gaan werken. Antonio's vader was een hardwerkende maar ook slimme man geweest, die hard had gespaard om een stuk grond te kopen en daar een onderneming te starten.

Toen Antonio oud genoeg was om het bedrijf over te nemen, floreerde de plantage en kon hij er nog drie bij kopen. De familie was rijk geworden door de enorme winsten, en toen Bel acht jaar was had haar vader een prachtige oude *fazenda* op vijf uur rijden van Rio gekocht. Dat was de plek die ze nog steeds als 'thuis' beschouwde. Het grote plantagehuis, hoog verscholen in de bergen, straalde rust en gastvrijheid uit, en daar lagen Bels dierbaarste herinneringen. Ze kon er gaan en staan waar ze wilde, ze kon als ze er zin in had te paard over het tweeduizend hectare grote landgoed rijden, ze had een zorgeloze en idyllische jeugd gehad.

Antonio woonde nu dichter bij Rio, maar dat was nog niet genoeg. Ze kon zich herinneren dat haar vader eens tijdens het avondeten aan haar moeder had uitgelegd waarom ze naar de stad zelf moesten verhuizen.

'Rio is de hoofdstad, de zetel van alle macht in Brazilië, en daar moeten wij deel van gaan uitmaken.'

Naarmate Antonio's bedrijf groeide, maakte ook zijn pot met

goud voller. Drie jaar geleden was haar vader thuisgekomen met de mededeling dat hij een huis in Cosme Velho had gekocht, een van de meest exclusieve wijken in Rio.

Hij was aan tafel neergeploft en had triomfantelijk geroepen: 'Zo, nu kunnen de Portugese aristocraten me niet meer negeren, want we worden buren!'

Bel en haar moeder hadden elkaar ontsteld aangekeken bij de gedachte dat ze hun thuis in de bergen zouden moeten verlaten en naar de grote stad moesten verhuizen. Haar anders zo zachtmoedige moeder hield echter onvermurwbaar vast aan haar eis dat Fazenda Santa Tereza niet mocht worden verkocht, zodat ze in elk geval nog een toevluchtsoord hadden waar ze de zomerse hitte van Rio konden ontvluchten.

'Waarom, mãe, waarom?' had Bel die avond huilend aan haar moeder gevraagd toen die haar goedenacht kwam kussen. 'Ik vind het hier fijn, ik wil niet naar de stad verhuizen.'

'Omdat het voor je vader niet voldoende is om net zo rijk te zijn als welk lid van de Portugese adel dan ook. Hij wil hun gelijke zijn. En hun respect winnen.'

'Maar mãe, zelfs ík weet dat de Portugezen in Rio op ons als Italiaanse *paulistas* neerkijken. Dat zal hem toch nooit lukken?'

'Och,' had haar moeder vermoeid gezegd, 'Antonio heeft tot nu toe altijd alles bereikt wat hij wilde.'

'Maar hoe kunnen u en ik dan weten hoe we ons daar moeten gedragen? Ik heb bijna mijn hele leven in de bergen gewoond. We zullen ons daar nooit kunnen aanpassen op de manier die pai wil.'

'Je vader heeft al gezegd dat hij ons wil laten kennismaken met Senhora Nathalia Santos, een vrouw uit de Portugese aristocratie, wier familie aan lagerwal is geraakt. Ze verdient de kost door gezinnen als het onze bij te brengen hoe ze zich in de society van Rio dienen te gedragen. En ze kan hen ook in die kringen introduceren.'

'Dus we worden veranderd in marionetten, die de juiste kleren dragen en de juiste dingen zeggen en het juiste bestek gebruiken? Dan ga ik nog liever dood.' Bel maakte een kokhalzend gebaar.

'Daar komt het ongeveer op neer, ja,' had Carla toegegeven, grinnikend om haar dochters typering en met een geamuseerde blik in haar warme bruine ogen. 'En jij, Izabela, zijn geliefde en enige dochter, bent natuurlijk de kip die wellicht voor de gouden eieren gaat zorgen. Je bent nu al heel mooi, Bel, en je vader denkt dat jij met jouw uiterlijk straks een goed huwelijk kunt sluiten.'

Bel had haar moeder vol afschuw aangekeken. 'Dus ik word straks door pai gebruikt als entreegeld tot de hoge kringen? Nou, dat gaat niet gebeuren!' Ze had zich omgedraaid en met haar vuisten op de kussens getrommeld.

Carla kwam met haar mollige figuur op de rand van het bed zitten en klopte met haar vlezige hand op de weerbarstige rug van haar dochter. 'Het is niet zo erg als het lijkt, querida,' zei ze troostend.

'Maar ik ben pas vijftien! Ik wil trouwen uit liefde, en niet om een bepaalde positie te krijgen. En bovendien zijn de Portugese mannen bleek en mager en lui. Ik heb liever Italiaanse mannen.'

'Kom, kom, Bel, dat mag je niet zeggen. Elk ras heeft zijn goede en slechte dingen. Ik weet zeker dat je vader iemand vindt die jij aardig vindt. Rio is een grote stad.'

'Ik ga niet!'

Carla boog voorover en kuste het glanzende, donkere haar van haar dochter. 'Wel, één ding moet ik je nageven: je hebt beslist de spirit van je vader geërfd. Welterusten, querida.'

Dat was nu drie jaar geleden en sindsdien had Bel nog geen enkele keer iets tegen haar moeder gezegd waaruit viel op te maken dat ze van mening was veranderd. Haar vader was nog altijd ambitieus, haar moeder nog altijd zachtmoedig, de society van Rio nog net zo onbuigzaam in z'n tradities als tweehonderd jaar geleden en de Portugese mannen waren nog altijd even onaantrekkelijk.

En toch woonden ze in Cosme Velho in een fantastisch huis. De okerkleurige muren en hoge openslaande ramen herbergden een aantal mooi geproportioneerde kamers, die geheel nieuw en volgens haar vaders eisen waren ingericht. Hij had ook per se de laatste snufjes op het gebied van wooncomfort willen laten aanbrengen, zoals een telefoonaansluiting en badkamers op de bovenverdieping. De perfect ontworpen tuinen konden met gemak concurreren met de luisterrijke botanische tuinen van Rio.

Het huis werd Mansão da Princesa gedoopt, naar prinses Isabel, die ooit water uit de Carioca was komen drinken, de rivier die door hun terrein liep en waaraan heilzame krachten werden toegeschreven.

Maar ondanks de onmiskenbare luxe waarin ze leefde vond Bel de dreigende aanwezigheid van de Corcovado, die vlak achter hun huis verrees en er hoog bovenuit torende, benauwend. Ze verlangde vaak terug naar de open vlaktes en de frisse, heldere berglucht.

Sinds Bel in de stad was komen wonen was Senhora Santos, haar huislerares in het vak etiquette, deel gaan uitmaken van haar dagelijks leven. Ze had geleerd hoe ze een ruimte binnen moest komen – schouders naar achteren, hoofd rechtop, en *zweven* – en de stamboom van elke belangrijke Portugese familie zat er bij haar ingestampt. En omdat ze pianoles en les in Frans, kunstgeschiedenis en Europese literatuur kreeg, begon ze te dromen van een reis naar de Oude Wereld.

Maar de grootste moeite had ze met Senhora Santos' uitdrukkelijke instructie om haar moedertaal te vergeten, de taal die thuis werd gesproken en die haar moeder haar van jongs af aan had bijgebracht. Ze vond het nog steeds erg moeilijk om Portugees te spreken zonder Italiaans accent.

Ze keek vaak in de spiegel en stond zichzelf dan een wrang lachje toe. Want hoeveel moeite Nathalia Santos zich ook had getroost om Bels afkomst uit te wissen, haar trekken verraadden onmiddellijk haar afstamming. In de bergen hoefde ze maar een beetje zon te hebben om glanzend diepbruin te worden, reden voor Senhora Santos om steeds weer te waarschuwen dat ze uit de zon moest blijven. Haar gave huid vormde een volmaakt contrast met het weelderig golvende haar en de grote bruine ogen die spraken van hartstochtelijke Toscaanse nachten in haar echte vaderland.

Haar volle lippen verraadden haar sensuele karakter, haar borsten protesteerden iedere dag weer als ze in de strakke baleinen van een korset werden geperst. Wanneer Loen 's ochtends aan de vetersluiting stond te trekken in een poging om de uiterlijke kenmerken van haar vrouw-zijn in te tomen, had Bel het gevoel dat dit beklemmende kledingstuk symbool stond voor haar eigen situatie. Alsof ze een wild dier was, vol vuur en passie, dat gevangen zat in een kooi.

Ze zag een kleine gekko bliksemsnel van de ene hoek van het plafond naar de andere schieten, en bedacht dat het hagedisje, net als de sagui, wanneer het maar wilde door het open raam naar buiten kon ontsnappen. Terwijl zij weer een dag voor de boeg had waarin ze als een kip werd opgebonden om in de gloeiend hete oven van Rio's society te worden gezet en moest leren haar natuurlijke karakter te negeren en de societydame te worden die haar vader zich wenste.

En volgende week al zouden haar vaders plannen met haar toekomst hun hoogtepunt bereiken. Dan werd ze achttien en zou ze met een spectaculair feest in het prachtige Copacabana Palace Hotel in de hogere kringen van Rio worden geïntroduceerd.

En vervolgens zou ze worden gedwongen tot het beste huwelijk dat haar vader voor haar kon regelen. Dan waren de laatste restjes vrijheid die ze nog had voorgoed verdwenen.

Een uur later meldde Loen zich met het vertrouwde klop-klop-klop.

'Goedemorgen, Senhorita Bel. Is het geen prachtige ochtend?' vroeg haar dienstmeisje toen ze binnenkwam.

'Nee,' antwoordde Bel humeurig.

'Kom, u moet opstaan en u aankleden. U heeft een drukke dag voor de boeg.'

'O ja?' veinsde Bel, die maar al te goed wist met wat voor verplichtingen de dag gevuld was.

'Nu, *minha pequena,* niet met me spotten,' waarschuwde Loen, die de koosnaam gebruikte die ze Bel als kind had gegeven. 'U weet net zo goed als ik dat u om tien uur pianoles hebt, en daarna komt uw Franse leraar. En vanmiddag komt Madame Duchaine voor de laatste pasbeurt van uw baljurk.'

Bel sloot haar ogen en deed alsof ze het niet hoorde.

Onverstoord liep Loen naar het bed en schudde zachtjes aan Bels schouder. 'Wat is er met u? U wordt al over een week achttien en uw vader heeft een prachtig feest voor u georganiseerd. Iedereen in Rio komt! Bent u niet opgewonden?'

Bel reageerde niet.

'Wat wilt u vandaag aantrekken? De roomkleurige of de blauwe?' bleef Loen aandringen.

'Maakt me niks uit.'

Loen liep rustig naar de klerenkast en het ladekastje en legde haar eigen keuze aan kleren op het voeteneind van het bed.

Met tegenzin kwam Bel in beweging en ging rechtop zitten. 'Vergeef me, Loen. Ik ben verdrietig omdat er vanochtend een sagui binnenkwam en mijn haarborstel heeft gestolen, dat cadeau van mijn grootmoeder. Mãe zal boos op me zijn omdat ik de luiken weer eens open heb gelaten.'

'O nee!' zei Loen geschrokken. 'Uw mooie paarlemoeren

haarborstel naar de apen in de jungle! Hoe vaak hebt u al niet te horen gekregen dat u 's avonds de luiken moet sluiten?'

'Heel vaak,' gaf Bel, weer vriendelijk, toe.

'Ik zal tegen de tuinlieden zeggen dat ze de tuin moeten doorzoeken. Misschien vinden ze hem nog.'

'Dank je,' zei Bel en hief haar armen, zodat Loen haar nachtpon kon uittrekken.

Bij het ontbijt zat Antonio Bonifacio de gastenlijst van zijn dochters feest in het Copacabana Palace te bestuderen. 'Senhora Santos heeft werkelijk de fine fleur bijeengebracht, en de meesten hebben de uitnodiging geaccepteerd,' was zijn tevreden commentaar. 'Maar de families Carvalho Gomes en Ribeiros Barcello komen niet. Het spijt hun bijzonder, maar ze hebben verplichtingen elders.' Hij trok een wenkbrauw op.

'Nou, ze weten niet wat ze missen.' Carla legde troostend een hand op de arm van haar man, wetend dat dit twee van de belangrijkste families in Rio waren. 'De hele stad heeft het er straks over, dus ze zullen er ongetwijfeld over horen.'

'Ik hoop het,' gromde Antonio. 'Het heeft me genoeg gekost. En jij, mijn *princesa*, zult in het middelpunt staan.'

'Ja, papa, ik ben heel dankbaar.'

'Bel, je weet dat je me geen "papa" moet noemen. Ik ben "pai",' berispte hij haar.

'Het spijt me, pai, maar het is moeilijk om een levenslange gewoonte te veranderen.'

'Zo.' Antonio vouwde zijn krant netjes op en stond op. Hij knikte zijn vrouw en dochter gedag. 'Ik ben naar kantoor om het werk te doen dat me in staat stelt dit alles te betalen.'

Bel keek haar vader na toen hij met grote stappen de kamer uit beende. Wat was hij nog knap, bedacht ze, met zijn lange, elegante gestalte en zijn volle bos donker haar, dat alleen aan de slapen een beetje begon te grijzen.

'Pai is zo gespannen,' zei ze zuchtend tegen haar moeder. 'Zou hij zich zorgen maken over het feest?'

'Bel, je vader is altíjd gespannen. Of het nou gaat over de koffieoogst op een van onze plantages of over jouw feest, hij vindt altijd wel iets om zich zorgen over te maken. Dat zit nu eenmaal in zijn aard,' zei Carla met een schouderophalen. 'Ik moet nu ook weg. Ik spreek Senhora Santos hier vanochtend over de laatste voorbereidingen voor de receptie in het Copacabana Palace. Ze wil graag dat je er na je pianoles en Franse les bij komt zitten om de gastenlijst door te nemen.'

'Maar mãe, die kan ik van voor tot achter en van boven naar beneden opzeggen,' kreunde Bel.

'Dat weet ik, querida, maar er mag niets fout gaan.'

Carla stond op, aarzelde even en wendde zich weer tot Bel. 'Er is nog iets wat ik je moet vertellen. Mijn lieve nicht Sofia is herstellende van een zeer ernstige ziekte, en ik heb haar en haar drie kinderen uitgenodigd om tijdens haar herstel op de fazenda te logeren. Omdat we daar alleen Fabiana en haar echtgenoot hebben, moet ik Loen daar wel heen sturen om op Sofia's kinderen te passen, zodat zij kan rusten. Ik vrees dat Loen tegen het eind van de week naar de bergen zal moeten afreizen.'

'Maar mãe!' Bel snakte verbijsterd naar adem. 'Mijn feest is al over een paar dagen. Wat moet ik zonder Loen?'

'Het spijt me, Bel, maar ik heb geen andere keus. Gabriela is hier dan nog en die zal je alle hulp bieden die je nodig hebt. Maar nu moet ik weg, anders kom ik te laat.' Carla gaf haar dochter een troostend schouderklopje en liep de kamer uit.

Bel leunde achterover in haar stoel. Ze moest het onaangename nieuws verwerken en was overstuur bij de gedachte dat ze in de aanloop naar een van de belangrijkste gebeurtenissen in haar leven haar trouwste bondgenoot moest missen.

Loen was geboren op hun fazenda, waar haar Afrikaanse voorouders als slaven op de koffieplantage hadden gewerkt.

Toen de slavernij in Brazilië eindelijk werd afgeschaft, in 1888, hadden veel bevrijde slaven nog dezelfde dag hun gereedschap erbij neergegooid en hun meester verlaten, maar de ouders van Loen hadden ervoor gekozen om te blijven. Ze waren blijven werken voor de toenmalige eigenaren van de fazenda, een rijke Portugese familie, totdat die – zoals zoveel andere aristocraten uit Rio die geen slaven meer hadden om de koffieplanten te verzorgen – tot verkoop gedwongen was. Loens vader had dat moment gekozen om direct met de noorderzon te vertrekken en de negen jaar oude Loen en haar moeder, Gabriela, aan hun lot over te laten.

Toen Antonio een paar maanden later de fazenda kocht, had Carla medelijden met hen gekregen en erop gestaan dat ze als dienstbode werden aangehouden. Drie jaar geleden waren moeder en dochter met de familie meeverhuisd naar Rio.

Hoewel Loen officieel tot het personeel behoorde, waren zij en Bel samen op de afgelegen fazenda opgegroeid. Nu er in de buurt zo weinig kinderen van hun leeftijd waren, was er tussen de twee meisjes een bijzondere band ontstaan. Loen was nauwelijks ouder was Bel, maar heel wijs voor haar leeftijd en een onuitputtelijke bron van advies en troost voor haar jonge meesteres. Bel op haar beurt had Loens vriendelijkheid en trouw beloond door haar tijdens de lange, lome avonden op de fazenda te leren lezen en schrijven.

Ze konden elkaar in elk geval schrijven als ze van elkaar gescheiden waren, bedacht Bel zuchtend, terwijl ze aan haar koffie nipte.

'Bent u klaar, senhorita?' vroeg Gabriela, die haar gedachten onderbrak en Bel een meelevend glimlachje bood waaruit bleek dat ze Carla's aankondiging had gehoord.

Bel wierp een schuine blik op de buffetkast, die overladen was met verse mango's, vijgen, amandelen en een mand met versgebakken brood. Genoeg om een hele straat mee te voeden, dacht ze, en al helemaal een gezin van drie personen.

'Ja, je kunt afruimen. En het spijt me van het extra werk dat je hebt als Loen weg is,' voegde ze eraan toe.

Gabriela haalde stoïcijns haar schouders op. 'Mijn dochter zal ook teleurgesteld zijn dat ze niet bij de voorbereidingen van uw verjaardag kan zijn. Maar het geeft niet, we redden het wel.'

Toen Gabriela was vertrokken, reikte Bel naar de *Jornal do Brasil* die op tafel lag en vouwde hem open. Op de voorpagina stond een foto van Bertha Lutz, de activiste voor vrouwenrechten, die met haar medestanders voor het stadhuis stond. Senhorita Lutz had zes jaar geleden de Braziliaanse Federatie voor de Verbetering van de Positie van Vrouwen opgericht en voerde actie voor algeheel vrouwenstemrecht in Brazilië. En hier zat zíj, met een vader die in het verleden was blijven hangen en nog geloofde dat vrouwen simpelweg aan de hoogste bieder moesten worden uitgehuwelijkt om vervolgens een gezond nest met kinderen te produceren.

Sinds ze naar de stad waren verhuisd hield Antonio zijn dierbare dochter feitelijk gevangen en mocht ze zelfs niet een eindje gaan wandelen zonder oudere chaperonne. Hij leek niet te beseffen dat de paar meisjes van haar leeftijd met wie ze op officiële theepartijtjes had kennisgemaakt en die door Senhora Santos geschikt werden geacht als vriendin, uit families kwamen die de moderne tijd niet bestreden maar juist omarmden.

Zo was haar vriendin Maria Elisa da Silva Costa weliswaar van aristocratische Portugese afkomst, maar anders dan pai meende, verblind als hij was, holde haar familie niet van het ene sociale evenement naar het andere. De Portugese hofhouding waar pai met hart en ziel bij wilde horen was grotendeels vervaagd tot geschiedenis, en van de families die er nog waren klampten maar enkele zich vast aan een verdwijnende wereld.

Maria Elisa was een van de jonge vrouwen met wie Bel voor haar gevoel iets gemeen had. Maria Elisa's vader, Heitor, verdiende de kost als befaamd architect en had onlangs de eervolle opdracht gekregen om het geplande Christusbeeld op de top van de Corcovado te bouwen, de berg die zo imposant achter hun huis hemelwaarts rees. De Da Silva Costa's woonden vlakbij, in Botafogo, en als Maria Elisa's vader op de berg moest zijn om maten op te nemen voor de constructie van het beeld, ging Maria Elisa vaak tot aan Cosme Velho mee en kwam ze op bezoek bij Bel, terwijl Heitor de trein naar boven nam. Bel verwachtte haar later op de dag.

'Heeft u nog iets nodig, senhorita?' vroeg Gabriela, die met haar zware dienblad bij de deur bleef staan.

'Nee, dank je, Gabriela, je kunt gaan.'

Een paar minuten later stond Bel op en verliet ze ook de kamer.

'Je zult wel opgewonden zijn vanwege je feest,' zei Maria Elisa, toen ze in de schaduw van het dichte tropische bos zaten dat tot over hun tuin heen reikte. Het gebladerte werd in toom gehouden door een legertje aan tuinlieden, om te voorkomen dat het de onberispelijke tuin binnendrong, maar voorbij de grens van hun terrein klom het ongebreideld de berg op.

'Ik zal blij zijn als het achter de rug is,' zei Bel openhartig.

'Nou, ik verheug me er in elk geval wel op, absoluut,' zei Maria Elisa glimlachend. 'Alexandre Medeiros komt en ik ben echt smoorverliefd op hem. Als hij me ten dans vraagt, ben ik in de zevende hemel,' zei ze terwijl ze een slokje van haar versgeperste jus d'orange nam. 'En heb jij een oogje op iemand?' vroeg ze, en keek Bel verwachtingsvol aan.

'Nee, bovendien gaat mijn vader een echtgenoot voor me uitzoeken.'

'O, je vader is zó ouderwets! Als ik jou hoor praten ben ik blij dat ik pai heb, ook al is hij met zijn hoofd voortdurend bij de Cristo. Weet je,' vervolgde Maria Elisa fluisterend, 'mijn vader is eigenlijk atheïst, maar moet je zien, nu bouwt hij het grootste monument voor Onze-Lieve-Heer dat er bestaat.'

'Misschien verandert hij van geloof door dit project,' suggereerde Bel.

'Ik hoorde hem gisteravond met mãe bespreken dat ze naar Europa gaan om een beeldhouwer te zoeken voor het beeld zelf. Hij zei dat we allemaal meegaan omdat hij zo lang wegblijft. Kun je je voorstellen, Bel? Dan zien we de grote bezienswaardigheden van Florence, Rome en natuurlijk Parijs.' Bij de gedachte alleen al trok Maria Elisa pretrimpels in haar grappige sproetenneusje.

'Europa?' riep Bel uit, en ze staarde haar vriendin aan. 'Maria Elisa, echt, op dit moment haat ik je! Ik droom er al tijden van om de Oude Wereld te bezoeken. Vooral Florence, waar mijn familie vandaan komt.'

'Nou, als het doorgaat kun je misschien wel met ons mee, of in elk geval voor een tijdje. Het zou voor mij ook prettiger zijn, anders zit ik met mijn twee broers opgescheept. Wat vind je ervan?' vroeg Maria Elisa met van opwinding glanzende ogen.

'Ik vind het een fantastisch idee, maar mijn vader zal wel nee zeggen,' zei Bel moedeloos. 'Als ik hier al niet eens in mijn eentje over straat mag lopen, kan ik me moeilijk voorstellen dat ik wel de oceaan mag oversteken naar Europa. Bovendien wil hij dat ik hier in Rio beschikbaar ben, zodat hij me zo snel mogelijk kan uithuwelijken.' Met een troosteloos gebaar vermorzelde ze een miertje onder haar schoen.

Ze hoorden een auto de oprit oprijden, Maria Elisa's vader kwam haar ophalen.

Ze stond op en gaf haar vriendin een hartelijke knuffel. 'Dan zie ik je dus aanstaande donderdag op je feest?'

'Ja.'

'Adeus, Bel,' zei ze en liep de tuin door naar het huis. 'En maak je niet druk, ik beloof je dat we een plannetje bedenken.'

Bel bleef nog een tijdje zitten dromend van de Duomo en de Neptunusfontein in Florence. Van alle lessen die Senhora Santos voor haar had geregeld genoot ze nog het meest van kunstgeschiedenis. Er was een beeldend kunstenaar aangetrokken om haar de beginselen van schilderen en tekenen bij te brengen. De middagen die ze in zijn koele atelier in de Escola Nacional de Belas Artes doorbracht vormden de prettigste momenten sinds haar komst naar Rio.

De kunstenaar was ook beeldhouwer, en ze mocht van hem oefenen met een klomp vette rode klei. Ze herinnerde zich nog steeds hoe vochtig en zacht het materiaal tussen haar vingers aanvoelde, en hoe kneedbaar het was toen ze er een figuur van wilde vormen.

'U hebt echt talent,' had de kunstenaar met een goedkeurend knikje gezegd, toen ze een volgens haar armzalige kopie van de Venus van Milo had laten zien. Maar of ze nu aanleg had of niet, Bel had genoten van de atmosfeer in de studio, en nadat de lessen waren afgelopen had ze haar wekelijkse bezoekjes erg gemist.

Even later riep Loen haar naar binnen, omdat Madame Duchaine was gearriveerd voor de laatste pasbeurt voor het feest.

Bel stond op en liep de tuin door naar het huis. Ze liet haar gedachten over Europa en zijn luister achter in de jungle.

14

Toen Bel op de ochtend van haar achttiende verjaardag wakker werd, zag ze zware grijze wolken langs de hemel razen en hoorde ze het gerommel van naderend onweer. Het was de voorbode van een storm die onheilspellend in kracht zou toenemen bij een hemel die door enorme bliksemflitsen zou worden verlicht. De hemel zou zich plotseling openen en zijn inhoud ongegeneerd over Rio uitstorten, zodat zijn onfortuinlijke inwoners drijfnat werden.

Ook Gabriela, die al druk in de weer was en Bels dagschema op haar afvuurde, liep naar het raam en bestudeerde de lucht.

'Laten we hopen en bidden dat de wolken besluiten zich nog vóór uw feest te ontladen en dat het is opgehouden met regenen als uw gasten arriveren. Het zou een ramp zijn als uw prachtige jurk vol modderspetten komt te zitten als u bij het hotel uitstapt. Ik ga straks naar de kapel om Onze-Lieve-Vrouw te smeken of ze het vóór vanavond wil laten ophouden met regenen, en dat de zon verschijnt en de plassen opdroogt. Kom, Senhorita Izabela, uw ouders wachten op u in de ontbijtkamer. Uw vader wil u nog spreken voor hij naar kantoor gaat. Het is voor ons allemaal een heel bijzondere dag.'

Hoeveel ze ook van Gabriela hield, wenste Bel voor de honderdste keer dat Loen er was om die bijzondere dag met haar te delen en haar te kalmeren.

Tien minuten later kwam ze de ontbijtkamer binnen. Antonio stond op van tafel en strekte zijn armen naar haar uit.

'Mijn dierbare dochter! Vandaag word je meerderjarig, en ik ben zó ontzettend trots op je. Kom hier en omhels je vader.'

Bel liep zijn sterke, beschermende armen in. Ze rook de geruststellende luchtjes van de eau de cologne en haarolie die haar vader gebruikte.

'En ga nu je moeder een kus geven, en daarna laten we je je cadeau zien.'

'Piccolina,' zei Carla, die zichzelf even vergat en Bels Italiaanse koosnaampje gebruikte. Ze stond op van tafel en gaf haar dochter een hartelijke kus, deed een stap achteruit en strekte haar armen wijd uit. 'Moet je jou toch eens zien! Je bent zó mooi!'

'Van je lieve moeder geërfd, natuurlijk,' kwam Antonio tussenbeide, met een liefdevolle blik naar zijn vrouw.

Bel zag dat zijn ogen vol tranen stonden. Het kwam tegenwoordig maar zelden voor dat haar vader zijn gevoelens toonde, en ze was direct terug in de tijd voordat pai steenrijk werd, toen ze nog een gewone Italiaanse familie vormden. Ze kreeg een brok in haar keel.

'Kom eens kijken wat we voor je hebben gekocht.' Antonio reikte naar de stoel naast hem en haalde twee in fluweel verpakte doosjes tevoorschijn. 'Dit,' zei hij, en hij trok gretig het deksel van het grootste doosje om de inhoud te laten zien. 'En dit,' en hij opende het tweede, kleinere doosje.

Bels adem stokte bij de schoonheid van het smaragden halssnoer en de oorbellen. 'Pai! Meu Deus! Wat prachtig!' Ze bekeek het van dichtbij en na een goedkeurend knikje van haar vader tilde ze het halssnoer uit de zijden voering van de doos. Het was van goud, met smaragden van steeds groter formaat, die in het midden eindigden bij een prachtige, glanzende steen, die in haar decolleté zou rusten.

'Doe eens om,' drong haar vader aan, en gebaarde naar zijn vrouw om de sluiting in de nek vast te maken.

Toen ze de ketting om had ging Bel met haar vingers naar haar hals en streelde ze de koele zachte stenen. 'Staat-ie me?'

'We doen eerst de oorbellen in voordat je kijkt,' zei Antonio, en Carla hielp haar bij het bevestigen van de tere druppelvormige edelstenen.

'Zo!' Antonio loodste Bel naar de spiegel boven de buffetkast. 'Ze staan prachtig!' riep hij uit, toen hij het spiegelbeeld van zijn dochter bestudeerde en zag hoe stralend de ketting afstak tegen de roomkleurige huid van haar slanke hals.

'Pai, die moeten een fortuin hebben gekost!'

'Ze komen uit de smaragdmijnen van Minas Gerais en ik heb zelf de ruwe stenen geïnspecteerd en de beste uitgekozen.'

'En, querida, je avondjurk van roomkleurige zijde met het smaragdkleurige borduursel is natuurlijk speciaal uitgekozen om je verjaardagscadeau goed te laten uitkomen,' voegde Carla eraan toe.

'Vanavond draagt geen enkele vrouw mooiere of duurdere sieraden dan jij,' zei Antonio tevreden. 'Ook al dragen ze de kroonjuwelen van Portugal!'

In één klap was de kinderlijke, spontane blijdschap vanwege het fantastische cadeau vervlogen. Toen Bel in de spiegel staarde realiseerde ze zich dat deze sieraden niets te maken hadden met een vader die zijn dochter op haar achttiende verjaardag wilde verwennen. Dit was gewoon de zoveelste manier om indruk te maken op de talloze belangrijke gasten die vanavond op haar feest zouden komen.

Ineens kwamen de glimmende groene stenen haar ordinair en opzichtig voor. Ze vormden niet meer dan de achtergrond waartegen haar vader zijn rijkdom kon presenteren. De tranen sprongen haar in de ogen.

Carla kwam direct naar haar dochter toe. 'Ach querida, niet huilen. Ik begrijp wel dat het je allemaal te veel wordt, maar het is vandaag jouw dag en dan moet je je niet opwinden.'

Bel strekte instinctief haar armen uit naar haar moeder. Ze liet haar hoofd op haar moeders schouder rusten, terwijl langzaam maar zeker de angst voor de toekomst bezit van haar nam.

Als Bel terugkeek op haar verjaardagsfeest in het Copacabana Palace, de avond waarop zij, en, belangrijker nog, haar vader nadrukkelijk in de society van Rio waren gelanceerd, zag ze een reeks levendige, warrige momentopnames.

Gabriela had kennelijk het juiste offer aan Onze-Lieve-Vrouw gebracht, want nadat het water de hele middag met bakken uit de lucht was komen vallen, was het om vier uur opgehouden met regenen, toen Bel net een bad had genomen en de kapper was gekomen om haar dikke glanzende bos haar op te steken. Hij weefde haarbandjes van piepkleine smaragdjes – nog een cadeau van haar vader – door haar haarwrong. En haar avondjurk van *satin duchesse,* speciaal in Parijs besteld en door Madame Duchaine zodanig vakkundig in elkaar gezet dat hij haar borsten, slanke heupen en platte buik accentueerde, zat als een tweede huid om haar heen.

Toen ze bij het hotel aankwam, sprong een menigte door haar vader bestelde fotografen in actie. Toen ze samen met Antonio uitstapte en hij haar naar binnen leidde, werd ze verblind door een spervuur van flitslicht.

De champagnefontein had de hele avond geklaterd alsof hij water spoot, en de zeldzame, uit Rusland geïmporteerde belugakaviaar werd rijkelijk geserveerd, alsof het ging om goedkope *salgadinhos* van een straatverkoper.

Na een copieus diner met kreeft thermidor, begeleid door de beste Franse wijnen, had Rio's chicste dansorkest op het terras gespeeld. Het enorme zwembad was met planken bedekt, zodat de gasten onder het licht van de sterren konden dansen.

Van Antonio mocht er absoluut geen samba worden gespeeld, want al werd die steeds populairder, in Rio beschouwde men het nog altijd als de muziek van de armen. Senhora Santos had

Antonio echter zover gekregen dat er een paar pittige *maxixe*-nummers mochten worden uitgevoerd, met als overweging dat die razendsnelle dans in de mondaine clubs van Parijs en New York tegenwoordig als het toppunt van chic werd beschouwd.

Bel herinnerde zich ook de reeks danspartners, van wie de lichte aanraking op haar blote schouder net zo onbetekenend was als een mug die ze direct zou wegtikken.

Antonio had op een gegeven moment een jongeman meegetroond die hij aan haar wilde voorstellen.

'Izabela,' had haar vader gezegd, 'mag ik je voorstellen aan Gustavo Aires Cabral? Hij bewondert je al een tijdje vanuit de verte en zou graag het genoegen hebben met je te dansen.'

Vanwege zijn achternaam wist Bel onmiddellijk dat deze nietige man met zijn vaalbleke huid tot een van de meest aristocratische families in Rio behoorde.

'Natuurlijk,' had ze gezegd, en haar ogen eerbiedig neergeslagen. 'Het is me een eer, senhor.'

Het kon haar niet ontgaan dat Gustavo zo klein was dat hij maar net oog in oog met haar stond, en toen hij boog om haar hand te kussen had ze zicht op het dunnende haar op zijn kruin.

'Senhorita, waar heeft u zich verstopt?' prevelde hij toen hij haar naar de dansvloer leidde. 'U bent beslist de mooiste vrouw in Rio.'

Toen ze met elkaar dansten hoefde Bel niet naar haar vader te kijken om te weten dat die met een zelfvoldane glimlach op zijn lippen stond toe te kijken.

Later op de avond, toen haar tienlagenverjaardagstaart was aangesneden en iedereen nog een glas champagne uit de fontein kreeg om op Bel te toosten, schrok ze op van een oorverdovend gebulder. Net als alle andere gasten op het terras had ze haar hoofd in de richting van het geluid gedraaid en zag ze dat vanaf een boot vlak voor de kust honderden vuurraderen, vuurpijlen en vuurfonteinen werden afgestoken. Iedereen keek ademloos naar het kleurrijke vuurwerk, dat de nachtelijke hemel van Rio oplichtte. Met Gustavo vlak achter zich kon Bel niet meer dan een gemaakt glimlachje van dankbaarheid opbrengen.

Ze werd de volgende dag om elf uur wakker. Na Loen te hebben geschreven, die natuurlijk razend nieuwsgierig was naar het feest, ging ze naar beneden. De familie Bonifacio was ruim over vieren 's nachts thuisgekomen, en haar ouders zaten met een wazige blik aan een laat ontbijt.

'Kijk eens wie we daar hebben!' kraaide Antonio naar zijn vrouw. 'De pas gekroonde princesa van Rio!'

'Goedemorgen pai, goedemorgen mãe,' zei Bel en ging zitten. Toen Gabriela haar ontbijt wilde brengen, wuifde ze dat weg en zei: 'Alleen koffie, graag.'

'Hoe gaat het vanochtend, lieverd?'

'Een beetje moe,' gaf ze toe.

'Misschien iets te veel champagne gedronken gisteravond?' vroeg Antonio. 'Ik in elk geval wel.'

'Nee, ik heb de hele avond maar één glas gedronken. Ik ben gewoon moe, dat is alles. Gaat u vandaag niet naar kantoor, pai?'

'Nee, ik vond dat ik voor deze keer wel wat later op kantoor kon komen. En kijk hier eens,' zei hij, wijzend naar een zilveren dienblad waarop een grote stapel enveloppen lag. 'Een aantal gasten heeft zijn dienstbode al hierheen gestuurd met een bedankbriefje voor gisteravond en je voor een lunch of souper uitgenodigd. Er is ook een brief bij die aan jou persoonlijk is gericht. Die heb ik natuurlijk niet gelezen, maar je kunt aan het zegel aan de achterkant zien van wie hij is. Pak hem maar, Izabela, en vertel je ouders wat erin staat.'

Antonio gaf haar de envelop, en Bel zag op de achterkant het ordeteken van de Aires Cabrals. Ze maakte hem open en las de paar regels op het dikke reliëfpapier.

'En?' drong Antonio aan.

'Hij is van Gustavo Aires Cabral, hij bedankt me voor gisteravond en hoopt me binnenkort weer te ontmoeten.'

Antonio klapte verrukt in zijn handen. 'Izabela, wat ben je toch een slimme meid. Gustavo stamt direct af van de laatste keizer van Portugal en heeft een van de beste stambomen in Rio.'

'En dan te bedenken dat hij ónze dochter heeft geschreven!' Bij die gedachte klemde Carla, meegesleept in het enthousiasme, haar handen tegen haar boezem.

Bel observeerde de opgewonden gezichten van haar ouders en zuchtte: 'Pai, Gustavo heeft me een briefje gestuurd om me te bedanken voor de avond. Dit is geen aanzoek.'

'Nee, querida, maar dat wordt het op een dag misschien wel.' Hij knipoogde. 'Ik heb heus wel gezien dat hij wég van je was. Hij heeft dat ook met zoveel woorden tegen me gezegd. En waarom zou hij dat ook niet zijn?' Antonio hield de *Jornal do Brasil* omhoog die op de voorpagina een foto van een stralende Bel toonde. 'Je bent het gesprek van de dag, mijn princesa. Jouw leven en ons leven zullen vanaf vandaag ingrijpend veranderen.'

En inderdaad raakten in de weken daarna Bels voeten nauwelijks de grond. Het was kersttijd en het societyseizoen draaide op volle toeren. Madame Duchaine werd teruggeroepen en kreeg de opdracht om nog veel meer avondjurken te maken voor Bel, voor de bals, de opera en een aantal privédiners die ze bezocht. Ze kweet zich bij elke gelegenheid vol zelfvertrouwen van haar taak, daartoe perfect getraind door Senhora Santos.

Bij veel van die evenementen was ook Gustavo Aires Cabral aanwezig. Hij had van Maria Elisa en Bel de geheime bijnaam 'de fret' gekregen, vanwege zijn fysieke gelijkenis met het beestje en zijn gewoonte om voortdurend nieuwsgierig om Bel heen te drentelen.

Bij de première van *Don Giovanni* in het Teatro Municipal trof hij haar in de foyer en drong erop aan dat ze in de pauze meeging naar de loge van zijn ouders zodat hij haar officieel aan hen kon voorstellen.

'Je zou je juist vereerd moeten voelen,' vond Maria Elisa, die haar wenkbrauwen optrok toen Gustavo van Bels zijde week en zich nippend van zijn champagne tussen de menigte begaf voordat het doek opging. 'Van de adel die hier in Rio nog over is zijn zij het nauwst verwant aan het koninklijk huis. Althans zo gedragen ze zich,' zei ze er giechelend achteraan.

Dus toen Bel in de pauze werd meegevoerd naar de loge maakte ze onwillekeurig een reverence, alsof ze aan de vroegere keizer zelf werd voorgesteld. Gustavo's moeder, Luiza Aires Cabral, een hautaine, met diamanten behangen vrouw, bestudeerde haar koeltjes met half samengeknepen ogen.

'Senhorita Bonifacio, u bent inderdaad zo mooi als iedereen zegt,' zei ze minzaam.

'Dank u,' zei Bel verlegen.

'En uw ouders? Zijn die hier ook? Ik geloof niet dat ik het genoegen heb gehad kennis met ze te maken.'

'Nee, ze zijn hier vanavond niet.'

'Uw vader heeft een aantal koffieplantages in de streek rond São Paulo, zo is me verteld?' vroeg Gustavo's vader, Maurício, een oudere uitgave van zijn zoon.

'Inderdaad, senhor.'

'En die plantages bezorgen hem uiteraard veel rijkdom. Er valt veel nieuw geld te verdienen in die regio,' zei Luiza.

'Ja, senhora,' zei Bel. De impliciete kleinering was haar niet ontgaan.

'Wel,' zei Maurício haastig, met een waarschuwende blik naar zijn vrouw, 'we moeten hen eens voor de lunch uitnodigen.'

'Natuurlijk,' zei Senhora Aires Cabral, die Bel een knikje gaf en vervolgens haar aandacht richtte op haar buurman.

'Ze vonden je aardig,' zei Gustavo toen hij haar naar haar eigen loge terugbracht.

'Echt waar?' Bel dacht het tegenovergestelde.

'O ja. Ze stelden vragen en waren geïnteresseerd. Dat is altijd een goed teken. Ik zal ze herinneren aan hun toezegging om je ouders uit te nodigen.'

Bel hoopte van harte dat Gustavo dat zou vergeten, vertrouwde ze Maria Elisa even later toe.

Maar de drie Bonifacios ontvingen al snel een uitnodiging voor een lunch ten huize van de Aires Cabrals. Carla piekerde eindeloos over wat ze bij die gelegenheid moest dragen en trok de ene japon na de andere aan.

'Mãe, alsjeblieft, het is maar een lunch,' smeekte Bel. 'Ik weet zeker dat de Aires Cabrals het niet belangrijk vinden wat jij aanhebt.'

'O, dat vinden ze wel degelijk. Begrijp je dan niet dat we daar ter inspectie komen? Eén negatief woord van Luiza Aires Cabral en de deuren die zich hier in Rio tot nu toe zo vlot voor je openden, worden onmiddellijk in ons gezicht dichtgeslagen.'

Zuchtend liep Bel haar moeders kleedkamer uit. Ze had wel willen uitschreeuwen dat het haar niets kon schelen wat de Aires Cabrals van haar of haar ouders vonden, omdat ze niet als een bundeltje vlees verkocht wenste te worden. Aan niemand.

'Ga je met hem trouwen als hij je vraagt?' informeerde Maria Elisa toen ze die middag op bezoek kwam en van de uitnodiging hoorde.

'Goeie genade! Ik ken hem nauwelijks. Bovendien zien zijn ouders hem natuurlijk liever met een Portugese prinses dan met een Italiaanse immigrantendochter trouwen.'

'Dat zou kunnen, maar volgens mijn vader zijn de Aires Cabrals aan lagerwal geraakt. Net als veel oude aristocratische families zijn ze rijk geworden dankzij de goudmijnen van Minas Gerais, maar dat is alweer tweehonderd jaar geleden. Vervolgens gingen hun koffieplantages failliet toen de slavernij werd afgeschaft. Mijn vader zegt dat ze weinig hebben gedaan om hun situatie te verbeteren en dat hun fortuin sindsdien langzaam maar zeker is geslonken.'

'Hoe kunnen de Aires Cabrals nou arm zijn als ze in een van de mooiste huizen van Rio wonen en Gustavo's moeder is behangen met diamanten?'

'Die juwelen zullen wel familie-erfstukken zijn, en dat huis heeft in geen vijftig jaar een likje verf gehad. Pai is daar eens naartoe gegaan om het te inspecteren, omdat het in zo'n slechte staat van onderhoud verkeerde. Het was er zo vochtig dat de groene schimmel op de badkamermuur stond. Maar toen hij Senhor Aires Cabral een prijsopgave deed, snakte die van schrik naar adem en stuurde mijn vader onmiddellijk weg.' Maria Elisa trok haar schouders op. 'Geloof me, ze zijn alleen van naam invloedrijk, niet door rijkdom. Je vader daarentegen is erg rijk.' Ze keek Bel aan. 'Je kunt nu wel proberen het te ontkennen, maar je ziet toch wel wat er gaande is?'

'Ook al zou hij me vragen, dan kunnen ze me toch niet dwingen met hem te trouwen, Maria Elisa? Niet als hij me ongelukkig maakt.'

'Nou, in dat geval wordt het nog een hele opgave om je vader daarvan te overtuigen. Zijn droom zou werkelijkheid worden als hij een dochter met de achternaam Aires Cabral krijgt, en ook nog eens kleinkinderen die de adellijke lijn doorzetten. Iedereen ziet dat het de perfecte match is: jij zorgt voor de schoonheid en het geld, Gustavo voor de adellijke afstamming.'

Bel had steeds hardnekkig vermeden om over dat scenario na te denken, maar de ongezouten waarheid die Maria Elisa presenteerde kwam hard aan.

'God helpe me,' zuchtte ze. 'Wat kan ik doen?'

'Ik weet het niet, Bel, ik weet het echt niet.'

Bel veranderde van onderwerp om de wanhoop te onderdrukken die haar dreigde te overweldigen. Ze sprak de gedachte uit waar ze al mee rondliep sinds Maria Elisa erover was begonnen. 'Wanneer vertrek je naar Europa?'

'Over zes weken. Ik ben zó opgewonden. Pai heeft al hutten voor ons geboekt op de oceaanstomer waarmee we naar Frankrijk varen.'

'Maria Elisa...' Bel greep de hand van haar vriendin. 'Ik smeek je, vraag je vader om met mijn vader te bespreken dat ik met jullie mee mag naar Parijs. Hij moet pai ervan overtuigen dat het met het oog op een goed huwelijk nuttig zou zijn om mijn studie af te ronden met een reis door de Oude Wereld. Heus, als ik nu niets doe hebben mijn ouders me binnen een paar maanden aan Gustavo uitgehuwelijkt, zoals je zelf net ook zei. Ik móét ontsnappen. Alsjeblieft.'

'Goed.' Maria Elisa nam met haar kalme bruine ogen Bels ontreddering op. 'Ik zal met pai praten en zien wat hij kan doen. Maar misschien is het al te laat. Het feit dat de Aires Cabrals jou en je ouders bij zich thuis hebben uitgenodigd is al een teken dat er een aanzoek op komst is.'

'Maar ik ben nog maar achttien! Dat is toch veel te jong om te trouwen? Bertha Lutz zegt dat we voor onze onafhankelijkheid moeten vechten, dat we ons eigen brood moeten kunnen verdienen, zodat we onszelf niet aan de hoogste bieder hoeven te verkopen. En ze krijgt zoveel vrouwen mee in haar eis voor gelijkheid.'

'Ja Bel, dat is zo, maar dat ben jíj niet.' Ze gaf een troostend klopje op Bels hand. 'Nou, ik beloof je dat ik met pai ga praten en dan zullen we zien of we je in elk geval voor een paar maanden uit Rio kunnen wegvoeren.'

'En misschien kom ik dan nooit meer terug,' fluisterde Bel zachtjes.

De volgende dag stapte Bel met haar ouders in de auto en werden ze naar A Casa das Orquídeas, de familiewoning van de

Aires Cabrals, gereden. Carla zat naast haar, en Bel voelde hoe gespannen ze was. 'Heus, mãe, het is maar een lunch.'

'Dat weet ik, querida,' zei Carla, die strak voor zich uit keek toen de chauffeur het hoge smeedijzeren toegangshek door reed en voor de oprit van een imposant wit herenhuis stopte.

'Dát is nog eens een indrukwekkend pand,' merkte Antonio op toen ze uitstapten en gedrieën naar de met zuilen versierde portiek liepen.

Maar hoe groot het huis met zijn elegante, klassieke architectuur ook was, toen Bel de niet bepaald onberispelijk onderhouden tuin en het verweerde schilderwerk zag, moest ze denken aan wat Maria Elisa had gezegd.

Ze werden door een dienstmeisje begroet en naar een strenge, deftige salon vol antiek meubilair gebracht. Bel snoof: het rook er naar vocht, en ondanks de hitte buiten rilde ze.

'Ik zal Senhora Aires Cabral zeggen dat u er bent,' zei het dienstmeisje, en gebaarde dat ze konden gaan zitten.

Dat deden ze, en nadat ze zwijgend en voor hun gevoel een eeuwigheid hadden gewacht, kwam Gustavo de salon binnen.

'Senhora en Senhor Bonifacio, Senhorita Izabela, het verheugt me zeer u hier in ons huis te mogen ontvangen. Mijn ouders zijn enigszins verlaat maar zullen zich straks bij ons voegen.'

Hij schudde Antonio de hand, kuste Carla de hand en nam Bels hand in de zijne. 'En sta me toe te zeggen hoe mooi je vandaag bent, Izabela. Wel, mag ik u in afwachting van mijn ouders iets te drinken aanbieden?'

Na tien minuten gekunstelde conversatie kwamen Senhora en Senhor Aires Cabral binnen.

'Mijn verontschuldigingen, we werden in beslag genomen door een familieaangelegenheid,' zei Senhor Aires Cabral. 'Zullen we maar direct doorgaan naar de eetkamer?'

De eetkamer was onvoorstelbaar groot, en Bel schatte in dat aan de fraai bewerkte mahoniehouten tafel zeker veertig gasten konden aanzitten. Maar toen ze omhoog keek zag ze grote scheuren in de plafondlijsten met hun ooit zo fraaie ornamenten.

'Alles in orde zo, Senhorita Izabela?' vroeg Gustavo, die naast haar zat.

'Ja, hoor.'

'Mooi, mooi.'

Bel speurde haar hersens af naar een gespreksonderwerp, want de voor de hand liggende conversatiethema's waren bij vorige gelegenheden dat ze tijdens een diner naast hem had gezeten, al volledig uitgekauwd.

Eindelijk kon ze iets bedenken. 'Hoe lang woont je familie al in dit huis?' vroeg ze.

'Al tweehonderd jaar,' antwoordde hij. 'En er zal in die tijd niet veel veranderd zijn,' merkte hij glimlachend op. 'Ik heb soms het gevoel dat ik in een museum woon, al is het wel een erg mooi museum.'

'Het is inderdaad heel mooi,' zei Bel.

'Net als jij,' reageerde Gustavo charmant.

Tijdens de lunch zat Gustavo haar elke keer als ze haar hoofd omdraaide, met een bewonderende blik aan te staren. In tegenstelling tot zijn ouders, die een conversatie met de Bonifacio's voerden die allesbehalve beleefd was en meer weg had van een verhoor. Bel keek naar het bleke, gespannen gezicht van haar moeder, die tegenover haar aan tafel zat en de grootste moeite had om een gesprek met Senhora Aires Cabral te voeren. Ze wierp haar moeder een blik vol medeleven toe.

Maar naarmate de wijn de tongen losser maakte, begon vooral Gustavo vrijer te praten dan ze van vorige gelegenheden van hem gewend was. Hij vertelde haar over zijn passie voor literatuur, zijn liefde voor klassieke muziek en zijn studie van de Griekse filosofie en de Portugese geschiedenis. Gustavo, die nog geen dag in zijn leven had gewerkt, vulde zijn dagen met het verwerven van culturele kennis, en in gesprekken over die onderwerpen kwam hij tot leven. Bel begon wat meer sympathie voor hem te voelen nu hij haar liefde voor kunst bleek te delen, en de rest van de lunch verliep plezierig.

'Volgens mij ben jij een geboren wetenschapper,' zei ze glimlachend, toen het gezelschap opstond om koffie te drinken in de salon.

'Wat aardig van je, Izabela. Een compliment van jou is me duizend keer meer waard dan een compliment van iemand anders. En niemand heeft zoveel verstand van kunst als jij.'

'Ik heb altijd al zó graag naar Europa gewild om de werken van de grote meesters te zien,' gaf Bel zuchtend toe.

Een half uur later namen de Bonifacio's afscheid.

Op de terugweg draaide Antonio zich om naar zijn vrouw en dochter, die achterin zaten. 'Nou, dat verliep perfect.'

'Ja, lieve,' zei Carla, die als gebruikelijk met haar man instemde. 'De lunch is goed verlopen.'

'Maar dat huis, goeie genade! Dat zouden ze met de grond gelijk moeten maken en opnieuw moeten opbouwen. Of er een koffiefortuin aan besteden om het te restaureren.' Antonio grijnsde zelfvoldaan. 'En dat eten dat ze serveerden… Ik heb bij een strandtent weleens beter gegeten. Dus, Carla, nodig jij ze volgende week voor het diner uit, dan zullen we ze eens laten zien hoe het moet. Zeg maar tegen de kok dat ze voor de beste vis en het fijnste vlees zorgt en dat geld geen rol speelt.'

'Goed, Antonio.'

Toen ze thuiskwamen vertrok Antonio onmiddellijk, met de mededeling dat hij nog een paar uur naar kantoor moest. Carla en Bel liepen door de tuin naar het huis.

'Best een lieve jongen, die Gustavo,' polste haar moeder.

'Ja, hoor, dat is hij,' antwoordde Bel.

'Je weet toch wel, Bel, dat hij helemaal wég van je is?'

'Maar mãe, hoe kan dat nou? We hebben vandaag pas voor het eerst echt met elkaar gepraat.'

‘Ik zag dat hij tijdens de lunch voortdurend naar je zat te kijken, en ik kan je wel vertellen dat hij nu al erg dol op je is.’ Carla slaakte een lange zucht. ‘En daar ben ik in elk geval al heel blij om.’

15

'Heb je je vader gevraagd om met mijn vader over Europa te praten?' vroeg Bel, toen Maria Elisa een paar dagen later langskwam. Ze hoorde de wanhoop in haar eigen stem.

'Ja, dat heb ik,' antwoordde Maria Elisa, toen ze op hun vaste plekje in de tuin zaten. 'Hij zou het fijn voor je vinden als je meegaat, als je vader het goedvindt. Hij heeft beloofd met hem te praten als hij me straks komt ophalen.'

'Meu Deus,' fluisterde Bel. 'Laten we hopen en bidden dat hij alles op alles zet om pai ervan te overtuigen dat ik mee moet.'

'Maar na wat je me net hebt verteld ben ik bang dat je dat aanzoek van Gustavo eerder vandaag dan morgen kunt verwachten. Ook al zou je vader instemmen met die reis, je verloofde zou jou echt niet uit het oog verliezen.' Maria Elisa stopte even en keek naar Bels bezorgde gezicht.

'En is het nou echt zo vreselijk om met hem te trouwen? Je zei net zelf dat Gustavo in elk geval een intelligente, aardige man is. Je komt in een van de mooiste huizen in Rio te wonen, dat je vader maar al te graag naar jouw smaak zal restaureren. En met die achternaam in combinatie met je schoonheid zou je de koningin van de society van Rio worden. Een hoop meisjes zouden dolgraag die kans krijgen.'

'Wat zeg je nou?' Bel wendde zich tot haar vriendin, haar donkere ogen flitsten. 'Ik dacht dat je aan mijn kant stond!'

'Dat sta ik ook, Bel, maar je kent me: ik ben pragmatisch ingesteld en ik luister eerder naar mijn hoofd dan naar mijn hart. Ik zeg alleen maar dat je het slechter kon treffen.'

'Maria Elisa,' zei Bel handenwringend, 'ik hou niet van hem! Dat is toch het allerbelangrijkste?'

'In een ideale wereld, ja. Maar we weten allebei dat de ideale wereld niet bestaat.'

'Je praat als een oude vrouw, Maria Elisa. Jij wilt toch zeker ook verliefd worden?'

'Misschien,' erkende Maria Elisa. 'Maar ik weet ook dat liefde maar een van de vele overwegingen vormt als het gaat om een huwelijk. Ik zeg alleen maar dat je voorzichtig moet zijn, Bel, want als je Gustavo weigert, dan is dat zoals je zult begrijpen een enorme belediging voor zijn familie. Ze mogen dan niet langer rijk zijn, ze hebben hier in Rio nog heel veel macht. Ze zouden jou en je familie het leven zuur kunnen maken.'

'Goed, het komt er dus op neer dat als Gustavo me ten huwelijk vraagt ik geen andere keus heb dan ja te zeggen. Nou, zal ik dan maar direct de Corcovado opklimmen en mezelf naar beneden storten?'

'Bel...' Maria Elisa schudde haar hoofd en trok haar wenkbrauwen op. 'Wees nou een beetje rustig, alsjeblieft. Er valt vast wel een oplossing te bedenken. Maar misschien moet je een compromis vinden tussen wat jij wilt en de wensen van anderen.'

Bel keek eens goed naar haar vriendin. Maria Elisa zat naar een kolibrie te kijken die tussen de bomen door flitste. Ze was een en al rust; sereen als een meer waarvan het water geen enkele rimpeling vertoont. Terwijl zijzelf een waterval was die met donderend geraas van de berg omlaag stortte op de rotsen.

'Was ik maar meer zoals jij, Maria Elisa. Je bent zo verstandig.'

'Nee, ik aanvaard mijn lot. Maar Bel, ik mis jouw passie en jouw schoonheid.'

'Doe niet zo mal. Je bent een van de mooiste mensen die ik ken, vanbinnen en vanbuiten.' Bel knuffelde haar vriendin spontaan. 'Dank je wel voor je advies en je hulp. Je bent een echte vriendin.'

Een uur later stond Heitor da Silva Costa, Maria Elisa's vader, voor de voordeur van Mansão da Princesa. Gabriela deed open, en Bel en Maria Elisa, die zich achter de deur van de ochtendsalon hadden verstopt, stonden te luisteren toen hij vroeg of Antonio thuis was.

Bel had met Senhor da Silva Costa nooit meer dan een paar vriendelijke woorden bij sociale gelegenheden gewisseld, maar ze had een prettige indruk van hem gekregen. Ze vond hem erg knap, met zijn fijne trekken en zijn lichtblauwe ogen, die vaak naar elders leken af te dwalen. Misschien wel naar de top van de Corcovado, dacht ze, en naar de monumentale Christusfiguur die hij daar aan het bouwen was.

Bel slaakte een zucht van opluchting toen haar vader zijn studeerkamer uit kwam en Heitor hartelijk, zij het enigszins verbaasd, begroette. Ze had haar hoop gevestigd op het feit dat Antonio respect koesterde voor Heitor, niet alleen omdat die van een oude Portugese familie afstamde, maar ook omdat hij dankzij het Cristo-project min of meer een beroemdheid was geworden in Rio.

De twee meisjes hoorden de vaders naar de salon lopen en de deur achter zich sluiten.

'Ik houd het niet meer,' zei Bel, die zich op een stoel liet neerploffen. 'Mijn hele toekomst hangt van dit gesprek af.'

'Wat doe je toch dramatisch, Bel,' zei Maria Elisa, die moest glimlachen. 'Heus, het komt goed.'

Twintig minuten later hoorde de nog steeds tot het uiterste gespannen Bel de deur van de salon opengaan en de twee mannen, babbelend over de Cristo, naar buiten komen.

'Als u een keer de berg wilt bezoeken om te zien hoe ik het project aanpak, laat het me vooral weten, u bent altijd welkom,' zei Heitor. 'En nu ga ik mijn dochter opzoeken en naar huis brengen.'

'Natuurlijk,' zei Antonio, die naar Gabriela gebaarde dat ze Maria Elisa moest gaan halen. 'Het was me een genoegen u te hebben gesproken, senhor, en dank voor uw vriendelijke aanbod.'

'Heel graag gedaan. Ah, daar ben je, Maria Elisa. We moeten ons haasten, ik heb om vijf uur een vergadering in de stad. Adeus, Senhor Bonifacio.'

Terwijl vader en dochter zich omdraaiden in de richting van de voordeur keek Maria Elisa snel om naar Bel en trok met een vragend gebaar haar schouders op. Daarna verdwenen vader en dochter door de voordeur.

Bels vader bleef nog even staan, draaide zich om en liep terug naar zijn studeerkamer. Toen hij Bel zag staan, bij wie de spanning van haar gezicht te lezen was, schudde hij zijn hoofd en zuchtte diep.

'Zo, aan je gezicht te zien wist jij hier van af.'

'Het was Maria Elisa's idee,' zei Bel haastig. 'Ze heeft me gevraagd omdat het haar beter leek om vrouwelijk gezelschap te hebben als ze in Europa is. U weet dat ze alleen twee jongere broers heeft en...'

'Zoals ik al tegen Senhor da Silva Costa heb gezegd en nu ook tegen jou zeg, Izabela, daar komt niets van in.'

'Maar waarom niet, pai? U begrijpt toch wel dat een reis door Europa goed is voor mijn ontwikkeling?'

'Je hebt al voldoende ontwikkeling gehad, Izabela. Ik heb daar al duizenden reais aan uitgegeven en die hebben zich uitbetaald, je hebt al een grote vis binnengehaald. We weten allebei dat een huwelijksaanzoek van Senhor Gustavo op komst is. Dus leg me eens uit: waarom zou ik in hemelsnaam op dit cruciale moment jou de oceaan over sturen op weg naar de Oude Wereld, terwijl jij op het punt staat tot koningin van de Nieuwe Wereld te worden gekroond?'

'Pai, alstublieft, ik...'

'Genoeg! Ik wil er niets meer over horen. De zaak is gesloten. Ik zie je straks bij het eten.'

Met een snik keerde Bel zich van hem af, rende de keuken door, tot schrik van het personeel dat daar met het avondeten bezig was, en stormde de achterdeur uit. Ze sprintte de tuin door zonder op haar jurk te letten en klauterde de met dicht bos begroeide berghelling op, zich vastgrijpend aan planten en bomen om sneller omhoog te komen.

Tien minuten later, toen ze zeker wist dat niemand haar kon horen, liet ze zich op de warme grond vallen en huilde ze als een wild dier. Toen haar woede en frustratie na een tijdje waren gezakt, rolde ze zich om en veegde de aarde van haar mousselinen jurk. Ze ging zitten, met haar kin op haar knieën en haar armen eromheen. En terwijl ze over Rio uitkeek werd ze geleidelijk aan rustig van het prachtige uitzicht. Ze keek naar het stadsbeeld beneden haar, nam de wijk Cosme Velho in zich op. Ze staarde naar boven, naar de top van de Corcovado, die door een grijze wolk werd omhuld.

Een andere kant op, iets verder weg op een berghelling, lag een favela, een sloppenwijk waar de straatarme bewoners van elk materiaal dat ze maar konden vinden een onderdak hadden gebouwd. Als ze haar oren spitste hoorde ze vaag het op een briesje meegevoerde geluid van de surdos. De enorme trommels werden dag en nacht bespeeld als de inwoners de samba, de muziek van de heuvels, dansten om de ellende van het bestaan te vergeten. En het zien en horen van deze uitzichtloze bevolkingsgroep ontnuchterde Bel.

Je bent niets meer dan een rijk, verwend, egoïstisch meisje, sprak ze zichzelf streng toe. Hoe kun je je zo gedragen terwijl jij alles hebt en zij niets?

Ze liet haar hoofd langzaam op haar knieën zakken en vroeg om vergeving. 'Alstublieft, gezegende Maagd, ruk mijn gepassioneerde hart uit en vervang het door een hart als dat van Maria Elisa,' bad ze vurig, 'want dat van mij deugt nergens voor. En ik zweer dat ik van nu af aan dankbaar en gehoorzaam zal zijn en me niet tegen mijn vaders wensen zal verzetten.'

Tien minuten later klauterde Bel de helling weer af en liep ze, zo vuil als ze was en met haar kleren in de war, met opgeheven hoofd de keuken door. Ze ging naar boven en vroeg Gabriela een bad vol te laten lopen en ging erin liggen. Al nadenkend besloot ze voortaan de volmaakte, onderdanige dochter én echtgenote te zijn.

Aan tafel werd het onderwerp reis naar Europa niet ter sprake gebracht, en toen Bel die avond in bed lag wist ze dat dat ook nooit meer zou gebeuren.

16

Twee weken later zaten de drie leden van de familie Aires Cabral aan bij een galadiner in het Mansão da Princesa. Antonio trok alle registers open om indruk te maken en sneed op over zijn koffiehandel, die een sterke groei doormaakte omdat de vraag naar de magische Braziliaanse bonen vanuit Noord-Amerika elke maand toenam.

'Vroeger had onze familie een aantal koffieplantages bij Rio, maar na de afschaffing van de slavernij werden die algauw verliesgevend,' merkte Gustavo's vader op.

'Ach ja. Ik heb het goed getroffen dat mijn plantages dichter bij São Paulo liggen, waar we natuurlijk nooit zo sterk van slavenarbeid afhankelijk zijn geweest,' zei Antonio. 'En de grond bij São Paulo is ook veel geschikter voor de koffieteelt. Met mijn bonen zet je de lekkerste koffie, vind ik zelf. Na het eten zullen we hem proeven.'

'Ja, natuurlijk, we moeten allemaal de Nieuwe Wereld omarmen,' stemde Maurício stijfjes met hem in.

'En proberen de waarden en tradities van de Oude in ere te houden,' voegde Gustavo's moeder er bits aan toe.

Tijdens het diner observeerde Bel haar. Luiza Aires Cabral zat er met een strak gezicht bij en glimlachte nauwelijks. In haar jonge jaren moest ze een schoonheid zijn geweest, met haar opvallende blauwe ogen en tere botten. Maar het leek alsof al haar charmes waren uitgewist door een verbittering die haar van binnenuit aantastte. Bel beloofde zichzelf dat dat lot haar nooit zou treffen, welke wendingen haar leven ook zou nemen.

'Ik had begrepen dat je Heitor da Silva Costa's dochter Maria Elisa kent,' zei Gustavo met zijn zachte stem tegen Bel. 'Is ze een goede vriendin van je?'

'Ja.'

'Volgende week gaan mijn vader en ik naar Senhor da Silva Costa op de Corcovado, zodat hij ons kan vertellen wat zijn laatste plannen zijn. Pai maakt deel uit van de Katholieke Kring, die als eerste met het idee kwam om een monument voor de Cristo op de berg neer te zetten. Ik heb gehoord dat Senhor da Silva Costa regelmatig zijn plannen veranderd, en ik benijd hem niet om het karwei dat hij op zich heeft genomen. De berg is meer dan zevenhonderd meter hoog.'

'Ik ben nog nooit op de top geweest, hoewel we er dichtbij wonen,' zei Bel. 'De Corcovado rijst op uit onze achtertuin.'

'Misschien wil je vader me toestemming geven om je mee naar boven te nemen.'

'Dat zou ik leuk vinden, dank je,' antwoordde ze beleefd.

'Dan hebben we een plan. Ik zal het hem later vragen.'

Bel wendde zich af van Gustavo's starende blik om aan het verrukkelijke, van gecondenseerde melk en karamel gemaakte dessert *pudim de leite condensado* te beginnen, maar ze voelde dat hij zijn ogen op haar gericht bleef houden.

Twee uur later, nadat het dienstmeisje de deur achter de gasten had gesloten, keek Antonio Carla en Bel stralend aan. 'Ik denk dat ze een goede indruk van ons hebben, en dat jij, mijn princesa,' hij gaf Bel een tikje onder haar kin 'heel snel nieuws van Gustavo zult krijgen. Voordat hij wegging, vroeg hij me of hij je volgende week mag meenemen de Corcovado op. Voor een jongeman is dat een perfecte plek om een aanzoek te doen, nietwaar?'

Bel opende haar mond om afwijzend op de suggestie van haar vader te reageren, maar toen dacht ze aan haar belofte dat ze zich accepterender zou opstellen. 'Ja, pai,' zei ze en sloeg ingetogen haar ogen neer.

Later, toen ze in bed wilde stappen en opnieuw wenste dat Loen er was om mee te praten, hoorde ze dat er op de deur van haar kamer werd geklopt. 'Binnen.'

'Querida.' Carla's gezicht verscheen. 'Ik heb je toch niet wakker gemaakt, hè?'

'Nee, mãe. Kom binnen, alstublieft.' Ze klopte op het matras en haar moeder ging erop zitten en pakte Bels handen vast.

'Denk er alsjeblieft aan, Izabela, dat je mijn geliefde dochter bent en dat ik je goed ken. Het schijnt dat Gustavo je binnenkort een aanzoek gaat doen, dus moet ik het je nu vragen: wil je dat wel?'

Bel herinnerde zich wat ze had beloofd en dacht na over haar antwoord. 'Eerlijk gezegd, mãe, houd ik niet van Gustavo. En evenmin van zijn moeder en vader. We weten allebei dat ze op ons neerkijken en liever zouden hebben dat hun enige zoon met een Portugese trouwde. Maar Gustavo is zachtaardig en vriendelijk en een goed mens, denk ik. Ik weet hoe gelukkig u, en vooral pai, hierdoor zullen worden.' Bel kon het niet laten een zuchtje te slaken voordat ze de woorden uitsprak. 'Dus als hij een aanzoek doet, wil ik daar graag ja op zeggen.'

Carla keek haar dochter doordringend aan. 'Weet je dat zeker, Bel? Wat je vader ook wil, als je moeder moet ik weten wat jij echt voelt. Ik zou het verschrikkelijk vinden om je te onderwerpen aan een leven dat je niet wilt. Ik wil voor alles dat je gelukkig bent.'

'Dank u, mãe. Ik weet zeker dat ik gelukkig zal zijn.'

'Goed dan,' zei Carla, na een ogenblik te hebben gezwegen. 'Ik geloof dat er in de loop van de jaren liefde tussen een man en een vrouw kan ontstaan. Neem maar van mij aan dat ík dat weet. Ik ben getrouwd met je vader.' Ze grinnikte spottend. 'In het begin had ik ook mijn twijfels, maar nu zou ik geen andere man meer willen, ook al heeft hij nog zo veel tekortkomingen. En vergeet niet dat het voor de man altijd belangrijk is verliefder op de vrouw te zijn dan zij op hem.'

‘Waarom zegt u dat, mãe?’

‘Omdat mannen, lieverd, als ze eenmaal een vrouw liefhebben, voorgoed van haar houden, hoewel ze minder van hun emoties laten zien dan vrouwen. Die zijn soms grillig en kunnen in hun leven meer dan één man liefhebben. Ik denk dat Gustavo echt van je houdt. Dat zie ik aan zijn ogen als hij naar je kijkt. En dus kun je ervan verzekerd zijn dat hij als echtgenoot bij je zal blijven en zijn geluk niet ergens anders zal gaan zoeken.’ Carla kuste Bel. ‘Welterusten, querida.’

Haar moeder liep de kamer uit en Bel ging op haar bed liggen en dacht na over wat ze had gezegd. Ze hoopte maar dat haar moeder het bij het rechte eind had.

‘Ben je er klaar voor?’

‘Ja.’ Bel bleef geduldig in de salon staan en liet zich door haar moeder en vader bekijken.

‘Je ziet er prachtig uit, mijn princesa,’ zei Antonio bewonderend. ‘Welke man zou je kunnen weigeren?’

‘Ben je niet nerveus, querida?’ vroeg Carla.

‘Ik ga alleen maar met Gustavo in de trein de Corcovado op, dat is alles,’ zei Bel. Ze deed haar best om haar opkomende ergernis te bedwingen.

‘Nou,’ zei Antonio, zichtbaar opverend toen de deurbel ging, ‘we zullen zien. Daar is hij.’

‘Succes en God zegene je,’ zei Carla, en ze kuste haar dochter op beide wangen.

‘Wij zullen hier later op het nieuws wachten,’ riep Antonio haar na terwijl Bel het vertrek uitliep. Daarbuiten stond Gabriela te wachten om haar de nieuwe zijden clochehoed op te zetten die speciaal voor de gelegenheid was aangeschaft.

Gustavo stond voor de voordeur. Hij droeg een roomkleurig linnen pak, waarin zijn magere, pezige gestalte er opmerkelijk goed uitzag, en hij had een zwierige strohoed op. ‘Senhorita

Izabela, u ziet er schitterend uit. Mijn chauffeur staat buiten te wachten. Zullen we gaan?'

Terwijl ze naar de auto liepen en allebei op de achterbank gingen zitten, besefte Bel dat Gustavo veel nerveuzer was dan zij. Tijdens de rit van drie minuten naar het stationnetje vanwaar de trein naar de top van de Corcovado vertrok zei hij niets. Hij leidde haar van de auto naar een van de rijtuigen, oftewel een van de twee sober ingerichte wagons achter een miniatuur stoomlocomotief, en ze stapten in.

'Ik hoop dat je het uitzicht mooi zult vinden, ook al is het geen comfortabele rit,' merkte Gustavo op.

De trein reed de berg op. Het ging zo steil omhoog dat Bel haar halsspieren moest spannen om haar hoofd recht te houden. Toen schokte de trein. Bel greep instinctief Gustavo's schouder beet en het volgende moment sloeg hij zijn arm om haar middel.

Het was hun intiemste aanraking tot dan toe, en hoewel het Bel niets deed, voelde ze ook geen afkeer. Het was als de geruststellende aanraking van een oudere broer. Het kabaal van de locomotief maakte elk gesprek onmogelijk, en dus ontspande Bel zich en begon te genieten van de rit toen het treintje door de weelderige stadsjungle zwoegde die achter in haar eigen tuin begon.

Bel was bijna teleurgesteld toen ze bij het station boven aankwamen en de passagiers uitstapten.

'Er is hier een punt met een prachtig uitzicht over Rio, of we kunnen de stenen trap helemaal naar de top beklimmen en zien hoe ze de funderingen voor de Cristo Redentor graven,' zei Gustavo.

'Ik wil helemaal naar de top, natuurlijk,' zei Bel glimlachend. Ze zag dat hij haar een goedkeurende blik toewierp. Ze klommen achter de onverschrokkenen aan de steile stenen trap op. De brandende zon stelde hun uithoudingsvermogen op de proef en ze kregen het steeds warmer in hun nette kleren.

Ik mag niet zweten, dacht Bel, toen ze haar onderkleding vochtig voelde worden op haar huid. Eindelijk kwamen ze uit op het plateau boven op de berg. Voor hen lag een uitzichtpaviljoen. Verder op de bergtop zag Bel graafmachines met gigantische klauwen brokken steen uit de berg trekken. Gustavo pakte haar bij de hand en trok haar in de schaduw van het paviljoen.

'Senhor da Silva Costa heeft me uitgelegd dat ze metersdiep moeten graven om te voorkomen dat het standbeeld om zal vallen.' Hij pakte Bel bij haar schouders, draaide haar om en liep met haar naar de rand van het paviljoen. 'Kijk daar eens.'

Bel keek in de richting die hij aanwees en zag het glanzende rode dak van een elegant gebouw.

'Is dat niet Parque Lage?'

'Ja. De botanische tuinen zijn echt ongelooflijk mooi. Maar ken je de geschiedenis van het huis dat er middenin staat?'

'Nee.'

'Nou, nog niet zo lang geleden werd een Braziliaan verliefd op een Italiaanse operazangeres. Hij wilde verschrikkelijk graag dat ze met hem zou trouwen en bij hem in Rio zou komen wonen, maar zij was geboren en getogen in Italië en wilde niet naar hier verhuizen. En dus vroeg hij haar waarvoor ze haar geliefde Rome zou verlaten. Ze zei dat ze in net zo'n palazzo wilde wonen als die waar ze in haar eigen land zo dol op was. En dus,' zei Gustavo glimlachend, 'bouwde hij er een voor haar. En zij trouwde met hem en kwam naar Rio, en tot op deze dag woont ze daar tussen de muren van haar prachtige stukje geboorteland.'

'Wat een romantisch verhaal,' zei Bel ademloos voordat ze zich kon inhouden. Toen boog ze zich zo diep mogelijk voorover en keek neer op het prachtige tafereel onder haar. Even later sloeg Gustavo opnieuw een arm om haar middel.

'Voorzichtig. Ik zou je ouders niet graag vertellen dat je van de top van de Corcovado was gevallen,' zei hij glimlachend. 'Weet je, Izabela, als ik kon, zou ik net zo'n mooi huis voor je bouwen als dat daarbeneden.'

Bel hing nog steeds over de balustrade. Ze kon zijn gezicht niet zien, maar hoorde zijn woorden achter haar. 'Lief van je dat je dat zegt, Gustavo.'

'Ik meen het ook echt. Izabela...' Hij draaide haar teder met haar gezicht naar zich toe. 'Je weet wat ik je wil vragen.'

'Ik...'

Hij hield snel een vinger voor haar mond. 'Het is beter als jij even niets zegt, vind ik, want anders heb ik misschien de moed niet meer.' Nerveus schraapte hij zijn keel. 'Ik begrijp dat ik fysiek de man niet ben die een schoonheid zoals jij als echtgenoot verdient. We weten allebei dat jij iedere man die je wilt kunt krijgen. Iedere man in Rio is door je betoverd, en ik ook. Maar ik wilde je zeggen dat ik meer aan je bewonder dan je uiterlijk.'

Gustavo zweeg een paar tellen en Bel vond meteen dat ze iets terug moest zeggen. Ze deed haar mond open om te reageren, maar hij hield opnieuw zijn vinger voor haar lippen en zei dat ze stil moest zijn.

'Laat me uitspreken, alsjeblieft. Vanaf het eerste moment dat ik je zag, op het feest voor je achttiende verjaardag, wist ik dat ik bij je wilde zijn. Ik vroeg je vader of hij me aan je wilde voorstellen, en ach,' zei hij en haalde zijn schouders op, 'de rest weten we. Natuurlijk moeten we allebei praktisch zijn en accepteren dat we op het eerste gezicht een verstandshuwelijk zullen sluiten, omdat jouw familie het geld heeft en die van mij de afkomst. Maar ik moet je zeggen, Izabela, dat dit voor mij geen huwelijk zal zijn dat op dat trieste fundament gebouwd is. Omdat...' Gustavo liet zijn hoofd even zakken en keek toen weer naar haar op, '... ik van je houd.'

Bel keek hem aan en zag aan zijn ogen dat hij het meende. Ook al had ze geweten dat hij haar vandaag een aanzoek zou doen, zijn woorden waren ontroerender en oprechter dan ze had verwacht. Ze begon te geloven wat haar moeder haar had gezegd. Ironisch genoeg begon ze Gustavo sympathiek te vinden, maar ze voelde zich ook schuldig, omdat ze heel graag wilde dat ze zijn gevoelens kon delen. Dan zouden alle puzzelstukjes van haar leven in elkaar passen.

'Gustavo, ik...'

'Alsjeblieft, Izabela,' smeekte hij. 'Ik verzeker je dat ik bijna uitgesproken ben. Ik weet zo goed als zeker dat jij op het ogenblik niet hetzelfde voelt voor mij. Maar ik geloof dat ik je de dingen kan geven die je nodig hebt om te slagen in het leven. En ik hoop dat je op een dag van me zult kunnen houden, al was het maar een beetje.'

Bel keek langs Gustavo heen en zag dat de andere mensen het paviljoen hadden verlaten. Ze waren alleen.

'Misschien kan ik wat voor je doen,' ging Gustavo verder. 'Drie dagen geleden was ik bij Senhor da Silva Costa, en hij vertelde me hoe graag jij met zijn familie op reis wilt door Europa. Ik wil dat je meegaat, Izabela. Als jij ermee akkoord gaat dat we ons direct verloven en je meteen na je terugkeer uit Europa met me trouwt, wil ik tegen je vader zeggen dat ik vind dat een cultuurreis naar de Oude Wereld heel goed bij mijn toekomstige vrouw zou passen.'

Verbluft door wat hij had voorgesteld staarde Bel hem aan.

'Je bent nog heel jong, querida. Vergeet niet dat ik bijna tien jaar ouder ben dan jij,' zei Gustavo. Hij raakte haar wang aan. 'En ik wil dat je je horizon verbreedt, net zoals ik dat mocht toen ik jonger was. Dus wat zeg je ervan?'

Bel wist dat ze snel antwoord moest geven. Wat Gustavo haar aanbood was een droom die werkelijkheid kon worden. Met één woord van hem kon hij haar liefste wens in vervulling laten gaan: vrij zijn om te reizen en de bekrompenheid van Rio achter haar te laten. Ze moest er wel een hoge prijs voor betalen, maar ze had zich er toch al op voorbereid om die te accepteren.

‘Het is een heel gul voorstel van je, Gustavo.’

‘Nou, zelf ben ik natuurlijk minder enthousiast, Izabela. Ik zal je gezelschap missen, elke dag, maar ik begrijp ook dat je mooie vogels niet in een kooi moet opsluiten. Als je van ze houdt, moet je ze vrijlaten om te vliegen.’ Gustavo nam haar handen in de zijne. ‘Natuurlijk zou ik liever meegaan om je de bezienswaardigheden van Europa te laten zien. Ik was zelfs van plan om op huwelijksreis naar Europa te gaan. Maar eerlijk gezegd heb ik op dit moment niet de financiële middelen voor zo’n avontuur. En bovendien moet ik hier blijven vanwege mijn ouders. Dus wat zeg je ervan?’ Hij keek haar vol verwachting aan.

‘Maar Gustavo, zullen je ouders en de society van Rio het wel een goed idee vinden? Als ik je verloofde word, moet ik dan niet hier bij jou in Rio blijven tot we getrouwd zijn?’

‘In de oude wereld waar mijn ouders vandaan komen is het heel gewoon dat een jonge vrouw een cultuurreis maakt voordat ze trouwt en zich settelt. Dat zullen ze accepteren. Dus, querida Izabela, laat me niet langer wachten. Ik kan de pijn haast niet verdragen.’

‘Ik denk...’ Bel haalde diep adem. ‘Ik denk dat ik ja zal zeggen.’

‘Meu Deus. Godzijdank,’ zei hij oprecht opgelucht. ‘Dan kan ik je dit geven.’

Gustavo stak zijn hand in een binnenzak van zijn jasje en haalde een gedeukt, met leer bekleed doosje tevoorschijn. ‘De ring die hierin zit maakt deel uit van het erfgoed van de Aires Cabral. Het verhaal gaat dat de nicht van keizer Dom Pedro hem na haar verloving heeft gedragen.’

Bel bekeek de gave, tussen twee saffieren geklemde diamant met grote ogen. ‘Hij is prachtig,’ zei ze oprecht.

‘De steen in het midden is heel oud en gesneden in de mijnen van Tejuco, en het goud is van Ouro Preto. Mag ik hem om je vinger doen? Alleen om te proberen of hij past,’ voegde hij er snel aan toe. ‘Omdat ik met je mee terug naar je huis moet gaan, natuurlijk, om je vader officieel om je hand te vragen.'

'Natuurlijk.'

Gustavo schoof de ring om de vierde vinger van haar rechterhand. 'Daar,' zei hij. 'Hij zal iets veranderd moeten worden, zodat hij om jouw mooie slanke vinger past, maar hij staat je goed.' Gustavo pakte haar bij de hand en kuste de ring. 'Weet je, mijn liefste Izabela, dat je handen het eerste aan jou waren wat me opviel? Ze zijn,' zei hij, en kuste elke vingertop, 'heel delicaat.'

'Obrigada.'

Gustavo schoof de ring voorzichtig van haar vinger en legde hem terug in het doosje. 'Nou, dan moeten we nu maken dat we beneden komen voordat de avond valt en er geen trein meer naar beneden gaat en wij hier achterblijven. Ik kan me niet voorstellen dat je vader daar blij om zou zijn,' merkte hij droogjes op.

'Nee,' stemde ze met hem in, en hij begeleidde haar aan haar hand het paviljoen uit en daalde de traptreden naar het stationnetje met haar af. Maar in haar binnenste wist ze dat haar vader, nu ze haar 'prins' had gestrikt, met echt alles blij zou zijn.

Thuis aangekomen ging Bel direct naar haar kamer, terwijl Gustavo met haar vader sprak. Ze ging gespannen op de rand van haar bed zitten en toen Gabriela vroeg of ze andere kleren wilde aantrekken stuurde ze haar weg. Ze voelde zich tegelijk onzeker en verrukt.

Ze dacht na over de reden waarom Gustavo haar had aangemoedigd om de reis naar Europa te maken. Zou hij heimelijk opgelucht zijn dat hij een excuus had om hun onvermijdelijke verbintenis nog wat uit te stellen, vond hij soms ook dat hij nog niet klaar was om overhaast te trouwen? Of, peinsde ze, zouden de ouders van de arme Gustavo evenveel druk op hem uitoefenen als haar vader op haar? Maar toch had de liefdevolle uitdrukking in zijn ogen toen hij het aanzoek had gedaan haar zo oprecht geleken…

Ze werd gestoord in haar gedachten toen Gabriela met een stralende glimlach op haar gezicht haar slaapkamer binnenkwam. 'Ik geloof dat uw vader wil dat u naar beneden komt. Hij zei dat ik de beste champagne moest inschenken. Gefeliciteerd, senhorita. Ik hoop dat u gelukkig zult worden en dat Onze-Lieve-Vrouw u met veel kinderen zal zegenen.'

'Dank je, Gabriela.' Ze liep de kamer uit en Bel keek haar glimlachend na. Toen daalde ze lichtvoetig de trap af en liep naar het geluid van stemmen in de salon.

'En daar is de toekomstige bruid! Kom, kus je vader, mijn princesa, en weet dat ik zojuist mijn zegen aan je toekomstige echtgenoot heb gegeven.'

'Dank u, pai,' antwoordde Bel terwijl hij haar op beide wangen kuste.

'Mijn Izabela, vandaag heb je me de gelukkigste vader ter wereld gemaakt.'

'En mij de gelukkigste man van Rio,' zei Gustavo stralend.

'Ah, daar is je moeder om het goede nieuws mee te delen,' voegde Antonio eraan toe toen Carla binnenkwam.

De felicitaties over en weer gingen door terwijl de champagne werd geserveerd, en daarop brachten de vier een dronk uit op de toekomst van Bel en Gustavo en hun gezondheid en geluk.

'Maar ik maak me er wel zorgen over dat u haar duizenden mijlen van u weg wilt sturen voordat jullie gaan trouwen, senhor,' zei Antonio. Er gleed een lichte frons over zijn voorhoofd en hij keek Gustavo schuins aan.

'Zoals ik al heb uitgelegd, is Bel nog erg jong, en ik denk dat een verblijf in Europa haar niet alleen volwassener zal maken, maar dat de dingen die ze daar zal zien onze gesprekken wanneer we oud zijn en geen tederheden meer uitwisselen veel stimulerender zullen maken.' Gustavo glimlachte en gaf Bel heimelijk een knipoog.

'Nou, dat weet ik niet,' zei Antonio. 'Maar ik neem wel aan dat het ten minste betekent dat ze bij de beste couturiers van Parijs terecht zal kunnen om haar bruidsjurk te laten ontwerpen,' gaf hij toe.

'Natuurlijk. En ik weet zeker dat ze er perfect uit zal zien in wat ze ook kiest.' Gustavo dronk zijn champagneglas leeg. 'Maar nu moet ik gaan om het goede nieuws aan mijn eigen ouders te vertellen. Niet dat het hun zal verbazen,' zei hij met een glimlach.

'Natuurlijk. En voordat uw verloofde naar Europa vertrekt, moeten we een verlovingsfeest geven. Misschien in het Copacabana Palace, waar u uw toekomstige vrouw voor het eerst hebt gezien.' Antonio kon alleen met de grootste moeite voorkomen dat hij van oor tot oor begon te grijnzen. 'En we moeten een aankondiging in de societykolommen van alle kranten zetten,' voegde hij eraan toe terwijl hij met Gustavo naar de voordeur liep.

'Ik ben blij dat ik het regelen van de verloving aan de familie van mijn bruid kan overlaten,' zei Gustavo. Toen pakte hij Bel bij de hand en kuste die. 'Een goede avond nog, Izabela, en dank dat je me zielsgelukkig hebt gemaakt.'

Antonio wachtte tot Gustavo's auto was weggereden van het huis. Toen slaakte hij een vreugdekreet, nam Bel in zijn sterke armen en wervelde met haar rond zoals hij met haar had gedaan toen ze nog een klein meisje was. 'Mijn princesa, je hebt het voor elkaar! *Wij* hebben het voor elkaar.' Hij zette Bel neer, liep naar zijn vrouw en drukte haar tegen zich aan. 'Ben jij ook niet blij, Carla?'

'Natuurlijk. Zolang Bel er ook blij mee is, is het geweldig nieuws.'

Antonio nam Carla een paar seconden op en fronste. 'Voel je je wel goed, querida? Je ziet zo bleek.'

'Ik heb hoofdpijn, dat is alles.' Carla probeerde te glimlachen. 'Goed, nu ga ik de kok zeggen dat hij iets speciaals van het diner moet maken.'

Bel volgde haar moeder door de gang naar de keuken, gedeeltelijk om aan de stormachtige euforie van haar vader te ontsnappen.

'Mãe, bent u blij voor me?'

'Natuurlijk ben ik blij, Izabela.'

'En weet u zeker dat u zich wel goed voelt?'

'Ja, querida. Ga nu maar naar boven en trek een mooie jurk aan voor ons feestdiner.'

17

De weken daarna vlogen voorbij en in de society van Rio werd de verloving van Bel en Gustavo uitgebreid gevierd. Iedereen die iets voorstelde, wilde deel uitmaken van het sprookje dat nog het meest leek op de huwelijksvoorbereidingen van een van de vroegere kroonprinsen van het land en zijn mooie, toekomstige vrouw.

Antonio genoot erg van de uitnodigingen die hij en Carla begonnen te krijgen om soirees en diners bij te wonen, thuis bij mensen die de deur tot dan toe voor hen gesloten hadden gehouden.

Bel had weinig tijd om aan haar naderende reis naar Europa te denken, hoewel de overtocht op de stoomboot was geboekt en Madame Duchaine erbij was gehaald om haar de maat te nemen voor een garderobe die geschikt was voor de grote modehoofdstad van de Oude Wereld.

Loen was eindelijk terug van de fazenda en Bel wilde graag van haar weten wat ze van Gustavo dacht.

'Nu ik hem een tijdje heb meegemaakt, Senhorita Bel,' was ze zo vrij te zeggen terwijl ze Bel op een avond hielp haar jurk aan te trekken voor een diner, 'denk ik dat hij een eerbare man is die een goede echtgenoot voor u zal zijn. En zijn achternaam zal u zeker veel opleveren. Maar...' Ze brak haar zin af en schudde haar hoofd. 'Nee, dat is niet aan mij om zeggen.'

'Alsjeblieft, Loen, je kent me al sinds ik een kind was en er is niemand die ik meer vertrouw dan jij. Zeg me wat je denkt.'

'Neemt u me dan niet kwalijk dat ik u eraan herinner, minha pequena,' antwoordde ze, terwijl de gespannen trek van haar gezicht verdween, 'maar in uw brieven schreef u dat u erg aan de verloving twijfelde. En nu ik jullie samen heb gezien… Nou ja, het is me gewoon duidelijk dat u niet verliefd op hem bent. Maakt u zich daar geen zorgen over?'

'Mãe denkt dat ik na verloop van tijd van hem zal gaan houden. En bovendien heb ik geen keus,' zei Bel. Met haar ogen smekend om geruststelling keek ze Loen aan.

'Dan zal uw moeder wel gelijk hebben, Senhorita Bel. Ik…' Opeens nam Loens gezicht een onzekere uitdrukking aan.

'Wat is er?'

'Ik wil u iets vertellen. Toen ik op de fazenda was, heb ik daar iemand leren kennen. Een man, bedoel ik.'

'Grote goedheid, Loen!' Bel stond paf. 'Waarom heb je me dat niet eerder verteld?'

'Omdat ik verlegen ben, neem ik aan, en omdat u zo druk bezig was met uw verloving dat ik er geen goed moment voor kon vinden.'

'Wie is het?' vroeg Bel nieuwsgierig.

'Bruno Canterino, een zoon van Fabiana en Sandro,' biechtte ze op.

Bel dacht aan de knappe jongeman die bij zijn ouders op de fazenda werkte en keek Loen glimlachend aan. 'Hij is heel knap en ik zie dat jullie goed bij elkaar passen.'

'Ik ken hem al sinds we kleine kinderen waren en we zijn altijd vrienden gebleven. Maar nu is het iets meer geworden,' bekende Loen.

'Hou je van hem?' vroeg Bel.

'Ja, en ik mis hem heel erg, nu ik weer hier in Rio ben. Maar nu moeten we u aankleden, anders komt u te laat.'

Bel bleef stilstaan terwijl Loen haar hielp. Ze wist precies waarom ze zo openhartig met haar over haar eigen liefde had gepraat, maar besefte ook heel goed dat haar huwelijk met Gustavo al in gang was gezet en dat ze het niet meer kon terugdraaien.

Bel voelde zich in ieder geval getroost door het feit dat Gustavo steeds meer moeite deed om haar voor zich in te nemen naarmate ze meer tijd met hem doorbracht. Hij was attent op al haar behoeften en luisterde belangstellend naar elke zin die over haar lippen kwam. Omdat hij oprecht blij was dat ze had toegezegd met hem te zullen trouwen, vond ze het moeilijk om geen warme gevoelens voor hem te gaan koesteren.

'Nu hij geen fret meer is, lijkt hij wel een schoothondje,' zei Maria Elisa lachend toen de twee vriendinnen elkaar zagen op een liefdadigheidsbal in de Botanische Tuinen. 'In ieder geval heb je geen hekel meer aan hem.'

'Nee, ik mag hem heel graag,' zei Bel. Ze wilde eraan toevoegen dat het daar niet om ging. Het was de bedoeling dat ze van hem hield.

'En het is echt ongelooflijk dat hij jou met mijn familie naar Europa laat gaan. Dat zouden de meeste mannen in zijn positie nooit goedvinden.'

'Ik denk dat hij het beste met me voorheeft,' zei Bel behoedzaam.

'Ja, dat lijkt mij ook. Je hebt veel geluk gehad. Je komt toch wel naar hem terug, hè?' Maria Elisa keek haar aan. 'Deze verloving is voor jou toch niet alleen maar een excuus om naar Europa te mogen gaan?'

'Waar zie je me voor aan?' stoof Bel op. 'Natuurlijk kom ik naar hem terug. Zoals ik je zojuist verteld heb, begin ik Gustavo steeds aardiger te vinden.'

'Gelukkig maar,' zei Maria Elisa ferm, 'want als ik hier terug ben, wil ik hem niet moeten zeggen dat zijn bruid er met een Italiaanse kunstschilder vandoor is.'

'Alsjeblieft, zeg. Alsof dat ooit zou gebeuren!' Bel rolde met haar ogen.

De dag voordat Bel met de Da Silva Costa's op de stoomboot over de Atlantische Oceaan naar Frankrijk zou vertrekken, kwam Gustavo naar het Mansão da Princesa om afscheid van haar te nemen. Voor deze ene keer lieten haar ouders hen discreet alleen in de salon.

'Dus dit is de laatste keer in vele maanden dat we elkaar zien.' Hij keek haar met een treurige glimlach aan. 'Ik zal je missen, Izabela.'

'En ik jou, Gustavo,' antwoordde ze. 'Ik ben je ontzettend dankbaar dat je me laat gaan.'

'Ik wil je alleen maar gelukkig maken. En nu heb ik nog iets voor je.' Gustavo stak zijn hand in zijn zak en haalde een leren beurs tevoorschijn. Hij opende hem en Bel zag dat er een halssnoer in zat. 'Dit is voor jou,' zei hij, en hij gaf het haar aan. 'Het is een maansteen, bedoeld om degene die hem draagt bescherming te bieden, vooral wanneer die overzee en ver weg van geliefden is.'

Bel bekeek de delicate, blauwachtig witte steen die in een cirkel van hele kleine diamantjes was gevat. 'Wat prachtig,' zei ze oprecht enthousiast. 'Dank je, Gustavo.'

'Ik heb het speciaal voor jou uitgekozen,' zei hij. Haar reactie leek hem blij te maken. 'Het is niet erg kostbaar, maar ik ben blij dat je het mooi vindt.'

'Dat vind ik zeker,' zei ze, ontroerd door zijn attentie. 'Kun je het omdoen?'

Dat deed Gustavo, en toen ging hij met zijn lippen naar haar hals en kuste die. '*Minha linda* Izabela,' zei hij bewonderend. 'Het staat je goed.'

'Ik beloof je dat ik het elke dag zal dragen.'

'En dat je vaak zult schrijven?'

'Ja.'

'Izabela, ik...' Plotseling tilde hij haar kin op met zijn vingers en hij gaf haar voor het eerst een kus op haar mond. Bel was nog nooit door een man gekust en was er lange tijd benieuwd naar geweest hoe dat zou zijn. De vrouwen in de boeken die ze had gelezen kregen meestal knikkende knieën tijdens de ervaring. Nou, dacht ze, terwijl Gustavo's tong haar mond binnendrong en zij de grootste moeite had te doorgronden wat ze met haar eigen tong moest doen, haar knieën knikten absoluut niet. Toen hij haar losliet, vond ze dat het niet onaangenaam was geweest. Het was simpelweg niets. Het stelde helemaal niets voor.

'Tot ziens, lieve Loen. Pas goed op jezelf, hè?' zei Bel terwijl ze aanstalten maakte om haar slaapkamer uit te gaan en samen met haar ouders naar de haven te rijden.

'U ook, Senhorita Bel. Ik maak me zorgen dat u zonder mij de zee overgaat. Wilt u me alstublieft vaak schrijven?'

'Natuurlijk,' zei Bel instemmend. 'Ik zal je alle dingen vertellen waarover ik niet met mijn ouders kan spreken,' voegde ze er met een samenzweerderig glimlachje aan toe. 'Dus denk eraan dat je mijn brieven verstopt. Ik moet nu gaan, maar schrijf me alsjeblieft en vertel me alles wat hier gebeurt. Wees voorzichtig, Loen.' Ze kuste haar en liep de kamer uit.

Terwijl Bel in de auto stapte, dacht ze dat zelfs haar dienstmeisje dat ene gevoel leek te ervaren waarvan ze nu zeker wist dat zij het voor de rest van haar leven zou moeten ontberen: passie.

Allebei haar ouders brachten Bel in Pier Mauá, de grootste haven van Rio, aan boord van het schip. Carla keek vol ontzag om zich heen in de comfortabele suite.

'Nou, het lijkt net een kamer aan land,' zei ze. Ze liep naar het bed en ging erop zitten om het matras uit te proberen. 'Er is elektrisch licht en er hangen zelfs mooie gordijnen,' zei ze enthousiast.

'Had je dan verwacht dat Bel bij kaarslicht zou reizen en in een hangmat aan dek zou slapen?' zei Antonio gekscherend. 'De prijs die ik voor deze overtocht heb betaald is al dit moderne comfort dubbel en dwars waard, dat kan ik je verzekeren.'

Bel wenste voor de zoveelste keer dat haar vader nu eens niet alles zou beoordelen op grond van het bedrag dat hij ervoor had neergeteld. Toen luidde de scheepsbel om alle overgebleven niet-passagiers te waarschuwen dat het schip ging vertrekken. Bel omhelsde haar moeder. 'Pas goed op uzelf, mãe, tot ik terug ben. Het leek de laatste tijd alsof u niet uzelf was.'

'Maak je geen zorgen, Bel. Ik word gewoon oud, dat is alles,' zei Carla. 'Pas jij nou maar goed op jezelf tot je weer veilig bij ons terug bent.'

Carla liet haar dochter los en Bel zag dat er tranen in haar moeders ogen stonden.

Toen nam Antonio haar in zijn armen.

'Tot ziens, mijn princesa, en ik hoop dat je nog steeds terug zult willen komen naar je liefhebbende vader, moeder en verloofde nadat je hebt gezien hoe mooi de Oude Wereld is.'

Bel ging met hen aan dek en wuifde hen uit toen ze de loopplank afliepen. Terwijl ze hen vanaf haar hoge waarnemingspost nakeek tot ze stipjes waren, werd Bel voor het eerst bang. Ze ging een reis naar het andere eind van de wereld maken met een familie die ze nauwelijks kende. En terwijl de scheepshoorn de zenuwuiteinden in haar oren teisterde en de afstand tussen het vaartuig en de kust steeds groter werd, zwaaide ze hen verwoed na.

'Adeus, mijn lieve moeder en vader. Pas goed op julliezelf en moge God jullie allebei zegenen.'

Bel genoot van de zeereis met de eindeloze stroom amusement voor de rijke gasten. Maria Elisa en zij brachten de uren door met zwemmen in het zwembad – een genoegen waarvan ze nog des te meer genoot omdat ze het in Rio niet had gemogen – en croquet spelen op het kunstgras op het bovendek. Wanneer de twee meisjes 's avonds de eetzaal binnenkwamen, giechelden ze om de bewonderende blikken van de vele jongemannen aan boord.

Bij het dansen op de muziek van het scheepsorkest na het diner bood Bels grote verlovingsring bescherming tegen mannen die na een paar glazen wijn moed kregen en op vrijersvoeten gingen. Maar Maria Elisa vermaakte zich, gesteund door Bel, met een paar onschuldige flirts waarin Bel zich inleefde.

Tijdens de reis over de oceaan waren ze voortdurend in elkaars nabijheid en ze leerde Maria Elisa's familie veel beter kennen dan ooit in Rio mogelijk was geweest. De twee jongere broers van Maria Elisa, Carlos en Paulo, waren respectievelijk veertien en zestien, in de lastige fase tussen kind en volwassene, met de eerste baardhaartjes op hun kin. Ze durfden amper met Bel te praten. Maria Elisa's moeder Maria Georgiana was een intelligente, opmerkzame vrouw. Bel kwam er algauw achter dat ze plotseling boos kon worden als iets haar niet beviel. Ze bracht een groot deel van de dag door met bridgen in de elegante salon, terwijl haar man zelden zijn hut uitkwam.

'Wat doet je vader toch de hele dag daarbinnen?' vroeg Bel op een avond aan Maria Elisa toen ze de Kaapverdische Eilanden voor de kust van Afrika naderden, waar het schip een paar uur zou aanleggen om voorraden in te nemen.

'Hij werkt aan zijn Cristo, natuurlijk,' antwoordde Maria Elisa. 'Mãe zegt dat ze de liefde van haar man is kwijtgeraakt aan Onze-Lieve-Heer, van wie hij zo vaak gezegd heeft dat hij er niet in gelooft. Ironisch, nietwaar?'

Op een middag klopte Bel op de deur van wat ze dacht dat de hut van Maria Elisa was. Er kwam geen antwoord, en ze opende de deur en riep dat zij het was. Even later besefte ze dat ze de verkeerde hut had, want een verraste Heitor da Silva Costa keek op van een bureau dat bezaaid lag met vellen vol ingewikkelde bouwkundige berekeningen. Ze lagen niet alleen op het bureau, maar ook op het bed en de vloer.

'Een goede middag, Izabela. Wat kan ik voor je doen?'

'Het spijt me dat ik u stoor, senhor. Ik zocht Maria Elisa en heb domweg bij de verkeerde hut aangeklopt.'

'Dat geeft niet, hoor. Ik raak zelf ook weleens in de war als ik hier probeer de weg te vinden. Alle deuren zien er hetzelfde uit,' zei Heitor met een geruststellende glimlach. 'Wat mijn dochter betreft: je kunt haar hut hiernaast proberen, maar ze kan overal op het schip zijn. Ik moet eerlijk zeggen dat ik niet bijhoud waar ze allemaal naartoe gaat.' Hij gebaarde naar het bureau. 'Ik heb andere dingen aan mijn hoofd.'

'Mag ik misschien uw tekeningen zien?'

'Vind je ze interessant?' Heitors lichte ogen begonnen te glinsteren van genoegen.

'Zeker! Iedereen in Rio zegt dat het een wonder is dat het standbeeld boven op zo'n hoge berg zal komen te staan.'

'Daar hebben ze gelijk in. En aangezien de Cristo dat zelf niet voor elkaar kan krijgen doe ik het.' Hij glimlachte mat. 'Kijk hier.' Hij gebaarde dat ze dichterbij moest komen. 'Ik zal je laten zien hoe ik denk dat het gedaan kan worden.'

Heitor wees een stoel aan die ze bij kon trekken en het uur daarna liet hij haar zien hoe hij een structuur zou bouwen die sterk genoeg was om zijn Christus overeind te houden. 'Het binnenste zal worden opgevuld met ijzeren dwarsbalken en een recente innovatie uit Europa, gewapend beton. Zie je, Izabela, de Cristo is geen standbeeld, maar simpelweg een gebouw in mensengedaante. Hij moet weerstand kunnen bieden aan de harde winden die rondom Hem waaien en de regen die op Zijn hoofd neerklettert. Om nog maar te zwijgen van de bliksemflitsen die Zijn Vader in de hemel naar ons aardse stervelingen slingert om ons te herinneren aan Zijn macht.'

Bel zat vol ontzag naast hem. Het was een genoegen om Heitor op zijn poëtische maar gedetailleerde manier over zijn project te horen spreken en ze voelde zich vereerd dat hij haar in vertrouwen nam.

'En nu, tijdens mijn verblijf in Europa, moet ik een beeldhouwer zien te vinden die mijn uiterlijke visie van Hem leven kan inblazen. Hoe ik Zijn binnenste wil construeren zal een publiek dat alleen Zijn buitenkant zal zien niet uitmaken.' Hij keek nadenkend naar haar op. 'Ik denk, Izabela, dat het in het leven ook vaak zo is. Wat vind jij?'

'Ja,' antwoordde Bel aarzelend. Ze had er nog nooit over nagedacht. 'Dat denk ik ook.'

'Jij bent bijvoorbeeld een mooie jonge vrouw,' verduidelijkte hij, 'maar ken ik de ziel in je binnenste die je in gloed zet? Het antwoord op die vraag is natuurlijk: nee, die ken ik niet. Dus moet ik de juiste beeldhouwer zien te vinden en dan teruggaan naar Rio met het gezicht, het lichaam en de handen die de mensen die naar Hem op zullen kijken graag willen zien.'

Die avond ging Bel met een wat onbehaaglijk gevoel naar bed. Ook al was Heitor oud genoeg om haar vader te zijn, ze moest tot haar verwarring toegeven dat ze een crush had op Senhor da Silva Costa.

18

Zes weken nadat de stoomboot uit Rio was vertrokken, legde hij gracieus aan in Le Havre. Het Da Silva Costa-gezelschap stapte prompt op de trein naar Parijs, en bij het station aldaar stond een auto te wachten om hen naar een elegant appartement aan de niet ver van de Champs-Élysées gelegen Avenue de Marigny te brengen. Dit appartement zou de familie tot uitvalsbasis dienen. Het lag dicht bij het kantoor dat Heitor had gehuurd om in te werken en de vele experts te ontvangen met wie hij van gedachten wilde wisselen over hoe hij zijn Christus uiteindelijk wilde bouwen.

Hij wilde ook naar Italië en Duitsland reizen om twee van de beroemdste Europese beeldhouwers te spreken, en zijn gezin zou meegaan.

Maar Bel wist dat ze zich de komende week in Parijs kon onderdompelen. Na het diner die eerste avond trok ze het schuifraam van de kamer met het hoge plafond die ze met Maria Elisa deelde omhoog en keek naar buiten. Ze snoof de nieuwe, erg buitenlandse geur op en huiverde in de koele avondlucht. Het was vroeg in het voorjaar, en in Rio betekende dat temperaturen van rond de vijfentwintig graden. Hier in Parijs, schatte ze, was het amper tien graden.

Op de straat beneden zag ze de Parijse vrouwen arm in arm met hun aanbidders over de trottoirs van de verfijnde boulevard slenteren. Ze waren allemaal elegant gekleed, in de nieuwe, bijna jongensachtige mode geïnspireerd door het huis Chanel, gekenmerkt door een eenvoudige, informele snit en knielange rokken, die een wereld van verschil vormden met de stijve lange jurken met korset die Bel gewoonlijk droeg.

Ze zuchtte, haalde de knot uit haar weelderige haar en vroeg zich af of ze de moed zou hebben om het in de nieuwe, korte bobstijl te laten knippen. Daar zou haar vader natuurlijk tegen zijn, dat wist ze bijna zeker; hij zei altijd dat haar haar de kroon op haar schoonheid was. Maar ze was nu hier, duizenden mijlen van huis en voor het eerst van haar leven kon hij haar niet zijn wil opleggen.

Ze werd overspoeld door een golf van opwinding, strekte haar hals en keek naar links, waar ze nog juist de twinkelende lichten bij de Seine kon zien, de brede rivier die door Parijs stroomde, en daarachter de linkeroever. Ze had veel gehoord over de groep non-conformistische kunstenaars die de straten rond Montmartre en Montparnasse bevolkte; over de modellen die zich naakt lieten schilderen door Picasso en over de dichter Jean Cocteau met zijn schandaleuze leefstijl, die, zo wilden de geruchten, nog werd versterkt door zijn opiumgebruik en zelfs tot de roddelkolommen van Rio was doorgedrongen.

Van haar kunstgeschiedenislessen wist ze dat de linkeroever aanvankelijk het trefpunt was geweest van kunstenaars als Degas, Cézanne en Monet. Maar nu had een nieuw en veel choquerender gezelschap onder leiding van de surrealisten de fakkel van hen overgenomen. Schrijvers als F. Scott Fitzgerald en zijn mooie vrouw Zelda waren absint drinkend met hun beroemde bohemienvrienden gefotografeerd in La Closerie des Lilas. Ze had begrepen dat het een hechte, wilde groep was, die de hele dag dronk en de hele nacht danste.

'Tijd om naar bed te gaan, Bel. Ik ben doodmoe van al dat reizen.' Maria Elisa kwam de slaapkamer binnen en stoorde haar in haar gedachten. 'Kun je dat raam dichtdoen, alsjeblieft? Het is hier ijskoud.'

'Natuurlijk.' Bel trok het schuifraam omlaag en ging naar de badkamer om haar nachtjapon aan te trekken.

Tien minuten later lagen ze naast elkaar in hun lits-jumeaux. 'Lieve hemel, wat is het koud in Parijs,' zei Maria Elisa. Ze huiverde en trok de lakens op tot haar kin. 'Vind je ook niet?'

'Nee, helemaal niet, eigenlijk,' antwoordde Bel. Ze stak haar hand uit om de lamp naast haar bed uit te knippen. 'Welterusten, Maria Elisa, slaap lekker.'

Bel lag in het donker en vroeg zich vol verwachting af wat deze stad en de mensen aan de overkant van de rivier, met hun leefstijl die haar zo spannend leek, voor haar in petto zouden hebben. Ze had het echt helemaal niet koud.

Bel werd de volgende ochtend vroeg wakker, stond op en had zich om acht uur al aangekleed, zo groot was haar verlangen om eropuit te gaan, alleen maar door de straten van Parijs te wandelen en de sfeer te proeven. Heitor zat als enige van de familie in de eetkamer toen ze daar binnenkwam voor het ontbijt.

'Goeiemorgen, Izabela.' Hij keek snel naar haar op en nipte koffie met zijn pen in de hand. 'Alles goed?'

'Ja, prima. Ik stoor u toch niet?'

'Nee, hoor, helemaal niet. Ik ben blij met je gezelschap. Ik had verwacht dat ik alleen zou ontbijten, want mijn vrouw klaagde erover dat ze niet heeft kunnen slapen van de kou.'

'Uw dochter helaas ook,' zei Bel. 'Ze heeft het dienstmeisje gevraagd haar ontbijt op bed te brengen. Ze denkt dat ze misschien kou heeft gevat.'

'Nou, zo te zien geldt dat niet voor jou,' merkte Heitor op.

'O, en ook al had ik vanochtend een longontsteking, dan was ik toch opgestaan,' verzekerde ze hem terwijl het dienstmeisje haar koffie inschonk. 'Hoe kun je nou ziek zijn in Parijs?' voegde ze eraan toe, terwijl ze haar hand uitstak naar een vreemd, hoornvormig gebak in de broodmand midden op de tafel.

'Dat is een croissant,' lichtte Heitor haar in toen hij haar zag kijken. 'Heerlijk om warm te eten, met vruchtenconfituur. Ik ben ook dol op deze stad, maar ik heb helaas maar weinig tijd om eropuit te gaan nu ik er ben. Ik heb een heleboel bijeenkomsten.'

'Met mogelijke beeldhouwers?'

'Ja. Ik ben natuurlijk reuzebenieuwd naar die ontmoetingen. En ik heb ook een afspraak met een expert op het gebied van gewapend beton. Dat klinkt misschien niet erg romantisch, maar het zou cruciaal voor mijn project kunnen zijn.'

'Bent u ooit in Montparnasse geweest?' waagde Bel te vragen, terwijl ze een hap van het zoete gebak nam en haar smaakpapillen hun goedkeuring te kennen gaven.

'Ja, maar lang geleden. Toen ik een jongeman was en mijn rondreis langs de klassieke plaatsen van Europa maakte. Dus je voelt je aangetrokken tot het idee van de linkeroever en de opmerkelijke bewoners?'

Bel zag een twinkeling in Heitors ogen. 'Ja, ik bedoel, de wieg van sommige van de grootste kunstenaars van onze generatie heeft er gestaan. Ik ben dol op Picasso.'

'Dus je bent kubist?'

'Nee, en ook geen kunstkenner. Ik vind grote kunstwerken gewoon prachtig,' verklaarde ze. 'En sinds mijn kunstgeschiedenislessen in Rio ben ik me gaan interesseren voor de kunstenaars die ze scheppen.'

'Dan is het geen wonder dat je zo graag de bohemienwijk wilt gaan zien. Ik moet je wel waarschuwen, Izabela, dat het er heel decadent is in vergelijking met Rio.'

'Ik denk dat het er decadent is in vergelijking met welke stad dan ook,' stemde Bel met hem in. 'Ze houden er een andere manier van leven op na, proberen nieuwe ideeën uit, zorgen voor progressie in de kunstwereld...'

'Ja, dat is zo. Maar als ik zou besluiten Picasso's schilderstijl als inspiratie voor de Cristo te nemen, denk ik toch dat ik problemen zou krijgen,' zei hij grinnikend. 'Dus helaas, mijn zoektocht zal me dit keer niet naar Montparnasse brengen. Maar nu moet ik zo ongemanierd zijn om je hier achter te laten. Over een half uur heb ik mijn eerste bijeenkomst.'

'Ik vermaak me wel,' zei Bel. Ze keek toe terwijl Heitor opstond en zijn papieren en schrijfblok oppakte.

'Bedankt voor je gezelschap. Ik praat heel graag met je.'

'Ik ook met u,' zei Bel bedeesd, terwijl hij naar haar knikte en de kamer uitliep.

Tegen lunchtijd had Maria Elisa's verkoudheid zich ontwikkeld tot een koorts en werd er een arts bijgehaald. Haar moeder zag er niet veel beter uit, en ze kregen allebei aspirine en bedrust voorgeschreven tot de koorts zou wijken. Nu heel Parijs haar wenkte, liep Bel als een gekooid dier in het appartement rond. Haar frustratie maakte haar minder meelevend met Maria Elisa dan ze hoorde te zijn, vond ze.

Wat een verschrikkelijke egoïst ben ik toch, verweet ze zichzelf terwijl ze bij het raam zat en verlangend op het Parijse leven beneden haar neerkeek.

Ten slotte stemde ze uit verveling toe om een potje te kaarten met de jongere broers van Maria Elisa, terwijl de kostbare uren van haar eerste dag voorbijgingen.

Omdat Maria Georgiana en Maria Elisa lang ziek bleven, werd Bels verlangen om de deur uit te gaan alsmaar groter. Aan het eind van haar eerste week had ze nog steeds geen voet op een Parijse boulevard gezet, en dus verzamelde ze haar moed en vroeg Maria Georgiana of ze de straat op mocht om een luchtje te scheppen. Zoals ze had verwacht was het antwoord nee.

'In ieder geval niet ongechaperonneerd, Izabela. En Maria Elisa en ik zijn op het ogenblik niet gezond genoeg om met je mee te gaan. Als we terug zijn uit Florence hebben we nog genoeg tijd om de bezienswaardigheden van Parijs te bekijken,' zei Maria Georgiana resoluut.

Bel liep Maria Georgiana's kamer uit en vroeg zich af hoe ze zich zou kunnen beheersen tot ze naar Florence vertrokken. Ze voelde zich als een uitgehongerde gevangene die door de ijzeren tralies van haar cel naar een doos verleidelijke chocoladeflikken staart die maar een paar millimeter buiten haar bereik was neergezet.

Het was Heitor die haar uiteindelijk de helpende hand bood. Ze hadden elkaar de afgelopen week steeds bij het ontbijt gezien, en hoewel hij het erg druk had, was het hem opgevallen hoe eenzaam en ongelukkig ze was.

'Izabela, ik ga vandaag naar Boulogne-Billancourt om kennis te maken met de beeldhouwer professor Paul Landowski. We hebben al contact gehad per brief en over de telefoon, maar nu ga ik naar zijn atelier, dan kan hij me laten zien waar en hoe hij werkt. Op het ogenblik is hij mijn favoriet voor de opdracht, hoewel ik in Italië en Duitsland nog andere beeldhouwers ga bezoeken. Heb je zin om met me mee te gaan?'

'Ik... Ik zou vereerd zijn, senhor. Maar ik ben bang dat ik u voor de voeten zal lopen.'

'Ik weet zeker dat je dat niet zult doen. Ik begrijp dat je je verveelt nu je hier vastzit, en terwijl ik professor Landowski spreek, zal een van zijn assistenten je vast in zijn atelier willen rondleiden.'

'Ik wil niets liever, Senhor da Silva Costa,' zei Bel opgewonden.

'Ach, je hoeft het niet als een grote gunst te zien,' antwoordde Heitor. 'Tenslotte is je toekomstige schoonvader lid van de Katholieke Kring, en hij is een van de belangrijke mensen die het idee propageren dat er een monument op de top van de Corcovado moet komen en die fondsen werven om het te bouwen. Ik zou me diep schamen als jij terugging naar Rio en ik tegen hem zou moeten zeggen dat ik je niet bekend heb kunnen maken met de culturele rijkdommen van de Oude Wereld,' zei Heitor, haar glimlachend aankijkend, 'en dus vertrekken we om elf uur.'

Terwijl ze de Pont de l'Alma naar de Linkeroever overstaken, tuurde Bel vol verlangen uit het portierraampje, alsof ze verwachtte Picasso zelf in een straatcafé te zullen zien terwijl ze langsreden.

'Landowski's atelier is hier een eind vandaan,' zei Heitor. 'Ik denk dat hij niet erg geïnteresseerd is in drinkpartijen met zijn vrienden uit Montparnasse en meer inspiratie vindt in zijn werk. En natuurlijk heeft hij een gezin, daar vind je niet gemakkelijk onderdak voor op de linkeroever.'

'Hij heeft geen Franse achternaam,' zei Bel, ietwat teleurgesteld omdat Landowski niet tot de kunstenaarskring behoorde die ze wilde leren kennen.

'Nee, hij is van Poolse afkomst, hoewel zijn familie dacht ik al vijfenzeventig jaar in Frankrijk woont. Misschien gaat zijn temperament niet goed samen met de excentriekere grillen van sommige van zijn tijdgenoten. Maar hij heeft wel de nieuwe artdecostijl omarmd, die in Europa steeds meer op de voorgrond komt te staan. Ik denk dat die ook heel goed zou kunnen passen bij mijn Christus.'

'Art deco?' vroeg Bel. 'Wat is dat?'

'Hm... hoe kan ik je uitleggen wat voor stijl dat is,' mompelde Heitor in zichzelf. 'Nou, in art deco is het alsof alles wat je in de alledaagse wereld kunt zien, zoals een tafel, een jurk, mensen zelfs, teruggebracht is tot de basislijnen. Niet fantasievol of romantisch, zoals in de klassieke stijl van veel van de grote kunstenaars en beeldhouwers van vroeger, maar simpel, rauw, zoals ik denk dat Christus Zelf graag gezien had willen worden.'

Naarmate ze verder de stad uit reden werd het landschap landelijker, en de bebouwde kom maakte plaats voor groepjes huizen langs de weg. Bel dacht onwillekeurig hoe ironisch het was dat ze, juist nu het haar was gelukt om te ontsnappen uit het appartement, wegreed uit het kloppende hart van de stad die ze zo graag wilde verkennen.

Na een paar keer een verkeerde afslag te hebben genomen, sloeg de chauffeur ten slotte links af, de oprijlaan van een groot, schots en scheef gebouwd huis op.

'We zijn er.' Heitor stapte meteen uit de auto, met ogen die vol verwachting glinsterden. Bel volgde hem door de tuin en ze zag een pezige, in een kiel vol kleivlekken geklede figuur met een bos wild grijs haar en een lange baard uit een deur in een zijmuur van het huis komen. Ze zag dat de twee mannen elkaar de hand schudden en ernstig met elkaar begonnen te praten. Ze bleef staan, hield afstand van hen, wilde hen niet storen in hun gesprek, en het duurde een paar minuten voordat Heitor zich leek te herinneren dat zij er ook nog was.

'Senhorita,' zei hij en draaide zich naar haar om. 'Excuseert u mij. Het is altijd een geweldig moment wanneer je het genoegen hebt in eigen persoon kennis te maken met iemand met wie je voorheen alleen per brief gecorrespondeerd hebt. Mag ik u professor Paul Landowski voorstellen. Professor, dit is Senhorita Izabela Bonifacio.'

Landowski stak zijn hand uit en hief haar vingers naar zijn lippen. '*Enchanté*.' Toen keek hij naar haar hand en tot Bels verrassing begon hij voorzichtig de contouren te volgen met zijn vingertoppen. 'Maar mademoiselle, wat een prachtige vingers hebt u. Nietwaar, *Monsieur* da Silva Costa?'

'Eerlijk gezegd was dat me nog niet opgevallen,' antwoordde Heitor. 'Maar zeker, senhor, u hebt gelijk.'

'Goed, dan nu ter zake, monsieur,' zei Landowski, en hij liet Bels hand los. 'Ik zal u mijn atelier laten zien, en daarna gaan we uw visie op de Christus nader bespreken.'

Bel volgde de twee mannen door de tuin en het viel haar op dat de bladeren aan de bomen nog leken te sluimeren – de takken waren groen, maar ze zag er nog geen bloesems aan – terwijl de levendige kleuren van de planten in haar geboorteland het landschap het hele jaar door verfraaiden.

Landowski leidde hen naar een hoog, op een schuur lijkend gebouw achter in de tuin, met veel glas in de zijwanden om het daglicht binnen te laten. In een hoek van de lichte ruimte zat een jongeman over een werkbank gebogen aan een buste van klei te werken. Hij keek geen moment op toen ze binnenkwamen, zo diep was zijn concentratie.

'Ik werk aan een voorstudie van een beeld van Sun Yat-sen, en het is lastig om de ogen perfect te krijgen. Die zijn natuurlijk heel anders gevormd dan bij ons westerlingen,' verklaarde Landowski. 'Mijn assistent kijkt of hij wat ik gedaan heb kan verbeteren.'

'Werkt u meestal in klei of steen, professor Landowski?' vroeg Heitor.

'Wat de klant maar wil. Hebt u enig idee welk materiaal u voor uw Christus wilt gebruiken?'

'Ik had natuurlijk gedacht aan brons, maar ik ben bang dat Onze-Lieve-Heer er groenig uit gaat zien nadat het brons een tijd in de wind en regen heeft gestaan. En trouwens, ik wil dat de mensen die in Rio omhoogkijken Hem in lichtgekleurde gewaden zien, en niet in donkere.'

'Ik begrijp het,' zei Landowski. 'Maar u hebt het over een stenen standbeeld van ongeveer dertig meter. Ik denk dat u een gevaarte dat zo hoog en groot is nooit een berg op zult kunnen slepen, laat staan dat u het op zult kunnen richten, mocht het u toch lukken.'

'Natuurlijk,' stemde Heitor met hem in. 'Daarom geloof ik ook dat de buitenlaag van de Cristo, gezien de structuur van het binnenwerk, waaraan ik tijdens mijn verblijf in Europa de laatste hand hoop te leggen, in een mal gegoten moet worden en dan deel voor deel weer moet worden opgebouwd in Rio.'

'Nou, als u hier genoeg hebt gezien, dan gaan we nu naar binnen om de schetsen die ik heb gemaakt te bestuderen,' zei Landowski. Hij keek Bel aan. 'Mademoiselle, denkt u dat u zich in het atelier kunt vermaken terwijl wij mannen met elkaar praten? Of gaat u liever naar mijn vrouw in de salon?'

'Ik blijf veel liever hier, monsieur, dank u,' zei Bel. 'Het is een voorrecht om te mogen zien hoe het er in uw atelier aan toegaat.'

'Als u het hem vriendelijk vraagt, zal mijn assistent zich vast los willen maken van Sun Yat-sens oogbol en u wat te eten en te drinken geven.' Landowski knikte nadrukkelijk in de richting van de jongeman en liep toen met Heitor het atelier uit.

De assistent leek zich er echter niet van bewust te zijn dat zij er was. Kon ze maar dichter bij hem komen om te zien wat hij deed, dacht ze terwijl ze in het atelier rondliep, maar ze wilde hem niet storen. Aan het andere eind van de grote werkruimte stond een enorme oven, die waarschijnlijk werd gebruikt om klei te bakken. Links van haar waren met schotten twee kamertjes gemaakt: het ene een heel eenvoudige wasruimte, waarin ook een grote gootsteen en tegen de muren eromheen opgestapelde zakken boetseerklei waren ondergebracht, en het andere een keukentje zonder ramen. Ze liep het hoofdatelier in, keek uit het achterraam en zag een paar enorme steenbrokken van verschillende vormen en afmetingen, die Landowski vermoedelijk voor toekomstige beeldhouwwerken wilde gebruiken.

Bel wist niet meer op welke manieren ze de assistent nog meer zou kunnen afleiden. Ze zag een gammele houten stoel staan, ging erop zitten en zag dat hij met gebogen hoofd en totale concentratie zat te werken. Toen de klok tien minuten later het middaguur sloeg, wreef hij zijn handen af aan zijn werkhemd en keek abrupt op.

'Tijd voor de lunch,' kondigde hij aan. Voor het eerst keek hij Bel recht in de ogen en hij glimlachte. '*Bonjour*, mademoiselle.'

Tot op dat moment had hij zijn hoofd omlaag gehouden, en

Bel had zijn gezicht niet kunnen zien. Maar nu hij haar met een glimlach aankeek, kreeg ze een vreemd gevoel in haar maag.

'Bonjour.' Ze glimlachte bedeesd naar hem terug. Hij stond op en liep naar haar toe, en ook zij stond op toen hij dichterbij kwam.

'Neemt u me niet kwalijk dat ik u niet zag, mademoiselle,' zei hij in het Frans, 'maar ik had me geconcentreerd op een oogbol en dat is een heel precies werkje.' Hij bleef staan toen hij haar tot op een meter was genaderd en nam haar in zich op. 'Hadden wij elkaar niet al eens gezien? U komt me bekend voor.'

'Nee, dat kan niet. Ik ben kortgeleden aangekomen uit Rio de Janeiro.'

'Dan vergis ik me.' Hij knikte nadenkend. 'Ik zal u geen hand geven, want die van mij zit onder de klei. Excuseert u me, dan ga ik even mijn handen wassen.'

'Natuurlijk,' zei Bel. Haar stem moest als een geforceerd gefluister klinken, dacht ze. Ze was volkomen ontspannen opgestaan toen hij naar haar toe was komen lopen om haar te begroeten, maar nu hij in het kamertje met de gootsteen was verdwenen, ging ze snel weer op de stoel zitten, met een duizelig, ademloos gevoel. Ze vroeg zich af of ze soms de verkoudheid van Maria Elisa en haar moeder had overgenomen.

Vijf minuten later kwam de jongeman weer tevoorschijn, nu zonder zijn werkkiel en met een schoon overhemd aan. Haar vingers bewogen een paar centimeter vooruit alsof ze een eigen wil hadden en wensten onbewust door zijn lange, golvende, kastanjebruine haar te woelen, de blanke huid van zijn wang te strelen, zijn perfect gevormde adelaarsneus, de volle roze lippen waarachter zijn gave witte tanden schuilgingen te volgen. De dromerige uitdrukking van zijn groene ogen deed haar aan de blik in Heitors ogen denken, fysiek aanwezig, maar in gedachten ergens anders.

Opeens realiseerde Bel zich dat zijn lippen bewogen en er geluid uit zijn mond kwam. Ze besefte dat hij vroeg hoe ze heette. Onthutst door haar reactie op zijn persoonlijkheid schudde ze zich wakker uit haar dagdroom, en ze probeerde tot zichzelf te komen en duidelijk in het Frans te spreken.

'Voelt u zich wel goed, mademoiselle? U kijkt alsof u een spook hebt gezien.'

'Neemt u me niet kwalijk, maar ik was even ergens anders. Ik heet Izabela. Izabela Bonifacio.'

'Ah, zoals de vroegere koningin van Spanje,' zei de assistent met een knikje.

'En wijlen de prinses van Brazilië,' merkte ze snel op.

'Ik moet eerlijk zeggen dat ik erg weinig over uw land en de geschiedenis ervan weet. Behalve dan dat ze er net als wij hier van overtuigd zijn dat ze de lekkerste koffie zetten.'

'Wij produceren in ieder geval de beste bonen,' zei ze defensief. 'En natuurlijk weet ik wel een heleboel over uw land.' Ze vroeg zich af of ze even dwaas klonk als ze zich voelde.

'Ja. Onze kunst en cultuur hebben zich in de loop van honderden jaren over de aardbol verspreid, terwijl die van jullie nog moet opkomen. En dat zal ongetwijfeld ook gebeuren,' voegde hij eraan toe. 'Maar goed, omdat u lijkt te zijn achtergelaten door de professor en uw vriend de architect, zouden we kunnen lunchen, terwijl u me wat meer over Brazilië vertelt.'

'Ik...' Bel keek snel uit het raam, vagelijk nerveus over de ongemakkelijke situatie. Ze had deze man nog nooit van haar leven gezien, en nu was ze meteen met hem alleen. Als haar vader of verloofde haar nu kon zien...

De jongeman zag dat ze ergens over inzat en wuifde haar zorgen met een afwijzende handbeweging weg. 'Ik kan u verzekeren dat ze absoluut niet aan u zullen denken als ze diep met elkaar in gesprek zijn. En dat kan uren duren. Dus als u niet wilt verhongeren, gaat u dan alstublieft daar aan die tafel zitten, dan maak ik de lunch klaar.'

De jongeman wendde zich van haar af en liep door het atelier naar het keukentje waarvan ze eerder een glimp had gezien.

'Pardon, monsieur, maar hoe heet u?'

Hij bleef staan en draaide zich om. 'Neemt u me niet kwalijk, het was onbeleefd van me dat niet te zeggen. Mijn naam is Laurent, Laurent Brouilly.'

Bel ging op de ruwe houten bank die in een kleine alkoof in een hoek van het vertrek stond zitten. Ze dacht na over de situatie waarin ze was beland en lachte even. Alleen met een jongeman, en dat was nog niet alles, want nu was hij ook nog de lunch voor hen aan het klaarmaken. Bij haar thuis had ze pai nog nooit de keuken zien binnenkomen laat staan een maaltijd bereiden.

Een paar minuten later kwam Laurent aanlopen met een dienblad waarop twee van de heerlijke, versgebakken Franse stokbroden lagen waarop ze zo dol was, twee punten sterk ruikende Franse kaas, een aardewerken kruik en twee glazen.

Hij zette het neer op de tafel en trok een oud gordijn dicht dat aan een aan het plafond vastgespijkerde roede hing. 'Om het atelierstof uit ons eten te houden,' legde hij uit terwijl hij wat er op het dienblad lag op de kale planken van de tafel legde. Toen schonk hij een royale hoeveelheid van een lichtgele drank in de twee glazen en gaf haar er een aan.

'Drinkt u ook wijn als u alleen brood en kaas eet?' vroeg ze verwonderd.

'Mademoiselle, we zijn Fransen. En dus drinken we wijn, bij alles, altijd.' Hij keek haar glimlachend aan en hief zijn glas. '*Santé*,' zei hij en bewoog het naar dat van haar.

Laurent nam een flinke slok van de wijn en zij nipte aarzelend. Ze keek toe terwijl hij een stuk brood van de baguette scheurde, het met zijn vingers openspreidde en vulde met plakjes kaas. Ze wilde niet vragen waar de borden waren en volgde zijn voorbeeld.

Nog nooit had zo'n eenvoudige maaltijd haar zo goed gesmaakt, dacht ze vergenoegd. Bel verzwolg het voedsel niet met grote happen, zoals Laurent, maar at als een dame, brak kleinere stukjes brood en kaas af met haar vingers en stopte die in haar mond. En de hele tijd leken zijn ogen op haar gericht.

'Waar kijkt u naar?' vroeg ze hem ten slotte. Zijn starende blik maakte haar onrustig.

'Naar u,' antwoordde hij. Hij dronk zijn wijnglas leeg en schonk zich nog eens in.

'Waarom?'

Hij nam nog een flinke slok en haalde zijn schouders op, op de unieke Gallische manier die Bel herkende van haar studie van de Parijzenaren op de straat onder haar raam. 'Omdat u heel mooi bent om te zien, Mademoiselle Izabela.'

Ze kreeg een raar gevoel in haar maag bij die opmerking, juist op het verkeerde moment.

'Kijkt u niet zo verschrikt, mademoiselle. Dat heeft een vrouw als u toch al zo vaak gehoord? U moet het gewend zijn dat mensen u aanstaren.'

Bel dacht erover na en nam aan dat ze veel bewonderende blikken trok, ja. Maar geen daarvan had haar ooit zo'n intens gevoel bezorgd als die van hem.

'Heeft iemand weleens een schilderij van u gemaakt? Of een beeld?' vroeg hij.

'Ooit eens, toen ik nog een kind was, heeft mijn vader een portret van me laten maken.'

'Dat verbaast me. Ik had gedacht dat ze in de rij zouden staan om u te schilderen, daar in Montparnasse.'

'Ik ben nog maar een week in Parijs, monsieur, en tot nu toe ben ik nog nergens geweest.'

'Nou, nu ik u heb ontdekt, ben ik voornemens u helemaal voor mezelf te houden en geen van die schurken en vagebonden bij u in de buurt te laten komen,' zei hij met een brede grijns.

‘Ik zou dolgraag eens in Montparnasse gaan kijken,’ zei Bel met een zucht, ‘maar ik weet niet of ik erheen zou mogen.’

‘Natuurlijk,’ zei hij instemmend. ‘Parijse ouders uit andere delen van de stad zouden ook liever hebben dat hun dochters in de rivier verdronken dan dat ze hun deugdzaamheid en hart zouden verliezen op de linkeroever. Waar logeert u?’

‘In een appartement aan de Avenue de Marigny, niet ver van de Champs-Élysées. Ik ben hier als gast van de familie Da Silva Costa. Dat is mijn voogdgezin.’

‘Maar willen zij dan niet alles wat Parijs te bieden heeft zien?’

‘Nee.’ Bel dacht dat hij het serieus bedoeld had, tot ze zijn speelse gezichtsuitdrukking zag.

‘Wel, zoals echte kunstenaars weten, zijn regels er om gebroken en grenzen om overschreden te worden. We leven maar één keer, mademoiselle, en we moeten dat leven leiden zoals we zelf willen.’

Bel zei niets terug, maar de opwinding omdat ze eindelijk iemand had gevonden die er dezelfde meningen opna hield als zij werd haar bijna te veel en ze voelde tranen achter haar ogen prikken. Laurent merkte het onmiddellijk op.

‘Waarom huilt u?’

‘In Brazilië is het leven heel anders. Wij gehoorzamen de regels.’

‘Dat begrijp ik, mademoiselle,’ zei hij zacht. ‘En bij één ervan hebt u zich al neergelegd, zie ik.’ Laurent wees naar de verlovingsring aan haar vinger. ‘Gaat u trouwen?’

‘Ja, wanneer ik weer thuis ben na mijn reis door Europa.’

‘En bent u gelukkig met de verbintenis?’

Bel verbaasde zich over zijn directheid. Deze man was een vreemdeling die bijna niets over haar wist, en toch deelden ze wijn, brood en kaas – én vertrouwelijkheden – alsof ze elkaar hun hele leven hadden gekend. Als het zo ging onder bohemiens, besloot Bel, dan wilde ze heel graag met hen meedoen.

‘Gustavo, mijn verloofde, zal een trouwe, liefhebbende man voor me zijn,’ antwoordde ze behoedzaam. ‘Bovendien denk ik dat het bij een huwelijk niet alleen om liefde gaat,’ loog ze.

Hij keek haar een tijdje aan, zuchtte en schudde zijn hoofd. ‘Mademoiselle, een leven zonder liefde is als een Fransman zonder wijn of een mens zonder zuurstof,’ zei hij, opnieuw zuchtend, ‘maar misschien hebt u gelijk. Sommige mensen accepteren het gebrek eraan en zijn bereid genoegen te nemen met andere dingen, zoals rijkdom en status. Maar ik, nee.’ Laurent schudde zijn hoofd. ‘Ik zou mezelf nooit kunnen offeren op het altaar van het materialisme. Als ik met een vrouw moet samenleven, dan wil ik als ik ’s ochtends wakker word in de ogen van iemand die ik liefheb kijken. Het verbaast me dat u bereid bent met minder genoegen te nemen. Ik kan nu al zien dat er een hart vol passie in u klopt.’

‘Alstublieft, monsieur…’

‘Neemt u me niet kwalijk, mademoiselle, ik ga te ver. Genoeg, dus! Maar ik zou zeer vereerd zijn als ik u mocht beeldhouwen. Hebt u er bezwaar tegen als ik Monsieur da Silva Costa vraag of ik mijn kunst mag oefenen met u als model?’

‘U kunt het hem vragen, maar ik kan niet…’ Bel bloosde gegeneerd, kon de juiste woorden voor de zin niet vinden.

‘Nee, mademoiselle,’ zei Laurent. Hij las haar gedachten. ‘Wees gerust, ik zal u niet vragen uw kleren uit te trekken. Nog niet, tenminste,’ voegde hij eraan toe.

Bel stond sprakeloos na die intieme toespeling, die haar evenzeer opwond als bang maakte. ‘Waar woont u?’ vroeg ze, in een wanhopige poging van onderwerp te veranderen.

‘Zoals iedere echte kunstenaar huur ik een zolderkamer, samen met zes anderen, in een steeg in Montparnasse.’

‘Werkt u voor professor Landowski?’

‘Zo zou ik het niet willen noemen, want ik word alleen in eten en wijn betaald,’ corrigeerde Laurent haar. ‘En als het te vol is op de zolderkamer in Montparnasse die ik samen met die anderen huur, laat hij me soms hier slapen, op een veldbed. Ik leer mijn vak, en er is geen betere leraar dan Landowski. Zoals de surrealisten experimenteren in de schilderkunst, zo experimenteert Landowski met zijn art deco in de beeldhouwkunst. Hij stijgt boven de drukke, overladen werken van vroeger uit. Hij was mijn professor aan de École Nationale Supérieure des Beaux-Arts, en toen hij mij als zijn assistent uitkoos, nam ik zijn aanbod maar al te graag aan.'

'Waar komt uw familie vandaan?' vroeg Bel.

'Wat doet dat ertoe?' zei Laurent. Hij grinnikte. 'Straks gaat u me nog vragen uit welke sociale klasse ik afkomstig ben. Ziet u, Mademoiselle Izabela, wij Parijse kunstenaars zijn allemaal wie wij zijn, we laten ons verleden achter ons en leven bij de dag. We worden bepaald door ons talent, niet door onze afkomst. Maar omdat u het bent die het wil weten,' zei hij, en nam nog een slok wijn, 'zal ik het u zeggen. Mijn familie is van adel en bezit een chateau bij Versailles. Als ik niet van hen en het leven dat zij voor mij als oudste zoon wilden was weggelopen, zou ik nu Le Comte Quebedeaux Brouilly zijn. Maar omdat mijn vader aankondigde dat hij me uit zijn testament zou schrappen toen ik hem vertelde dat ik beeldhouwer wilde worden, ben ik nu simpelweg mezelf, zoals ik al zei. Ik bezit geen stuiver en alles wat ik in de toekomst zal verdienen zal uit deze handen komen.'

Hij keek haar aan, maar ze zei niets. Wat kon ze zeggen? Haar hele leven was gebaseerd op de waarden die hij zojuist had bespot.

'Verbaast dat u misschien? Maar ik kan u verzekeren dat er nog veel meer van ons in Parijs zijn die leven zoals ik. En in ieder geval hoeft mijn vader niet de schande te verdragen dat zijn zoon homoseksueel is, zoals de vaders van een paar kennissen van me.'

Bel staarde hem aan, verschrikt dat hij die gedachte zelfs maar durfde uit te spreken. 'Maar dat is verboden!' riep ze onwillekeurig uit.

Hij hield zijn hoofd schuin en nam haar op. 'En omdat bevooroordeelde regimes het dat maken, is het dan ook verkeerd?'

'D-dat weet ik niet,' stamelde ze. Ze zweeg en probeerde weer kalm te worden.

'Neemt u me niet kwalijk, mademoiselle, ik ben bang dat ik u gechoqueerd heb.'

Aan de glinstering in zijn ogen zag Bel dat hij er nog plezier in had ook.

Ze nam nog een slokje wijn en kreeg weer moed. 'Dus, Monsieur Brouilly, u zegt dat u niet om geld en materiële bezittingen geeft? U bent er tevreden mee om van de wind te leven?'

'Ja, voorlopig wel, tenminste, zolang ik jong en gezond ben en in het middelpunt van de wereld woon, hier in Parijs. Maar wanneer ik oud en ziek geworden ben en nooit geld heb verdiend met mijn beeldhouwwerken, zou ik spijt kunnen krijgen van wat ik heb gedaan, dat geef ik toe, ja. Veel kunstvrienden van me hebben weldoeners die zo goed zijn hen uit de brand te helpen als ze het moeilijk hebben. Maar omdat veel van die weldoeners lelijke douairières zijn die van de jonge kunstenaars die ze ondersteunen verwachten dat ze hen ook op nog andere dan artistieke manieren bevredigen, is dat niet míjn weg. Het is niet veel beter dan prostitutie bedrijven, en ik wil er niets mee te maken hebben.'

Bel was opnieuw gechoqueerd door de openhartigheid waarmee hij had gesproken. Natuurlijk had ze gehoord over de bordelen thuis in Lapa, waar mannen heen gingen om hun vleselijke lusten te bevredigen, maar daar werd nooit openlijk over gesproken. En zeker niet door een man met een eerbare vrouw.

'Volgens mij heb ik u wél gechoqueerd, mademoiselle.' Laurent keek haar met een meelevende glimlach aan.

'Misschien heb ik nog een heleboel over Parijs te leren, monsieur,' antwoordde ze.

'Zeker. Dus misschien kunt u mij als uw leraar zien wat betreft de gebruiken van de avant-garde. Ah, ik zie de twee heren terugkomen van hun omzwerving,' zei hij, met een blik over haar schouder door het raam. 'De professor glimlacht, dat is altijd een goed teken.'

Bel keek toe terwijl de twee mannen, nog steeds diep in gesprek, het atelier binnenkwamen. Laurent pakte de restanten van de lunch op en legde ze op een dienblad. Bel zette snel haar wijnglas erbij, bang dat Heitor het niet goed zou vinden dat ze had gedronken.

'Senhorita,' zei Heitor toen hij haar zag. 'Ik bied mijn excuses aan dat ik u zo lang heb laten wachten, maar professor Landowski en ik hadden een heleboel te bespreken.'

'O, dat geeft niet,' antwoordde Bel snel. 'Monsieur Brouilly heeft me de grondbeginselen van de beeldhouwkunst uitgelegd.'

'Mooi, mooi.' Bel zag dat Heitors gedachten elders waren, want hij draaide zich meteen weer om naar Landowski. 'Dus ik ga volgende week naar Florence, en dan reis ik door naar München. De vijfentwintigste ben ik terug in Parijs, en daarna neem ik contact met u op.'

'Natuurlijk,' stemde Landowski met hem in. 'Misschien vindt u dat mijn ideeën en stijl niet geschikt zijn voor wat u wilt. Maar wat u ook besluit, ik bewonder u om de moed en vastberadenheid waarmee u dit moeilijke project uitvoert. En ik wil de uitdaging om eraan mee te werken heel graag aannemen.'

De twee mannen schudden elkaar de hand en Heitor draaide zich om en liep gevolgd door Bel het atelier uit.

'Monsieur da Silva Costa, voordat u vertrekt, wilde ik u een gunst vragen,' zei Laurent plotseling.

'En dat is?' vroeg Heitor. Hij draaide zich naar hem om.

'Ik zou graag uw pupil Mademoiselle Izabela beeldhouwen. Ze heeft een heel mooi gezicht en ik wil zien of ik het recht kan doen.'

Heitor zweeg. Hij twijfelde. 'Om eerlijk te zijn weet ik niet wat ik daarop moet zeggen. Het is wel een vleiend aanbod, nietwaar, Izabela? En als je míjn enige dochter was, zou ik eerder toestemming geven. Maar...'

'U zult de verhalen over de vele beruchte Parijse kunstenaars en wat die van hun modellen verwachten wel gehoord hebben.' Professor Landowski glimlachte veelbetekenend. 'Maar ik kan u verzekeren, Monsieur da Silva Costa, dat ik voor Brouilly kan instaan. Hij is niet alleen een getalenteerd beeldhouwer die het nog ver kan brengen, vind ik, maar hij verblijft ook onder míjn dak. Zodoende kan ik persoonlijk garanderen dat mademoiselle niets zal overkomen.'

'Dank u, professor. Ik zal mijn vrouw erover spreken en contact met u opnemen als we terug zijn uit München,' zei Heitor.

'Dan zal ik wachten tot ik van u hoor,' zei Laurent. Hij wendde zich tot Bel. '*Au revoir*, mademoiselle.'

Op de terugreis waren Bel en Heitor ieder in eigen gedachten verzonken en ze zeiden niets tegen elkaar. Toen de auto langs Montparnasse reed, huiverde Bel. Hoewel haar geïmproviseerde lunch met Laurent Brouilly haar van haar stuk had gebracht, voelde ze zich in veel andere opzichten voor het eerst in haar leven echt levend.

19

In tegenstelling tot wat ze had gedacht voordat ze naar Europa was vertrokken – toen het idee Italië, het land van haar voorouders, te bezoeken haar opgetogen had gemaakt – had Bel, toen ze de volgende dag haar koffer pakte, geen enkele zin om naar Florence te gaan.

Zelfs nadat ze in de stad van haar dromen was aangekomen en vanuit het raam van haar hotelsuite het spectaculaire koepeldak van de grote Duomo zag en het aroma van knoflook en verse kruiden rook dat opsteeg uit de schilderachtige restaurants aan de straat beneden, begon haar hart niet sneller te kloppen, zoals ze had verwacht.

En een paar dagen later, toen ze met de trein naar Rome waren gegaan en zij en Maria Elisa muntjes in de Trevifontein gooiden en daarna het Colosseum bezochten, waar de dappere gladiatoren elkaar in de reusachtige arena op leven en dood hadden bevochten, kreeg ze een vaag gevoel van desinteresse.

Ze had haar hart achtergelaten in Parijs.

Die zondag in Rome sloot ze zich aan bij duizenden geloofsgenoten op het Sint-Pietersplein om de wekelijkse mis van de paus bij te wonen. Ze knielde neer met haar zwartkanten sluier voor haar gezicht, keek op naar het figuurtje in het wit op het balkon en staarde naar de heiligenbeelden op sokkels rondom het plein. Terwijl ze in de rij stond met honderden anderen die baden, de rozenkrans reciteerden en wachtten tot ze de hostie zouden ontvangen, vroeg ook Bel of God haar familie en vrienden wilde zegenen. En daarna zond ze een vurig gebed voor zichzelf op.

Laat Senhor Heitor alstublieft niet vergeten te vragen hoe het zit met mijn beeld, en laat me alstublieft Laurent Brouilly nog eens ontmoeten...

Vanuit Rome, waar hij de beeldhouwers voor wie hij was gekomen had bezocht en een groot aantal van de beroemde kunstwerken die overal in de stad te zien waren had bestudeerd, vertrok Heitor naar München. Daar wilde hij de Bavaria bezichtigen, een kolossaal, volledig van brons gegoten standbeeld met een innovatieve constructie van vier enorme, met elkaar verbonden stukken metaal.

'Ik denk dat het me kan inspireren voor het project waaraan ik nu werk, aangezien de constructieproblemen veel overeenkomsten vertonen met die bij de Cristo,' had hij tegen Bel gezegd toen ze hem op een avond vragen had gesteld tijdens het diner.

Om redenen die Bel niet kende of begreep, had Heitor nu besloten dat de rest van de familie Da Silva Costa hem niet zou vergezellen op de lange reis naar München. In plaats daarvan zouden ze teruggaan naar Parijs, waar een privéleraar de twee jongens verwachtte.

Toen ze in het station Roma Termini in de slaaptrein stapten om de nachtelijke reis naar Parijs te beginnen, kon Bel alleen een zucht van opluchting slaken.

'Je lijkt vrolijker vanavond,' merkte Maria Elisa op terwijl ze in de slaapcoupé die ze met elkaar deelden in haar met rood fluweel beklede couchette klom. 'Je was zo stil in Italië dat het net leek alsof je ergens anders was.'

'Ik ben blij dat we teruggaan naar Parijs,' antwoordde Bel, zich op de vlakte houdend.

Toen Bel in haar eigen couchette was geklommen, verscheen Maria Elisa's hoofd over de rand van het bed boven haar. 'Ik zeg alleen dat je anders lijkt, Bel, dat is alles.'

'O ja? Dat dacht ik zelf niet. Op welke manier dan?'

'Je bent… Ik weet het niet…' Maria Elisa zuchtte. 'Alsof je de hele tijd dagdroomt. In ieder geval kijk ik er ook naar uit om Parijs nu eens goed te bezichtigen. We gaan er samen van genieten, toch?'

Bel pakte de hand die Maria Elisa naar haar had uitgestoken beet en drukte hem. 'Ja, natuurlijk.'

Appartement 4
48 Avenue de Marigny
Parijs
Frankrijk

9 april 1928

Lieve mãe en pai,
Nou, na Italië ben ik terug in Parijs. (Ik hoop dat jullie de brief die ik daarvandaan heb gestuurd ontvangen hebben.) Maria Elisa en haar moeder voelen zich veel beter dan toen we hier laatst waren, en dus hebben we de afgelopen dagen genoten van de bezienswaardigheden van de stad. We zijn naar het Louvre geweest en hebben de Mona Lisa gezien, naar de Sacré Coeur in een stadsdeel dat Montmartre wordt genoemd, waar Monet, Cézanne en vele andere grote Franse schilders hebben gewoond en gewerkt, we hebben gewandeld in de prachtige tuinen van de Tuilerieën en zijn boven op de Arc de Triomphe geklommen. Maar er zijn zo veel bezienswaardigheden over die we nog niet hebben gezien – de Eiffeltoren is er een van – dat ik zeker weet dat we ons geen moment zullen vervelen. Het is hier al een belevenis om alleen maar door de straten te lopen, en mãe, je zou de winkels schitterend vinden! In de straten hier dichtbij zijn de salons van de grote Franse modeontwerpers, en ik heb een afspraak gemaakt om mijn eerste trouwjurk te gaan passen, bij het huis Lanvin in de Rue du Faubourg-Saint Honoré.

De vrouwen hier zijn ontzettend chique, en ook als ze zich alleen kleding van een warenhuis als Le Bon Marché kunnen permitteren, zien ze er toch even stijlvol uit als de rijke mensen. En dan het eten... Pai, ik moet je vertellen dat je dochter escargots heeft gegeten, slakjes bereid met boter, knoflook en kruiden. Je moet ze uit de schelp peuteren met een vorkje. Ik vond ze verrukkelijk, maar ik moet toegeven dat kikkerbilletjes niet mijn smaak zijn.

's Nachts lijkt de stad nooit te slapen, en vanuit mijn raam kan ik in het hotel aan de overkant van de straat een jazzorkest horen. Die muzieksoort wordt overal in Parijs gespeeld, en Senhor da Silva Costa heeft gezegd dat we er een avond naar mogen gaan luisteren, in een fatsoenlijk etablissement, natuurlijk.

Ik ben gezond en kan mijn geluk niet op. Ik probeer het beste van deze geweldige kans te maken en geen seconde verloren te laten gaan. De Da Silva Costa's zijn heel aardig voor me geweest, hoewel Senhor da Silva Costa de afgelopen tien dagen in Duitsland heeft doorgebracht en vanavond terug zal komen. Ik heb ook een jonge Braziliaanse vrouw uit Rio leren kennen, die hier twee dagen geleden met haar moeder op de thee kwam. Ze heet Margarida Lopes de Almeida en misschien herkennen jullie de naam van haar moeder, want dat is Julia Lopes de Almeida, de gevierde Braziliaanse schrijfster. Margarida heeft een beurs van de Escola Nacional de Belas Artes in Rio, en op het ogenblik is ze in Parijs om de techniek van het beeldhouwen te leren. Ze heeft me verteld dat er cursussen aan de École Nationale des Beaux-Arts worden gegeven, en ik ben van plan een proefles te nemen. Onder invloed van Senhor da Silva Costa ben ik diep in het onderwerp geïnteresseerd geraakt.

Volgende week schrijf ik jullie weer, maar nu stuur ik mijn liefde en kussen over de zee naar jullie toe.

Jullie liefhebbende dochter,
Izabela

Bel legde haar pen op de schrijftafel, rekte zich uit en keek uit het raam. De laatste dagen waren de bomen eronder in bloei gekomen, en nu waren ze getooid met tere roze bloesems. Als er een briesje opstak, vielen de bloemblaadjes als geparfumeerde regen op de trottoirs en bedekten ze met een laagje.

Ze keek op het klokje op het bureau en zag dat het iets over vieren in de middag was. Ze had Loen al geschreven over Italië, en ze had nog genoeg tijd over om een derde brief te schrijven aan Gustavo, voordat ze zich omkleedde voor het diner. Maar in het schrijven van die laatste brief had Bel niet veel zin, want ze vond het moeilijk de gevoelens van liefde in de brieven die ze om de paar dagen van hem kreeg te evenaren.

Misschien zou ze hem later schrijven, dacht ze, terwijl ze opstond, naar de koffietafel slenterde, verstrooid een bonbon in haar mond stopte en erop kauwde. In het appartement was het stil, hoewel ze de stemmen van de jongens, die in de aangrenzende eetkamer met hun lessen bezig waren, kon horen. Maria Georgiana en Maria Elisa deden allebei een middagdutje.

Heitor, had ze gehoord, zou tijdig genoeg uit München terug zijn om de avondmaaltijd met de familie te gebruiken, en Bel zou blij zijn als hij er weer was. Ze wist dat ze haar verlangen om hem te herinneren aan Laurent en zijn wens om haar een dagje bij zich te hebben om haar te beeldhouwen moest beheersen, maar in ieder geval was haar stemming verbeterd toen Margarida Lopes de Almeida bij hen in het appartement was langsgekomen. Terwijl de moeders van Margarida en Maria Elisa met elkaar in gesprek waren, hadden ook de twee meisjes met elkaar gepraat. En Bel had in Margarida een geestverwant herkend.

'Ben je weleens in Montparnasse geweest?' had Bel zacht gevraagd toen ze thee zaten te drinken.

'Ja, zo vaak,' had Margarida haar toegefluisterd. 'Maar je mag het niemand vertellen. We weten allebei dat Montparnasse geen plaats voor welopgevoede jongedames is.'

Margarida had beloofd haar snel weer te bezoeken en haar alles te vertellen over haar beeldhouwcursus aan de Beaux-Arts.

'Senhor da Silva Costa kan er toch niets op tegen hebben als professor Landowski een van je docenten is?' had Margarida eraan toegevoegd toen ze was vertrokken. '*À bientôt*, Izabela.'

Later die avond kwam Heitor op de aangekondigde tijd thuis aan. Hij zag er grauw en vermoeid uit na de lange reis. Bel luisterde terwijl hij uitweidde over de pracht van de Bavaria, het standbeeld dat hij in Duitsland had bekeken. Maar hij had ook onheilspellende verhalen over de opkomst van de Nationaalsocialistische Duitse Arbeiderspartij, onder leiding van een man die Adolf Hitler heette.

'Hebt u al besloten door wie u het beeld van de Cristo wilt laten maken?' vroeg Bel, terwijl de dienstmeid royale punten tarte tatin voor hen neerzette.

'Ik heb er constant over nagedacht op de lange terugreis naar Parijs,' antwoordde Heitor, 'en ik heb nog steeds voorkeur voor Landowski, omdat zijn werk zo'n volmaakte artistieke balans heeft. Het is modern, maar heeft een eenvoud en tijdloze kwaliteit die volgens mij ook goed in dit project zullen werken.'

'Ik ben blij dat u dat vindt,' waagde Bel te zeggen. 'Nadat ik met hem kennis heb gemaakt en zijn atelier heb gezien, kan ik niets anders zeggen dan dat ik van zijn realistische benadering houd. En iedereen kan zien dat hij de techniek in zijn vingers heeft.'

'Nou, dat is niet meteen duidelijk voor iemand die nog nooit bij hem is geweest,' mopperde Maria Georgiana, die naast Heitor zat. 'Mag ik ook een keertje mee naar de man die het buitenaanzicht van je geliefde Cristo gaat ontwerpen?'

‘Natuurlijk, liefste,’ zei Heitor vlug. ‘Als ik uiteindelijk voor hem kies.’

‘Ik vond zijn assistent ook heel talentvol,’ zei Bel, in een wanhopige poging Heitor aan hem te herinneren.

‘Ja,’ zei hij instemmend. ‘En excuseer me nu, want ik ben echt doodmoe na deze reis.’

Teleurgesteld nagekeken door Bel verliet Heitor de kamer. Toen zag ze het sombere gezicht van Maria Georgiana.

‘Nou, het lijkt erop dat jullie vader zich weer eens terugtrekt voor een avond met de Cristo in plaats van zijn gezin,’ zei ze tegen de kinderen, terwijl ze haar lepel pakte om haar dessert op te eten, ‘maar goed, dan gaan we na het souper met zijn allen kaarten.’

Later die avond in bed dacht Bel na over de staat van het huwelijk van de Da Silva Costa’s. En over het huwelijk van haar eigen ouders. Binnenkort, over een paar maanden, zou ze net als zij getrouwd zijn. En het leek haar steeds meer dat het in een huwelijk simpelweg ging om tolerantie en acceptatie van de tekortkomingen van de ander. Maria Georgiana voelde zich duidelijk aan de kant gezet en genegeerd omdat haar man al zijn energie en aandacht aan zijn project gaf. En haar eigen moeder was tegen haar wil verhuisd van haar geliefde fazenda naar Rio om haar man een genoegen te doen en aan zijn verlangen naar sociale stijging tegemoet te komen.

Bel lag rusteloos te woelen op haar kussens en ze vroeg zich af of dit alles was wat ook zij in het vooruitzicht had. Als dat zo was, was het nog dringender dat ze Laurent Brouilly zo snel mogelijk terug zou zien.

Toen Bel de volgende ochtend wakker werd, was Heitor al naar een bijeenkomst. Ze zuchtte gefrustreerd omdat ze haar kans om hem aan het verzoek van Laurent te herinneren had gemist.

Haar steeds groter wordende onvrede bleef die dag niet onopgemerkt door Maria Elisa, met wie ze samen met Maria Georgiana was gaan lunchen in het Ritz, was gaan wandelen over de Champs-Élysées en later Bels trouwjurk had gepast in de elegante salon van Jeanne Lanvin.

'Wat is er toch met je, Bel? Je lijkt wel een getergde tijger,' klaagde ze. 'Je had zelfs nauwelijks belangstelling voor de patroontekeningen en stoffen voor je schitterende bruidsjurk. De meeste jonge vrouwen zouden er hun ziel en zaligheid voor over hebben om Madame Lanvin zelf voor hen te laten ontwerpen. Geniet je dan helemaal niet van Parijs?'

'Ja, ja, maar...'

'Maar wat?' vroeg Maria Elisa.

'Ik vind alleen...' Bel liep naar het raam van de salon terwijl ze het probeerde uit te leggen. 'Dat er een wereld daarbuiten is die we nog niet hebben gezien.'

'Maar Bel, we hebben alles gezien wat er in Parijs te zien valt. Wat is er dan nog meer?'

Bel probeerde haar ergernis te beheersen. Als Maria Elisa het niet wist, kon ze het haar ook niet vertellen. Ze zuchtte en draaide zich om. 'Niets, niets... Zoals je zei, hebben we alles in Parijs gezien. En jij en je familie zijn heel gul voor me geweest. Het spijt me. Misschien mis ik thuis wel,' loog Bel, de gemakkelijkste verklaring kiezend.

'Natuurlijk, dát is het!' Maria Elisa, met haar lieve karakter, liet zich direct door haar vriendin meeslepen. 'Wat egoïstisch van me. Ik ben hier met mijn hele familie, terwijl jij er duizenden kilometers vandaan bent. En natuurlijk van Gustavo.'

Bel liet toe dat Maria Elisa haar troostend in haar armen nam.

'Ik weet zeker dat je eerder naar huis terug kunt gaan, als je dat wilt,' voegde ze eraan toe.

Bel leunde met haar kin op de met kant bedekte schouder van haar vriendin en schudde haar hoofd. 'Dank voor je begrip, liefste Maria Elisa, maar morgen zal het vast weer prima met me gaan.'

'Goed dan. Mãe heeft voorgesteld elke ochtend een lerares Frans voor me te laten komen, terwijl de jongens hun lessen leren. Mijn Frans is verschrikkelijk, en omdat pai heeft laten doorschemeren dat we hier misschien nog een jaar blijven, zou ik het graag verbeteren. Jouw Frans is veel beter dan dat van mij, Bel, maar wil je misschien samen met mij die lessen volgen? Dan heb je in ieder geval iets te doen, een paar uur per dag.'

Het idee dat iemand meende dat Parijs ook maar een seconde saai kon zijn en dat er iets met die tijd gedaan moest worden maakte Bel nog neerslachtiger. 'Dank je, Maria Elisa. Ik zal erover nadenken.'

Na nog een rusteloze nacht te hebben doorgebracht met pogingen te accepteren dat ze haar tijd in Parijs op dezelfde manier als tot nu toe zou doorbrengen en dat ze de genoegens die de stad nog meer bood nooit zou kennen, gebeurde er de volgende dag iets waardoor Bel weer moed kreeg.

Margarida Lopes de Almeida en haar moeder kwamen 's middags langs om thee te drinken. Ze vertelde geestdriftig over haar beeldhouwlessen aan de Beaux-Arts en zei tegen Bel dat ze had gevraagd of ze haar mee mocht nemen.

'Samen met een landgenote zou ik het natuurlijk nog veel leuker vinden,' zei Margarida tegen Maria Georgiana, terwijl ze Bel zacht onder de tafel aanstootte.

'Ik wist niet dat je geïnteresseerd was in beeldhouwen, Izabela. Was ernaar kijken niet meer jouw smaak?' vroeg Maria Georgiana.

'O, ik heb in Rio een korte cursus gevolgd en ik hou van beeldhouwen,' bevestigde Bel toen ze zag dat Margarida haar goedkeurend aankeek. 'Ik ben blij met de kans om het te leren van mensen die tot de beste leraren ter wereld behoren.'

'O ja, mãe,' onderbrak Maria Elisa haar. 'Bel verveelde me altijd stierlijk met haar gepraat over haar kunstlessen. En aangezien haar Frans veel beter is dan dat van mij, zou zij er dan niet meer aan hebben om de beeldhouwlessen waar Senhorita Margarida het over heeft te volgen, in plaats van bij mij te zitten terwijl ik de taal geweld aandoe?' Bel had haar wel kunnen zoenen.

'En natuurlijk,' voegde Margarida er met een blik op haar moeder aan toe, 'zou dat betekenen dat u me dan niet langer naar de school hoeft te begeleiden en me elke middag op moet komen halen. Want dan ben ik samen met iemand anders en kan onze chauffeur ons komen halen. En dan hebt u veel meer tijd om uw boek te schrijven, mãe,' zei ze bemoedigend. 'Wij zorgen wel voor elkaar, niet dan, Izabela?' Margarida keek haar aan.

'Ja, natuurlijk,' stemde Bel snel met haar in.

'Nou, zolang Senhora da Silva Costa er niets op tegen heeft, vind ik het een prima idee,' zei Margarida's moeder.

Maria Georgiana had een groot respect voor de vrouw die zo vermaard was in de Braziliaanse societykringen en knikte bevestigend. 'Als u denkt dat het goed voor haar zal zijn, senhora, dan sluit ik me daarbij aan.'

'Nou,' zei Margarida. Ze kuste Bel op de Franse manier op beide wangen en stond op om het appartement te verlaten. 'Dan kom ik volgende week maandag met de auto hierheen en rijden we samen naar de school.'

'Dank je,' fluisterde Bel Margarida dankbaar toe, terwijl moeder en dochter naar de deur liepen.

'Ik verzeker je, Izabela, dat het mij ook heel goed uitkomt,' fluisterde Margarida terug. Daarop riep ze: '*Ciao,* chérie.' Ze gebruikte verschillende talen in haar afscheidsgroet. En dat, dacht Bel, droeg alleen maar bij aan haar air van verfijndheid.

Heitor kwam die avond in een triomfantelijke stemming thuis.

'Ik heb de dienstmeid gevraagd champagne te serveren in de salon. Want ik heb groot nieuws dat ik in de familiekring wil vieren.'

Zodra iedereen champagne had, ging Heitor met zijn glas geheven staan.

'Na besprekingen met Senhor Levy, Senhor Oswald en Senhor Caquot, ben ik vandaag bij professor Landowski langs geweest. En ik heb hem de opdracht om de Cristo te maken aangeboden. Volgende week teken ik het contract met hem.'

'Maar pai, dat is geweldig nieuws!' riep Maria Elisa uit. 'Ik ben blij dat je eindelijk een besluit genomen hebt.'

'En ík ben blij omdat ik in mijn hart weet dat Landowski de juiste keus is.' Heitor wendde zich tot Maria Georgiana. 'Mijn liefste, we moeten hem en zijn charmante vrouw zo snel mogelijk voor het diner uitnodigen, dan kun je kennis met hen maken. Hij zal de komende maanden een heel belangrijke rol in mijn leven spelen.'

'Gefeliciteerd, Senhor da Silva Costa,' zei Bel. Ze wilde hem laten weten dat ze hem steunde. 'Ik vind het een uitstekende beslissing.'

'Dank voor je enthousiasme,' zei Heitor en hij keek haar glimlachend aan.

20

Maandagochtend om tien uur zag Bel, die haar jas al een uur aanhad en bij het raam van de salon had zitten wachten, de glanzende Delage naar de vooringang van het appartementengebouw komen rijden.

'Sehorita Margarida is er,' kondigde ze Maria Georgiana en de jongens aan.

'Je wordt stipt om vier uur terug verwacht, Izabela,' riep Maria Georgiana Bels verdwijnende rug achterna. Bel liep snel de kamer uit, kon haar verlangen om het appartement te ontvluchten nauwelijks beheersen.

'Ik beloof dat ik niet te laat zal zijn, Senhora da Silva Costa,' riep ze terug en liep de gang in, waar Maria Elisa haar opwachtte.

'Geniet van je ochtend en pas goed op.'

'Natuurlijk, Margarida is toch bij me?'

'Ja, en ik heb zo de indruk dat het lijkt alsof er twee hongerige leeuwinnen losgelaten worden uit hun kooi.' Maria Elisa keek haar met opgetrokken wenkbrauwen aan. 'Veel plezier, liefste Bel.'

Bel nam de lift naar de begane grond en zag dat Margarida op haar stond te wachten in de lobby.

'Kom mee, het is al laat. Morgen moeten we vroeger van huis gaan. Professor Paquet stuurt ons allebei de klas uit als we later dan hij aankomen,' zei Margarida terwijl ze naar de Delage liepen en op de achterbank gingen zitten.

De auto reed weg en Bel liet haar ogen over Margarida gaan. Ze droeg een effen marineblauwe rok en popeline blouse, terwijl ze zelf gekleed was alsof ze thee ging drinken in het Ritz.

'Neem me niet kwalijk. Ik had het je moeten zeggen,' zei Margarida, die ook Bels kleding had bekeken. 'De Beaux-Arts zit vol uitgehongerde kunstenaars die niets van rijke meisjes zoals wij bij de lessen moeten hebben. Ook al weet ik zeker dat wij behoren tot de minderheid die de leraren betaalt voor hun werk,' voegde ze er met een glimlach aan toe, terwijl ze een lok van haar glanzende bruine bobkapsel achter haar oor streek.

'Ik begrijp het,' zei Bel. Ze zuchtte. 'Maar voor mij is het belangrijk dat Senhora da Silva Costa denkt dat er alleen welopgevoede jongedames bij ons in de klas zitten.'

Margarida wierp haar hoofd achterover en lachte schaterend om haar opmerking. 'Ik waarschuw je, Bel, op een bejaarde ouwe vrijster en een andere persoon na, die volgens mij een vrouw is, maar kort haar heeft als een man, en, ik zweer het je, een bijpassende snor, zijn wij de enige meisjes van de groep.'

'Dus jouw moeder vindt het niet erg? Maar ze weet toch hoe het daar is, dacht ik?'

'Misschien niet helemaal,' antwoordde Margarida eerlijk. 'Maar zoals je weet, is ze er vast van overtuigd dat vrouwen en mannen gelijkwaardig zijn. Daarom vindt ze dat het voor mij goed is te leren voor mezelf op te komen in een milieu waar mannen de boventoon voeren. Trouwens, ik heb een beurs voor kunstonderwijs van de Braziliaanse overheid. En dus moet ik naar de beste school die er is,' zei ze schouderophalend.

Terwijl de auto de Avenue Montaigne in reed en koers zette naar de Pont de l'Alma, keek Margarida Bel onderzoekend aan. 'Mijn moeder heeft me verteld dat je verloofd bent en gaat trouwen met Gustavo Aires Cabral. Het verbaast me dat hij je naar Parijs heeft laten gaan.'

'Ja, ik ben verloofd, maar Gustavo wilde dat ik Europa zou zien voordat ik zijn vrouw word. Hij is hier zelf ook geweest, acht jaar geleden.'

'Dan moeten we zorgen dat je zo veel mogelijk leuke dingen beleeft in de korte tijd dat je hier bent. O ja, Izabela, ik vertrouw erop dat je tegen niemand iets zult zeggen over wat je vandaag gaat zien en horen. Mijn moeder gelooft dat ik tot vanmiddag vier uur les heb aan de Beaux-Arts. Dat is niet helemaal waar,' bekende ze.

'Ik begrijp het. Dus waar ga je dan heen?' vroeg Bel aarzelend.

'Naar Montparnasse, lunchen met vrienden, maar je moet me zweren dat je daar nooit een woord over zult zeggen.'

'Natuurlijk niet,' verzekerde Bel haar. Ze was bijna buiten zichzelf van opwinding over Margarida's bekentenis.

'En de mensen die ik er ken,' zei Margarida met een zucht, 'zijn behoorlijk radicaal. Misschien zullen ze je choqueren.'

'Ik was al voor hen gewaarschuwd door iemand die op de hoogte is,' bekende Bel. Ze keek uit het portierraampje terwijl ze de Seine overstaken.

'Toch niet Senhora da Silva Costa?' Ze gniffelden allebei.

'Nee, een jonge beeldhouwer die ik heb ontmoet in het atelier van professor Landowski toen ik daar met Senhor da Silva Costa op bezoek was.'

'Hoe heette hij?'

'Laurent Brouilly.'

'Echt waar!' zei Margarida. Ze trok haar wenkbrauwen op. 'Ik ken hem, of tenminste, ik heb hem een paar keer gezien in Montparnasse. Soms komt hij naar de school en geeft ons les als professor Landowski iets anders te doen heeft. Hij is een mooie man.'

Bel ademde diep in. 'Hij heeft gevraagd of hij me mocht beeldhouwen,' onthulde ze, opgelucht dat ze haar innerlijke opwinding kon delen na dat compliment.

'Echt waar? Dat moet je als een eer zien. Ik heb gehoord dat Monsieur Brouilly erg kieskeurig is wat zijn modellen betreft. Hij was de sterleerling van de Beaux-Arts en in de toekomst worden er grote dingen van hem verwacht.' Margarida keek Bel weer bewonderend aan. 'Nou, Izabela, dat had ik nooit van je gedacht,' merkte ze op terwijl de auto stopte in een zijstraat.

'Waar is de school?' vroeg Bel. Ze keek in het rond.

'Twee straten verder. Ik hou er niet van als de andere studenten me met al die luxe zien aankomen, terwijl velen van hen kilometers moeten lopen om hier te komen en waarschijnlijk geen ontbijt hebben gehad,' legde ze uit. 'Kom mee.'

De ingang van de Beaux-Arts ging schuil achter borstbeelden van de grote Franse kunstenaars Pierre Paul Puget en Nicolas Poussin en om binnen te komen moesten ze door een fijn afgewerkte smeedijzeren poort. De twee stapten erdoor en staken de symmetrische, door elegante gebouwen van lichte natuursteen omringde binnenplaats over. De hoge boogramen rondom de benedenverdieping deden denken aan de kruisgangen die hier oorspronkelijk zouden hebben gestaan.

Zodra ze de hoofdingang door waren stapten ze het voorportaal in, dat weergalmde van het gepraat van jonge mensen. Een slanke jonge vrouw liep rakelings langs hen.

'Margarida, ze draagt een broek!' riep Bel uit.

'Ja, net als zo veel van de studentes hier,' zei Margarida. 'Stel je voor dat wij tweeën *dans notre pantalons* in het Copacabana zouden opdagen om thee te drinken! Maar vandaag zijn we hier.'

De twee stapten een fris leslokaal binnen, waar lichtbundels door de ramen op de rijen houten banken vielen. Andere studenten kwamen de een na de ander binnen, pakten hun schriften en potloden en gingen zitten.

Bel was verbaasd. 'Waar gaan we beeldhouwen? Niemand heeft een werkkiel aan.'

'Dit is geen beeldhouwles, maar een les in...' Margarida opende haar schrift en bekeek het lesrooster. '... de techniek van het steenhouwen. Met andere woorden: we krijgen nu de theorie, maar binnenkort kunnen we die in praktijk brengen.'

Een man van middelbare leeftijd – die er met zijn wilde, springerige haar, bloeddoorlopen ogen en stoppelbaard van een paar dagen uitzag alsof hij domweg uit zijn bed was gekropen en recht het lokaal ingelopen – kwam voor de klas staan.

'*Bon matin, mesdames et messieurs*. Vandaag ga ik jullie bekendmaken met de gereedschappen die jullie nodig hebben om een beeld uit steen te houwen,' kondigde hij de klas aan. 'Dus...' De man opende een houten kist en begon wat Bel een verzameling martelinstrumenten leek op zijn bureau uit te stallen. 'Dit is een puntbeitel, die wordt gebruikt om de steen ruwweg in vorm te brengen door er grote stukken mee af te slaan. Als je tevreden bent over de ruwe vorm, gebruik je een stuk gereedschap zoals dit, een getande beitel, oftewel een klauwbeitel. De vele kartels vormen gegroefde lijnen. Dit doen we om de steen textuur te geven...'

De leraar besprak alle gereedschappen en welk werk ermee gedaan werd, en Bel luisterde oplettend. Hoewel haar Frans uitstekend was, sprak hij zo snel dat het haar moeite kostte hem te volgen. Veel van wat hij zei bestond ook uit technische termen die ze niet meteen begreep.

Ten slotte gaf ze het op en vermaakte ze zich met het bekijken van haar klasgenoten. Een onverzorgder stel jongemannen had ze nog nooit bij elkaar gezien, met hun vreemde kledij, te lange snorren en wat de laatste mode onder kunstenaars moest zijn: baarden en woest haar. Bel wierp een blik op haar buurman en zag dat hij onder zijn gezichtsbeharing niet veel ouder kon zijn dan zij. Er hing een ranzige geur van ongewassen lichamen en kleding in het lokaal en Bel had het gevoel dat ze opviel in haar mooie kleren.

Wat ironisch, dacht ze, dat ze zichzelf in Rio als een behoorlijke rebel had beschouwd, met haar onopvallende maar geestdriftige steun voor vrouwenrechten en onverschilligheid voor materiële bezittingen. En bovenal haar besliste weigering om een goede echtgenoot te strikken.

Maar hier... Bel besefte dat ze zich voelde als een keurige prinses uit een vroegere tijd die terechtgekomen was in een wereld die de regels van haar wereld ver achter zich had gelaten. Het was duidelijk dat niemand in dit lokaal zich iets aantrok van conventies; misschien, dacht ze, beschouwden ze het zelfs als hun plicht om zich daar tegen af te zetten.

Toen kondigde de leraar aan dat de les was afgelopen, en de studenten pakten hun schriften en maakten aanstalten om het lokaal uit te gaan. Bel snapte er niets meer van.

'Je ziet bleek,' zei Margarida, en ze bekeek haar onderzoekend. 'Voel je je wel goed, Izabela?'

'Het is hier bedompt, vind ik,' loog ze, terwijl ze achter Margarida aan het lokaal uitliep.

'En het stinkt, hè?' zei Margarida giechelend. 'Geen zorgen, daar wen je wel aan. Jammer dat deze les geen goeie introductie voor je was. Neem maar van mij aan dat de praktijklessen veel spannender zijn. Maar goed, zullen we dan maar een wandelingetje gaan maken en ergens lunchen?'

Bel was blij dat ze weer buiten op straat was, en terwijl ze over de Rue Bonaparte richting Montparnasse liepen luisterde ze naar Margarida, die over haar tijd in Europa vertelde.

'Ik ben pas een half jaar in Parijs, maar ik voel me er nu al thuis. Ik ben drie jaar in Italië geweest, en ik blijf nog twee jaar hier. Ik denk dat het moeilijk zal zijn om naar Brazilië terug te gaan na meer dan vijf jaar in Europa.'

'Dat denk ik ook,' zei Bel meelevend. De straten werden smaller en ze liepen langs cafés waarvan de vele klanten, door kleurige parasols beschermd tegen de middagzon, aan kleine houten tafeltjes buiten zaten. Het rijke aroma van tabak, koffie en alcohol hing zwaar in de lucht.

'Wat is het voor drank in die kleine glaasjes die iedereen drinkt?' vroeg ze aan Margarida.

'O, dat is absint. Alle kunstenaars drinken het, omdat het niet veel kost en heel sterk is. Maar ík vind het vies smaken.'

Hoewel een paar mannen hen bewonderend bekeken, trok niemand hier afkeurend de wenkbrauwen op bij het zien van twee jongedames die niet door een oudere vrouw gechaperonneerd werden. Het kan niemand iets schelen, dacht Bel. Ze voelde zich licht in haar hoofd en opgetogen nu ze voor de eerste keer in Montparnasse was.

'We gaan naar La Closerie des Lilas,' kondigde Margarida aan, 'en als we geluk hebben, zien we er misschien een paar bekende gezichten.'

Margarida wees naar een café dat er net zo uitzag als de cafés die ze even tevoren voorbijgekomen waren, en nadat ze zigzaggend tussen de dicht op elkaar staande buitentafeltjes op het brede trottoir ervoor waren doorgelopen, leidde ze Bel naar binnen. Margarida zei iets in rap Frans tegen de ober en werd naar een tafeltje bij het raam in de hoek van de gelagkamer gebracht.

'Nou,' zei ze, terwijl ze op de met leer beklede muurbank gingen zitten, 'dit is de beste waarnemingspost om de bewoners van Montparnasse bezig te zien met hun dagelijkse werk. En we zullen kijken hoe lang het duurt voordat jij aandacht trekt.'

'Waarom zou ik aandacht trekken?' vroeg Bel.

'Omdat je oogverblindend mooi bent, chérie. En voor een vrouw in Montparnasse is er niets wat waardevoller is. Over tien minuten staan ze hier bij ons om te vragen hoe je heet.'

'Ken je hier veel mensen?' vroeg Bel vol ontzag.

'O ja. Het is een verbazend klein wereldje en iedereen kent iedereen.'

Hun aandacht werd getrokken door een man met achterovergekamd grijs haar die toegejuicht door de mensen om de tafel waaraan hij had gezeten naar een vleugel liep. Hij nam erachter plaats en begon te spelen. Iedereen in het café werd stil en Bel luisterde als betoverd naar het prachtige muziekstuk dat tartend traag naar een crescendo opklom. Terwijl de laatste noot nog naklonk, ging er een waarderend gebrul op, en onder luide toejuichingen liep de man met zware passen terug naar zijn tafel.

'Zoiets had ik nog nooit gehoord,' zei Bel ademloos nagenietend. 'Wie was die pianist? Hij is echt geïnspireerd.'

'Dat was Ravel zelf, querida, en de titel van het stuk dat hij speelde is *Boléro*. Het is nog niet officieel in première gegaan, en dus is het een hele eer dat hij het ons heeft laten horen. Nou, wat zullen we voor de lunch bestellen?'

Margarida's veronderstelling dat ze niet lang alleen zouden zijn bleek te kloppen. De ene man na de andere, van jong tot hoogbejaard, kwam naar hun tafeltje om haar te begroeten, en dan vroegen ze prompt wie de mooie jongedame was die ze had meegenomen.

'Ah, nog een warmbloedige vrouw met donkere ogen uit uw exotische land,' zei een heer die overduidelijk lippenstift ophad, zag Bel.

De mannen bleven even staan en staarden naar haar gezicht tot ze wist dat ze zo rood zag als de radijzen in haar onaangeroerde salade van de chef. Ze was veel te opgewonden om te eten.

'Ja, ik kan u schilderen,' zeiden sommigen van hen smachtend, 'en uw schoonheid onsterfelijk maken. Margarida weet waar mijn atelier is.' Dan maakte de kunstenaar in kwestie een buiginkje en liep weg van hun tafeltje. Om de paar minuten kwam er een ober met een glas drank met een vreemde kleur en zei iets als: 'Met de complimenten van de heer aan tafel zes...'

'Voor hen ga je natuurlijk niet poseren,' zei Margarida zakelijk. 'Het zijn allemaal surrealisten, wat betekent dat ze alleen je essentie zullen weergeven, en niet je fysieke lichaam. Hoogstwaarschijnlijk zouden ze je schilderen als de rode vlam van de hartstocht, met je borst in de ene hoek van het doek en je oog in de andere!' zei ze giechelend. 'Probeer dit eens, het is grenadine. Ik vind het lekker.' Margarida bood haar een glas met een scharlakenrode drank aan. Toen zei ze plotseling: 'Snel, Izabela! Kijk daar, bij de deur.'

Bel wendde haar onzekere blik van het glas voor haar af en richtte haar ogen op de ingang van het café. 'Weet je wie dat is?' vroeg Margarida.

'Ja,' zei ze ademloos, en ze nam de slanke gestalte en het donkere, golvende haar van de man die Margarida had aangewezen in zich op. 'Dat is Jean Cocteau.'

'Inderdaad, de vorst van de avant-garde. Hij is een fascinerende maar overgevoelige man.'

'Kén je hem dan?' vroeg Bel.

'Een beetje,' zei Margarida met een schouderophalen. 'Hij heeft me weleens gevraagd of ik hier piano wilde spelen.'

Bel had haar aandacht op Monsieur Cocteau gevestigd, en zodoende had ze niet de jongeman gezien die uit het gewoel in het café was opgedoken en naar hun tafeltje kwam lopen.

'Mademoiselle Margarida. Dat is alweer een tijd geleden. En Mademoiselle Izabela, nietwaar?'

Bel wendde haar blik van de Cocteau-tafel af en keek op, recht in de ogen van Laurent Brouilly. Haar hart klopte in haar keel toen ze hem zag.

'Ja. Neemt u me niet kwalijk, Monsieur Brouilly, ik zat heel ergens anders met mijn gedachten.'

'Uw ogen deden zich tegoed aan een veel fascinerender personage dan ikzelf, Mademoiselle Izabela,' zei hij, en keek haar glimlachend aan. 'Ik wist niet dat jullie twee elkaar kenden.'

'We kennen elkaar nog niet zo lang,' legde Margarida uit. 'Ik maak Izabela bekend met de genoegens van Montparnasse.'

'En die weet ze vast wel te waarderen.' Laurent wierp Bel een blik toe die haar zei dat hij zich elk woord van hun laatste gesprek nog heel goed herinnerde.

'U begrijpt natuurlijk dat elke kunstenaar in het café heeft gesmeekt haar te mogen schilderen,' vervolgde Margarida. 'Maar ik heb haar gezegd dat ze voor hen uit moet kijken.'

'Nou, dank u wel. Want zoals Mademoiselle Izabela nog wel weet, heeft ze me beloofd dat ik de eerste zou zijn. Ik ben blij dat u haar artistieke deugdzaamheid voor me behouden hebt,' zei Laurent glimlachend.

Misschien kwam het door de alcohol, of door de opwinding van het alleen maar deel uitmaken van deze ongelooflijke nieuwe wereld, maar er liepen rillingen van genoegen over Bels rug toen hij dat zei.

Een bruinverbrande jongeman die tegelijk met Laurent was binnengekomen, kwam naar hen toe om een verzoek te doen.

'Mademoiselle Margarida, wij aan de tafel van Monsieur Cocteau vragen of u ons wilt vermaken met uw fantastische pianospel. Hij wil graag zijn favoriete stuk horen. U weet wat dat is?'

'Zeker.' Met een snelle blik op de klok boven de centrale bar stemde Margarida toe. 'Ik ben zeer vereerd, hoewel ik nooit aan de briljante aanslagen van Monsieur Ravel zal kunnen tippen,' zei ze, terwijl ze opstond en een hoofdbuiging naar de tafel van Ravel maakte.

Bel keek toe terwijl Margarida zich een weg door de menigte baande en ging zitten op de kruk waarvan Ravel zelf nog maar juist was opgestaan. In de gelagkamer ging gejuich op.

'Mag ik bij u zitten om van haar spel te genieten?' vroeg Laurent aan Bel.

'Natuurlijk,' antwoordde ze, en Laurent kwam naast haar op de smalle muurbank zitten, met zijn heup tegen haar aan. Bel verwonderde zich opnieuw over de ongedwongen fysieke intimiteit die voor deze mensen vanzelfsprekend was.

Terwijl de resonerende openingsakkoorden van Gershwins *Rhapsody in Blue* het café vulden, werden de klanten stil. Bel zag dat Laurent de vele glazen drank bekeek, waarvan de meeste nog onaangeroerd op het tafeltje stonden. Hij koos er een uit en pakte het vast met zijn slanke, sterke vingers.

Onder de tafel legde Laurent zijn hand ongedwongen op zijn dij, zoals alle mannen zouden doen. Maar terwijl de minuten voorbijgingen verschoof hij hem, zodat hij in de ruimte waar hun dijen elkaar raakten kwam te liggen. Bel hield haar adem in, er half en half van overtuigd dat hij haar per ongeluk moest hebben aangeraakt, maar toen voelde ze dat zijn vingers zacht haar dij liefkoosden door de stof van haar jurk heen…

Haar hele lichaam begon te tintelen en het bloed stroomde wild door haar aderen, terwijl de muziek ook naar een climax steeg.

'Mademoiselle Margarida is echt begaafd, nietwaar?' Bel voelde Laurents warme adem tegen haar oor, en ze knikte sprakeloos en bevestigend.

'Ik wist niet dat ze ook muzikale talenten had,' zei ze, terwijl de gelagkamer opnieuw in applaus uitbarstte. 'Klaarblijkelijk heeft ze een heleboel verschillende gaven.' Haar eigen stem klonk vreemd gedempt, alsof ze onder water zwom.

'Ik ben er vast van overtuigd dat het wanneer je creatief geboren bent,' merkte Laurent op, 'lijkt alsof de ziel een hemel vol kometen is; een globe die zich constant naar de muze keert die je aandacht trekt. Veel mensen hier kunnen niet alleen tekenen en beeldhouwen, maar ook gedichten schrijven, prachtige klanken aan muziekinstrumenten ontlokken, een publiek tot tranen brengen met hun acteertalent en zingen als de vogels in de bomen.' Laurent stond op en maakte een bewonderende buiging toen Margarida naar hun tafeltje terugkwam. 'Ah, mademoiselle, u was een *virtuoso*.'

'U overdrijft, monsieur,' zei Margarida bescheiden, en ze ging weer zitten.

'En ik denk dat we binnenkort in hetzelfde atelier zullen werken. Professor Landowski heeft me verteld dat u de komende weken een stageplaats bij ons krijgt.'

'Hij heeft het me voorgesteld, maar ik wilde het niemand zeggen tot het zeker was,' zei Margarida. Ze gebaarde dat de ober haar de rekening moest brengen. 'Ik zal vereerd zijn als hij me wil hebben.'

'Hij vindt dat u blijk geeft van een groot talent. Voor een vrouw, tenminste,' zei Laurent plagend.

'Dat vat ik als een compliment op.' Margarida glimlachte naar hem. Toen kwam de rekening en ze legde er een paar bankbiljetten op.

'En als u toch in het atelier bent, kunt u Mademoiselle Izabela misschien chaperonneren, terwijl ik de tijd neem om haar te beeldhouwen?' stelde Laurent voor.

'Misschien ja, we zullen zien,' zei Margarida. Haar blik ging snel van Laurent en Bel naar de klok boven de bar. 'We moeten gaan. À bientôt, Monsieur Brouilly.' Ze kuste hem op beide wangen, en Bel stond ook op.

'En Mademoiselle Izabela, het lijkt alsof een speling van het lot ons bij elkaar heeft gebracht. Ik hoop dat het de volgende keer langer kan zijn.' Laurent kuste haar hand en terwijl hij dat deed, wierp hij haar van onder zijn wenkbrauwen een blik toe. Naïef als ze was, begreep ze toch onmiddellijk waarom hij haar zo aankeek.

Toen Bel terugkwam in het appartement deed Maria Georgiana gelukkig net haar middagdutje, maar Maria Elisa zat in de salon een boek te lezen.

'Hoe was het?' vroeg ze toen Bel binnenkwam.

'Geweldig!' Bel plofte neer op een stoel, uitgeput door de nerveuze opwinding maar nog steeds opgetogen na haar ontmoeting met Laurent.

'Fijn voor je. En wat heb je geleerd?'

'O, alles over de gereedschappen die je nodig hebt om te beeldhouwen,' zei ze luchtig. Haar door alcohol benevelde brein belette haar lippen op de gebruikelijke manier te bewegen.

'Dus je hebt zes uur lang les gehad over beeldhouwgereedschappen?' vroeg Maria Elisa. Ze keek haar argwanend aan.

'Ja, het grootste deel van de tijd, en toen zijn we gaan lunchen en...' Bel stond abrupt op. 'Maar ik ben doodmoe na deze dag. Ik ga een dutje doen voor het avondeten.'

'Bel?'

'Ja?'

'Heb je gedronken?'

'Nee, nou ja, alleen een glaasje wijn bij de lunch. Dat doet iedereen in Parijs.'

Bel liep naar de deur en beloofde zichzelf plechtig dat ze voortaan alles wat haar werd aangeboden aan de rustieke tafeltjes van La Closerie des Lilas zou afslaan.

21

Appartement 4
48 Avenue de Marigny
Parijs
Frankrijk

27 juni 1928

Liefste pai en mãe,
Ik kan nauwelijks geloven dat ik al vier maanden weg ben uit Rio, zo snel is de tijd voorbijgevlogen. Ik geniet nog steeds van de lessen die ik samen met Margarida de Lopes Almeida volg aan de Beaux-Arts. Hoewel ik weet dat ik nooit een groot kunstenares zal zijn, zoals sommige van mijn klasgenoten, hebben mijn lessen me een veel dieper begrip van de schilder- en beeldhouwkunst gegeven, en als Gustavo's toekomstige vrouw zal me dat heel goed van pas komen.
Het is nu echt zomer in Parijs, en sinds het aanbreken van dat seizoen is de stad nóg levendiger geworden. Ik begin me een echte Parisienne te voelen!
Ik hoop dat jullie ook ooit nog eens de wonderen kunnen zien die voor mij dagelijkse kost zijn, geluksvogel die ik ben.

Veel liefs voor jullie allebei,
Izabela

Bel vouwde het papier keurig dubbel en stopte het in de envelop, zodat ze de brief op de post kon doen. Ze leunde achterover op de stoel en wilde dat ze haar ouders kon vertellen over haar ware gevoelens voor de stad waarvan ze steeds meer begon te houden, over de nieuwe vrijheden die ze genoot en de mensen die ze had leren kennen. Maar ze wist dat ze er niets van zouden begrijpen. Sterker nog, ze zouden zich zorgen maken en vinden dat het een verkeerde beslissing van hen was geweest om haar te laten gaan.

De enige persoon die ze echt in vertrouwen kon nemen was Loen. Ze pakte een nieuw vel papier en begon aan een heel andere brief, waarin ze haar ware gevoelens beschreef, Loen over Montparnasse vertelde, en, natuurlijk, over Laurent Brouilly, de jonge assistent die haar wilde beeldhouwen…

Dankzij Margarida werd Bel elke ochtend wakker met het geweldige gevoel dat er weer van alles ging gebeuren. Ze leerde veel in de lessen die ze volgde, maar het meest keek ze uit naar de lunches erna in La Closerie des Lilas.

Daar was elke dag anders, een feest voor de creatieve zinnen, de tafeltjes vol kunstenaars, muzikanten en schrijvers. De week tevoren nog had ze de auteur James Joyce zich aan een tafeltje over een enorme stapel volgetypte papieren zien buigen en wijn zien drinken.

'Ik heb over zijn schouder gekeken,' had Arnaud, een beginnend schrijver en kennis van Margarida, ademloos van opwinding gezegd. 'De titel van het manuscript was *Finnegans Wake*. Dat is het boek waaraan hij al zes jaar werkt!'

Hoewel Bel wist dat ze er tevreden mee moest zijn dat ze dagelijks met deze coryfeeën in aanraking kwam en dezelfde lucht als zij inademde, besteedden Margarida en zij nog steeds het grootste deel van de tijd die hun wandeling van de school naar Montparnasse duurde aan het bedenken van vruchteloze plannen om ertussenuit te knijpen in de avonduren, want dan kwam de linkeroever pas echt tot leven.

'Het is natuurlijk onmogelijk, maar ik kan erover dromen,' merkte Bel dan op.

'Nou, laten we onze zegeningen maar tellen en blij zijn met de vrijheid die we overdag hebben,' verzuchtte Margarida.

Bel keek op haar horloge en realiseerde zich dat Margarida's auto elk moment kon aankomen om haar op te halen. Ze had de marineblauwe matrozenrok aan die ze nu elke dag droeg omdat dat het onopvallendste kledingstuk was dat ze bezat, kamde haar haren, stiftte haar lippen, riep vanuit de gang gedag en trok de deur achter zich dicht.

'Hoe gaat het vanochtend?' vroeg Margarida haar nadat ze in de auto was gestapt.

'Prima, dank je.'

'Izabela, ik ben bang dat ik slecht nieuws voor je heb. Professor Landowski heeft bevestigd dat hij een stageplaats voor me heeft in zijn atelier in Boulogne-Bilancourt. Dus ik kan de lessen aan de Beaux-Arts niet meer volgen.'

'Gefeliciteerd, dan zul je wel in de wolken zijn.' Bel deed haar best om te glimlachen omdat haar vriendin het zo goed getroffen had.

'Ja, natuurlijk ben ik dolblij,' zei Margarida. 'Maar voor jou wordt het lastig. Ik weet niet of Senhora da Silva Costa je toestemming zal willen geven om alleen naar de school te gaan.'

'Dat zal ze niet doen. Zo simpel is het.' Bels ogen schoten ongewild vol tranen.

'Hou moed, Bel.' Margarida gaf haar een troostend klopje op haar hand. 'We lossen het op, ik beloof het je.'

Ironisch genoeg was Landowski zelf hun leraar voor de ochtendsessie. Normaal gesproken was Bel altijd geboeid door zijn lessen, waarin hij zijn theorie over simpele lijnen uiteenzette en de technische problemen van het streven naar volmaaktheid besprak. Maar die dag hoorde ze niet wat hij zei.

Het ergste was dat ze Laurent Brouilly niet meer had gezien sinds die allereerste lunch in La Closerie des Lilas. Toen ze Margarida zo terloops mogelijk had gevraagd waar hij was, had ze gezegd dat hij hard werkte en Landowski assisteerde bij het maken van het eerste model van Heitors Cristo.

'Ik dacht dat Monsieur Brouilly 's nachts in het atelier slaapt. Senhor da Silva Costa wil graag iets hebben om een begin te maken met zijn precieze berekeningen.'

Na de les wenkte Landowski Margarida.

'Dus u komt volgende week naar mijn atelier, mademoiselle?'

'Ja, professor Landowski. Ik ben vereerd dat u me die kans wilt geven.'

'En ik zie dat u samen met uw landgenote bent, het meisje met de mooie handen,' zei Landowski met een knikje naar Bel. 'Brouilly zegt nog steeds dat hij u wil beeldhouwen. Als deze week voorbij is en mijn eerste sculptuur gaat naar uw voogd, kunt u dan met Mademoiselle Lopes de Almeida meekomen naar mijn atelier om Brouilly's wens in vervulling te laten gaan? Uw aanwezigheid zal zijn beloning zijn voor de lange uren die hij de afgelopen drie weken met de Cristo heeft doorgebracht. Het zal hem goeddoen de lichaamsvormen van een vrouw te bestuderen nadat hij zo lang tegen Onze-Lieve-Heer heeft aangekeken.'

'Ik weet zeker dat Izabela heel graag mee wil komen,' antwoordde Margarida snel in haar plaats. Landowski knikte naar hen beiden en liep het lokaal uit.

'Zie je nou wel, Izabela?' zei Margarida triomfantelijk toen ze de school uit liepen en hun dagelijkse wandeling naar Montparnasse begonnen. 'God, of eigenlijk de Cristo, lijkt aan jouw kant te staan!'

'Ja,' zei Bel. Haar stemming verbeterde en ze kreeg weer moed. 'Daar lijkt het echt op.'

'Bel, er is iets waarover ik met je wil praten,' zei Maria Elisa plotseling die avond, terwijl ze zich voorbereidden om naar bed te gaan. 'En ik wil weten wat je ervan vindt.'

'Ja, dat kan.' Bel ging zitten, blij om klankbord te zijn voor haar vriendin, met wie ze veel minder tijd had doorgebracht dan ze had behoren te doen, vond ze. 'Wat is er dan?'

'Ik heb besloten dat ik verpleegster wil worden.'

'Nou, dat is geweldig nieuws,' zei Bel met een opgetogen glimlach.

'Vind je? Ik ben bang dat mãe er anders over zal denken. Van de vrouwen in onze familie heeft niemand ooit carrière gemaakt. Maar ik heb er lang over nagedacht, en ik moet de moed zien te vinden om het haar te vertellen.' Maria Elisa beet op haar onderlip. 'Wat denk je dat ze zal zeggen?'

'Hopelijk dat ze er heel trots op is dat haar dochter iets nuttigs met haar leven wil doen. En ik weet zeker dat je vader heel blij zal zijn met je besluit.'

'Nou, ik hoop dat je gelijk hebt,' zei Maria Elisa vol vuur. 'Nu ik in Parijs ben, dacht ik, meld ik me liever als vrijwilligster bij het ziekenhuis dan dat ik mijn tijd verspil. Er is een ziekenhuis op maar een paar minuten lopen van het appartement.'

Bel pakte Maria Elisa bij haar handen en kneep erin. 'Wat ben je toch een goeie meid, Maria Elisa, je denkt altijd aan anderen. Ik vind dat je de perfecte eigenschappen voor een verpleegster hebt. De wereld is aan het veranderen voor vrouwen en we kunnen iets van ons leven maken.'

'Ja. En ik heb op het ogenblik toch geen trouwplannen, dus waarom niet? Voor jou is het natuurlijk heel iets anders, Bel. Als jij over zes weken naar huis vaart, word je Gustavo's vrouw en hoofd van zijn huishouding, en dan zal het niet lang duren, of je zult de moeder van zijn kinderen zijn. Maar ik heb behoefte aan een ander doel in mijn leven. Dank je voor je steun. Ik spreek mãe morgen wel.'

Toen ze in hun bed lagen en Maria Elisa het licht had uitgedaan, kon Bel weer eens niet in slaap komen.

Zes weken. Dat was de tijd die ze nog had in Parijs, en dan moest ze terug naar het leven dat haar vriendin zo kort en krachtig had beschreven.

Hoe ze ook probeerde haar toekomst in een gunstig licht te zien, er kwam geen enkele positieve gedachte bij haar op.

Margarida had beloofd contact met Bel te zullen opnemen zodra ze een paar dagen in Landowski's atelier had doorgebracht en haar te laten weten wanneer de professor vond dat ze Bel kon meenemen. Maar tot dusver had ze nog niets van haar gehoord.

Bel moest opnieuw alleen in het appartement blijven, en nu was het Maria Elisa die elke ochtend om negen uur de deur uitging, nadat haar moeder haar aarzelend toestemming had gegeven. Ze had een vrijwilligersbaan gevonden in het dichtstbijzijnde ziekenhuis. Maria Georgiana bracht haar ochtenden grotendeels door met huishoudelijk werk of het schrijven van brieven.

'Volgende maand is mijn moeder jarig en ik wil graag iets uit Parijs voor haar kopen en het naar haar opsturen. Mag ik een eindje gaan wandelen om te kijken, senhora?' vroeg ze Maria Georgiana op een ochtend aan het ontbijt.

'Nee, Izabela, ik weet zeker dat je ouders het niet goed zouden vinden dat je ongechaperonneerd in Parijs rondloopt. En ik heb het druk vandaag.'

'Nou, nou,' zei Heitor, die het had gehoord, 'waarom loopt Izabela niet met mij over de Champs-Élysées mee naar mijn kantoor? Misschien kan ze dan iets uitkiezen in een van de galeries onderweg? Terug naar huis is maar een paar honderd meter lopen, en ik weet zeker dat haar dan niets zal overkomen, liefste.'

'Zoals je wilt,' zei Maria Georgiana met een zucht van ergernis omdat ze hem zijn zin moest geven.

'Zelfs een Braziliaan zou zeggen dat het de laatste tijd warm weer is,' merkte Heitor op toen ze twintig minuten later met zijn tweeën van het appartement richting de Champs-Élysées liepen. 'Dus geniet je nog steeds van Parijs?' vroeg hij haar.

'Ik ben er dol op,' antwoordde Bel met veel gevoel.

'En ik heb gehoord dat je de, hoe zal ik het zeggen, de wat onconventionelere plekken van de stad hebt leren kennen?'

Bel wierp Heitor een schuldige blik toe. 'Ik...'

'Gisteren heb ik je vriendin Margarida in Landowski's atelier gezien, en ik heb haar horen kletsen met die jonge assistent over jullie gezamenlijke lunches in La Closerie des Lilas.'

Bel schrok toen hij dat zei, maar Heitor zag haar gezichtsuitdrukking en gaf haar een troostend klopje op haar arm. 'Maak je geen zorgen, jullie geheim is veilig bij me. En bovendien is Margarida een heel verstandige jonge vrouw. Ze kent Parijs. Ze vroeg me ook of ik je wilde zeggen dat ze je morgenochtend om tien uur komt ophalen als ze naar het atelier rijdt. Zoals je weet, wil Monsieur Brouilly je beeldhouwen. Dan zul jij in ieder geval geen problemen krijgen en weten we allemaal waar je bent.'

Bel zag dat Heitor zijn wenkbrauwen optrok, maar ze wist dat hij haar plaagde.

'Dank u voor het nieuws,' antwoordde ze ingetogen. Ze wilde niet laten merken hoe blij ze was en veranderde snel van onderwerp. 'Bent u tevreden over het werk van professor Landowski aan uw Cristo?'

'Tot dusver weet ik zeker dat ik de juiste beslissing heb genomen en dat Landowski's visie heel veel met die van mij gemeen heeft. Maar ik heb nog een lange weg te gaan voordat ik met een gerust hart kan zeggen dat we het definitieve ontwerp hebben. Op het ogenblik denk ik na over een aantal problemen. Het eerste en grootste daarvan is met welk materiaal we onze Cristo zullen bekleden. Ik heb een heleboel opties overwogen, maar geen daarvan bevalt me esthetisch en praktisch. Maar zullen we in deze arcade gaan kijken of we een cadeau voor je moeder kunnen vinden? Ik heb een heel mooie zijden sjaal voor Maria Georgiana gekocht in een boetiek hier.'

De twee liepen een elegante galerij in en Heitor wees de boetiek die hij bedoelde aan.

'Ik zal hier op je wachten,' zei hij, en zij liep naar binnen. Bel koos een zachte, perzikkleurige sjaal en bijpassende zakdoek uit waarvan ze wist dat die goed bij de gelaatskleur van haar moeder zouden passen. Na haar aankopen te hebben betaald liep ze de winkel uit, en ze trof Heitor in het midden van de galerij aan. Hij boog zich over een fonteintje en staarde ingespannen naar de bodem.

Ze ging naast hem staan. Hij merkte het en wees naar de mozaïektegeltjes waarmee de bodem van de fontein verfraaid was.

'Wat denk je daarvan?' vroeg hij haar.

'Neemt u me niet kwalijk, senhor, maar wat bedoelt u?'

'Als we de Cristo nu eens met mozaïekwerk bekleden? Dan zullen al die aparte tegeltjes voorkomen dat er barsten in de buitenlaag komen. Ik zou moeten nagaan welke steensoort we het best kunnen gebruiken, iets poreus en duurzaams... Ja, als de zeepsteen die in Minas Gerais gevonden wordt, misschien. Die is licht van kleur en zou geschikt kunnen zijn. Ik ga nu meteen Senhor Levy halen om het hem te laten zien. Hij vertrekt morgen naar Rio, en we moeten een besluit nemen.'

Bel keek naar Heitors opgewekte gezicht en liep snel achter hem aan de galerij uit.

'Zou je hiervandaan alleen naar huis willen lopen, Izabela?'

'Natuurlijk,' antwoordde ze. Heitor knikte naar haar en liep toen met energieke stappen van haar weg.

22

'*Bienvenue*, Mademoiselle Izabela.' Laurent liep op haar af en kuste haar op beide wangen toen ze samen met Margarida het atelier binnenkwam. 'Eerst zetten we samen koffie. En Mademoiselle Margarida,' zei hij, terwijl Margarida langs hem liep om haar werkkiel aan te trekken, 'de professor heeft gezegd dat u nog wat moet doen aan de linkerelleboog van uw beeld, maar al met al vond hij het een geslaagde poging.'

'Dank u,' riep Margarida over haar schouder. 'Van de professor is dat echt een compliment.'

'Nou, Izabela,' zei Laurent, 'kom met mij mee en laat maar eens zien hoe u in uw eigen land koffie zou zetten. Sterk en zwart, denk ik,' zei hij terwijl hij haar bij de hand pakte en meetrok naar het keukentje. Hij pakte een bruine papieren zak van een plank, opende hem en rook aan de inhoud. 'Braziliaanse bonen, versgemalen, vanochtend, in een winkel die ik ken in Montparnasse. Speciaal gekocht voor u, om u op uw gemak te stellen en te herinneren aan thuis.'

Bel snoof het aroma op en ze vloog in gedachten vijfenzeventighonderd kilometer terug over de zee.

'Dus laat me maar eens zien hoe u koffiezet,' zei hij nog eens. Hij gaf haar een koffielepel aan en ging achteruit, zodat ze haar gang kon gaan.

Bel wachtte tot het water op het kookplaatje kookte, maar wilde niet laten merken dat ze nog nooit van haar leven een kop koffie had gezet. Thuis hadden ze daar bedienden voor.

'Zijn er kopjes?' vroeg ze.

'Natuurlijk,' zei hij. Hij pakte twee emaillen mokken uit een kastje. 'Mijn excuses dat ze niet van fijn porselein zijn. Maar de koffie zal evengoed smaken.'

'Ja,' stemde ze nerveus met hem in, terwijl ze wat koffie in de mokken lepelde.

'Eigenlijk, mademoiselle,' zei hij met een milde glimlach, terwijl hij een zilveren potje van een plank pakte, 'gebruiken we dit om koffie te zetten.'

Bel bloosde gegeneerd om haar fout, terwijl hij de gemalen koffie uit de mokken in de pot liet glijden en er heet water op schonk. 'Ziezo. Als hij goed is, gaan we bij elkaar zitten om te praten.'

Een paar minuten later liep Laurent met haar terug het atelier in, waar Margarida al op een bank aan haar beeld zat te werken. Hij pakte een schetsblok, leidde haar naar de schraagtafel en de banken waar ze eerder hadden gezeten om te lunchen en trok het gordijn achter hen dicht.

'Ga zitten, alstublieft.' Hij wees naar de plaats tegenover hem. Hij hief zijn mok. 'Zo, en vertelt u me nu maar eens wat over uw leven in Brazilië.'

Bel keek hem verrast aan. 'Waarom wilt u dat ik over Brazilië praat?'

'Omdat, mademoiselle, u op het ogenblik zo stijf als een balk die al honderd jaar in een dak gezeten heeft voor me zit. Ik wil dat u zich ontspant, zodat ik de spieren van uw gezicht zachter kan zien worden, de spanning uit uw lippen wegstroomt en uw ogen oplichten. Als ik u niet zo kan zien, wordt het geen goed beeld. Begrijpt u?'

'Ik denk het wel,' antwoordde Bel.

'U lijkt me niet overtuigd. Dus ik zal het u proberen uit te leggen,' zei hij. 'Veel mensen denken dat de kunst van het beeldhouwen alleen te maken heeft met de buitenkant, het fysieke omhulsel van de mens. En technisch gezien hebben ze daar ook gelijk in. Maar iedere grote beeldhouwer weet dat de kunst van het bereiken van een goede gelijkenis afhankelijk is van hoe hij de essentie van het door hem geportretteerde object interpreteert.'

Bel keek hem onzeker aan. 'Aha.'

'Om een eenvoudig voorbeeld te geven,' ging hij verder, 'als ik een beeld van een jong meisje maak en ik zie aan haar ogen dat ze een goed hart heeft dat bloedt voor anderen, dan laat ik haar misschien een dier als een duif in haar handen houden. Maar als ik bij een andere vrouw begeerte zie, doe ik misschien een opzichtige armband om haar pols, of een grote ring aan haar vinger.' Laurent sloeg het schetsboek open en hief zijn potlood. 'Dus u praat tegen me en ik schets u terwijl u dat doet. Vertelt u eens, waar bent u opgegroeid?'

'Ik heb het grootste deel van mijn jeugd doorgebracht op een plantage in de bergen,' antwoordde Bel. Ze begon te glimlachen toen ze terugdacht aan haar geliefde fazenda. 'We hielden paarden en 's ochtends ging ik rijden in de heuvels of zwemmen in het meer.'

'Dat klinkt idyllisch,' onderbrak Laurent haar. Zijn potlood danste over het papier.

'Dat was het ook,' stemde Bel met hem in. 'Maar toen verhuisden we naar Rio, naar een huis onderaan de berg Corcovado. Op een dag zal de Cristo op de top staan. Hoewel het een mooi huis is, veel groter dan onze fazenda, is het ook somber, doordat de berg er vlak achter oprijst. Soms wanneer ik daar ben, voel ik me...' Ze zweeg even en probeerde de juiste woorden te vinden. '... alsof ik niet kan ademhalen.'

'En hoe voelt u zich hier in Parijs?' wilde hij weten. 'Dat is ook een grote stad. Opgesloten, zoals in Rio?'

'O, nee.' Bel schudde haar hoofd en de frons die ze op haar voorhoofd had gekregen, verdween onmiddellijk. 'Ik hou van deze stad, vooral van de straten van Montparnasse.'

'Hm, dan vermoed ik dat het niet de plaats waar u bent is die u parten speelt, maar uw geestestoestand. Parijs kan ook heel benauwend zijn, maar u zegt dat u er dol op bent.'

'U hebt gelijk, natuurlijk,' gaf ze toe. 'Het heeft meer te maken met mijn leven in Rio dan met de stad op zich.'

Laurent schetste verder terwijl hij haar gezichtsuitdrukking observeerde. 'Wat is er dan mis met dat leven?'

'Niets. Ik bedoel...' Bel had moeite om de woorden te vinden om het uit te leggen. 'Ik heb het heel goed getroffen. Ik heb een bevoorrecht leven. Volgend jaar rond deze tijd ben ik getrouwd. Dan woon ik in een groot huis en heb ik alles wat een vrouw kan wensen.'

'Waarom zie ik dan die ongelukkige uitdrukking in uw ogen als u over uw toekomst praat? Misschien omdat uw huwelijk is gesloten om redenen van het hoofd en niet van het hart, zoals u aangaf toen we elkaar voor de eerste keer ontmoetten?'

Bel zweeg en voelde dat haar wangen heet en rood werden en toonden dat Laurent het goed geraden had.

'Monsieur Brouilly, u begrijpt het niet,' zei ze uiteindelijk. 'In Rio zijn de dingen anders. Mijn vader wil dat ik een goed huwelijk sluit. Mijn verloofde is afkomstig uit een van de hoogstgeplaatste families van Brazilië. En bovendien,' voegde ze er wanhopig aan toe, 'heb ik niet zoals u een talent waarvan ik kan leven. Ik ben volledig afhankelijk van mijn vader en, binnenkort, van mijn man voor alles wat ik heb.'

'Ja, mademoiselle, ik begrijp uw situatie en leef met u mee. Maar helaas,' zei hij met een zucht, 'kunt alleen ú er iets aan veranderen.' Hij legde zijn potlood neer en bekeek zijn schetsen een paar minuten, terwijl Bel er gespannen bij zat, van haar stuk gebracht door en teleurgesteld over hun gesprek.

Ten slotte keek Laurent op. 'Nou, als ik deze schetsen eens bekijk, kunt u in uw onderhoud voorzien als kunstenaarsmodel in Montparnasse, dat verzeker ik u. U hebt niet alleen een knap gezicht, maar onder de lagen kleding die u draagt, bent u op-en-top vrouw, dat heb ik wel gezien.'

Terwijl hij haar bekeek, voelde Bel opnieuw dat een vreemde hitte zich vanuit haar borst naar haar gezicht verspreidde.

'Waarom bent u zo verlegen?' vroeg hij haar. 'Hier in Parijs vieren we de schoonheid van het vrouwelijk lichaam. We zijn immers allemaal naakt geboren, en het is alleen de samenleving die dicteert dat we kleren moeten dragen. En natuurlijk het Parijse winterweer,' zei hij met een lachje en keek op de klok. 'Maakt u zich geen zorgen,' voegde hij eraan toe, terwijl hij haar nog eens bekeek, 'ik zal u beeldhouwen in precies dezelfde kleren die u vandaag aanhebt. U bent perfect zo.' Bel knikte zwijgend en opgelucht.

'Goed, dus nu dat ik u gedwongen heb uw ziel voor me bloot te leggen, is het al bijna middag. Ik zal wat brood en kaas voor u klaarmaken en u belonen met een glaasje wijn.'

Laurent pakte de koffiemokken, liep ermee door het atelier naar het keukentje en bleef onderweg staan om Margarida te vragen of ze met hen mee wilde lunchen.

'Dank u,' antwoordde ze en liep weg van haar beeld om de klei van haar handen te wassen. Bel bleef alleen zitten, keek uit het raam naar de lavendelbedden en voelde zich ontdaan en kwetsbaar. Op een of andere manier had Laurent haar zover gekregen dat ze haar ware gevoelens over haar toekomst had geuit.

'Gaat het, Izabela?' Margarida kwam naast haar zitten, legde een hand op haar schouder en keek haar bezorgd aan. 'Ik heb flarden van jullie gesprek gehoord. Ik hoop dat Monsieur Brouilly niet te ver is gegaan in zijn pogingen om je af te beelden zoals je bent. En ik hoop,' zei ze, en dempte haar stem, 'dat hij echt professionele motieven had voor wat hij zei.'

'Wat bedoel je?'

Maar Margarida had geen tijd om antwoord te geven, want Laurent kwam met het dienblad aanlopen.

Onder de lunch zat Bel er zwijgend bij. Ze luisterde naar Margarida en Laurent, die over hun wederzijdse kennissen praatten en roddels uitwisselden over de laatste fratsen van de kleurrijke figuren die ze kenden.

'Cocteau heeft een achterkamer in een gebouw aan de Rue de Châteaudun ingericht, waar hij zijn vrienden ontvangt om door hem zelf gemaakte cocktails te drinken. Ik heb gehoord dat ze dodelijk zijn,' zei Laurent. Hij nam nog een flinke slok wijn. 'En ze zeggen dat hij een nieuwe bevlieging heeft: het houden van séances.'

'Wat is een séance?' vroeg Bel.

'Contact proberen te maken met de doden,' verduidelijkte Margarida. 'Niets voor mij,' zei ze huiverend.

'Hij houdt ook groepshypnosesessies, om te zien of het mogelijk is toegang tot het onderbewustzijn te krijgen. Dat vind ik dan weer wel interessant. De menselijke psyche fascineert me bijna even sterk als de lichaamsvormen.' Laurent wierp Bel een blik toe. 'Zoals u zich vanochtend misschien gerealiseerd hebt, mademoiselle. Goed, dan is het nu tijd om weer aan het werk te gaan. Gaat u maar een wandelingetje in de tuinen maken, dan zet ik een stoel in de hoek van het atelier waar de lichtval het best is. Nadat ik ben begonnen, moet u even onbeweeglijk blijven zitten als de steen die ik bewerk.'

'Ik ga met haar mee, Monsieur Brouilly. Ik heb ook frisse lucht nodig,' zei Margarida. 'Kom mee, Izabela.'

De twee vrouwen stonden op en liepen vanuit het atelier de tuin in, waar ze bij de zinnelijk geurende lavendelbedden bleven staan.

'Het enige geluid dat ik kan horen is het zoemen van de bijen die de nectar komen halen.' Margarida slaakte een zucht van genoegen en gaf Bel een arm. 'Gaat het een beetje, Izabela?' vroeg ze.

'Jawel,' zei Bel. Haar gevoel van gespannenheid was afgenomen door de wijn die ze bij de lunch had gedronken.

'Goed, maar beloof me alleen dat je je niet door hem van je stuk zult laten brengen.'

'Dat zal niet gebeuren,' stelde Bel haar gerust. 'Vreemd, is het niet?' zei ze, terwijl ze langzaam langs een keurig gesnoeide cipressenhaag liepen die de tuin omzoomde. 'Brazilië is een even mooi land, met een rijk dieren- en plantenleven, maar de energie en sfeer in Frankrijk zijn heel anders. Thuis vind ik het moeilijk om beschouwend te zijn, vrede met mezelf te hebben. Maar hier kan ik dat wel, op een of andere manier, zelfs midden in Montparnasse. Ik bedoel, duidelijk zien wat er in me omgaat.'

Margarida haalde haar schouders op. 'Kom, we gaan terug naar het atelier, dan kan Monsieur Brouilly aan zijn meesterwerk beginnen.'

Drie uur later, in de auto op de terugweg naar huis, merkte Bel dat ze doodmoe was. Ze had wat haar een eeuwigheid leek op een stoel gezeten, met haar handen op haar knieën en haar vingers precies zoals Laurent ze had geplaatst.

In plaats van zinnelijk had ze zich als een maagdelijke tante gevoeld, van wie het beeld met een camera in sepiatinten moest worden vastgelegd. Nu deed haar rug pijn van het lange rechtop zitten en had ze een stijve nek. En als ze het waagde ook maar één vinger een beetje te bewegen om een comfortabeler houding te vinden, merkte Laurent het direct op. Dan stond hij op achter het brok steen dat hij bewerkte en kwam naar haar toe om de hand op precies dezelfde plek terug te leggen.

'Izabela, querida, wakker worden. We zijn terug bij je appartement.'

Ze schrok op, gegeneerd dat Margarida haar op in slaap sukkelen had betrapt.

'Neem me niet kwalijk,' zei ze, terwijl ze rechtop ging zitten en de chauffeur het portier opende. 'Ik had niet gedacht dat het zó vermoeiend zou zijn.'

‘Het is in alle opzichten een lange, zware dag voor je geweest. Dit is allemaal nieuw voor je, en dat op zich is al afmattend. Denk je dat je morgen naar het atelier kunt komen?’

‘Natuurlijk,’ zei Bel stoer terwijl ze uit de auto stapte. ‘Een goeie avond nog, Margarida. Tot morgenochtend om tien uur.’

Toen ze die avond, na te hebben gezegd dat ze niet meedeed aan het gebruikelijke kaartspel na het eten, haar hoofd op haar kussen had gelegd, kwam Bel tot de conclusie dat Laurents suggestie dat ze als kunstenaarsmodel in haar levensonderhoud kon voorzien niet zo’n gemakkelijke optie was als ze had gedacht.

23

De drie daaropvolgende weken ging Bel elke ochtend met Margarida naar Landowski's atelier in Boulogne-Billancourt. Een paar keer was Heitor da Silva Costa meegereden met een verzameling nieuwe ontwerpen en tekeningen voor zijn Christus.

'Landowski maakt nog een ander model voor me, terwijl we dit proberen te verbeteren,' had hij gezegd, en zodra ze waren aangekomen was hij haastig en vol verwachting de auto uit gesprongen om te zien of Landowski de nieuwe versie al af had.

Landowski, die een nieuwe lijst met kleine wijzigingen had gekregen, waardoor hij nog een model moest maken, zat zacht in zichzelf mompelend aan zijn werkbank.

'Die gekke Braziliaan. Ik wilde dat ik nooit gezegd had dat ik deel van zijn onmogelijke droom uit wilde maken.'

Maar hij had het gezegd met genegenheid en stilzwijgende bewondering voor de schaal van het project.

En langzamerhand begon er ook schot in Bels eigen project te komen. Onder de gevoelige vingers van Laurent nam haar beeld vorm aan en het begon steeds meer op haar te lijken. Ze werd er goed in om roerloos zittend in haar verbeelding op te gaan. Meestal draaiden haar gedachten om Laurent, en ze bekeek hem onophoudelijk vanuit haar ooghoeken, terwijl hij diep geconcentreerd steen weghakte met een klauwhamer en groefvijl.

Toen Laurent op een bijzonder hete juliochtend aan het werk was, legde Landowski zijn hand op zijn schouder.

'Ik heb zojuist mijn laatste versie van de Christus afgeleverd, op het kantoor van Monsieur da Silva Costa in Parijs,' mopperde Landowski. 'En nu heeft die gekke Braziliaan me gevraagd een schaalmodel van vier meter hoog te maken, en hij wil dat ik er onmiddellijk aan begin. Daar heb ik jouw hulp bij nodig, Brouilly, dus hou maar op met spelen met je beeld van de mooie jongedame. Je krijgt nog één dag om het af te maken.'

'Goed, professor, natuurlijk,' antwoordde hij, en hij wierp Bel een berustende blik toe.

Bel probeerde niets te laten blijken van de diepe vertwijfeling die ze na die woorden voelde. Toen stapte Landowski naar haar toe en Bel voelde dat hij haar waarderend bekeek.

'Zo,' zei hij na even nagedacht te hebben, 'maak om te beginnen maar een gipsafdruk van de prachtige lange vingers van mademoiselle. Ik heb een model nodig voor de vingers van de Christus, en die moeten net zo delicaat en elegant als die van haar zijn. Hij zal er al Zijn kinderen beneden Hem mee omvatten en beschermen, en dus mogen het niet de eeltige, grove handen van een man zijn.'

'Ja, professor,' antwoordde Laurent gehoorzaam.

Landowski pakte Bel bij de hand en trok haar op van de stoel. Hij liep met haar naar de werkbank en legde haar hand er met de zijkant op, zodat haar pink op het blad rustte. Toen strekte hij haar vingers en drukte ze tegen elkaar, met haar duim tegen de rand van haar handpalm.

'Maak de afdruk van mademoiselles handen zo. Je weet hoe het model eruitziet, Brouilly. Probeer het er zo veel mogelijk op te laten lijken. En maak ook maar een afdruk van de handen van Mademoiselle Margarida. Zij heeft net zulke elegante vingers. Ik zal ze met elkaar vergelijken om te zien hoe ze op onze Christus staan.'

'Natuurlijk,' zei Laurent. 'Maar mogen we daar morgenochtend mee beginnen? Mademoiselle Izabela zal nu wel moe zijn. Ze heeft de hele dag voor me geposeerd.'

'Als mademoiselle het nog kan volhouden, wil ik dat je het nu doet. Dan zijn de gipsafdrukken morgen droog en heb ik iets om mee te werken. Dat vindt u toch niet erg, mademoiselle?' Landowski keek haar aan alsof haar antwoord er toch niet toe deed.

Ze schudde haar hoofd. 'Ik beschouw het als een eer, professor.'

'Goed,' zei Laurent nadat hij haar handen had bedekt met het witte gips. 'Zweer me dat je geen vin zult verroeren tot dit hard geworden is. Anders moeten we weer helemaal opnieuw beginnen.'

Bel ging zitten en probeerde de irritante jeuk in haar linkerhandpalm te negeren. Daarna keek ze toe terwijl Laurent ook een afdruk van Margarida's handen maakte. Toen hij daarmee klaar was, keek hij op de klok en tikte zacht op het gips om Bels handen.

'Nog een kwartiertje, en dan is het goed,' zei hij. Toen grinnikte hij. 'Had ik maar een camera, dan zou ik een foto van jullie nemen, zoals jullie daar zitten, met jullie handen in het witte gips. Het is echt vreemd om te zien. Maar excuseer me nu. Ik ga even wat water drinken. Maak jullie geen zorgen, *mesdemoiselles*, ik kom terug voordat de avond valt.' Hij gaf hun een knipoog en liep naar het keukentje.

De twee meisjes keken elkaar aan. Hun lippen trilden om te giechelen over hoe belachelijk ze er allebei uit moesten zien, maar ze beheersten zich omdat elke fysieke beweging tot in hun handen door kon dringen.

'Misschien zullen we op een dag opkijken naar de Corcovado en ons dit moment herinneren,' mijmerde Margarida glimlachend.

'Ik zeker wel,' antwoordde Bel weemoedig.

Het kostte Laurent maar een paar minuten van secuur en, dacht Bel naderhand, riskant werk om met een scherp mes sneetjes langs haar handen te maken en vervolgens het gips voorzichtig van haar van tevoren ingevette vingers te verwijderen. Daarna bekeek hij tevreden de afdrukken op de tafel. 'Perfect,' zei hij. 'De professor zal er blij mee zijn. Hoe vindt u dat uw handen er als gipsafdruk uitzien?' vroeg hij haar, terwijl hij het gips om Margarida's hand op dezelfde manier verwijderde.

'Heel anders dan die van mij,' zei Bel terwijl ze de witte vormen bestudeerde. 'Mag ik ze nu gaan wassen?'

'Ja. De zeep en nagelborstel liggen bij de gootsteen,' zei hij.

Toen Bel terugkwam, met een beter gevoel nu ze het vet en gips van haar handen had geschrobd, bekeek Laurent fronsend een vinger die was afgebroken bij het verwijderen van Margarida's gips.

'Die is vast nog wel te redden,' zei hij. 'Er zal een haarscheurtje in de verbinding zitten, maar zo moet het nog goed genoeg zijn.'

Daarop ging Margarida haar handen wassen en Laurent begon het atelier op te ruimen voor de avond. 'Het is jammer dat de professor mijn hulp zo dringend nodig heeft. Ik moet nog steeds een heleboel aan uw beeld doen, maar nu heb ik in ieder geval uw vingers,' voegde hij er droogjes aan toe.

'We moeten gaan nu,' zei Margarida toen ze de wasruimte uit kwam. 'Mijn chauffeur heeft uren gewacht en de voogdes van Mademoiselle Izabela zal zich afvragen waar ze blijft.'

'Zeg haar dan maar dat ik haar pupil heb ontvoerd en haar niet wil laten gaan tot mijn beeld af is,' zei Laurent gekscherend terwijl de meisjes hun hoed pakten en naar de deur liepen. 'Vergeet u niets, Izabela?' riep Laurent haar na op het moment dat ze naar buiten stapte. Hij liet haar verlovingsring aan zijn pink bungelen. 'Misschien kunnen we deze beter op zijn plaats terugdoen, anders gaan de mensen nog denken dat u hem opzettelijk hebt afgedaan,' zei hij, terwijl ze door het atelier naar hem terugliep. 'Hier, ik zal hem aan uw vinger schuiven.' Laurent pakte haar bij de hand, schoof de ring terug op zijn plaats en keek haar opmerkzaam aan. 'Zo, nu bent u weer herenigd. À bientôt, mademoiselle. En maakt u zich geen zorgen, ik vind wel een manier waarop we verder kunnen werken aan uw beeld.'

De meisjes verlieten het atelier, stapten in de auto en werden teruggebracht naar het centrum van Parijs. Bel staarde met een naar gevoel uit het portierraampje.

'Izabela?'

Ze draaide zich om en zag dat Margarida haar nadenkend aankeek.

'Mag ik je een persoonlijke vraag stellen?'

'Ik denk het wel,' zei ze behoedzaam.

'Nou, het is eigenlijk een vraag in twee delen. Je weet toch nog wel dat ik je met Laurent hoorde praten toen hij je schetste, en jij zei dat je ertegen opzag om naar Rio terug te gaan en met je verloofde te trouwen?'

'Ja. Maar alsjeblieft, Margarida, dat was alleen voor Laurents en jouw oren bestemd,' voegde ze er snel aan toe, doodsbang dat het nieuws zich tot in Brazilië zou verspreiden.

'Ik begrijp wat je bedoelt. Maar ik vroeg me natuurlijk af of je tegenzin om met je verloofde te trouwen de laatste weken niet nóg groter is geworden?'

Bel strekte haar vingers, dacht na over Margarida's vraag en bekeek verstrooid haar verlovingsring. 'Toen ik vertrok uit Rio, was ik Gustavo dankbaar dat hij me voordat ik met hem zou trouwen met de Da Silva Costa's liet meegaan naar Europa. Ik had nooit verwacht dat hij me zou laten gaan en vond dat hij me een geschenk had gegeven. Maar nu dat geschenk bijna over is en ik over een week of drie naar huis moet, ben ik eerlijk gezegd anders over hem gaan denken. Ja, Parijs heeft mijn kijk op veel dingen veranderd,' verzuchtte ze.

'Ik begrijp dat je houdt van de vrijheid die Parijs je biedt,' antwoordde Margarida. 'Net als ik.'

'Ja,' zei Bel vurig maar met haperende stem. 'En het ergste is dat denken over de toekomst nog moeilijker is, nu ik kennis heb gemaakt met een nieuwe manier van leven. Een deel van me zou willen dat ik hier nooit heen was gekomen en nooit had ervaren wat ik had kunnen hebben maar wat nu voorgoed onbereikbaar voor me is.'

'En dat brengt me op het tweede deel van mijn vraag,' ging Margarida zacht sprekend verder. 'Ik heb jou en Laurent geobserveerd terwijl hij je beeldhouwde. Eerlijk gezegd dacht ik eerst dat zijn vleierij en toespelingen niet meer waren dan wat hij tegen iedere mooie vrouw die hij als model gekozen had zou zeggen. Maar de laatste dagen heb ik gezien hoe hij soms naar je kijkt, de tedere manier waarop hij de steen bewerkt, alsof hij droomt dat hij eigenlijk jou aanraakt. Neem me niet kwalijk, Izabela,' zei Margarida, en ze schudde haar hoofd. 'Maar als het op de liefde aankomt, ben ik pragmatisch. Ik weet maar al te goed hoe mannen zijn, vooral hier in Parijs, en ik vind dat ik je moet waarschuwen. Ik vrees dat hij, in zijn overduidelijke passie voor je, en nu jullie tijd samen er bijna op zit, misschien zal vergeten dat je al besproken bent.'

'Een feit waaraan ik hem natuurlijk direct zou herinneren,' zei Bel. Dat was het enige toepasselijke antwoord dat ze Margarida kon geven.

'O ja? Dat vraag ik me af,' zei ze nadenkend. 'Want ik zie niet alleen wat Laurent voor jou voelt, maar ook wat jij voor hem voelt. Eigenlijk wist ik dat al op het moment dat hij naar ons tafeltje in La Closerie des Lilas kwam, bij onze allereerste lunch in Montparnasse. En eerlijk gezegd maakte ik me van het begin af aan zorgen. Toen dacht ik dat hij zag hoe naïef je was en misschien een spelletje met je speelde. In de creatieve kringen van Parijs kom je veel gewetenloze mannen tegen. Ze zien de liefde als vermaak, het hart van een vrouw als niet meer dan een speeltje. En als ze hun prooi verleid hebben met hun mooie woorden, en ze is rijp om geplukt te worden, nemen ze wat ze begeren.

Daarna hebben ze hun doel bereikt en is het nieuwe ervanaf, en dan gaan ze natuurlijk op zoek naar een nieuwe uitdaging.'

Bel zag dat Margarida's gezicht verstrakte van verdriet terwijl ze haar toesprak, en dat ze tranen in haar ogen had.

'Ja, Izabela.' Margarida wierp haar een blik toe. 'Het klopt wat je denkt. Toen ik in Italië was, werd ik verliefd op precies zo'n man als ik zojuist beschreven heb. En omdat ik toen natuurlijk net uit het beschermde Rio kwam, was ik even onschuldig als jij. En ja, hij verleidde me. In alle betekenissen van het woord. Maar nadat ik naar Parijs was vertrokken, heb ik nooit meer iets van hem gehoord.'

Bel verwerkte zwijgend en gechoqueerd wat Margarida haar had verteld.

'Zo. Dan heb ik je nu mijn grootste geheim verteld,' zei Margarida zacht. 'En dat doe ik simpelweg omdat ik hoop dat er iets positiefs voortkomt uit de verschrikkelijke teleurstelling en wanhoop waaraan ik daarna ben gaan lijden. Ik ben wat ouder dan jij en na wat me is overkomen helaas ook wijzer. En ik zie nu duidelijk iets in jou van wat ik toen zelf was: een jonge vrouw die voor het eerst verliefd is.'

Bel kon haar gevoelens voor Laurent niet langer geheimhouden. Tot nu toe had ze die alleen als ontboezemingen in haar innige brieven aan Loen beschreven. Ze besloot Margarida in vertrouwen te nemen, omdat zij haar geheim ook met haar gedeeld had.

'Ja,' zei ze. 'Ik hou van hem met heel mijn hart. En ik kan me niet voorstellen hoe ik zonder hem zou moeten leven.'

Ze barstte in tranen uit. De opluchting dat ze haar ware gevoelens persoonlijk met Margarida had besproken won het van haar gereserveerdheid.

'Het spijt me verschrikkelijk, Bel, ik wilde je niet van streek maken.' Margarida keek uit het raam. 'Luister, we zijn nu vlak bij je appartement en zo kun je niet thuis aankomen. Kom, dan gaan we ergens zitten waar het rustig is. We zijn nu toch al laat, die paar minuten maken geen verschil.'

Margarida richtte zich tot de chauffeur en gaf hem aanwijzingen. Even later stopte de auto op de Avenue de Marigny, bij een parkje met een ijzeren hek eromheen.

Ze stapten de Delage uit en Margarida liep met haar naar een bank waarop ze gingen zitten. Bel zag de ondergaande zon bevallig achter de platanen zakken die aan de randen van het park stonden en alle boulevards die ze in Parijs had gezien verfraaiden.

'Neem me alsjeblieft niet kwalijk dat ik het je zo cru verteld heb,' zei Margarida verontschuldigend. 'Wat in jouw hart omgaat, gaat mij niet aan, dat weet ik. Maar toen ik zag dat jullie allebei zo'n passie voor elkaar hebben, vond ik dat ik er toch iets over moest zeggen.'

'Maar mijn situatie is toch anders dan die van jou in Italië?' hield Bel vol. 'In de auto zei je zelf dat je denkt dat Laurent iets voor me voelt. Dat hij misschien van me houdt.'

'Indertijd dacht ik ook zeker te weten dat Marcello van míj hield. Of ik wilde in ieder geval geloven dat hij van me hield. Maar wat Laurent ook tegen je zegt, Izabela, hoe hij ook probeert je over te halen, vergeet alsjeblieft niet dat jullie geen gezamenlijke toekomst hebben, ook al denk je misschien dat het wel zo is. Laurent heeft je niets te bieden, geen huis, geen zekerheid, en geloof me, het laatste wat hij wil is gebonden zijn aan een vrouw en een paar kinderen. Het probleem met creatievelingen is dat ze simpelweg verliefd zijn op het idee om verliefd te zijn. Maar dat kan nooit ergens toe leiden, hoe hoog jullie passie voor elkaar ook oploopt. Begrijp je wat ik bedoel?'

Bel staarde met nietsziende ogen naar de enige andere parkbezoekers, een kindermeid met twee aan haar zorgen toevertrouwde kinderen. 'Ja. Maar ik zal ook eerlijk zijn en zeggen dat ik je waarschuwing wel hoor met mijn oren en begrijp met mijn verstand, maar mijn hart is niet zo gemakkelijk te overtuigen.'

'Nee, natuurlijk niet,' gaf Margarida toe. 'Maar alsjeblieft, Bel, denk op zijn minst na over wat ik je heb gezegd. Ik zou niet graag zien dat je de rest van je leven ruïneerde door je hart een paar vluchtige momenten je hoofd de baas te laten zijn. Je verloofde heeft je wel toestemming gegeven om hierheen te gaan, maar als hij je geheim ontdekt, zal hij het als een onvergeeflijk verraad beschouwen.'

'Dat weet ik.' Bel beet schuldig op haar onderlip. 'Dank je voor je goeie raad, Margarida. Maar nu moeten we echt gaan, of Maria Georgiana laat me nooit meer de deur uit gaan.'

Margarida was zo goed om met Bel mee te gaan naar het appartement van de Da Silva Costa's en ze legde een ernstig kijkende Maria Georgiana uit dat Landowski zelf hen allebei in het atelier had laten blijven en dat zijn assistent een gipsafdruk van hun handen had gemaakt.

'Nou, zoals jullie zullen begrijpen, zat ik te denken aan allerlei verschrikkelijke dingen die jullie hadden kunnen overkomen. Zorg dat dit niet nog een keer gebeurt.'

'Nee, nee, ik beloof het u,' beloofde Bel. Toen liep ze de salon uit om Margarida uit te laten. De twee jonge vrouwen omhelsden elkaar innig.

'Slaap lekker, Izabela, en tot morgen.'

In bed dacht Bel niet langer na over Margarida's beschrijving van het verschrikkelijke lot dat haar kon treffen als ze viel voor Laurents uitzonderlijke charmes. Ze voelde zich alleen maar opgetogen.

Ze denkt dat Laurent van me houdt... Hij houdt van me...

En die avond viel ze gemakkelijk in slaap, met een gelukzalige glimlach op haar kalme gezicht.

24

'Ik heb de professor gesproken,' zei Laurent toen Bel en Margarida de volgende ochtend bij het atelier aankwamen, 'en hem simpelweg uitgelegd dat ik het beeld niet in één dag af kan maken. We hebben afgesproken dat jullie hier vroeg in de avond heen kunnen komen, wanneer wij klaar zijn met het werk aan de Christus. Ik kan de situatie aan Senhor da Silva Costa uitleggen, als jullie daar wat aan hebben.'

Bel, die in een staat van angst en spanning bij het atelier was aangekomen, was zo opgelucht door wat hij zei dat ze gretig knikte.

'Maar Monsieur Brouilly,' zei Margarida bezorgd fronsend. 'Op die tijd kan ik niet met Mademoiselle Izabela meekomen. Ik moet elke dag om zes uur thuis zijn voor het avondeten met mijn moeder.'

'Maar dan kan het toch wel, mademoiselle? Zo is het toch niet onbehoorlijk?' vroeg Laurent. 'De professor zal er zelf bij zijn, en zijn vrouw en kinderen zijn thuis, hier vlakbij.'

Op dat moment zag Bel, die Margarida een smekende blik toewierp, dat haar vriendin zich erbij neerlegde. 'Nee, natuurlijk niet,' zei ze kortaf. 'Neem me niet kwalijk, maar ik moet andere kleren gaan aantrekken.'

'Goed, dan gaan we nu aan het werk' zei Laurent, en hij keek Bel triomfantelijk glimlachend aan.

Die avond kondigde Heitor tijdens het diner aan dat Laurent Brouilly op zijn kantoor was langsgekomen en hem had uitgelegd waarom Bel alleen nog 's avonds in het atelier terechtkon.

'Omdat jouw project door mijn dringende zaken op de achtergrond is gekomen, vind ik dat ik je toestemming moet geven,' besloot Heitor. 'Izabela, mijn chauffeur neemt je elke dag vóór vijf uur mee naar het atelier en brengt je vóór negen uur terug naar huis.'

'Maar er gaat toch ook wel een bus? Ik wil u geen last bezorgen, Senhor da Silva Costa,' stelde Bel voor.

'Een bus?' Maria Georgiana trok een ontzet gezicht. 'Ik dacht niet dat je ouders graag zouden hebben dat jij 's avonds in je eentje met het Parijse openbaar vervoer zou reizen. Natuurlijk moet je met een auto worden gebracht en opgehaald.'

'Dank u. Ik zal betalen voor de onkosten,' zei Bel zacht. Ze liet niet merken hoe opgelucht en blij ze was.

'Eigenlijk, Izabela,' ging Heitor verder, 'komt het me wel goed uit om jou in Landowski's atelier te hebben. Dan kun je in zijn kamp rondkijken en me rapporteren hoe het werk aan het nieuwe model van mijn Cristo van vier meter hoog vordert,' zei hij glimlachend.

'Kan ik een avond met je meegaan naar het atelier en toekijken terwijl je gebeeldhouwd wordt?' vroeg Maria Elisa toen ze later die avond naar bed gingen.

'Ik zal Monsieur Brouilly vragen of hij er niets op tegen heeft,' zei Bel. 'Bevalt je werk in het ziekenhuis nog steeds?' vroeg ze, van onderwerp veranderend in de hoop dat Maria Elisa haar verzoek zou vergeten.

'Heel goed,' antwoordde Maria Elisa. 'Een paar dagen geleden heb ik het er met mijn ouders over gehad om van de verpleging mijn beroep te maken. Mãe was er niet blij mee, zoals je je wel kunt voorstellen, maar pai gaf me alle steun en zei tegen mãe dat ze niet zo ouderwets moest zijn.' Maria Elisa glimlachte. 'Het ligt niet aan haar,' zei ze, een slag om de arm houdend en altijd bereid te vergeven. 'Ze is opgegroeid in een andere tijd. Dus nu wil ik graag terug naar Rio en de loopbaan die ik heb gekozen volgen. Jammer genoeg denkt pai dat het nog een jaar zal duren voordat hij klaar is met zijn werk hier. Wat heb jij een geluk dat je over twee weken al terug naar huis gaat, Bel. Slaap lekker.'

'Jij ook,' zei Bel.

Ze lag in haar bed en dacht na over wat Maria Elisa had gezegd. Konden we maar van plaats wisselen, dacht ze slaperig. Ze zou haar ziel verkopen om net als haar vriendin nog een jaar in Parijs te kunnen blijven.

Twee dagen later zat Bel bij het vallen van de avond in het atelier. Uit haar ooghoeken zag ze de reusachtige constructie van de vier meter hoge Cristo in aanbouw die het atelier domineerde. Margarida's dag zat erop en ze was al vertrokken. Toen Bel was aangekomen, was Landowski net weggegaan om samen met zijn vrouw en kinderen in het huis ernaast de avondmaaltijd te gebruiken. Nu het gebruikelijke gestommel in het atelier was opgehouden, luisterde Bel naar de stilte.

'Waar denk je aan?' vroeg Laurent plotseling.

Bel zag zijn handen werken aan haar bovenlichaam. Ze gaven vorm aan haar borsten onder de mousselinen blouse met de hoogsluitende kraag die ze aanhad.

'Gewoon aan hoe anders het hier 's avonds is,' antwoordde ze.

'Ja, het is hier zeker sereen na zonsondergang. Ik werk hier graag alleen 's avonds, dan kan ik van de rust genieten. Dan moet Landowski bij zijn gezin zijn, en bovendien zegt hij dat hij bij schemerlicht niet kan beeldhouwen.'

'Jij wel?'

'Izabela, ook al zat je nu niet voor me, dan nog zou ik je perfect kunnen beeldhouwen. Ik heb zo lang en aandachtig naar je gekeken dat je lichaamsvormen in mijn geheugen gebeiteld staan.'

'Dus eigenlijk heb je me hier niet nodig?'

'Nee, eigenlijk niet.' Loom glimlachend keek hij haar aan. 'Maar het is een perfect excuus om bij elkaar te zijn. Toch?'

Het was de eerste keer dat Laurent met een ondubbelzinnige opmerking bevestigde dat hij om meer dan artistieke redenen bij haar wilde zijn.

Ze sloeg haar ogen neer. 'Ja,' antwoordde ze.

Laurent zei niets meer en werkte nog een uur. Toen rekte hij zich uit en zei dat het tijd was voor een pauze.

Terwijl hij naar het keukentje liep, stond Bel op, en ze begon rond te lopen in het atelier om haar stijve rug te ontlasten. Ze keek naar haar onafgemaakte beeld en bewonderde de eenvoudige lijnen.

'Herken je jezelf erin?' vroeg Laurent, die weer aankwam met een kan wijn en een kom olijven. Ze volgde hem naar de schraagtafel.

'Niet echt,' antwoordde ze oprecht. Ze bekeek het beeld terwijl hij de wijn in de twee glazen schonk. 'Maar misschien wel als je mijn gezicht af hebt. Zoals je me nu hebt laten poseren, zie ik er heel jong uit, als een klein meisje haast.'

'Heel goed!' zei Laurent. 'Ik stelde me het beeld van een gesloten rozenknop voor, juist voordat die opengaat en tot een volmaakte bloem uitgroeit. Het moment tussen de jeugd en het vrouw-zijn; op de drempel van die laatste fase en mijmerend over de genoegens die daar misschien in besloten liggen.'

'Ik ben geen kind meer,' antwoordde Bel vinnig. Ze vond dat Laurent haar neerbuigend behandelde.

'Maar ook nog geen vrouw,' zei hij. Hij keek haar aan en dronk zijn wijn op.

Bel wist niet wat ze terug moest zeggen. Ze nam nog een slokje van haar wijn en haar hart begon sneller te kloppen.

'Goed, dan gaan we weer aan het werk,' zei hij energiek, 'voordat er helemaal geen licht meer is.'

Twee uur later stond Bel op om weg te gaan. Laurent liep met haar mee naar de deur van het atelier. 'Wel thuis, Izabela. En neem me niet kwalijk als je vindt dat wat ik eerder vanavond heb gezegd ongepast was. Sindsdien heb ik bijna geen woord meer van je gehoord.'

'Ik...'

'Sst.' Laurent legde zacht een vinger op haar lippen. 'Ik begrijp het. Ik ken je situatie, maar ik zou graag willen dat het anders was. Een goede avond nog, mijn lieve Bel.'

In de auto op weg naar huis wist Bel dat Laurent haar op zijn eigen manier had gezegd dat hij met haar samen zou willen zijn als zij zou kunnen doen en laten wat ze wilde. Maar ook dat hij haar situatie begreep en als heer nooit over de schreef zou gaan.

'Ook al wil hij dat eigenlijk wel,' mompelde ze verrukt in zichzelf.

De volgende avonden in het atelier maakte Laurent geen toespelingen meer. Als hij iets zei, ging het over het beeld, of het waren roddels over Montparnasse en de bewoners van dat stadsdeel. Ironisch genoeg nam Bels emotionele en fysieke spanning toe naarmate hij neutraler met haar praatte. Nu was zij degene die af en toe een persoonlijke opmerking tegen hem maakte, over een nieuw overhemd dat hem goed stond, of ze prees zijn talent als beeldhouwer.

Elke dag die voorbijging nam Bels frustratie toe. Nu Laurent niet meer voluit met haar flirtte, kon ze nergens heen. En trouwens, vroeg ze zichzelf telkens weer af, waar wílde ze heen?

Maar hoe vaak ze zichzelf die vraag ook stelde, en haar verstand haar vertelde dat het maar beter voor haar zou zijn als ze zo snel mogelijk de boot terug naar Brazilië nam, het maakte geen verschil. Ze zat urenlang bij hem, en het feit dat hij zo dicht bij haar was, maar toch ook zo ver weg, was een heerlijke kwelling voor haar ziel.

Op een avond, nadat ze kuis afscheid van Laurent had genomen en nog even in de tuin bleef staan om kalm te worden voordat ze in de wachtende auto zou stappen en naar huis zou rijden, zag ze een bundel vodden onder de cipressenhaag liggen. Ze wist zeker dat die daar nog niet had gelegen toen ze tijdens een eerdere pauze een wandelingetje had gemaakt. Ze stapte er aarzelend naartoe, stak haar voet uit en stootte de bundel aan met de teen van haar schoen. De vodden bewogen en Bel sprong geschrokken achteruit.

Ze bleef behoedzaam staan, kwam niet dichterbij en zag een kleine, vuile menselijke voet onder de vodden vandaan komen, en toen, aan het andere eind van de bundel, een hoofd vol vuil, aan elkaar geklit haar. Nu het lichaam beter zichtbaar was, zag Bel dat het een jongen van een jaar of zeven, acht was. Een paar ogen, versuft van uitputting, gingen een paar seconden open. Toen sloot het kind ze weer, en ze realiseerde zich dat het weer in slaap gevallen was.

'Meu Deus,' fluisterde ze in zichzelf, tot tranen toe bewogen door wat ze had gezien. Ze overlegde met zichzelf wat ze moest doen, liep aarzelend naar de jongen toe en knielde zonder iets te zeggen bij hem neer om hem niet te laten schrikken. Ze stak haar vingers naar hem uit, maar nu wekte ze hem door haar aanraking en hij schoot gealarmeerd overeind, meteen volledig op zijn hoede.

'Niet bang zijn, alsjeblieft, ik doe je niks. *Tu parles français*?'

De jongen hield zijn uitgemergelde armen voor zijn vuile, doodsbange gezicht om zich te beschermen en deinsde voor haar terug tot onder de haag.

'Waar kom je vandaan?' probeerde ze nog eens, in het Engels dit keer. Hij staarde haar opnieuw bang aan, als een dier in de val, en zij zag dat hij een diepe snijwond met een korst opgedroogd bloed erop in zijn scheenbeen had. Terwijl de jongen voor haar terugdeinsde en haar met zijn grote, verschrikte ogen in nog meer tranen bracht, stak ze met trage bewegingen een hand uit en legde die voorzichtig op zijn wang. Ze keek hem glimlachend aan, wist dat ze hem niet bang moest maken, moest proberen zijn vertrouwen te winnen. Ze nam zijn gezicht beschermend tussen haar vingers en voelde dat de jongen zich ontspande.

'Wat is er met jou gebeurd?' vroeg ze zacht en bekeek onderzoekend zijn ogen. 'Wat je ook hebt gezien, je bent te jong om zo'n lijden te kennen.'

Opeens zakte het hoofd van de jongen zwaar tegen haar handpalm, maar een paar seconden later keek hij met een ruk weer op. Toen hij zich ten slotte realiseerde dat ze hem nog steeds troostend liefkoosde, viel hij weer in slaap.

Bel trok haar hand niet terug om te voorkomen dat ze hem wakker zou maken, en het lukte haar dichter naar hem toe te kruipen. Ze fluisterde lieve woordjes in zijn oor in de talen die ze kende en sloeg haar andere arm om hem heen. Ten slotte trok ze hem zacht van onder de cipressen naar zich toe. Hij jammerde, maar leek niet meer bang voor haar te zijn, veerde alleen op van de pijn toen ze zijn rechterbeen met de verschrikkelijke snijwond bewoog om zijn knokige lichaam op haar knie te kunnen zetten.

Toen hij daar eenmaal zat, slaakte de jongen een zucht, draaide zijn hoofd en vleide zich tegen haar arm. Hij stonk verschrikkelijk, en ze deed haar best om de galsmaak die ze daardoor in haar mond kreeg weg te slikken. Bel wiegde hem in haar armen en drukte hem tegen haar borst.

'Izabela,' klonk een stem achter haar. 'Wat zit jij daar nou in het gras te doen?'

'Sst!' siste ze tegen Laurent terwijl ze het slapende gezicht van de jongen streelde om hem gerust te stellen. 'Je maakt hem wakker.'

'Waar heb je hem gevonden?' fluisterde Laurent terug.

'Onder de haag. Hij kan niet ouder dan een jaar of zeven, acht zijn, maar hij is zo mager dat hij minder weegt dan een peuter. Wat doen we?' Met een gekwelde blik in haar ogen keek ze naar hem op. 'We kunnen hem hier niet achterlaten. Hij heeft een lelijke wond aan zijn been die verzorgd moet worden. Anders kan hij bloedvergiftiging krijgen en sterven.'

Laurent keek neer op Bel en het vuile kind en schudde zijn hoofd. 'Maar Izabela, begrijp je dan niet dat er zo veel van zulke kinderen in Frankrijk rondzwerven? De meeste steken illegaal de grens over en ze komen uit Rusland of Polen.'

'Ja,' beet ze hem toe. 'En in Brazilië zijn er ook genoeg. Maar deze jongen is nu hier bij ons, en ík heb hem gevonden. Moet ik hem dan in de steek laten, een eindje van Landowski's land vandaan dumpen langs de kant van de weg en hem laten omkomen? Dat kan toch niet? Dan zou ik de rest van mijn leven last van mijn geweten hebben.'

Laurent zag dat de tranen over Bels gezicht stroomden en dat haar ogen glinsterden van ergernis en passie. Hij hurkte naast haar neer, stak een hand uit en streelde aarzelend het in elkaar geklitte haar van de slapende jongen.

'Neem me niet kwalijk,' fluisterde hij. 'Misschien heeft wat ik elke dag in Parijs op straat zie me ongevoelig gemaakt voor leed. God heeft dit kind op je pad gestuurd en natuurlijk moet je doen wat je kunt om het te helpen,' zei Laurent. 'Het is nu te laat om de Landowski's nog te storen. Deze nacht kan hij op een veldbed in de keuken slapen. Ik heb een sleutel van de deur en kan hem insluiten, veilig bij Landowski's kostbare Christus uit de buurt. Helaas weet je nooit wat er in zo'n zwerfkind omgaat. Ik zal hier vannacht in het atelier slapen en de wacht houden. Dus kun jij hem naar binnen dragen?'

'Ja,' zei Bel dankbaar. 'Dank je, Laurent.'

'Ik ga je chauffeur waarschuwen dat je nog even wegblijft.' Laurent hielp Bel opstaan. De jongen lag nog steeds slapend in haar armen.

'Hij is zo licht als een veertje,' fluisterde Bel. Ze keek neer op het onschuldige jonge gezichtje dat erop vertrouwde dat zij voor hem zou zorgen, simpelweg omdat hij geen andere mogelijkheden had.

Laurent zag dat ze het kind teder en voorzichtig om het niet wakker te maken het atelier in droeg. En terwijl hij naar Bels chauffeur liep, schoten zijn eigen ogen ook vol tranen.

Ze wachtte op hem op de stoel waarop ze zat wanneer hij aan haar beeld werkte, met het kind nog steeds in haar armen.

'Ik ga een veldbed voor hem opmaken in de keuken,' zei Laurent. Hij vroeg zich af wat Landowski in hemelsnaam zou zeggen wanneer hij de volgende dag bij het krieken van de dag zijn atelier binnen zou komen en daar een vuil straatkind zag. Maar toch wilde hij helpen.

Een paar minuten later droeg Bel het kind naar de keuken en legde het voorzichtig op het bed. 'Ik moet in ieder geval zijn gezicht wassen en misschien proberen die wond schoon te maken. Is hier een doek en ontsmettingsmiddel?'

'Ergens,' zei Laurent. Hij begon de kastjes te doorzoeken tot hij het ontsmettingsmiddel had gevonden. Toen liep hij de keuken uit en kwam terug met een stuk gaas van witte katoen, dat in ateliers meestal werd gebruikt om gipsmallen te maken, en waarmee Bel nu de wond van het kind kon ontsmetten.

'Is er ook verband?' vroeg ze. Laurent zei dat er niets in de kastjes lag, en hij keek toe terwijl ze het gaas voorzichtig op de wond aanbracht om die af te dichten. De jongen vertrok zijn gezicht, maar sliep door.

'Hij rilt van de koorts, hoewel het een warme nacht is. We hebben een deken nodig,' beval ze, en Laurent ging prompt de deken halen die hij die nacht zelf om zijn schouders had willen slaan.

'Ik blijf hier een tijdje zitten om hem te betten met koud water, de koorts te verlichten en ervoor te zorgen dat hij zich veilig voelt,' zei ze. Laurent rees boven haar uit in het keukentje. Hij knikte, liep de deur uit en ging in het atelier ernaast zijn eigen veldbed opmaken.

'Lief kind,' fluisterde ze terwijl ze met een in water gedrenkte lap over zijn voorhoofd streek en zijn haar streelde. 'Morgen als je wakker wordt, ben ik er niet meer, maar wees niet bang. Ik kom terug en zal ervoor zorgen dat je veilig bent, dat beloof ik je. Maar nu moet ik je hier achterlaten. Slaap lekker.'

Bel wilde opstaan, maar plotseling kwam er een hand van onder de deken vandaan en greep haar rok beet. De jongen keek haar met grote ogen aan.

Toen zei hij in perfect Frans: 'Ik zal nooit vergeten wat u vanavond voor me hebt gedaan, mademoiselle.' Daarop rolde het kind met een tevreden zucht op zijn zij en sloot zijn ogen weer.

'Ik moet gaan,' zei Bel tegen Laurent toen ze de keuken uitkwam. 'Waar is de sleutel om de celdeur op slot te doen?' voegde ze er met sarcasme in haar stem aan toe.

'Izabela, je weet dat ik dit alleen doe om de professor en zijn gezin te beschermen. Dit is hun huis, en zijn prachtige kunstwerk,' bracht hij haar wijzend naar het half voltooide Christusbeeld in herinnering.

'Natuurlijk,' zei ze instemmend. 'Maar wanneer de jongen morgen wakker wordt, zeg je hem dan dat hij hier veilig is? Beloof je me dat? Ik zal zelf ook met de professor praten en het uitleggen, want ík heb dit probleem veroorzaakt. Maar nu moet ik gaan. De hemel weet hoe boos Senhor da Silva Costa morgen op me zal zijn.'

'Izabela... Bel...' Ze maakte aanstalten om naar de deur te lopen, maar Laurent pakte haar bij haar arm. Toen trok hij haar plotseling naar zich toe en nam haar in zijn armen. 'Je bent zo mooi, vanbinnen en vanbuiten. En ik kan het niet verdragen om nog langer met deze maskerade, dit doen alsof tegen elkaar door te gaan. Voel je alsjeblieft vrij om tegen me te zeggen dat ik je moet loslaten, maar de hemel sta me bij, nu ik je compassie van vanavond heb gezien…' Hij schudde zijn hoofd. 'Ik wil in ieder geval je lippen op mijn lippen voelen.'

Bel staarde hem aan. Ze wist dat ze aan de rand van de afgrond stond en dat ze het helemaal niet erg zou vinden om erin te vallen.

'Ik ben van jou,' mompelde ze. Toen sloten zijn lippen zich over die van haar.

En in de keuken naast hen sliep de jongen voor het eerst sinds maanden vredig.

25

Toen Bel een dag later om vijf uur in de namiddag weer bij het atelier aankwam, maakte ze zich erg ongerust. Niet alleen over het lot van de jongen, maar ook omdat ze nu te weten zou komen of Laurent met zijn verklaring en kus niet enkel had gereageerd op de hoogopgelopen emoties van de avond tevoren.

'Aha!' zei Landowski, die zich na zijn dagelijkse werk aan het wassen was. 'Het is Sint-Izabela zelf!'

'Hoe gaat het met hem, professor?' vroeg ze, blozend om zijn opmerking.

'Op het ogenblik zit je vondeling aan het avondeten met mijn kinderen,' zei Landowski. 'Toen ik mijn vrouw erbij riep en ze hem als een uitgemergelde rat zag liggen slapen op de keukenvloer, kreeg ze gelijk medelijden met hem, net als jij. Ze stond erop hem helemaal schoon te spuiten, buiten in de tuin, en ze schrobde hem van top tot teen met carbolzeep uit angst voor luizen. Toen sloeg ze een deken om hem heen en stopte hem bij ons thuis in bed.'

'Dank u, professor. Excuses voor de overlast die ik uw huishouden bezorgd heb.'

'Nou, als het aan mij lag, had ik hem op straat gegooid, waar hij thuishoort, maar vrouwen hebben altijd een hart vol medelijden. En daar zijn wij mannen hen dankbaar voor,' voegde hij er goedaardig aan toe.

'Heeft hij gezegd waar hij vandaan komt?'

'Nee, want hij heeft geen woord meer uitgebracht sinds mijn vrouw zich over hem ontfermd heeft. Ze denkt dat hij doofstom is.'

'Monsieur, ik weet dat hij dat niet is. Hij heeft met mij gepraat, vlak voordat ik gisteravond ben weggegaan.'

'O ja? Interessant.' Landowski knikte nadenkend. 'Nou, tot dusver heeft hij nog niets tegen iemand gezegd. Hij draagt ook een leren gordeltas om zijn middel, dat ontdekte mijn vrouw toen ze hem zijn smerige vodden uittrok. Hij gromde als een valse hond toen ze die probeerde los te maken om hem te wassen en hij wilde niet dat zij eraan kwam. Nou, we zullen zien. Zo op het oog zou ik zeggen dat het een Pool is. En ik kan het weten, want ik ben er zelf ook een,' voegde hij er nuchter aan toe. 'Goedenavond.'

Toen Landowski het atelier uit was, draaide Bel zich om, en ze zag dat Laurent glimlachend en met zijn armen over elkaar naar haar stond te kijken.

'Ben je tevreden nu er voor je verschoppelingetje wordt gezorgd?'

'Ja, en ik moet jou ook bedanken voor je hulp.'

'Hoe voel je je vandaag, Bel?'

'Goed, monsieur,' fluisterde ze en wendde haar ogen af.

'Heb je geen spijt van wat er gisteravond tussen ons gebeurd is?' Hij stak zijn handen naar haar uit. Bedeesd hief ze haar eigen handen om ze vast te pakken.

'Nee, geen moment.'

'Goddank,' zei hij ademloos. Hij trok haar de keuken in, zodat niemand hen kon zien door de vele ramen, en kuste haar opnieuw en met dezelfde hartstocht.

En zo begon hun liefdesaffaire, onschuldig op de aanraking van hun lippen na, want ze wisten allebei dat ze het risico liepen betrapt te zullen worden door Landowski, die de gewoonte had om op de vreemdste tijden naar het atelier terug te komen om zijn half voltooide Christus te bestuderen. Laurents handen werkten sneller dan ooit aan haar beeld, en hij gaf snel vorm aan haar gezicht, zodat ze later meer tijd voor elkaar zouden hebben.

'Mijn god, Izabela, we hebben nog maar heel weinig tijd. Volgende week om deze tijd vaar je weg uit mijn leven,' zei hij tegen haar toen hij haar op een avond in zijn armen had genomen en zij haar hoofd tegen zijn schouder had gevleid. 'Hoe zal ik dat kunnen verdragen?'

'En ik?'

'Toen ik je voor het eerst zag, had ik natuurlijk meteen bewondering voor je schoonheid, en ik beken dat ik met je flirtte,' zei hij en tilde haar kin op, zodat hij haar in de ogen kon kijken. 'En daarna, toen je elke dag voor me poseerde en je ziel liet zien, merkte ik dat ik lang nadat je was weggegaan nog aan je dacht. En toen ik die avond ten slotte je compassie voor die jongen zag, wist ik dat ik van je hield.' Laurent zuchtte en schudde zijn hoofd. 'Dit is me nog nooit overkomen. Ik had nooit gedacht dat ik zulke gevoelens voor een vrouw kon hebben. Maar het lot wil dat het een vrouw is die aan iemand anders is beloofd en die ik nooit meer zal zien. Een tragische situatie die veel van mijn schrijvende vrienden in hun boeken en gedichten zouden verwerken. Maar voor mij is het helaas werkelijkheid.'

'Ja, helaas.' Bel zuchtte wanhopig.

'En dus, ma chérie, moeten we zo veel mogelijk van de tijd die we nog over hebben zien te maken.'

In haar laatste week in Parijs leek het alsof Bel in de zevende hemel was; ze had het gevoel alsof ze zweefde en was niet in staat aan haar naderende vertrek te denken. Toen het dienstmeisje haar slaapkamer binnenkwam met haar koffer en die vol begon te pakken, leek het alsof hij van iemand anders was. Als er over haar terugreis werd gesproken en Maria Georgiana zei dat ze zich zorgen maakte omdat Bel ongechaperonneerd zou reizen, ging dat simpelweg aan haar voorbij.

'Er is natuurlijk niets aan te doen. Je moet terug om je op je huwelijk voor te bereiden, maar je moet me zweren dat je niet van boord zult gaan als de boot in een haven aanlegt, en vooral niet in Afrika.'

'Natuurlijk ga ik niet van boord,' antwoordde Bel werktuiglijk. 'Ik weet zeker dat ik geen enkel gevaar zal lopen.'

'Ik heb contact gehad met het kantoor van de scheepvaartmaatschappij, en ze hebben gezegd dat de purser wel een geschikte oudere vrouw zal kunnen vinden die je tijdens de reis kan chaperonneren.'

'Dank u, senhora,' antwoordde Bel afwezig. Ze hoorde nauwelijks wat Maria Georgiana zei. Ze zette haar hoed op om naar het atelier te gaan en was in gedachten al bij Laurent.

'Heitor heeft me gezegd dat je beeld bijna klaar is. Dus dit is je laatste avond in Landowski's atelier. Morgen houdt onze familie een afscheidsdiner ter ere van jou,' zei Maria Georgiana glimlachend.

Bel keek haar met nauwelijks verborgen ontzetting aan, maar realiseerde zich een ogenblik later hoe ongemanierd ze moest overkomen. 'Dank u, senhora. Dat is heel aardig van u.'

In de auto onderweg naar het atelier besefte ze dat dit de laatste avond was dat ze Laurent zou zien, en er ging een schok van ontzetting door haar heen.

Toen ze aankwam, maakte Laurent een blijde, trotse indruk.

'Nadat je gisteravond was weggegaan, ben ik tot de zon opkwam hier gebleven om het af te maken,' zei hij, wijzend naar het beeld dat nu onzichtbaar was doordat hij er een stoflaken over had gelegd. 'Wil je het zien?'

'Ja, heel graag,' zei ze, zacht sprekend. Ze wilde niet dat haar leed een domper op Laurents kennelijke opwinding zou zetten. Hij trok het laken met een zwierig gebaar weg en onthulde het beeld.

Bel staarde ernaar. Net als iedereen die het object van een visuele studie was geweest, wist ze niet direct hoe ze moest reageren.

Ze zag dat hij haar uiterlijk perfect had weergegeven, en het was haar eigen gezicht dat naar haar terug staarde. Maar wat haar het meest opviel aan het beeld, was de rust die ervan uitging, alsof hij haar had vastgelegd in een moment van diepe overpeinzing.

'Ik zie er zo eenzaam uit. En zo droevig,' voegde ze eraan toe. 'Het is streng, er is niets frivools aan.'

'Nee. Zoals je weet, is dat de stijl die Landowski zijn studenten bijbrengt, en ik ben hier in zijn atelier om die van hem te leren. Hij heeft het gezien voordat hij vanavond naar huis toe ging en gezegd dat het mijn beste werkstuk tot nu toe is.'

'Dan ben ik blij voor je, Laurent,' zei Bel.

'Nou, misschien zul je het op een dag in de toekomst nog eens op een tentoonstelling van mijn werk zien en weten dat het jouw beeld is. En mij zal het altijd aan jou herinneren, en aan de mooie liefdesgeschiedenis die we ooit, lang geleden, in Parijs hebben gehad.'

'O, nee! Nee, alsjeblieft!' jammerde ze. Ze verloor haar zelfbeheersing en liet haar hoofd in haar handen zakken. 'Ik kan dit niet verdragen.'

'Alsjeblieft, Izabela, huil nou niet.' Even later stond hij naast haar, met een arm om haar schouders, en hij troostte haar. 'Als ik de dingen kon veranderen, zou ik het doen, dat zweer ik je. Denk eraan dat ik vrij ben om van jou te houden, jij bent degene die niet vrij is om van mij te houden.'

'Dat weet ik,' zei ze. 'En vanavond is onze laatste avond samen, want vlak voordat ik vertrok uit het appartement vertelde Maria Georgiana me dat de familie Da Silva Costa morgenavond een etentje voor me geeft. De dag daarop ga ik met de boot terug naar Rio. En bovendien ben je nu toch klaar met me.' Bel wees met een triest gezicht naar haar beeld.

'Bel, ik verzeker je dat ik nog maar net begonnen ben.'

Ze drukte haar hoofd weer tegen zijn schouder. 'Wat kunnen we doen? Wat valt hieraan te doen?'

Laurent zweeg een paar tellen. Toen zei hij: 'Ga niet terug naar Brazilië, Izabela. Blijf bij mij in Parijs.'

Bel hield haar adem in. Ze kon haar oren niet geloven.

'Luister,' zei hij. Hij nam haar bij de hand, trok haar mee naar de bank en ging naast haar zitten. 'Je weet dat ik je niets kan bieden in vergelijking met wat je rijke verloofde je allemaal kan geven. Ik heb alleen een zolderkamer in Montparnasse, die ijskoud is in de winter en een bakoven in de zomer. En ik heb alleen deze handen om mijn situatie te verbeteren. Maar ik zweer je dat ik als geen andere man van je kan houden, Izabela.'

Bel, die zich tegen hem aan genesteld had, hoorde zijn woorden aan alsof het waterdruppels waren die in haar kurkdroge mond vielen. Terwijl ze daar zat met zijn arm om haar heen, ving ze voor de eerste keer een glimp op van een toekomst met hem, en die was zo verleidelijk volmaakt dat ze, ondanks alles wat hij had gezegd, wist dat ze het beeld maar beter uit haar hoofd kon zetten.

'Laurent, je weet dat het niet kan. Ik zou mijn ouders erdoor te gronde richten; mijn huwelijk met Gustavo is de kroon op mijn vaders dromen, en hij heeft er zijn hele leven naartoe gewerkt. Hoe zou ik hem en mijn lieve moeder dit aan kunnen doen?'

'Ik begrijp dat je dat niet kan doen, maar voordat je vertrekt, moet je begrijpen dat ik het heel graag zou willen.'

'Ik ben niet zoals jij.' Bel schudde haar hoofd. 'Misschien komt het doordat we allebei in een heel andere wereld leven, of, simpeler gezegd, doordat jij een man en ik een vrouw ben. Maar in mijn land draait alles om familie.'

'Dat respecteer ik,' zei hij. 'Hoewel het me lijkt dat er een punt is waarop iemand moet ophouden met denken aan anderen en voor zichzelf moet opkomen. Trouwen met een man van wie je niet houdt en je laten dwingen tot een leven dat je niet wilt, kortom je eigen geluk opofferen, gaat te ver, vind ik, zelfs voor de meest toegewijde dochter.'

'Ik heb geen keus,' antwoordde Bel wanhopig.

'Ik begrijp waarom je dat denkt, maar zoals je weet heeft ieder mens een vrije wil. Dat onderscheidt ons van de dieren.' Laurent zweeg en dacht na over zijn volgende zin. 'Maar hoe zit het eigenlijk met je verloofde? Je had me toch verteld dat hij verliefd op je is?'

'Ja, dat denk ik wel.'

'Dus hoe zal hij dan omgaan met het feit dat hij gaat trouwen met een vrouw die nooit dezelfde gevoelens voor hem kan hebben? Zal jouw onverschilligheid voor hem, het feit dat hij zich ervan bewust is dat je met hem trouwt omdat het je plicht is, uiteindelijk niet zijn ziel aantasten?'

'Mijn moeder zegt dat ik na verloop van tijd van hem zal gaan houden en dat ik haar moet geloven.'

'Nou, goed dan.' Laurents arm gleed van haar schouder. 'Dan moet ik je veel geluk en een goed leven wensen. Ik vind dat we uitgepraat zijn.' Hij stond abrupt op, liet Bel zitten en liep de hoofdruimte van het atelier in.

'Alsjeblieft, Laurent, doe niet zo. Dit zijn de laatste momenten die we bij elkaar zijn.'

'Izabela, ik heb je alles gezegd wat ik te zeggen had. Ik heb je mijn liefde en toewijding verklaard. Ik heb je gevraagd niet naar huis terug te gaan, maar hier bij mij te blijven.' Verdrietig haalde hij zijn schouders op. 'Meer kan ik niet doen. Neem me niet kwalijk dat ik er niet tegen kan je te horen zeggen dat je op een dag misschien van je man zult houden.'

Bels gedachten vormden een werveling van tegenstrijdigheden. Haar hart bonsde en ze kreeg een wee gevoel in haar maag. Ze zag dat Laurent het stoflaken weer over het beeld trok en het onzichtbaar maakte zoals je een pas overleden, geliefd familielid zou afdekken. Of het een symbolisch of praktisch gebaar was, wist Bel niet, en het interesseerde haar ook niet, maar het had wel tot gevolg dat ze opstond van de bank en naar hem toe liep.

'Alsjeblieft, Laurent, geef me bedenktijd. Ik moet nadenken,' zei ze snikkend, en ze hield haar vingers op haar slapen.

Laurent zweeg en leek een ogenblik te aarzelen voordat hij weer iets zei. 'Ik weet dat je niet meer hier naar het atelier kunt komen. Maar alsjeblieft, als dit het laatste is dat ik je kan vragen, wil je me dan morgenmiddag nog een keer in Parijs zien?'

'Heeft dat zin?'

'Ik smeek je, Izabela, zeg me waar en wanneer.'

Ze keek hem aan en wist dat ze niet kon weigeren. 'Bij de zuidingang van het park aan de Avenue de Marigny en de Avenue Gabriel. Kom daar om drie uur heen.'

Hij keek haar ook aan en knikte. 'Ik zal er zijn. Goedenacht, lieve Bel.'

Bel liep het atelier uit, want er viel niets meer te zeggen. Toen ze de tuin in liep, zag ze dat de jongen in zijn eentje naar de sterren stond te kijken. Ze liep naar hem toe en hij glimlachte toen hij haar zag.

'Hallo,' zei ze. 'Je ziet er veel beter uit. Hoe voel je je?'

Hij knikte naar haar en ze wist dat hij haar had begrepen.

'Ik vertrek overmorgen uit Frankrijk naar mijn thuisland Brazilië.' Bel haalde een blocnote en potlood uit haar handtas en krabbelde wat op. 'Als je ooit iets van me nodig hebt, neem dan contact met me op. Dit is het adres van mij en mijn ouders.' Ze scheurde het papiertje van het blocnote, gaf het aan de jongen en keek toe terwijl hij het las, zorgvuldig de woorden vormend met zijn mond. Toen stak ze haar hand opnieuw in haar tas en haalde er een briefje van twintig francs uit. Ze drukte het in zijn kleine handen, boog zich voorover en kuste hem boven op zijn hoofd.

'Vaarwel, *querido*, en veel geluk.'

Toen Bel later op haar tijd in Parijs terugblikte, waren de lange, slapeloze nachten een van de dingen die ze zich het best herinnerde. Als Maria Elisa tevreden lag te slapen in haar bed, opende Bel de gordijnen op een kier, en dan ging ze op de vensterbank zitten kijken naar de straten van Parijs beneden haar en droomde ze van de genoegens buiten.

Die nacht, toen ze daar zat met haar hete voorhoofd tegen het koele glas, was de langste van allemaal. En de vragen die ze zichzelf stelde, waren de vragen die haar toekomst zouden bepalen.

Toen de donkere nacht voorbij was en ze haar besluit genomen had, kroop ze diep ongelukkig weer in bed terwijl een grijs daglicht dat paste bij haar stemming door de kier in de gordijnen de kamer binnendrong.

'Ik ben gekomen om afscheid te nemen,' zei ze. De hoopvolle uitdrukking verdween van Laurents gezicht en viel als stof op het grind onder zijn voeten. 'Ik kan mijn ouders niet verraden. Dat moet je begrijpen.'

Hij liet zijn hoofd zakken. Met veel moeite zei hij: 'Ik begrijp het.'

'Dan ga ik nu, dat is het beste. Bedankt dat je naar me toe gekomen bent, en ik wens je alle plezier en geluk die het leven te bieden heeft. Ik weet zeker dat ik op een dag weer van jou en je beeldhouwwerken zal horen. En ik weet zeker dat er met bewondering over gesproken zal worden.'

Bel stond op. Elke spier van haar lichaam was strak gespannen door het inhouden van haar emoties, en ze ging op haar tenen staan om hem op de wang te kussen. 'Vaarwel Laurent, en God zegene je.'

Toen liep ze van hem vandaan.

Een paar seconden later voelde ze een hand op haar schouder. 'Bel, alsjeblieft, als je ooit van gedachten verandert, weet dan dat ik op je wacht. Au revoir, mijn geliefde.' Toen draaide hij zich om en rende snel in de tegenovergestelde richting weg over het gras.

26

Op een of andere manier wist Bel zich door de volgende vierentwintig uur en het speciale diner dat de Da Silva Costa's voor haar hadden georganiseerd heen te slaan.

'Helaas kunnen we niet bij je zijn om je bruiloft te vieren,' zei Heitor toen de familie een dronk op haar uitbracht met champagne. 'Maar we wensen jou en je verloofde alle geluk van de wereld.'

Na het diner kreeg ze een prachtige koffiepot en een set kopjes van Limoges-porselein als aandenken aan haar tijd in Frankrijk. Toen de familie van tafel ging, keek Heitor Bel glimlachend aan.

'Ben je blij dat je naar huis gaat, Izabela?'

'Ik kijk uit naar het weerzien met mijn familie. En met mijn verloofde, natuurlijk,' voegde ze er snel aan toe. 'Maar ik zal Parijs erg missen.'

'Op een dag, wanneer je het Cristo-monument op de Corcovado ziet staan, zul je je kinderen misschien vertellen dat je erbij was toen het werd gecreëerd.'

'Ja, ik voel me vereerd dat ik erbij geweest ben,' stemde Bel met hem in. 'Hoe ver bent u met het project?'

'Zoals je weet, heeft Landowski het model van vier meter hoog bijna af, en nu ben ik op zoek naar een plek waar mijn ontwerpers en ik genoeg ruimte hebben om de schaal tot dertig meter te vergroten. Landowski begint volgende week aan het hoofd en de handen op ware grootte. De laatste keer dat ik bij hem was, zei hij dat hij Senhor Brouilly een gipsafdruk van jouw handen en die van Senhorita Lopes de Almeida had laten maken om eventueel als prototypes te gebruiken. Dus wie weet,' zei Heitor, 'zullen die sierlijke vingers van jou ooit Rio zegenen vanaf de Corcovado.'

Maria Georgiana stond erop om Bel samen met Maria Elisa veilig op de boot naar huis af te leveren. Gelukkig liet ze de twee meisjes een paar minuten alleen nadat Bel zich in haar hut had geïnstalleerd en ze zich zelf naar de purser haastte om de regelingen die ze had getroffen met hem door te nemen. 'Wees gelukkig, liefste Izabela,' zei Maria Elisa, en ze kuste Bel ten afscheid.

'Ik zal het proberen,' zei ze, terwijl haar vriendin haar oplettend aankeek.

'Wat is er?'

'Niets... Ik denk dat ik alleen nerveus ben over mijn bruiloft,' antwoordde ze.

'Nou, schrijf me en vertel me er alles over, dan zie ik je wanneer ik ook terug in Rio ben. Bel, ik...'

'Wat wilde je zeggen?'

De scheepsbel luidde om aan te geven dat de boot over een half uur zou vertrekken.

'Koester je herinneringen aan deze tijd in Parijs, maar probeer ook je toekomst met Gustavo te accepteren.'

Bel keek Maria Elisa aan en wist intuïtief wat ze bedoelde.

'Dat zal ik doen, ik beloof het je.'

Maria Georgiana kwam de hut weer in. 'De purser had een heleboel gasten om zich heen, dus ik kon hem niet persoonlijk spreken, maar denk eraan dat je je aan hem voorstelt. Hij weet al dat je als vrouw alleen reist, en hij zal vast een geschikte chaperonne voor je hebben.'

'Ik ga naar hem toe, daar kunt u van op aan. Tot ziens, Senhora da Silva Costa. Dank voor al uw vriendelijkheid.'

'Je moet me zweren dat je niet van boord zult gaan tot het

schip veilig bij Pier Mauá heeft aangelegd,' voegde ze eraan toe. 'En als je gezond en wel bij je ouders bent afgeleverd, zou ik graag willen dat je me een telegram stuurt.'

'Dat zal ik zeker doen, zodra ik thuis ben.'

Bel ging met hen aan dek om de laatste afscheidsgroeten uit te wisselen. Toen ze vertrokken waren, leunde ze met haar ellebogen op de reling. Ze keek uit over de haven van Le Havre en wist dat dit haar laatste glimp van Frankrijk was.

Ergens in het zuiden lag Parijs, en ergens in Parijs was Laurent. Het schip voer zacht van de ligplaats weg en Bel bleef staan kijken naar de kustlijn tot die ten slotte met de horizon versmolt.

'Vaarwel, mijn geliefde, vaarwel,' fluisterde ze. En verteerd door een diep verdriet liep ze naar haar hut.

Bel at die avond in haar kamer, want ze was niet in staat de vrolijke sfeer in de eetzaal vol opgewekte opvarenden die zich op de reis verheugden te verdragen. Ze ging op het bed liggen, voelde het deinen van het schip, en terwijl de avond viel zag ze haar patrijspoort even donker worden als haar hart.

Ze had zich afgevraagd of de vreselijke pijn in haar hart zou afnemen nu ze geen vaste grond meer onder de voeten had en haar leven op thuis gericht was. Daar zou ze tenslotte haar geliefde moeder en vader weerzien en terug zijn in haar eigen vertrouwde land.

Er waren al vergevorderde plannen voor de huwelijksdag gemaakt en Antonio had haar in een staat van grote opgetogenheid geschreven dat ze in de prachtige kathedraal van Rio zouden trouwen, een eer die slechts weinig bruidsparen te beurt viel.

Maar hoe Bel ook probeerde opgewekt te zijn terwijl het schip verder en verder wegvoer van Laurent, haar hart bleef even zwaar aanvoelen als de grote steenblokken achter Landowski's atelier.

'O Heilige Maagd Maria,' bad ze, terwijl de tranen van haar gezicht op haar kussen stroomden, 'geef me de kracht om zonder hem te leven, want op dit ogenblik weet ik niet meer hoe ik dit nog langer kan verdragen.'

MAIA

JUNI 2007
VOLLE MAAN
13:49:44

27

Toen ik de laatste brief had gelezen, zag ik dat het al na middernacht was. Izabela Bonifacio voer aan boord van het stoomschip terug naar een man van wie ze niet hield en had Laurent Brouilly achtergelaten.

Lau…

Terwijl de opwinding door mijn aderen stroomde, realiseerde ik me dat ik nu wist naar wie de eerste drie letters achter op de speksteentegel verwezen: Laurent, de geheime liefde van Bel. En dus had Bel in die bedwelmende tijd in Parijs zeker ook geposeerd voor het beeld van de vrouw op de stoel in de tuin van A Casa? Maar ik had geen idee hoe het beeld de zee overgestoken en in Brazilië terechtgekomen was.

Morgen zou ik niet alleen de brieven herlezen – ik was zo gretig om achter de rest van het verhaal te komen dat ik wist dat ik niet op de details had gelet – maar ook Monsieur Laurent Brouilly opzoeken op het internet. Zijn naam kwam me bekend voor, dat zeker. Maar nu was ik doodmoe. Ik deed mijn kleren uit, trok het laken over me heen en viel in slaap met mijn hand nog op mijn familiegeschiedenis.

Ik werd wakker door een hard gerinkel, en het duurde even voordat ik er met mijn gedesoriënteerde zintuigen achter kwam dat het de telefoon bij mijn bed was die het schrille geluid produceerde. Ik stak mijn hand uit naar het nachtkastje, hield de hoorn bij mijn oor en mompelde: 'Hallo?'

'Maia, met Floriano. Hoe voel je je?'

'Het gaat al beter,' zei ik. Het volgende moment voelde ik me schuldig om de leugen die ik hem de avond tevoren had verteld.

'Goed. Kun je me vandaag zien? Ik heb je een heleboel te vertellen.'

En ik jou, dacht ik, maar ik zei het niet. 'Natuurlijk.'

'Het is mooi weer, dus laten we een wandeling langs het strand gaan maken. Zullen we om elf uur afspreken, in de lobby van je hotel, op de begane grond?'

'Ja, maar alsjeblieft, Floriano, als je andere dingen te doen hebt, dan...'

'Maia, ik ben romanschrijver, dus elke afleiding die me een excuus geeft om niet achter mijn bureau te hoeven zitten typen is altijd welkom. Tot over een uur.'

Ik bestelde een ontbijt bij de roomservice en herlas de eerste brieven om ze me beter te kunnen herinneren. Toen zag ik hoe laat het was. Ik nam snel een douche en was stipt om elf uur in de lobby.

Floriano zat al op me te wachten en las van een vel papier uit een uitpuilende plastic map op zijn schoot.

'Goeiemorgen,' begroette ik hem.

'Goeiemorgen,' zei hij ook en keek naar me op. 'Je ziet er goed uit.'

'Ja, en ik voel me ook prima,' zei ik. Ik ging naast hem zitten en besloot hem meteen te vertellen wat er echt gebeurd was. 'Floriano, ik ben gisteravond niet alleen in het hotel gebleven omdat ik buikpijn had. Yara, de bejaarde dienstbode, heeft me gisteren vlak voordat we vertrokken bij het huis een pakje gegeven,' bekende ik. 'En me laten zweren dat ik het geheim zou houden.'

'Aha.' Floriano trok zijn wenkbrauwen op toen ik het hem vertelde. 'En wat zat er in dat pakje?'

'Brieven, indertijd door Izabela Bonifacio geschreven aan haar dienstbode. Een vrouw die Loen Fagundes heette. Yara's moeder.'

'Juist.'

'Sorry dat ik gisteren niets over die brieven tegen je heb gezegd, maar ik wilde ze eerst zelf doorlezen. En zweer me nu dat je er geen woord tegen wie dan ook over zult zeggen. Yara was doodsbang dat Senhora Carvalho erachter zou komen dat ze die brieven aan mij gegeven heeft.'

'Natuurlijk. Geen probleem. Ik begrijp het.' Hij knikte ernstig. 'Het is tenslotte jouw familiegeschiedenis, niet die van mij. En ik denk dat jij iemand bent die anderen niet snel vertrouwt. Je zult nog wel meer geheimen hebben die je voor jezelf wilt houden. Dus, wil je me laten lezen wat er in die brieven staat of niet? Het is aan jou, en ik zal absoluut niet beledigd zijn als je nee zegt.'

'Ja, natuurlijk wil ik ze je graag laten lezen,' bevestigde ik, in verlegenheid gebracht door zijn scherpzinnige beoordeling van me, die in wezen op hetzelfde neerkwam als wat Pa Salt in zijn brief had gezegd.

'Kom, we gaan een eind wandelen en praten.'

Ik liep achter Floriano aan de lobby uit en we staken de straat over naar de brede promenade langs het strand. De vele stalletjes, waar kokoswater, bier en snacks werden verkocht, hadden al veel klanten.

'We lopen naar Copacabana, dan zal ik je laten zien waar je overgrootmoeder haar grandioze bruiloft heeft gevierd.'

'En haar achttiende verjaardag,' voegde ik eraan toe.

'Ja. Daar heb ik ook nog een paar foto's van gevonden in de krantenarchieven van de biblioteca. Dus Maia,' stelde hij voor, 'als je wilt, kun je me alles wat je hebt ontdekt vertellen.'

Terwijl we langs het strand van Ipanema wandelden, vertelde ik hem zo gedetailleerd mogelijk wat ik uit de brieven te weten was gekomen.

Aangekomen bij wat Floriano me vertelde dat het strand van Copacabana was, liepen we helemaal naar het beroemde Copacabana Palace Hotel. Het was gerenoveerd en onmogelijk over het hoofd te zien en stond glinsterend wit in de zon, als een van de meest iconische parels in de gebouwenkroon van Rio.

'Het is zeker indrukwekkend,' zei ik en keek op naar de voorgevel. 'Ik begrijp dat dit de voor de hand liggende keus was voor het huwelijk van Bel en Gustavo. Ik zie haar daar al staan, in haar prachtige trouwjurk en gefêteerd door de crème de la crème van Rio.'

De ochtendzon was nu heel sterk, en dus gingen we zitten op twee krukken in de schaduw van een parasol bij een van de strandstalletjes. Hij bestelde een biertje voor zichzelf en een glas kokoswater voor mij.

'Het eerste wat ik je moet vertellen is dat mijn vriend op de röntgenafdeling van het Museu da República de twee namen achter op de speksteentegel heeft bevestigd. Hij werkt nog aan de datum en de inscriptie, maar de namen die erop staan zijn 'Izabela Aires Cabral' en 'Laurent Brouilly', dat staat vast. En dankzij de brieven hebben we natuurlijk onweerlegbaar bewijs wie Bels geliefde in Parijs was. In Frankrijk is hij later een heel bekende beeldhouwer geworden. Hier.' Floriano trok een paar papieren uit zijn plastic map en gaf ze me aan. 'Dit zijn een paar werken van hem.'

Ik bekeek de korrelige foto's van Laurent Brouilly's beelden. Eenvoudige menselijke figuren voor het merendeel, die leken op de beelden die ik in de tuin van A Casa das Orquídeas had gezien. En van een groot aantal mannen in ouderwetse militaire uniformen.

'Hij heeft naam gemaakt als beeldhouwer tijdens de Tweede Wereldoorlog, toen hij ook heeft gevochten bij de résistance,' lichtte Floriano toe. 'Op zijn Wikipediapagina staat dat hij is onderscheiden voor getoonde moed. Dus zonder meer een interessante man. Hier, dit is een foto van hem. Je ziet dat hij niet bepaald onaantrekkelijk was,' voegde hij eraan toe.

Ik bekeek het knappe gezicht van Laurent. Met zijn sterke gelaatstrekken, strakke kaaklijn en messcherpe jukbeenderen zag hij er echt Gallisch uit.

'En dit zijn Gustavo en Izabela op hun trouwdag.'

Ik staarde naar de foto, lette niet op Izabela en keek eerst naar Gustavo. Het contrast met Laurent had niet groter kunnen zijn. Nu ik zijn schriele lichaam zag, in combinatie met zijn smalle, puntige gezicht, begreep ik waarom Bel en Maria Elisa hem met een fret hadden vergeleken. Maar ik zag ook dat hij vriendelijke ogen had.

Toen wierp ik een blik op Izabela, met haar gezicht dat zo sterk op dat van mezelf leek. Ik wilde de foto neerleggen, maar op dat moment zag ik het halssnoer dat ze droeg. 'O, lieve hemel!'

'Wat is er?'

'Kijk.' Ik wees op de foto aan waar Floriano zich op moest concentreren en klemde mijn vingers onwillekeurig om de maansteen om mijn eigen hals.

Hij bestudeerde zowel de foto als mij. 'Ja, Maia. Het ziet eruit alsof het dezelfde steen is.'

'Daarom heeft Yara me de brieven ook gegeven. Ze zei dat ze het halssnoer herkende.'

'Dus je gelooft nu eindelijk dat je verwant bent met de Aires Cabrals?' Hij keek me glimlachend aan.

'Ja, dat geloof ik zeker,' zei ik. Voor het eerst was ik er echt van overtuigd. 'Het is nu onweerlegbaar bewezen,' stemde ik met hem in.

'Dus je zult wel blij zijn.'

'Dat ben ik zeker, maar…' Ik legde de papieren neer en zuchtte. Floriano stak een sigaret op en keek me strak aan.

'Wat is er?'

'Ze liet de man van wie ze hield in Frankrijk achter en trouwde met Gustavo Aires Cabral, van wie ze níét hield. Dat is heel triest.'

'Ben jij romantisch aangelegd, Maia?'

'Nee, maar als je Izabela's brieven aan haar dienstbode leest, over haar liefde voor Laurent Brouilly, moet je wel ontroerd raken door het verhaal.'

'Nou, dan hoop ik dat je me ze snel zult laten lezen.'

'Natuurlijk,' zei ik. 'Hoewel Izabela's gevoelens voor Laurent misschien een bevlieging waren en meer niet.'

'Dat zou kunnen,' zei hij instemmend. 'Maar als dat zo zou zijn, waarom heeft je vader je dan die speksteentegel gegeven als aanwijzing voor je persoonlijke geschiedenis? Een foto van Izabela en haar man zou veel eenvoudiger zijn geweest.'

'Ik weet het niet,' zei ik met een zucht. 'En misschien zal ik er ook nooit achter komen. Ik bedoel, ik heb geen brieven meer van na 28 oktober 1928, toen ze uit Parijs is vertrokken en teruggegaan naar Rio. Dus ik neem aan dat ze met Gustavo getrouwd is en zich hier gesetteld heeft.'

'Ik denk eigenlijk niet dat dat het hele verhaal is,' zei Floriano. Hij haalde een andere gefotokopieerde foto tevoorschijn en schoof hem naar me toe. 'Deze is genomen in januari 1929. Het is een foto van het gipsmodel van het hoofd van de Cristo, net nadat het was uitgeladen uit het schip waarmee het was overgebracht uit Frankrijk. Dat vreemd uitziende voorwerp ernaast is een reusachtige handpalm. Er staan twee mannen bij. Een van hen herken ik als Senhor Heitor Levy, de projectmanager van de bouw van de Cristo. Maar kijk nu eens goed naar die andere man.' Floriano hield zijn wijsvinger bij de figuur.

Ik bekeek het gezicht van de man die tegen de hand van de Cristo leunde en vergeleek hem nog eens met de foto van de man die Floriano me een paar minuten geleden had gegeven. 'Lieve hemel, dat is Laurent Brouilly!'

'Ja.'

'Dus hij is in Rio geweest?'

'Dat denk ik wel. Je hoeft geen genie te zijn om de conclusie te trekken dat hij vanuit Frankrijk naar hier was overgekomen vanwege het Cristo-project.'

'En misschien om Izabela te zien?' vroeg ik.

'Als historicus moet je nooit zulke aannames maken, en in dit geval al helemaal niet, omdat je alleen over Izabela's gevoelens voor Laurent hebt gelezen. We weten niet zeker wat hij werkelijk voor haar heeft gevoeld,' bracht Floriano me in herinnering.

'Dat is waar. Maar in haar brieven zegt ze dat ze poseert in het atelier van Paul Landowski voor het beeld dat nu in de tuinen van A Casa das Orquídeas staat. En ze vertelt ook aan Loen, haar dienstmeisje, dat Laurent haar heeft gesmeekt in Frankrijk te blijven en niet naar Brazilië terug te gaan. Ik vraag me af of hij haar naar hier gevolgd is... Maar hoe komen we erachter of ze elkaar hier echt hebben gezien nadat hij in Rio was aangekomen?'

'We zullen het je vriendin Yara de dienstbode vragen,' zei Floriano met een schouderophalen. 'Als zij die brieven aan jou heeft gegeven, kunnen we er denk ik wel van uitgaan dat zij, om welke reden dan ook, wil dat je weet wat er echt gebeurd is.'

'Maar ze is doodsbang voor haar mevrouw. Het is één ding dat ze me de brieven heeft gegeven, maar of ze met me wil praten over wat ze nog meer weet over mijn afkomst weet ik zo net nog niet.'

'Je geeft de moed te snel op, Maia,' zei Floriano beslist. 'Ze had genoeg vertrouwen in je om je de brieven te geven. Maar zullen we nu terug naar je hotel lopen, zodat ik ze kan lezen?'

'Oké,' stemde ik met hem in.

Terwijl Floriano in mijn suite de brieven van Bel las, stak ik de weg langs het strand van Ipanema over om een verfrissende duik in de woeste golven van de Atlantische Oceaan te nemen. Toen ik me daarna liet drogen in de zon, kwam ik tot de conclusie dat Floriano gelijk had en ik niet bang moest zijn om het verhaal waarvoor ik de halve wereld over was gereisd te weten te komen.

Terwijl ik op het warme zand lag, vroeg ik me af of mijn onwil te maken had met het feit dat elke stap me dichter bij het ontdekken van de waarheid over mijn echte ouders zou brengen. Ik had geen idee of ze nog leefden of dood waren, en ik wist ook niet of Pa Salt me een aanwijzing had gegeven die me veel verder terug in het verleden had gebracht dan ik logisch gesproken hoefde te gaan.

En waarom weigerde Senhora Carvalho zo pertinent toe te geven dat haar dochter ooit een kind had gehad? Een jonge vrouw die de juiste leeftijd had om mijn moeder te kunnen zijn…

Maar toen herinnerde ik me de in het armillarium gegrifte woorden van Pa Salt weer.

Ik kon en mocht niet vluchten.

'Wil je met me teruggaan naar A Casa om te zien of Yara ons nog meer kan vertellen?' vroeg ik Floriano toen ik terug was in de hotelsuite.

'Zeker,' zei hij. Hij keek niet op van de brief die hij aan het lezen was. 'Ik heb nog maar een paar brieven te gaan.'

'Ik ga even douchen, dan kun je die ook nog lezen.'

'Oké.'

Ik trok de badkamerdeur achter me dicht, kleedde me uit en stapte onder de douche, me scherp bewust van Floriano's aanwezigheid in de kamer ernaast. Twee dagen geleden nog maar was hij een volkomen vreemde voor me geweest, maar nu had hij me door zijn ongedwongen houding en ontspannen manier van doen het gevoel gegeven dat ik hem al veel langer kende.

En toch was het boek dat ik van hem had vertaald filosofisch en ontroerend, en het gaf een gedetailleerd beeld van de angsten die mensen kunnen hebben. Dus had ik iemand verwacht die veel serieuzer zou zijn dan de man die nu maar een paar meter van me vandaan in de kamer naast me zat. Toen ik de badkamer uitkwam, zag ik dat Floriano de brieven op een keurige stapel had gelegd en uit het raam naar het strand staarde.

'Wil je ze in de kluis leggen?' vroeg hij.

'Ja.'

Hij gaf ze me aan en ik wilde de safe openen.

'Dank je, Maia,' zei hij opeens.

'Waarvoor?' vroeg ik terwijl ik de beveiligingscode intoetste.

'Dat je me die brieven hebt laten lezen. Ik weet zeker dat een heleboel collega's van me dolgraag het voorrecht hadden gehad om ze te kunnen lezen. Het feit dat je overgrootmoeder echt getuige van de constructie van de Cristo is geweest, onder hetzelfde dak heeft geslapen als Heitor da Silva Costa en zijn gezin en echt in Landowski's atelier is geweest toen hij de modellen aan het maken was, is echt verbazingwekkend. Ik ben zeer vereerd,' zei hij en maakte speels een buiginkje naar me.

'Als er iemand dank verdient, ben jij het. Je hebt me al een heel eind verder geholpen door een paar stukjes van de puzzel in elkaar te passen.'

'Nou, laten we dan nu naar A Casa rijden en zien of we er nog een paar kunnen vinden.'

'Je zult buiten moeten wachten, Floriano. Ik heb Yara beloofd dat ik niemand over de brieven zou vertellen. Ik wil haar vertrouwen niet beschamen.'

'Dan zal ik eenvoudig voor chauffeur van de senhorita spelen.' Hij keek me grijnzend aan. 'Zullen we gaan?'

We liepen vanuit de suite naar de lift en Floriano drukte op de knop om hem op te roepen. Terwijl de deuren opengingen en we naar binnen stapten, zag ik dat hij mijn beeld in de spiegelende wanden bekeek.

'Je bent bruin geworden in de zon. Het staat je goed. En nu voorwaarts mars,' voegde hij eraan toe terwijl de deuren naar de lobby opengingen en hij er met resolute passen door liep.

Twintig minuten later parkeerden we aan de overkant van de straat waaraan A Casa das Orquídeas stond. We waren met zijn tweeën langs het verroeste ijzeren hek gereden en hadden gezien dat die met zware hangsloten was gesloten sinds we er de dag tevoren op bezoek waren geweest.

'Wat is dat nou?' zei ik terwijl we allebei uit de auto stapten. 'Is dat gedaan omdat Senhora Carvalho dacht dat we terug zouden komen, denk je?'

'Als jij het weet, weet ik het ook,' antwoordde Floriano. Hij liep langs de verwilderde haag van me vandaan. 'Ik ga kijken of we nog op een andere manier binnen kunnen komen, legaal of illegaal.'

Teleurgesteld en gefrustreerd keek ik door de ijzeren spijlen naar het huis achter het hek. Wie weet was ons bezoek simpelweg toeval geweest en waren de oude vrouw en Yara al van plan geweest om van huis weg te gaan, misschien om familieleden te bezoeken. Maar op dat moment realiseerde ik me hoe wanhopig ik ernaar verlangde het verleden te kennen dat nu, daar was ik van overtuigd, mijn verleden was.

Floriano kwam naast me staan. 'Het lijkt wel een vesting. Ik ben er helemaal omheen gelopen en we kunnen alleen binnenkomen als we met een kettingzaag een stuk van de haag omzagen. Ik heb door de haag achter het huis gegluurd en gezien dat zelfs de achterluiken dicht zijn. Het lijkt alsof de boel compleet is afgesloten en er niemand thuis is.'

'En als ze nu niet terugkomen?' vroeg ik. Ik hoorde zelf hoe teleurgesteld mijn stem klonk.

'We weten niet of ze terug zullen komen of niet, Maia. Het kan ook dat we hier gewoon op het verkeerde moment zijn. Kijk, er staat in ieder geval een brievenbus voor het huis, dus ik stel voor dat jij een briefje voor Yara achterlaat met het adres van je hotel en een telefoonnummer waarop ze contact met je kan opnemen.'

'Maar als de oude vrouw dat nu vindt?'

'Neem maar van mij aan dat Senhora Carvalho niet zelf in haar brievenbus zal kijken als ze er weer is. Ze is een vrouw uit een andere tijd, en zal het aan haar dienstbode overlaten. Waarschijnlijk krijgt ze haar post op een zilveren dienblad gepresenteerd,' zei hij grijnzend.

'Oké dan,' stemde ik onwillig met hem in. Ik haalde mijn blocnote en pen uit mijn handtas tevoorschijn en schreef zoals Floriano had voorgesteld een briefje aan Yara.

'Hier kunnen we niets meer doen. Kom mee,' zei hij, terwijl ik de verroeste klep van de brievenbus opende en het briefje erin gooide.

Tijdens de twintig minuten durende rit terug naar het centrum van Rio zei ik eerst niets, omdat ik leeg was na de door het lezen van de brieven veroorzaakte opwinding en meer wilde weten.

'Ik hoop dat je er niet aan zit te denken om het op te geven.' Floriano las mijn gedachten terwijl we langs het strand van Ipanema reden.

'Natuurlijk niet. Maar ik heb geen idee wat ik nu moet doen.'

'Geduld overwint alles, Maia. We zullen gewoon moeten afwachten of Yara op je briefje reageert. En natuurlijk moeten we A Casa blijven controleren om te zien of ze daar terugkomen. Meestal is er in dit soort situaties geen sprake van een groot mysterie, maar van een heel begrijpelijke reden. Dus intussen kunnen we bedenken wat de verklaring zou kunnen zijn.'

'Zouden ze zijn vertrokken om bij familie op bezoek te gaan?' sprak ik mijn eerdere gedachte uit.

'Mogelijk, maar de oude vrouw leek me zo zwak dat ik eraan twijfel of ze een lange reis zou kunnen maken. Of aardige dingen zou kunnen zeggen na haar aankomst.'

'Dan zijn ze misschien weggegaan omdat ze bang waren dat wij terug zouden komen?'

'Ook dat is mogelijk, maar onwaarschijnlijk. Senhora Carvalho heeft haar hele leven in dat huis gewoond, en hoewel ze me niet leek te popelen om jouw eventuele familierelatie met haar te bespreken, kwamen we nou ook niet met getrokken messen en pistolen om haar onder druk te zetten,' zei hij, nadenkend achter het stuur. 'Zelf denk ik dat er maar één reden is waarom mevrouw en haar dienstbode op het ogenblik niet thuis zijn.'

'En die reden is?'

'Dat Senhora Carvalho ziek is geworden en naar een ziekenhuis is gebracht. Dus ik denk dat ik de plaatselijke ziekenhuizen maar eens ga bellen om te zien of mijn beste "oudtante" de afgelopen vierentwintig uur in een ervan is opgenomen.'

Ik keek Floriano bewonderend aan. 'Je zou weleens gelijk kunnen hebben.'

'We gaan terug naar mijn appartement en dan ga ik de telefoonnummers van de plaatselijke ziekenhuizen opzoeken en bellen,' zei hij. Hij sloeg rechts af van de Avenida Vieira Souto in plaats van langs de strandboulevard verder te rijden naar mijn hotel.

'Alsjeblieft, Floriano, laat maar, dat kan ik ook wel even op mijn laptop opzoeken.'

'Maia, hou nou eens op. Ik heb vanochtend een paar van de interessantste brieven gelezen die ik als historicus ooit onder ogen heb gehad. Er stond ook nog iets anders in, waarover ik het nog niet met je heb gehad, en dat maakt ze nog fascinerender. Misschien is het de oplossing van een al lang bestaand raadsel over de Cristo. Dus neem alsjeblieft aan dat wij elkaar helpen. Maar ik waarschuw je alvast, mijn huis is niet bepaald het Copacabana Palace,' ging hij verder terwijl we van het strand van Ipanema vandaan reden.

Een paar minuten later maakte Floriano een scherpe bocht naar rechts, en hij parkeerde zijn auto op een smalle betonstrook voor een afbrokkelend appartementengebouw. Waarschijnlijk was het maar een minuut of tien, vijftien lopen vanaf mijn hotel, maar het voelde aan als een andere wereld.

'Zo,' zei hij toen we uit de auto stapten en de stenen trap naar de voordeur op klommen. 'Welkom *chez moi*. Het spijt me, maar er is geen lift.' Hij opende de voordeur en sprong met twee treden tegelijk een smalle trap op.

Ik volgde hem naar boven, nog een trap op en toen nog een, totdat we op een kleine overloop uitkwamen en hij de voordeur opendeed.

'Ik ben niet de huiselijkste man ter wereld, maar het is een thuis,' waarschuwde hij me weer. 'Kom binnen, alsjeblieft.'

Floriano stapte naar binnen. Ik bleef op de drempel staan en aarzelde even omdat ik op het punt stond het appartement van een man die ik eigenlijk niet kende binnen te gaan. Ik zette de gedachte van me af, want ik herinnerde me de avond waarop we hadden kennisgemaakt, toen hij naar huis terug moest om het meisje dat bij hem inwoonde binnen te laten, en volgde hem.

De zitkamer waarin we binnenkwamen was zoals Floriano had aangekondigd: rommelig, met overal gebruikte spullen die nooit op hun plaats waren teruggezet. De zithoek bestond uit een versleten leren bank, een leunstoel en een salontafel vol stapels boeken, papieren, een kom met etensresten en een overvolle asbak.

'Kom, dan gaan we naar boven. Daar is het veel aangenamer, echt waar,' zei hij en liep de gang in.

We klommen nog een trap op en kwamen uit in een piepklein portaaltje met twee deuren. Floriano opende er een van en onthulde een terras dat grotendeels werd overdekt door een schuin aflopend dak. Eronder stonden een bank, tafel en stoelen en in een hoek een bureau met een laptop erop en een plank met boeken erboven. De voorkant van het terras werd niet overdekt door het dak en stond bloot aan de elementen; de potten met bloemen van links naar rechts bij de rand van het balkon schiepen een levendige, kleurrijke sfeer.

'Hier werk en leef ik. Maak het jezelf gemakkelijk,' zei hij. Hij liep op zijn gemak naar zijn bureau, klapte de laptop open en ging zitten.

Ik liep naar de rand van het terras en voelde meteen de brandende zon op mijn gezicht. Ik leunde op mijn ellebogen, keek omhoog en zag niet meer dan een paar honderd meter verderop een stadswijk van lukraak op de steile heuvel neergezette gebouwen. Vanaf de daken werden vliegers opgelaten in de wind en ik hoorde wat me gedempt tromgeroffel leek.

Na mijn steriele hotelkamer voelde ik me plotseling alsof ik met de echte, bonzende hartslag van de stad in aanraking was gekomen. 'Het is hier prachtig,' zei ik zacht. 'Is dat een favela?' Ik wees naar de huizen op de bergflank verderop.

'Ja, en tot een paar jaar geleden een heel gevaarlijke. Drugs en moord waren er aan de orde van de dag, en hoewel de wijk aan de andere kant grenst aan Ipanema, een van de exclusiefste wijken van Rio, wilde niemand in de straten er dichtbij wonen,' legde Floriano uit. 'Maar nu is er grote schoonmaak gehouden en de overheid heeft de bewoners zelfs een extraatje gegeven. Sommigen zeggen dat dat geld beter voor basisgezondheidszorg gebruikt had kunnen worden, maar het is in ieder geval een begin.'

'Maar Brazilië is toch een heel welvarend land aan het worden?' vroeg ik.

'Ja, maar net als in elke snelgroeiende economie profiteert maar een heel klein gedeelte van de bevolking van de nieuwe rijkdom, en voor de overgrote meerderheid van de armen is er niet veel veranderd. Het is hier net als in India en Rusland. Maar goed,' zei Floriano met een zucht, 'laten we niet over het onderwerp sociaal onrecht in Brazilië beginnen. Dat is een stokpaardje van me, en we hadden andere dingen te bespreken.' Hij richtte zijn aandacht weer op de computer. 'Goed, ik neem aan dat Senhora Carvalho een van de weinige gelukkigen in Rio is die niet van de rampzalige openbare ziekenhuizen gebruik hoeven te maken. Dus ik zoek een lijst van de privéziekenhuizen op, dan kunnen we die bellen. Ah, daar heb ik ze.' Ik liep naar hem terug, boog me over zijn schouder en keek op het scherm. 'Het zijn er een stuk of tien. Ik zal de telefoonnummers printen.'

'Waarom nemen we niet ieder de helft?' vroeg ik.

'Oké,' zei hij. 'Maar stel je wel voor als een naaste verwant als je de centrale receptie aan de lijn krijgt, als een schoondochter, bijvoorbeeld.' Floriano wierp me een ironische blik toe. 'Anders krijg je geen informatie van ze los.'

Het volgende kwartier was Floriano beneden met zijn mobiel, en ik bleef boven met die van mij en werkte de lijst met nummers door. Geen ervan leidde tot vreugdekreten en van de mensen die ik aan de lijn kreeg bevestigde niemand dat er de afgelopen vierentwintig uur een Senhora Carvalho was opgenomen. Toen Floriano ten slotte met een dienblad in zijn handen weer naar boven kwam, vertelde zijn gezicht eenzelfde verhaal.

'Kijk niet zo teleurgesteld, Maia,' zei hij, terwijl hij een plat bord met verschillende soorten kaas, salami en een vers stokbrood op de tafel zette. 'Laten we eten en nadenken.'

Ik viel hongerig op het voedsel aan en realiseerde me dat het al na zessen 's avonds moest zijn en dat ik sinds het ontbijt niets meer had gegeten. 'Wat was het raadsel ook alweer waarvan je dacht dat het opgelost zou kunnen worden door iets wat je in Bels brieven had gelezen?' polste ik hem toen hij genoeg gegeten had en naar het onbeschutte gedeelte van het terras liep om een sigaret op te steken.

'Nou,' zei hij, over de balkonrand leunend en in de vallende duisternis starend, 'van de jonge vrouw die Bel noemt in haar brieven, Margarida Lopes de Almeida, wordt altijd aangenomen dat Landowski haar handen als model voor de handen van de

Cristo heeft gebruikt. In de brieven bevestigt Bel dat Margarida inderdaad in Landowski's atelier aanwezig was en ook dat ze een getalenteerd pianiste was. Toen ze nog leefde, heeft Margarida nooit het gerucht ontkend dat het haar handen waren die het beeld sierden. Maar op haar sterfbed, aan paar jaar geleden, krabbelde ze terug en zei ze dat Landowski niet háár handen had gebruikt.'

Floriano keek me aan om te zien of ik begreep waar hij heen wilde.

'Bel schrijft dat Landowski tegelijkertijd met die van Margarida ook een gipsafdruk van háár handen heeft gemaakt,' antwoordde ik.

'Precies. Het kan natuurlijk ook dat geen van die beide gipsafdrukken gebruikt zijn in het uiteindelijke beeld, maar misschien heeft Margarida altijd geweten dat daaraan getwijfeld werd. Wie weet? Misschien waren het de handen van Izabela, de jonge vrouw die toen bij haar in het atelier was.'

'Mijn god,' zei ik zacht. Ik kon de enorme betekenis van wat Floriano had gezegd nauwelijks bevatten. Dat het misschien echt de handen van mijn overgrootmoeder waren die zo iconisch uitreikten en de wereld eronder liefhadden en beschermden.

'Eerlijk gezegd twijfel ik eraan of we ooit zeker kunnen weten of het waar is, maar je zult begrijpen waarom ik zo opgetogen was over de brieven,' zei Floriano. 'En ik zou veel anderen ook opgetogen maken, als Yara er ooit mee akkoord gaat dat jij wat erin staat wereldkundig maakt. Dus we moeten onze pogingen om er meer over te weten te komen niet opgeven, niet alleen om jouw eigen afkomst te ontdekken, Maia, maar ook het erfgoed van Brazilië.'

'Nee, daar moeten we mee doorgaan,' stemde ik met hem in. 'Maar zijn we nu niet op een dood spoor beland?'

'Daar moeten we simpelweg vanaf zien te komen voordat we een nieuwe weg vooruit plannen.'

'Nou, er is één ding waar ik eerder aan dacht,' zei ik.

'Wat dan?' vroeg Floriano om me aan te moedigen.

'Yara maakte nadrukkelijk duidelijk dat haar mevrouw ernstig ziek was. Dat Senhora Carvalho stervende was. Toen Yara dat zei, dacht ik dat het misschien een excuus was om van ons af te zijn. Maar Senhora Carvalho zag er echt zwak uit en het tafeltje bij haar stond vol pillenpotjes. Ik bedoel, een Zwitser die niet lang meer te leven heeft en verschrikkelijke pijn lijdt, gaat naar een verpleeghuis. Zijn er in Brazilië ook verpleeghuizen?'

'Voor de rijken, ja. Er is er een net buiten Rio. Het wordt gerund door nonnen. En de familie Aires Cabral was een vrome katholieke familie, zeker. Je zou weleens gelijk kunnen hebben, Maia.' Floriano stond op en wilde net naar zijn computer lopen toen de deur openvloog. Een klein meisje met donkere ogen en gekleed in een Hello Kitty-T-shirt en roze korte broek rende naar hem toe en wierp zich in zijn armen. '*Papai*!'

'Hallo, minha pequena. Hoe was je dag?' vroeg hij en keek haar glimlachend aan.

'Goed, maar ik heb jou gemist.'

Ik richtte mijn ogen weer op de open deur en zag een jonge, lenige vrouw staan. Ze keek me even aan, glimlachte om hallo te zeggen en wendde zich weer tot het kind. 'Kom nu, Valentina, je vader heeft het druk en je moet onder de douche. We zijn na school naar het strand gegaan omdat het zo warm was,' voegde de vrouw er tegen niemand in het bijzonder aan toe.

'Kan ik nog een poosje bij je boven blijven, papai?' Valentina pruilde toen haar vader haar weer op de vloer zette.

'Ga jij nou maar douchen, en als je klaar bent om naar bed te gaan, kom je hierheen met je boek, dan lees ik het volgende hoofdstuk aan je voor.' Hij kuste haar teder boven op haar donkere hoofdje en duwde haar zachtjes naar de jonge vrouw. 'Tot later, querida.'

'Ik moet ook gaan,' zei ik en stond op terwijl de deur achter hen dichtging. 'Ik heb nu wel genoeg van je tijd in beslag genomen.'

'Wacht nog even tot we contact hebben gehad met dat kloosterverpleeghuis dat ik in gedachten heb,' zei Floriano, en hij ging weer achter zijn laptop zitten.

'Je hebt een mooie dochter. Ze lijkt op jou,' merkte ik op. 'Hoe oud is ze?'

'Zes,' antwoordde hij, terwijl hij iets intypte. 'Ah, daar heb ik het. Er staat een telefoonnummer bij, maar ik betwijfel of er op dit uur van de avond nog iemand van de receptie is. Maar ik ga het toch even proberen.'

Ik keek toe terwijl hij het nummer op het scherm belde met zijn mobiel en die bij zijn oor hield. Een paar seconden later verbrak hij de verbinding. 'Zoals ik al dacht, is er een noodnummer voor buiten kantooruren, maar ik denk dat het te veel achterdocht zal wekken als wij er gebruik van maken. Een bezorgd familielid dat een naaste en geliefde verwant niet kan vinden en een ziekenhuis belt is één ding, maar het is onwaarschijnlijk dat bezorgde familieleden niet zouden weten dat die verwant in een verpleeghuis was opgenomen. Dus ik stel voor dat we er morgen simpelweg zelf naartoe gaan.'

'Het zou best kunnen dat dit ook een doodlopend spoor is.'

'Ja, dat zou kunnen, maar mijn intuïtie zegt me dat dit het enige zinnige aanknopingspunt is. Goed werk, Maia,' zei hij en keek me goedkeurend glimlachend aan. 'Ik zal nog een historische detective van je maken.'

'Dat zullen we morgen wel zien. En nu laat ik je met rust,' zei ik en stond op.

'Ik geef je een lift terug naar je hotel.' Floriano stond ook op.

'Ik kan wel lopen, hoor,' zei ik beslist.

'Oké. Zullen we dan morgenmiddag twaalf uur zeggen? Ik heb om half tien een afspraak met iemand van de school. Ze denken dat Valentina misschien dyslectisch is,' zei hij met een zucht.

'Natuurlijk. En het spijt me dat te horen. Hoewel Electra, een van mijn zussen, ook dyslectisch is. En een van de slimste mensen die ik ken,' zei ik om hem op te beuren. 'Plezierige avond nog, Floriano.'

28

Nadat ik de volgende ochtend wakker was geworden pakte ik Yara's brieven uit de safe en herlas die welke Bel vanuit Parijs aan Loen had gestuurd. In plaats van er wanhopig in te zoeken naar aanwijzingen van mijn eigen afkomst nam ik ze door zoals Floriano, de historicus, ze had gelezen. En ik begreep waarom hij er zo opgetogen over was. Ik legde de brieven neer, leunde achterover in mijn kussens en dacht na over hem en zijn mooie dochtertje, en de moeder, die, dacht ik, hooguit voor in de twintig kon zijn.

Om een of andere reden was ik verbaasd dat Floriano zo'n jonge vrouw als partner had gekozen. En eerlijk gezegd was ik ook wel een tikje jaloers geweest toen moeder en dochter de avond tevoren in het appartement waren binnengekomen. Soms leek het alsof de hele wereld verliefd was, maar alleen ik niet.

Ik nam een douche, kleedde me aan en ging naar de lobby beneden om Floriano te ontmoeten. Het was de eerste keer dat hij er niet al was, en dus ging ik zitten om op hem te wachten. Een kwartier later kwam hij aan. Hij zag er ongewoon gekweld uit.

'Mijn excuses, Maia. Mijn afspraak op de school duurde langer dan ik had verwacht.'

'Geen enkel probleem,' verzekerde ik hem terwijl we in de Fiat stapten. 'Ging het goed?'

'Voor zover horen dat je geliefde kind een probleem heeft "goed" kan gaan,' verzuchtte hij. 'In ieder geval is haar dyslexie in een vroeg stadium vastgesteld, dus ik hoop dat Valentina de hulp en steun zal kunnen krijgen die ze nodig heeft. Maar ik ben zelf natuurlijk schrijver, en daarom vind ik het droevig en ironisch tegelijk dat mijn kind haar hele leven moeilijk met woorden overweg zal kunnen.'

'Ik begrijp dat dat pijnlijk voor je is. Het spijt me,' zei ik. Ik wist niet wat ik anders moest zeggen.

'Ze is zo'n leuk meisje, en ze heeft geen gemakkelijk leven gehad.'

'Nou, ik heb gisteravond gezien dat ze in ieder geval twee liefhebbende ouders heeft.'

'Eén liefhebbende ouder,' sprak Floriano me tegen. 'Helaas is mijn vrouw overleden toen Valentina nog een baby was. Ze moest naar het ziekenhuis voor een simpele operatie, werd twee dagen later weer naar huis gestuurd, en toen raakte de wond geïnfecteerd. Natuurlijk zochten we direct medische hulp, en ze zeiden dat de wond na verloop van tijd zou genezen. Twee weken later overleed Andrea aan bloedvergiftiging. Dus je begrijpt wel waarom ik de Braziliaanse gezondheidszorg niet hoog aansla.'

'O, het spijt me, Floriano. Gisteravond dacht ik dat...'

'Dat Petra haar moeder was?' Floriano keek me grijnzend aan en zijn gezicht kreeg een wat minder gespannen uitdrukking. 'Ze is nog niet eens twintig, Maia, maar ik beschouw het als een compliment dat je denkt dat een ouwe man als ik nog aantrekkelijk voor zo'n jonge, mooie vrouw kan zijn.'

'O,' zei ik blozend. 'Sorry.'

'Petra studeert aan de universiteit en ze heeft een slaapkamer in mijn appartement in ruil voor wat oppasuren, vooral tijdens de schoolvakanties. Gelukkig wonen Valentina's grootouders niet ver weg, en ze gaat vaak bij hen logeren, vooral wanneer ik aan het schrijven ben. Toen mijn vrouw was overleden zeiden ze dat ze permanent bij hen kon komen wonen, maar dat heb ik geweigerd. Soms is het gecompliceerd, maar op een of andere manier gaat het. En het helpt ook dat ze zo'n gemakkelijk kind is.'

Ik had opnieuw een andere kant van Floriano gezien en realiseerde me dat deze man me keer op keer bleef verbazen. Het deed me ook nadenken over hoe leeg mijn eigen bestaan was in vergelijking met zijn complexe leven.

'Heb jij kinderen, Maia?' vroeg hij.

'Nee,' zei ik kortaf.

'Heb je een kinderwens?'

'Ik dacht het niet. Ik heb geen speciaal iemand van wie ik ze zou willen.'

'Maar ben je weleens verliefd geweest, Maia?'

'Eén keer, ja, maar het liep op niets uit.'

'Ik weet zeker dat je iemand tegen zult komen. Alleen zijn is moeilijk. Hoewel ik Valentina heb, vind ik het niet altijd gemakkelijk.'

'Het is in ieder geval veilig,' mompelde ik voordat ik mezelf kon tegenhouden.

'Veilig?' herhaalde hij en keek me verwonderd aan. 'Meu Deus, Maia! Ik heb in mijn leven heel wat momenten van diep verdriet gekend, vooral na het overlijden van mijn vrouw. Maar "veilig" is iets wat ik nooit heb willen zijn.'

'Zo bedoelde ik het niet,' kwam ik abrupt en gegeneerd blozend op mijn woorden terug.

'Ik dacht dat je het wél zo bedoelde, weet je, en dat vind ik heel triest. Trouwens, je verstoppen voor de wereld werkt niet, omdat je toch altijd weer met jezelf geconfronteerd wordt wanneer je 's ochtends in de spiegel kijkt. Je zou een beroerde gokker zijn.' Plotseling glimlachte hij. Hij zag hoe gespannen ik was en wilde er iets aan doen. 'Goed, wat doen we als we in het klooster zijn?'

'Wat stel jij voor?' vroeg ik, ontdaan na onze gedachtewisseling van even tevoren.

'Vragen of je grootmoeder is opgenomen, dacht ik. En dan zien we wel verder.'

'Oké.'

De rest van de rit legden we zwijgend af. Ik had spijt van mijn ondoordachte opmerking en voelde me gekwetst door Floriano's reactie. Ik keek uit het raampje naar het landschap terwijl we over een oplopende weg de stad uit reden.

Uiteindelijk sloegen we een bochtig grindpad in en kwamen aan bij een groot, streng gebouw van grijze natuursteen. Het klooster van São Sebastião, de beschermheilige van Rio, was tweehonderd jaar geleden gebouwd, en zo te zien was er sindsdien weinig aan gerenoveerd.

'Zullen we?' vroeg hij. Hij gaf me een geruststellend kneepje in mijn hand.

'Ja,' antwoordde ik, terwijl we allebei uit de auto klommen en naar de ingang liepen.

We stapten een groot, echoënd portaal binnen. Er was niemand te zien, en ik keek Floriano wantrouwend aan.

'Dit is een functionerend klooster en niet alleen maar een verpleeghuis, dus waarschijnlijk is er een ziekenhuisvleugel aan vast gebouwd. Ah, daar is het,' zei hij, terwijl we bleven staan voor een ouderwetse bel van bakeliet aan de muur bij de deur. Hij drukte erop en ergens binnen in het gebouw klonk een hard gerinkel. Een paar seconden later kwam er een non door de gang naar ons toe lopen.

'Kan ik iets voor jullie doen?'

'Ja, we dachten dat de grootmoeder van mijn vrouw zich in het klooster heeft laten opnemen,' zei Floriano. 'We verwachtten niet dat ze hier al zo snel heen zou zijn gegaan en maken ons natuurlijk zorgen over haar gezondheidstoestand.'

'Wat is de naam van de patiënt?'

'Senhora Beatriz Carvalho,' antwoordde Floriano. 'Het zou heel goed kunnen dat ze hier samen met haar dienstbode Yara naartoe gekomen is.'

De non keek ons onderzoekend aan en knikte ten slotte. 'Ja, zij en haar dienstbode zijn hier. Maar het is nu geen bezoekuur en

Senhora Carvalho heeft gezegd dat ze voorlopig met rust gelaten wil worden. Jullie weten natuurlijk hoe ziek ze is.'

'Natuurlijk,' bevestigde Floriano kalmpjes. 'We willen Senhora Carvalho ook niet storen, maar misschien kunnen we Yara, haar dienstbode, even spreken om haar te vragen of ze nog iets van thuis nodig heeft? Dan willen wij het graag voor haar gaan halen.'

'Wacht hier, dan zal ik proberen of ik Senhora Canterino kan vinden.'

De non draaide zich om en liep van ons vandaan. Ik keek Floriano bewonderend aan. 'Goed gedaan,' zei ik.

'Nou, laten we eerst maar eens zien of Yara met ons wil praten, want ik zeg je dat ik het liever aan de stok heb met een gewapende bende dan met een groep nonnen die een van hun zusters beschermen tijdens haar laatste dagen op aarde.'

'We weten in ieder geval waar ze nu is.'

'Ja. Zie je nou wel, Maia?' moedigde hij me aan. 'Als je op je intuïtie vertrouwt, blijk je vaak gelijk te hebben.'

Om wat afleiding te hebben tijdens het wachten liep ik naar buiten, en daar ging ik op een bank zitten die was neergezet op een plek met een prachtig uitzicht op het eronder gelegen Rio de Janeiro. Vanaf deze hoogte leken de hectische straten een verre droom, mijmerde ik, terwijl de angelusklok het middaguur sloeg en de nonnen opriep tot het gebed. De vredige sfeer had een kalmerende uitwerking op me en ik dacht dat ik zelf ook blij zou zijn als ik mijn laatste dagen hier kon doorbrengen. Het leek alsof het klooster ergens tussen de aarde beneden en de hemel erboven zweefde.

Een hand gaf me een tikje op mijn schouder en ik schrok wakker uit mijn overpeinzingen. Ik draaide me om en zag Floriano. Naast hem stond een duidelijk geërgerde Yara.

'Ik zal jullie alleen laten,' zei Floriano diplomatiek en hij liep de tuin in.

Ik stond op. 'Hallo. Dank u wel dat u me wilt zien.'

'Hoe hebt u ons gevonden?' siste Yara, alsof haar mevrouw, ver weg binnen de dikke muren van het klooster, ons zou kunnen horen. 'Senhora Carvalho zou erg van streek zijn als ze wist dat u hier was.'

'Wilt u niet gaan zitten?' Ik gebaarde naar de bank.

'Ik kan maar een paar minuten blijven, want als Senhora Carvalho erachter komt dat ik met u praat...'

'Ik beloof dat ik jullie allebei zo snel mogelijk met rust zal laten. Maar Senhora Yara, nu ik de brieven die ik van u heb gekregen heb gelezen, begrijpt u toch wel dat ik u graag opnieuw wil spreken?'

Eindelijk ging ze op de bank zitten. 'Ja,' zei ze met een zucht. 'Ik heb er de hele tijd spijt van gehad dat ik ze aan u gegeven heb.'

'Waarom hebt u het dan gedaan?'

Yara haalde haar knokige schouders op. 'Omdat iets me zei dat ik dat moest doen. Senhora Carvalho weet maar heel weinig over het verleden van haar moeder, begrijpt u. Haar vader heeft haar ervoor afgeschermd nadat...' Nerveus streek ze haar rok glad met haar magere handen.

'Nadat wat?' hield ik aan.

Ze schudde haar hoofd. 'Ik kan hier niets tegen u zeggen. Alstublieft, u begrijpt er niets van. Senhora Carvalho is hierheen gekomen om te sterven. Ze is erg ziek en heeft niet lang meer te leven. Ze moet met rust gelaten worden.'

'Dat begrijp ik wel. Maar senhora, vertel me alsjeblieft wat er met Izabel Bonifacio is gebeurd nadat ze was teruggekomen uit Parijs?'

'Ze is getrouwd met uw overgrootvader Gustavo Aires Cabral.'

'Dat wist ik al, maar hoe zit het dan met Laurent Brouilly? Ik weet zeker dat hij hier in Brazilië geweest is. Ik heb een foto van hem gezien waarop hij bij de Cristo staat. Ik...'

'Sst!' siste Yara. Ze keek snel en verontrust om zich heen. 'Alstublieft! We moeten hier niet over die dingen praten.'

'Waar en wanneer kunnen we dat dan wél doen?' drong ik aan. Ik zag dat ze in tweestrijd stond tussen haar loyaliteit aan haar mevrouw en haar wens om meer te vertellen. 'Alstublieft, Senhora Yara, ik wil alleen weten waar ik vandaan kom. Daar heeft ieder mens toch recht op? En als u het weet, vertelt u het me dan, ik smeek het u. En dan ga ik weg, dat beloof ik u.'

Ik zag dat ze in de verte staarde. Haar blik viel op de Cristo, waarvan het hoofd en de handen op dat ogenblik onzichtbaar werden gemaakt door een wolk.

'Goed. Maar niet hier. Morgen moet ik terug naar A Casa om een paar bezittingen waar Senhora Carvalho om heeft gevraagd op te halen. Daar kunnen we elkaar om twee uur zien. En ga nu alstublieft weg!' Yara was al opgestaan, en ik volgde haar voorbeeld.

'Dank u,' riep ik haar na, terwijl ze snel van me vandaan liep en achter de kloosterpoort uit het zicht verdween. Ik zag dat Floriano tegen zijn auto geleund stond en liep naar hem toe.

'Succes?' vroeg hij.

'Ze wil me morgenmiddag bij A Casa ontmoeten,' antwoordde ik, terwijl hij het portier aan de passagierskant voor me opende en ik instapte.

'Dat is fantastisch nieuws, Maia,' zei hij. Toen startte hij de motor en we reden weg.

Terwijl we de stad naderden, realiseerde ik me dat ik op het punt stond om in tranen uit te barsten.

'Gaat het een beetje?' vroeg Floriano toen we stilhielden voor het hotel.

'Ja, dank je,' antwoordde ik kortaf. Ik vertrouwde het mezelf niet toe om meer te zeggen, want ik hoorde zelf dat mijn stem haperde.

'Wil je later vanavond op bezoek komen? Valentina gaat

schijnbaar voor me koken. Je bent welkom om een hapje mee te komen eten.'

'Nee, ik wil jullie niet lastigvallen.'

'Dat zul je echt niet doen. Ik ben vandaag jarig,' zei hij met een schouderophalen. 'In ieder geval ben je welkom, zoals ik al zei.'

'Gefeliciteerd,' zei ik. Ik voelde me óf onredelijk schuldig omdat ik het niet had geweten, óf gekwetst omdat hij het me niet eerder had verteld. Ik wist het niet zeker.

'Dank je. Nou, als je vanavond niet naar ons toe wilt komen, zal ik je dan morgen komen ophalen en met je naar A Casa rijden?'

'Floriano, jij hebt nou echt wel genoeg voor me gedaan. Ik neem een taxi.'

'Alsjeblieft, Maia, ik doe het met plezier,' stelde hij me gerust. 'Ik zie dat je van streek bent. Wil je erover praten?'

'Nee. Ik ga een nacht goed slapen en dan voel ik me weer prima.' Ik wilde het passagiersportier openen, maar terwijl ik dat deed, legde hij zacht zijn hand op mijn pols.

'Denk eraan dat je in de rouw bent. Je hebt je vader nog maar een paar weken geleden verloren, en met deze odyssee naar je verleden er nog bij moet je emotioneel in de war geraakt zijn. Probeer vriendelijk voor jezelf te zijn, Maia,' voegde hij er zacht aan toe. 'Als je me nodig hebt, weet je me te vinden.'

'Dank je.' Ik stapte de auto uit, liep snel de hotellobby door en nam de lift naar mijn verdieping. Zodra ik veilig alleen in mijn kamer was, liet ik mijn tranen de vrije loop. Maar waarom ik precies huilde, wist ik niet.

Ten slotte viel ik in slaap en toen ik wakker werd, was ik kalmer. Het was na vieren, en dus ging ik naar het strand om te zwemmen in de bruisende golven van de Atlantische Oceaan. Terwijl ik terugliep naar het hotel dacht ik aan Floriano en zijn verjaardag. Hij was ontzettend aardig voor me geweest, en het minste wat ik terug kon doen was hem een fles wijn cadeau geven.

Terwijl ik het strandzand van mijn lichaam douchte, stelde ik me voor dat Valentina, Floriano's dochter van zes, zijn verjaardagsdiner voor hem klaarmaakte. Het beeld was zo aangrijpend dat ik het bijna niet kon verdragen. Floriano had haar bijna zonder hulp grootgebracht, ook al had hij haar bij haar grootouders kunnen onderbrengen.

Ik wist dat mijn kennismaking met vader en dochter en de liefde die ze klaarblijkelijk voor elkaar voelden me uit mijn evenwicht had gebracht. Om nog maar te zwijgen van Floriano's scherpzinnige opmerkingen over mij toen we naar het klooster reden.

Zet je eroverheen, Maia, zei ik ferm tegen mezelf. Ik was me ervan bewust dat alles wat er met me was gebeurd en gebeurde me een gevoel gaf alsof mijn beschermende pantser langzaam werd weggepeld en mijn kwetsbare innerlijke zelf bloot kwam te liggen. En daar moest ik mee om zien te gaan.

Nadat ik me had aangekleed, luisterde ik voor het eerst sinds drie dagen mijn voicemailberichten af. Zowel Tiggy als Ally hadden kennelijk van Ma over mijn plotselinge vertrek gehoord, en ze vroegen of ik hen terug wilde bellen omdat ze wilden weten waar ter wereld ik uithing. Ik besloot contact met ze op te nemen nadat ik Yara de volgende dag had gezien. Misschien kon ik hun dan ook precies vertellen waarom ik hier was.

Ik stuurde hun allebei een sms'je dat ik het goed maakte en hun mijn nieuws zou e-mailen, en toen, mijn eerdere gedachten omzettend in vastberaden actie, verliet ik het hotel en liep naar het hart van Ipanema. Ik vond een supermarkt en kocht twee flessen van de beste rode wijn die ze hadden en wat chocolaatjes voor Valentina. Ik liep over het drukke plein waar een avondmarkt de buurtbewoners trok en vond de weg naar de straat waar Floriano woonde.

Ik klom de stenen trap op en zag dat ik uit vijf bellen kon kiezen. Ik drukte op de eerste, kreeg geen antwoord en probeerde de tweede en de derde. Drukte op de laatste en kreeg stilte. Ik wilde juist rechtsomkeert maken en naar het hotel teruggaan toen ik iemand boven me hoorde roepen.

'Hé, Maia! Druk op de bovenste bel, en ik laat je binnen.'

'Oké,' riep ik naar hem terug. Een paar tellen later stond ik voor de al geopende voordeur van zijn appartement.

'We zijn in de keuken,' riep hij toen ik binnenkwam. 'Ga maar naar het dakterras, dan zie ik je daar.'

Ik deed wat hij me had gezegd en rook de onmiskenbare geur van aangebrand eten in de kamers beneden. Ik stond op het terras en keek naar de zon die achter de door de heuvel bedekte favela zakte. Toen verscheen Floriano eindelijk. Hij zweette.

'Sorry, hoor. Valentina wilde niet van hulp horen bij het opwarmen van de pastaschotel die Petra haar eerder had helpen maken en die ze vanavond zou opdienen. Helaas zette ze het gas voluit en nu ben ik bang dat mijn verjaardagsdiner aangebrand is. Maar ze is in de keuken om op te scheppen en wil weten of jij ook wat lust. Ik denk dat ik wel wat hulp kan gebruiken om me erdoorheen te kauwen,' bekende hij.

'Als jij zeker weet dat er genoeg is, ja, dan wil ik graag blijven.'

'O ja, er is zeker genoeg,' zei hij. Toen zag hij de flessen wijn en chocolaatjes.

'Voor je verjaardag,' zei ik. 'En ook om je te bedanken voor alle hulp die je me gegeven hebt.'

'Dat is heel lief van je, Maia, dank je wel. Ik ga nog een wijnglas halen en kijken hoe ver de kok beneden is. En ik zal tegen haar zeggen dat we nog een gast voor het avondeten hebben. Ga zitten, alsjeblieft.'

Hij wees naar de tafel terwijl hij van het terras af liep, en ik zag dat er een wit kanten tafellaken over was uitgespreid en er zorgvuldig voor twee was gedekt. De ereplaats in het midden werd ingenomen door een grote, zelfgemaakte verjaardagskaart met een afbeelding van een man met als stokjes getekende armen en benen en de woorden: *Feliz Aniversário Papai!*

Wat later kwam Floriano terug, met een dienblad met een wijnglas, extra bestek en twee kommen eten erop in zijn handen. 'Valentina heeft gezegd dat we alvast moeten beginnen met eten,' zei hij. Hij zette wat er op het blad lag op de tafel, stond op en trok een van de flessen wijn die ik had gekocht open.

'Dank je,' zei ik, terwijl hij met een extra stoel naar de tafel kwam en ook voor zichzelf dekte. 'Ik hoop echt dat ik je niet stoor. En dat Valentina het niet erg vindt dat ik kom binnenvallen bij haar speciale etentje met haar vader.'

'Het tegenovergestelde juist, ze vindt het fantastisch. Hoewel ik je waarschuw dat ze je mijn vriendin blijft noemen. Let daar maar niet op: ze probeert altijd haar arme papai te koppelen! Sáude!' zei hij en hief zijn glas.

'Sáude. En gefeliciteerd.' Ik toostte met hem.

Valentina kwam binnen met nog een kom en zette die verlegen voor me neer.

'Hallo,' zei ze. 'Ik weet van papai dat jij Maia heet, dat is een mooie naam. En jij bent ook mooi. Hè?' voegde ze eraan toe, terwijl ze zich naar haar vader omdraaide en tussen ons in aan de tafel ging zitten.

'Ik vind Maia heel mooi, ja,' stemde Floriano galant met haar in. 'En het eten ziet er heerlijk uit. Dank je, querida.'

'Maar papai, we weten allebei dat het aangebrand is en vies zal smaken. Ik vind het helemaal niet erg als je het in de vuilnisbak gooit en we chocolaatjes eten,' antwoordde Valentina pragmatisch. Ze keek naar het cadeau dat ik had meegebracht. 'Ik ben nog niet zo'n goeie kok,' zei ze schouderophalend, en ze keek me aan met haar donkere ogen. 'Ben jij getrouwd?' vroeg ze, terwijl we alle drie aarzelend onze vork hieven om te beginnen met eten.

'Nee, ik ben niet getrouwd, Valentina.' Ik onderdrukte een glimlach om haar wel erg directe ondervragingstactiek.

‘Heb je een vriend?’ ging ze verder.

‘Nee, op het ogenblik niet.’

‘Kan papai niet je vriend worden?’ stelde ze voor. Ze stopte een vork met eten in haar mond, kauwde een paar seconden en spuugde het toen zonder plichtplegingen uit in haar kom.

‘Valentina! Dat was walgelijk!’ vermaande Floriano haar streng.

‘Dit ook.’ Ze wees naar haar kom.

‘Nou, ik vind het best lekker. Ik ben altijd al dol geweest op barbecueën.’ Ik gaf haar een knipoog.

‘Het spijt me, echt. Jullie hoeven het geen van tweeën op te eten. Maar gelukkig hebben we wel een lekker toetje. Waarom ben jij hier, Maia?’ vroeg ze aan mij, van onderwerp veranderend zonder ook maar de tijd te nemen om adem te halen. ‘Help je papai met zijn werk?’

‘Ja. Ik heb een boek van je vader in het Frans vertaald.’

‘Maar je klink niet Frans en je ziet eruit als een Braziliaanse. Toch, papai?’

‘Ja, dat klopt.’ stemde Floriano met haar in.

‘Dus je woont in Parijs?’ vroeg Valentina.

‘Nee. Ik woon in Zwitserland, bij een heel groot meer.’

Valentina zette de palmen van haar handen onder haar kin. ‘Ik ben nog nooit uit Brazilië weggeweest. Kun je iets vertellen over het land waar je woont?’

Ik deed mijn best haar Zwitserland te beschrijven. Toen ik vertelde hoeveel sneeuw er in de winter viel, lichtten Valentina’s ogen op.

‘Ik heb nog nooit sneeuw gezien, alleen op plaatjes. Kan ik een keer naar jou toe komen en sneeuwengelen maken, net als jij en je zusters toen jullie klein waren?’

‘Valentina, het is erg brutaal om je bij iemand anders thuis uit te nodigen. En nu is het tijd om af te ruimen.’ Floriano wees naar de half leeggegeten kommen.

'Ja, papai. Geen zorgen, ik doe het. Blijf jij maar hier met je vriendin praten.'

Ze knipoogde ondeugend naar ons beiden, zette de drie kommen op het dienblad en daalde er vervaarlijk rammelend de trap mee af.

'Mijn excuses,' zei Floriano. Hij stond op van de tafel en ging met zijn rug tegen de muur van het buitenterras staan om een sigaret op te steken. 'Ze is soms wat vroegrijp. Misschien komt het doordat ze enig kind is.'

'Je hoeft echt geen excuses voor haar te maken, hoor. Ze stelt vragen omdat ze slim en geïnteresseerd is in de wereld om haar heen. En trouwens,' voegde ik eraan toe, 'ik weet uit ervaring dat het heus niet alleen de "enige" kinderen zijn die vroegrijp kunnen zijn. Ik heb zes zussen en de jongste daarvan beantwoordt zeer zeker aan die beschrijving. Ik vind dat je een leuke dochter hebt.'

'Ik maak me altijd zorgen dat ik haar verwen, haar te veel aandacht geef om het feit dat ze geen moeder heeft te compenseren,' zei Floriano met een zucht. 'En wat het moderne ethos met betrekking tot die dingen ook is, mannen hebben simpelweg niet het aangeboren moederinstinct zoals vrouwen dat hebben. Hoewel ik mijn best heb gedaan om het aan te leren,' voegde hij eraan toe.

'Ik denk zelf dat het niet zo veel uitmaakt wie je grootbrengt, of dat nu een man of een vrouw is, een natuurlijke of een adoptieouder, zolang ze maar van het kind houden. Maar het is logisch dat ik dat zeg, toch?' zei ik schouderophalend.

'Ja, dat zal best. Jij hebt in ieder geval een heel ongewone opvoeding gehad, Maia, afgaande op wat ik je Valentina zojuist hoorde vertellen. Die je zowel voor- als nadelen moeten hebben opgeleverd.'

'Dat kun je wel zeggen, ja.' Ik glimlachte spottend.

'Misschien wil ik daar nog eens meer over weten. Vooral over je vader. Hij lijkt me een heel interessante man.'

'Dat was hij ook.'

'Dus vertel eens, ben je al wat kalmer dan vanochtend?' vroeg hij welwillend.

'Zeker. En je hebt gelijk, natuurlijk, dat de schok van het verlies van de persoon van wie ik op de hele wereld het meeste hield nog maar net tot me door begint te dringen. Het gaat hier gemakkelijker omdat ik me hier kan voorstellen dat Pa nog steeds thuis is. Maar eerlijk gezegd draait mijn maag om bij de gedachte terug te gaan naar de realiteit dat hij er niet meer is als ik vertrek uit Rio.'

'Blijf dan nog maar wat langer,' moedigde hij me aan.

'Nou, we zullen zien wat er morgen gebeurt als ik Yara zie,' antwoordde ik, zijn opmerking negerend. 'Maar als dat nergens toe leidt, ga ik niet vechten om achter de waarheid te komen, heb ik besloten. Senhora Carvalho heeft ten slotte goed duidelijk gemaakt dat ze me niet wil kennen, of ik haar kleindochter ben of niet.'

'Ik begrijp dat je het zo ziet. Maar Maia, je weet nog niet wat er in het verleden is gebeurd dat ze zo op je reageert,' drukte Floriano me op het hart. 'Of hoe háár jeugd is geweest.'

Valentina stak haar hoofd om de deur. 'Maia, kun je me komen helpen, alsjeblieft?' zei ze hard fluisterend.

'Natuurlijk,' zei ik. Ik stond op van de tafel en liep achter haar aan de trap af en naar de keuken, waar, te midden van de chaos van aangebrande steelpannen, een taart met kaarsjes op stond. Valentina pakte hem voorzichtig op.

'Kun jij ze voor me aansteken? Papai wil niet dat ik lucifers gebruik. Ik heb er tweeëntwintig kaarsjes op gezet, want ik weet niet precies hoe oud hij is geworden.'

'Ik denk dat tweeëntwintig wel genoeg is,' zei ik glimlachend. 'We zullen ze bovenaan de trap aansteken, dan waaien ze onderweg niet uit.'

Boven in het portaaltje hurkten we neer bij de deur naar het dakterras en ik stak voorzichtig de kaarsjes aan. Ik voelde dat Valentina naar me keek. Haar ogen hadden dezelfde opmerkzame blik als die van haar vader.

'Dank je, Maia,' zei ze nadat ik het laatste had aangestoken. Ze bereidde zich voor om met de taart in haar handen naar binnen te stappen en keek glimlachend naar me op. 'Ik ben blij dat je er bent.'

'Ik ook,' zei ik. En ik realiseerde me dat ik meende wat ik zei.

Een half uur later ging ik bij hen weg, nadat ik had gezien dat Valentina begon te geeuwen en Floriano zover probeerde te krijgen dat hij haar een verhaaltje voorlas.

'Dus neem ik je morgen mee of ga je liever alleen naar A Casa?' vroeg hij me toen hij de deur van het appartement opende.

'Ik zou graag willen dat jij meeging,' bekende ik eerlijk. 'Ik denk dat ik wel wat steun kan gebruiken.'

'Goed. Dan zie ik je morgen om één uur.' Floriano kuste me hoffelijk op mijn beide wangen. 'Goedenacht, Maia.'

29

Die nacht sliep ik goed en rustig. Mijn lichaam was eindelijk gewend aan de nieuwe tijdzone. Ik werd om negen uur wakker en stak de weg over voor wat mijn gewoonlijke dagelijkse zwempartij aan het worden was. Toen ging ik terug naar mijn suite om de brieven te herlezen en maakte ik aantekeningen voor vragen die ik Yara wilde stellen. Boven, op het dakterras van het hotel, dronk ik een glaasje wijn bij de lunch in een poging mijn zenuwen te kalmeren. Ik wist dat ik geen andere mogelijkheden meer had als Yara me niet meer wilde vertellen, of als ze zelf niet wist hoe het was gekomen dat ik door Pa Salt geadopteerd was.

'Ben je hoopvol?' vroeg Floriano terwijl ik in zijn Fiat stapte.

'Ja. Tenminste, dat probeer ik te zijn.'

'Goed van je. Ga er maar vanuit dat Yara je kan helpen, tot je het zeker weet.'

'Het probleem is,' zei ik, 'dat ik me plotseling gerealiseerd heb hoe belangrijk dit voor me is.'

'Dat weet ik,' beaamde hij. 'Het is je aan te zien.'

Toen we bij A Casa aankwamen was de poort nog steeds dicht, maar we zagen tot onze opluchting dat het hangslot was verwijderd.

'Tot dusver gaat alles goed,' zei Floriano. 'Ik zal hier op je wachten tot je klaar bent.'

'Weet je dat wel zeker? Ik vind het niet erg als je met me mee naar binnen gaat, hoor.'

'Ik weet het absoluut zeker. Ik vind dit iets wat jullie beter van vrouw tot vrouw kunnen doen. Succes,' zei hij en gaf me een kneepje in mijn hand terwijl ik uit de auto stapte.

'Dank je.' Ik haalde diep adem, stak de weg over en bleef voor de hoge poort staan. Ik duwde een van de helften open en er klonk geknars vanwege het slechte onderhoud. Toen ik erdoor was, keek ik snel over mijn schouder naar Floriano, die me vanuit zijn auto nakeek. Ik zwaaide naar hem, draaide me om, liep de oprijlaan op en klom de stenen trap naar de voordeur op.

Even later werd hij opengedaan door Yara, die er kennelijk bij had staan wachten. Ze liet me binnen, sloot de deur achter ons en deed hem op slot.

'Ik heb niet lang de tijd,' zei ze gespannen. Ze liep de donkere gang met me in, naar dezelfde kamer waarin Floriano en ik de vorige keer met Senhora Carvalho hadden gesproken.

Maar dit keer bleven de luiken potdicht en alleen een staande lamp verspreidde een zwak, spookachtig licht in de kamer.

'Ga zitten, alstublieft,' zei ze.

'Dank u.' Ik ging zitten en zag dat Yara nerveus op de rand van een stoel tegenover me plaatsnam. 'Neem me alstublieft niet kwalijk als mijn plotselinge verschijning u en Senhora Carvalho ongerust heeft gemaakt,' stak ik van wal. 'Maar ik ga ervan uit dat u een reden had om mij die brieven te geven. En u moet geweten hebben dat ik meer zou willen weten nadat ik ze gelezen had.'

'Ja, ja...' Yara streek over haar voorhoofd. 'U moet begrijpen, senhorita, dat uw grootmoeder stervende is. Als zij er niet meer is, weet ik niet wat er van mij zal worden. En ik weet ook niet of ze me iets heeft nagelaten om van te leven.'

Zodra ze dat had gezegd, vroeg ik me af of Yara me informatie in ruil voor betaling wilde aanbieden. En zo ja, of die informatie betrouwbaar was. Yara moest hebben gezien dat ik fronste en ze stelde me snel gerust.

'Nee, ik vraag niet om geld. Ik zeg alleen dat ze, als ze zou weten dat ik nu met u praatte, misschien zou besluiten mijn pensioen in te trekken, als ze dat van plan was.'

'Maar waarom? Wat is het waarvan ze niet wil dat ik het weet?'

'Het heeft te maken met uw moeder Cristina, Senhorita Maia. Ze is vierendertig jaar geleden uit dit huis vertrokken. Ik wil niet dat Senhora Carvalho in haar laatste levensdagen van streek is. Begrijpt u?'

'Nee, niet echt,' antwoordde ik. Al mijn zenuwuiteinden tintelden nu mijn moeder eindelijk was genoemd. 'Waarom hebt u me die brieven dan gegeven? Die zijn tachtig jaar geleden geschreven door mijn overgrootmoeder drie generaties voordat ik zelfs maar geboren werd.'

'Omdat u, om te weten wat er met u gebeurd is, moet weten wat eraan vooraf is gegaan,' legde Yara uit. 'Hoewel ik alleen kan herhalen wat mijn moeder Loen me heeft verteld, omdat ik nog maar net geboren was toen Senhora Izabela Senhora Carvalho kreeg.'

'Alstublieft, Senhora Yara, vertel me alles wat u weet,' drong ik aan. Ik voelde aan dat elke seconde voordat Yara's moed haar in de schoenen zonk kostbaar was. 'Ik zweer dat ik u nooit zal compromitteren door Senhora Carvalho te vertellen dat u met me hebt gepraat.'

'Zelfs niet als u wist dat u op het punt staat dit huis te erven?' Yara keek me aan.

'Ik ben geadopteerd door een schatrijke man en heb op financieel gebied niks nodig, dat verzeker ik u. Alstublieft, Senhora Yara.'

Ze keek me een paar tellen strak aan en zuchtte toen om aan te geven dat ze zich gewonnen gaf.

'De brieven aan mijn moeder die u hebt gelezen eindigen zeker met de terugkeer van Senhora Izabela naar Rio?'

'Ja. De laatste was verstuurd vanaf het schip toen het onderweg uit Frankrijk in Afrika had aangelegd,' bevestigde ik. 'Ik weet dat Bel naar Rio is teruggegaan. Ik heb de foto's van haar bruiloft met Gustavo Aires Cabral in de archieven gezien.'

'Ja. Dus dan zal ik u nu vertellen wat mijn moeder heeft verteld over wat er in het anderhalve jaar daarna met Izabela is gebeurd...'

IZABELA

RIO DE JANEIRO
OKTOBER 1923

30

'Izabela! Mijn lieve dochter, je bent weer veilig bij ons thuis!' riep Antonio uit toen Bel de loopplank af kwam en in zijn open armen viel. Hij drukte haar stevig tegen zich aan en deed een stap achteruit om haar te bekijken. 'Maar wat is dat nou? Je voelt aan alsof ik een musje in m'n handen heb. Heb je dan niet gegeten? En wat zie je bleek, princesa, maar dat zal wel door het Noord-Europese weer komen. Je hebt de warme zon van je eigen land nodig, dan zul je wel weer wat kleur op je wangen krijgen. Kom, ze zijn je koffer al in de auto aan het zetten. Hij staat op de kade, niet ver hiervandaan.'

'Waar is mãe?' vroeg Bel. Ze liep met hem mee. De lucht was ongewoon grijs en somber voor oktober, en ze wilde dat de zon had geschenen, dan zou ze in een betere stemming zijn geweest.

'Ze rust thuis uit,' antwoordde haar vader. 'Ze is onwel geweest, de laatste tijd.'

'In uw brieven hebt u daar niets over gezegd,' zei Bel. Ze fronste bezorgd.

'Nu jij er weer bent, zal ze vast sneller herstellen.' Haar vader bleef staan bij een imposante zilverkleurige auto en de chauffeur hield het achterportier open, zodat Bel kon instappen. 'Wat vind je ervan?' vroeg Antonio. Hij ging naast haar op de achterbank van lichtgrijs kalfsleer zitten. 'Ik heb hem laten overkomen uit Amerika. Het is een Rolls-Royce, een Phantom, de eerste in Rio, geloof ik. Ik zal trots zijn als mijn princesa en ik er op haar trouwdag in naar de kathedraal kunnen rijden.'

'Hij is prachtig,' zei Bel afwezig. Ze dacht nog steeds aan haar moeder.

'We nemen de mooie route langs het strand, om mijn dochter te herinneren aan wat ze heeft gemist,' beval Antonio de chauffeur. 'We hebben elkaar zo veel te vertellen dat ik amper weet waarmee ik moet beginnen,' zei hij. 'Maar de zaken gaan prima. De koffieprijs stijgt met de dag, dankzij de vraag uit Amerika, en ik heb er nog twee plantages bij gekocht. Ik ben ook kandidaat gesteld voor de Federale Senaat,' vertelde hij trots. 'Gustavo's vader Maurice heeft me genomineerd. Kortgeleden is er een nieuw, prachtig gebouw in Rua Moncorvo Filho opgeleverd, waarvan ze zelfs de vloer en kroonlijsten hebben gedecoreerd met koffiebonen. Zo belangrijk is onze bescheiden boon hier in Brazilië.'

'Ik ben blij voor u, pai,' zei Bel mat, terwijl ze door de oude vertrouwde straten reden.

'En jouw bruiloft zal de mooiste zijn die ooit in Rio is gevierd, dat weet ik zeker. Ik heb het er met Gustavo en Maurício over gehad dat het huis van hun familie gerenoveerd moet worden, want daar zul jij gaan wonen als je getrouwd bent. Het is een fraai oud gebouw, zoals je weet, maar de materialen en het interieur zijn verouderd. We zijn overeengekomen dat ik als onderdeel van jouw bruidsschat de restauratie zal financieren, en ze zijn al begonnen met de werkzaamheden. Als het klaar is, zul je in een paleis wonen, mijn princesa!'

'Dank u, pai,' antwoordde Bel met een glimlachje. Ze wilde hem en, belangrijker nog, zichzelf ervan overtuigen dat ze dankbaar was.

'We willen de bruiloft houden na Nieuwjaar en net vóór het carnaval. Dus we hebben drie maanden om jou en je nieuwe thuis voor te bereiden. Je zult genoeg omhanden hebben, querida.'

Bel had half en half verwacht dat ze meteen na haar terugkeer in Rio naar het altaar geleid zou worden. Dus het zou in ieder geval wat langer duren, dacht ze, terwijl ze langs het Copacabana Palace Hotel reden en ze uitstaarde over de bulderende grijze zee die wit schuim neerkwakte op het zand.

'Als je bent bijgekomen van je reis, zullen we een diner houden, zodat je ons kunt vertellen over alle prachtige nieuwe dingen die je hebt gezien en de ontwikkeling die je in de Oude Wereld hebt doorgemaakt. Dan kun je indruk op onze vrienden maken met alles wat je weet.'

'Ik hou van Parijs,' waagde ze te zeggen. 'Het is een prachtige stad, en professor Landowski, die de buitenlaag van de Cristo maakt voor Senhor da Silva Costa, had een assistent die ook een beeld van mij heeft gemaakt.'

'Nou, als het mooi is, nemen we contact met hem op. Dan koop ik het en laat ik het overbrengen naar Brazilië,' zei Antonio.

'Ik betwijfel of het te koop is,' zei ze weemoedig.

'Als je maar genoeg biedt, is alles te koop, querida,' verklaarde Antonio botweg. 'Nou, we zijn bijna thuis, en ik weet zeker dat je moeder uit bed gekomen zal zijn om je te begroeten.'

Antonio had zijn bezorgdheid geuit toen hij zijn bleke, verwaarloosd uitziende dochter had teruggezien, maar dat was niets in vergelijking met Bels schrik toen haar moeder verscheen om haar te begroeten. Carla had altijd een weelderig figuur gehad, maar sinds de achtenhalve maand waarin Bel haar niet had gezien had ze de helft van haar lichaamsgewicht verloren.

'Mãe!' riep Bel uit terwijl ze zich in haar moeders armen wierp en haar tegen zich aan drukte. 'Wat heb je met jezelf gedaan? Je hebt zeker een dieet gevolgd!'

Carla deed haar best om te glimlachen en Bel zag hoe groot haar bruine ogen leken in haar uitgemergelde gezicht. 'Ik wil er modieus uitzien op de bruiloft van mijn dochter,' zei ze gekscherend. 'Vind je ook niet dat ik er beter uitzie, nu ik wat gewicht verloren ben?'

Bel was gewend aan Carla's grote, zachte boezem, waar ze als kind vaak tegenaan gekropen was om troost te zoeken, maar zoals ze er nu uitzag, leek ze jaren ouder, vond Bel. 'Ja, mãe, je ziet er goed uit,' loog ze.

'Mooi, mooi. Nou dan,' zei ze en gaf haar dochter een arm terwijl ze naar binnen stapten, 'ik heb je heel veel te vertellen, maar je zult eerst wel willen uitrusten.'

Aangezien Bel vele dagen aan boord van een schip had doorgebracht waar ze niet veel meer had kunnen doen dan uitrusten voelde ze zich absoluut niet vermoeid. Maar toen haar moeder opeens haar gezicht vertrok, realiseerde Bel zich dat zij zelf en niet haar dochter behoefte had aan uitrusten, en dat ze het daarom had voorgesteld.

'Natuurlijk, we kunnen eerst allebei een dutje gaan doen en later bijpraten,' zei ze en zag een flits van opluchting over haar moeders gezicht trekken. 'Jij bent degene die vermoeid is, mãe,' zei Bel toen ze bij de slaapkamerdeur van haar ouders waren aangekomen. 'Zal ik je weer in bed helpen?'

'Nee,' antwoordde Carla beslist. 'Gabriela is al binnen, en zij zal voor me zorgen. Ik zie je later.' Ze knikte naar Bel, opende de slaapkamerdeur en sloot hem achter haar.

Meteen daarop ging Bel op zoek naar haar vader en ze vond hem in zijn studeerkamer. 'Pai, vertel me alstublieft, hoe ziek is mãe?'

Antonio, die een bril was gaan dragen sinds ze hem voor het laatst had gezien, keek op van zijn papieren en nam hem van zijn neus.

'Querida, je moeder wilde niet dat je je zorgen zou maken terwijl je in het buitenland was, maar ze is een maand geleden geopereerd om een gezwel uit haar borst te halen. De operatie is gelukt en de chirurgen hebben alle hoop op een volledig herstel. Maar die hele geschiedenis heeft zijn tol van haar geëist. Ze is nu aan het aansterken. Als ze zich eenmaal heeft hersteld, zal ze zo weer de oude zijn.'

'Maar pai, ze ziet er verschrikkelijk uit! Vertel me alstublieft wat er echt met haar aan de hand is. Verberg niet voor me hoe ziek ze is.'

'Ik verberg niets voor je, Izabela, ik zweer het je. Als je me niet gelooft, vraag het haar artsen dan maar. Ze heeft alleen rust en goed voedsel nodig. Sinds de operatie heeft ze bijna geen eetlust meer.'

'Weet u zeker dat ze erbovenop zal komen?'

'Ik weet het zeker.'

'Dan zal ik haar verplegen, nu ik weer thuis ben.'

In de dagen die volgden hielp het feit dat Bel aan het welzijn van haar moeder moest denken haar ironisch genoeg enorm. Het gaf haar een focus, iets anders dan haar eigen misère om zich op te concentreren. Ze hield zelf toezicht op de bereiding van Carla's eten, zorgde ervoor dat het keukenpersoneel voedzame gerechten bereidde die haar moeder gemakkelijk kon slikken en verteren. 's Ochtends zat ze bij haar en praatte opgewekt over wat ze in de Oude Wereld allemaal had gezien, over Landowski, de Beaux-Arts en Senhor da Silva Costa's prachtige Cristoproject.

'Op de Corcovado zijn ze begonnen met het graven van de funderingen,' had Carla op een dag opgemerkt. 'Ik zou er dolgraag een keer gaan kijken.'

'Dan ga ik er met u naartoe,' had Bel geantwoord. Ze wenste dat haar moeder beter was, zodat het zou kunnen.

'En we moeten het natuurlijk over de plannen voor je bruiloft hebben,' zei Carla. Ze had zichzelf gezond genoeg verklaard om op een stoel op het terras voor haar slaapkamer te zitten. 'Daar is een heleboel over te bespreken.'

'Alles op z'n tijd, mãe, wanneer u wat sterker bent,' had Bel onvermurwbaar gezegd.

Onder het gezamenlijke souper, drie avonden nadat Bel was

thuisgekomen, zei Antonio dat hij even tevoren een telefoontje van Gustavo had gehad.

'Hij wil weten wanneer hij bij je op bezoek kan komen.'

'Misschien wanneer het wat beter gaat met mãe,' stelde ze voor.

'Izabela, hij heeft je negen maanden niet gezien. En dus heb ik gezegd dat hij morgenmiddag langs kan komen. Gabriela kan bij je moeder zitten, terwijl jij met Gustavo praat. Ik zou niet graag willen dat hij denkt dat je hem niet wilt zien.'

'Ja, pai,' zei Bel gedwee.

'Je wilt hem toch graag zien?'

'Natuurlijk.'

Gustavo kwam stipt om drie uur de volgende middag aan. Carla stond erop dat Bel een van de nieuwe jurken die ze in Parijs had laten maken zou aantrekken.

'Je moet er nog mooier uitzien dan hij zich je herinnert,' zei Carla nadrukkelijk. 'Nadat jullie zo lang uit elkaar zijn geweest, zouden we niet graag willen dat hij van gedachten verandert. Vooral niet nu je net zo mager bent als ik tegenwoordig,' plaagde ze haar dochter.

Loen hielp haar met het aantrekken van de jurk en wond haar haren in een sierlijke wrong.

'Hoe voelt u zich nu u Gustavo weer gaat zien?' vroeg Loen aarzelend.

'Ik weet het niet,' antwoordde Bel eerlijk. 'Nerveus, denk ik.'

'En die andere man over wie u me vanuit Parijs geschreven hebt? Kunt u hem vergeten?'

Bel staarde naar haar spiegelbeeld. 'Nooit, Loen, nooit.'

Toen ze klaar was, ging ze naar de salon beneden om te wachten op Gustavo. Ze hoorde dat er zacht en aarzelend werd aangebeld, en Gabriela liep de gang in om de voordeur open te doen. Ze hoorde Gustavo's stem en in de paar seconden die het duurde voordat hij binnenkwam en ze hem zag, riep Bel de hulp van de hemel in en bad ze dat Gustavo niet de onrust in haar hart zou zien.

'Izabela,' zei hij, terwijl hij met uitgestrekte armen op haar toe kwam lopen.

'Gustavo.' Ze hief haar handen naar hem op en hij pakte ze vast en keek haar aan.

'Lieve hemel, Europa moet je goed bevallen zijn! Je ziet er nog stralender uit dan ik me je herinner. Wat ben je een mooie vrouw geworden,' zei hij, en ze voelde dat hij haar centimeter voor centimeter in zich opnam. 'Hoe was het, fantastisch?'

'Zeker,' antwoordde ze. Ze gebaarde naar Gabriela dat ze een kan vers mangosap moest gaan halen en naar Gustavo dat hij moest gaan zitten. 'Vooral Parijs.'

'Ach ja, de stad van de liefde,' zei hij. 'Jammer dat we er niet samen van hebben kunnen genieten. Misschien zullen we er op een dag, als God het wil, nog eens met zijn tweeën heen gaan. Maar vertel me eerst alles over je reizen.'

Terwijl Bel hem vertelde over wat ze de maanden tevoren allemaal had gezien, besloot ze dat Gustavo nog miezeriger was dan ze zich hem herinnerde. Maar ze dwong zichzelf in plaats daarvan te focussen op zijn warme bruine ogen met de vriendelijke uitdrukking.

'Nou,' zei hij, terwijl hij van zijn sap nipte, 'dat klinkt inderdaad alsof je een geweldige tijd hebt gehad. In je brieven gaf je zo weinig details dat ik eraan twijfelde of het wel een succes was. Je hebt bijvoorbeeld niet geschreven dat een beeldhouwer je had gevraagd te poseren toen je in Parijs was.'

'Wie heeft je dat verteld?' vroeg Bel, van de wijs gebracht omdat hij het wist.

'Je vader natuurlijk, toen ik hem gisteren aan de telefoon had. Het moet een interessante ervaring zijn geweest.'

'Dat was het zeker,' bevestigde Bel bedeesd.

'Weet je,' zei hij en hij keek haar glimlachend aan, 'een week of zes geleden, toen je je voorbereidde om uit Parijs te vertrekken, had ik het vreemde gevoel dat je niet bij me terug zou komen. Ik nam zelfs contact op met je vader om na te gaan of je wel zoals gepland aan boord van het schip was gegaan. Maar dat deed ik natuurlijk omdat ik me ongerust maakte. Want hier ben je, Izabela.' Hij stak zijn hand naar haar hand uit. 'Heb je mij gemist zoals ik jou gemist heb?'

'Ja, heel erg.'

'Het is jammer dat we niet eerder kunnen trouwen, maar we moeten je moeder natuurlijk de tijd geven om te herstellen. Hoe is het met haar?'

'Ze is zwak, maar wordt langzaam beter,' zei Bel. 'Ik ben nog steeds erg boos omdat zij en mijn vader me niet hebben laten weten dat ze ziek geworden is toen ik in het buitenland was. Dan zou ik natuurlijk eerder teruggekomen zijn.'

'Nou, Izabela, misschien zijn er dingen die je maar beter niet in een brief kunt zeggen, denk je ook niet?'

Bel voelde dat ze bloosde terwijl hij haar aankeek. Met elk woord dat over zijn lippen kwam, leek hij te suggereren dat hij haar geheim kende.

'Ook al was het goed bedoeld dat ze probeerden me te ontzien, ze hadden het moeten zeggen,' antwoordde ze kortaf.

Gustavo liet haar hand los. 'Nou, je bent nu veilig thuis bij mij, en je moeder is aan de beterende hand. En daar gaat het om, nietwaar? Maar genoeg daarover,' zei hij, 'mijn moeder zou jou ook graag willen zien. Ze wil alvast een paar regelingen voor de bruiloft met je bespreken. Natuurlijk wilde ze Senhora Carla daar niet mee lastigvallen, maar er zijn een paar details die binnenkort al geregeld moeten zijn. Bijvoorbeeld de datum. Heb jij voorkeur voor een bepaalde dag van januari?'

'Liefst aan het eind van de maand, dan heeft mijn moeder zo veel mogelijk tijd om te herstellen.'

'Natuurlijk. Misschien wil je een van de eerstvolgende dagen bij mijn moeder in A Casa langskomen om de plannen voor de bruiloft met haar door te nemen? En zeggen wat je vindt van de plannen die je vader en ik hebben gemaakt voor de renovatie van ons huis? De werkzaamheden zijn al begonnen en je vader heeft een architect met een paar ultramoderne ideeën gevonden. Hij heeft voorgesteld de bovenverdiepingen opnieuw in te richten en badkamers bij de hoofdslaapkamers te bouwen. En jij zult wel wensen hebben voor het interieur van onze privésuite. Ik weet dat vrouwen veel beter in huisinrichting zijn dan wij mannen.'

Alleen al bij de gedachte dat ze in de toekomst een kamer – om nog maar te zwijgen van een bed – zou delen met Gustavo liepen de rillingen over haar rug. 'Ik kom graag wanneer het je moeder goed uitkomt,' antwoordde ze.

'Nou, zullen we dan zeggen volgende week woensdag?'

'Dat zal wel gaan, denk ik.'

'Goed. En ik hoop dat je me in de tussentijd van je gezelschap zult laten genieten. Kan ik morgenmiddag bij je langskomen?'

'Dan ben ik hier,' zei Bel. Gustavo stond op en zij deed hetzelfde. 'Tot morgen, Izabela,' mompelde hij en kuste haar hand. 'Ik verlang naar de dag dat ik geen afspraak meer hoef te maken om je te zien.'

Nadat Gustavo was vertrokken ging Bel naar haar slaapkamer op de bovenverdieping om tot rust te komen voordat ze ging kijken hoe het met haar moeder ging. Ze ging bij het raam staan en sprak zichzelf streng toe. Gustavo was lief, vriendelijk en zachtaardig en ze moest eraan denken dat het niet zijn schuld was dat ze nooit van hem zou kunnen houden zoals hij van haar hield. Of dat zij al van een ander hield…

Huiverend herinnerde ze zich Laurents waarschuwende woorden – dat ze op een dag haar ware gevoelens zou laten zien – en Bel spatte een paar handen koud water in haar gezicht voordat ze naar de kamer van haar moeder ging.

Een week later zag Bel tot haar blijdschap dat Carla, hoewel nog zwak en mager, onmiskenbaar vooruitging.

'O,' zei Carla op een middag met een zucht, nadat ze had geluisterd terwijl Bel haar voorlas uit *Madame Bovary* van Gustave Flaubert, waarvan ze de tekst van het Frans in het Portugees vertaalde terwijl ze las, zodat haar moeder de woorden kon begrijpen, 'wat heb ik toch een intelligente dochter! Wie had dat toch ooit gedacht?' Carla keek Bel vol liefde aan en streek over haar wang. 'Ik ben ontzettend trots op je.'

'En ik zal trots op u zijn als u vanavond al uw eten opeet,' antwoordde Bel.

Carla keek uit het raam de zonnige middag in en zag schaduwen over de weelderige flora en fauna in de tuin dansen. 'Als ik dat heldere licht zie, wil ik altijd op mijn geliefde fazenda zijn,' zei ze. 'Ik vind de berglucht altijd heel verkwikkend en het is er zo heerlijk rustig.'

'Zou u er graag heen willen gaan, mãe?'

'Je weet hoe graag ik daar ben, Izabela. Maar je vader heeft het natuurlijk zo druk op zijn kantoor dat hij niet uit Rio weg zal willen.'

'Het belangrijkste is wat goed voor uw gezondheid is. Laat u dit maar aan mij over,' antwoordde Bel kordaat.

Toen Bel die avond met haar vader aan het diner zat, begon ze over het idee om met Carla naar de fazenda te gaan.

'Ik denk dat haar stemming zou verbeteren en dat het ook heel goed voor haar gezondheid zou zijn. Wilt u ons laten gaan, pai, voor een paar weekjes maar? Het is nu zo heet in Rio.'

'Izabela,' zei Antonio fronsend, 'je bent nog maar net terug en je hebt het nu alweer over vertrekken. Ik begin haast te denken dat je hier niet graag bent.'

'Zo is het niet, dat weet u, pai. Maar tot we allebei vinden dat mãe aan de beterende hand is, wil ik nog geen datum voor de bruiloft vaststellen. En u weet dat ik dat graag wil doen. Dus als ze sneller herstelt op de fazenda, ga ik graag met haar mee.'

'En laat je mij hier alleen achter, zonder vrouw en kind om bij thuis te komen?' klaagde Antonio.

'Maar u kunt toch naar ons toe komen in de weekenden dat u niet werkt, pai?'

'Misschien, ja. Maar je moet niet mij maar je verloofde overtuigen. Misschien wil hij niet dat je weer bij hem weggaat.'

'Ik zal met Gustavo praten,' zei Bel.

'Natuurlijk,' zei Gustavo knikkend toen Bel hem de middag daarop het plan uitlegde. 'Ik ben voor alles waardoor we eerder voor het altaar zullen komen. En,' voegde hij er snel aan toe, 'het zal heel goed voor de gezondheid van je moeder zijn. Maar voordat jullie gaan, moeten we nog een paar beslissingen nemen.'

Bel vertelde aan een opgetogen Carla dat ze de volgende week naar de fazenda zouden gaan. Ze was niet de enige in het huishouden van de Bonifacio's die blij werd bij dat idee. Ook Loens gezicht begon te stralen toen Bel haar vroeg of ze met moeder en dochter mee naar de bergen wilde. Hoewel het niet per se noodzakelijk was dat zij erbij zou zijn, aangezien Fabiana en Sandro, de beheerders van de fazenda, ook voor hen konden zorgen, wist Bel dat het voor haar een kans was om bij haar jonge man te kunnen zijn.

'O, Senhorita Bel,' had Loen gezegd met ogen die opgetogen glinsterden, 'ik kan bijna niet geloven dat ik hem weer zal zien! Hij kan niet lezen en schrijven, dus we hebben niets meer van elkaar gehoord sinds we elkaar voor het laatst gezien hebben. Obrigada! Obrigada!'

Loen viel haar mevrouw spontaan om de hals en ging bijna huppelend de kamer uit. En Bel besloot dat ze, ook al zou ze zelf nooit met haar geliefde herenigd kunnen worden, in plaats daarvan blij zou zijn voor Loen.

De dag daarop ging Bel stipt op tijd bij Gustavo en zijn moeder langs om de huwelijksplannen te bespreken.

'Het komt heel slecht uit dat je moeder juist in deze cruciale tijd ziek is geworden en niet kan helpen de bruiloft te regelen,' zei Luiza Aires Cabral. 'Maar intussen moeten wij al het mogelijke doen om het gebeuren te plannen.'

Bels vingers jeukten om Luiza een klap in haar arrogante gezicht te geven, maar ze wist zich te beheersen. 'Ik weet zeker dat ze heel vlug beter zal zijn, vooral nu ze flink wat frisse berglucht binnen zal krijgen,' antwoordde ze.

'Nou, als wij dan ten minste de datum kunnen vaststellen, zullen ze in Rio niet denken dat het huwelijk nog langer uitgesteld zal worden, nadat jij toch al zo lang in het buitenland bent geweest. Goed...' Luiza zette haar bril op en bestudeerde haar agenda. 'De aartsbisschop heeft me al op de hoogte gesteld van de data die nog vrij zijn. Je zult begrijpen dat zijn schema al maanden van tevoren volgeboekt is. Gustavo heeft me verteld dat je graag aan het eind van januari wilt trouwen. Op een vrijdag, natuurlijk. Weekendbruiloften zijn vulgair.'

'Wat u het beste lijkt,' stemde Bel terughoudend met haar in.

'Wat de receptie naderhand betreft, vindt je vader dat we het bruiloftsontbijt in het Copacabana Palace Hotel moeten houden. Persoonlijk vind ik mensen die dat hoog aanslaan nogal ordinair, en ik zou de bruiloft liever in kleinere, selectievere kring vieren, hier in dit huis, volgens de familietraditie. Maar dat zal niet gaan, want je vader heeft besloten dat wat ik als toereikende faciliteiten beschouw gerenoveerd moet worden. Het huis zit vol werklui en ik kan niet het risico nemen dat het in januari nog niet klaar is. Dus we moeten een andere gelegenheid kiezen.'

'Ik vind alles wat u beslist goed,' herhaalde Bel.

'Wat bruidsmeisjes en -jonkers betreft, je moeder heeft de namen van een aantal neven en nichten van je uit São Paulo doorgegeven. Acht in totaal,' verklaarde Luiza. 'Van onze kant hebben we er minstens twaalf die ik in aanmerking moet laten komen, want het zijn petekinderen en die verwachten natuurlijk een leidende rol in de ceremonie. Acht is het maximumaantal begeleiders dat we kunnen toestaan zonder er een show van te maken. Heb je iemand die je speciaal op de lijst wilt zetten?'

Bel noemde twee jonge dochters van een nicht van haar moeder en een jongen van de familie van haar vader. 'Deze, alstublieft. Ik vind het goed dat mijn andere bruidsmeisjes en -jonkers van Gustavo's familie zijn.'

Ze wierp haar verloofde een blik toe, en hij keek haar innemend en met een meelevende glimlach aan.

In de twee uren die volgden stelde Luiza Bel vragen over de kleinste details van de bruiloft. Maar telkens wanneer Bel het waagde iets voor te stellen, werden haar ideeën even snel verworpen. Haar toekomstige schoonmoeder stond erop dat alles zou gaan zoals zij het wilde.

Maar op één punt wilde Bel niet van wijken weten: dat Loen na de bruiloft als haar persoonlijke bediende met haar mee zou gaan naar haar nieuwe thuis.

Toen ze dat durfde te zeggen, keek Luiza haar ijskoud aan. Een ogenblik later zwaaide ze afwerend met haar hand. 'Dat is belachelijk,' zei ze. 'We hebben hier bedienden genoeg voor je.'

'Maar…'

'Maar mãe,' onderbrak Gustavo haar. Hij kwam eindelijk voor Bel op. 'Als Izabela haar dienstmeisje, dat ze al kent sinds ze een klein meisje was, wil meenemen, dan zie ik niet in waarom dat een probleem zou moeten zijn.'

Luiza keek hem met geërgerd opgetrokken wenkbrauwen aan. 'Ik begrijp het. Nou, goed dan, het zij zo,' zei ze en knikte kortaf naar haar zoon. Toen wendde ze zich weer tot Bel en ging verder: 'Wat we vandaag hebben besproken heeft me genoeg details opgeleverd om mee vooruit te kunnen terwijl jij volgende week naar de bergen vlucht. Aangezien je al zo lang bij mijn zoon weg bent geweest, begin ik haast te denken dat je niet bij je aanstaande in de buurt wilt zijn.'

Gustavo kwam opnieuw tussenbeide. 'Kom nou, mãe, dat is niet eerlijk. Izabela wil gewoon dat de gezondheid van haar moeder verbetert.'

'Natuurlijk, en ik zal haar morgen bij de mis gedenken in mijn gebeden. Intussen zal ik mijn verplichtingen nakomen en de boel regelen tot jij en Senhora Bonifacio weer in Rio zijn om de verantwoordelijkheid te delen.' Luiza wierp een blik op de klok op de schoorsteenmantel. 'En nu moeten jullie me excuseren. Over minder dan een half uur heb ik een commissievergadering in het weeshuis van de Zusters van Genade. Gustavo, jij kunt Izabela rondleiden in de tuin en haar de renovaties in uitvoering laten zien, dan krijgen jullie wat frisse lucht. Gegroet allebei.'

Luiza liep de kamer uit en Izabela keek haar na. Ze voelde zich als een ketel die te lang op het vuur heeft gestaan en bijna overkookt.

'Trek je niet te veel van haar aan.' Gustavo kwam bij haar staan en legde zijn hand troostend op haar schouder omdat hij aanvoelde dat ze zich ergerde. 'Mãe klaagt wel, maar ze geniet van elke seconde. De afgelopen negen maanden heeft ze over niets anders gepraat. Maar goed, ik ga even met je mee de tuin in, als je het niet erg vindt.'

'Gustavo,' zei Bel terwijl ze het huis uit liepen, 'waar gaan je ouders wonen nadat we getrouwd zijn en ik hier bij jou intrek?'

Hij trok verrast zijn wenkbrauwen op toen ze die vraag stelde. 'Nou, die blijven bij ons, natuurlijk. Waar moeten ze anders heen?'

De volgende ochtend installeerde Bel Carla op de achterbank van de Rolls-Royce, en daarop nam ze naast haar plaats. Loen ging voorin naast de chauffeur zitten en toen begonnen ze de rit van vijf uur naar de streek Paty do Alferes met zijn frisse berglucht.

De Fazenda Santa Tereza was tweehonderd jaar lang eigendom geweest van de familie van baron Paty do Alferes, een Portugese edelman en, zoals Antonio had uitgelegd voordat ze die ochtend waren vertrokken, verre verwant van de familie Aires Cabral.

De wegen naar de bergstreek waren verrassend goed, omdat de rijke landeigenaren die hun koffiebonen en zichzelf van en naar Rio moesten vervoeren de aanleg ervan hadden gefinancierd. Carla kon het grootste deel van de rit ongestoord slapen.

Toen ze hoger begonnen te klimmen staarde Bel uit het raampje naar de zachte hellingen die afliepen naar de dalen beneden hen en de riviertjes met zuiver, fris bronwater die er nauwe kloven in uitsneden.

'We zijn er, mãe,' zei Bel, terwijl de auto hotsend de stoffige oprit naar het grote huis op reed.

Carla bewoog toen de auto stopte en Bel sprong eruit om de heerlijk zuivere lucht in te ademen waar de streek bekend om stond. Het was bijna avond en de cicaden sjirpten voluit. Vanila en Donna, de twee zwerfhonden die Bel haar ouders had gesmeekt te mogen houden toen ze zeven jaar geleden als hongerige pups bij de keukendeur waren opgedoken, stoven opgewonden blaffend om de benen van hun bazin.

'We zijn weer thuis,' zei Bel met een zucht van genoegen toen ze Fabiana en Sandro, de beheerders van de fazenda, achter de honden aan zag komen.

'Senhorita Izabela!' Fabiana sloeg haar armen troostend om haar heen. 'Nou, u bent nog mooier geworden sinds de laatste keer dat ik u heb gezien. Gaat het goed met u?'

'Ja, dank je,' zei ze en dempte haar stem. 'Maar ik denk dat je zult schrikken als je mijn moeder ziet. Probeer het haar niet te laten merken,' waarschuwde ze.

Fabiana knikte en keek toe terwijl de chauffeur Carla uit de auto hielp. Ze gaf Bel een tikje op haar arm en liep naar de wagen toe om haar mevrouw te begroeten. Als iemand haar moeder weer gezond kon maken, dacht Bel, dan was Fabiana het. Ze zou niet alleen voor haar bidden in het kapelletje dat was ondergebracht in een alkoof bij de salon, maar zou Carla ook alle mogelijke traditionele geneesmiddelen geven: mengsels van de verschillende planten en bloemen die hier overal groeiden en bekendstonden om hun geneeskrachtige werking.

Uit haar ooghoeken zag ze een jongeman met donkere ogen op de achtergrond. Het was Bruno, de zoon van Fabiana en Sandro. Terwijl ze met zijn allen naar de voordeur liepen, zag ze Loen koket naar hem glimlachen. En ze zag dat Bruno ook naar haar glimlachte.

Bel volgde Fabiana en Carla het huis in, zag dat de huishoudster moederlijk een arm om Carla's schouder sloeg en slaakte een zucht van opluchting. Ze was alleen verantwoordelijk geweest voor de zorg voor haar moeder en ze wist dat Fabiana nu de verantwoordelijkheid zou nemen. Terwijl Fabiana Carla meenam naar de slaapkamer om haar bagage uit te pakken en haar kamer in te richten, liep Bel over de vloer van brede planken naar de salon met meubelen van mahonie en palissander, en ze opende de deur van haar eigen meisjeskamer.

De schuiframen en buitenluiken waren geopend. Een heerlijk koel windje waaide naar binnen, terwijl ze met haar ellebogen op de vensterbank leunend van haar favoriete uitzicht genoot. Onder haar in de paddock stonden Loty, haar pony, en Luppa, de hengst van haar vader, vredig te grazen. De zacht glooiende heuvel erachter was nog steeds hier en daar begroeid met oude koffiestruiken, die op een of andere manier de jaren van slecht onderhoud hadden overleefd. Een kudde ossen vormde witte stipjes op de heuvel. Op onbegroeide stukken was de donkerrode aarde onder het taaie gras te zien.

Ze liep terug door de salon en bleef staan bij de voordeur, die geflankeerd werd door de twee majestueuze oude palmen waarnaar de streek genoemd was. Ze ging op de stenen bank op de veranda zitten en rook de zoete geur van de hibiscus die hier gedijde, keek uit over de tuinen bij het zoetwatermeer waarin ze elke dag had gezwommen toen ze nog een kind was. Terwijl ze luisterde naar het onophoudelijke gezoem van de libellen die boven de bloembedden zweefden en keek naar twee gele vlinders die speels voor haar ogen dansten, voelde Bel dat er wat innerlijke spanning van haar afviel.

Laurent zou het hier prachtig vinden, dacht ze weemoedig, en hoewel ze zich vast had voorgenomen niet aan hem te denken sprongen de tranen in haar ogen. Toen ze had besloten hem achter te laten in Parijs had ze geweten dat het voorbij was tussen hen, maar het meisjesachtige, fantasierijke deel van haar had zich afgevraagd of hij opnieuw zou proberen contact met haar te krijgen. Elke ochtend, wanneer ze de post op het zilveren dienblad op de ontbijttafel zag, stelde ze zich voor dat er een brief van hem bij zou zijn, waarin hij haar smeekte naar hem terug te komen en zei dat hij niet zonder haar kon leven.

Maar dat was natuurlijk niet gebeurd. En terwijl de weken voorbijgingen, vroeg ze zich af of zijn liefdesverklaringen waren wat Margarida ervan had gedacht, niet meer dan onderdelen van zijn plan om haar te verleiden. Ze vroeg zich af of Laurent nog weleens aan haar dacht, of dat hij de korte tijd die ze bij elkaar waren geweest als ballast uit zijn gedachten had gezet en er nu niet meer aan dacht.

Wat het antwoord ook was, wat deed het ertoe? Zij was degene die er een punt achter had gezet en ervoor had gekozen naar Brazilië en haar aanstaande huwelijk terug te gaan. De sfeer van La Closerie des Lilas en het gevoel van Laurents lippen op die van haar waren nu een herinnering, een dans met een andere wereld die niet lang had geduurd en die ze had verkozen te beeindigen. En ook al wenste en hoopte ze nog zoveel, het zou niets aan de loop van het leven waarvoor ze zelf gekozen had veranderen.

31

Parijs, november 1928

'Ziezo, eindelijk zijn we klaar met het beeld.' Opgelucht gaf professor Landowski een klap op zijn werkbank. 'Maar nu wil die gekke Braziliaan weer dat ik een schaalmodel van het hoofd en de handen van zijn Christus maak. Het hoofd wordt bijna vier meter hoog, dus het zal maar net in het atelier passen. En de vingers zullen ook bijna tot de dakbalken komen. Iedereen hier in het atelier zal in de letterlijkste zin van het woord ervaren dat we in Christus' hand zijn,' zei Landowski gekscherend. 'En als ik ze af heb, heeft Da Silva Costa me verteld, houwt hij mijn creaties klein als stukken rundvlees en dan verscheept hij ze naar Rio de Janeiro. Zo heb ik nog nooit gewerkt,' verzuchtte hij, 'maar misschien moet ik me bij zijn krankzinnigheid neerleggen.'

'Misschien hebt u geen keus,' zei Laurent instemmend.

'Nou, ik kan er in ieder geval mijn rekeningen van betalen, Brouilly, ook al kan ik geen andere opdrachten meer aannemen tot het hoofd en de handen van Onze-Lieve-Heer mijn atelier uit zijn. Ik zou er simpelweg geen ruimte voor hebben. Dus we beginnen eraan. Ga de gipsafdrukken die je een paar weken geleden van de handen van die twee dames hebt gemaakt voor me halen. Ik moet iets hebben om van te werken.'

Laurent ging de afdrukken uit de voorraadkamer halen en zette ze voor Landowski neer. De twee mannen bestudeerden ze aandachtig.

'Ze hebben allebei mooie, delicate vingers, maar ik moet weten hoe ze eruit zullen zien wanneer de handen zich meer dan drie meter uitstrekken,' ging Landowski verder. 'Goed, Brouilly, heb jij geen huis om naartoe te gaan?'

Dit was het teken dat Landowski alleen gelaten wilde worden.

'Natuurlijk, professor. Tot morgen.'

Toen Laurent het atelier uit liep, zag hij de jongen op de stenen bank op het terras voor het atelier zitten. Het was een kille maar heldere avond en de sterrenhemel was perfect. Laurent ging naast hem zitten en zag dat hij omhoogkeek.

'Hou je van de sterren?' vroeg Laurent, hoewel hij allang had geaccepteerd dat hij nooit antwoord zou krijgen.

De jongen glimlachte even en knikte.

'Dat daar is de Gordel van Orion.' Laurent wees ernaar. 'En die sterrenhoop er dichtbij heet de Zeven Zusters. Met hun ouders Atlas en Pleione die de wacht over hen houden.'

Laurent zag dat de jongen in de richting die hij aanwees keek en aandachtig naar hem luisterde. 'Mijn vader was geïnteresseerd in astronomie en hij had een telescoop in een van de zolderkamers op de bovenste verdieping van ons chateau. In heldere nachten nam hij me soms mee het dak op, en dan kreeg ik les van hem over de sterren. Op een keer zag ik een komeet, en dat was het wonderlijkste hemellichaam dat ik ooit had gezien.' Hij keek de jongen aan. 'Heb jij ouders?'

De jongen deed alsof hij hem niet had gehoord en bleef naar de lucht kijken.

'Ah, nou, ik moet gaan.' Hij gaf de jongen een klopje op zijn hoofd. 'Een goede avond nog.'

Laurent kreeg een lift en kon de weg terug naar Montparnasse gedeeltelijk afleggen als duopassagier op een motor. Aangekomen op zijn zolderkamer zag hij een figuur met opgetrokken benen in zijn bed liggen. Iemand anders lag op een matras op de vloer te slapen. Dat was niet ongewoon, vooral nu hij de laatste tijd zo vaak in het atelier van Landowski overnachtte.

Normaal gesproken zou hij de slaper nog een paar uur laten liggen en naar zijn vrienden in de bars van Montparnasse gaan. Dan kwam hij later terug, haalde de man uit zijn bed en ging er zelf op liggen. Maar deze avond was hij vermoeider dan anders en niet in de stemming voor gezelschap.

Zijn gebruikelijke joie de vivre leek hem zelfs helemaal verlaten te hebben sinds Izabela Bonifacio zich op de boot terug naar Brazilië had ingescheept.

Landowski had ook opgemerkt dat hij stiller dan gewoonlijk was en er iets over gezegd. 'Je bent toch niet ziek, Brouilly? Of zit je ergens over in?' had hij met een veelbetekenende glinstering in zijn ogen gevraagd.

'Geen van beide,' had Laurent defensief geantwoord.

'Nou, welke ziekte het ook is, onthoud dat die dingen altijd overgaan.'

Laurent had zich getroost met Landowski's fijngevoelige, meelevende woorden. Hij dacht vaak dat de professor zo sterk in zijn eigen wereld opging dat hij Laurent nauwelijks opmerkte, laat staan dat hij op zijn stemming lette. Hij had zich de laatste tijd gevoeld alsof iemand zijn hart had uitgerukt en het voor alle zekerheid onder zijn voeten had vertrapt.

Hij stapte naar zijn bed en schudde de figuur die erin lag door elkaar, maar de man kreunde alleen, opende zijn mond en wasemde de geur van verschaalde alcohol uit. Toen rolde hij weer op zijn zij. Laurent wist dat hij de man niet wakker zou kunnen krijgen, en dus besloot hij met een diepe zucht hem nog een paar uur te laten liggen om zijn roes uit te slapen terwijl hij zelf op zoek ging naar zijn avondmaal.

De smalle straatjes van Montparnasse bruisten zoals gewoonlijk en overal hoorde hij opgewekt gepraat van levenslustige mensen. Hoewel het een koude avond was, zaten de cafés tot op de trottoirs vol en een kakofonie van uiteenlopende muziekstijlen binnen in de bars teisterde Laurents gehoor. Meestal vond hij de levendigheid van Montparnasse stimulerend, maar de laatste tijd ergerde hij zich eraan. Hoe kon iedereen zo gelukkig zijn, terwijl hij zich zelf niet van de apathie en het lijden van zijn droevige stemming leek te kunnen bevrijden?

Laurent liet La Closerie des Lilas links liggen, omdat te veel geestloze bekenden hem daar bij domme gesprekken zouden betrekken, en hij liep door naar een rustiger etablissement, ging op een kruk aan de bar zitten en bestelde een absint die hij in één teug achteroversloeg. Hij keek de tafeltjes rond en zag meteen een donkere vrouw met zwart haar die hem aan Izabela deed denken. Toen hij wat beter keek, zag hij natuurlijk dat het een meisje met een minder verfijnd gezicht en harde ogen was. Maar hij leek haar de laatste tijd overal te zien, waar hij ook ging of stond.

Laurent bestelde nog een absint en dacht na over zijn situatie. In het verleden had hij bekendgestaan als een casanova, een charmante, aantrekkelijke man die benijd werd door zijn vrienden, omdat het hun leek dat hij maar met zijn ogen hoefde te knipperen om welke vrouw die hij ook wilde in zijn bed te krijgen. En ja, hij had er gebruik van gemaakt, want hij genoot van vrouwen. Niet alleen van hun lichaam, maar ook van hun geest.

Wat de liefde betreft had hij vroeger weleens gedacht dat hij misschien ervoer waarover alle grote schrijvers en dichters het hun hele leven hadden. Maar dat gevoel was toen snel genoeg verdwenen en Laurent had zich ervan overtuigd dat hij het nooit echt zou kennen.

Tot Izabela...

Toen hij haar had leren kennen had hij al zijn gebruikelijke trucs ingezet om haar te verleiden, en hij had ervan genoten toen hij haar zag blozen en ze langzaam in zijn ban raakte. Het was een spel waar hij vroeger inderdaad goed in was. Maar als hij de vis eenmaal aan de haak had en hij ermee kon doen wat hij wilde, was het nieuwe er meestal snel af. Dan begon hij zich te vervelen en ging hij op zoek naar een nieuwe verovering.

En toen, op het moment dat hij zich realiseerde dat Izabela weg zou gaan en hij, voor de eerste keer misschien, besefte dat zijn gevoelens voor haar oprecht waren, had hij zijn eerste en enige gemeende liefdesverklaring afgelegd en haar gevraagd in Parijs te blijven.

En zij had hem geweigerd.

Die eerste dagen nadat ze uit Frankrijk was vertrokken had hij zijn ontreddering geweten aan het feit dat dit de eerste keer was dat een vrouw niet voor hem was gevallen. Misschien maakte het feit dat ze onbereikbaar was het idee haar toch te bezitten uitdagender, en de gedachte dat ze op een boot de zee was overgestoken om zich voor de rest van haar leven te binden aan een man van wie ze niet hield maakte de situatie nog dramatischer.

Maar nee, aan die dingen leek het niet te liggen. Want nu, acht weken later, voelde hij zich nog steeds niet beter, hoewel hij met andere vrouwen naar bed was gegaan om te zien of dat hielp – wat niet zo was – en op een keer zo dronken was geraakt dat hij erin was geslaagd zich de hele volgende dag te verslapen, waardoor Landowski woest op hem geworden was.

Hij dacht nog steeds elk moment dat hij wakker was aan Izabela. In het atelier staarde hij voor zich uit en dan herinnerde hij zich hoe sereen ze voor hem had geposeerd en dat hij dag na dag, urenlang, zijn ogen aan haar had kunnen laven. Waarom was hij daar niet dankbaar voor? Ze was anders dan alle andere vrouwen die hij ooit had gezien, zo onschuldig, zo goedhartig. Maar, zoals hij had ontdekt toen hij haar die eerste dag, toen hij haar had geschetst, zijn vragen had gesteld, ze was ook vol passie en verlangen om alles wat het leven had te bieden te ontdekken. En haar vriendelijke daad die avond, toen ze de jongen zo teder in haar armen had genomen en er niet over had willen discussiëren of wat ze deed goed of fout was...

Laurent dronk zijn glas leeg, liet het nog eens volschenken en kwam tot de conclusie dat ze een echte godin was.

's Nachts in bed dacht hij vaak terug aan hun gesprekken, bestrafte hij zichzelf mentaal omdat hij voortdurend op haar emoties had ingespeeld, wilde hij dat hij alle grove *double entendres* waarmee hij haar in het begin verlegen had gemaakt kon terugnemen, want die had ze niet verdiend.

En nu was ze voorgoed weg. En was het te laat.

Bovendien, dacht hij somber, wat had hij een vrouw als zij te bieden? Een smerige zolderkamer die hij met anderen deelde, waar hij zelfs zijn bed per uur verhuurde, geen vast inkomen en een reputatie met vrouwen waarover ze vast had horen praten in Montparnasse. Hij had gezien dat Margarida Lopes de Almeida hem aankeek alsof ze hem doorhad, en Laurent wist zeker dat ze tegen Izabela had gezegd wat ze over hem dacht.

Laurent riep om een kom soep voordat de absint bezit nam van zijn hersencellen en hij van zijn barkruk zou vallen. Hij dacht voor de zoveelste keer na over de vraag of hij haar de brief zou sturen waaraan hij elk uur sinds ze was vertrokken had gedacht. Maar hij wist natuurlijk dat die in verkeerde handen zou kunnen vallen en haar zou compromitteren.

Hij kwelde zichzelf voortdurend met de vraag of ze al getrouwd zou zijn. Dan was alles voor hem verloren. Hij wilde het Margarida vragen, maar die was niet meer in het atelier, omdat haar stage van twee maanden ten einde was gekomen. In Montparnasse had hij het gerucht gehoord dat zij en haar moeder naar Saint-Paul-de-Vence waren vertrokken, waar het warmer weer was.

'Brouilly.'

Hij voelde een hand op zijn schouder neerkomen en draaide zijn bloeddoorlopen ogen in de richting van de stem.

'Hoe gaat-ie?'

'Goed, Marius,' antwoordde hij. 'En met jou?'

'Zoals gewoonlijk: arm, dronken en ik heb behoefte aan een

vrouw. Maar in plaats daarvan moet ik me met jou behelpen. Wat drinken?'

Laurent keek toe terwijl Marius een kruk bijtrok. De zoveelste onbekende kunstenaar in Montparnasse die leefde op goedkope alcohol, seks en dromen van een stralende toekomst. Hij dacht aan de man in zijn bed op zijn smerige zolderkamer en besloot de bar uit te rollen wanneer het licht werd en te slapen waar hij op straat neerviel. 'Ja,' zei hij. 'Doe mij nog maar een absint.'

Die avond was het begin van een weekeinde waarin Laurent zijn verdriet verdronk. En waaraan hij, toen hij met waterige ogen Landowski's atelier binnenstrompelde, weinig herinneringen had.

'Kijk nou wat de kat naar binnen heeft gebracht,' merkte Landowski op tegen de jongen, die op een kruk zat en enthousiast toekeek terwijl de professor werkte.

'*Mon Dieu*, professor, wat hebt u al een hoop gedaan!' Laurent staarde naar de enorme hand van Christus en kon alleen aannemen dat Landowski de afgelopen achtenveertig uur voortdurend aan het beeld had gewerkt.

'Wel, het is vijf dagen geleden dat je hier voor het laatst geweest bent, dus iemand moest het doen. De jongen en ik stonden al op het punt een zoekpatrouille te sturen om de riolen van Montparnasse uit te kammen,' voegde hij eraan toe.

'Zegt u nu dat het al woensdag is?' vroeg Laurent geschrokken.

'Klopt,' zei Landowski. Hij richtte zijn aandacht weer op de grote witte vorm en zette zijn scalpel in het nog natte gips. 'Nu ga ik de vingernagels van Onze-Lieve-Heer doen,' zei hij tegen de jongen, Laurent nadrukkelijk negerend.

Toen Laurent terugkwam uit de keuken, waar hij water in zijn gezicht had geplensd en er twee glazen van had verzwolgen om de pijn in zijn hoofd wat te verlichten, keek Landowski hem snel aan.

'Zoals je ziet, heb ik een nieuwe assistent gevonden.' Hij gaf de jongen een knipoog. 'Híj verdwijnt tenminste niet voor vijf dagen, om dan nog dronken van de avond tevoren op te komen dagen.'

'Mijn excuses, professor, ik...'

'Genoeg! Als je je nog een keer zo gedraagt, laat ik dat niet meer over mijn kant gaan, Brouilly, begrijp me goed. Ik had je hulp hierbij nodig, en je was er niet. En nu ga je voordat je aan de handen van mijn Christus durft te zitten naar mijn vrouw en je zegt haar dat ik je heb opgedragen je kater eruit te slapen.'

'Ja, professor.'

Met een rood hoofd liep Laurent het atelier uit, zichzelf verwijtend dat hij dit had laten gebeuren, en daarop werd hij door Landowski's begripvolle vrouw Amélie in bed gestopt.

Vier uur later werd hij wakker. Hij nam een koude douche, at de kom soep die Amélie hem aanbood op en kwam aanzienlijk verkwikt het atelier weer binnen.

'Dat is beter,' zei de professor met een knikje. Hij liet zijn ogen over Laurent gaan. 'Zo kun je weer werken.'

De reusachtige hand had nu een wijsvinger en de jongen zat nog steeds op de kruk waarop Laurent hem eerder had gezien en sloeg Landowski aandachtig gade bij zijn werk.

'Zo, dan beginnen we nu aan de ringvinger. Daar is het model waarvan ik werk.' Landowski wees naar een van de gipsafdrukken die Laurent van Izabela's en Margarida's handen had gemaakt.

Laurent liep erheen en vroeg: 'Welk paar handen hebt u uiteindelijk gekozen?'

'Ik heb geen idee, want er stond geen naam op. En misschien is dat maar beter ook. Het worden tenslotte de handen van niemand minder dan Christus.'

Laurent bestudeerde de gipsafdruk, zocht naar het scheurtje in de pink dat hij zorgvuldig had gelijmd toen hij hem van de hand van Mademoiselle Margarida had verwijderd. Hij zag er niets van.

Met een schok van genoegen realiseerde Laurent zich dat hij nu zeker wist dat Landowski Izabela's handen had gekozen als model voor die van de Christus van Rio.

32

Paty do Alferes, Brazilië, november 1928

In de twee weken dat Bel nu op de fazenda in de bergen was, had ze gezien dat haar moeder aansterkte. Of dat aan de zuivere berglucht, de schoonheid en sereniteit van de omgeving of Fabiana's verpleging lag, wist Bel niet. Maar Carla was wat zwaarder geworden en had nu genoeg energie om zonder ondersteuning korte wandelingetjes in de prachtige tuinen te kunnen maken.

Alles wat ze aten was van de boerderij zelf of uit de streek afkomstig: vlees van hun runderen, kaas en melk van de geiten op het lagergelegen land en groenten en fruit van de plaatselijke boerderijen. De streek stond bekend om de teelt van tomaten, en Fabiana zwoer bij de geneeskrachtige eigenschappen, sneed ze in stukken, hakte ze fijn en verwerkte ze in allerlei gerechten.

En Bel begon te voelen dat ze zelf ook beter aan het worden was. Het was therapeutisch om 's ochtends nadat ze wakker was geworden haar badpak aan te trekken en een verfrissende duik in het meer te nemen, voordat ze aanschoof om te ontbijten met een paar plakken heerlijke zelfgebakken cake van Fabiana. Er was een waterval op hun land, met fris water van de bergen hogerop. Bel ging er vaak onder zitten, staarde naar de bergen en voelde de ijskoude stroom haar rug masseren.

Overdag, wanneer haar moeder rustte, lag ze op de koele veranda en las, liefst boeken over filosofie en de kunst van het vrede hebben met jezelf, in plaats van de romantische verhalen waaraan ze de voorkeur gaf toen ze jonger was. Ze begreep nu dat die verzonnen waren en dat liefde in het echte leven niet altijd goed afliep.

Op de meeste middagen zadelde ze Loty en dan ging ze rijden op de ruwe paden en over de hellingen, en hield ze stil op de top van een heuvel waar paard en ruiter even konden bijkomen en van het prachtige uitzicht genieten.

De avonden bracht ze door met kaarten met haar moeder, en daarna ging Bel voldaan en slaperig naar haar kamer. Voordat ze haar ogen sloot, zei ze haar gebeden en vroeg ze God of Hij haar moeder weer gezond wilde maken, haar vader succes in zaken wilde gunnen en ervoor wilde zorgen dat Laurent – die fysiek zo ver van haar weg was maar nog steeds een warm plaatsje in haar hart had – in de toekomst geluk zou vinden.

Dat was het enige geschenk dat ze hem kon geven. En ze probeerde het vrijelijk en zonder wroeging aan te bieden.

Wat haar niet hielp, was dat Loen en Bruno 's avonds vaak helemaal met elkaar verstrengeld gingen wandelen. Op een keer zag ze hen heimelijk zoenen bij het meer en werd ze verteerd door jaloezie.

Hier in de bergen, dacht Bel op een avond toen ze in bed lag en voor de zoveelste keer terugdacht aan Laurents aanrakingen, leek het leven buiten de fazenda ver weg. Het was hetzelfde gevoel dat ze had ervaren in Parijs, toen haar huwelijk met Gustavo en het leven dat ze in Rio zou leiden ook ver weg hadden geleken, zoals nu de doolhof van steegjes van Montparnasse, waar ze Laurent in haar verbeelding vaak door zag lopen.

Toen ze drie weken op de fazenda waren, kwam Antonio een weekend bij hen doorbrengen. De sfeer veranderde op slag toen Fabiana hectisch begon schoon te maken en haar man het toch al keurig bijgehouden gras nog eens knipte en de altijd glimmende koperen ornamenten aan de muur van de eetkamer een extra poetsbeurt gaf.

‘Hoe is het met haar?’ vroeg Antonio toen hij halverwege de middag aankwam terwijl Carla lag te rusten.

‘Ze is flink vooruitgegaan, pai. Ik denk dat ze over een paar weken sterk genoeg zal zijn om terug te gaan naar Rio. Fabiana zorgt heel goed voor haar.’

‘Nou, ik zal het straks zelf zien als ze wakker is. Maar Izabela, het is bijna december,’ zei Antonio. ‘Eind januari ga je trouwen, en er is nog veel te doen. Als je moeder beter aan het worden is nu Fabiana haar verpleegt, zoals je zegt, dan vind ik dat je haar hier moet achterlaten en met mij moet teruggaan naar Rio.’

‘Maar pai, ik weet zeker dat mãe haar dochter liever bij haar heeft.’

‘En ík weet zeker dat je moeder zal begrijpen dat de bruid in Rio moet zijn om haar bruiloft te regelen,’ wierp Antonio tegen. ‘Om nog maar niet te zeggen dat je je gezicht moet laten zien aan je verloofde. Ik vind dat Gustavo onder de gegeven omstandigheden heel geduldig is geweest. Hij moet de indruk hebben dat zijn aanstaande elke kans om van hem weg te vluchten aangrijpt. En ik weet dat zijn ouders zich grote zorgen over de bruiloft maken. Net als ik. Dus je gaat met mij terug naar Rio, en daarmee uit.’

Daarop liep haar vader de kamer uit om zijn vrouw te gaan zien, en Bel wist dat ze was verslagen.

‘Mãe,’ zei ze toen ze Carla twee dagen later ten afscheid kuste, ‘alstublieft, als u me nodig hebt, kom ik graag terug. Fabiana zal me vanuit het dorp opbellen om me te laten weten hoe het met u gaat.’

‘Maak je om mij geen zorgen, piccolina,’ zei Carla terwijl ze teder de wang van haar dochter streelde. ‘Ik ben beter aan het worden, neem dat maar van me aan. Bied Senhora Aires Cabral mijn excuses aan en zeg haar dat ik binnenkort weer in Rio hoop te zijn. Maar kom, en geef je moeder nu een knuffel.’

Dat deed Bel en Carla ging bij de voordeur staan om haar man en dochter uit te wuiven. Antonio wierp zijn vrouw een kushandje toe, waarna de auto de steenachtige weg op reed.

'Het is een pak van mijn hart dat ze aan de beterende hand is,' zei Antonio opeens. 'Ik zou echt niet weten wat ik zonder haar moet beginnen.'

Verbaasd zag Bel de zeldzame blik van kwetsbaarheid in haar vaders ogen. Want meestal leek het haar dat Antonio nauwelijks aandacht aan zijn vrouw besteedde.

De volgende maand was vol eindeloze tochtjes naar A Casa das Orquídeas om te vergaderen met Luiza en beslissingen over de details van de bruiloft te nemen. Hoewel Bel vastbesloten was om zich niet door het mens op stang te laten jagen, moest ze vaak op haar tong bijten vanwege Luiza's arrogante, neerbuigende manier van doen.

In het begin had ze nog suggesties gedaan voor de kerkliederen die ze graag wilde horen, het ontwerp van de jurken van haar bruidsmeisjes, om die te laten passen bij haar eigen prachtige japon, en een menu voor het bruiloftsontbijt. Maar telkens weer wist Luiza een reden te vinden om Bels ideeën als ongepast te verklaren. Uiteindelijk had Bel ingezien dat simpelweg akkoord gaan met alles wat Luiza voorstelde de minst pijnlijke opstelling was.

Gustavo was soms aanwezig bij hun besprekingen in de salon, en wanneer ze wegging gaf hij haar een kneepje in haar hand. 'Dank je dat je je zo goed houdt met mijn moeder. Ik begrijp dat ze erg bazig kan zijn.'

Dan kwam Bel uitgeput thuis, met hoofdpijn van de stress omdat ze akkoord moest gaan met alles wat Luiza zei, en ze vroeg zich af hoe ze zichzelf in hemelsnaam zou moeten beheersen wanneer ze echt met haar onder één dak zou wonen.

Toen het hoogzomer was in Rio ontdekte Bel dat ze, nu haar

moeder niet thuis en haar vader van 's ochtends vroeg tot 's avonds laat op zijn kantoor was, veel meer vrijheid dan normaal had. Loen, die de wanhoop nabij was sinds ze Bruno had achtergelaten om terug te gaan naar Rio, ging vaak met Bel naar het stationnetje en dan namen ze de trein de berg op om te zien hoe het Cristo-project vorderde. Vanaf het uitzichtplatform konden ze zien dat het een drukte van belang was op de bouwplaats; grote ijzeren balken werden op hun plaats gehesen en ze konden nu de vorm van het kruis onderscheiden.

Bel vond het opbeurend te zien dat het werk vorderde. Sinds haar tijd op de fazenda had ze meer vrede met het feit dat ze altijd van Laurent zou houden, wat hij ook over haar dacht en of hij al dan niet van haar hield. En dus had ze zich gewonnen gegeven en het geaccepteerd, en ze wist dat ze haar geheime liefde voor Laurent de rest van haar leven in haar hart zou koesteren.

33

Parijs, december 1928

'Dus ze zijn klaar om in stukken te worden gehakt en naar die grote koffiefabriek van een land overzee verscheept te worden,' verklaarde Landowski terwijl hij het hoofd en de handen van Christus bestudeerde, die nu elke vierkante centimeter ruimte in zijn atelier innamen.

Landowski liep om het hoofd heen en bekeek het nadenkend. 'De kin bevalt me nog niet. Op deze afstand steekt hij van de rest van het gezicht uit als een reusachtige glijbaan, maar de gekke Braziliaan heeft me gezegd dat hij het zo wil hebben.'

'Hij zal van grote afstand worden gezien, professor,' merkte Laurent op.

'Zijn Vader in de hemel is de enige die weet of mijn meesterwerk veilig in Rio zal aankomen,' bromde Landowski. 'De Braziliaan is er een plaats op een vrachtschip voor aan het regelen. Laten we hopen dat de zee kalm is en er in het ruim geen andere laadkist op mijn creatie valt. Als ik kon zou ik meegaan om toezicht te houden op de verscheping en de eerste stadia van de opbouw, maar daar heb ik simpelweg de tijd niet voor. Dit project heeft al twee keer zoveel tijd gekost als de bedoeling was, en ik moet nog steeds de Sun Yat-sen-opdracht afmaken, waarmee ik nu ook al mijlenver achterlig,' verzuchtte hij. 'Maar goed, ik heb gedaan wat ik kon en we zien wel wat ervan komt.'

Terwijl Laurent Landowski aanhoorde, ontkiemde er een heel klein zaadje van een idee in zijn gedachten. Hij hield het voor zichzelf, wilde erover nadenken voordat hij het voorstelde.

De dag daarop kwam Heitor da Silva Costa naar het atelier, en de twee mannen besloten waar en hoe ze het hoofd in stukken zouden verdelen. Laurent hoorde Landowski opnieuw zeggen dat hij zich zorgen maakte dat er onderweg iets met de modellen van het beeld zou gebeuren.

‘U hebt gelijk,’ stemde Heitor met hem in. ‘Eigenlijk zouden ze regelmatig gecontroleerd moeten worden in het ruim, maar ik kan niemand van mijn team missen om de reis te maken. Mijn tekenaars hier zijn nog niet klaar.’

‘Misschien kan ík meegaan,’ zei Laurent opeens, het idee dat hij sinds de dag tevoren had uitsprekend.

De beide mannen draaiden zich verbaasd naar hem om. ‘Jij, Brouilly? Maar ik dacht dat je vastzat aan de straten van Montparnasse en je hectische sociale leven,’ zei Landowski.

‘Ik heb helaas nog nooit de kans gehad om naar het buitenland op reis te gaan, professor. Misschien zouden een paar maanden in zo’n exotisch land mijn artistieke horizon verbreden en me inspireren.’

‘En als je terug bent, zul je vast een groots beeldhouwwerk van een koffieboon maken,’ schamperde Landowski.

‘Senhor Brouilly,’ zei Heitor, ‘als u werkelijk meent wat u zegt, vind ik het een heel goed idee. U bent erbij geweest sinds de conceptie van het beeld. U hebt zelfs eigenhandig een bijdrage aan delen ervan geleverd. Als de professor u kan missen kunt u als zijn waarnemer in Rio optreden terwijl wij het opbouwen.’

‘En erop letten dat er geen vinger in de neus van Onze-Lieve-Heer gestoken wordt als ze de stukken weer in elkaar zetten,’ mompelde Landowski binnensmonds.

‘Ik vertrek met genoegen, professor, als u dat wilt,’ zei Laurent weer. ‘Wanneer is de afvaart, Monsieur da Silva Costa?’

‘Ik heb de overtocht geboekt voor de volgende week, dan hebben we tijd genoeg om de modellen in stukken te snijden en secuur in kisten te verpakken. Hoe eerder ze in Rio aankomen en alle delen veilig en wel afgeleverd zijn, hoe tevredener ik ben. Kunt u zo snel al vertrekken, Monsieur Brouilly?' vroeg Heitor.

'Hij zal eerst zijn agenda wel moeten raadplegen om te zien of hij een paar van zijn aankomende opdrachten kan verzetten,' zei Landowski. Hij wierp Laurent een blik toe die zei dat hij zich koest moest houden. 'Hij krijgt zijn reis en verloren tijd toch wel vergoed? In de vorm van vrije kost en inwoning, bijvoorbeeld?'

'Uiteraard,' bevestigde Heitor snel. 'En dat is waar ook, een paar dagen geleden heb ik een telefoontje gehad van Gustavo Aires Cabral, de verloofde van Izabela Bonifacio. Hij had gehoord over uw beeld van haar, Senhor Brouilly, en zou het zijn vrouw graag aanbieden als huwelijksgeschenk. Ik heb gezegd dat ik u zou vragen of u het wilt verkopen.'

'Ik...'

Laurent wilde juist zeggen dat hij het beeld van zijn geliefde Izabela nooit ofte nimmer aan haar verloofde wilde verkopen, maar werd onderbroken door Landowski.

'Wat jammer, en juist nu je er hier een rijke koper voor had gevonden, Brouilly. Heb je zijn aanbod geaccepteerd?'

Verward antwoordde Laurent: 'Nee, ik...'

'Nou, dan doet de verloofde van Mademoiselle Bonifacio misschien een beter bod, en kun jij beslissen. Je zei toch dat je er tweeduizend francs voor kon krijgen?' Landowski wierp Laurent nogmaals een blik toe, om hem te suggereren dat hij het spelletje moest meespelen.

'Ja.'

'Dus Heitor, zeg maar tegen die Monsieur Aires Cabral dat het beeld van hem is als hij bereid is er meer voor te bieden en de verschepingskosten naar Rio te betalen.'

'Dat zal ik doen,' zei Heitor. Aan zijn gezichtsuitdrukking was te zien dat hij er in de verste verte niet in geïnteresseerd was te onderhandelen over de prijs van het beeld van iemand anders en vooral aan zijn eigen beeld dacht. 'Ik weet zeker dat het geen probleem zal zijn. Dus ik kom morgen langs om te zien hoe jullie vorderen met onze reusachtige legpuzzel. Gegroet allebei.' Heitor knikte naar hen en liep het atelier uit.

'Waarom zei u dat allemaal, professor?' vroeg Laurent. 'Ik heb geen koper voor het beeld van Mademoiselle Izabela. En ik was ook niet van plan het van de hand te doen.'

'Begrijp je dan niet, Brouilly, dat ik je een gunst deed door op te treden als je vertegenwoordiger?' vroeg Landowski vermanend. 'Je zou me dankbaar moeten zijn. Denk maar niet dat ik niet begrijp wat de echte reden is waarom je opeens zo nodig met de delen van de Christus de halve wereld over wilt reizen. Als je besluit in Brazilië te blijven, moet je wat geld hebben. En als je zo dicht bij de levende, ademende persoon bent die je geliefde beeld heeft geïnspireerd, heb je dat verder toch niet nodig? Laat de verloofde haar onsterfelijk gemaakt in steen bezitten en haar uiterlijke schoonheid aanbidden. Ik vermoed dat hij nooit zoals jij haar ziel zal kunnen bereiken. Het lijkt mij een goeie ruil.' Landowski grinnikte. 'Zo, en dan gaan we nu weer aan het werk.'

Toen Laurent die avond op zijn veldbed in het atelier lag, tussen het hoofd en de enorme vinger van Onze-Lieve-Heer, vroeg hij zich af waar hij in hemelsnaam mee bezig was.

Izabela had duidelijk gemaakt waar haar toekomst lag. Haar huwelijk moest voor de deur staan en zou naar alle waarschijnlijkheid al zijn voltrokken wanneer hij in Rio aankwam. Hij wist niet wat hij precies hoopte te bereiken door erheen te reizen.

Maar zoals alle verliefden geloofde Laurent in het lot. En terwijl hij nog een blik wierp op de enorme handpalm voordat hij zijn ogen sloot, hoopte hij maar dat het hem een handje zou helpen.

34

Rio de Janeiro, januari 1929

De ochtend van de bruiloft van Gustavo Maurício Aires Cabral en Izabela Rosa Bonifacio brak heet en helder aan en er was bijna geen wolkje aan de lucht. Met tegenzin kwam Izabela voor de laatste keer als maagd uit haar bed. Het was nog vroeg, en terwijl ze haar slaapkamer uit liep, was het enige geluid dat ze kon horen het gekletter van pannen, ver weg in de keuken.

Ze trippelde op blote voeten naar beneden en liep door de salon naar de smalle alkoof met het kapelletje. Ze stak een kaars aan op het altaar, knielde neer op het met rood fluweel beklede bidbankje, sloot haar ogen en vouwde haar handen.

'O Heilige Maagd Maria, geef me kracht op mijn trouwdag, alstublieft, en laat me sterk genoeg zijn om met een open hart mijn huwelijk in te gaan en een liefhebbende vrouw voor mijn echtgenoot te zijn. En een geduldige en zorgzame schoondochter voor zijn ouders,' voegde ze er emotioneel aan toe. 'Schenk me gezonde kinderen en maak dat ik mijn zegeningen tel en niet bij mijn problemen stil blijf staan. Zorg dat mijn vader rijk blijft en maak mijn moeder weer gezond. Amen.'

Bel opende haar ogen, keek op naar het vervaagde gezicht van de madonna en knipperde haar tranen weg.

'U bent een vrouw, dus ik hoop dat U me de gedachten die ik in mijn hart nog steeds heb zult vergeven,' fluisterde ze.

Een paar seconden later stond Bel op en na een kniebuiging te hebben gemaakt en diep te hebben ingeademd stond ze op.

Toen stapte ze de kapel uit om te beginnen aan wat de gelukkigste dag van haar leven zou moeten zijn.

Wat de formaliteiten betreft, had de dag niet beter kunnen verlopen. Langs de straten stonden rijen mensen die Izabela en haar vader bij de kathedraal zagen aankomen en juichten toen ze in de oogverblindende trouwjurk van chantillykant die Jeanne Lanvin in Parijs voor haar had ontworpen uit de Rolls-Royce stapte. De prachtige kathedraal zat afgeladen vol en terwijl haar vader trots naast haar over het gangpad op Gustavo af liep, keek ze heimelijk door haar sluier van wit gaas, en ze zag de vele bekende gezichten van de elite van het land.

Een uur later luidden de klokken en leidde Gustavo zijn bruid over het gangpad de kathedraal uit en de stenen trap ervoor af. De menigte begon opnieuw te juichen toen hij haar in het door paarden getrokken rijtuig hielp, zodat ze door de straten naar het Copacabana Palace konden rijden. Bel stond naast haar kersverse man en ontving de driehonderd gasten die de een na de ander de enorme salon binnenkwamen.

Na de vele gangen van het bruiloftsontbijt trokken Bel en Gustavo zich terug in hun suite om uit te rusten voordat later die avond het grote bal begon.

Zodra de deur achter hen was dichtgevallen nam Gustavo haar in zijn armen.

'Eindelijk,' mompelde hij en begroef zijn gezicht in de kromming van haar hals. 'Nu mag ik je zoenen. Kom hier.' Hij trok haar hoofd naar zich toe en kuste haar onstuimig, als een man die uitgehongerd was. Zijn handen gingen naar het dunne laagje kant dat haar borsten bedekte en hij betastte ze ruw.

'Au,' zei ze met een snik. 'Je doet me pijn.'

'Neem me niet kwalijk, Bel,' zei Gustavo. Hij liet haar los en moest zichtbaar moeite doen om weer kalm te worden. 'Ik heb hier heel lang op gewacht, begrijp je. Maar goed,' zei hij en knipoogde. 'Nog een paar uur, en ik kan je eindelijk naakt in mijn armen houden. Ook iets drinken?' vroeg hij, terwijl hij zich van haar afwendde. Bel huiverde onwillekeurig.

Ze keek toe terwijl Gustavo naar de karaf op een bijzettafeltje liep en een groot glas cognac inschonk. 'Nee, dank je.'

'Misschien is dat ook verstandiger. Ik zou niet graag willen dat je zintuigen vanavond verdoofd zijn.' Hij keek haar grijnzend aan en hief zijn glas. 'Op mijn vrouw, mijn mooie vrouw,' voegde hij eraan toe en sloeg de cognac in één teug achterover.

De paar keer dat Bel met Gustavo was uitgegaan was het haar opgevallen dat hij graag alcohol dronk. En een paar keer had ze gedacht dat hij aan het eind van de avond aangeschoten was.

'Ik moet je nog zeggen dat ik een heel speciaal huwelijksgeschenk voor je heb gekocht,' ging hij verder. 'Het is nog niet aangekomen, jammer genoeg, maar als we terugkomen van onze huwelijksreis moet het hier zijn. Dus,' vroeg hij haar vervolgens, 'wil je dat ik je help die jurk uit te trekken, zodat je kunt gaan rusten?'

Bel wierp een verlangende blik op het enorme tweepersoonsbed in de suite. Haar voeten, in een paar satijnen schoentjes met hoge hakken – zodat ze voor het altaar en met haar tiara op een centimeter of tien boven haar bruidegom had uitgestoken – deden haar pijn. Om nog maar te zwijgen van het knellende korset onder het kant waar Loen haar die ochtend in had geperst. Maar ze moest er niet aan denken dat Gustavo haar er met zijn bleke, dunne vingers uit zou bevrijden.

'Ik ga even naar de wc,' kondigde ze gegeneerd blozend aan.

Gustavo knikte. Hij had zich nog een cognac ingeschonken.

Bel liep de weelderig ingerichte kamer vol spiegels in en ging gracieus op een stoel zitten. Ze sloot haar ogen en dacht na over het belachelijke feit dat een ring aan haar vinger en een paar korte zinnetjes haar leven zo ingrijpend konden veranderen.

Het contrast tussen haar ongehuwde vrouwelijke zelf, waarvan de deugd koste wat kost beschermd moest worden tegen iedere man die op verovering uit was, en de vrouw die over een paar uur alleen met een man een slaapkamer binnen moest gaan om de intiemste dingen met hem te doen, was haast belachelijk. Ze keek op naar haar spiegelbeeld en zuchtte.

'Hij is een vreemdeling,' fluisterde ze ertegen, en dacht terug aan het gesprek dat ze de avond tevoren met haar moeder had gehad.

Carla, die er na haar verblijf op de fazenda uitzag alsof het stukken beter met haar ging, was even voordat Bel het licht had uitgedaan haar slaapkamer binnengekomen en had haar dochter bij de handen gepakt.

'Querida, ik ga je nu vertellen wat er morgenavond met je gaat gebeuren,' zei ze.

'Maar mãe,' zei Bel even diep gegeneerd als Carla, 'ik denk dat ik dat wel weet.'

Haar moeder keek vagelijk opgelucht, maar wilde het haar toch vertellen.

'Dus je weet dat het de eerste keer een beetje onaangenaam kan zijn? En dat je misschien zult bloeden? Hoewel er wordt gezegd dat het gevoelige weefsel dat een vrouw puur houdt al doorbroken kan zijn als je veel paardgereden hebt. En op de fazenda heb je heel veel paardgereden.'

'Dat wist ik allemaal niet,' zei Bel oprecht.

'Je zult een beetje moeten wennen aan de handeling, maar ik denk dat Gustavo er wel ervaring mee heeft en zeker voorzichtig met je zal zijn.'

'Mãe, is het wel fatsoenlijk voor een dame om het aangenaam te vinden?' vroeg Bel aarzelend.

Carla barstte in lachen uit. 'Natuurlijk, querida. Morgen ben je getrouwd, en er is niets wat een echtgenoot liever heeft dan een vrouw die er plezier in heeft de genoegens van de slaapkamer te ontdekken. Zo houd je je man bij je en heb ik die van mij bij me gehouden.' Ze had een blos op haar wangen gekregen. 'En vergeet niet dat God wil dat je baby's krijgt. Dat is de heilige staat tussen man en vrouw. Goedenacht, Izabela. Slaap lekker en wees niet bang voor morgen. Het zal beter zijn dan je had verwacht, dat verzeker ik je.'

Terwijl Bel aan het gesprek terugdacht, voelde ze opnieuw de automatische afkeer bij het idee dat Gustavo haar op de manier die haar moeder zo subtiel had beschreven zou aanraken. Ze stond op om naar hem terug te gaan en hoopte maar dat het alleen angst voor het onbekende was, en dat het na vanavond zou zijn zoals haar moeder had verteld.

Er viel een eerbiedige stilte in de grote balzaal toen Izabela binnenkwam in haar spectaculaire, glinsterend witte baljurk van Patou, die nauw om haar rondingen sloot en als een vissenstaart achter haar aan golfde.

Gustavo nam haar in zijn armen en de gasten applaudisseerden.

'Je ziet er schitterend uit, mijn schat, en iedere man in de zaal is jaloers op me omdat ik vanavond je bed zal delen,' fluisterde hij in haar oor.

Ze zag Gustavo alleen bij de eerste dans, en de volgende drie uur niet meer. Ze hielden ieder hun eigen familieleden bezig, en Bel danste met talrijke mannen die ze niet kende. Ze zeiden haar allemaal dat Gustavo een geluksvogel was dat hij haar aan de haak geslagen had. Ze dronk heel weinig, want ze had al een naar gevoel in haar maag omdat ze nerveus was over wat er na het bal zou gebeuren, een gevoel dat deste sterker werd toen de gasten zich bij de hoofdtrap begonnen te verzamelen om hen op weg naar boven toe te juichen.

'Het is tijd,' zei Gustavo. Hij was naast haar opgedoken en ze liepen samen naar de mensen die het dichtst bij de trap stonden.

Gustavo verzocht om stilte. '*Meus senhores, senhoras e amigos.* Dank voor jullie komst en dat jullie deze geweldige dag met ons gevierd hebben. Maar nu is het tijd dat ik mijn vrouw bij de hand neem en met haar naar boven ga.'

Gefluit en een wulps gejoel volgden op zijn woorden.

'Dus ik wens jullie goedenavond en goedenacht. Kom, Izabela.' Hij gaf haar een arm en zij pakte hem vast. Toen draaiden ze zich om en liepen de trap op.

De deur van hun suite viel achter hen dicht en dit keer ging Gustavo minder subtiel te werk. Hij duwde haar zonder omhaal op het bed, drukte haar polsen tegen het matras, bedekte haar gezicht en hals met kussen en probeerde onhandig haar prachtige japon uit te trekken.

'Wacht even, dan draai ik me om en kun je de knoopjes losmaken,' fluisterde ze, opgelucht dat ze weg kon rollen van zijn stinkende alcoholadem.

Ze voelde zijn handen onhandig friemelen aan de piepkleine zaadpareltjes die haar jurk bij elkaar hielden en voelde zijn frustratie toen hij ten slotte de stof beetpakte en openscheurde.

Hij trok haar jurk uit, maakte haar brassière los, draaide haar om en dook recht met zijn lippen op haar tepels af. Een hand dwaalde over de kous die de binnenkant van haar dij bedekte naar het driehoekje van zijde dat haar intiemste lichaamsdeel bedekte.

Na nog een paar seconden friemelen trok hij het lapje zijde weg. Toen stond hij op om zijn broek open te knopen en te laten zakken. Nog steeds met al zijn kleren aan duwde hij zijn gezwollen lid tegen haar gevoelige huid en hij kreunde teleurgesteld toen hij de ingang niet kon vinden. Ten slotte leidde hij zich met zijn eigen hand naar de opening die hij zocht en drong ruw bij haar binnen.

Bel lag onder hem en beet op haar lip van de pijn. Ze kneep haar ogen dicht en de wereld boven haar werd zwart. Ze haalde diep adem om het paniekgevoel tegen te gaan. Gelukkig slaakte hij na een paar stoten een vreemd vrouwelijk klinkende, hoge kreet, en toen liet hij zich boven op haar vallen.

Bel bleef stilliggen en luisterde naar zijn zware ademhaling in haar oor. Zijn hoofd lag met het gezicht omlaag naast haar hoofd op de sprei en hij drukte haar met zijn volle gewicht tegen het matras, terwijl haar knieën over de rand van het bed hingen. Toen ze ten slotte probeerde onder hem vandaan te komen, hief hij zijn hoofd en keek haar aan.

'Eindelijk ben je echt van mij.' Glimlachend raakte hij haar wang aan. 'Ga jezelf nu maar wassen. Je moet begrijpen dat het de eerste keer...'

'Dat weet ik,' zei ze vlug en ze liep snel naar de badkamer, voordat hij nog meer kon zeggen.

Bel was blij dat ze de avond voor de bruiloft met haar moeder had gepraat. Want hoewel het binnen in haar pijn deed, bleef de tissue waarmee ze zich had afgeveegd schoon. Ze maakte haar haren los en trok de nachtjapon en peignoir aan die een kamermeisje van het hotel attent aan de deur gehangen had. Toen liep ze terug naar de slaapkamer en zag dat Gustavo al naakt in het bed lag. Hij had een verbaasde uitdrukking op zijn gezicht.

'Ik heb geen bloed op de sprei gezien.' Hij keek haar aan. 'Hoe kan dat?'

'Omdat ik als meisje zo veel paardgereden heb op de fazenda, heeft mijn moeder gezegd' zei ze, gegeneerd door zijn botte vraag.

'Ah. Dat verklaart het misschien. Maar je was toch wel maagd?'

'Gustavo, je beledigt me!' Bel voelde dat ze nog bozer werd.

'Natuurlijk, natuurlijk.' Hij klopte op de lege plek op het matras naast hem. 'Kom maar bij je man in bed.'

Nog steeds gekwetst door zijn insinuatie deed Bel wat hij haar had gezegd. Hij sloeg een arm om haar heen en stak de andere uit om het licht uit te doen. 'Je zult het er wel mee eens zijn dat we nu echt getrouwd zijn.'

'Ja.'

'Ik hou van je, Izabela. Dit is de gelukkigste nacht van mijn leven.'

'En van mijn leven ook.' Ze slaagde erin de woorden die van haar werden verwacht over haar lippen te krijgen, ondanks het onuitgesproken protest diep in haar ziel.

En terwijl Bel slapeloos naast haar man van nog maar een paar uur lag, meerde het vrachtschip met het hoofd en de handen van de Cristo en Laurent Brouilly aan boord af bij een kade in de buitenwijken van Rio de Janeiro.

35

Toen Laurent wakker werd na zijn eerste nacht op het droge in zes weken, merkte hij dat hijzelf en zijn lakens dreven van het zweet. Zelfs de warmste dagen in Montparnasse stelden niets voor in vergelijking met hoe heet het hier in Rio was.

Hij waggelde naar de tafel waarop het dienstmeisje een kan water voor hem had neergezet, pakte hem op, dronk gulzig en leste zijn dorst. Hij liep het badkamertje bij zijn kamer in, liet de kraan boven de wastafel lopen en hield zijn hoofd eronder. Nu voelde hij zich in ieder geval een beetje verkwikt. Hij sloeg een handdoek om zijn naakte middel, liep de slaapkamer weer in en opende de luiken.

Hij was na middernacht aangekomen bij het hotel dat Heitor hem had aangeraden tot hij permanentere woonruimte had gevonden, en het was te donker geweest om te kunnen zien waar hij was. Maar toen hij op zijn bed lag, had hij het geraas van golven die zich op de kust stortten gehoord en geweten dat hij dicht bij de zee moest zijn.

En wat een uitzicht begroette hem vanochtend. Zover hij kon kijken, beneden hem, aan de overkant van de weg, lag het prachtigste strand dat hij ooit had gezien. Kilometers puur wit zand, verlaten op dit vroege uur, en golven van wel twee meter hoog die aanhoudend en in een dramatische climax van stuivend wit schuim aan kwamen rollen.

Alleen al het zien ervan had een verkoelende uitwerking. Wanneer hij vroeger met zijn familie in hun zomerhuis bij Saint-Raphaël was, had Laurent altijd graag in de Middellandse

Zee gezwommen, en nu wilde hij het hotel uit rennen, de weg oversteken en het water in duiken. Maar eerst moest hij vragen of de zee hier veilig was; misschien zaten er haaien of andere mensenetende vissen in. Voordat hij uit Parijs was vertrokken, was hij gewaarschuwd dat je in de tropen altijd voorzichtig moest zijn.

Zelfs de lucht rook nieuw en exotisch. Net als velen van zijn landgenoten was Laurent nooit in de verleiding gekomen om buitenlandse reizen te maken, omdat Frankrijk alle mogelijke seizoenen bood, van de adembenemende, besneeuwde flanken van de Alpen tot het prachtige zuiden van het land met zijn schitterende landschap en aangename klimaat.

Maar nu hij hier stond, schaamde hij zich dat hij ooit had gedacht dat geen ander land hem meer kon bieden.

Hij wilde Rio gaan verkennen, maar eerst had hij een afspraak met Heitor Levy, de bouwmanager van Monsieur da Silva Costa, die een briefje voor hem in het hotel had achtergelaten, waarin hij meedeelde dat hij Laurent om elf uur die ochtend zou komen afhalen. Het hoofd en de handen van de Christus waren de dag tevoren van het schip getakeld, voordat het in de hoofdhaven had aangelegd, en nu lagen ze op een onbebouwd terrein dicht bij de haven, waar Monsieur Levy een kleine plantage had. Laurent hoopte maar dat de kwetsbare stukken van de modellen heel waren gebleven tijdens de zeereis. Toen ze in het ruim lagen had hij ze vier keer per dag gecontroleerd, en nu kon hij alleen bidden dat ze het uitladen hadden doorstaan.

Hij kleedde zich aan en zag dat zijn benen bedekt waren met kleine, ronde bultjes. Laurent krabde eraan en trok zijn broek aan. Een hongerige Braziliaanse mug moest zich de afgelopen nacht aan zijn bloed tegoed hebben gedaan.

Hij liep naar beneden om te ontbijten, en op een lange tafel in de eetzaal zag hij een feestelijke uitstalling van tropisch fruit voor de gasten klaarstaan. Hij had geen idee wat voor vruchten het waren, maar proefde ze allemaal, vastbesloten om deze nieuwe cultuur in zich op te nemen. Hij nam ook een plak heerlijk ruikende, nog warme cake, vers uit de oven. Een serveerster schonk een kop hete, sterke koffie voor hem in, die hij opgelucht leegdronk, vertroost dat sommige dingen hier toch hetzelfde waren als thuis.

Om elf uur ging hij naar de receptieruimte, waar hij een man bij de balie zag staan die op zijn horloge keek. Hij liep naar hem toe, stelde zich voor en zijn vermoeden dat het Monsieur Levy moest zijn bleek te kloppen.

'Welkom in Rio, Senhor Brouilly. Hoe was de overtocht?' vroeg de man hem in redelijk Frans.

'Heel plezierig, dank u. Ik heb allerlei nieuwe kaartspelen geleerd en schuine moppen getapt met mijn collega-zeelui,' zei Laurent met een glimlach.

'Mooi. Mijn auto staat voor en we gaan zo dadelijk naar mijn fazenda.'

Terwijl ze door de straten reden, verbaasde het Laurent te zien hoe modern deze stad was. Landowski had hem kennelijk op stang willen jagen toen hij had gezegd dat de bewoners allemaal inboorlingen waren die naakt op straat rondrenden, speren wierpen en baby's opaten, want het leek er hier even beschaafd en westers aan toe te gaan als in veel Franse steden.

Hij vond het wel vreemd dat de bewoners met hun diep gebruinde huid gekleed waren in precies dezelfde mode als de mensen in zijn eigen land. Toen ze door de buitenwijken reden, zag Laurent een grote sloppenwijk rechts van hem.

'Dat noemen we hier een favela,' zei Levy toen hij Laurent zag kijken. 'Er wonen helaas te veel mensen.'

Laurent dacht aan Parijs, waar de armen haast onzichtbaar waren. Hier leken armoede en rijkdom totaal van elkaar gescheiden te zijn.

Levy leek zijn gedachten te lezen. 'Ja, Senhor Brouilly, hier in

Brazilië zijn de rijken heel rijk, en de armen sterven van de honger,' zei hij met een schouderophalen.

'Bent u Portugees, monsieur?'

'Nee. Mijn moeder is van Italiaanse en mijn vader van Duitse komaf. En ik ben jood. Brazilië is één grote smeltkroes van verschillende nationaliteiten, hoewel de Portugezen zich als de ware Brazilianen beschouwen. Er zijn immigranten uit Italië en Spanje, en dan hebben we natuurlijk de Afrikanen, die zijn overgebracht door de Portugezen om als slaaf op de koffieplantages te werken. En op het ogenblik is er een enorme toestroom van Japanners naar Rio. Iedereen die hierheen komt, is op zoek naar fortuin. Sommigen vinden het, maar anderen helaas niet, en die mensen eindigen in de favela's.'

'In Frankrijk is dat heel anders. Bij ons zijn de meeste mensen geboren en getogen Fransen,' merkte Laurent op.

'Maar dít is de Nieuwe Wereld, Senhor Brouilly,' zei Levy, 'en die maken we met zijn allen tot wat het is, waar we ook geboren zijn.'

Laurent zou zijn hele leven blijven terugdenken aan het bizarre tafereel van het hoofd van Christus op een terrein waar kippen in de aarde pikten en de grote haan op de neus zat.

'Senhor da Silva Costa belde me vanochtend om vijf uur op. Hij maakte zich zorgen en wilde weten of zijn kostbare Cristo onbeschadigd was aangekomen. En dus nam ik me voor de delen hier weer aan elkaar te passen en ervoor te zorgen dat er niets kapot zou gaan. Tot dusver gaat dat goed,' vertelde Levy.

Toen Laurent het hoofd zag, dat hij voor het laatst in Landowski's atelier had gezien en nu hier in Rio, duizenden kilometers verderop, kreeg hij bijna een brok in zijn keel.

'Het lijkt me dat Hij een behouden vaart heeft gehad. Misschien heeft de hemel over Hem gewaakt,' zei Levy, die ook door het schouwspel was geraakt. 'Ik ga niet proberen om de handen nu al in elkaar te zetten, maar ik heb er even naar gekeken en ik denk dat ze er ook onbeschadigd vanaf gekomen zijn. Een van mijn arbeiders zal er een foto van nemen om de gelegenheid voor ons allemaal vast te leggen. Dan stuur ik die naar Senhor da Silva Costa, en ook naar Landowski, natuurlijk.'

De foto werd prompt genomen en Laurent onderzocht het hoofd en de handen, zodat ook hij Landowski erover kon schrijven en hem geruststellen. Hij hoopte dat zijn beeld van Bel, dat nu ergens in de grote haven in een kist moest zitten, er ook zo goed vanaf gekomen was.

Na te hebben geworsteld met de vraag of hij het beeld wel zou verkopen, had Laurent Landowski's raad opgevolgd en besloten Senhor Aires Cabrals bod van tweeënhalfduizend francs te accepteren. Landowski had gelijk, hij kon altijd nog een ander beeld houwen, en dit was een buitenkansje dat hij onmogelijk kon weigeren, wat de toekomst ook mocht brengen.

'Dus uw eerste missie is geslaagd, maar u zult vast ook de bouwplaats op de Corcovado willen zien,' ging Levy verder. 'Dat is echt een bezienswaardigheid. Ik woon daarboven, bij de arbeiders, omdat we maar een betrekkelijk korte tijd hebben om het project af te maken.'

'Ik zou er heel graag rondkijken,' zei Laurent vol verlangen. 'Ik kan me haast niet voorstellen hoe het mogelijk is om zo'n groot monument op de top van een berg te bouwen.'

'Dat konden we geen van allen,' zei Levy flegmatiek en instemmend. 'Maar wees gerust, het gebeurt. Goed, Senhor da Silva Costa heeft me gezegd dat u onderdak nodig hebt terwijl u hier bent. Hij heeft me gevraagd of ik u wilde helpen met zoeken, want ik neem aan dat u geen woord Portugees spreekt.'

'Nee, monsieur, dat klopt.'

'Nou, ik heb toevallig een appartement dat ik zelf niet gebruik. In een wijk die Ipanema heet, niet ver van het strand van Copacabana, waar u op het ogenblik logeert. Ik heb het gekocht toen ik nog vrijgezel was, voor mijn huwelijk, en heb het nooit van de hand willen doen. Ik wil het met alle genoegen door u laten bewonen zolang u hier bent. Senhor da Silva Costa zal natuurlijk alle rekeningen betalen, zoals jullie in Frankrijk hebben afgesproken. Ik denk dat het u goed zal bevallen, want het heeft een schitterend uitzicht en de ramen laten veel licht binnen. Perfect voor een beeldhouwer zoals u,' voegde hij eraan toe.

'Dank u, Monsieur Levy. Ik sta perplex van uw vrijgevigheid.'

'Nou, dan gaan we het bekijken. Als het u bevalt, kunt er later vandaag uw intrek nemen.'

Aan het eind van de middag was Laurent de trotse bewoner van een ruim, fris appartement op de derde verdieping in een prachtig gebouw bij het strand van Ipanema. De prachtige kamers met hoge plafonds waren elegant gemeubileerd en als hij de deur naar het schaduwrijke balkon opende, kon hij verderop het strand zien. De warme wind droeg de onmiskenbare geur van de oceaan aan.

Levy had hem achtergelaten om zich te installeren en gezegd dat hij later terug zou komen om hem voor te stellen aan de dienstbode die voor hem zou koken en schoonmaken.

Laurent liep met grote ogen kamer in en kamer uit. Het luxueuze idee dat deze ruimte voor hem alleen was na zijn smerige zolderkamer in Montparnasse, laat staan het idee dat hij bediend zou worden door een dienstbode, ging zijn begrip bijna te boven. Hij ging op het enorme bed van mahoniehout zitten, leunde achterover en genoot van het windje van de plafondventilator dat als met kleine veertjes over zijn gezicht streek. Hij slaakte een zucht van genoegen en viel prompt in slaap.

Die avond kwam Levy zoals hij had beloofd bij hem langs met Monica, een Afrikaanse vrouw van middelbare leeftijd.

'Ik heb tegen haar gezegd dat u geen Portugees spreekt, maar als u het ermee eens bent, Monsieur Brouilly, zal zij het appartement schoonmaken, boodschappen voor u doen op de buurtmarkt en uw avondmaaltijden bereiden. Als u verder nog wat nodig hebt, in de salon staat een telefoon. U kunt me altijd bellen.'

'Nogmaals hartelijk dank voor al uw vriendelijkheid, Monsieur Levy,' antwoordde Laurent dankbaar.

'U bent onze geëerde gast hier in Brazilië en we kunnen het ons niet permitteren dat u Senhor Landowski en de rest van Parijs zou melden dat we hier als heidenen leven,' zei Levy glimlachend en zijn wenkbrauwen optrekkend.

'Inderdaad, monsieur. Maar uit wat ik tot nu toe heb gezien, heb ik geconcludeerd dat jullie beschaafder zijn dan wij in Parijs.'

'Trouwens, is uw eigen beeld ook onbeschadigd aangekomen?' informeerde Levy.

'Jazeker. Het is in de haven, en de autoriteiten hebben gezegd dat ze de koper op de hoogte zullen stellen en het bij hem zullen afleveren.'

'De Aires Cabrals zullen wel op huwelijksreis zijn. Ze zijn gisteren getrouwd.'

Laurent keek Levy ontdaan aan. 'Is Mademoiselle Izabela gisteren getrouwd?'

'Ja. De foto stond op de voorpagina van alle kranten. Ze zag er beeldschoon uit. Het was een echte societybruiloft. Het lijkt me dat de dame die voor uw beeld heeft geposeerd het goed voor elkaar heeft.'

Laurents maag draaide zich om toen hij het nieuws hoorde. De ironie van het feit dat Izabela was getrouwd op dezelfde dag dat hij in Rio was aangekomen was bijna ondraaglijk.

'Goed, ik moet gaan nu. Een goede avond nog, Senhor Brouilly.'

Levy liet hem alleen achter, na hem eraan te hebben herinnerd dat hij hem maandagmiddag om twee uur zou ophalen om hem mee te nemen naar de bouwplaats op de Corcovado. Monica rammelde met pannen in de keuken, waar een heerlijke geur vandaan kwam.

Laurent had behoefte aan iets te drinken en hij pakte een fles Franse wijn uit zijn koffer, ontkurkte hem en ging ermee op het terras zitten. Hij legde zijn voeten op de salontafel, schonk een glas vol en nipte. De smaak van de wijn deed hem onmiddellijk aan thuis denken. Treurend zag hij de zon achter de bergen zakken.

'Izabela,' fluisterde hij tegen de lucht, 'ik ben hier, in je prachtige land. Ik ben hier helemaal naartoe gekomen om jou te vinden, maar nu lijkt het te laat te zijn.'

36

Een week na de bruiloft kwam Bel doodop en gespannen terug van de huwelijksreis. Die hadden ze doorgebracht in de omgeving van Minas Gerais, in een oud huis van Gustavo's oudoom en -tante, dat er vroeger prachtig moest hebben uitgezien. Bel had het er maar benauwd gevonden. Zonder de matigende werking van de zeebries of de bergen was de lucht er zo heet dat je neusgaten prikten bij het inademen.

Ze had eindeloos veel etentjes moeten uitzitten, om voorgesteld te worden aan de oudere familieleden van Gustavo die te broos waren om naar de bruiloft te komen. Maar dat had ze allemaal niet zo erg gevonden, als ze 's nachts maar rust had gehad.

Haar moeder had haar niet verteld hoe vaak ze actief zou moeten zijn in de slaapkamer. Zelf had ze gedacht aan hooguit één keer per week, alleen leek Gustavo er geen genoeg van te kunnen krijgen. Hoewel ze haar best had gedaan om zich te ontspannen en te genieten van de intieme dingen die hij met haar wilde doen, dingen waar niemand haar over verteld had en waardoor ze al moest blozen als ze eraan dacht, was ze daar niet in geslaagd.

Elke avond zodra de slaapkamerdeur dicht was, besprong hij haar, scheurde haar de kleren van het lijf. Een aantal keer nam hij dáár nog niet eens de moeite voor. En zij lag daar maar, terwijl hij inbeukte op de pijnlijke, gekneusde huid in haar binnenste, te wachten tot het voorbij was.

Gelukkig viel hij na afloop steevast als een blok in slaap, maar wanneer ze 's ochtends wakker werd, begon het gegraai soms alweer en lag hij binnen enkele tellen weer boven op haar.

Gisteravond had hij geprobeerd haar mond binnen te dringen. Ze had ervan moeten kokhalzen, waarop hij gewoon had gelachen en gezegd dat ze er wel aan zou wennen. Dat alle vrouwen dit deden om hun man te plezieren en dat ze zich nergens voor hoefde te schamen.

Bel zou dolgraag iemand om raad vragen, iemand die haar kon vertellen of dit écht normaal was en of ze zich hier de rest van haar leven maar bij moest neerleggen. Waar was de tederheid, het voorzichtige liefdesspel waar haar moeder het over had gehad, vroeg ze zich af terwijl ze hun compleet gerenoveerde slaapkamer in A Casa das Orquídeas in liep en in een stoel neerplofte. Op dit moment voelde ze zich net een lappenpop waar haar man naar hartenlust mee kon spelen.

Thuis had haar vader een kabinet – een kleedruimte met een bed erin – waar hij vaak sliep. Die luxe had ze hier niet, dacht ze wanhopig, op weg naar de pas aangelegde badkamer en suite. Misschien scheelde het als ze in verwachting raakte. Dan zou Gustavo haar toch wel met rust laten?

Ze troostte zich maar met de gedachte dat ze zich overdag geen liefhebbender echtgenoot zou kunnen wensen. Om de haverklap pakte hij haar hand, sloeg hij een arm om haar schouder tijdens het wandelen, of zei hij tegen iedereen die het horen wilde hoe gelukkig hij was. Als die nachtelijke gruwelen maar ophielden, dacht ze dat ze wel aan haar nieuwe bestaan zou kunnen wennen. Maar tot die tijd zou ze elke ochtend met de schrik om het hart wakker worden.

'Wat ben je bleek, liefje,' zei Luiza onder het avondeten. 'Is er misschien al een kindje op komst?' Trots keek ze Gustavo aan.

'Misschien, mãe. We zullen zien,' antwoordde hij.

'Morgen wil ik graag op bezoek bij mijn moeder in Cosme Velho,' merkte Bel op in de stilte die er viel. 'Ik ben benieuwd hoe het met haar gaat.'

'Natuurlijk, Izabela,' zei Gustavo. 'Ik was zelf al van plan om naar de herensociëteit te gaan, dus ik kan de chauffeur vragen je af te zetten en je na afloop weer op te halen.'

'Dank je.' Ze liepen naar de salon om koffie te drinken. Hoewel ze met Maurício zat te praten, ontging het haar niet dat haar man alweer een groot glas cognac voor zichzelf inschonk.

'Izabela,' begon Luiza, 'morgenochtend wil ik dat je naar de bibliotheek komt, zodat we de huishoudelijke uitgaven kunnen doornemen. Dat zal bij je ouders thuis wel niet nodig zijn geweest, maar in A Casa houden we niet van verspilling.'

'Ja, Luiza.'

Bel hield wijselijk haar mond over het feit dat haar vader betaald had voor de verbouwing van het huis. En dat ze wist dat hij Gustavo voorafgaand aan het huwelijk een flinke som geld had betaald, bedoeld om hun levensonderhoud en haar garderobe te bekostigen.

'Tijd om naar bed te gaan, liefste,' zei Gustavo, waardoor Bels hart onaangenaam snel begon te kloppen. De stevige, zoute kost die de wat oudere kokkin had bereid lag haar zwaar op de maag toen Gustavo gebaarde dat ze moest opstaan.

'Welterusten, mãe en pai.' Hij maakte een lichte buiging naar hen. 'Tot morgen.'

Nadat Gustavo haar aan haar hand had meegevoerd naar boven, haalde Bel diep adem en liep achter hem aan de slaapkamer in.

'Querida,' begroette Carla haar dochter bij de voordeur. 'Ik heb je gemist. Kom binnen, dan kun je me alles vertellen over jullie huwelijksreis. Heb je genoten?'

Bij de troostende aanblik van haar moeder kreeg Bel de neiging om zich in haar armen te storten en op haar schouder uit te huilen. 'Ja,' zei ze zachtjes, en ze liep achter Carla aan naar de salon. 'Gustavo's familie was heel aardig voor me.'

'Mooi zo, mooi zo,' zei Carla toen Gabriela de koffie kwam

brengen. 'En Gustavo? Gaat het goed met hem?'

'Ja, hij is vanmiddag naar de sociëteit. Om eerlijk te zijn heb ik geen idee wat hij daar doet.'

'Herenzaken,' legde Carla uit. 'Waarschijnlijk bespreekt hij de stand van zijn aandelen. Bij je vader ziet het er rooskleurig uit. De koffiehandel blijft maar groeien. Vorige week heeft hij nog twee plantages gekocht. Op een dag zullen jij en Gustavo die natuurlijk erven. Vertel eens, hoe bevalt het huwelijkse leven?'

'Het is even wennen.'

'Wennen?' Haar moeder fronste haar voorhoofd. 'Izabela, wat bedoel je daarmee? Ben je niet gelukkig met je nieuwe situatie?'

'Mama...' Zonder het zelf te beseffen viel Bel terug op het woordje uit haar kindertijd. 'Ik...'

'Alsjeblieft, Izabela. Zeg maar wat je op je lever hebt.'

'Ik moet weten of... Nou ja, zal Gustavo altijd elke nacht actief willen zijn in de slaapkamer?'

Carla keek haar dochter even onderzoekend aan en grinnikte vervolgens. 'Aha, ik begrijp het al. Je hebt een heetgebakerde man die van zijn beeldschone bruid wil genieten. Dat is juist goed, Izabela. Het betekent dat hij van je houdt en naar je verlangt. Dat begrijp je toch wel?'

Bel wilde dolgraag vragen naar de andere dingen die Gustavo deed en van haar verlangde, maar kon de juiste woorden niet vinden. 'Mãe, ik ben zo moe.'

'Het viel te verwachten dat je weinig aan slapen toe zou komen,' vond Carla, die ofwel halsstarrig weigerde te zien dat haar dochter op was van de zenuwen, of er echt blind voor was. 'Zo ging het ook tussen mij en je vader toen we net getrouwd waren. Het hoort erbij, querida, en na een tijdje wordt het inderdaad minder. Misschien als je zwanger raakt, wat niet lang meer zal duren, als ik het zo hoor.' Ze glimlachte. 'Ik heb altijd al oma willen worden.'

'En ik moeder.'

‘Hoe bevalt het in je prachtige nieuwe huis? Is Senhora Aires Cabral aardig voor je?’

‘Ze is heel hartelijk,’ zei Bel snel. ‘Vanmorgen hebben we het over de huishoudelijke uitgaven gehad. Ze leven een stuk zuiniger dan wij.’

‘Daar zal toch wel verandering in komen nu je vader Gustavo zo’n mooi geldbedrag heeft gegeven? Trouwens, we hebben je nog iets te vertellen. Maar dan moet je vader er eerst bij zijn,’ zei Carla geheimzinnig.

‘Gaat het goed met u, mãe?’ Bel besloot maar van onderwerp te veranderen, want ze merkte dat Carla er niets van wilde weten dat haar dochter het moeilijk had. Bovendien vond ze haar moeder er nog steeds veel te mager en pips uitzien.

‘Ik voel me prima,’ antwoordde haar moeder opgewekt. ‘Al is het wel vreemd, zo zonder jou in huis. Toen je in Europa was, wist ik dat je weer thuis zou komen. Nu weet ik dat dat nooit meer gebeurt. Gelukkig woon je hier niet ver vandaan. Ik hoop dat we elkaar nog vaak blijven zien.’

‘Natuurlijk wel.’ Bel werd verdrietig van de kloof die er opeens tussen hen leek te zijn ontstaan. Het leek wel of Carla zich erbij had neergelegd dat haar dochter niet meer bij haar hoorde, maar bij Bels man en zíjn familie.

‘Ah, daar is je vader al. Ik had hem verteld dat je op bezoek zou komen, en hij had beloofd om eerder naar huis te komen, zodat hij je kon zien.’

Antonio kwam binnen, joviaal als altijd. Nadat hij zijn dochter had omhelsd, ging hij naast haar zitten en pakte haar handen beet. ‘Ik wilde wachten tot je terug was van je huwelijksreis om je te vertellen over ons huwelijkscadeau aan jou. Gisteren heb ik de eigendomsakte van Fazenda Santa Tereza op jouw naam laten zetten.’

‘Pai!’ Verrukt keek ze hem aan. ‘Bedoelt u dat de fazenda van mij is? Van mij alleen?’

'Ja, Izabela,' vervolgde hij. 'Desalniettemin is er wel een klein probleempje waarover ik je moet vertellen.' Hij aarzelde en wreef nadenkend over zijn kin. 'Misschien weet je het niet, maar in Brazilië krijgt de man automatisch de rechten in handen van het onroerend goed dat zijn vrouw bezit. Omdat je moeder vond dat de fazenda alleen van jou moest worden, moest ik een beetje creatief zijn. Ik heb een fonds op jouw naam laten zetten. Het wordt beheerd door mijn advocaat en de fazenda is erin opgenomen, in combinatie met jouw recht op alle opbrengsten van de plantage. Bovendien heb je het recht om er te wonen tot aan je dood. Laten we hopen dat de wetten tegen die tijd zijn aangepast en dat de fazenda gewoonweg van jou wordt. Er is ook een clausule waarin staat dat het fonds na je overlijden automatisch overgaat op je kinderen, mochten die er komen.'

'Ik begrijp het. Heel erg bedankt, allebei,' fluisterde Bel, zó ontroerd dat ze amper kon praten. 'Jullie hadden me niet gelukkiger kunnen maken.' Ze stond op om haar moeder te omhelzen, want ze wist dat zij de drijvende kracht was achter dit geweldige cadeau.

'Ik vond dat je vader al gul genoeg was geweest voor de familie van je man,' legde Carla uit. 'Zelfs al wist Gustavo hiervan, en dat is niet zo, dan zou hij er weinig tegen in kunnen brengen dat Antonio net zo gul wil zijn voor jou. Zeker aangezien hij zijn hele leven hard heeft gewerkt zodat jij het goed zou hebben.'

Bel zag een zweem van afkeuring in de ogen van haar moeder en realiseerde zich dat die het ergens niet prettig vond dat Antonio een familie onderhield waarvan de leden nog geen dag van hun leven hadden gewerkt.

'Welnu...' Antonio haalde een stapeltje papieren uit een envelop die hij had meegenomen. 'Kom eens hier, dan gaan we tekenen. Met je moeder en Gabriela als getuigen.'

Bel zette haar naam onder die van haar vader, waarna Carla en Gabriela ervoor tekenden dat ze getuigen waren geweest. Het was een opbeurende gedachte dat ze een eigen huis had. Nu ze zo twijfelde aan haar huwelijk, kon ze wel een stukje zekerheid gebruiken.

'Zo.' Haar vader glimlachte, duidelijk in zijn nopjes met zijn gulle gift. 'Ik stuur deze zo snel mogelijk naar mijn advocaat.' Hij borg de documenten op in de lade van zijn bureau.

Een uur later kwam Gustavo haar ophalen. Na de nodige plichtplegingen met zijn kersverse schoonouders kondigde hij aan dat ze op tijd terug moesten zijn voor het avondeten met zijn ouders.

'Ik kom u zo snel mogelijk weer opzoeken, mãe. Misschien kunnen we dan met de trein naar de top van de Corcovado om te kijken of de bouw van de Cristo al opschiet?' stelde Bel voor.

'Heel graag, Izabela,' zei Carla. 'Donderdag, misschien?'

'Ja, dan zie ik u dan.' Plichtsgetrouw liep Bel achter Gustavo aan naar de auto.

Terwijl de chauffeur de rit naar huis inzette, besloot ze haar man niet te vertellen over het cadeau dat ze van haar ouders had gekregen. Dat hield ze liever voor zichzelf. Bij het Estação do Corcovado zag ze de passagiers uit de trein op het perronnetje stappen. En daar, over het smalle pad naar haar toe, liep... Haar hart sloeg over toen ze naar hem staarde, maar voordat ze het zeker kon weten, was hij al de hoek om

Ze sloot haar ogen en schudde haar hoofd. Natuurlijk was het Laurent niet, het was gewoon iemand die heel erg op hem leek. Wat had hij immers in Brazilië te zoeken?

'Morgen wordt mijn huwelijkscadeau bij A Casa bezorgd,' onderbrak Gustavo haar overpeinzingen. Hij legde zijn hand op de hare. 'Ik heb het al gezien en vind het heel mooi. Jij hopelijk ook.'

'Dan heb ik iets om naar uit te kijken,' zei ze zo enthousiast mogelijk.

Later die avond, na het eten, was Bel uitgeput. Het spookbeeld van Laurent had haar van de wijs gebracht en ze had buikpijn. Toen Gustavo en zij in de slaapkamer aankwamen, liep ze regelrecht naar de badkamer en deed de deur achter zich op slot. Ze trok haar nachthemd aan, poetste haar tanden en borstelde haar haren. Daarna deed ze de deur van het slot en liep de slaapkamer in, waar Gustavo al naakt in bed op haar lag te wachten. Bij het zien van zijn uitgestoken hand deinsde ze terug en schudde haar hoofd. 'Het spijt me, vanavond kan het niet. Ik heb last van mijn maandelijkse vloek.'

Gustavo knikte bruusk, stapte uit bed en trok zijn kamerjas aan. 'Dan slaap ik vannacht in mijn oude kamer en laat ik jou met rust. Welterusten, schat.'

Zodra de deur weer dicht was, ging Bel op het bed zitten en grinnikte om zijn haastige aftocht. In ieder geval zou ze elke maand een paar nachten rustig en alleen kunnen slapen.

Twee dagen later ging Bel zoals afgesproken naar haar ouderlijk huis om haar moeder op te halen zodat ze met de trein de Corcovado op konden gaan. Toen ze eenmaal in een van de wagons zaten en in beweging kwamen, greep Carla angstig de arm van haar dochter beet. 'Is dit wel veilig? Het is hier zo steil, hoe kan die trein nou boven komen?'

'Niet bang zijn, mãe. Het is het allemaal waard als we eenmaal boven zijn en u het prachtige uitzicht over Rio kunt bewonderen.'

Boven beklommen ze langzaam de traptreden. Zo nu en dan moest Carla blijven staan om op adem te komen. Uiteindelijk loodste Bel haar mee naar het uitzichtpunt. 'Prachtig, toch?' Ze glimlachte. 'En natuurlijk zijn ze daar de Cristo aan het bouwen. Het is zo vreemd om te bedenken dat ik erbij was terwijl het beeld werd ontworpen en gemaakt in het atelier van professor Landowski. Hij heeft een afgietsel gemaakt van mijn handen, omdat hij er misschien de handen van de Cristo op wil baseren...'

Toen Bel haar blik op de Cristo in aanbouw richtte, zag ze er twee mannen bij vandaan lopen, druk met elkaar in gesprek. Ongelovig staarde ze naar hen. Haar hart bleef bijna stilstaan op het moment dat hij opkeek en haar zag.

Ze staarden elkaar een paar tellen aan, voordat hij naar haar glimlachte en zijn aandacht op de trap richtte. Achter zijn metgezel aan verdween hij uit het zicht.

'Wie was dat?' Carla keek haar dochter aandachtig aan.

'Ik... Dat was Senhor Levy, de projectmanager van Heitor da Silva Costa.'

'Ja, hem herkende ik van die foto in de krant. Maar die andere man?'

'Och, ik weet het niet zeker. Volgens mij was het een assistent van professor Landowski.'

'Aha. Nou, hij leek in ieder geval wel te weten wie jij bent.'

'We hebben elkaar in Parijs ontmoet, ja.' Bel probeerde wanhopig haar kalmte te hervinden. Iedere zenuw in haar lichaam spoorde haar aan om van het uitzichtpunt weg te rennen, de trap af te stormen en Laurent in de armen te vallen. Het kostte haar elk grammetje zelfbeheersing om dat niet te doen.

Een kwartier later, toen Carla aangaf dat ze genoeg had van de zinderende hitte en ze langzaam weer de trap afliepen en op het perron op de trein gingen wachten, waren de twee mannen nergens meer te bekennen.

Terug bij het huis vroeg Carla of ze nog iets wilde drinken, maar Bel weigerde en gaf haar chauffeur opdracht om meteen door te rijden naar huis. Ze had veel te overdenken en wist dat ze zichzelf misschien zou verraden als ze bij haar moeder bleef.

Hoe kan hij hier nou zijn? Waarom is hij gekomen?

Natuurlijk was Laurent bij Senhor Levy geweest, dus kon ze alleen maar aannemen dat Landowski hem hierheen had gestuurd om toezicht te houden op het Cristo-project.

Ja, dacht Bel, terwijl ze uit de auto stapte en met tegenzin de treden naar de voordeur op liep. Dat moest het zijn. Er was niets mysterieus aan Laurents aanwezigheid in Rio. Eenmaal binnen liep ze meteen door naar de slaapkamer. Ze wist dat Gustavo pas over een paar uur zou terugkomen van de sociëteit, en dat was een hele opluchting.

Toen ze op het bed lag haalde ze diep adem en probeerde logisch na te denken. Waarschijnlijk zou ze Laurent nooit meer tegenkomen. Het leek haar sterk dat hun paden elkaar in Rio zouden kruisen, want Senhor Levy maakte geen deel uit van hun sociale kringetje en Heitor da Silva Costa was nog steeds in Parijs. Het was gewoon een wrede speling van het lot dat ze hem vandaag had gezien. Toen ze terugdacht aan zijn lieve glimlach in die fractie van een seconde dat ze elkaar hadden aangestaard, wenste ze met heel haar hart dat ze hem niet was tegengekomen.

De volgende avond was Gustavo vroeg thuis van de sociëteit en zei hij dat ze pas naar de salon mocht komen als hij het zei. Aan zijn gezicht zag ze dat hij verguld was met het huwelijkscadeau dat hij voor haar had gekocht. Ze nam zich voor om blij te reageren, wat het ook mocht zijn.

'Vanavond eten je ouders mee, en een verrassingsgast, dus trek je mooiste japon aan,' stelde hij voor.

Ook Laurent was van zijn stuk gebracht doordat hij een glimp van Izabela had opgevangen bij het uitzichtpunt. Ze had de zon in de rug gehad toen hij opkeek, waardoor ze er bijna engelachtig had uitgezien, zó straalde ze. Nadat hij van Levy had gehoord dat ze al getrouwd was, had zijn opwinding over zijn komst naar Rio plaatsgemaakt voor pure ellende. Hij had besloten zo snel mogelijk naar de bouwplaats te gaan kijken, zodat hij tenminste aan Landowski kon doorgeven dat het goed ging met zijn beeld.

Daarna wilde hij wat meer van het land zien waarvoor hij zo'n verre reis had gemaakt en uiteindelijk teruggaan naar Frankrijk. Nu hij zeker wist dat Izabela nooit de zijne zou worden, had het immers geen zin om hier te blijven. Hij had zichzelf vervloekt omdat hij überhaupt zo onbezonnen was geweest om de overtocht te maken. Toch was hij hier alweer een maand, gedreven door de wetenschap dat Izabela op een gegeven ogenblik van haar huwelijksreis zou terugkomen naar Rio, en door een blind vertrouwen dat ze elkaar stomtoevallig tegen het lijf zouden lopen.

En toen had Monsieur Levy hem gisteren verteld dat Monsieur da Silva Costa contact met hem had opgenomen en om Laurents telefoonnummer had gevraagd.

'Kennelijk wil Gustavo Aires Cabral de man ontmoeten die het beeld van zijn vrouw heeft gemaakt. Hij heeft u uitgenodigd om morgenavond bij hen thuis te komen eten. Volgens mij wil hij u ook betalen,' had Levy gezegd. 'Hij belt u nog om een tijdstip af te spreken.'

'Dank u.'

In eerste instantie had Laurent de uitnodiging af willen slaan en in plaats daarvan willen afspreken in Aires Cabrals sociëteit in Rio om de betaling in ontvangst te nemen. Hij vond het geen prettig vooruitzicht om Izabela's echtgenoot beter te leren kennen.

Tot hij haar gistermiddag had gezien...

Nu, na eindeloos wikken en wegen, stond zijn besluit vast. Of haar man er nou bij was of niet, hij zou zichzelf toestaan om nog één avond van haar beeldschone aanblik te genieten. Dus toen Monsieur Aires Cabral hem belde, nam hij de uitnodiging voor het diner met beide handen aan.

Terwijl de taxi door de straten van Ipanema en vanuit de drukke stad naar de buitenwijken reed, vroeg Laurent zich af wat hem in vredesnaam bezield had. Zou het niet als een dolk in zijn hart voelen als hij weer urenlang met haar doorbracht? Zijn hartstocht zou er alleen maar verder door oplaaien. Maar, dacht hij op het moment dat de auto de lange oprijlaan van een elegant huis in koloniale stijl in sloeg, hij was hier nu eenmaal en zou er het beste van moeten maken.

Hij stapte uit de taxi, betaalde de chauffeur en bleef even verwonderd staan kijken naar de voorgevel van het huis. Dit was absoluut een van de indrukwekkendste gebouwen die hij tot nu toe in Rio gezien had. Hij liep de brede marmeren trap op naar de elegante voordeur en belde aan.

Er werd opengedaan door een dienstbode die hem voorging naar een salon, waar al twee echtparen van middelbare leeftijd zaten te wachten. In de hoek van de kamer, afgedekt met een tafelkleed, stond iets wat hij door de vorm herkende als zijn beeld.

'Ah, u bent er al!' riep een magere man met een gezicht als van een knaagdier die achter hem aan de kamer in kwam. 'De beeldhouwer in eigen persoon.' Glimlachend stak hij een bleke hand uit. 'Gustavo Aires Cabral. En u moet Senhor Laurent Brouilly zijn.'

'Inderdaad. Aangenaam kennis te maken, senhor.' Het viel hem op dat de man nogal een slap handje gaf en zeker tien centimeter kleiner was dan Laurent. Dit, dacht hij terwijl Gustavo hem voorging naar de andere aanwezigen in het vertrek, kon Izabela's man toch niet zijn?

'Champagne, senhor?' Een dienstmeisje hield hem een dienblad voor.

'*Merci*.' Hij schudde Gustavo's ouders de hand en werd vervolgens voorgesteld aan Izabela's vader en moeder.

Antonio Bonifacio, een lange, aantrekkelijke man met een paar plukjes grijs in zijn zwarte haar, schudde hem hartelijk de hand en Carla lachte hem vriendelijk toe. Ze was een beeldschone vrouw en Laurent zag meteen van wie Izabela haar donkere, zwoele uiterlijk had. Geen van beiden sprak Frans, dus nam Gustavo de rol van tolk op zich.

'Senhor Bonifacio zegt dat Izabela hem veel heeft verteld over professor Landowski en de tijd die ze in het atelier heeft doorgebracht toen u aan haar beeld werkte. Hij is benieuwd of u haar schoonheid goed hebt weten te vangen.'

'Ik kan alleen maar hopen dat u vindt dat ik uw dochter eer heb aangedaan.' Terwijl hij het zei, voelde Laurent de ogen van de moeder op zich gericht. Hij herkende haar als de vrouw die gisteren samen met Izabela op de top van de Corcovado had gestaan.

'Senhora Carla zegt dat Izabela natuurlijk niet weet dat het beeld hier is, of dat u hier bent,' vertaalde Gustavo, 'en dat het een grote verrassing voor haar zal zijn als ze naar beneden komt.'

'Dat geloof ik graag,' zei Laurent naar waarheid.

'Ben je er klaar voor?' vroeg Gustavo toen hij de slaapkamer binnen kwam en Bel zittend op het bed aantrof, in gedachten verzonken.

Ze draaide zich om en glimlachte. 'Ja.'

Gustavo bekeek zijn vrouw eens goed, in haar prachtige japon van groene zijde, en met in haar oren en om haar hals de smaragden die haar vader haar op haar achttiende verjaardag cadeau had gedaan. 'Je ziet er stralend uit, querida.' Hij stak zijn arm uit. 'Zullen we?'

'Ik ben benieuwd wat er zo bijzonder is dat je al die mensen hebt uitgenodigd,' merkte Bel op terwijl ze samen naar beneden liepen.

'Dat zie je zo wel.' Gustavo tikte op zijn neus en deed vervolgens de deur naar de salon open. 'Hier is ze dan,' zei hij tegen de aanwezigen. Bel glimlachte toen haar vader en moeder haar kwamen begroeten. Daarna loodste Gustavo haar mee naar zijn eigen ouders, die met een andere gast stonden te praten. 'Dit is het eerste gedeelte van je verrassing, al kun je daardoor misschien al wel raden wat het cadeau is. Mag ik je nogmaals voorstellen aan Senhor Laurent Brouilly, helemaal uit Parijs.'

Bel zag dat Laurent zich naar haar omdraaide en dat Gustavo vrolijk van de een naar de ander lachte, helemaal in zijn nopjes met zijn verrassing. Met stomheid geslagen bleef ze naar Laurent staren, hoewel ze zich ervan bewust was dat iedereen haar aankeek en afwachtte hoe ze zou reageren. Van de schrik had ze geen idee wat ze tegen hem moest zeggen. Er viel een pijnlijke stilte, waarin de seconden voorbijkropen.

'Madame Aires Cabral.' Laurent schoot haar te hulp door haar hand in de zijne te nemen. 'Wat een genoegen om u weer te zien.' Hij gaf haar een handkus en keek haar onderzoekend aan. 'Uw vader vroeg me een paar minuten geleden of ik u eer heb aangedaan, maar nu ik u weer zie, vrees ik van niet.'

'Ik...' Bel dwong zichzelf hem in het Frans toe te spreken. 'Monsieur Brouilly, wat een aangename verrassing. Ik had niet verwacht u hier in Rio te zien.'

'Wel,' zei Gustavo, 'het was een gelukkig toeval dat Senhor Brouilly voor het Cristo-project in Brazilië is. Je zult al wel doorhebben wat het cadeau is?'

Bel was zó met Laurent bezig dat het niet eens bij haar was opgekomen dat er een verband was tussen zijn aanwezigheid en het huwelijksgeschenk van haar man. Voordat ze antwoord kon geven, loodste Gustavo haar gelukkig al mee naar een voorwerp dat was toegedekt met een tafelkleed. Iedereen ging eromheen staan.

'Zal ik het kleed eraf halen?' vroeg Gustavo.

'Ja,' zei Bel ademloos, nu ze eindelijk begreep wat het cadeau was.

Er werd verrukt naar adem gehapt bij de onthulling van Laurents beeld. Zelf kon Bel alleen maar dankbaar zijn dat Laurent haar had afgebeeld als een zedige jonge vrouw. Niemand zou vermoeden dat er iets ongepasts was aan hun relatie.

'En?' Gustavo keek om zich heen in de kamer om de reactie van de anderen te peilen.

Antonio was de eerste die reageerde. 'De gelijkenis is erg treffend. U hebt haar goed weten vast te leggen, Senhor Brouilly.'

'Inderdaad, dat is sprekend mijn dochter,' zei Carla goedkeurend.

Gustavo vertaalde de positieve reacties voor Laurent, en die maakte op zijn beurt een buiging voor hen.

'Ik weet niet of de lippen wel goed gelukt zijn,' zei Luiza in het Frans, nooit te beroerd om kritiek te leveren. 'Die hadden wel iets voller gekund.'

'Tja, madame,' reageerde Laurent, 'uw schoondochter is absoluut opgebloeid sinds de vorige keer dat ik haar zag. Blijkbaar doet haar nieuwe rol als echtgenote haar goed, met alle pleziertjes die daarbij horen.'

Bel verslikte zich bijna door Laurents reactie op de kritiek van Luiza. Ook al kwam hij heel inschikkelijk over, zijn opmerking was zo dubbelzinnig dat het niemand in het vertrek ontgaan kon zijn. Zelfs Luiza had het fatsoen om te blozen.

'En wat vind jij van mijn geschenk aan jou, Izabela?' Gustavo sloeg bezitterig een arm om haar middel.

'Het is moeilijk om een beeld van mezelf te bewonderen zonder arrogant over te komen, maar het is een heel attent cadeau, Gustavo. Ik ben er erg blij mee.' Net zo automatisch als ze die woorden had uitgesproken, gaf ze haar man een kus op zijn wang. Tijdens dat vluchtige moment voelde ze Laurents priemende blik op haar gericht – of beeldde ze zich dat maar in?

De bejaarde butler kwam de kamer in en kondigde aan dat het diner geserveerd kon worden. Aan tafel zag Bel tot haar opluchting dat Laurent een plaatsje tussen Luiza en Carla toebedeeld had gekregen. Zelf zat ze tussen haar vader en haar schoonvader in, en Gustavo zat aan het hoofd van de tafel. Jammer genoeg zat Laurent recht tegenover haar, waardoor ze niet om hem heen kon als ze opkeek. De tafelschikking leek wel een groteske parodie op de uren die ze tegenover elkaar hadden doorgebracht in het atelier in Frankrijk.

Bel nam een grote slok van de wijn die de butler voor haar had ingeschonken om haar zenuwen in bedwang te krijgen, draaide zich naar rechts en knoopte een gesprek aan met Maurício, over alles wat haar te binnen wilde schieten. Toen Antonio hoorde dat het over de prijs van koffie ging, mengde hij zich in het gesprek. De twee mannen maakten zich allebei zorgen omdat de productie in Brazilië zo hoog lag dat er een overschot ontstond, waardoor de prijs werd gedrukt.

'Mijn vrienden in de senaat hebben het erover om de koffie op te slaan,' merkte Maurício op.

'Ja, en ik ben van plan om hun voorbeeld te volgen op mijn plantages,' beaamde Antonio. 'De prijs is de afgelopen maand al gedaald en we maken minder winst dan voorheen.'

Aangezien dit onderwerp haar boven de pet ging, moest Bel wel ietsje achteroverleunen op haar stoel om de twee mannen de ruimte te geven. Wat betekende dat ze regelmatig recht in het gezicht van Laurent keek.

Toen hun blikken elkaar een paar tellen vasthielden, wisten ze allebei dat er niets veranderd was.

Tijdens de koffie in de salon raakte Bel in gesprek met Gustavo en Laurent.

'Wanneer gaat u terug naar Parijs?' wilde Gustavo weten.

'Dat weet ik nog niet,' antwoordde Laurent. 'Het hangt ervan af hoe het loopt en wat voor kansen zich hier voordoen.' Hij wierp een blik op Bel. 'Uw moeder, monsieur, heeft beloofd me voor te stellen aan een aantal mogelijke cliënten die misschien een familielid willen laten vereeuwigen. Dus wie weet?' Hij glimlachte. 'Misschien word ik wel verliefd op dit prachtige land en ga ik hier nooit meer weg.'

'Als u de steun van mijn moeder heeft, is dat zeker een optie,' reageerde Gustavo. 'Nog een cognacje?'

'Nee, dank u, monsieur,' zei Laurent.

Gustavo liep weg en voor het eerst waren ze alleen met elkaar.

'Hoe gaat het met je, Izabela?' vroeg hij.

Bel keek naar de tafel, naar de houten vloer, alles om Laurent maar niet te hoeven aankijken. Er was zo veel wat ze tegen hem wilde zeggen, maar ze kon het niet. 'Ik ben... getrouwd,' stamelde ze uiteindelijk.

Toen ze opkeek, zag ze hem steels de kamer afspeuren naar nieuwsgierige blikken.

'Bel,' fluisterde hij, terwijl hij in zijn stoel zo dicht naar haar toe leunde als hij durfde. 'Je moet weten dat ik hierheen ben gekomen om je te zoeken. Dat móét je weten,' benadrukte hij. 'Als je wilt dat ik op de volgende boot naar Frankrijk stap, doe ik dat. Maar ik wil het van jou horen. Nu,' drong hij aan, want Gustavo stond zijn glas al te vullen vanuit de decanteerfles. 'Vertel op. Ben je gelukkig met je man?'

Het lukte haar niet om de juiste woorden te vinden. Ze zag Gustavo de glazenstop weer in de fles doen. 'Ik kan het niet,' wist ze uiteindelijk uit te brengen, in de wetenschap dat de tijd drong.

'Hou je nog van me?'

'Ja.' Ze zag dat Gustavo bukte en zijn moeder iets influisterde.

'Kom morgenmiddag dan naar me toe. Ik woon op Rua Visconde de Pirajá, nummer zeventien. Het is een appartementencomplex in Ipanema en ik woon in appartement zes, op de bovenste verdieping.'

Bel prentte het adres in haar geheugen op het moment dat Gustavo weer naar hen toe kwam zwalken. Het viel haar op dat Laurent merkte hoe dronken haar man was en ze huiverde toen Gustavo naast haar kwam zitten, zijn arm om haar heen sloeg en haar naar zich toe trok om haar een kus te geven. 'Is ze geen plaatje?' lalde hij tegen Laurent.

'Nou en of, monsieur.'

'Soms heb ik het gevoel dat ik haar niet verdien.' Gustavo nam nog een slok cognac. 'U kunt zich vast wel indenken dat ik met volle teugen geniet van onze wittebroodsweken.'

'Dat geloof ik graag,' beaamde Laurent. 'Neem me niet kwalijk, maar ik moet weg.' Abrupt stond hij op en ging de overige aanwezigen gedag zeggen.

'Ben je weer gezond?' fluisterde Gustavo in haar oor terwijl ze Laurent haar moeder een handkus zag geven.

'Jammer genoeg niet. Misschien morgen.'

'Dat is zeker jammer,' vond Gustavo. 'Ik had vannacht graag de liefde bedreven met mijn beeldschone vrouw.'

Laurent voegde zich weer bij hen. 'Bedankt voor de uitnodiging en nog een prettige voortzetting gewenst.'

Gustavo en Bel stonden op. Laurent schudde eerst hem de hand en gaf haar vervolgens een handkus. 'À bientôt, Madame Aires Cabral.'

'Bonne nuit, Monsieur Brouilly.'

Na Laurents vertrek maakte de rest van het gezelschap ook aanstalten om te gaan.

'Welterusten, querida,' zei Carla in de deuropening. 'Kom snel weer eens langs.' Ze wierp haar dochter nog een onderzoekende blik toe, voordat ze achter Antonio aan de trap af liep.

Boven op de overloop voor hun slaapkamerdeur gaf Gustavo Bel een hartstochtelijke zoen. 'Ik kan niet wachten tot het morgenavond is.'

Bel deed de deur dicht, kleedde zich uit en stapte in bed. In stilte dankte ze God op haar blote knieën dat ze vannacht alleen was.

37

De volgende ochtend had Bel de indruk dat ze gisteravond te veel had gedronken. Of iets anders was haar naar het hoofd gestegen. Waarom had ze anders vanmiddag met Laurent in zijn appartement afgesproken?

Kreunend draaide ze zich om in bed. Gisteravond had ze alleen maar vol vreugde kunnen terugdenken aan alle blikken die ze hadden uitgewisseld, aan alles wat ze tegen elkaar hadden gezegd. Nu drong de akelige realiteit van Laurents aanwezigheid in Rio zich echter aan haar op.

Ze was nog geen maand met Gustavo getrouwd. En gisteravond had ze niet alleen aan Laurent opgebiecht dat ze niet gelukkig was, maar ook nog eens dat ze nog steeds van hém hield...

Wat had haar bezield?

Ze was zeker bevangen geweest door de liefde...

Hoe dan ook moest ze er niet aan denken dat Gustavo erachter zou komen wat er in Frankrijk gebeurd was, laat staan dat ze hun affaire hier zouden voortzetten.

Ze stond op en liep naar de badkamer. Daar keek ze naar haar eigen spiegelbeeld, twijfelend wat ze moest doen. Het was het veiligst om vanmiddag gewoon niet naar Laurent te gaan. Als ze wegbleef, zou hij zich er vast wel bij neerleggen en haar niet meer lastigvallen.

Meteen zag ze niet langer haar eigen ogen in de spiegel, maar die van Laurent, vervuld van liefde, beloftes en tevredenheid. Ondanks alles huiverde ze van genot.

Toen ze de badkamer uit liep, was Loen in haar slaapkamer. ‘Hoe gaat het, Senhora Bel?’ vroeg het dienstmeisje terwijl ze de prachtige zijden jurk ophing die Bel gisteravond op een hoopje op de vloer had laten vallen.

‘Ik ben een beetje moe,’ gaf ze toe.

‘Hij was hier gisteravond, hè? Uw beeldhouwer?’ Loen bleef opruimen.

‘Ja, inderdaad. Ik... O, Loen.’ Bel liet zich op het bed zakken, sloeg haar handen voor haar gezicht en barstte in tranen uit.

Loen kwam naast haar zitten en sloeg een arm om haar heen. ‘Kom op, niet huilen. Bent u niet blij dat hij in Brazilië is?’

‘Ja... Nee...’ Ze keek Loen aan. ‘Ik heb iets heel doms gedaan,’ bekende ze. ‘Ik heb vanmiddag met hem afgesproken in zijn appartement in Ipanema.’

‘Aha.’ Loen knikte bedaard. ‘Gaat u?’

‘Dat kan toch niet? Ik ben getrouwd en heb met een andere man afgesproken! Wat zou jij doen, Loen? Zeg het alsjeblieft.’

‘Ik weet het niet,’ verzuchtte Loen. ‘Eigenlijk zou ik moeten zeggen dat het verkeerd is om naar hem toe te gaan. Maar als het om Bruno ging, zou ik me waarschijnlijk niet kunnen beheersen. Vooral niet als ik wist dat hij hier misschien maar tijdelijk was.’

‘Moedig me nou niet aan, Loen.’ Bel keek naar haar dienstmeisje. ‘Ik wil juist horen dat het waanzin is.’

‘Dat is het ook,’ gaf Loen toe, ‘dat weet u zelf ook wel. Misschien kunt u beter nog één keer naar hem toe gaan en zeggen dat u hem niet meer wilt zien. Om definitief afscheid te nemen.’

‘Hoe dan? Senhora Aires Cabral verliest me geen moment uit het oog.’

‘Vanmiddag om twee uur hebt u een pasbeurt bij Madame Duchaine in Ipanema, voor uw nieuwe seizoensgarderobe,’ bracht Loen haar in herinnering. ‘Als we daarheen gaan, kunt u misschien zeggen dat u zich niet lekker voelt en weggaan, zodat u nog tijd hebt om uw beeldhouwer op te zoeken. Dan hebben jullie op zijn minst een paar uur.'

'Loen, wat doe je me aan?' zei Bel wanhopig, omdat het plan van haar dienstmeisje zo makkelijk uit te voeren was.

'Ik zeg dit als je vriendin, Bel, want je bent altijd zo goed voor mij geweest. Ik zie toch dat je ongelukkig bent sinds je bent getrouwd? Ik wil dat je gelukkig wordt. Het leven is maar kort, maar een huwelijk met iemand van wie je niet houdt, kan heel lang duren. Dus...' Loen stond op. 'Neem een besluit, en dan doe ik er alles aan om je te helpen.'

'Dank je. Ik zal erover nadenken.'

'Goedemorgen,' begroette Luiza haar vanaf de ontbijttafel. 'Heb je goed geslapen, liefje?'

'Prima, bedankt.'

'Vanmorgen kreeg ik een briefje van een vriendin van me. Ze roepen jongedames op om naar de Igreja de Nossa Senhora da Glória do Outeiro te komen, de kerk vlak bij het huis van je ouders. Senhor da Silva Costa, de architect van het Cristo-project, wil het standbeeld bekleden met een mozaïek van speksteen. Hij zoekt mensen die dat driehoekje voor driehoekje in elkaar willen zetten. Het is een tijdrovend karwei, maar volgens mijn vriendin komen er veel vrouwen uit goede kringen aan meewerken. Het is me opgevallen dat je weinig geschikte vriendinnen hebt in Rio. Dit lijkt me de ideale manier om contacten te leggen.'

'Natuurlijk, ik wil graag helpen,' zei Bel. 'Vooral omdat het voor een goed doel is en het project me na aan het hart ligt.'

'Dan laat ik mijn vriendin weten dat je jezelf hebt aangeboden. Misschien kun je morgen al beginnen.'

'Ja,' zei Bel toen de dienstbode haar koffie kwam brengen.

Na het ontbijt maakte ze een wandeling door de tuinen, diep in gedachten verzonken. Met dat mozaïek zou ze zich tenminste nuttig kunnen maken, want het was haar inmiddels wel duidelijk dat ze hier niet haar eigen huishouden zou mogen bestieren. Hoewel Luiza haar had uitgelegd hoe ze de financiën moest beheren, deed ze nog steeds alles zelf. Als Bel een voorstel deed voor het menu werd dat linea recta afgewezen, en toen ze gisteren had gevraagd of ze het Limoges-servies konden gebruiken in plaats van het Wedgwood, kreeg ze te horen dat dat alleen bestemd was voor speciale gelegenheden zoals verjaardagen en jubilea.

Elke dag ging Gustavo meteen na de lunch naar de sociëteit, wat betekende dat ze 's middags urenlang alleen was. Haar maag maakte een salto. Hoe zou ze het vanmiddag aanpakken?

Tegen de lunch was ze op van de zenuwen. Om half twee liet ze de auto voorrijden. 'Luiza,' zei ze tegen haar schoonmoeder, die in de salon een brief zat te schrijven, 'ik ga naar Madame Duchaine, in de stad. Loen gaat met me mee. Waarschijnlijk duurt het wel even, want ik krijg een hele wintergarderobe aangemeten.'

'Ik heb gehoord dat ze heel duur is en soms de naden niet goed afwerkt. Als je wilt, kan ik je wel de naam geven van een andere kleermaakster die veel goedkoper is, en heel betrouwbaar.'

'Ik ben anders heel tevreden over het werk van Madame Duchaine,' kaatste Bel terug. 'Tot vanavond, Luiza.'

Zonder de verbaasde blik van haar schoonmoeder af te wachten omdat Bel tegen haar in was gegaan, liep ze naar de deur en zette haar hoed op.

Loen stond haar al op te wachten. 'En?' fluisterde ze op weg naar de auto.

'Ik weet het niet,' kreunde ze.

'Dan gaan we naar Madame Duchaine en als je daar alsnog besluit te doen alsof je hoofdpijn hebt, speel ik het spelletje mee,' zei Loen terwijl ze instapten.

Toen de auto in beweging kwam, staarde Bel zonder iets te

zien uit het raampje. Haar hart ging zo tekeer dat het voelde alsof het elk moment uit haar borstkas kon klappen.

Voor de deur van Madame Duchaine stapten de jonge vrouwen uit.

'Je hoeft niet te blijven wachten, Jorge,' zei Bel tegen de chauffeur. 'Dit gaat wel even duren. Kom me om zes uur maar ophalen.'

'Ja, senhora.'

Ze keek hem na en ging vervolgens met Loen naar binnen.

Tien minuten later staarde Bel naar haar spiegelbeeld in de passpiegel. Met tollend hoofd liet ze Madame Duchaine haar gang gaan met haar meetlint en spelden. Nog steeds stond haar besluit niet vast, en haar maag verkrampte. Als ze nu niet snel besliste, was het straks te laat.

Madame Duchaine kwam overeind en ging achter Bel staan om over haar schouder het resultaat te bekijken in de spiegel. Toen haar kraaloogjes Bels gezicht bereikten, fronste ze haar voorhoofd. 'Wat ziet u bleekjes, senhora. Voelt u zich soms niet lekker?'

'Ik voel me een beetje slapjes,' gaf Bel toe.

'Zullen we dan een andere keer verdergaan? Het lijkt me beter als u thuis gaat uitrusten.' Ze wierp een steelse blik op de buik van haar cliënt.

In die fractie van een seconde ving Bel de blik van Loen op en wist ze dat de beslissing haar uit handen was genomen. 'Ja, misschien hebt u wel gelijk. Ik bel u morgen om een nieuwe afspraak te maken. Kom, Loen,' zei ze tegen haar dienstmeisje. 'Dan gaan we.'

Zodra de twee vrouwen weer op straat stonden, keek Bel haar vriendin aan. 'Nou, het is zover. Ik lijk wel gek, maar ik ga naar hem toe. Wens me succes.'

'Succes. Zorg alleen wel dat u terug bent wanneer de auto ons komt ophalen. En Senhora Bel...' Dat laatste zei ze zachtjes. 'Zelfs als u besluit om hem na vandaag nooit meer te zien, denk ik dat u er verstandig aan doet om naar hem toe te gaan.'

'Dank je.'

Bel liep haastig door de straten van Ipanema naar de Rua Visconde de Pirajá. Twee keer ging ze bijna terug, maar toch liep ze door tot ze voor Laurents appartementencomplex stond.

Goed, hield ze zichzelf voor. Ik ga naar binnen om hem persoonlijk te vertellen dat we elkaar nooit meer kunnen zien, net als in Parijs. En dan ga ik weg.

Ze glipte naar binnen en liep de trap op, waarbij ze de huisnummers op de voordeuren in de gaten hield. Bij nummer zes aarzelde ze even, sloot vervolgens haar ogen, deed een schietgebedje en klopte aan.

Er klonken voetstappen op de houten vloer en even later stond Laurent voor haar in de deuropening. 'Bonjour, Madame Aires Cabral. Kom toch verder.'

Glimlachend hield hij de deur open en liet haar binnen. Daarna deed hij de deur dicht en op slot, voor het geval dat Monica, de werkster, onverwacht kwam opdagen. Nu hij Bel eindelijk voor zich alleen had, wilde hij niet gestoord worden.

'Wat een mooi uitzicht,' zei ze nerveus toen ze vanuit de woonkamer over de oceaan uitkeek.

'Ja, prachtig hè?'

'Laurent...'

'Izabela...'

Ze schoten in de lach omdat ze tegelijkertijd waren begonnen te praten.

'Zullen we gaan zitten?' Ze liep naar een stoel en nam plaats, terwijl ze probeerde haar snelle ademhaling onder controle te krijgen.

Laurent pakte een stoel en ging tegenover haar zitten. 'Zo, waar wil je het over hebben?'

'Ik...' Met een zucht schudde ze haar hoofd. 'Dit is niet goed. Ik zou hier niet moeten zijn.'

'Ik ook niet,' gaf hij toe. 'Maar hier zitten we dan.'

'Ja.' Ze haalde diep adem. 'Ik kom je vertellen dat we elkaar niet meer kunnen zien.'

'Dat zei je ook in dat park in Parijs. En kijk eens wat dat heeft opgeleverd.'

'Ik heb je niet gevraagd om naar Rio te komen.'

'Dat is waar. Vind je het vervelend dat ik er ben?'

'Ja.... Nee...' Ze zuchtte gefrustreerd.

'Je bent getrouwd,' zei hij eenvoudigweg.

'Ja. Ik weet dat dit een onmogelijke situatie is.'

'Bel...' Hij stond op en liep snel naar haar toe, ging op zijn knieën voor haar zitten en pakte haar handen beet. 'Gisteravond, toen ik vroeg of je gelukkig was, zei je van niet.'

'Maar...'

'En daarna vroeg ik of je nog van me hield, en zei je van wel.'

'Ik...'

'Sst, laat me uitpraten. Ik weet hoe de zaken ervoor staan en dat mijn aanwezigheid hier ongepast is en slecht uitkomt. En ik beloof je, als je nu tegen me zegt dat ik weg moet gaan, net als in Parijs, dan stap ik op de eerste de beste boot hiervandaan. Zeg gewoon wat je wilt. Want het lijkt me duidelijk wat ik wil.'

'Om mijn minnaar te worden?' Ze keek hem aan. 'Want meer heb ik je niet te bieden. En dat verdien je niet.'

'Wat ik wel of niet verdien, verandert niets aan de situatie. Het lot heeft bepaald dat ik jou wil. Hoe hard ik ook mijn best doe, ik lijk niet zonder je te kunnen. Het liefst zou ik je nu ontvoeren en in mijn koffer meesmokkelen naar Frankrijk, zodat we daar samen oud kunnen worden. Maar ik ben bereid om een compromis te sluiten. Jij ook?' Zijn geëmotioneerde blik gleed over haar gezicht, zoekend naar aanwijzingen, genietend van haar schoonheid.

Nu Bel zo naar hem keek, vroeg ze zich af hoe ze ooit aan zijn gevoelens voor haar had kunnen twijfelen. Hij had zijn leven in Frankrijk achtergelaten en was haar naar de andere kant van de wereld gevolgd, zonder zeker te weten of hij haar hier zou vinden. En zonder het zelf te beseffen had haar arme echtgenoot hen weer bij elkaar gebracht.

Door de gedachte aan Gustavo kwam ze weer bij haar positieven. 'Gedane zaken nemen geen keer,' zei ze zo standvastig mogelijk. 'Het is niet eerlijk dat je zomaar hierheen komt en herinneringen oprakelt, terwijl ik er alles aan heb gedaan om je los te laten, je te vergeten. Ik...' Er sprongen tranen in haar ogen en haar stem stierf weg.

'Ma chérie, vergeef me, het laatste wat ik wil, is je aan het huilen maken. En ja, je hebt gelijk,' gaf hij toe. 'Je hebt gezegd dat ik weg moest gaan, en daar heb ik geen acht op geslagen. Dus dit is allemaal mijn schuld, niet die van jou.'

'Vertel me dan eens waar ik de kracht vandaan moet halen om weer afscheid van je te nemen.' Wanhopig gebaarde ze met haar armen. 'Je weet niet hoe moeilijk dat de vorige keer was. De gedachte dat ik dat nog eens moet doorstaan...'

'Doe het dan niet. Zeg dat je wilt dat ik blijf, dan doe ik dat.'

'Ik...'

Laurent boog zich voorover en begon haar in haar hals te zoenen, zo zachtjes dat het voelde als de streling van een vlinder. Ze kreunde. 'Alsjeblieft. Alsjeblieft, maak het niet nog moeilijker dan het al is.'

'Bel, hou op jezelf zo te kwellen. Laten we gewoon van elkaar genieten zo lang het kan. Ik hou van je, chérie, zo ontzettend veel,' mompelde hij. Met zijn vingertoppen veegde hij de tranen van haar wangen.

Ze nam zijn hand in de hare. 'Je moest eens weten hoe erg ik naar je verlangd heb,' snikte ze.

'Net als ik naar jou.' Hij boog zich voorover en drukte zijn lippen op die van haar.

Bel smolt weg, haar weerstand was gebroken, er was geen houden meer aan.

'Chérie,' zei hij toen ze de kus uiteindelijk verbraken. 'Laten we naar bed gaan. Het maakt me niet uit als je alleen naast me wilt liggen. Ik moet je gewoon vasthouden.'

Zonder haar antwoord af te wachten, tilde hij Bel van de stoel en droeg haar naar de slaapkamer, waar hij haar voorzichtig op het matras legde.

Ze zette zich al schrap voor een woeste aanval, zoals ze bij Gustavo gewend was, maar dat gebeurde niet. In plaats daarvan ging Laurent naast haar liggen en nam haar in zijn armen. Terwijl hij haar weer kuste, volgden zijn vingertoppen de contouren van haar borsten en taille door haar kleren heen, tot ze alleen nog maar barstte van het verlangen om zijn naakte lichaam tegen het hare te voelen.

'Zal ik je uit die kleren bevrijden, of doe je het zelf?' fluisterde hij in haar oor.

Gewillig ging ze op haar buik liggen, zodat hij de knoopjes op haar rug kon losmaken. Dat deed hij heel langzaam, waarbij hij de tijd nam om de huid te kussen die na elk knoopje werd ontbloot. Uiteindelijk schoof hij de mouwtjes van de jurk langs haar armen naar beneden. Hij ging verder met haar brassière, en toen die eenmaal op de vloer lag, draaide hij haar voorzichtig op haar rug en keek haar aan.

'Wat ben je mooi,' fluisterde hij.

Instinctief kromde ze haar rug, verlangend naar zijn aanrakingen. Er ontsnapte haar een kreuntje omdat zijn lippen haar tepels vonden.

Zijn hand gleed langzaam over haar volmaakt platte buik en hij keek op alsof hij haar om toestemming vroeg om verder te gaan. Met haar blik stemde ze in, en hij maakte voorzichtig haar jarretelles los en rolde haar kousen omlaag. Bij elke streling van zijn vingers ging er een nieuwe schokgolf van verlangen door haar heen. Uiteindelijk lag ze helemaal naakt voor hem.

Zwaar ademend aarzelde hij even om haar van top tot teen te

bekijken. 'Vergeef me, maar ik zou je nu zo graag vereeuwigen.'

'Nee, ik...'

Met een kus legde hij haar het zwijgen op. 'Ik plaag je maar, mooie Bel. Het enige wat ik wil, is de liefde met je bedrijven.'

Binnen de kortste keren was hij ook naakt. Toen ze verlegen een blik op hem wierp, zag ze dat hij ook adembenemend was. Voorzichtig ging hij op haar liggen, en hij gleed pas bij haar naar binnen zodra hij zeker wist dat ze er klaar voor was. Op het moment dat haar lichaam zich gewillig om hem heen sloot, begreep ze eindelijk waar haar moeder het over had gehad.

Na afloop, toen ze loom in zijn armen lag, gaf ze toe aan het verlangen hem aan te raken, elke centimeter van hem te strelen, te ontdekken hoe hij aanvoelde. En ze snakte ernaar dat hij hetzelfde bij haar deed.

Terwijl Laurent naast haar lag te doezelen, kon Bel het niet laten om hun samenzijn te vergelijken met de keren dat ze het bed had moeten delen met Gustavo. Hoe kon dezelfde daad nou zulke verschillende reacties bij haar oproepen, zowel geestelijk als lichamelijk?

Nu begreep ze pas dat Laurent gelijk had gehad: ze had niet met Gustavo moeten trouwen. Want wat er ook gebeurde, ze zou nooit net zo veel van haar man gaan houden als hij van haar hield.

Hij kon er ook niets aan doen dat ze in fysiek opzicht zo'n weerzin voor hem voelde. Hij was geen slecht mens, geen tiran die niets om haar gaf. Misschien gaf hij zelfs wel te veel om haar en had hij geen andere manier om dat te laten blijken.

'Wat is er?'

Laurent was wakker geworden en staarde haar nu doordringend aan.

'Ik moest aan Gustavo denken.'

'Probeer het van je af te zetten, Bel. Het heeft geen zin om over hem te piekeren.'

'Nee, je begrijpt het niet.' Met een zucht ging ze op haar zij liggen.

Zijn hand streelde de zachte contouren van haar heup en gleed naar de vallei van haar taille. Hij trok haar tegen zich aan, totdat ze naadloos in hem over leek te gaan. 'Ik weet het, ma chérie, ik weet het. Het is allemaal vreselijk uit de hand gelopen. En we moeten er alles aan doen om je man hier niet mee te kwetsen.'

Terwijl zijn hand haar borst omvatte, zuchtte ze van genot en krulde zich tevreden tegen hem aan. Alle gedachten aan Gustavo verdwenen zodra Laurent opnieuw de liefde met haar bedreef en haar in hogere sferen bracht waarvan ze het bestaan niet eens had vermoed.

Na afloop dommelde ook Bel tevreden in, tot ze wakker schrok en zag hoe laat het was. 'Meu Deus! Ik moet weg. Mijn chauffeur wacht op me bij Madame Duchaine.' Paniekerig krabbelde ze op uit bed en raapte haar kleren bijeen, die tussen de verdraaide lakens en over de vloer verspreid lagen. Zo vlug mogelijk kleedde ze zich aan.

Laurent sloeg haar stilletjes gade vanaf het matras. 'Wanneer zie ik je weer?'

'Morgen niet, want dan moet ik naar de kerk om aan het mozaïek te werken voor de buitenkant van de Cristo. Maandag misschien?' vroeg ze, waarna ze snel haar kapsel fatsoeneerde, haar hoed opzette en naar de deur liep.

Laurent was vliegensvlug bij haar en nam haar in zijn armen. 'Ik ga je elke seconde missen.'

Bel huiverde, zich sterk bewust van zijn naaktheid. 'Ik jou ook.'

'Tot dan, ma chérie. Ik hou van je.'

Bel keek hem nog één keer aan en liep de deur uit.

38

De maanden daarna zweefde Bel door de dagen heen, op een golf van emoties. Het leek wel of haar leven voor die februarimiddag in Laurents appartement niet meer was geweest dan een saai, grauw bestaan zonder enige betekenis. Wanneer ze nu 's ochtends wakker werd en aan Laurent dacht, tintelde haar hele lichaam van opwinding. De blauwe lucht buiten haar slaapkamerraam leek bijna duizelingwekkend fel en de bloemen in de tuin explodeerden voor haar ogen in een caleidoscoop van kleur.

Telkens wanneer ze 's ochtends naar beneden liep om te ontbijten en aanschoof tegenover het zuinige, afkeurende gezicht van Luiza, dacht ze aan Laurent en speelde er een geheimzinnig glimlachje om haar lippen. Niets kon haar raken, niemand kon haar nog pijn doen. Ze was overal tegen bestand, puur door de liefde tussen hen tweeën.

Maar als ze een paar dagen niet naar het appartement kon, raakte ze diep in de put. Ze kwelde zichzelf met gedachten over waar Laurent was, wat hij deed en met wie. Een kille angst nam bezit van haar, waardoor het bloed in haar aderen leek te stollen en ze huiverde, ook al stond het zweet door de brandende zon op haar voorhoofd. Het was nou eenmaal zo dat hij vrij was om te houden van wie hij maar wilde. En zij niet.

'Mon Dieu, chérie,' had Laurent naast haar verzucht, een paar dagen geleden in zijn grote mahoniehouten bed. 'Ik krijg er steeds meer moeite mee om je te delen. Als ik er alleen al aan denk dat hij je aanraakt, krijg ik al de rillingen.' Met zijn vingers streek hij over haar blote borst. 'Laten we samen weglopen, Bel. Dan gaan we terug naar Parijs. Geen verstoppertje meer spelen, alleen maar eindeloze uren vol goede wijn, lekker eten, praten, de liefde bedrijven...' Zijn stem stierf weg toen hij haar kuste.

Gelukkig had haar schoonmoeder zonder het zelf te beseffen een handje geholpen om Bels minnaar voorlopig in de buurt te houden. Zoals beloofd had Luiza hem voorgesteld aan een heleboel van haar rijke vriendinnen in Rio, die na het zien van Bels beeld zelf ook hun familie op die manier wilden laten vereeuwigen. Op dit moment werkte Laurent aan het beeld van een chihuahua, die werd aanbeden door zijn rijke eigenaren. In feite was haar schoonmoeder Laurents grootste weldoener geworden, en de ironie daarvan ontging Bel niet.

'Het is niet bepaald het soort werk dat ik zou willen doen,' had hij tegenover haar bekend, 'maar het houdt me van de straat als jij er niet bent.'

Dus op de middagen dat Bel niet kon wegglippen, ging Laurent met zijn beitel aan de slag op het brok speksteen dat Luiza voor hem had losgepeuterd bij een van haar familieleden die een mijn bezat. Luiza's voorstel dat Bel zich zou aanmelden om de Cristo te helpen bekleden met de duizenden stukken speksteen in de Igreja da Glória bood haar ook nog eens het ideale alibi om regelmatig aan A Casa te ontsnappen. Telkens wanneer ze met haar handen over de gladde, koele driehoekjes van hetzelfde materiaal streek als waar Laurent aan werkte, was dat een troostend gevoel.

Alleen Luiza had er erg in wanneer ze wel en niet in A Casa was, want Gustavo bracht steeds meer tijd door in de sociëteit en stonk als hij thuis kwam eten vaak al naar de alcohol. Hij vroeg zelden aan Bel wat zij overdag zoal deed.

Sterker nog, dacht Bel nu ze haar hoed opzette en Loen Jorge, de chauffeur, ging roepen, tegenwoordig had Gustavo amper nog oog voor haar. Sinds haar affaire met Laurent was begonnen, was de aandacht die hij haar aan het begin van hun huwelijk had gegeven, helemaal verdwenen. Hoewel hij 's nachts, als ze met tegenzin naast hem in bed kroop, nog steeds probeerde de liefde met haar te bedrijven, lukte het hem meestal niet om te presteren. Bel vermoedde dat dat kwam omdat hij amper nog op zijn benen kon staan tegen de tijd dat ze naar bed gingen. Meer dan eens was hij in slaap gevallen terwijl hij in haar probeerde te komen. Dan rolde ze hem van zich af en bleef ze naast hem liggen luisteren naar zijn dronken gesnurk, in de zure stank van zijn adem, waarvan de hele slaapkamer doordrongen leek. 's Ochtends was ze meestal al aangekleed en had ze al ontbeten voordat Gustavo zelfs maar wakker werd.

Als zijn ouders al merkten dat hun zoon een alcoholist was, lieten ze dat niet blijken. Luiza bemoeide zich alleen met hun huwelijk door te vragen of er al een kleinkind op komst was. Om vervolgens verontwaardigd te snuiven wanneer Bel haar verzekerde van niet.

Omdat Bel er een hartstochtelijke relatie opna hield met Laurent, was ze voortdurend bang dat haar lichaam, dat niet had gereageerd op Gustavo's eerste verwoede pogingen om een erfgenaam te verwekken, wel zou reageren op Laurents subtiele liefkozingen. Het was haar minnaar geweest die haar bij het zien van haar bezorgde frons had uitgelegd hoe ze een zwangerschap kon voorkomen. Hij had haar uitgelegd hoe haar lichaam werkte zoals haar moeder dat nooit had gedaan, en gezegd hoe ze kon herkennen wanneer ze op haar vruchtbaarst was.

'Het is geen feilloze methode, chérie. Daarom zijn er onder ons katholieken ook zo veel grote gezinnen.' Laurent had verontschuldigend naar haar gelachen. 'Maar er zijn ook dingen die ík kan doen als je in zo'n riskante periode zit.'

Bel had hem verwonderd aangekeken. 'Hoe weet je dat toch allemaal?'

'Er zijn in Montparnasse veel kunstenaars zoals ik die wel graag plezier maken, maar geen last willen krijgen met een vrouw die beweert ons kind te dragen.' Toen hij haar gekwetste gezicht zag, sloeg hij snel zijn armen om haar heen en trok haar tegen zich aan. 'Chérie, het is helaas even niet anders, en ik wil je geen moeilijkheden bezorgen. Bovendien wil ik niet dat mijn kind wordt grootgebracht door dat zielige hoopje dat zich jouw man durft te noemen. Dus voorlopig moeten we voorzichtig zijn.'

Bel liep A Casa uit en stapte in de auto, waarna ze uit het raampje staarde tijdens de korte rit naar het huis van haar ouders in Cosme Velho. Omdat ze elk vrije momentje doorbracht met Laurent, had ze haar ouders al meer dan een maand niet gezien. Gisteren had Loen gevraagd wanneer ze weer op bezoek ging bij haar moeder.

'Binnenkort, binnenkort,' antwoordde Bel schuldbewust.

'Ik weet dat u het druk hebt, maar misschien kunt u toch beter naar haar toe gaan,' zei Loen nadrukkelijk terwijl ze Bel in haar jurk hielp. 'Mijn moeder maakt zich zorgen om haar.'

'Is ze ziek?'

'Ik weet het niet,' antwoordde Loen voorzichtig.

'Dan ga ik morgen zelf bij haar kijken.'

Toen de auto de oprijlaan van Mansão da Princesa op reed, gaf Bel de chauffeur opdracht om haar om zes uur die avond bij het Copacabana Palace op te halen.

Die ochtend had ze tegen Luiza gezegd dat ze na het bezoek aan haar moeder met haar nieuwe vriendin Heloise, die naast haar zat in de Igreja da Glória, thee zou gaan drinken in het Copacabana Palace. Bel had geweten dat Luiza geen bezwaar zou maken, omdat zij haar schoondochter juist had aangespoord om vriendinnen te maken die bij haar nieuwe status pasten. Heloise kwam uit een oude aristocratische familie. Bovendien wist Bel dat Luiza de flamboyante uitstraling van het hotel smakeloos vond en waarschijnlijk niet zou voorstellen om hen te vergezellen.

Op weg naar de voordeur van haar ouderlijk huis draaide haar maag zich om bij de gedachte aan alle leugens die ze vertelde, al wist ze dat ze weinig keus had. Tot haar spijt was ze de afgelopen twee maanden een goede leugenaar geworden.

Gabriela deed open en begon te stralen zodra ze Bel zag. 'Senhora, wat leuk om u te zien. Uw moeder ligt te rusten. Ze heeft me gevraagd haar wakker te maken als u er was.'

'Is ze ziek?' Met gefronst voorhoofd liep ze achter Gabriela aan naar de salon. 'Volgens Loen maak je je zorgen om haar.'

'Ik...' Gabriela aarzelde. 'Ik weet niet of ze ziek is, maar ze is wel erg vermoeid.'

'Je denkt toch niet...' Het kostte Bel moeite om de woorden uit te spreken. '... dat haar kwaal weer terug is?'

'Senhora, ik heb geen idee. Misschien moet u haar dat zelf vragen. En haar overhalen om naar de dokter te gaan. Wat kan ik te drinken voor u inschenken?'

Terwijl Gabriela wegliep om jus d'orange te halen en Bels moeder te wekken, begon Bel nerveus door het vertrouwde vertrek te ijsberen. Uiteindelijk kwam Carla binnen en het viel Bel op dat haar moeder er niet alleen bleek en moe uitzag, ze had ook een vreemde gelige gloed gekregen sinds ze haar voor het laatst had gezien.

'Mãe, het spijt me dat ik zo lang niet op bezoek ben gekomen. Hoe gaat het met u?' Ze probeerde haar angst en schuldgevoel omdat ze niet eerder was gekomen te onderdrukken en liep naar Carla toe om haar met een kus te begroeten.

'Met mij gaat het goed. Met jou ook?'

'Ja, mãe...'

'Zullen we gaan zitten?' Carla liet zich in een stoel zakken, alsof haar benen haar niet langer konden dragen.

'Mãe, ik zie toch dat het niet goed met u gaat. Hebt u pijn?'

'Een beetje maar. Het stelt vast niets voor. Ik...'

'Kom nou toch, u weet best dat het wél iets voorstelt. Dat heeft pai toch zeker ook wel gemerkt?'

'Je vader heeft momenteel andere dingen aan zijn hoofd,' verzuchtte Carla. 'De koffieplantages maken niet meer zo veel winst als eerst en het opslagplan van de overheid lijkt weinig effect te hebben.'

'De zakelijke problemen van pai zijn toch niet belangrijker dan de gezondheid van zijn vrouw?' kaatste Bel terug.

'Querida, ik wil je vader hier niet mee lastigvallen nu hij het zo druk heeft.'

De tranen sprongen Bel in de ogen. 'Het komt misschien slecht uit, maar er gaat toch niets boven uw gezondheid? Trouwens, misschien maakt u zich nu wel voor niets zorgen.'

'Het is mijn lichaam en ik moet ermee leven, en ik begrijp en voel wat ermee aan de hand is,' hield Carla koppig vol. 'Ik wil mezelf, jou en je vader geen langslepend proces aandoen waarvan de uitkomst toch al vaststaat.'

'Mãe,' sputterde Bel met een brok in haar keel tegen. 'Laat me dan ten minste een afspraak maken met de dokter die u de vorige keer behandeld heeft. Hem vertrouwt u toch wel?'

'Ja, volgens mij is hij de beste in Rio. Maar ik kan je verzekeren dat hij me ook niet meer kan helpen, Bel.'

'Zeg dat nou niet! Ik heb u nodig, en pai ook.'

'Misschien,' gaf Carla met een grimmig lachje toe. 'Maar Izabela, ik ben geen koffieboon of een bankbiljet. En ik kan je verzekeren dat dat zijn grootste liefdes zijn.'

'Niet waar, mãe! Zelf ziet u het misschien niet, maar ik wel. U betekent alles voor hem, en zonder u stelt zijn leven niets voor.'

De twee vrouwen bleven een paar minuten zitten zonder iets te zeggen.

'Als het je geruststelt, Izabela, dan maak je maar een afspraak met mijn dokter en ga je met me mee naar hem toe. Dan zal hij je vast ook vertellen dat ik geen woord heb gelogen. Maar ik heb één verzoek.'

'Wat dan?'

'Dat je het voorlopig niet aan je vader vertelt. Ik wil hem niet langer laten lijden dan nodig is.'

Een half uur later verliet Bel het huis met de chauffeur van haar ouders, nadat Carla had toegegeven dat ze beter kon gaan liggen, en vroeg hem haar naar Ipanema te brengen. Ze was de schok nog steeds niet te boven. Haar moeder zou het toch wel te somber inzien?

Twee straten van Laurents appartement stapte ze uit en begon te rennen, onweerstaanbaar aangetrokken tot de enige persoon die haar kon troosten.

'Chérie! Ik dacht dat je niet zou komen. Mon Dieu, wat is er aan de hand? Wat is er gebeurd?' Laurent sloeg meteen zijn armen om haar heen.

'Mijn moeder,' wist Bel ademloos uit te brengen. 'Ze denkt dat ze doodgaat,' snikte ze tegen zijn schouder.

'Wat? Heeft de dokter dat gezegd?'

'Nee, maar een jaar geleden heeft ze kanker gehad en ze weet zeker dat het terug is. Ze is ervan overtuigd dat dit haar dood wordt. Toch wil ze mijn vader er niet mee belasten, omdat het op zijn werk niet zo goed gaat. Ik heb tegen haar gezegd dat ze naar de dokter moet gaan, maar ik had haar al een maand niet meer gezien en ze is ontzettend achteruitgegaan. En...' Ze keek Laurent in de ogen. '... ik ben bang dat haar voorgevoel juist is.'

'Bel.' Laurent pakte haar bevende handen beet en trok haar voorzichtig naast zich op de bank. 'Ga met je moeder naar de dokter. Je haalt je al snel dingen in je hoofd als je eerder ziek bent geweest, dus misschien is het niet zo ernstig als het lijkt. Zei je *maman* dat je *papa* problemen op het werk heeft?' vroeg hij. 'Ik dacht dat hij steenrijk was.'

'Dat is hij ook, en áls hij zich al zorgen maakt, is dat vast nergens voor nodig,' beaamde Bel. 'Welnu...' Ze probeerde zichzelf weer in de hand te krijgen. 'Gaat het goed met je, Laurent?'

'Ja, chérie, met mij gaat het prima, maar laat die formaliteiten toch achterwege. Ik heb je de afgelopen dagen vreselijk gemist,' gaf hij toe.

'Ik jou ook.' Ze legde haar hoofd tegen zijn borst, alsof ze daarmee het verdriet van de afgelopen uren kon uitwissen.

Hij streek teder over haar haren en probeerde iets te bedenken om haar af te leiden van al die ellende. 'Vanmorgen zat ik me net af te vragen wat ik moet doen als het beeld van die vreselijke hond over een paar dagen af is, toen Madame Silveira en haar dochter Alessandra aan de deur kwamen. Madame wil dat ik een beeld van Alessandra maak als cadeau voor haar eenentwintigste verjaardag.'

'Alessandra Silveira? Die ken ik,' zei Bel opgelaten. 'Haar familie is in de verte verwant aan de Aires Cabrals en ze is op mijn bruiloft geweest. Als ik me niet vergis, is ze heel mooi.'

'In ieder geval een stuk aantrekkelijker dan die chihuahua,' was zijn neutrale reactie. 'Waarschijnlijk kan ik met haar ook betere gesprekken voeren. Ze spreekt goed Frans.'

'En ze is niet getrouwd, geloof ik,' zei Bel mat, hoewel de schrik haar om het hart sloeg.

'Dat klopt.' Hij bleef haar haren strelen. 'Misschien hopen haar ouders met mijn beeld een geschikte echtgenoot voor haar aan te trekken.'

'Of misschien vinden ze een getalenteerde jonge Franse beeldhouwer wel wat voor haar,' kaatste Bel terug. Ze maakte zich los uit zijn omhelzing en sloeg instinctief haar armen over elkaar.

'Izabela!' riep Laurent speels, al keek hij haar doordringend aan. 'Je wilt toch niet zeggen dat je jaloers bent?'

'Nee, natuurlijk niet.' Ze beet op haar lip. Bij het idee dat er een andere vrouw voor Laurent zou zitten, dag in, dag uit, net zoals zij had gedaan in Boulogne-Billancourt, sloegen er verhitte golven van afgunst door haar heen. 'Maar je kunt niet ontkennen dat je de laatste tijd voor veel chique soirees bent uitgenodigd en dat je aardig in de smaak lijkt te vallen.'

'Dat is wel zo, al word ik volgens mij niet gezien als een geschikte huwelijkskandidaat voor de jongedames daar. Eerder als een noviteit.'

'Laurent, ik kan je verzekeren dat je door je Franse afkomst en de lovende woorden van mijn schoonmoeder over je werk veel meer bent dan een noviteit,' hield ze vol.

Daar moest hij hartelijk om lachen. 'Nou, als dat zo is, ben ik er blij mee,' zei hij uiteindelijk. 'Want zoals je weet worden mensen zoals ik in Frankrijk als minderwaardig beschouwd. Ik heb het al eens eerder gezegd: Franse moeders hebben nog liever dat hun dochter doodgaat dan dat ze zich bindt aan een kunstenaar die moeite heeft de eindjes aan elkaar te knopen.'

'Als je maar weet dat er hier anders naar je gekeken wordt.' Ook al hoorde Bel zelf hoe stuurs ze klonk, ze kon zich niet inhouden.

Met zijn hoofd schuin keek hij haar onderzoekend aan. 'Ik begrijp dat je van streek bent, chérie, zeker door het slechte nieuws over je moeder. Maar je beseft toch wel dat dit nergens op slaat? Ik ben niet degene die in allerijl terug moet naar mijn vrouw op de middagen dat we kunnen afspreken. Ik ben niet degene die nog steeds elke nacht met een ander in bed ligt. En ik ben niet degene die er niet over peinst om iets aan deze situatie te veranderen. Nee, ik moet het allemaal maar ondergaan. Mijn maag keert zich al om als ik eraan denk dat je man de liefde met je bedrijft. Ik moet altijd maar klaarstaan als je zegt dat je misschien op bezoek komt. En ik moet die eenzame uren zonder jou zien door te komen, zonder gek te worden.'

Bel liet haar hoofd op haar knieën zakken. Dit was de eerste keer dat Laurent zich zo bot en boos over hun situatie uitliet en ze wilde dat ze zijn woorden uit haar hoofd en uit haar hart kon zetten. Want ze wist dat hij gelijk had.

Zo bleven ze een poosje stilletjes zitten totdat Bel een hand op haar schouder voelde.

'Chérie, ik begrijp best dat dit geen goed moment is om hierover te praten. Maar alsjeblieft, geloof nou dat ik mijn tijd in Brazilië maar om één reden zo goed mogelijk probeer door te komen. En die reden ben jij.'

'Het spijt me, Laurent,' mompelde ze tegen haar knieën. 'Je hebt gelijk, ik voel me vandaag nogal verloren. Wat moeten we nou?'

'Dit is geen goed moment om het daarover te hebben. Je moet je op je moeder en haar gezondheid concentreren. En ik zeg het niet graag, maar je moet nu meteen een taxi naar het Copacabana Palace nemen zodat je net kunt doen alsof je daar thee hebt gedronken met je vriendin,' bracht hij haar in herinnering. 'Het is al na zessen.'

'Meu Deus!' Bel sprong op en liep linea recta naar de deur.

Laurent pakte haar arm beet en trok haar terug. 'Bel.' Hij streelde haar wang. 'Vergeet alsjeblieft niet dat ik van jou hou en dat ik jou wil.' Hij kuste haar zo teder dat de tranen haar in de ogen sprongen. 'Ga nu maar gauw, voordat ik je hier opsluit om je helemaal voor mezelf te hebben.'

39

Twee dagen later liep Bel in haar eentje het ziekenhuis uit. De arts die ze hadden bezocht had erop gestaan dat Carla meteen zou blijven voor nadere onderzoeken, en Bel moest haar om zes uur 's avonds weer ophalen.

Hoewel Luiza en Gustavo wisten dat ze naar het ziekenhuis was en ze in theorie de hele middag in Laurents armen had kunnen doorbrengen, kon ze zichzelf daar niet toe zetten. Het schuldgevoel omdat ze haar moeder vanwege Laurent had verwaarloosd knaagde aan haar. Terwijl Carla de nodige onderzoeken onderging, zat Bel als verdoofd naar het spoor van menselijk leed te kijken dat het ziekenhuis in en uit stroomde.

Om zes uur meldde ze zich zoals afgesproken op de afdeling waar haar moeder heen was gebracht.

'De dokter heeft me gevraagd u op te vangen,' zei de verpleegster. 'Loop maar mee.'

'Hoe gaat het met haar?' vroeg Bel terwijl ze achter de zuster aan de hal door liep.

'Ze zit in een stoel thee te drinken.' De verpleegster klopte kordaat op de deur van een spreekkamer.

Toen Bel naar binnen liep, liet de dokter haar plaatsnemen op een stoel voor zijn bureau.

Een kwartier later liep Bel de spreekkamer uit en de hal door om haar moeder op te halen. De dokter had bevestigd dat de kanker was uitgezaaid naar Carla's lever en vrijwel zeker ook naar andere plekken. Het voorgevoel van haar moeder klopte. Er was geen hoop op genezing meer.

Op de terugweg in de auto leek Carla vooral opgelucht omdat ze uit het ziekenhuis weg was. Ze maakte grapjes waar Bel met geen mogelijkheid om kon lachen, en had het erover dat ze hoopte dat de kokkin eraan gedacht had dat Antonio die avond vis wilde eten. Eenmaal bij het huis wendde Carla zich tot haar dochter en pakte haar handen vast. 'Je hoeft niet binnen te komen, querida. Ik weet wat de dokter tegen je gezegd heeft, want ik had hem al gesproken voordat hij jou bij zich riep. Ik ben vandaag alleen meegegaan omdat ik wist dat ik jou moest overtuigen. Nu je alles weet, hebben we het er niet meer over. Zeker niet met je vader.'

Bel voelde de priemende blik van haar moeder en de wanhoop die daarin schuilde. 'Maar...'

'Pas als het echt niet anders kan, lichten we hem in,' zei Carla, en Bel wist dat voor haar moeder de kous daarmee af was.

Op de terugweg naar A Casa voelde het alsof haar wereld op zijn kop stond. Voor het eerst moest ze onder ogen zien dat haar moeder sterfelijk was. En zij dus ook. Die avond tijdens het eten keek ze eerst naar Gustavo die naast haar zat, en vervolgens naar Maurício en Luiza. Zowel haar man als haar schoonmoeder wist waar ze vanmiddag was geweest. Toch kon het hen geen van beiden iets schelen hoe het met Carla ging, of wat er in het ziekenhuis gebeurd was. Gustavo was alweer dronken en niet in staat een helder gesprek te voeren, Luiza dacht waarschijnlijk dat een dergelijk gespreksonderwerp ervoor zou zorgen dat ze haar taaie rundvlees niet goed zou kunnen verteren.

Na het eten, talloze potjes kaarten en evenzoveel glazen cognac die door haar man achterovergeslagen waren, liepen ze met zijn tweeën naar boven.

'Kom je naar bed, querida?' Gustavo trok zijn kleren uit en liet zich achterover op het matras vallen.

'Ja,' antwoordde ze, op weg naar de badkamer. 'Over een paar minuten.'

Nadat ze de deur achter zich had dichtgetrokken, liet ze zich op de rand van het bad zakken en legde haar hoofd in haar handen. Hopelijk zou Gustavo al hard liggen te snurken tegen de tijd dat ze weer tevoorschijn kwam. Nu ze daar zo eenzaam zat, dacht ze terug aan haar gesprek met Carla voorafgaand aan de bruiloft, over het feit dat ze aan Gustavo zou moeten wennen en zou moeten leren van hem te houden.

Hoezeer Bel diep vanbinnen ook de spot had gedreven met de onderdanige houding van haar moeder ten opzichte van haar vader, en hoe vaak ze zich ook had afgevraagd hoe ze kon omgaan met zijn arrogantie en niet-aflatende drang om erbij te horen, op dit moment begreep ze pas hoeveel haar moeder van haar man hield.

En Bel had meer bewondering voor haar dan ooit.

'Hoe gaat het met haar?' Laurent keek Bel bezorgd aan toen hij haar een paar dagen later meevoerde, zijn appartement in.

'Ze gaat dood, precies zoals ze zei.'

'Wat erg voor je, chérie. Hoe gaat het nu verder?'

'Ik... Ik weet het niet. Mijn moeder wil het nog steeds niet aan mijn vader vertellen,' mompelde ze, terwijl ze in een stoel in de woonkamer neerplofte.

'O Bel, wat moet dit moeilijk voor je zijn. Je bent nog zo jong, nog niet eens twintig, en nu moet je al zo'n zware last dragen. Dat slechte nieuws zal je ook wel aan het denken hebben gezet over je eigen leven.'

Bel wist niet zeker of ze zijn opmerking nou belerend of troostend vond. 'Ja,' gaf ze toe, 'dat klopt.'

'Je zult ook wel verscheurd worden door schuldgevoel. Door de vraag of je nu je plicht moet vervullen als vrouw en dochter en mij moet vergeten, of dat je juist je hart moet volgen, omdat je nu beseft hoe kort het leven eigenlijk is.'

Verbaasd staarde ze hem aan. 'Hoe weet jij nou wat ik denk?'

'Omdat ik ook een mens ben.' Hij haalde zijn schouders op. 'En ik geloof dat we wel vaker voor dit soort dilemma's gesteld worden om ons goed bewust te worden van onze situatie. Maar alleen wij kunnen beslissen wat we moeten doen.'

'Je bent een wijs man,' zei Bel zachtjes.

'Zoals ik al zei, ik ben ook maar een mens. Bovendien ben ik een paar jaar ouder dan jij, en ben ik in het verleden al vaker gedwongen om beslissingen te nemen waardoor ik mezelf dezelfde vragen stelde. Ik begrijp het, en ik zal hoe dan ook niet met mijn oordeel klaarstaan. Als je wilt dat ik bij je in Brazilië blijf nu je het zo moeilijk hebt, doe ik dat. Want ik hou van je en wil er voor je zijn. Door mijn liefde voor jou ben ik een beter mens geworden. Zie je, ik heb ook iets geleerd.' Hij glimlachte wrang. 'Hoewel, helemaal onbaatzuchtig ben ik ook weer niet. Dus als ik blijf, moet je me beloven dat we nadat de situatie met je moeder achter de rug is, een beslissing nemen over onze toekomst. Nu hoeft dat nog niet. Kom, ik wil je vasthouden.' Hij spreidde zijn armen, en ze stond langzaam op en liet zich omhelzen.

'Ik hou van je, lieve Bel.' Teder streelde hij haar haren. 'En ik ben er voor je als je me nodig hebt.'

'Dank je.' Ze klampte zich aan hem vast. 'Dank je wel.'

Begin juli kwam Bel na een middag aan het mozaïek werken in de Igreja da Glória thuis, waar ze van Loen te horen kreeg dat haar vader in de salon op haar zat te wachten.

'Hoe gaat het met hem?' vroeg ze aan Loen, terwijl ze haar hoed afzette en die aan haar dienstmeisje gaf.

'Zo te zien is hij afgevallen,' antwoordde Loen voorzichtig. 'Maar gaat u zelf maar kijken.'

Na nog een keer diep ademgehaald te hebben, deed Bel de deur van de salon open, waar ze haar vader ijsberend aantrof. Toen ze binnenkwam draaide hij zich om en zag ze dat hij inderdaad magerder was geworden. Bovendien was zijn gezicht ingevallen en had hij ragfijne rimpeltjes gekregen. Zijn golvende haar, waar eerst alleen aan de slapen wat grijze plukjes in hadden gezeten, was vrijwel helemaal grijs. Het leek wel of hij tien jaar ouder was geworden sinds ze hem voor het laatst had gezien.

'Princesa.' Hij liep naar haar toe en omhelsde haar. 'Dat is lang geleden, zeg.'

'Ja, zeker drie maanden.'

'Natuurlijk, je bent nu een getrouwde vrouw met een eigen leven, dus heb je geen tijd meer voor je ouwe pai,' zei hij in een poging tot een grapje.

'Ik ben de afgelopen weken vaak bij mãe op bezoek geweest,' wierp ze tegen. 'Al die keren was u er niet. Volgens mij bent u degene die het druk heeft, pai.'

'Ja, ik heb het inderdaad druk gehad. Je schoonvader zal je wel verteld hebben dat het al een poosje niet goed gaat met de koffiehandel.'

'Nou, ik ben blij dat u er nu bent.' Ze gebaarde naar een stoel. 'Ga toch zitten, dan laat ik iets lekkers brengen.'

'Nee, ik hoef niets,' zei hij, al ging hij wel zitten. 'Izabela, wat is er met je moeder aan de hand? Zondag heeft ze bijna de hele dag in bed gelegen. Ze zei dat ze migraine had, maar daar hoor ik haar de laatste tijd wel erg vaak over.'

'Pai, ik...'

'Ze is weer ziek, hè? Vanmorgen aan het ontbijt viel het me op dat haar huid een akelige kleur heeft en dat ze niets at.'

Bel staarde haar vader even aan. 'Pai, wilt u nou beweren dat u dat nu pas doorhebt?'

'Ik heb het op de zaak zo druk gehad dat ik vaak al weg ben voordat je moeder opstaat en pas thuiskom als ze alweer in bed ligt. Maar ja...' Hij liet zijn hoofd hangen. 'Misschien had ik het wel moeten zien, maar wilde ik dat niet. Dus...' Dat laatste woord ging gepaard met een zucht van wanhopige acceptatie. '... weet jij hoe ernstig het is?'

'Ja pai, dat weet ik.'

'Is het... Is het...' Hij kon zich er niet toe zetten het hardop te zeggen.

'Ja,' bevestigde Bel daarom maar.

Antonio stond op en sloeg vertwijfeld met zijn handpalm tegen zijn hoofd. 'Meu Deus! Natuurlijk had ik het moeten zien. Wat ben ik voor iemand? Een waardeloze echtgenoot, dat zeker.'

'Pai, ik begrijp dat u zich schuldig voelt, maar mãe wilde u er koste wat kost niet mee belasten, omdat het zo moeizaam gaat op uw werk. Ze heeft hier zelf ook een rol in gespeeld.'

'Alsof mijn werk er ook maar iets toe doet in vergelijking met de gezondheid van mijn vrouw! Ze zal me wel echt een monster vinden, als ze zoiets belangrijks voor me achterhoudt. Waarom heb je me dit niet eerder verteld, Izabela?' riep hij boos.

'Omdat ik aan mãe beloofd had dat ik dat niet zou doen,' antwoordde Bel op ferme toon. 'Ze wilde echt niet dat u het wist, tot het niet anders kon.'

'Nu weet ik het tenminste.' Hij kwam weer een beetje tot bedaren. 'We kunnen de beste artsen en chirurgen opzoeken, wat ze maar nodig heeft om beter te worden.'

'Mãe is al bij haar dokter geweest, samen met mij. Volgens hem is er geen hoop meer. Het spijt me, pai, maar het wordt tijd dat u de waarheid onder ogen ziet.'

Antonio staarde haar aan met een mengeling van emoties – van ongeloof tot woede en immens verdriet. 'Wil je nou zeggen dat ze doodgaat?' fluisterde hij uiteindelijk.

'Ja. Ik vind het heel erg.'

Hij liet zich in een stoel zakken, legde zijn hoofd in zijn handen en begon luidruchtig te snikken. 'Nee, nee... Niet mijn Carla, alsjeblieft, niet mijn Carla.'

Bel stond op om hem te troosten. Ze sloeg haar arm om zijn gebogen schouders, die schokten van verdriet.

'En dan te bedenken dat ze deze last alleen heeft gedragen en mij niet in vertrouwen durfde te nemen.'

'Pai, zelfs als ze dat had gedaan, was er niets meer aan te doen geweest,' benadrukte Bel. 'Mãe wil geen behandelingen meer ondergaan. Ze zegt dat ze er vrede mee heeft, en dat geloof ik. Alstublieft, probeer haar wensen te respecteren,' smeekte ze hem. 'U hebt nu zelf gezien hoe ziek ze is. Het enige wat ze nodig heeft, is onze liefde en steun.'

Plotsklaps liet hij zijn schouders hangen, alsof alle energie uit zijn lichaam vloeide. Ondanks haar ontzetting omdat hij nu pas had gemerkt dat haar moeder achteruitging, ging er een vlaag van medelijden door haar heen.

Toen hij haar aankeek, stond het verdriet in zijn ogen te lezen. 'Wat jullie ook denken, ze betekent alles voor me en ik kan me geen leven zonder haar voorstellen.'

Bel keek hem hulpeloos na terwijl hij opstond en de kamer uit liep.

40

'Wat is er de laatste tijd toch met jou?' klaagde Gustavo toen Bel in haar nachthemd de badkamer uit kwam. 'Tijdens het eten zeg je amper nog een woord tegen me. En als we alleen zijn, praat je al helemaal bijna niet meer met me.'

Het was een week geleden dat Antonio naar A Casa was gekomen en kapot van verdriet weer was vertrokken. De volgende dag was Bel bij haar moeder op visite gegaan en had ze haar vader in een stoel aan haar bed aangetroffen, met haar hand in de zijne en zachtjes huilend.

Carla had zwakjes naar haar dochter geglimlacht en naar haar man gewezen. 'Ik zei nog zo tegen hem dat hij naar kantoor moest gaan, dat hij niets voor me kan doen wat Gabriela niet kan. Maar hij wil de hele tijd bij me blijven, als een moederkloek.'

Ondanks haar woorden zag Bel dat Carla het een troost vond dat Antonio bij haar was. En aangezien haar moeder er verschrikkelijk uitzag, wist ze dat dit net op tijd was gebeurd.

Toen haar man zich eindelijk liet vermurwen om hen alleen te laten en een paar uur naar kantoor te gaan, zei Carla zachtjes tegen Bel: 'Nu hij het weet, wil ik je vertellen wat ik wil doen in de tijd die me nog rest...'

Sindsdien probeerde Bel moed te verzamelen om Gustavo te vertellen waar haar moeder haar laatste dagen wilde slijten. Want natuurlijk moest Bel met haar mee, en ze wist dat haar man daar niet blij mee zou zijn.

Langzaam ging ze op de rand van het bed zitten en keek hem in zijn rode ogen en vergrote pupillen waar door de drank een wazige blik in lag. 'Gustavo,' begon ze, 'mijn moeder is stervende.'

'Wat?' vroeg hij geschrokken. 'Dat hoor ik voor het eerst. Hoe lang weet je het al?'

'Een paar weken, maar van mijn moeder mocht ik het tegen niemand vertellen.'

'Zelfs niet tegen je man?'

'Niet voordat ze haar eigen man had ingelicht, nee.'

'Ik begrijp het. De kanker is zeker teruggekomen?'

'Ja.'

'Hoe lang heeft ze nog?'

'Niet lang...' Bels stem sloeg over van emotie omdat hij zo kil reageerde en ze zette zich schrap om hem de gevreesde vraag te stellen. 'Ze wil naar de bergen om haar laatste dagen in de fazenda door te brengen. Gustavo, mag ik met haar mee?'

Met zijn glazige ogen staarde hij haar aan. 'Hoe lang?'

'Dat weet ik niet. Het kan nog een paar weken duren of, als God het wil, twee maanden.'

'Ben je weer terug voordat het nieuwe seizoen begint?'

'Ik...' Het was onmogelijk in te schatten hoe lang haar moeder nog te leven had, puur om haar man tevreden te stellen. 'Dat lijkt me wel, ja,' zei ze maar.

'Tja, dan kan ik niet weigeren, hè? Al zou ik natuurlijk liever willen dat je hier bleef. Vooral aangezien er nog geen erfgenaam op komst lijkt te zijn en dit alleen maar voor meer vertraging zal zorgen. Mijn moeder is bang dat je onvruchtbaar bent,' zei hij hatelijk.

'Het spijt me.' Bel sloeg haar ogen neer, ook al had ze hem het liefst toegebeten dat het niet háár schuld was. Het was al zeker twee maanden geleden dat Gustavo in staat was geweest de liefde met haar te bedrijven. Al kon ze gezien zijn drankgebruik waarschijnlijk niet verwachten dat hij zich nog precies kon herinneren hoe vaak het misging.

'Vanavond gaan we het weer proberen.' Opeens pakte hij haar beet en duwde haar achterover op het bed. In één beweging lag hij boven op haar en vervolgens sjorde hij onhandig haar nachthemd omhoog. Zijn hardheid priemde tegen haar aan en zocht de juiste weg, maar wist die niet te vinden. Hij kuste haar en bewoog tegen haar aan, alsof hij dacht dat hij in haar was. Zoals gewoonlijk begon hij steeds zwaarder op haar te leunen, totdat hij kreunde van de ontlading en van haar af rolde. Ze voelde het plakkerige goedje al opdrogen tussen haar dijen en keek hem aan met een emotie tussen walging en medelijden in.

'Misschien hebben we nu eindelijk een kind gemaakt,' zei hij, voordat hij begon te snurken.

Bel stond op en liep naar de badkamer om zich te wassen. Hoe kon hij nou denken dat dit slappe aftreksel van een vrijpartij zou uitlopen op de komst van een kindje? Aan het begin van hun huwelijk had hij tenminste nog enigszins geweten wat hij deed. Inmiddels was dat – samen met zijn herinneringen aan de gang van zaken tussen hen in bed – weggespoeld door de alcohol.

Maar, dacht ze, op de terugweg naar de echtelijke sponde, als dit de prijs was die ze moest betalen om uit Rio weg te kunnen en tot het einde toe bij haar moeder te kunnen zijn, dan betaalde ze die met liefde.

De volgende ochtend maakte ze Gustavo niet wakker voordat ze ging ontbijten. Zowel Luiza als Maurício zat al aan tafel.

'Goedemorgen, Izabela,' zei Luiza.

'Goedemorgen, Luiza,' reageerde Bel beleefd, terwijl ze ging zitten.

'Eet Gustavo niet mee?'

'Die zal zo wel komen.' Bel vroeg zich af waarom ze haar man nog steeds in bescherming nam tegen zijn moeder.

‘Heb je goed geslapen?’

‘Prima, bedankt.’

Elke ochtend kwamen hun gesprekken hierop neer. De rest van het ontbijt werd alleen onderbroken door een zacht gebrom van achter Maurício’s krant, als hij iets lekker vond of juist niet.

‘Luiza, ik moet je vertellen dat het helemaal niet goed gaat met mijn moeder.’ Bel roerde in haar koffie. ‘Het is zelfs hoogst onwaarschijnlijk dat ze de zomer nog haalt.’

‘Wat naar dat te horen, Izabela.’ Het gezicht van haar schoonmoeder verried geen enkele emotie, behalve dan misschien haar licht opgetrokken wenkbrauw. ‘Dat is wel heel plotseling. Weet je het zeker?’

‘Jammer genoeg wel. Ik weet het al een poosje, maar mijn moeder wilde dat ik het stil zou houden tot ze het niet meer kon verzwijgen. Nu is het zover en wil ze haar laatste dagen slijten op onze fazenda. Zoals u weet ligt die op vijf uur rijden hiervandaan. Ze heeft me gevraagd om mee te gaan en te helpen met haar verzorging, tot aan het einde. Gisteravond heeft Gustavo al gezegd dat hij het goed vindt.’

‘Echt?’ Luiza tuitte haar smalle lippen. ‘Wat ruimhartig van hem. Hoe lang blijf je precies weg?’ vroeg ze, net als haar zoon.

‘Ik...’ Bel voelde tranen in haar ogen opwellen.

‘Liefje, ik neem aan dat het duurt zo lang het duurt,’ klonk er opeens een stem boven de krant uit. Maurício knikte meelevend naar haar. ‘Wens je moeder alsjeblieft het beste van me.’

‘Dank u,’ fluisterde Bel, ontroerd door de onverwachte steun van haar schoonvader. Ze pakte een zakdoek en droogde discreet haar tranen.

‘Kun je dan ten minste zeggen wanneer je vertrekt?’ drong Luiza aan.

‘Aan het eind van de week,’ antwoordde Bel. ‘Mijn vader gaat mee en blijft een paar dagen, maar moet daarna natuurlijk weer terug naar zijn kantoor in Rio.’

'Ja,' zei Maurício ernstig. 'Ik begrijp dat hij het moeilijk heeft. Dat geldt voor ons allemaal.'

Twee middagen later zat Bel met de andere vrouwen in de Igreja da Glória aan een tafel de driehoekjes van speksteen op het raster te plakken. Ze bedacht dat de uren die ze tot nu toe in de kerk had doorgebracht, haar de broodnodige tijd hadden gegeven om na te denken. Ook al waren ze hier met vrouwen onder elkaar en wisten ze heus wel hoe ze een gesprek op gang moesten houden, werd er in de kerk alleen het hoognodige gezegd en concentreerden de vrouwen zich vooral op hun gezamenlijke karwei. Er hing een vredige, harmonieuze sfeer.

Heloise, de vriendin die ze een keer als alibi had gebruikt om bij Laurent op bezoek te kunnen, zat naast haar aan de schragentafel. Bel zag dat ze iets op de achterkant van haar driehoekje zat te schrijven en boog zich opzij om ernaar te kijken. 'Wat ben je aan het doen?'

'Ik schrijf de namen van mijn familie op. En ook die van mijn geliefde. Op die manier gaan ze mee de Corcovado op en maken ze voorgoed deel uit van de Cristo. Dat doen wel meer vrouwen.'

'Wat een mooi idee,' verzuchtte Izabela, die verdrietig naar de namen van Heloises moeder, vader, broers en zussen keek, en daarna naar de naam van haar geliefde. Bel keek naar haar eigen driehoekje, dat ze net met lijm had willen insmeren, en besefte eens te meer dat haar lieve moeder niet lang meer op aarde zou zijn en het eindresultaat van de Cristo nooit zou kunnen bewonderen. Onwillekeurig sprongen de tranen haar in de ogen.

'Als je klaar bent, mag ik dan je pen lenen?' vroeg ze aan Heloise.

'Natuurlijk.'

Toen Heloise haar de pen gaf, schreef Bel de naam van haar geliefde moeder, haar vader en haar eigen naam op. Haar pen bleef boven de namen zweven. Hoe ze het ook probeerde, ze kon zich er niet toe zetten de naam van haar man erbij te schrijven.

Ze controleerde of de inkt al droog was, bracht de dikke lijm op de tegel aan en plaatste die op het raster. Op het moment dat ze dat deed, zei de vrouw die de leiding had dat het tijd was om te pauzeren. Ze zag de andere vrijwilligsters opstaan van de bankjes. Instinctief pakte ze een tegeltje van de stapel in het midden van de tafel en stak het stiekem in haar handtas, die aan haar voeten onder de tafel lag. Daarna liep ze naar de andere vrouwen toe, die achter in de kerk koffie aan het drinken waren.

Ze sloeg de kop koffie af die de bediende haar aanbood en zei tegen de leidinggevende: 'Het spijt me, senhora, ik moet weg.'

'Natuurlijk. Het comité stelt alle hulp op prijs, Senhora Aires Cabral. Wilt u de presentielijst nog even tekenen en aangeven wanneer u weer kunt komen?'

'Ik vrees dat dat een poosje niet zal gaan, senhora. Mijn moeder is ernstig ziek en ik moet haar bijstaan in haar laatste dagen,' legde Bel uit.

'Ik begrijp het. Mijn oprechte medeleven.' De vrouw raakte haar schouder even aan.

'Dank u.'

Bel liep de kerk uit en haastte zich naar Jorge, die buiten in de auto op haar zat te wachten. Nadat ze achterin was gaan zitten, gaf ze hem opdracht om naar Madame Duchaine in Ipanema te rijden.

Een kwartier later waren ze er en vroeg ze hem haar om zes uur te komen ophalen. Ze liep naar de voordeur van het naaiatelier en deed alsof ze aanbelde tot ze, met haar hoofd stiekem opzij gedraaid, de auto zag wegrijden. Vervolgens bleef ze nog twee of drie minuten dralen en haastte zich vervolgens naar Laurents appartement.

Omdat dit haar laatste kans was om hem te zien voordat ze misschien wel twee maanden weg was, wilde ze geen tijd verdoen aan gesprekken over nieuwe japonnen met haar kleermaakster. Ze wist dat ze hierdoor geen alibi had voor de verloren tijd, maar nu ze de vele trappen naar het appartement op liep, kon dat haar voor het eerst niets schelen.

'Chérie, wat ben je bleek! Kom snel binnen, dan schenk ik iets te drinken voor je in,' zei Laurent toen ze bij zijn voordeur aankwam, hijgend van de inspanning en beverig van de zenuwen. Ze liet zich door hem mee naar binnen voeren en met zachte hand in een stoel duwen.

'Water graag,' mompelde ze, plots licht in het hoofd. Zodra Laurent het ging halen, stopte ze haar hoofd tussen haar knieën in een poging de duizeligheid te verminderen.

'Ben je ziek?'

'Nee, het gaat wel weer,' zei ze terwijl ze het water aannam en snel opdronk.

'Bel, wat is er gebeurd?' Hij ging naast haar zitten, nam haar handen in de zijne.

'Ik moet je iets vertellen.'

'Wat dan?'

'Mijn moeder wil haar laatste dagen op onze fazenda in de bergen slijten en ik moet met haar mee,' flapte ze eruit. Opeens kwam alle spanning van de afgelopen weken los en begon ze te snikken. 'Het spijt me, Laurent. Ik heb geen keus. Mijn moeder heeft me nodig. Hopelijk kun je me vergeven en begrijp je waarom ik een tijdje weg moet uit Rio.'

'Bel, waar zie je me voor aan? Natuurlijk moet je nu bij je moeder zijn. Waarom dacht je dat ik boos zou worden?' vroeg hij lief.

'Omdat... Omdat je hebt gezegd dat je alleen voor mij in Rio bent en ik nu wegga.' Wanhopig keek ze hem aan.

'Tja, het is niet ideaal, dat geef ik toe. Maar eerlijk gezegd ben ik allang blij dat je nu een tijdje niet het bed met je echtgenoot deelt, zelfs als dat betekent dat ik je ook niet kan zien,' troostte hij haar. 'Dan heb ik tenminste het gevoel dat je echt van mij bent. We kunnen elkaar toch wel schrijven? Kan ik brieven naar de fazenda sturen, misschien aan je dienstmeisje geadresseerd?'

'Ja.' Ze snoot haar neus in de zakdoek die hij haar aangaf. 'Vergeef me, Laurent. Gustavo en Luiza reageerden zo koeltjes op mijn nieuws dat ik dat ook van jou verwacht had,' biechtte ze op.

'Ik zal maar niet zeggen wat ik van je man en je schoonmoeder vind, maar ik kan je verzekeren dat ik op dit moment niets dan medeleven voor je voel. Trouwens...' Zijn ogen begonnen te schitteren en er speelde een glimlach om zijn lippen. '... de wulpse Alessandra Silveira houdt me wel gezelschap tot je terug bent.'

'Laurent...'

'Izabela, ik plaag je maar. Hoewel ze aan de buitenkant misschien aantrekkelijk is, heeft ze net zo veel karakter als de steen waaruit ik haar beeld moet houwen.' Hij grinnikte.

'Laatst zag ik ook al een foto in de krant staan van jou in Parque Lage, op een benefiet dat georganiseerd was door de beroemde Gabriella Besanzoni,' merkte Bel somber op.

'Ja, ik ben momenteel aardig populair in Rio. Maar je weet dat dat niks voorstelt zonder jou, chérie. Net zoals ik hoop dat jouw leven leeg aanvoelt zonder mij.'

'Absoluut,' zei ze met klem.

'En je vader? Hoe gaat het met hem?'

'Gebroken.' Verdrietig haalde ze haar schouders op. 'Mãe wil deels naar de fazenda om hem te besparen dat hij moet aanzien hoe ze langzaam wegkwijnt. Als het even kan, komt hij op bezoek. In haar plaats zou ik hetzelfde willen. Mannen kunnen niet goed omgaan met ziekte.'

'De meeste mannen niet, nee. Scheer ons niet allemaal over één kam,' wees Laurent haar terecht. 'Als jij op sterven ligt, hoop ik er voor je te kunnen zijn. Zie ik je nog voordat je weggaat?'

'Het spijt me, dat gaat niet. Ik heb nog veel te doen, bijvoorbeeld naar de arts van mijn moeder gaan, zodat hij me de nodige pillen en morfine kan geven voor als het zover is.'

‘Laten we dan geen tijd meer verspillen en onze laatste uren samen alleen aan elkaar denken.’ Hij stond op en trok haar mee in de richting van de slaapkamer.

41

Bevangen door een akelig gevoel van onontkoombaarheid zag Bel dat haar vader de ernstig verzwakte Carla achter in de Rolls-Royce hielp. Terwijl Antonio achter het stuur kroop en Loen voorin ging zitten, gaf Bel haar moeder kussens om haar sterk vermagerde lichaam te ondersteunen. Tijdens het starten van de motor en de rit over de oprijlaan zag Bel haar moeder achterom kijken naar haar huis. Het was duidelijk dat Carla wist dat ze het nooit meer zou zien.

Bij aankomst in de fazenda kostte het Fabiana zichtbaar moeite om haar mevrouw met een stralende glimlach te begroeten. Carla was uitgeput door de reis en stond wankel op haar benen nadat Antonio haar uit de auto had geholpen. Zonder pardon tilde hij zijn vrouw op en droeg haar naar binnen.

De dagen daarna voelde Bel zich nogal overbodig, want aangezien Antonio wist dat hij binnenkort terug moest naar Rio om de problemen op de zaak aan te pakken, bracht hij elk moment dat hij wakker was met Carla door. Zijn toewijding ontroerde Fabiana en Bel diep. Op dit moment zaten ze samen in de keuken, omdat hun gezelschap nu niet op prijs werd gesteld door de patiënt en haar onverwachte verzorger.

'Ik had niet gedacht dat uw vader dit in zich had,' zei Fabiana voor de zoveelste keer terwijl ze haar tranen wegveegde. 'Zo veel liefde voor een vrouw, hartverscheurend.'

'Ja,' verzuchtte Bel. 'Zeg dat wel.'

De enige in het huishouden die gelukkig was, maar dat gezien de omstandigheden probeerde niet te laten blijken, was Loen, die weer was herenigd met Bruno. Bel had haar dienstmeisje een paar dagen vrij gegeven. Nu Antonio zo goed voor zijn vrouw zorgde, had ze toch weinig omhanden. Bel wist echter ook dat ze Loen nog hard nodig zouden hebben naarmate het einde voor Carla dichterbij kwam.

Wederom moest Bel jaloers toezien hoe Loen en Bruno zo veel mogelijk tijd met elkaar doorbrachten. Hun liefde herinnerde haar eraan hoeveel er was veranderd sinds haar vorige bezoek aan de fazenda. Aan de andere kant had ze nu alle tijd om Laurent lange liefdesbrieven te schrijven, die ze stiekem aan Loen meegaf om op de post te doen als zij met Bruno een wandeling ging maken naar het nabijgelegen dorp. Laurent schreef regelmatig terug, met volgens afspraak Loens naam op de envelop. Keer op keer las ze zijn brieven, en ze had hem nog nooit zo erg gemist als nu.

Aan haar man dacht ze zo min mogelijk. Ondanks de omstandigheden was het een verademing om weg te zijn uit de claustrofobische, sombere stemming in A Casa. Ze besefte eens te meer dat ze met een man getrouwd was die ze inmiddels verafschuwde.

Tien dagen na hun aankomst in de fazenda ging Antonio, die grauw en vermoeid oogde, naar huis. Hij drukte Bel tegen zich aan en was bijna in tranen toen hij haar op beide wangen een kus gaf. 'Op vrijdagavond ben ik weer terug, maar in godsnaam, Izabela, bel me elke dag om te laten weten hoe het met haar gaat. En als ik eerder moet komen, moet je het zeggen. Geen geheimen meer, alsjeblieft.'

'Dat zal ik doen, pai, al lijkt het vooralsnog redelijk te gaan met mãe.'

Met een knikje stapte Antonio in de Rolls-Royce en scheurde de oprijlaan af, waarbij stof en grind van onder zijn banden opspoot.

Gustavo zat in de sociëteit de krant te lezen. Het viel hem op dat de bibliotheek vanmiddag op hem na verlaten was. Kennelijk had president Washington Luís de grote koffieproducenten bij elkaar geroepen voor een spoedberaad over de kelderende koffiebonenprijs. Tijdens de lunch was het restaurant ook al leeg geweest.

Terwijl hij zijn derde whisky achteroversloeg, dacht hij aan zijn vrouw en haar bleke, gespannen gezicht toen ze drie weken geleden afscheid van hem had genomen. Sinds haar vertrek miste hij haar vreselijk. In huis hing een naargeestige sfeer nu ze er niet was, zoals het ook was geweest voordat ze met elkaar trouwden.

Het feit dat zijn moeder hem maar bleef behandelen als een ondeugend kind en hem voortdurend betuttelde, werd nog meer benadrukt omdat zijn vrouw niet aan zijn zijde stond. Zijn vader ging er nog steeds van uit dat hij er op financieel gebied niets van zou bakken en wuifde zijn subtiele voorstellen om de fondsen van de familie te beheren steevast weg alsof hij een irritante vlieg was.

Hij bestelde nog een whisky en zijn gezicht betrok bij de herinnering aan zijn kille reactie op het nieuws over zijn schoonmoeder. Hij was er altijd prat op gegaan dat hij over een groot inlevingsvermogen beschikte. Dat had zijn moeder al door toen hij nog een kind was, als hij weer eens huilde omdat hij een dode vogel in de tuin had gevonden of een pak slaag had gekregen van zijn vader.

'Je bent veel te gevoelig,' zei ze dan. 'Je bent een jongen, Gustavo, en jongens laten hun gevoelens niet blijken.'

Als hij dronk, moest hij toegeven, vond hij het een stuk eenvoudiger om zich dingen niet aan te trekken. Sinds hij met Izabela getrouwd was, voelde hij zich niet, zoals hij verwacht had, een stuk zekerder van zichzelf. Zijn zelfvertrouwen was juist ver te zoeken. Daardoor was hij nog meer gaan drinken dan hij al deed.

Gustavo zuchtte diep. Ook al had hij van tevoren geweten dat Izabela niet zo veel van hem hield als hij van haar, hij had gehoopt dat ze na de bruiloft meer genegenheid voor hem zou gaan koesteren. Van het begin af aan was ze echter terughoudend geweest, vooral als ze de liefde met elkaar bedreven. Telkens als ze nu naar hem keek, zag hij iets van meewarigheid in haar ogen, en soms ging dat zelfs over in regelrechte afschuw. De gedachte dat hij niet alleen tekortschoot als zoon maar ook als echtgenoot, maakte zijn afkeer van zichzelf des te groter.

Dat gevoel werd nog eens versterkt door het feit dat Izabela nog niet in verwachting was. Zijn moeder herinnerde hem er met haar veelzeggende blikken steeds aan dat hij zijn echtelijke plicht niet had weten te vervullen. En hoewel hij sinds zijn huwelijk officieel de heer des huizes was en Izabela het huishouden zou moeten bestieren, was hij zich er pijnlijk van bewust dat hij er weinig aan deed om er zijn stempel op te drukken, of om in opstand te komen tegen zijn bazige moeder.

De ober kwam langs met een dienblad en pakte zijn lege glas op. 'Nog een keer hetzelfde, meneer?' vroeg hij automatisch. In de verwachting dat Gustavo zoals gewoonlijk zou knikken, maakte hij al aanstalten om weg te lopen.

Met enige moeite wist Gustavo uit te brengen: 'Nee, dank u. Mag ik een kop koffie?'

'Natuurlijk, meneer.'

Terwijl hij van het hete, bittere goedje dronk, mijmerde hij over de korte tijd dat hij met Izabela getrouwd was. Voor het eerst durfde hij echt onder ogen te zien hoezeer hun relatie was verslechterd. Na een half jaar voelde het al alsof ze langs elkaar heen leefden. Ook kon hij niet ontkennen dat dat voornamelijk kwam doordat hij te veel tijd doorbracht in de sociëteit en zijn onzekerheden verdronk in de alcohol.

Opeens was het voor hem glashelder dat hij zijn vrouw in de steek had gelaten. Geen wonder dat ze zo ongelukkig leek. Door zijn kille moeder en zijn continue dronkenschap en zelfmedelijden dacht ze vast dat ze een vreselijke vergissing had gemaakt.

'Maar ik hou van haar,' fluisterde hij wanhopig tegen de bodem van zijn kopje.

Het was toch nog niet te laat om het goed te maken? Om hun genegenheid en communicatie weer op hetzelfde peil te krijgen als voordat ze getrouwd waren? Toen had het er tenminste nog op geleken dat ze hem aardig vond.

Ik ga hier iets aan doen, nam hij zichzelf voor. Hij ondertekende de rekening en liep naar de auto die al op hem stond te wachten. Bij terugkomst in A Casa zou hij het gesprek aangaan met zijn ouders. Als hij dat niet deed, zou hij zijn vrouw zeker kwijtraken.

In de laatste twee weken van Carla's leven waakten Fabiana, Bel en Loen om beurten bij haar, zodat ze nooit alleen was.

Op een avond, in een zeldzaam helder moment, reikte Carla zwakjes naar de hand van haar dochter. 'Querida, ik moet iets tegen je zeggen nu het nog kan.' Haar stem was amper nog meer dan een fluistering, dus moest Bel voorover leunen om haar te kunnen verstaan. 'Ik weet dat het leven als getrouwde vrouw tot nu toe niet gemakkelijk voor je is en het is mijn plicht als moeder om je advies te geven...'

'Alstublieft, mãe,' onderbrak Bel haar wanhopig. 'Ook al hebben Gustavo en ik zo onze problemen gehad, net als ieder echtpaar, er is niets om u zorgen over te maken.'

'Misschien niet,' zei Carla, 'maar je bent mijn dochter en ik ken je beter dan je denkt. Het is me niet ontgaan dat je een bepaalde band hebt opgebouwd met iemand anders dan je man. Ik zag het die avond in A Casa, toen hij zijn beeld kwam laten zien.'

'Mãe, het stelt echt niets voor. Hij is .. wás maar een vriend.' Bel was geschokt dat haar moeder het gemerkt had.

'Dat betwijfel ik,' reageerde Carla met een grimmig glimlachje.

'Vergeet niet dat ik vlak daarvoor had gezien hoe jullie naar elkaar keken op de top van de Corcovado. Je deed alsof je hem niet kende, maar ik kon zien dat er meer tussen jullie aan de hand was. En ik moet je waarschuwen. Als je voor hem kiest, doe je iedereen daar alleen maar verdriet mee. Ik smeek het je, Izabela. Je bent nog maar zo kort getrouwd. Geef Gustavo een kans om je gelukkig te maken.'

Omdat ze haar moeder niet nog erger van streek wilde maken, knikte Bel toegeeflijk. 'Dat zal ik doen, beloofd.'

Twee dagen later kwam Fabiana bij zonsopgang naar Bels kamer. 'Senhora, ik denk dat het tijd wordt om uw vader te laten komen.'

Antonio kwam meteen en de laatste uren van het leven van zijn vrouw week hij amper van haar zijde. Uiteindelijk sliep ze vredig in en stonden Antonio en Bel samen aan het voeteneind, met hun armen om elkaar heen geslagen, stilletjes te huilen.

Haar moeder wilde begraven worden op de kleine begraafplaats in Paty do Alferes en na de begrafenis keerden Bel en Antonio terug naar Rio, allebei ontredderd.

'Pai, alstublieft,' zei Bel bij aankomst bij Mansão da Princesa, voordat ze terugging naar A Casa. 'Als ik iets voor u kan doen, moet u het zeggen. Zal ik morgen bij u op bezoek komen? Om te kijken hoe het met u gaat? Gustavo vindt het vast niet erg als ik een paar dagen bij u blijf logeren.'

'Nee, nee, querida. Jij hebt je eigen leven. Maar ik?' Hij keek om zich heen in de salon waar hij zo veel mooie momenten had beleefd met zijn vrouw. 'Ik heb niets meer.'

'Zeg dat nou niet, pai. Mãe wilde dat u zou proberen om weer gelukkig te worden in de tijd die u hier nog rest.'

'Dat weet ik, mijn princesa, en ik beloof je dat ik mijn best zal doen. Maar vergeef me, nu ik het huis zo leeg aantref, kan ik het even niet opbrengen.'

Omdat Bel zag dat Jorge de oprijlaan op kwam rijden om haar op te halen, liep ze naar haar vader toe en omhelsde hem stevig. 'Probeer eraan te denken dat u mij nog hebt. Ik hou van u, pai.'

Toen ze vanuit de salon de hal in liep, zag ze Loen en Gabriela tegen elkaar fluisteren.

'Jorge is er, Loen. We moeten weg.' Daarna zei ze hulpeloos tegen Gabriela: 'Mijn vader is er niet best aan toe, zoals je ziet.'

'Senhora, ik zal mijn best doen om hem te troosten. Als God het wil, komt hij dit wel te boven. Denk erom dat de tijd alle wonden heelt.'

'Dank je. Morgen kom ik weer op bezoek. Kom mee, Loen.'

Bel zag moeder en dochter hartelijk afscheid van elkaar nemen, wat haar eigen gemis des te groter maakte.

Tijdens de korte rit naar A Casa vroeg Bel zich af wat ze daar zou aantreffen. Ze had Fabiana zo vaak als ze durfde opdracht gegeven om te zeggen dat ze bij haar moeder was als Gustavo belde, en alleen met hem gepraat als ze er echt niet onderuit kon. Tot haar verbazing had hij verrassend meelevend gereageerd op het nieuws dat haar moeder was overleden. Hij klonk nuchter. Toen ze hem had verzekerd dat hij niet naar de begrafenis hoefde te komen, omdat Carla er alleen haar naaste familie bij had willen hebben, had hij gezegd dat hij het begreep en ernaar uitkeek om haar weer te zien.

In het vreemde niemandsland van de naderende dood had Bel weinig tijd gehad om over haar toekomst te piekeren. Nu ze bijna thuis was, besefte ze echter dat ze de realiteit weer onder ogen moest zien. Vooral datgene waar ze het vorige week nog met Loen over had gehad, ook al had die haar verzekerd dat het ook kon komen doordat ze zo onder druk stond. Ze had zich vastgeklampt aan de theorie van haar dienstmeisje, vanwege haar intense verdriet niet in staat om ook maar aan een andere mogelijkheid te denken.

Bij binnenkomst in A Casa viel haar zoals altijd de overgang op van de warmte buiten naar de kilte die er binnen hing. Onwillekeurig huiverde ze terwijl Loen haar hielp haar hoed af te zetten. Ze vroeg zich af of ze meteen naar haar slaapkamer moest gaan, of op zoek moest naar haar man en zijn ouders. In ieder geval hoefde ze hier niet op mededogen of een hartelijke ontvangst te rekenen.

'Ik zal uw koffer naar uw kamer brengen, uitpakken en een bad laten vollopen, Senhora Bel,' zei Loen, die leek te merken hoe opgelaten ze zich voelde en haar een begripvol klopje op haar schouder gaf. Daarna liep ze naar boven.

'Hallo?' riep Bel in de lege hal.

Er kwam geen antwoord. Ze probeerde het nog eens, zonder resultaat, en besloot uiteindelijk Loen achterna te gaan.

Opeens kwam er iemand de salon uit. 'Zo, je bent er eindelijk weer.'

'Ja, Luiza.'

'Gecondoleerd, ook namens mijn man.'

'Dank u.'

'We eten om de gebruikelijke tijd.'

'Dan ga ik me alvast gereedmaken.'

Omdat ze alleen een bruusk knikje terugkreeg, liep ze de trap op, automatisch de ene voet voor de andere zettend. In de slaapkamer zou ze tenminste troost vinden bij Loen. Bel liet zich door haar dienstmeisje uit haar kleren helpen, iets wat ze niet van haar gevraagd had in de fazenda, omdat alles daar om Carla had gedraaid. Maar nu ze naakt voor Loen stond, zag ze haar dienstmeisje verbaasd kijken.

'Wat is er?'

Loens blik was naar haar buik gegleden. 'Niets. Ik... Niets, Senhora Bel. Het bad is gevuld. Ga er maar in, nu het water nog warm is.'

Dat deed Bel. Toen ze vervolgens omlaagkeek, werd ze zich

pas ten volle bewust van de verandering in de bekende contouren van haar lichaam. In de fazenda was er geen bad, alleen emmers water die in de zon werden verwarmd om je mee af te spoelen. De afgelopen weken had ze amper een blik in de spiegel geworpen.

'Meu Deus!' zei ze terwijl ze voorzichtig de amper zichtbare bolling van haar buik aftastte, die als een half gerezen soufflé uit het water stak. Ook haar borsten leken voller en zwaarder dan voorheen.

Meer tijd om erbij stil te staan had ze niet, ook niet om zichzelf bestraffend toe te spreken omdat ze Loen geloofd had, die dacht dat haar maandelijkse bloeding misschien was uitgebleven door het verdriet om haar moeder. In de kamer ernaast hoorde ze Gustavo namelijk op schrille toon met Loen praten. Snel waste ze zich, stapte uit bad, trok haar kamerjas aan en zorgde ervoor dat ze die losjes dichtknoopte, voor het geval dat haar man de subtiele verandering van haar figuur zou opmerken. Daarna liep ze de slaapkamer in.

Daar stond Gustavo, met een behoedzame, enigszins verlegen uitdrukking op zijn gezicht.

'Dank je, Loen. Je kunt gaan,' zei hij.

Het dienstmeisje liep de kamer uit en Bel bleef staan waar ze stond, wachtend tot Gustavo als eerste zijn mond open zou doen.

'Ik vind het heel erg voor je, Izabela,' merkte hij op.

'Dank je. Het is inderdaad niet makkelijk voor me geweest.'

'Het viel ook niet mee om jou hier te moeten missen.'

'Nee, dat spijt me.'

'Je hoeft je excuses niet aan te bieden,' zei hij snel. 'Ik ben alleen blij dat je terug bent, dat is alles.' Hij glimlachte aarzelend. 'Ik heb je gemist.'

'Dank je, Gustavo. Nu moet ik me gereedmaken voor het avondeten, en jij ook.'

Hij knikte, liep de badkamer in en deed de deur achter zich dicht.

Zelf liep ze naar het raam. Het viel haar op dat de lichtinval iets was veranderd door de wisseling van de seizoenen. Hoewel het al na zeven uur 's avonds was, begon de zon nog maar net onder te gaan. Bel realiseerde zich dat het half oktober was, midden in de lente in Rio. Ze draaide zich om naar het bed, nog steeds verdwaasd door wat ze in bad had beseft. Loen had een jurk klaargelegd die ze zelden droeg, omdat hij nogal ruim viel en Gustavo liever had dat zijn vrouw kleren droeg waarin haar mooie figuurtje goed tot zijn recht kwam. De tranen sprongen haar in de ogen omdat haar dienstmeisje zo attent was. Eenmaal aangekleed liet ze Gustavo boven achter en liep ze de trap af naar de salon. Liever dat dan haar echtgenoot onder vier ogen te moeten spreken. Eenmaal beneden keek ze naar de voordeur, uit alle macht wensend dat ze naar buiten kon stormen om naar Laurent te gaan. Want ze twijfelde er geen moment aan dat hij de vader was van het kindje in haar buik.

Tijdens het avondeten merkte Bel dat er weinig veranderd was sinds haar vertrek. Luiza was nog steeds kil en belerend, ze had amper een woord van medeleven voor haar over. Maurício was iets vriendelijker, maar zat het grootste gedeelte van de avond met Gustavo te praten over de financiële beslommeringen op Wall Street en iets wat de Dow Jones Index heette. Kennelijk waren er afgelopen donderdag enorm veel aandelen van de hand gedaan.

'Godzijdank heb ik mijn aandelen vorige maand al verkocht. Ik hoop dat je vader ook zo verstandig is geweest,' merkte Maurício op. 'Gelukkig had ik er om te beginnen al niet veel. Ik vertrouw die yankees voor geen cent. Op dit moment proberen ze te redden wat er te redden valt, in de hoop dat de beurs na het weekend weer zal aantrekken. Toch betwijfel ik of we het ergste al achter de rug hebben. Als de markt inderdaad instort, heeft dat op de lange termijn desastreuze gevolgen voor onze koffie-industrie. De vraag vanuit Amerika, onze grootste afzetmarkt, zal ongetwijfeld zakken als een baksteen. Zeker aangezien Brazilië al jaren met enorme overschotten te kampen heeft,' voegde hij er mistroostig aan toe.

'Het is nog een geluk bij een ongeluk dat onze familie zich op tijd heeft teruggetrokken uit de Amerikaanse markt,' zei Luiza met een nadrukkelijke blik op Bel. 'Ik heb altijd al gedacht dat hebzuchtige mensen uiteindelijk wel krijgen wat hun toekomt.'

Bel waagde het een blik op haar man te werpen, die voor zijn doen vergoelijkend glimlachte om zijn bemoeizuchtige moeder.

'We zijn misschien niet meer rijk, liefste, maar in ieder geval is onze situatie stabiel,' was de neutrale reactie van haar schoonvader.

Die avond op weg naar boven wendde Bel zich tot Gustavo. 'Weet jij hoe ernstig de situatie in Amerika precies is? Ik maak me zorgen om mijn vader. Omdat hij afgelopen week niet in Rio is geweest, is hij hier misschien niet goed van op de hoogte.'

'Eerlijk gezegd heb ik de ontwikkelingen op de beurs nooit goed gevolgd,' gaf Gustavo toe terwijl hij hun slaapkamerdeur opende. 'Maar afgaand op wat mijn vader zegt en op de feiten waar ik me sinds kort in aan het verdiepen ben, lijkt het me behoorlijk ernstig.'

Bel ging de badkamer in. Het duizelde haar van alle ontwikkelingen van de afgelopen uren. Tijdens het uitkleden kon ze haar ogen niet van de kleine maar duidelijk zichtbare bolling afhouden. Ergens had ze gehoopt dat ze zich het daarstraks maar had ingebeeld. Nu ze haar nachtjapon aantrok vroeg ze zich af wat ze moest doen. Het enige wat ze wél wist, was dat ze vanavond de aanrakingen van haar man niet zou kunnen verdragen. Ze deed zo lang mogelijk over haar avondrituelen en liep de badkamer uit, hopend en biddend dat Gustavo al in slaap was gevallen.

Hij lag echter klaarwakker in bed naar haar te kijken. 'Ik heb je gemist, Izabela. Kom eens bij me liggen.'

Aarzelend stapte ze bij hem in bed, er gingen een miljoen smoesjes door haar hoofd. Maar geen daarvan volstond voor een man die het twee maanden zonder zijn vrouw had moeten stellen.

Op dat moment besefte ze dat Gustavo haar nog steeds aanstaarde.

'Je kijkt doodsbenauwd, Izabela. Ben je zo bang voor me?'

'Nee, nee... Natuurlijk niet.'

'Querida, ik begrijp dat je in de rouw bent en misschien wat tijd nodig hebt voordat je je helemaal kunt ontspannen. Dus laat me je gewoon vasthouden.'

Zijn woorden overrompelden haar. Omdat ze er vandaag pas achter was gekomen hoe het echt met haar gesteld was, vlak nadat ze haar moeder had zien sterven, en nu ook nog eens had gehoord over de crisis in Amerika, zorgde dit gebaar ervoor dat de tranen haar in de ogen sprongen.

'Alsjeblieft, Izabela. Niet bang voor me zijn. Ik wil je vannacht alleen troosten,' benadrukte hij nog eens terwijl hij het licht uitdeed.

Ze liet toe dat Gustavo haar in zijn armen nam en bleef tegen zijn borst aan met haar ogen wijd open in het donker liggen staren. Met zijn hand streelde hij haar haren en bij de gedachte aan het piepkleine hartje dat in haar buik klopte voelde ze zich schuldig.

'Tijdens je afwezigheid heb ik veel tijd gehad om na te denken,' zei hij zacht. 'Over hoe het was toen we elkaar net kenden, toen we gesprekken voerden over kunst en cultuur en elkaar aan het lachen maakten. Sinds de bruiloft zijn we uit elkaar gegroeid, grotendeels door mijn toedoen. Ik zie nu pas in dat ik veel te veel tijd in de sociëteit heb doorgebracht. Om eerlijk te zijn vooral om het huis te ontvluchten. We weten allebei dat de sfeer hier nogal grimmig kan zijn.'

Bel lag in het donker naar hem te luisteren, maar besloot pas iets te zeggen als hij was uitgepraat.

'Dat ligt ook aan mij. Ik had strenger tegen mijn moeder moeten optreden nadat we getrouwd waren. Gewoon moeten zeggen dat jij voortaan de vrouw des huizes bent en dat zij zich moet terugtrekken om jou het huishouden te laten bestieren. Vergeef me, Izabela. Ik ben zwak geweest en ben niet voor jou of voor mezelf opgekomen toen het nodig was.'

'Gustavo, jij kunt er ook niets aan doen dat je moeder me niet mag.'

'Ik betwijfel of het aan jou ligt,' reageerde hij verbitterd. 'Ze kan het gewoon niet hebben dat iemand haar positie binnen het huishouden bedreigt. Een poosje geleden heeft ze zelfs voorgesteld om met de bisschop te gaan praten om ons huwelijk nietig te laten verklaren, omdat je nog niet in verwachting bent. Ze wilde als reden opgeven dat we duidelijk nog niet intiem met elkaar zijn geweest.'

Onwillekeurig stokte haar adem door zijn woorden, vanwege het geheim dat ze in haar buik droeg.

Gustavo leek te denken dat ze geschrokken was omdat zijn moeder hun huwelijk kapot dreigde te maken, en trok haar dichter tegen zich aan. 'Natuurlijk werd ik woedend en zei ik dat als ze ooit nog zoiets durfde te zeggen, ik háár op straat zou gooien, niet mijn vrouw. Daarna vond ik dat er iets moest veranderen. Ik heb mijn vader gevraagd het huis op mijn naam te zetten. Daar had ik meteen na de bruiloft al op moeten aandringen, want dat is de normale gang van zaken. Hij heeft ermee ingestemd en zal ook het beheer van onze financiën aan ons overdragen zodra ik vind dat ik die verantwoordelijkheid aankan. Daarom ben ik van plan de komende weken veel tijd door te brengen met mijn vader. Ik wil bij hem in de leer, in plaats van mijn tijd te verdoen in de sociëteit. Als alles eenmaal geregeld is, draag ik de verantwoordelijkheid over de huishoudelijke aangelegenheden aan jou over. Daar heeft mijn moeder zich maar bij neer te leggen.'

'Ik begrijp het.' Het viel Bel op hoe vastberaden hij klonk en ze wenste dat ze daar troost in kon vinden.

'Al is het misschien wat later dan gebruikelijk, uiteindelijk krijgen we samen de leiding over ons huishouden. Wat mijn drankgebruik betreft... Ik weet dat dat uit de hand is gelopen, Izabela. Ik bezweer je dat ik de afgelopen weken alleen wijn bij het eten heb gedronken, verder niets. Kun je me vergeven dat ik er niet eerder iets aan heb gedaan? Ik weet hoe moeilijk je het de laatste tijd moet hebben gehad. Maar zoals je merkt ben ik vastbesloten om opnieuw te beginnen. Hopelijk kun jij dat ook, want ik hou heel veel van je.'

'Ik... Natuurlijk kan ik je vergeven,' stamelde ze, niet in staat om hem af te wijzen nu hij zijn hart liet spreken.

'Van nu af aan zal ik je ook niet meer dwingen...' Hij zocht naar de juiste bewoordingen. '... om actief te zijn in de slaapkamer. Als je zegt dat je de liefde niet met me wilt bedrijven, leg ik me daarbij neer. Al hoop ik dat je dat over een poosje, als je eenmaal inziet dat ik het meen, wel zal willen. Zo, dat was alles wat ik wilde zeggen. En nu, querida, na de vreselijke tijd die je achter de rug hebt, hoop ik dat ik je mag vasthouden tot je slaapt.'

Een paar minuten later hoorde ze hem zachtjes snurken en maakte ze zich los uit zijn omhelzing om zich op haar andere zij te draaien. Haar hart bonkte wild en ze dacht met vlinders in haar buik na over haar situatie. Bestond er een kans dat dit kindje van haar man was? Ze rekende koortsachtig terug tot de laatste keer dat hij erin was geslaagd de liefde met haar te bedrijven, en wist dat het niet mogelijk was.

Terwijl de uren voorbijkropen en Bel maar bleef woelen, wist ze dat ze meteen de koe bij de horens moest vatten. Per slot van rekening zou Laurent misschien wel gruwen bij de gedachte dat ze zwanger van hem was. Dit was nooit hun bedoeling geweest, daarom had hij er ook alles aan gedaan om het te voorkomen. Ze dacht terug aan de waarschuwende woorden van Margarida, dat mannen als Laurent zich niet wilden vastleggen.

Toen het eerste zonlicht door de luiken naar binnen viel, staken al Bels twijfels over haar minnaar weer de kop op. Er zat maar één ding op: zo snel mogelijk naar hem toe gaan.

42

'Wat ga je vandaag doen, *meu amor*?' vroeg Gustavo glimlachend toen zijn vrouw nog een kop koffie inschonk uit de zilveren kan op de ontbijttafel.

'Ik heb mijn laatste pasbeurt bij Madame Duchaine, voordat het nieuwe seizoen begint.' Ze glimlachte stralend. 'Hopelijk kan ik mijn garderobe eind volgende week al ophalen.'

'Mooi zo,' zei hij.

'Als je het goed vindt, wil ik de lunch graag overslaan om bij mijn vader op bezoek te gaan. Vanochtend aan de telefoon zei Gabriela dat hij zich nog niet had aangekleed en niet van plan was om vandaag naar zijn werk te gaan.' Er verscheen een fronsrimpel in haar voorhoofd. 'Ik maak me zorgen om hem.'

'Natuurlijk vind ik dat goed,' zei Gustavo. 'Ik ga met mijn vader naar de senaat. President Washington Luís heeft een spoedberaad belegd voor alle koffiemagnaten om de aanhoudende crisis in Amerika te bespreken.'

'Ik dacht dat je vader geen interesse in koffie meer had?' vroeg Bel.

'Weinig, inderdaad. Maar omdat hij een prominent lid van de gemeenschap in Rio is, heeft de president hem toch uitgenodigd.'

'Daar zou mijn vader toch ook bij aanwezig moeten zijn?'

'Eigenlijk wel, ja. De situatie verslechtert met de dag. Zeg maar tegen hem dat ik hem graag bijpraat over wat er gezegd is. Ik zie je voor het avondeten, querida.' Hij gaf Bel voorzichtig een kus op haar wang en ging van tafel.

Toen Gustavo met zijn vader naar de senaat was en Luiza zich in de keuken had teruggetrokken om het menu voor de komende week met de kokkin door te nemen, haastte Bel zich naar boven om haar adressenboekje te zoeken. Ze rende weer naar beneden, pakte met trillende handen de hoorn op en vroeg de telefoniste om doorverbonden te worden met het nummer dat Laurent haar had gegeven.

'Wees alsjeblieft thuis,' fluisterde ze terwijl de telefoon overging.

'*Ici* Laurent Brouilly.'

Het geluid van zijn stem zorgde ervoor dat haar maag zich zowat omkeerde van de zenuwen. 'Met Izabela Aires Cabral,' begon ze formeel, voor het geval dat Luiza onverwacht de keuken uit kwam. 'Kan ik een afspraak maken, voor vanmiddag om twee uur?'

Het duurde even voordat hij antwoord gaf. 'Dat valt zeker te regelen, madame. Komt u hiernaartoe?'

'Ja.'

'Dan verheug ik me erop u weer te zien.'

Ze kon zijn glimlach om hun spelletje bijna in zijn stem horen. 'Tot vanmiddag, dan.'

'À bientôt, ma chérie,' fluisterde hij vlak voordat Bel abrupt de verbinding verbrak.

Haar vingers bleven boven het toestel zweven terwijl ze overwoog een afspraak bij Madame Duchaine te maken zodat ze een alibi had, maar ze wilde niet het risico lopen dat madame haar kraaloogjes op Bels zwangere buikje liet vallen en het blijde nieuws nu al zou rondbazuinen. Daarom belde ze wel, alleen maakte ze een afspraak voor over twee dagen. Ze pakte haar hoed en nadat ze tegen Luiza had gezegd dat ze naar haar vader en daarna naar de kleermaakster ging, stapte ze achter in de auto en vroeg Jorge haar naar Mansão da Princesa te brengen.

Nog voordat ze de treden naar de voordeur had beklommen,

verscheen Gabriela al in de deuropening, met een bezorgd gezicht.

'Hoe gaat het met hem?' vroeg Bel, die naar binnen liep.

'Hij ligt nog steeds in bed, zegt dat hij er de fut niet voor heeft om op te staan. Zal ik zeggen dat u er bent, senhora?'

'Nee, ik ga zelf wel naar hem toe.'

Ze klopte op de slaapkamerdeur en toen er geen reactie kwam, liep ze naar binnen. De luiken waren dicht om de felle middagzon buiten te sluiten en ze kon maar met moeite een vorm onder de dekens ontwaren. 'Pai? Ik ben het, Izabela. Bent u ziek?'

Uit het bed klonk een kreun, verder niets.

'Ik doe de luiken open zodat ik u kan bekijken.' Ze liep naar de ramen en liet het zonlicht naar binnen stromen. Toen ze zich omdraaide zag ze dat haar vader deed alsof hij sliep, dus liep ze naar het bed en ging op de rand zitten. 'Pai, zeg alstublieft wat er met u aan de hand is.'

'Ik kan niet zonder haar,' kermde hij. 'Wat heeft het leven nog voor zin als zij er niet is?'

'Pai, u hebt mãe op haar sterfbed beloofd dat u de draad zou oppakken. Waarschijnlijk kijkt ze nu vanuit de hemel naar u en schreeuwt ze dat u uit bed moet komen.'

'Ik geloof niet in de hemel, of in God,' bromde hij somber. 'Wat voor God zou mijn lieve Carla nou komen halen, terwijl die in haar hele leven nooit iets heeft misdaan?'

'Zij was wel gelovig, en dat ben ik ook,' was Bels ferme reactie. 'We weten allebei dat zulke dingen geen reden hebben. Jullie hebben samen tweeëntwintig heerlijke jaren gehad. Daar bent u toch wel dankbaar voor? En wilt u haar laatste wens niet vervullen door verder te leven, nu zij dat niet meer kan?'

Omdat haar vader niet reageerde, probeerde ze een andere aanpak uit. 'Pai, hebt u gehoord wat er in Amerika aan de hand is? Gisteravond zei Maurício dat ze denken dat de beurs elk ogenblik weer kan instorten. De senaat houdt nu een spoedberaad om over de gevolgen voor Brazilië te praten. Alle grote koffieproducenten zijn erbij. Moet u daar ook niet naartoe?'

'Nee, Bel, het is al te laat,' verzuchtte Antonio. 'Ik heb mijn aandelen niet verkocht toen ik de kans had, want ik dacht dat het een storm in een glas water was. Gisteren, nadat je was vertrokken, belde mijn effectenmakelaar om te zeggen dat de markt is ingestort en dat veel van mijn aandelen bijna niets meer waard zijn. Volgens hem wordt het vandaag nog erger. Izabela, het grootste gedeelte van ons geld zat in beleggingen op Wall Street. Ik ben alles kwijt.'

'Dat kan toch niet waar zijn, pai? Al bent u uw aandelen kwijt, dan hebt u toch nog plantages die veel waard zijn? Ook al wordt koffie niet goed meer verkocht, die percelen behouden toch hun waarde?'

'Izabela,' zei hij vermoeid, 'doe nou niet alsof je iets van zaken begrijpt. Ik heb geld geleend bij banken om die plantages te kopen. Dat was geen enkel probleem zolang de oogst zo goed was en de opbrengst zo hoog. Maar sinds de prijzen dalen, kost het me moeite om de aflossingen te betalen. De banken wilden meer zekerheid en ik heb dit huis als onderpand moeten geven. Begrijp je het nu, Izabela? Ze gaan alles van me afpakken om mijn schulden af te lossen. Als ik die aandelen in Amerika ook nog kwijt ben, heb ik niet eens meer een dak boven mijn hoofd.'

Vol afgrijzen hoorde ze haar vader aan, zichzelf stilletjes verwijtend dat ze zo weinig van financiën afwist. Met iets meer kennis van zaken had ze hem misschien gerust kunnen stellen.

'Maar pai, dan zou u toch juist vandaag naar de senaat moeten gaan? U bent niet de enige die in deze situatie zit en u hebt al vaker gezegd dat de economie van Brazilië van de koffieproductie afhankelijk is. De overheid zal toch niet toelaten dat alles instort?'

'Querida, het is heel eenvoudig: als niemand geld heeft om onze bonen te kopen, kan geen enkele overheid daar iets aan doen. En ik kan je verzekeren dat ze in Amerika vooral het hoofd boven water willen houden en niet bezig zijn met de luxe van een kopje koffie.' Geërgerd streek hij over zijn voorhoofd. 'Natuurlijk doen ze in de senaat alsof ze de crisis het hoofd kunnen bieden. Ze weten heus wel dat het al te laat is. Dus bedankt dat je me over die vergadering hebt verteld, maar ik kan je nu al vertellen dat die geen enkele zin heeft.'

'Dan vraag ik ten minste of Maurício u wil bijpraten over wat er besproken is,' zei ze resoluut. 'Trouwens, zelfs al hebt u gelijk en bent u alles kwijt, vergeet dan niet dat de fazenda op mijn naam staat. U komt heus niet op straat te staan, lieve pai. En ik weet zeker dat Gustavo u ook niet laat verhongeren, aangezien u zo gul bent geweest toen hij met me trouwde.'

'Wat heb ik in mijn eentje op de fazenda te zoeken?' vroeg hij verbitterd. 'Zonder bedrijf om te runnen, zonder het gezelschap van mijn lieve vrouw?'

'Pai, hou op! Zoals u zelf al zei, zullen er veel mensen onder deze situatie lijden, misschien zelfs armoede kennen. U mag van geluk spreken dat dat niet voor u geldt. U bent pas achtenveertig. Er is toch nog tijd zat om opnieuw te beginnen?'

'Izabela, mijn reputatie is naar de knoppen. Zelfs als ik opnieuw wilde beginnen, dan zou geen enkele bank in Brazilië me daar geld voor lenen. Het is allemaal voorbij.'

Bel zag haar vader weer zijn ogen dichtdoen en dacht terug aan enkele maanden geleden, aan de trots waarmee hij haar naar het altaar had begeleid. Hoewel ze het altijd vreselijk had gevonden dat haar vader zo te koop liep met zijn rijkdom, wenste ze met heel haar hart dat ze hem alles terug kon geven. Pas nu besefte ze dat hij daar zijn gevoel van eigenwaarde aan ontleende. Als je dat optelde bij het verlies van zijn vrouw, kon ze best begrijpen dat het voor hem voelde alsof hij alles kwijt was.

'Pai, u hebt mij nog,' zei ze zacht. 'En ik heb u nodig. Geloof me alstublieft, het kan me niets schelen of u nou arm bent of rijk. Ik hou nog steeds van u en heb respect voor u, want u bent mijn vader.'

Voor het eerst zag Bel toen de ogen van haar vader opengingen een spoortje vreugde. 'Ja, je hebt gelijk,' beaamde hij. 'En jij, princesa, bent het enige in mijn leven waar ik echt trots op ben.'

'Luister dan naar me als ik zeg, net zoals mãe gedaan zou hebben, dat u niet bij de pakken neer moet gaan zitten. Alstublieft, pai, sta op. Dan zoeken we samen uit wat er nog te redden valt. Ik zal u helpen waar ik maar kan. Ik heb mijn eigen juwelen en de juwelen die mãe me heeft nagelaten. Als we die verkopen, hebt u toch een aardig startkapitaal voor een nieuwe onderneming?'

'Als er na deze financiële slachting nog iemand over is die iets kan kopen,' zei hij somber. 'Izabela, bedankt dat je gekomen bent, al schaam ik me dat je me zo hebt gezien. Ik beloof je dat ik uit bed kom zodra je weg bent. Maar nu wil ik alleen zijn om na te denken.'

'Belooft u dat, pai? Ik waarschuw u, straks bel ik Gabriela om te vragen of u inderdaad bent opgestaan. En morgen kom ik weer kijken hoe het met u gaat.' Ze boog zich voorover om hem een kus te geven.

Hij glimlachte. 'Dank je, princesa. Tot morgen.'

Bel wisselde een paar woorden met Gabriela en zei dat ze haar later nog zou bellen. Daarna stapte ze in de wachtende auto en gaf Jorge opdracht om naar het naaiatelier van Madame Duchaine in Ipanema te rijden. Zoals gewoonlijk zei ze dat ze om zes uur weer opgehaald wilde worden en voerde ze totdat hij weg was een toneelstukje op bij de deur, waarna ze zo snel mogelijk koers zette naar Laurents appartement.

'Chérie!' riep Laurent terwijl hij haar naar binnen trok, in zijn armen nam en haar gezicht en hals met kussen overlaadde. 'Je moest eens weten hoe erg ik je gemist heb.'

Opgelucht nu ze bij hem was, maakte ze geen bezwaar toen

hij haar optilde en de slaapkamer in droeg. Een paar kostbare minuten lang maakten alle vreselijke gedachten in haar hoofd plaats voor de heerlijke gewaarwording om weer met hem te versmelten.

Na afloop lagen ze samen tussen de kluwen van lakens en beantwoordde Bel de voorzichtige vragen die Laurent haar over de afgelopen weken stelde.

'En hoe is het met jou, Laurent?' vroeg ze uiteindelijk. 'Heb je jezelf bezig kunnen houden?'

'Helaas heb ik na Alessandra Silveira geen opdrachten meer in de wacht kunnen slepen. Iedereen maakt zich zorgen over de situatie met de koffie in Brazilië en de beurs in New York. Ze geven geen geld meer uit aan snuisterijen zoals mijn beelden. De afgelopen maand heb ik vooral gegeten, gedronken en in de zee gezwommen. Izabela...' Zijn gezicht werd ernstig. 'Buiten het feit dat de situatie in Brazilië met de dag verslechtert, heb ik het gevoel dat ik hier niet langer kan blijven. Ik mis Frankrijk en wil weer vaste grond onder mijn voeten hebben. Vergeef me, chérie, maar ik moet naar huis.' Hij pakte haar hand en drukte er een kus op. 'De vraag is: ga je met me mee?'

Bel kon geen woord uitbrengen. Ze lag daar maar stilletjes in zijn armen, met haar ogen stijf dichtgeknepen. Het voelde alsof ze in haar leven nergens meer van op aan kon.

'Monsieur da Silva Costa heeft een hut voor me geboekt op een stoomschip dat vrijdag vertrekt,' drong hij aan. 'Dan moet ik wel gaan, aangezien de meeste scheepvaartmaatschappijen in Amerikaanse handen zijn. Als de financiële situatie nog verder achteruitgaat, kan het nog maanden duren voordat er weer boten vanuit Rio vertrekken.'

Nu Bel dit hoorde, besefte ze pas echt hoe verregaand de gevolgen van de Amerikaanse crisis waren. 'Vaar je op vrijdag uit? Over drie dagen al?' fluisterde ze.

'Ja. En ik smeek je, *mon amour*, om met me mee te gaan. Volgens mij wordt het tijd dat jij mij eens volgt,' benadrukte hij. 'Hoeveel ik ook van je houd, ik heb hier niets, geen leven, en gezien jouw situatie zeker geen leven met jou samen. Ik voel me schuldig omdat ik je dwing om te beslissen, nu je lieve maman nog maar net begraven is. Maar hopelijk begrijp je waarom ik moet gaan.' Vragend keek hij haar aan.

'Ja, je hebt lang genoeg op me gewacht.' Ze ging rechtop zitten en trok het laken over haar blote borsten. 'Laurent, ik moet je iets vertellen...'

Het was een opluchting toen Gustavo uit het drukke Senaatsgebouw kwam. Binnen had zowel de temperatuur als de spanning een kookpunt bereikt, omdat de wanhopige koffieproducenten wilden weten wat de overheid zou doen om hen uit de brand te helpen. Er waren zelfs opstootjes geweest, beschaafde mannen die tot geweld werden aangezet door de gedachte dat hun fortuin in één klap was weggevaagd.

Hij had het zo lang mogelijk volgehouden, om in ieder geval te laten blijken dat hij met hen meeleefde, al vond hij dat hij verder weinig kon bijdragen. Inmiddels snakte hij naar een borrel. Hij maakte aanstalten om naar de sociëteit te lopen, maar riep zichzelf na een paar passen tot de orde.

Nee. Als hij nu de verleiding niet weerstond, was hij weer terug bij af. En gisteravond had hij Izabela nog bezworen dat hij veranderd was.

Daarna dacht hij eraan dat ze tijdens het ontbijt had gezegd dat ze naar haar kleermaakster in Ipanema zou gaan voor een pasbeurt. Het naaiatelier lag op slechts tien minuten lopen hiervandaan en opeens leek het hem een goed idee om haar te verrassen. Misschien konden ze een wandeling maken over de promenade, in een barretje aan het strand gaan zitten om de wereld aan zich voorbij te zien trekken. Dat soort dingen deed je toch als je als man en vrouw graag bij elkaar was?

Hij sloeg links af, in de richting van Ipanema.

Een kwartier later kwam hij verward het naaiatelier uit. Hij had kunnen zweren dat Izabela had gezegd dat ze hierheen zou gaan na het bezoek aan haar vader. Toch had Madame Duchaine hem verzekerd dat zijn vrouw vanmiddag geen afspraak had. Vertwijfeld liep hij de straat in om een taxi naar huis nemen.

Laurent staarde haar geschokt aan. 'Weet je zeker dat het van mij is?'

'Ik heb me het hoofd gebroken over de vraag of het toch van Gustavo kan zijn, maar zoals je zelf al zei, is het onmogelijk om een kindje te maken als er niet daadwerkelijk sprake is van gemeenschap.' Ze bloosde beschaamd omdat ze zulke intieme details prijsgaf over de relatie met haar man. 'In de twee maanden voordat ik met mijn moeder naar de fazenda ging, is dat niet gebeurd. Niet dat mijn man daar iets van gemerkt heeft,' voegde ze eraan toe.

'Denk je dat je ongeveer drie maanden zwanger bent?'

'Misschien langer, maar ik weet het niet zeker. Ik kon moeilijk naar de huisarts gaan zonder eerst met jou gesproken te hebben.'

'Mag ik eens kijken?'

'Ja hoor, al zie je er nog weinig van.'

Bel zag Laurent het laken optillen en zijn hand voorzichtig op de lichte bolling leggen. Zijn ogen gingen van haar buik naar haar ogen. 'Durf je te zweren dat je zeker weet dat dit kind van mij is?'

'Laurent...' Bel hield zijn blik vast. 'Daar twijfel ik geen moment aan. Anders was ik niet naar je toe gekomen.'

'Nee. Tja...' Hij zuchtte. 'Gezien de omstandigheden waarover ik het had voordat je me dit vertelde, lijkt het me nu nog belangrijker dat we zo snel mogelijk naar Parijs vertrekken.'

'Bedoel je dat je ons kindje wilt?'

'Ik bedoel dat ik jóú wil, lieve Izabela. En als dat kindje...' Hij wees naar haar buik. '... bij jou en mij hoort, hoe onverwacht dit ook is, dan wil ik dat natuurlijk ook.'

De tranen sprongen haar in de ogen. 'Ik dacht dat je het niet zou willen. Daar had ik mezelf al op voorbereid.'

'Toegegeven, als het geboren wordt en eruitziet als een fret, dan bedenk ik me misschien, maar natuurlijk geloof ik je, Bel. Ik zie niet in waarom je zou liegen, als je bedenkt dat ik een kind veel minder te bieden heb dan je man.' Met een zucht sloeg hij zijn ogen neer. 'Je moet wel bedenken dat ik geen idee heb hoe we het hoofd boven water moeten houden. Zelfs ik begrijp dat mijn zolderkamertje in Montparnasse niet geschikt is voor een baby. Of voor jou.'

'Ik heb juwelen die ik kan verkopen,' bood ze voor de tweede keer die dag aan. 'En een beetje geld om een bestaan op te bouwen.'

Verwonderd keek hij haar aan. 'Mon Dieu! Je hebt er al over nagedacht.'

'Elke minuut, sinds ik het zeker weet,' gaf ze toe. 'Maar...'

'Er zit altijd een addertje onder het gras.' Hij sloeg zijn ogen ten hemel. 'Wat is het deze keer?'

'Voordat ik hierheen kwam, ben ik bij mijn vader geweest. Hij wilde niet uit bed komen, zo depressief is hij. Volgens hem is hij alles kwijtgeraakt op de Amerikaanse beurs. Hij zit financieel aan de grond en is gebroken door de dood van mijn moeder.'

'Dus nu voel je je niet alleen schuldig over je man, maar ook als je je vader hier achterlaat?'

'Natuurlijk!' riep ze, gefrustreerd omdat hij niet leek te begrijpen hoe zwaar deze beslissing haar viel. 'Als ik met jou meega, heeft pai pas echt het gevoel dat hij alles kwijt is.'

'En als je niet meegaat, raakt onze baby zijn papa kwijt. En wij elkaar,' kaatste hij terug. 'Chérie, ik kan je niet helpen met deze beslissing. Ik kan alleen maar zeggen dat ik de halve wereld rond ben gereisd voor jou en dat ik al negen maanden in dit appartement zit te wachten tot jij weer komt. Natuurlijk begrijp ik het als je wilt blijven. Alleen lijkt het wel of er altijd iets in de weg staat als het om jouw eigen geluk gaat.'

'Ik hield zo veel van mijn moeder, en ik hou ook van mijn vader. Vergeet niet dat ik niet voor Gustavo vanuit Parijs ben teruggegaan naar Rio,' smeekte ze hem met tranen in haar ogen. 'Ik wilde het hart van mijn ouders niet breken.'

'Izabela, ik denk dat je meer tijd nodig hebt om hierover na te denken.' Hij tilde haar kin op en kuste haar zacht op haar lippen. 'Als de beslissing eenmaal genomen is, kun je er niet meer op terugkomen. Hoe dan ook.'

'Op dit moment weet ik me eerlijk gezegd geen raad.'

'Toch betwijfel ik of er ooit een beter moment komt om de knoop door te hakken. Zoiets komt nooit gelegen,' verzuchtte hij. 'Maar ik stel voor dat we elkaar over twee dagen weer hier zien. Dan kun je me vertellen wat je wilt en kunnen we een plan bedenken.'

Bel was al uit bed gestapt en stond zich aan te kleden. Terwijl ze haar hoed opzette, knikte ze.

'Wat er ook gebeurt, querida, ik zal hier donderdag om twee uur zijn.'

Na terugkomst in A Casa belde Bel Gabriela om naar haar vader te informeren. De vrouw vertelde haar dat hij inderdaad was opgestaan en was vertrokken met de mededeling dat hij een middagje naar kantoor ging. Opgelucht besloot ze niet meteen naar boven te gaan, maar Loen te vragen om haar een mangosapje op het terras te brengen, zodat ze zich nog even kon ontspannen in de zachte avondzon.

'Anders nog iets, Senhora Bel?' vroeg Loen nadat ze het glas en de kan naast haar mevrouw op de tafel had gezet.

Bel kwam in de verleiding om haar in vertrouwen te nemen. Hoewel Loen haar beste vriendin was, wist ze echter dat ze haar niet kon belasten met de waarheid. 'Nee hoor. Dank je, Loen. Zou je over tien minuten een bad voor me kunnen vullen? Ik kom zo naar boven.'

Bel zag haar om de hoek van het huis naar de keuken verdwijnen. Nu haar moeder er niet meer was, wist ze dat ze deze beslissing alleen zou moeten nemen. Ze nam een slokje van haar mangosap en probeerde de feiten op een rijtje te zetten. Ook al gedroeg Gustavo zich sinds haar thuiskomst stukken beter dan de maanden voor haar vertrek, ze kon niet anders dan aannemen dat het maar tijdelijk was. Ondanks zijn belofte betwijfelde ze of hij genoeg ruggengraat had om tegen Luiza in opstand te komen.

Bovendien voelde ze niets voor hem, zelfs geen greintje schuldgevoel meer. Als ze echt bij hem wegging, had zijn moeder kennelijk al een oplossing achter de hand. Het huwelijk kon nietig worden verklaard, zodat Gustavo vrij zou zijn om een geschiktere vrouw te zoeken. Al wist Bel zeker dat zijn moeder de volgende keer zou bepalen wie het werd.

Haar vader was een ander verhaal. Het liet haar maar niet los dat haar moeder het haar nooit zou vergeven als ze Antonio in de steek liet nu hij haar zo hard nodig had. Ze dacht ook terug aan wat haar moeder gezegd had, vlak voordat ze stierf, dat het niets dan rampzalige gevolgen kon hebben als Bel haar hart volgde.

Natuurlijk moest ze ook nog rekening houden met een pril leventje. Het was zaak om te bedenken wat het beste was voor het kindje dat in haar groeide. Als ze bij Gustavo bleef, kon ze de baby stabiliteit bieden en een achternaam waarmee het leven een stuk makkelijker werd. En natuurlijk kon ze zich het gezicht van haar vader al voorstellen als ze hem vertelde dat hij voor het eerst grootvader zou worden. Dat alleen zou voor hem vast al een reden zijn om de draad weer op te pakken.

Maar wilde ze wel dat haar kind opgroeide in het kille, grimmige huis van de Aires Cabrals? Moest ze haar kind opzadelen met een moeder die er de rest van haar leven spijt van zou hebben dat ze was gebleven, die stiekem droomde van het andere leven dat ze had kunnen leiden? En mocht ze het kindje laten opvoeden door een vader die niet zijn echte vader was?

Wanhopig slaakte ze een zucht. Hoe ze het ook bekeek, ze kon maar niet beslissen.

'Hallo, Izabela.' Gustavo liep het terras op. 'Wat doe jij hier?'

'Van de koele avondlucht genieten,' zei ze snel, ook al moest ze blozen vanwege de stiekeme gedachten in haar hoofd.

'Ja,' zei hij terwijl hij ging zitten, 'in de senaat ging het er vandaag ook verhit aan toe. Kennelijk noemen ze dit op Wall Street Zwarte Dinsdag. De Dow Jones staat weer dertig punten lager dan gisteren en de familie Rockefeller heeft veel aandelen opgekocht om de markt te stimuleren. Volgens mij heeft het weinig zoden aan de dijk gezet, al weten we morgen pas hoeveel er precies verloren is. Hoe dan ook, mijn vader lijkt de afgelopen maanden tenminste verstandige beslissingen te hebben genomen, in tegenstelling tot sommige andere mensen. Hoe ging het vandaag met je vader?'

'Vreselijk. Hij is zo iemand over wie je het zojuist had, die heeft gegokt en alles heeft verloren.'

'Ach, daar hoeft hij zich niet voor te schamen. Veel mensen zitten in hetzelfde schuitje. Dit had niemand zien aankomen.'

Bel draaide zich naar hem toe, blij met zijn wijze woorden. 'Misschien kun jij naar mijn vader toe gaan. Hem vertellen wat je net tegen mij zei.'

'Natuurlijk.'

'Het is bijna zeven uur, mijn badwater wordt koud.' Ze stond op van het bankje. 'Bedankt, Gustavo.'

'Waarvoor?'

'Omdat je het begrijpt.' Ze maakte aanstalten om naar binnen te lopen.

'Trouwens, hoe ging het bij de kleermaakster?' Hij sloeg haar gade terwijl ze met haar rug naar hem toe bleef staan.

'Heel goed. Bedankt dat je het vraagt.' Ze glimlachte hem over haar schouder toe, voordat ze uit het zicht verdween.

43

Na weer een rusteloze nacht werd Bel verdwaasd en uitgeput wakker. Ze was pas bij het krieken van de dag in slaap gevallen. De plek waar Gustavo sliep was al leeg en terwijl ze naar de badkamer liep, bedacht ze hoe ongebruikelijk dat was. Normaal gesproken stond hij nooit eerder op dan zij. Misschien was hij echt van plan zijn leven te beteren.

Beneden aan het ontbijt trof ze alleen Luiza aan. 'Onze echtgenoten zijn samen in de studeerkamer de ochtendbladen aan het doornemen. Zoals je gisteren wel van Gustavo gehoord zult hebben, is de beurs op Wall Street weer ingestort. Straks gaan ze weer naar de senaat om te bespreken wat er nog gedaan kan worden om de koffie-industrie te redden na deze ramp. Ga je vandaag nog naar de Igreja da Glória?' vroeg ze, alsof er sinds gisteren niets veranderd was en de halve wereld er vanochtend niet achter was gekomen dat ze bankroet waren.

'Nee, ik moet naar mijn vader toe. Zoals u zich vast wel kunt voorstellen, is hij nogal uit zijn doen,' antwoordde Bel al even neutraal.

'Natuurlijk. Ach, boontje komt om zijn loontje, zoals ik al vaker heb gezegd.' Luiza stond op. 'Dan ga ik onze familieplicht maar vervullen en neem ik jouw plaats in de kerk in.'

Bel keek de vrouw na toen ze de kamer uit liep, met stomheid geslagen omdat Luiza zo ongevoelig was. Vooral aangezien haar schoonmoeder er nog steeds warmpjes bij zat, in een onlangs gerenoveerd huis, dankzij het harde werk en het geld van Bels vader.

Ze pakte een sinaasappel van de schaal en smeet die uit pure frustratie tegen de muur, precies op het moment dat Gustavo binnenkwam.

Met opgetrokken wenkbrauwen keek hij naar de sinaasappel die onder de tafel door weer naar haar toe rolde. 'Goedemorgen, Izabela.' Hij raapte de vrucht op en legde die terug op de schaal. 'Probeer je te leren tennissen?'

'Neem me niet kwalijk, Gustavo. Je moeder kwam net nogal cru uit de hoek.'

'Ah, dat zal wel komen omdat mijn vader haar vanochtend voor het ontbijt heeft verteld dat jij vanaf nu dit huishouden bestiert. Zoals je je wel kunt indenken, was ze daar niet blij mee. Ik vrees dat je haar woede-uitbarstingen een poosje zult moeten verduren.'

'Dat zal ik proberen,' beloofde ze. 'Ik hoorde dat je vanmorgen weer naar de senaat gaat?'

'Ja. Het nieuws komt druppelsgewijs binnen vanuit New York. Kennelijk was het gisteren een bloedbad,' verzuchtte hij. 'Op heel Wall Street zijn er mannen uit het raam gesprongen. De aandelen zijn dertig miljard dollar minder waard geworden. Binnen een paar uur is de kiloprijs van koffie enorm gekelderd.'

'Dus mijn vader had gelijk dat het voor hem einde verhaal is?'

'Het is zeker een enorme ramp voor alle producenten en bovendien voor de Braziliaanse economie in haar geheel,' legde Gustavo uit. 'Zullen we je vader vanavond uitnodigen voor het eten? Misschien kan ik hem op de een of andere manier helpen. Mijn vader en ik kunnen hem op zijn minst bijpraten over wat de regering zegt, nu hij het zelf niet kan opbrengen om naar de senaat te gaan.'

Dankbaar zei ze: 'Dat is heel aardig van je, Gustavo. Als ik straks bij hem op bezoek ben, zal ik het voorstellen.'

Nadat ze door de telefoon van Gabriela had gehoord dat Antonio vanochtend naar kantoor was vertrokken, vroeg ze haar de uitnodiging voor het diner door te geven. Daarna liep ze de trap op naar haar slaapkamer en zag ze door het raam Jorge terugkomen van zijn ritje om Maurício en Gustavo naar het Senaatsgebouw in Rio te brengen. Twintig minuten later vertrok de auto weer, ditmaal met Luiza aan boord.

Bel liep weer naar beneden en door de hal, opgelucht dat ze het rijk alleen had. In het zilveren brievenbakje zag ze een brief liggen die aan haar gericht was. Ze pakte hem op, deed de voordeur open en liep naar de achterzijde van het huis om de brief op het bankje op het terras te lezen.

Appartement 4
Avenue de Marigny 48
Parijs
Frankrijk

5 oktober 1929

Lieve Bel,

Ik kan amper geloven dat het al een jaar geleden is dat ik je voor het laatst zag, toen je uit Parijs vertrok. Via deze brief wil ik je laten weten dat we terugkomen naar Rio, omdat pai zijn berekeningen voor de Cristo af heeft en zelf wil toezien op het eindstadium van de bouw. Tegen de tijd dat je dit leest, zijn we al ergens op de Atlantische Oceaan. Je zult wel blij zijn om te horen dat ik inmiddels in het Frans een gesprek met je kan voeren. Door de lessen en mijn werk in het ziekenhuis heb ik de taal goed onder de knie gekregen, al spreek ik hem niet vloeiend. Ik ga met gemengde gevoelens weg uit Parijs. Toen we hier net waren, was ik zoals je weet bijna bang voor de stad, maar nu kan ik in alle eerlijkheid zeggen dat ik het hier ga missen, hoe complex de stad soms ook is. Misschien zal Rio

in vergelijking hiermee nu wel claustrofobisch aandoen. Hoe dan ook kijk ik wel naar veel dingen uit, bijvoorbeeld naar het weerzien met jou, mijn liefste vriendin.
Hoe gaat het met de gezondheid van je moeder? In je laatste brief schreef je dat je je zorgen om haar maakte. Hopelijk is ze inmiddels weer helemaal de oude. Over gezondheid gesproken: ik heb het Santa Casa de Misericórdia-ziekenhuis geschreven en ga na mijn terugkomst een opleiding tot verpleegkundige volgen. Daar zal ik mijn handen wel aan vol hebben. Helaas ben ik hier geen Franse graaf tegen het lijf gelopen en hebben er nog geen mannen belangstelling voor me getoond, dus heb ik besloten me voorlopig maar op mijn werk te storten.
Hoe gaat het met Gustavo? Kunnen we binnenkort al het getrippel van kindervoetjes verwachten? Je zult er wel naar verlangen om moeder te worden. Dat is in ieder geval wel een van de dingen aan het huwelijk waar ik naar uitkijk.
Ons stoomschip komt halverwege november aan. Zodra ik thuis ben, zal ik het laten weten, zodat we eens goed kunnen bijpraten.
Trouwens, je moet ook de hartelijke groeten van Margarida hebben. Ze is nog steeds in Parijs, haar artistieke dromen aan het najagen. Volgens haar heeft professor Landowski naar je gevraagd. Ik heb gehoord dat Monsieur Brouilly in Rio is om aan het Cristo-project te werken. Heb je hem nog gezien?

Alle goeds,
Je vriendin Maria Elisa

Het maakte Bel verdrietig als ze eraan dacht hoe betrekkelijk eenvoudig haar leven was geweest toen ze achttien maanden geleden naar Parijs was vertrokken. Haar ouders waren allebei gezond en wel geweest en haar toekomst was al uitgestippeld, ook al had ze zich er niet op verheugd. Nu was ze getrouwd met de ene man, maar verliefd op de andere; haar moeder was dood, haar vader bankroet en gebroken, en in haar buik groeide een kindje dat ze koste wat kost moest beschermen. Inmiddels was het haar wel duidelijk dat het leven een mallemolen vol plezier en verdriet was. Van de ene op de andere dag kon alles veranderen en zekerheid had je nooit.

Ze dacht aan al die duizenden, misschien wel miljoenen mensen die een paar dagen geleden nog gelukkig en financieel stabiel waren geweest en vanochtend hadden ontdekt dat ze alles kwijt waren.

En hier zat zij dan, in dit prachtige huis, met een echtgenoot die misschien niet de knappe prins was waar ze vroeger van had gedroomd, maar die haar alles gaf wat ze zich maar kon wensen. Waar haalde ze het recht vandaan om te klagen? En hoe kon ze ook maar overwegen om haar arme vader in de steek te laten, de man die zo hard had gewerkt om haar dit allemaal te geven?

Wat haar baby betrof... Door het idee om naar Parijs te vluchten, een ongewisse toekomst tegemoet waarin haar kind misschien in armoede zou opgroeien terwijl hij zich hier nergens zorgen over hoefde te maken, kwam ze tot het besef hoe egoïstisch ze was geworden door haar liefde voor Laurent.

Hoe bedroefd ze er ook van werd, ze dwong zichzelf te overwegen om hier te blijven. Ook al wist ze zeker dat de baby niet van Gustavo was, het zou niet moeilijk zijn om hem wijs te maken van wel. Ze stelde zich zijn gezicht voor als ze hem vertelde dat ze zwanger was. Zijn voornemen om opnieuw te beginnen zou er des te sterker door worden en Luiza zou voorgoed moeten inbinden.

Bel staarde voor zich uit. Natuurlijk zou dat wel betekenen dat ze afscheid moest nemen van degene van wie ze het meeste hield, en van de kans om samen het geluk te vinden waar ze zo vaak van gedroomd hadden. Maar draaide het in het leven alleen om je eigen geluk? En hoe gelukkig zou ze kunnen worden in de wetenschap dat ze haar vader in de steek had gelaten toen hij haar zo hard nodig had? Bel wist dat ze zichzelf dat nooit zou kunnen vergeven.

'Senhora Bel? Wilt u iets drinken? Het is zo warm vanochtend.' Loen liep het terras op.

'Dank je, Loen. Water graag.'

'Natuurlijk. Gaat het wel, senhora?'

Na een korte aarzeling antwoordde Bel: 'Dat komt wel weer, Loen.'

Die avond kwam Antonio bij hen eten. Gustavo heette hem hartelijk welkom en de drie mannen trokken zich een uur lang terug in Maurício's studeerkamer.

Toen Antonio met Gustavo in zijn kielzog weer binnenkwam, zag hij er een stuk bedaarder uit. 'Het lijkt erop dat die lieve man van je me misschien kan helpen. In ieder geval heeft hij een paar goede ideeën. Het is een begin, Izabela, en ik ben u erg dankbaar, senhor.' Haar vader maakte een buiging voor Gustavo.

'Geen dank, Antonio. Daar zijn we familie voor.'

Bel haalde diep adem, in de wetenschap dat ze het nu moest zeggen, omdat ze anders misschien weer van gedachten zou veranderen. 'Gustavo, kan ik je voor het eten even onder vier ogen spreken?'

'Natuurlijk, schat.'

Maurício en Antonio liepen de eetkamer in, terwijl Bel haar man naar de salon loodste en de deur achter hen dichtdeed.

'Wat is er?' Gustavo fronste zijn voorhoofd.

'Niets om je zorgen over te maken,' zei ze snel. 'Eigenlijk hoop ik juist dat je er blij mee zult zijn. Ik wilde het je nu vertellen, zodat we het misschien samen tijdens het eten bekend kunnen maken. Gustavo, ik ben in blijde verwachting.'

Bel zag de uitdrukking op zijn gezicht meteen omslaan van bezorgdheid in vreugde. 'Bedoel je dat je zwanger bent?'

'Ja.'

'Meu Deus! Ik kan het amper geloven. Mijn knappe, knappe meid!' Hij omhelsde haar. 'Dit nieuws zal mijn moeder voorgoed de mond snoeren.'

'Hopelijk is haar zoon er ook blij mee,' merkte ze glimlachend op.

'Natuurlijk, natuurlijk, querida.' Inmiddels grijnsde hij van oor tot oor. 'Ik ben nog nooit zo gelukkig geweest. Dit nieuws had niet op een beter moment kunnen komen, voor iedereen in onze familie. Voor jou, Izabela, nu je net je moeder bent verloren. En natuurlijk voor je vader, die mijn vader en ik volgens mij kunnen helpen. Ik heb erop aangedrongen,' voegde hij eraan toe. 'Dat is wel zo netjes, aangezien hij zo gul voor ons is geweest. Weet je absoluut zeker dat je zwanger bent?'

'Ja, de dokter heeft het al bevestigd. Gisteren ben ik bij hem geweest en vandaag heeft hij me gebeld

'O, vandaar!' riep Gustavo opgelucht. 'Gistermiddag wilde ik je na de senaatsvergadering ophalen bij de kleermaakster. Volgens Madame Duchaine had je geen afspraak en was je ook niet bij haar geweest. Toen was je natuurlijk bij de huisarts!'

'Ja,' loog Bel geschrokken.

'Een paar minuten lang, terwijl ik me daar stond af te vragen waarom je tegen me had gelogen, dacht ik zelfs dat je een minnaar had.' Grinnikend kuste hij haar op haar voorhoofd. 'Wat zat ik ernaast, zeg. Weet je wanneer de baby komt?'

'Over ongeveer zes maanden.'

'Dan heb je de riskante weken al achter de rug. Natuurlijk moeten we het zo meteen bekendmaken.' Toen hij haar naar de deur meevoerde, stond hij zowat te springen van blijdschap. 'O, mijn mooie Izabela, je hebt me de gelukkigste man op aarde gemaakt. En ik zweer dat ik er alles aan zal doen om de vader te worden die dit kind verdient. Ga jij alvast naar de eetkamer, dan loop ik naar de wijnkelder om een fles van onze beste champagne te halen.'

Gustavo blies haar nog een kushandje toe en Bel bleef een paar tellen staan, in de wetenschap dat ze haar lot had bezegeld. Hoe dan ook zou ze tot aan haar dood moeten leven met de gevolgen van haar ontrouw.

Die avond tijdens het eten vierden ze feest. Het verheugde gezicht van haar vader toen Gustavo het nieuws bekendmaakte, bevestigde voor Bel dat ze hier goed aan deed. Stiekem verkneukelde ze zich ook een beetje om Luiza's ijzige uitdrukking. Na het eten wendde Gustavo zich tot Bel. 'Het is al tien uur geweest, liefste, je zult wel uitgeput zijn. Kom mee.' Hij trok haar stoel naar achteren en hielp haar overeind. 'Dan ga ik met je mee naar boven.'

'Dat hoeft niet, hoor,' mompelde Bel beschaamd. 'Ik voel me prima.'

'Doet er niet toe. Jij en de baby hebben een paar zware weken achter de rug en nu moeten we goed voor jullie zorgen.' Daarbij keek hij uitdrukkelijk naar zijn moeder.

Bel wenste iedereen welterusten en liep vervolgens om de tafel heen om haar vader te omhelzen, zonder acht te slaan op de etiquette. 'Welterusten, pai.'

'Slaap lekker, Izabela. Ik beloof dat ik die kleine trots zal maken,' fluisterde hij. 'Kom maar snel weer op bezoek.'

'Dat zal ik doen, pai.'

Boven liep Gustavo achter zijn vrouw aan de slaapkamer in en bleef onzeker staan. 'Izabela, nu je in deze toestand verkeert, moet je het zeggen als je liever alleen slaapt tot het kind geboren is. Volgens mij doen getrouwde stellen dat meestal zo.'

'Als je denkt dat dat gepast is, vind ik het goed,' stemde ze in.

'En voortaan moet je zo veel mogelijk rust nemen. Je mag je niet te veel inspannen.'

'Gustavo, ik ben niet ziek, alleen zwanger. Ik wil de meeste dingen gewoon blijven doen, zolang het kan. Morgenmiddag moet ik echt naar Madame Duchaine om haar te vragen mijn nieuwe garderobe te verstellen,' zei ze met een verlegen glimlachje.

'Ja, natuurlijk. Goed dan.' Hij liep naar haar toe en drukte een kus op beide wangen. 'Welterusten dan maar.'

'Welterusten, Gustavo.'

Nadat hij glimlachend de kamer uit was gelopen, liet ze zich met gemengde gevoelens op de rand van het bed zakken. Haar gedachten gingen uit naar Laurent en het feit dat hij haar morgenmiddag verwachtte. Ze stond op, liep naar het raam en keek naar de sterren. Dat deed haar denken aan de avonden dat de sterren zo fel hadden geschitterd boven Landowski's atelier in Boulogne-Billancourt. Vooral aan die avond dat ze de jongen onder de struiken in de tuin had gevonden. Zijn ellende was het startsein geweest voor haar affaire met Laurent.

'Ik zal altijd van je blijven houden,' fluisterde ze tegen de sterren.

Nadat ze haar nachtkleding had aangetrokken, liep ze naar de schrijftafel onder het raam. Aangezien Gustavo haar gisteren naar Madame Duchaine was gevolgd – zij het uit liefde, niet uit argwaan – wist ze dat ze het risico niet kon nemen om morgen naar Laurents appartement te gaan. In plaats daarvan zou ze de afspraak met haar kleermaakster nakomen en Loen naar Laurent toe sturen met de brief die ze nu ging schrijven.

Ze pakte een vel briefpapier en een pen uit de lade en staarde naar de sterren, op zoek naar hulp van bovenaf om de laatste woorden die ze ooit aan Laurent zou richten op papier te zetten.

Twee uur later las ze de brief nog één keer door.

Mon chéri,

Uit het feit dat Loen je deze brief heeft overhandigd, zul je al wel hebben begrepen dat ik niet met je mee kan naar Parijs.

Hoewel ik dit met pijn in het hart schrijf, weet ik waar mijn plicht ligt. En zelfs uit liefde voor jou kan ik die niet ontlopen. Ik kan alleen maar hopen en bidden dat je begrijpt dat ik daarom deze beslissing neem, niet omdat ik minder van je ben gaan houden of minder naar je ben gaan verlangen. Het liefst zou ik voorgoed bij je blijven. Ik zit hier naar de sterren te kijken en wens vanuit de grond van mijn hart dat we elkaar op een ander moment hadden ontmoet, want in dat geval weet ik zeker dat we nu bij elkaar zouden zijn.

Maar dat was niet voor ons weggelegd. Ik hoop dat je dat zult accepteren, net zoals ik dat moet. Troost je met de gedachte dat ik elke dag van mijn leven wakker zal worden met jou in gedachten, dat ik voor je zal bidden en dat mijn hart aan jou toebehoort.

Het is mijn grootste angst dat je liefde voor mij zal omslaan in haat, omdat ik je verraden heb. Laurent, ik smeek je geen hekel aan me te hebben, maar te koesteren wat we hebben gedeeld en je op de toekomst te richten. Ik hoop dat die je uiteindelijk niets dan geluk en tevredenheid zal brengen.

Au revoir, mon amour
Je Bel

Ze vouwde de brief op en stopte hem in een envelop, zonder er een naam op te schrijven, uit angst dat iemand hem zou vinden. Daarna trok ze de lade open en verstopte de brief achterin, achter een stapeltje lege enveloppen.

Toen ze de lade dichtschoof, viel haar blik op het driehoekje van speksteen dat ze had gebruikt als onderzetter voor haar inktpot. Ze pakte het op en liet haar vingers over het gladde oppervlak gaan. In een opwelling draaide ze het om en doopte haar pen nog eens in de inkt.

30 oktober 1929
Izabela Aires Cabral
Laurent Brouilly

Daarna schreef ze nauwgezet een van haar favoriete citaten uit een parabel van Gilbert Parker onder hun namen.

Toen de inkt droog was, verstopte ze het driehoekje bij de brief achter de enveloppen. Morgenochtend, als Loen haar kwam helpen met aankleden, zou ze haar precies vertellen wat er met de brief en het tegeltje moest gebeuren. Als het niet op de Cristo bevestigd kon worden, was het in ieder geval een mooie herinnering voor Laurent aan de tijd die ze met elkaar hadden doorgebracht.

Bel stond langzaam op en stapte in bed, waar ze zich net zo opkrulde als de foetus in haar buik, alsof de armen die ze voor haar borst gekruist hield de scherven van haar gebroken hart bij elkaar zouden kunnen houden.

44

'Komt Izabela niet ontbijten?' vroeg Luiza aan haar zoon.

'Nee, ik heb Loen gevraagd haar ontbijt op bed te brengen.' Gustavo ging bij zijn moeder aan tafel zitten.

'Is ze ziek?'

'Nee, mãe, de afgelopen twee maanden heeft ze dag en nacht voor haar arme moeder gezorgd. U kunt zich toch wel indenken hoe zwaar ze het heeft gehad?'

'Ik hoop dat ze zich niet te veel aanstelt,' merkte Luiza op. 'Dat deed ik ook niet tijdens mijn zwangerschap.'

'Echt niet? Gisteravond zei vader nog dat u wekenlang hondsberoerd bent geweest toen u van mij in verwachting was en dat u uw bed niet uit kwam.' Hij schonk een kop koffie voor zichzelf in. 'Hoe dan ook, hier zat u toch op te wachten? U zult wel dolblij zijn.'

'Dat ben ik ook, maar...' Ze gebaarde dat de dienstbode weg moest gaan. 'Doe de deur maar achter je dicht, alsjeblieft.'

'Wat is er nu weer, mãe?' verzuchtte Gustavo.

'Vanmorgen heb ik lang zitten bidden in de kapel, om een teken of ik je wel of niet moet vertellen wat ik weet.'

'Nou, aangezien u de dienstbode de kamer uit hebt gestuurd, staat uw besluit zeker vast. Ik neem aan dat u vindt dat mijn vrouw iets misdaan heeft?'

Luiza keek hem overdreven getergd aan. 'Helaas wel, ja.'

'Nou, voor de draad ermee. Ik heb vandaag nog meer te doen.'

'Ik heb reden om aan te nemen dat je vrouw je niet trouw is.'

'Wat?' riep Gustavo boos uit. 'Mãe, wat haalt u zich nou weer in het hoofd? Hoe denkt u dat te kunnen bewijzen?'

'Gustavo, ik begrijp dat je me niet gelooft en dat je boos bent, maar ik kan je verzekeren dat ik me geen dingen in het hoofd haal. Ik kan het inderdaad bewijzen.'

'O ja? Hoe dan?'

'Onze chauffeur Jorge, van wie je weet dat hij al jaren voor me werkt, heeft Izabela het appartementencomplex zien binnengaan van een zekere jonge...' Luiza snoof. '... heer.'

'Bedoelt u dat Jorge haar in de stad heeft afgezet om bij een vriend op bezoek te gaan en dat u daar van alles achter zoekt?' Hij stond op. 'Ik wil hier niets meer over horen! Wat hoopt u hiermee te bereiken?'

'Toe nou, Gustavo. Ga alsjeblieft zitten en luister naar me,' smeekte Luiza hem. 'Je vrouw heeft Jorge nooit gevraagd haar naar het adres van die jongeman te brengen. In plaats daarvan laat ze zich 's middags afzetten bij het naaiatelier van Madame Duchaine. Op een middag, toen Jorge door de drukte niet meteen weg kon rijden, zag hij Izabela een paar minuten na aankomst weer weggaan bij de kleermaakster en zich de wijk Ipanema in haasten.'

Gustavo liet zich op zijn stoel zakken. 'Is Jorge uit eigen beweging naar u toe gekomen met die informatie?'

'Nee,' gaf ze toe. 'Zelf kreeg ik argwaan omdat ik op een middag in mei naar de Igreja da Glória ging. Daar zou je vrouw heen gaan, dat had ze een uur tevoren nog tegen me gezegd. Ze was er niet. Natuurlijk heb ik Jorge die avond gevraagd waar hij Izabela had opgehaald. Hij zei dat ze bij het atelier van Madame Duchaine hadden afgesproken en biechtte daarna op wat ik zojuist vertelde. Daarom heb ik hem opdracht gegeven om als hij haar weer daarheen bracht en na een paar minuten zag dat ze vertrok, haar te volgen en te kijken waar ze naartoe ging.'

'U bedoelt dat u haar door Jorge hebt laten bespioneren.'

'Als je het zo wilt stellen, ja. Maar alleen omdat ik jou wilde beschermen, lieve zoon. Ik had er geen kwade bedoelingen mee. Er zat me al vanaf het begin van jullie huwelijk iets dwars.'

'Wat dan?'

'Ik...' Luiza had het fatsoen om te blozen. 'Als je moeder wilde ik graag weten of de huwelijksnacht succesvol verlopen was. Daarom heb ik het kamermeisje in het Copacabana gevraagd me op de hoogte te brengen.'

'Wát heb je gedaan?' Gustavo schoot weer overeind en liep om de tafel heen naar zijn moeder toe, met ogen die vuur schoten.

'Alsjeblieft, Gustavo!' Luiza bracht haar armen in een afwerend gebaar omhoog. 'Je vrouw was net maandenlang in Parijs geweest. Ik beschouwde het als mijn plicht om na te gaan of ze nog rein was. Het kamermeisje zei dat er geen bloed op de lakens of op de sprei zat.'

'Hebt u het kamermeisje omgekocht om u te vertellen of mijn vrouw nog rein was?' In een poging zich te beheersen schudde hij zijn hoofd, terwijl hij tegelijkertijd wist dat ze de waarheid sprak over hun huwelijksnacht.

'Nou...' Luiza keek hem aan. 'Zat er een vlek op de lakens?'

'Hoe durft u me dat te vragen?' brieste hij. 'Dat is iets tussen mij en mijn vrouw.'

'Niet dus,' zei Luiza, bijna zelfingenomen. 'Zal ik nog verder vertellen? Ik zie dat je je nogal opwindt. Als je wilt, kunnen we het hierbij laten.'

'Nee, mãe, daarvoor hebt u al te veel gezegd. En u staat vast te popelen om me te vertellen met wie Izabela in het geheim heeft afgesproken.'

'Ik kan je verzekeren dat ik het helemaal niet prettig vind om je dit te vertellen.' De triomfantelijke blik in Luiza's ogen vertelde echter een ander verhaal. 'De persoon in kwestie is iemand die we allemaal kennen.'

Gustavo dacht koortsachtig na wie het kon zijn, maar slaagde daar niet in. 'Wie dan?'

'Een jongeman die hier te gast is geweest. Sterker nog, je hebt hem een flinke som geld betaald om je vrouw een bijzonder huwelijkscadeau te kunnen geven. Het appartement waar Izabela regelmatig op bezoek gaat, is van niemand minder dan Senhor Laurent Brouilly, de beeldhouwer.'

Gustavo deed zijn mond open, maar er kwam geen geluid over zijn lippen.

'Ik begrijp dat dit een grote schok voor je moet zijn, Gustavo. Maar gezien het feit dat je vrouw in verwachting is, pas na maandenlang proberen, vond ik dat je het moest weten.'

'Genoeg!' schreeuwde Gustavo. 'Het is best mogelijk dat Izabela hem heeft bezocht sinds hij in Brazilië is. In Parijs zijn ze immers bevriend geraakt. En u hebt zelf Alessandra Silveira op Brouilly afgestuurd om zich te laten vereeuwigen. Maar zelfs u, mãe, bent er niet bij geweest toen ze elkaar zagen. En dat u ook maar durft te insinueren dat mijn vrouw zwanger van hem is, is gewoonweg obsceen!'

'Ik begrijp dat je zo reageert,' zei Luiza kalm. 'En als ik gelijk heb, is het inderdaad obsceen.'

Gustavo begon te ijsberen, in een poging tot rust te komen. 'Waarom hebt u die man, die volgens u de minnaar van mijn vrouw is, dan onder uw hoede genomen? U hebt hem in onze kringen geïntroduceerd, hem aan een inkomen geholpen door hem aan te bevelen. En als ik het me goed herinner, hebt u hem zelfs een brok speksteen gegeven uit de mijnen van onze familie zodat hij verder kon werken! U hebt ervoor gezorgd dat hij langer in Rio bleef. Waarom zou u dat doen als u dacht dat hij een ongepaste relatie met Izabela had?' Woedend keek hij haar aan. 'Want mãe, het lijkt erop dat u mijn vrouw bewust in diskrediet wilde brengen. U hebt haar nooit gemogen. Sinds we getrouwd zijn, kleineert u haar en behandelt u haar als een irritante vlieg. Het zou me niets verbazen als u al hoopte dat dit huwelijk zou mislukken, nog voordat het zelfs maar begonnen was.' Nu stond

Gustavo over de tafel heen naar zijn moeder te schreeuwen. 'Ik wil hier niets meer over horen. En ik kan u verzekeren dat ik vast van plan ben om Izabela zo snel mogelijk haar rechtmatige positie in dit huishouden te laten innemen. Als u zich nog eens met ons huwelijk bemoeit, zet ik u op straat! Begrepen?'

'Jazeker,' antwoordde Luiza zonder ook maar een spoortje emotie. 'Trouwens, over Senhor Brouilly hoef je je geen zorgen meer te maken. Morgen gaat hij terug naar Parijs.'

'Bespioneert u hem nog steeds?' tierde Gustavo.

'Helemaal niet. Sinds je vrouw met haar moeder naar de fazenda vertrok, heb ik geen klanten meer naar hem doorverwezen. Zonder inkomstenbron en zonder dat je vrouw in Rio was, wist ik dat het niet lang zou duren voordat hij zijn biezen zou pakken. Twee dagen geleden heeft hij me geschreven dat hij binnenkort vertrekt en me bedankt voor mijn hulp. Hier.' Luiza hield hem een envelop voor. 'Lees zelf maar. Je zult zien dat het adres van zijn appartement in Ipanema erboven staat.'

Gustavo griste de envelop uit haar hand en staarde haar vol verachting aan. Zijn handen trilden zo erg dat het hem amper lukte de envelop in zijn broekzak te stoppen. 'U zegt wel dat u dit uit liefde voor mij hebt gedaan, maar daar geloof ik geen barst van. Ik wil hier geen woord meer over horen. Is dat duidelijk?'

'Ja.' Met een minzaam lachje zag Luiza haar zoon het vertrek uit benen.

Op de een of andere manier slaagde Gustavo erin om kalm over te komen toen Izabela met haar dienstmeisje naar Madame Duchaine vertrok. Hij keek de auto na over de kronkelende oprijlaan en bedacht dat hij achter de waarheid zou kunnen komen door Jorge, de chauffeur, te vragen of er iets van waarheid in het verhaal van zijn moeder schuilde. Aangezien Jorge al ruim dertig jaar voor Luiza werkte, kon Gustavo hem echter niet vertrouwen. Hij liep de salon in, snakkend naar een glas whisky, maar hij hield zich in. Aan een beetje zou hij toch niet genoeg hebben en het was nu zaak om helder te blijven.

Terwijl hij door de salon ijsbeerde, vertwijfeld omdat de vreugde waarmee hij vanochtend wakker was geworden twee uur later al was omgeslagen in woede en onzekerheid, probeerde hij een logische verklaring te vinden voor alles wat zijn moeder had gezegd. Zelfs als haar verhaal een kern van waarheid bevatte, was het toch van de zotte om Izabela ervan te beschuldigen dat ze hem andermans kind wilde laten opvoeden? Tenslotte hadden wel meer getrouwde vrouwen een bewonderaar en Gustavo was niet zo naïef om te denken dat dat voor zijn beeldschone echtgenote niet gold. Misschien was die Brouilly op haar gesteld geraakt tijdens haar verblijf in Parijs, had hij haar zelfs gevraagd om hier in Rio nog eens model voor hem te staan. Toch kon hij niet geloven dat ze haar lichaam aan hem geschonken had.

Zijn moeder had echter wel een gevoelige snaar geraakt door te zeggen dat er na de huwelijksnacht geen bloed op het laken had gezeten. Gustavo was geen bioloog en misschien had Izabela hem die avond de waarheid verteld, maar...

Hij liet zich in een stoel zakken, met zijn hoofd in zijn handen.

Als ze had gelogen, had ze hem op de ergst denkbare manier verraden. Hij had Izabela uit pure onbaatzuchtigheid aangemoedigd om naar Parijs te gaan, omdat hij echt van haar hield en haar vertrouwde.

Het leek hem beter om de kwestie te laten rusten. In de brief van Brouilly aan zijn moeder stond inderdaad dat hij morgen per stoomschip terug zou varen naar Parijs. Wat er ook tussen die twee was geweest, zou daarmee toch wel voorbij zijn?

Ja, besloot Gustavo terwijl hij opstond en vastberaden naar de studeerkamer van zijn vader liep om de kranten door te nemen. Hij zou die onzinpraat van zijn moeder gewoon vergeten, hield hij zichzelf voor. Het lukte hem echter niet om zijn aandacht bij de artikelen over de financiële slachtpartij in Brazilië en Amerika te houden. Met haar woorden had zijn moeder een zaadje van twijfel geplant dat steeds verder bleef woekeren, precies zoals haar bedoeling was geweest. Tot hij zekerheid had, zou hij geen rust hebben. Het leek erop dat Jorge alweer terug was van zijn rit naar de stad met Izabela, dus pakte hij zijn hoed en stapte in de auto om achter haar aan te gaan.

Bel stond voor de spiegel en liet zich door Madame Duchaine overladen met felicitaties en de verzekering dat de kledingstukken die ze had gemaakt, heel eenvoudig te vermaken waren zodat ze die de komende maanden alsnog zou kunnen dragen.

'Ik vind het figuur van een zwangere vrouw altijd iets magisch hebben,' kwebbelde Madame Duchaine opgewekt, terwijl Bel bijna onmerkbaar naar Loen knikte.

Loen stond op en liep naar haar mevrouw toe. 'Senhora, ik ga even naar de apotheek om dat tonicum te halen dat de dokter u heeft voorgeschreven. Het is hier om de hoek, dus ik ben zo snel mogelijk weer terug.'

Bel onderdrukte een gepijnigd glimlachje omdat haar dienstmeisje letterlijk de zin herhaalde die Bel haar had ingeprent. 'Ik weet zeker dat ik bij Madame Duchaine in goede handen ben,' was haar reactie.

'Uiteraard.' Madame Duchaine glimlachte vriendelijk naar Bel.

Toen Loen met een knikje het atelier uit liep, zag Bel dat haar ogen groot waren van angst. Het was veel gevraagd van haar dienstmeisje, maar wat moest ze anders? 'God zij met je,' fluisterde ze binnensmonds. Daarna haalde ze diep adem en keek weer in de spiegel.

Gustavo had Jorge opdracht gegeven om hem naar de sociëteit te brengen, die maar op een paar minuten lopen van het atelier van Madame Duchaine lag, en van het appartement waar Brouilly scheen te verblijven. Hij verliet de sociëteit en liep kordaat de straat op. Omdat hij twintig minuten later was vertrokken dan zijn vrouw, besloot hij regelrecht naar het appartementencomplex van Brouilly te lopen. Aan de overkant bleek een cafeetje te zitten en Gustavo nam plaats in een hoekje van het terras. Hij voelde zich een beetje dwaas toen hij zijn krant als vermomming gebruikte. Boven de pagina's flitsten zijn ogen nerveus heen en weer langs de drukke straat. De serveerster kwam zijn bestelling opnemen en zonder zijn blik af te wenden vroeg hij om koffie.

Twintig minuten later zag hij nog steeds geen spoor van zijn vrouw die zich over straat naar haar zogenaamde minnaar haastte. Zijn intuïtie gaf hem in dat hij moest vertrekken, dat hij het hele voorval moest vergeten. Maar, bedacht hij, misschien ging Bel eerst naar Madame Duchaine zodat ze een alibi had. Daarom besloot hij door te bijten en te blijven zitten waar hij zat.

Niet lang daarna zag hij een bekend gezicht op straat. Niet dat van zijn vrouw, maar dat van haar dienstmeisje, Loen. Hij schoot omhoog, waardoor zijn nog volle kop koffie kletterend omviel, gooide een paar geldstukken op tafel en stak tussen het verkeer door de straat over. Hij liep voorbij het appartementencomplex, voor Loen uit, die er aarzelend heen liep. Af en toe bleef ze staan alsof ze niet zeker wist waar ze moest zijn. Gustavo verstopte zich in de portiek naast de ingang van Brouilly's appartement.

Laat dit alsjeblieft toeval zijn, bad hij.

Een paar tellen later, toen Loen ongeveer een meter bij hem vandaan stilhield, wist hij dat dat niet zo was. Precies op het moment dat ze naar binnen wilde gaan, versperde hij haar de weg. 'Dag Loen,' zei hij zo vriendelijk mogelijk. 'Waar ga jij naartoe?'

Als Gustavo bewijs had willen zien dat zijn vrouw schuldig was, had hij dat gevonden: in de doodsbenauwde blik waarmee haar dienstmeisje hem aanstaarde.

‘Ik...’

‘Nou?’ Met zijn armen over elkaar geslagen wachtte hij op antwoord.

‘Ik...’

Op dat moment zag hij dat ze haar hand beschermend voor de zak van haar schort hield. Zo te zien zat er een envelop in. ‘Moet je misschien iets afgeven voor mijn vrouw?’

‘Senhor, ik dacht dat dit de ingang van de apotheek was. Ik heb het verkeerde adres. Neem me niet kwalijk...’

‘Echt? Moet je een recept afhalen voor mijn vrouw?’

‘Ja.’ Ze leek opgelucht omdat hij haar een uitweg bood. ‘De apotheek zal wel verderop in de straat zitten.’

‘Ik weet precies waar. Geef mij dat recept maar, dan ga ik ermee naar de apotheek.’

‘Maar senhor, Senhora Bel heeft me met de hand op het hart laten beloven dat ik dit recept eigenhandig naar de apotheek zou brengen.’

‘Ik ben haar man. Mij zal ze wel vertrouwen, denk je niet?’

‘Jawel.’ Het dienstmeisje sloeg haar ogen neer. ‘Natuurlijk.’

Gustavo stak zijn hand uit en Loen haalde de envelop uit haar zak, maar keek hem smekend aan toen hij de brief van haar aannam. ‘Dank je.’ Hij stopte de envelop in de zak van zijn jasje. ‘Ik beloof je dat ik dit veilig zal afleveren. Ga nu maar terug naar je mevrouw. Ze zal zich wel afvragen waar je blijft.’

‘Alstublieft, senhor...’

Gustavo stak zijn hand op. ‘Senhorita, tenzij je wilt dat ik je zonder referenties op straat zet zodra ik weer thuis ben, stel ik voor dat je mijn vrouw niets over dit gesprek vertelt. Hoe trouw je ook aan haar bent, ik bepaal wie er bij ons in dienst is. Begrepen?’

‘Ja, senhor, ik heb het begrepen.’ De stem van het meisje trilde en haar ogen stonden vol tranen.

‘Dan stel ik voor dat je teruggaat naar Madame Duchaine en

de benodigde medicijnen ophaalt bij de apotheek, die volgens mij slechts een paar deuren bij het naaiatelier vandaan zit, zodat de dames geen argwaan krijgen.'

'Ja, senhor.' Loen maakte een wankele kniebuiging voor hem en ging ervandoor.

Meteen hield Gustavo een passerende taxi aan. Hij wist dat hij een stevige borrel nodig zou hebben om de envelop open te maken en gaf de chauffeur opdracht om naar de sociëteit te rijden.

Loen had zich om de hoek verstopt, omdat haar benen haar niet meer wilden dragen nu ze trilden als een rietje. Ze hing nog steeds onderuitgezakt in de portiek toen ze Gustavo achter in een taxi voorbij zag rijden.

Ze stopte haar hoofd tussen haar benen en haalde een paar keer diep adem om de schok te boven te komen. Ook al wist ze niet precies wat er in de envelop zat, ze kon zich er wel een voorstelling van maken. Ze had geen idee wat ze moest doen en wilde dat Bruno er was om haar goede raad te geven.

Op dit moment had ze zo haar eigen problemen, ook al had ze die niet met haar mevrouw durven bespreken omdat die kapot was door de dood van haar moeder en vlak daarna had ontdekt dat ze zwanger was.

Het toeval wilde dat Senhora Bel niet de enige vrouw in A Casa was die in die situatie verkeerde. Zelf wist Loen nu drie weken dat ze in verwachting was. Vlak voordat ze de fazenda had verlaten, had ze het aan Bruno verteld, en hij had haar laten beloven dat ze met Bel zou praten. Het was haar bedoeling geweest om haar mevrouw te smeken haar permanent op de fazenda te laten werken, zodat ze met Bruno kon trouwen en het kind daar kon grootbrengen.

Loen had geen idee wie de eigenaar van de fazenda was, maar ze vermoedde dat een man normaal gesproken na de bruiloft de bezittingen van zijn vrouw in handen kreeg. In dat geval kon

Gustavo ervoor zorgen dat noch zij, noch Bruno ooit nog voor de familie zou mogen werken. En dat betekende dat ze hun toekomstplannen wel op hun buik konden schrijven. Ze zouden het zoveelste arme zwarte stel worden, zonder een cent op zak op straat gezet, terwijl zij ook nog eens zwanger was. Dan zouden ze in de favela's belanden, waar er elke dag meer hongerige bewoners bij kwamen.

Dat zou allemaal gebeuren als ze tegen haar mevrouw zou zeggen wat er zojuist was gebeurd.

Toen haar ademhaling rustiger werd en ze weer wat helderder kon nadenken, beroerde ze met haar vingers de kersverse bolling van haar buik. Net als Bel moest ze een beslissing nemen. En snel ook. De baas had haar gevraagd om haar mond te houden. Om het vertrouwen van haar mevrouw te beschamen. Onder andere omstandigheden had ze niet gehoorzaamd, wat het haar ook had gekost. Dan was ze meteen teruggegaan naar Madame Duchaine en had ze Senhora Bel gevraagd om een korte wandeling te maken, zodat ze haar kon vertellen wat haar thuis te wachten stond.

Per slot van rekening was ze al van kinds af aan bevriend met Senhora Bel. En had ze, evenals haar moeder, alles te danken aan de familie Bonifacio.

Maar nu wist Loen dat ze aan zichzelf moest denken. Haar vingers gleden van haar buik in de andere zak van haar schort. Ze beroerde het gladde tegeltje dat erin zat. Misschien zou het haar minder zwaar vallen om te liegen als ze ten minste de helft van haar missie had volbracht.

Ze hakte de knoop door, in de wetenschap dat Senhor Gustavo de komende minuten nog niet terug zou komen, aangezien hij in een taxi was gestapt. Ze stond op en rende blindelings in de richting van het appartement van Laurent Brouilly.

Een paar minuten later kwam ze buiten adem aan bij zijn voordeur en klopte hard.

De deur ging ogenblikkelijk open en er werden twee armen naar haar uitgestrekt. 'Chérie, ik was al bang dat je niet meer...' Toen Laurent inzag dat hij niet zijn geliefde voor zich had, sloeg zijn vrolijke uitdrukking om in een strak masker van plotseling besef. 'Heeft ze jou gestuurd? Namens haar?' Hij wankelde een beetje en zocht steun bij de deur.

'Ja.'

'Dus ze komt niet?'

'Nee, senhor, het spijt me. Ze heeft me gevraagd u iets te brengen.' Ze hield hem het tegeltje van speksteen voor en keek toe terwijl hij het aanpakte. 'Volgens mij staat er een boodschap achterop,' fluisterde ze.

Laurent draaide het tegeltje langzaam om en las het opschrift. Daarna keek hij haar met betraande ogen aan. 'Merci... Ik bedoel, obrigado.'

Daarna werd de deur voor haar neus dichtgeslagen.

Gustavo ging in een rustig gedeelte van de bibliotheek zitten, blij dat de ruimte weer vrijwel leeg was, zoals hij gewend was geraakt sinds de crisis op Wall Street was begonnen. Hij bestelde de whisky waar hij zo naar snakte en keek naar de envelop op het tafeltje voor hem. De borrel sloeg hij in één keer achterover, en hij bestelde er meteen nog een. Zodra die voor zijn neus stond, haalde hij diep adem en maakte de brief open.

Een paar minuten later vroeg hij de ober om een derde whisky en bleef versuft voor zich uit staren.

Of de brief nou wel of niet bevestigde wat zijn moeder had geïnsinueerd, het was hem wel duidelijk dat zijn vrouw dolverliefd was op een andere man. Zó verliefd dat ze zelfs had overwogen met hem weg te lopen naar Parijs.

Op zich was dat al erg genoeg, maar tussen de regels door las Gustavo nog meer: als Izabela serieus van plan was geweest om met Brouilly te vertrekken, dan moest dat toch wel betekenen dat haar minnaar van haar zwangerschap afwist? En dat zou weer betekenen dat het kind vrijwel zeker van Brouilly was...

Hij las de brief nog eens, zich vastklampend aan de gedachte dat die ook bedoeld kon zijn om voorgoed van Brouilly af te komen, zonder dat hij uit de school zou klappen. Met de geruststelling dat Izabela altijd van hem zou houden, maar dat hun liefde gewoonweg onmogelijk was, zou een hopeloos verliefde man zich misschien wel laten overtuigen om stilletjes te vertrekken, omdat het toch niets kon worden.

Gustavo zuchtte en wist dat hij zich aan elke strohalm probeerde vast te klampen. In gedachten zag hij Brouilly voor zich, met zijn mooie lichaam en knappe Franse trekken. Hij zou ongetwijfeld bij veel vrouwen in de smaak vallen, ook al omdat zijn talent hen opwond. Bel had uren in zijn atelier in Parijs doorgebracht... De hemel mocht weten wat er destijds tussen hen was gebeurd.

En hij had haar laten gaan, als een lammetje naar de slachtbank, precies zoals zijn moeder had voorspeld.

In het half uur daarna sloeg hij de ene na de andere whisky achterover en maakte hij een wirwar van emoties door: van verdriet en wanhoop tot intense woede bij de gedachte aan hoe zijn vrouw hem had bedrogen. Hij wist dat hij het volste recht had om naar huis te gaan, Izabela de brief onder haar neus te duwen en haar zonder pardon op straat te zetten. Hij had haar vader nota bene een flinke som geld beloofd om er weer bovenop te komen en een aantal van zijn schulden af te kunnen lossen. Met deze brief als bewijsmateriaal zou hij de reputatie van zijn vrouw en schoonvader voorgoed kunnen ruïneren en van haar kunnen scheiden omdat ze was vreemdgegaan.

Ja, dat kon hij allemaal doen, dacht hij terwijl hij zich vermande. Hij was niet dat makke, bange jongetje waar zijn moeder hem voor versleet.

De gedachte aan Luiza's zelfingenomen gezicht als hij haar

vertelde dat ze al die tijd gelijk had gehad over Izabela, vond hij echter onverdraaglijk...

Hij zou ook de confrontatie kunnen aangaan met Brouilly. Per slot van rekening wist hij precies waar die woonde. Weinig mensen zouden het hem kwalijk nemen als hij de man overhoop schoot. Op zijn minst zou hij naar de waarheid kunnen vragen. Hij wist dat hij die te horen zou krijgen, want Brouilly had niets te verliezen nu Izabela bij haar man bleef.

Ze blijft bij mij...

Die gedachte kalmeerde hem. Hoewel ze van Brouilly hield, ging ze niet met hem mee naar Parijs. Misschien wist Brouilly helemaal niet dat ze zwanger was. Als ze echt had gedacht dat het kind van de Fransman was, was ze vast wel met hem meegegaan, ongeacht de gevolgen.

Tegen de tijd dat Gustavo een uur later wegging uit de sociëteit, had hij zichzelf ervan weten te overtuigen dat wat er ook tussen zijn vrouw en de beeldhouwer gebeurd was, ze voor hem, haar echtgenoot, had gekozen. Morgen ging Brouilly terug naar Parijs en zouden ze voorgoed van hem af zijn.

Terwijl hij de treden buiten de sociëteit af liep en naar het strand wandelde om te ontnuchteren, wist hij dat zijn besluit vaststond.

Wat zijn vrouw ook had gedaan, hij schoot er niets mee op om te laten merken dat hij het wist en haar eruit te gooien. Dan zou ze meteen met Brouilly naar Parijs vluchten en was hun huwelijk voorbij.

Wel meer vrouwen in hun kringen hadden affaires, bedacht hij. Mannen trouwens ook. Hij dacht terug aan een scharrel van zijn vader, die Gustavo een keer op een benefietgala had gezien. De vrouw had er geen misverstand over laten bestaan dat er meer tussen hen speelde dan alleen vriendschap.

Uiteindelijk zou hij zich beter voelen wanneer hij naar huis ging en tegen zijn moeder zei dat hij geen enkel bewijs had kunnen vinden, in plaats van Izabela met de brief te confronteren.

Gustavo keek naar de golven die over het zachte zand rolden en zuchtte gelaten.

Wat ze ook had gedaan, zijn liefde voor haar werd er niet minder om.

Hij haalde de brief uit zijn zak, liep dichter naar de waterkant, scheurde het papier in stukjes en gooide die in de lucht. Even bleven ze als vliegertjes in de lucht dwarrelen, voordat ze op de grond neerkwamen en werden meegenomen door de oceaan.

45

Parijs, december 1929

‘Zo, Brouilly, ik zie dat je weer heelhuids terug bent.’ Landowski keek op toen Laurent zijn atelier binnenkwam. ‘Ik had je al afgeschreven, ik dacht dat je was ingelijfd door een stam in de Amazone en met de dochter van het stamhoofd was getrouwd.’

‘Ja, ik ben er weer,’ beaamde Laurent. ‘Is er hier nog een plaatsje voor me vrij?’

Landowski keek weer op van de enorme stenen kop van Sun Yat-sen en nam zijn voormalige assistent eens goed op. ‘Misschien,’ zei hij. Daarna wendde hij zich tot het jongetje, dat flink gegroeid en aangesterkt was sinds Laurent hem voor het laatst had gezien. ‘Wat denk jij ervan? Hebben we werk voor hem?’

De jongen keek naar hem en daarna naar Landowski. Met een glimlachje knikte hij.

‘Nou, de jongen vindt het goed. Zo te zien ben je nog maar een schim van jezelf en moet jij nu aansterken. Wat heb je, buikloop of liefdesverdriet?’

Laurent kon alleen maar ongelukkig zijn schouders ophalen.

‘Volgens mij hangt je werkkiel nog steeds aan het haakje waar je hem hebt opgehangen. Trek hem maar aan, dan kun je me helpen met die oogbol waar je zo druk mee bezig was voordat je naar de jungle vertrok.’

‘Ja, professor.’ Laurent maakte aanstalten om naar de haakjes bij de deur te lopen.

‘En Brouilly?’

'Ja, professor?'

'Je kunt vast al je nieuwe ervaringen, positief of negatief, in dat beeld kwijt. Voordat je vertrok had je het ambt al goed in de vingers. Nu heb je de kans om boven jezelf uit te stijgen. Om grootse dingen te bereiken, moet je altijd lijden. Begrijp je?' Landowski klonk vriendelijk.

'Ja, professor,' antwoordde Laurent met overslaande stem. 'Ik begrijp het.'

Later die avond veegde Laurent met een zucht zijn handen af aan zijn werkkiel. Landowski had het atelier uren geleden al verlaten om naar zijn vrouw en kinderen te gaan. Bij het licht van een kaars liep hij naar de keuken om de klei van zijn handen te wassen. Daar bleef hij abrupt staan. Ergens in de buurt hoorde hij de zwakke maar prachtige klanken van een viool. De violist speelde de treurige eerste maten van 'De stervende zwaan'.

Zijn handen verstarden onder de kraan. De tranen die hij nog steeds niet vergoten had, prikten nu alsnog in zijn ogen. Daar, in het keukentje, waar hij Izabela zich zó zorgzaam over een kind had zien ontfermen dat hij had ingezien dat hij van haar hield, begon hij te huilen. Om zichzelf, om haar, om alles wat ze hadden kunnen hebben maar nooit zouden krijgen.

Terwijl het aangrijpende slotstuk naderde, droogde hij zijn ogen driftig met een doek en ging op zoek naar de muzikant die erin geslaagd was de dam te doorbreken die hij in zichzelf had opgetrokken nadat Loen in Rio dat tegeltje van Izabela was komen brengen. Inmiddels werd er een ander melodietje gespeeld, de plagerige klanken van 'Morgenstimmung' van Grieg, die hem zoals altijd deden denken aan een nieuwe dag, een nieuw begin. Enigszins getroost ging hij zijn oren achterna en liep met zijn kaars de tuin in. Daar bracht hij de vlam omhoog om de violist te kunnen zien.

De jongen zat op een bankje buiten het atelier, met een verweerde viool in zijn handen. Het geluid dat hij eraan ontlokte was echter heel anders dan het sjofele uiterlijk van de viool deed vermoeden. Het was puur, zacht en buitengewoon mooi.

'Waar heb je zo leren spelen?' vroeg hij stomverbaasd toen de jongen uitgespeeld was.

Zoals gewoonlijk kreeg hij alleen een doordringende blik terug.

'Van wie heb je die viool gekregen? Landowski?'

Dat leverde hem een knikje op.

Met de woorden van zijn leermeester in zijn achterhoofd nam Laurent de jongen eens goed op. 'Ik begrijp het,' zei hij zacht. 'Net als elke kunstenaar laat je je werk voor zich spreken. Je hebt echt talent. Koester dat, wil je?'

De jongen knikte en glimlachte dankbaar.

Laurent legde een hand op zijn schouder, zwaaide even gedag en liep weg om zijn zorgen te overdenken in de bars van Montparnasse.

MAIA

JULI 2007
LAATSTE KWARTIER
16:54:44

46

Toen Yara ten slotte ophield met praten, kon ik haar alleen maar aanstaren. Daarna keek ik naar het portret van Izabela boven de haard, piekerend over de vreselijke keuze die mijn overgrootmoeder had moeten maken. Ik had geen idee wat ik in haar geval had gedaan. Hoewel ik uit een andere tijd en een andere cultuur kwam, was er aan de onderliggende dilemma's niets veranderd, zeker niet voor vrouwen.

'Heeft Gustavo ooit aan Bel verteld dat hij het wist?' vroeg ik.

'Nee, nooit. Maar ook al zei hij het niet hardop, mijn moeder zei altijd dat ze het verdriet in zijn ogen kon zien. Vooral als hij naar zijn dochter keek.'

'Senhora Carvalho? Haar voornaam is Beatriz, toch?'

'Ja. Ik weet nog dat Senhor Gustavo een keer de salon binnenkwam toen wij een jaar of elf waren. Hij stond een hele tijd naar zijn dochter te staren, bijna alsof ze een vreemde voor hem was. Destijds zocht ik er niet al te veel achter, al denk ik achteraf bezien dat hij erachter probeerde te komen of ze van hem zou kunnen zijn. Senhora Beatriz heeft namelijk groene ogen. Volgens mijn moeder leken die sprekend op de ogen van Senhor Laurent.'

'Dus uw moeder vermoedde dat hij de biologische vader van Beatriz was?'

'Op haar sterfbed vertelde ze me dat ze er nooit aan heeft getwijfeld,' antwoordde Yara. 'Volgens haar was Senhora Beatriz het evenbeeld van Senhor Brouilly en had ze ook zijn artistieke talent geërfd. Ze was pas een tiener toen ze dat portret van

Izabela maakte.' Ze wees naar het schilderij boven de haard. 'Ik weet nog dat ze zei dat ze het wilde maken ter nagedachtenis aan haar overleden moeder.'

'Was Beatriz nog klein toen Izabela overleed?'

'Ja.' Yara knikte. 'We waren allebei achttien maanden en het was vlak nadat de Cristo was gezegend en onthuld op de Corcovado, in 1931. Er heerste gele koorts in Rio en Senhora Beatriz en ik moesten binnen blijven, maar Senhora Izabela stond erop om naar de openingsceremonie te gaan. Gezien haar verleden met Senhor Brouilly betekende dat natuurlijk veel voor haar. Drie dagen later werd ze ziek, en ze is niet meer beter geworden. Ze was pas eenentwintig.'

Mijn hart kromp ineen bij die gedachte. Hoewel Floriano me haar geboorte- en sterfdatum had laten zien in het bevolkingsregister, was het niet echt tot me doorgedrongen hoe jong ze was geweest. 'Eerst al die ellende, en dan ook nog zo jong sterven,' zei ik met een snik in mijn stem.

'Ja. Maar... Heer, vergeef me dat ik het zeg...' Yara sloeg een kruis. '... het enige positieve eraan was dat de koorts Senhora Luiza een paar dagen later ook fataal werd. Ze zijn samen in het familiemausoleum bijgezet tijdens een gezamenlijke uitvaartdienst.'

'Lieve help, die arme Bel. Verdoemd om tot in de eeuwigheid naast die vrouw te liggen,' mompelde ik.

'En haar dochtertje bleef achter zonder moeder, in een huis vol mannen,' vervolgde Yara. 'Door wat ik eerder heb verteld, zult u wel begrijpen hoe overstuur haar vader was na de dood van zijn vrouw. Ondanks alles hield hij nog steeds van Senhora Izabela, ziet u. Het zal u dan ook niet verbazen dat hij naar de fles greep en zich steeds meer in zichzelf terugtrok. Senhor Maurício deed zijn best er voor zijn kleindochter te zijn. Hij was een lieve man, vooral na de dood van zijn vrouw, en hij regelde tenminste een privéleraar die Senhora Beatriz thuis lesgaf. Dat kreeg haar vader niet eens meer voor elkaar.'

'Woonde u destijds ook hier in A Casa?'

'Ja. Nadat mijn moeder aan Senhora Izabela had verteld dat ze ook zwanger was en om overplaatsing naar de fazenda had gevraagd om bij mijn vader te kunnen zijn, kon Izabela het niet over haar hart verkrijgen om haar te laten gaan. In plaats daarvan regelde ze dat Bruno, mijn vader, hier als klusjesman en chauffeur voor de familie aan de slag kon, aangezien Jorge toch al op het punt stond met pensioen te gaan. Dus ik heb hier ook mijn jeugd doorgebracht,' mijmerde ze. 'Alleen denk ik dat ik daar veel betere herinneringen aan heb dan mijn mevrouw.'

'Het verbaast me dat Gustavo ermee heeft ingestemd om Loen hier te laten blijven. Tenslotte was zij de enige die de waarheid kende,' peinsde ik hardop.

'Misschien vond hij dat hij niet anders kon.' In Yara's ogen lag een wijze blik. 'Door het geheim dat ze deelden hadden ze allebei de ander in hun macht, ongeacht de rolverdeling van baas en werkneemster.'

'Dus u bent met Beatriz opgegroeid?'

'Ja, of misschien kan ik beter zeggen dat zij bij ons is opgegroeid. Ze bracht meer tijd door in ons huisje, dat Senhora Izabela achter in de tuin had laten bouwen voor mijn ouders en mij, dan in A Casa. Ons gezin werd een surrogaatfamilie voor haar. Ze was zo'n lieve meid, heel vriendelijk en liefdevol. Maar ook heel eenzaam,' besloot Yara verdrietig. 'Haar vader was vaak te dronken om haar te zien staan. Of misschien negeerde hij haar omdat ze hem voortdurend herinnerde aan de twijfels die hij altijd was blijven houden over zijn overleden vrouw. Het was een opluchting dat hij overleed toen Senhora Beatriz zeventien was. Zij erfde het huis en de aandelen van de familie. Tot die tijd had Senhor Gustavo geweigerd haar iets te laten doen met haar passie voor kunst, dus na zijn overlijden was ze niet meer te houden.'

'Ik snap wel dat Gustavo niet stond te springen dat zijn dochter zo creatief was. Dat zal wel zout in de wonde hebben gestrooid. Ik kan er niets aan doen, Yara, maar ik heb medelijden met hem.'

'Hij was geen slecht mens, Senhorita Maia, alleen zwak,' beaamde Yara. 'Dus zodra Beatriz achttien werd, zei ze tegen haar grootvader dat ze naar Parijs ging om te gaan studeren aan de École Nationale Supérieure des Beaux-Arts, in navolging van haar moeder. Ze bleef vijf jaar in Parijs en kwam pas terug toen ze hoorde dat Maurício, haar grootvader, was gestorven. Volgens mij heeft ze daar heel wat avonturen beleefd.' Yara glimlachte weemoedig. 'En ik was blij voor haar.'

Het beeld dat Yara schetste van de vrouw die ik hier vijf dagen geleden in de tuin had ontmoet, was heel anders dan het beeld dat ik van haar had. Ik besefte dat ik had gedacht dat ze veel meer van Luiza weg had. Misschien kwam dat gewoon omdat ze oud was en halsstarrig had geweigerd mij toe te laten.

'Hoe is het met Antonio afgelopen?'

'O, die is er weer bovenop gekomen, zoals mijn moeder al had verwacht,' zei ze glimlachend. 'Hij is op de Fazenda Santa Tereza gaan wonen en met het kleine startkapitaal van Gustavo heeft hij een tomatenkwekerij gekocht. Misschien herinnert u zich nog wel dat ik eerder zei dat tomaten de voornaamste inkomstenbron van Paty do Alferes zijn. Dankzij zijn neus voor zaken had hij tegen de tijd dat hij stierf een tomatenimperium opgezet, zo kun je het wel noemen. Hij bezat het merendeel van de plantages in de omgeving van de fazenda. Ik weet nog dat Senhora Beatriz het heerlijk vond om daar op bezoek te gaan, net als Senhora Izabela vroeger. Haar grootvader was dol op haar en heeft haar leren paardrijden en zwemmen. Hij heeft de plantages aan haar nagelaten en die zijn haar voornaamste bron van inkomsten sinds haar man is overleden. Het is geen vetpot, maar genoeg om de rekeningen te kunnen betalen.'

'Met wie was Beatriz getrouwd?' vroeg ik.

'Met Evandro Carvalho, een getalenteerd pianist. Hij was een goed mens, Senhorita Maia, en het was echt een huwelijk uit liefde. Na de moeilijke jeugd van Senhora Beatriz waren mijn ouders en ik heel blij om haar gelukkig te zien. En A Casa bloeide eindelijk weer op. Beatriz en Evandro hielden vaak soirees voor de kunstenaarsgemeenschap in Rio. Daarnaast hebben ze een stichting opgericht om geld in te zamelen voor de favela's. Het is misschien moeilijk voor te stellen nu ze is getekend door de ouderdom en de pijn, maar vroeger was ze een beeldschone vrouw. Iedereen die haar kende, respecteerde haar en hield van haar.'

'Wat jammer dat ik die kant van haar nooit zal leren kennen,' mijmerde ik.

'Nee...' Yara zuchtte diep. 'Uiteindelijk haalt de dood ons allemaal in.'

'En...' Ik zette me schrap voor de vraag die al tien minuten op mijn lippen brandde. 'Beatriz en Evandro hebben samen een kind gekregen, toch?'

Yara's blik schoot onzeker door de kamer. 'Ja.'

'Eentje maar?'

'Er was er nog een, een jongetje, maar hij is als baby gestorven. Dus ja,' beaamde ze. 'Eén kind.'

'Een meisje?'

'Ja.'

'En ze heette Cristina?'

'Ja, Senhorita Maia. Ik heb geholpen haar groot te brengen.'

Ik aarzelde, niet zeker van wat ik moest zeggen. Het afgelopen uur had Yara onophoudelijk gepraat, nu leek de stroom te zijn opgedroogd. Verwachtingsvol keek ik haar aan, in de hoop dat ze verder zou vertellen.

'Senhorita, ik geloof niet dat het kwaad kan om u over het verleden te vertellen, maar...' Ze zuchtte. 'Het is niet aan mij om de rest te vertellen.'

'Aan wie dan wel?' drong ik aan.

'Senhora Beatriz.'

Hoe wanhopig graag ik ook meer wilde weten, ik zag Yara nerveus op de klok kijken. 'Ik heb iets voor u.' Ze stak een hand in een van haar grote zakken en haalde er vier enveloppen uit. Het voelde bijna als een zoenoffer omdat ze me niet meer kon vertellen. 'Dit zijn de brieven die Laurent Brouilly via mijn moeder naar Senhora Izabela heeft gestuurd toen ze in de fazenda was om Senhora Carla bij te staan in haar laatste dagen. Deze zeggen meer over de gevoelens tussen hen dan wat ik u erover kan vertellen.'

'Dank u,' zei ik toen ze opstond. Ik moest de neiging onderdrukken om haar te omhelzen, zo dankbaar was ik haar omdat ik eindelijk wist waar ik vandaan kwam en welk tragisch verhaal er achter mijn afkomst schuilging.

'Ik moet terug naar Senhora Beatriz,' zei ze.

'Natuurlijk.' Ik stond ook op, stijf van het lange zitten en het ingespannen luisteren naar alles wat Yara met me had willen delen.

'Ik zal u uitlaten, senhorita.'

'We kunnen u best afzetten bij het klooster,' bood ik aan terwijl we de hal in liepen en Yara de voordeur opendeed. 'Buiten staat een auto op me te wachten.'

'Dank u, maar ik heb hier nog het een en ander te doen.' Ze keek me afwachtend aan, omdat ik naast haar bleef staan dralen.

'Bedankt voor alles wat u me verteld hebt. Zou ik misschien nog één vraag mogen stellen?'

'Dat hangt ervan af.' Aan haar blik zag ik dat ze liever wilde dat ik wegging.

'Leeft mijn moeder nog?'

'Dat weet ik niet, Senhorita Maia,' verzuchtte Yara. 'Echt niet.'

Ik wist dat hiermee ons gesprek ten einde was. 'Tot ziens, Yara,' zei ik, waarna ik met tegenzin de treden af liep. 'Wens Senhora Beatriz maar het beste van me.'

Pas toen ik langs de afbrokkelende stenen fontein liep, zei ze weer iets. 'Ik zal met haar praten, senhorita. Tot ziens.'

Terwijl ik verder liep over de oprijlaan, hoorde ik de voordeur dichtvallen en op slot gedraaid worden. Mijn handen raakten het hete ijzer van de verroeste poort en nadat ik erdoorheen was keek ik om en zag aan de dreigende lucht dat er onweer op komst was.

'Hoe was het?' Floriano zat op een stukje gras in de schaduw. Naast hem lag een hoop sigarettenpeuken.

'Ik ben een stuk wijzer geworden.'

Hij stond op en deed de auto van het slot. 'Mooi zo.'

Daarna stapten we allebei in en startte hij de motor. Op de terugweg naar Ipanema vroeg hij niet verder, misschien voelde hij aan dat ik tijd nodig had om me los te rukken van het verleden. De rest van de rit zat ik stilletjes na te denken over alles wat ik had gehoord.

Voor het hotel draaide hij zich naar me toe. 'Je zult wel uitgeput zijn en tijd voor jezelf nodig hebben. Als je straks zin hebt in eten en gezelschap, dan weet je me te vinden. Ik beloof je dat ik vanavond kook, niet mijn dochter.' Bij die laatste opmerking knipoogde hij.

'Bedankt,' zei ik terwijl ik uitstapte. 'Voor alles.'

Hij knikte en draaide weer de weg op.

Eenmaal binnen merkte ik dat mijn benen aanvoelden als diepgewortelde boomstammen die ik bij elke stap uit de grond moest trekken. Langzaam liep ik door de lobby, nam de lift naar boven en waggelde bijna dronken naar mijn suite. Met mijn laatste krachten deed ik de deur van het slot, strompelde naar het bed en viel pardoes in slaap.

Twee uur later werd ik wakker met het gevoel dat ik een enorme kater had. Ik nam een ibuprofen en een grote slok water tegen de hoofdpijn. Vanuit mijn bed hoorde ik het naderende onweer dreigend rommelen en zag ik de grijsblauwe lucht nog verder betrekken. Te uitgeput om iets te doen viel ik terug in slaap en op het moment dat ik een uur later weer wakker werd, was het onweer al in volle hevigheid losgebarsten. Enorme bliksemflitsen doorkliefden de schemerachtige lucht boven de kolkende golven en in mijn oren dreunden donderklappen, harder dan ik ooit had gehoord.

Bij het tikken van de eerste regendruppels op de smalle vensterbank buiten, keek ik op mijn horloge en zag dat het bijna zeven uur 's avonds was. Ik trok een stoel bij het raam en ging verwonderd naar het onweer zitten kijken.

De regen kletterde zo hard naar beneden dat hij op platte oppervlakken gewoon terug stuiterde. De wegen en trottoirs zagen eruit als kolkende rivieren. Ik schoof het raam open en stak mijn hoofd naar buiten, zodat de koele druppels op mijn haar vielen en mijn schouders drijfnat werden.

Opeens moest ik hardop lachen, bijna euforisch door al dat natuurgeweld. Op dat moment voelde het alsof ik ook deel uitmaakte van dat geheel, onlosmakelijk verbonden met hemel en aarde, niet in staat om het wonder van de schepping te bevatten, maar wel uitgelaten door de wetenschap dat ik erbij hoorde.

Omdat ik besefte dat ik zo nog zou verdrinken, trok ik me terug, deed het raam dicht en rende naar de badkamer, druppels achterlatend op het tapijt. Na het douchen was mijn hoofdpijn weg en voelde ik me net zo opgefrist als de lucht buiten. Ik ging weer op het bed liggen, dacht aan de brieven die Yara me had gegeven en probeerde wijs te worden uit alles wat ze me had verteld. Mijn gedachten bleven echter maar afdwalen naar Floriano, naar de geduldige manier waarop hij de hele middag op me had gewacht en het begrip dat hij na afloop had getoond. Wat er ook in die enveloppen zat, ik wilde de inhoud met hem delen. Dus pakte ik mijn mobieltje en scrolde omlaag naar zijn telefoonnummer.

'Olá Floriano, met Maia,' zei ik nadat hij had opgenomen.

'Maia, hoe is het met je?'

'Ik was net naar het onweer aan het kijken. Zoiets had ik nog nooit gezien.'

'Ja, wij carioca's gaan prat op onze onweersbuien,' beaamde hij. 'Wil je komen eten? Er staat niets bijzonders op het menu, maar je bent van harte welkom.'

'Als het droog is, kom ik graag.'

'Aan de lucht te zien duurt dat nog een minuutje of negen. Zie ik je dan over twintig minuten?'

'Ja. Dank je, Floriano.'

'Veel plezier met door de plassen stampen.' Ik kon horen dat hij glimlachte. 'Tchau.'

Precies negen minuten later liep ik naar beneden en naar buiten. Mijn Havaianas en enkels gingen onder in het water dat nog over de trottoirs gutste, naar de afvoer die al dat geweld niet kon bijbenen. De lucht was heerlijk fris en terwijl ik begon te lopen, zag ik steeds meer stadsbewoners terug de straat op gaan.

'Kom maar naar boven,' zei Floriano toen ik de intercom gebruikte.

Bovenaan de trap kwam hij me tegemoet, met zijn vinger tegen zijn lippen. 'Valentina ligt net in bed. Als ze merkt dat jij er bent, komt ze er meteen weer uit,' fluisterde hij.

Ik knikte stilletjes en liep achter hem aan naar het dakterras, waar het onder het afdak wonderbaarlijk knus en droog was.

'Schenk maar alvast wijn in voor jezelf, dan ga ik het eten halen.'

Ik nam een klein glaasje rode wijn, schuldbewust omdat ik niets had meegenomen. Meteen nam ik me voor om Floriano de volgende keer mee uit eten te nemen om hem te bedanken voor de gastvrijheid. Hij had de kaarsen op tafel al aangestoken, want het was inmiddels donker, en er klonk zachte jazzmuziek uit onzichtbaar weggewerkte speakers in de dakrand boven me.

Er hing een rustgevende sfeer. Verrassend, aangezien we ons in het hart van een bruisende stad bevonden.

'Enchilada's met alles erop en eraan,' kondigde hij aan toen hij terugkwam met een dienblad. 'Een paar jaar geleden ben ik in Mexico geweest en verliefd geworden op de plaatselijke keuken.'

Ik stond op en hielp hem de dampende enchilada's en schaaltjes guacamole, zure room en salsa op tafel te zetten. Zou hij elke avond zo eten?

'Tast toe,' spoorde hij me aan.

Ik at met smaak, onder de indruk van zijn kookkunsten. Ik betwijfelde of ik zelfs een eenvoudige maaltijd als deze met zo veel gemak op tafel zou kunnen toveren. Sinds ik dertien jaar geleden mijn intrek had genomen in het Paviljoen had ik nog nooit eters gehad.

'Zo,' zei Floriano nadat we uitgegeten waren en hij een sigaret had opgestoken. 'Heb je vandaag alles gehoord wat je wilde weten?'

'Ik ben heel veel wijzer geworden, al heb ik jammer genoeg nog niet de informatie waar ik voor naar Brazilië ben gekomen.'

'Dan heb je het over je moeder, neem ik aan?'

'Ja. Yara vindt dat het niet aan haar is me over haar te vertellen.'

'Daar heeft ze gelijk in. Zeker als je moeder nog leeft,' merkte Floriano op.

'Toen ik dat aan Yara vroeg, zei ze dat ze het niet weet. Volgens mij sprak ze de waarheid.'

'Dus...' Belangstellend keek hij me aan. 'Wat ga je nu doen?'

'Geen idee. Je zei toch dat je in het bevolkingsregister geen vermelding kon vinden van het overlijden van Cristina?'

'Inderdaad, maar wie weet is ze wel geëmigreerd. Maia, kun je het aan om te vertellen wat Yara vandaag te zeggen had?' vroeg hij. 'Nu we al zo ver zijn, moet ik bekennen dat ik nieuwsgierig ben geworden.'

'Als je je dreigement maar niet waarmaakt en er een roman over schrijft,' zei ik, slechts half voor de grap.

'Ik schrijf fictie, Maia. Dit is realiteit, en ik geef je mijn erewoord.'

Het komende half uur vertelde ik Floriano zo veel als ik me nog kon herinneren van wat Yara me had verteld. Daarna pakte ik mijn handtas en haalde de vier enveloppen tevoorschijn die ze me vlak voor vertrek had toegestopt. 'Ik heb ze nog niet opengemaakt. Misschien ben ik nerveus, net als Gustavo waarschijnlijk was toen hij de brief opende die hij van Loen had afgepakt.' Ik overhandigde hem de brieven. 'Volgens Yara heeft Laurent ze aan Izabela geschreven in de periode dat ze haar moeder verpleegde in de fazenda. Ik wil dat jij er eerst een leest.'

'Heel graag.' Zoals ik al had verwacht, lichtten zijn ogen op omdat hij een stukje van de historische puzzel in handen had.

Ik zag hem het vergeelde papier uit de eerste envelop halen en lezen. Uiteindelijk keek hij op, zichtbaar geroerd door wat hij gelezen had. 'Nou, Monsieur Brouilly mag dan wel een geweldige beeldhouwer zijn geweest, maar zo te zien wist hij met woorden ook wel raad.' Hij hield zijn hoofd schuin. 'Waarom klinkt alles in het Frans toch meteen een stuk poëtischer? Hier.' Hij gaf de brief aan mij. 'Lees jij deze alvast, dan worstel ik me met mijn schoolse Frans door de volgende heen.'

'Meu Deus,' zei hij een paar minuten later, 'van deze brieven krijg zelfs ik bijna tranen in mijn ogen, verstokte cynicus die ik ben.'

Daarmee verwoordde hij precies mijn gevoelens. 'Ik weet het. Van Yara had ik al gehoord over de liefde tussen Laurent en Bel, maar nu ik het in zijn eigen bewoordingen lees, gaat het pas echt leven,' fluisterde ik. 'Ook al is het zo tragisch met haar afgelopen, in sommige opzichten benijd ik Bel een beetje.' Ik schonk nog een glas wijn voor mezelf in.

'Ben jij weleens verliefd geweest?' vroeg Floriano, direct als altijd.

'Ja, één keer. Volgens mij had ik dat al eens gezegd,' zei ik snel. 'Het is niets geworden.'

'O ja, en die ene ervaring heeft je kennelijk voor het leven getekend.'

'Het was wel iets ingewikkelder dan je het nu doet voorkomen,' kaatste ik terug.

'Dat is het altijd. Neem nou Bel en Laurent. Als je deze brieven leest, zou je misschien denken dat ze gewoon een jong, verliefd stel waren.'

'Zo begon mijn eerste relatie ook, maar het liep anders af.' Ik haalde mijn schouders op. Toen ik hem nog een sigaret zag pakken, vroeg ik: 'Bezwaar als ik er ook eentje neem?'

'Welnee, ga je gang.' Hij hield me het pakje voor.

Ik stak de sigaret aan, inhaleerde de rook en glimlachte. 'Dit heb ik al sinds de universiteit niet meer gedaan.'

'Kon ik dat ook maar zeggen. Valentina probeert me steeds over te halen om te stoppen. En misschien doe ik dat ooit ook nog wel.' Hij nam een flinke trek. 'Dus je hart is gebroken... Wil je me misschien vertellen wat er is gebeurd?'

Nadat ik veertien jaar had gezwegen over dit onderwerp, zelfs alles in het werk had gesteld om het te vermijden, vroeg ik me af waarom ik nu, op dit dakterras in Rio, met een man die ik amper kende, het gevoel had dat ik het met hem moest delen.

'Het hoeft niet hoor, Maia.' Schijnbaar zag hij de angst in mijn ogen.

Instinctief wist ik echter dat dit de reden was waarom ik vanavond naar hem toe was gegaan. Door het verhaal dat ik de afgelopen dagen had aangehoord, in combinatie met het overlijden van Pa Salt, kwamen het verdriet en het schuldgevoel over wat ik vroeger had gedaan weer naar boven. En dan had je Floriano nog, wiens leven een wereld van verschil was met mijn eigen trieste, eenzame bestaan.

'Ik vertel het wel,' flapte ik eruit, voordat ik terug kon krabbelen. 'Op de universiteit leerde ik iemand kennen die een paar jaar ouder was dan ik. Ik zat in het laatste semester van mijn tweede jaar, hij in zijn laatste jaar, op het punt om af te studeren. Mijn verliefdheid maakte me roekeloos en dom. Toen ik in de zomervakantie naar huis ging, kwam ik erachter dat ik zwanger was. Het was al te laat om er iets aan te doen. Dus...' Ik zuchtte, in de wetenschap dat ik alles er zo snel mogelijk uit moest gooien, voordat ik instortte. 'Marina, de vrouw over wie ik je verteld heb, die mij en mijn vijf zussen heeft grootgebracht, regelde dat ik ergens heen kon om te bevallen. En toen...' Ik aarzelde om al mijn moed bij elkaar te rapen. 'Toen mijn zoontje geboren was, heb ik hem meteen afgestaan.'

Ik nam een grote slok wijn en drukte mijn vuisten tegen mijn ogen om de stortvloed tegen te houden die eraan dreigde te ontsnappen.

'Maia, je mag best huilen. Ik begrijp het,' zei hij zacht.

'Het is gewoon... Ik heb dit nog nooit aan iemand verteld,' bekende ik met bonkend hart. 'En ik schaam me zo, zo ontzettend...'

Toen kwamen de tranen, al had ik nog zo mijn best gedaan om ze tegen te houden. Floriano kwam naast me op de bank zitten en trok me in zijn armen. Hij streelde mijn haar terwijl ik onsamenhangend doorratelde over dat ik sterker had moeten zijn en het kindje had moeten houden, koste wat kost. En dat er sinds ze mijn baby een paar minuten na zijn geboorte van me hadden afgenomen, geen dag voorbij was gegaan waarop ik dat verschrikkelijke moment niet opnieuw had beleefd.

'Ik mocht zijn gezichtje niet eens zien...' snikte ik. 'Ze zeiden dat het beter was zo.'

Zonder troostende woorden of nietszeggende opmerkingen wachtte Floriano af tot het laatste beetje wanhoop uit me wegvloeide als een restje lucht uit een leeglopende ballon. Mijn hele lichaam zakte in elkaar van de uitputting. Stilletjes bleef ik tegen zijn borst aan gekropen zitten, me afvragend wat me in vredesnaam had bezield om hem mijn vreselijke geheim op te biechten.

Floriano zei niets, tot ik wanhopig vroeg: 'Vind je me nu een vreselijk mens?'

'Nee, natuurlijk niet. Waarom zou ik?'

'Waarom niet?'

'Omdat,' verzuchtte hij, 'je hebt gedaan wat volgens jou juist was, gezien de omstandigheden. En daar is niets verkeerds aan.'

'Misschien zien moordenaars ook wel niet in dat ze iets verkeerds hebben gedaan,' wierp ik somber tegen.

'Maia, je was nog heel jong en heel bang, en ik neem aan dat de vader niet stond te trappelen om met je te trouwen? Of om je zelfs maar te helpen?'

'God, nee.' Met een lichte huivering dacht ik terug aan mijn laatste gesprek met Zed, aan het eind van het semester. 'Voor hem was ik niet meer dan een scharrel. Hij stond op het punt om af te studeren en aan zijn toekomst te beginnen. Volgens hem werkten relaties op afstand maar zelden en hadden we het leuk gehad, maar konden we het daar beter bij laten. Zolang we nog vrienden waren,' voegde ik er met een grimmig lachje aan toe.

'En je hebt hem nooit verteld dat je zwanger was?'

'Ik wist het pas echt toen ik thuiskwam en Marina me na één blik meesleurde naar de huisarts. Tegen die tijd was ik al te lang zwanger om er nog iets aan te doen. Ik was zo naïef, zo dom,' verweet ik mezelf. 'En zo verliefd dat ik alles voor hem overhad.'

'Daarmee bedoel je zeker dat je zijn plezier niet wilde vergallen met een condoom?'

'Ja.' Ik verborg mijn blosjes tegen zijn shirt. 'Toch had ik mezelf beter moeten – of kúnnen – beschermen. Per slot van rekening was ik geen kind meer, maar volgens mij geloofde ik gewoon niet dat mij zoiets zou overkomen.'

'Dat geldt voor veel jonge vrouwen, Maia. Zeker als ze voor het eerst verliefd zijn. Heb je er met je vader over gepraat?' vroeg hij. 'Zo te horen hadden jullie een goede band met elkaar.'

'Dat klopt, alleen niet in die zin. Het is moeilijk uit te leggen. Ik was zijn kleine meisje, zijn eerste kind. Hij had zulke hoge verwachtingen van me. Op de Sorbonne haalde ik hoge cijfers en ik was hard op weg om cum laude af te studeren. Eerlijk gezegd was ik nog liever doodgegaan dan dat ik hem had verteld hoe dom ik was geweest.'

'En Marina? Probeerde zij je niet over te halen om het aan je vader je vertellen?'

'Jawel, maar ik kon het gewoon niet. Ik wilde zijn hart niet breken.'

'Dus brak je dat van jezelf maar,' merkte hij op.

'Dat was op dat moment de beste keus.'

'Ik begrijp het.'

Zo bleven we een poosje zwijgend zitten. Ik staarde naar de kaars die in het donker flakkerde en beleefde het verdriet over mijn beslissing weer helemaal opnieuw.

'Het is toch wel bij je opgekomen dat je vader zelf zes dochters had geadopteerd?' begon Floriano opeens. 'En dat hij misschien juist begrip zou kunnen opbrengen voor je situatie?'

'Op dat moment stond ik daar niet bij stil.' Moedeloos liet ik mijn schouders hangen. 'Sinds zijn overlijden denk ik nergens anders aan. Toch kan ik niet uitleggen wat hij voor me betekende. Ik zette hem op een voetstuk en verlangde naar zijn goedkeuring.'

'Dat vond je belangrijker dan hem om hulp vragen.'

'Het was mijn eigen schuld,' zei ik naar waarheid. 'Ik vertrouwde hem niet genoeg, ik vertrouwde niet op zijn liefde voor mij. En nu weet ik zeker dat als ik het hem wel had verteld, hij er voor me geweest was. Hij zou...' Mijn stem brak en er sprongen weer tranen in mijn ogen. 'Als ik naar jou en Valentina kijk, in een vergelijkbare situatie, dan zie ik hoe mijn leven eruit had kunnen zien als ik het lef had gehad om sterker te zijn. Ik moet er steeds aan denken wat een puinhoop ik ervan heb gemaakt.'

'We doen allemaal dingen waar we spijt van hebben, Maia,' zei hij verdrietig. 'Ik wens elke dag dat ik strenger was opgetreden tegen de artsen die zeiden dat ik mijn vrouw mee naar huis moest nemen, terwijl ik instinctief aanvoelde dat ze doodziek was. Als ik dat had gedaan, had mijn dochter nu misschien nog een moeder, en ik een echtgenote. Maar wat schiet ik op met zulke gedachten?' Hij zuchtte. 'Helemaal niks.'

'Een kind afstaan, zeker uit egoïstische overwegingen en niet door armoede of oorlog, moet wel de ergst denkbare misdaad zijn,' hield ik vol.

'We denken allemaal dat onze eigen fouten het ergst zijn, omdat wij ze hebben gemaakt. We voelen ons allemaal schuldig om dingen die we gedaan hebben, Maia. Zeker als we die dingen zo lang voor ons houden als jij hebt gedaan. Ik voel alleen maar verdriet als ik je verhaal hoor, geen afkeuring. En volgens mij zou ieder ander er zo over denken. Jij bent zelf de enige die jou iets verwijt. Heb je dat niet in de gaten?'

'Misschien wel, maar wat kan ik eraan doen?'

'Vergeef het jezelf, zo simpel is het. Tot die tijd kun je niet verder. Ik spreek uit ervaring.'

'Ik vraag me elke dag af waar mijn zoon is, of hij gelukkig is en of hij ouders heeft die van hem houden. Soms hoor ik hem in mijn dromen om me huilen en kan ik hem niet vinden...'

'Dat begrijp ik, maar vergeet niet dat jij ook geadopteerd bent, querida. Heb jij daaronder geleden?'

'Nee, omdat ik niet beter weet.'

'Precies,' zei hij. 'Je beantwoordt je eigen vraag. Je hebt eens tegen me gezegd dat het volgens jou niet uitmaakt door wie een kind wordt opgevoed, als het maar liefde krijgt. Dat geldt ook voor je zoon, waar hij ook is. Ik durf te wedden dat jij de enige bent die hier echt onder lijdt. En nu lust ik wel een cognacje.' Hij maakte zich van me los en liep naar een smalle plank om een fles te pakken. 'Jij ook?' vroeg hij tijdens het inschenken.

'Nee, bedankt.' Ik zag dat hij over het terras liep om een sigaret op te steken en in het donker voor zich uit bleef staren. Uiteindelijk ging ik, kwetsbaar en onzeker als ik me voelde, bij hem staan.

'Je beseft zeker wel,' zei hij na een poosje, 'dat je nog meer over je zoon bent gaan nadenken door wat je nu over je eigen afkomst weet?'

'Ja,' gaf ik toe. 'Tenslotte heeft Pa Salt zijn adoptiedochters de gelegenheid gegeven om uit te zoeken waar ze vandaan komen. Mijn kind heeft er toch ook recht op om dat te weten?'

'Hij heeft er in ieder geval recht op om daar zelf over te beslissen,' corrigeerde hij me. 'Je zei zelf al dat je twijfelde of je wel in het verleden wilde wroeten. En trouwens, jij hebt altijd geweten dat je geadopteerd was. Misschien weet je zoon dat helemaal niet. Het zou goed kunnen dat hij zich er niet van bewust is.'

'Kon ik hem maar een keer zien, zodat ik zou weten of hij veilig is, en gelukkig.'

'Natuurlijk wil je dat. Maar misschien moet je hem op de eerste plaats zetten en inzien dat dat misschien niet het beste voor hem is,' zei hij voorzichtig. 'Zo, het is al één uur 's nachts geweest en morgen moet ik weer vroeg op voor die kleine senhorita beneden.'

'Natuurlijk.' Ik draaide me meteen om en liep terug naar de tafel om mijn tas te pakken. 'Ik ga al.'

'Eigenlijk wilde ik voorstellen dat je hier blijft. Het lijkt me niet goed als je vannacht alleen bent.'

'Ik red me wel,' zei ik. Een beetje in paniek door zijn voorstel liep ik naar de deur.

'Wacht.' Grinnikend haalde hij me in. 'Ik bedoelde niet dat je bij mij moet blijven slapen. Als je wilt kun je Petra's kamer nemen. Ze is een weekje naar Salvador, op familiebezoek. Blijf alsjeblieft. Anders maak ik me alleen maar zorgen om je.'

'Oké dan,' gaf ik toe, te moe om tegen hem in te gaan. 'Dank je.'

Floriano doofde de kaarsen en zette zijn computer uit. Daarna liepen we samen naar beneden en wees hij aan waar Petra's kamer was. 'Na haar vertrek heb ik de lakens verschoond en gestofzuigd, dus voor de verandering ziet het er presentabel uit. De badkamer is hier rechts. Dames gaan voor. Welterusten, Maia.' Hij liep naar me toe en drukte een kus op mijn voorhoofd. 'Slaap lekker.'

Hij zwaaide even en liep naar boven, waarna ik de badkamer in ging. Toen ik een paar minuten later in Petra's kamer kwam, keek ik naar de biologieboeken op de planken boven het bureau, naar de wirwar van cosmetica op de kaptafel en de spijkerbroek die slordig over een stoel lag. Ik kleedde me uit tot op mijn T-shirt en stapte in het smalle bed, waar ik terugdacht aan de tijd dat ik zelf een zorgeloze studente was geweest, met mijn hele leven nog voor me. De toekomst was een leeg doek dat ik zelf kon beschilderen, tot ik erachter kwam dat ik zwanger was.

Met die gedachte viel ik in slaap.

47

Ik werd wakker door het geluid van een opengaande deur en het gevoel dat ik niet alleen in de kamer was. Toen ik mijn ogen opende, zag ik Valentina aan het voeteneind naar me staan staren.

'Het is al tien uur. Papai en ik hebben als ontbijt een cake gebakken. Kom je ons helpen die op te eten?'

'Ja,' zei ik, nog een beetje slaperig.

Valentina knikte en liep de kamer uit. Ik klauterde uit bed en kleedde me snel aan. In de smalle gang kwam me een heerlijke baklucht tegemoet die me deed denken aan Claudia's keuken in Atlantis. Ik volgde het geluid van Valentina's gekwebbel en kwam uit op het dakterras, waar vader en dochter al aan tafel van de tulbandcake zaten te smikkelen.

'Goedemorgen, Maia. Goed geslapen?' Floriano veegde de kruimels uit zijn mondhoeken en schoof de gammele houten stoel voor me naar achteren.

'Prima zelfs.' Ik glimlachte naar hem toen hij een plak cake voor me afsneed en die besmeerde met boter.

'Koffie?' vroeg hij.

'Graag.' Ik nam een hap van de nog warme cake. 'Krijg je dit elke dag als ontbijt, Valentina? Dat is stukken beter dan de cornflakes en toast die ik thuis altijd eet.'

'Nee,' verzuchtte ze, 'alleen vandaag. Volgens mij slooft papai zich voor je uit.' Nonchalant haalde ze haar schouders op.

Floriano trok hulpeloos zijn wenkbrauwen op, al zag ik wel lichte blosjes op zijn wangen verschijnen. 'Valentina en ik hadden het er net over dat je toe bent aan iets leuks.'

'Ja, Maia,' bemoeide Valentina zich ermee. 'Als mijn papai naar de hemel was gegaan, zou ik heel verdrietig zijn en opgevrolijkt moeten worden.'

'Daarom hebben we een plan bedacht,' zei Floriano.

'Nee, papai, dat heb jíj gedaan.' Valentina keek me met gefronst voorhoofd aan. 'Ik vond dat je naar de kermis moest gaan en daarna een Disneyfilm moest kijken, maar dat vond papai niks, dus gaan jullie alleen maar saaie dingen doen.' Met een zucht hief ze haar handen ten hemel. 'Niet mijn schuld.'

'Misschien kunnen we het allebei doen,' zei ik verzoenend. 'Toevallig ben ik ook gek op Disneyfilms.'

'Nou, ik mag niet eens mee, want papai gaat morgen naar Parijs voor zijn boek en moet nog werken voordat hij weggaat. Dus ik ga bij *avô* en *vovó* logeren.'

'Ga je naar Parijs?' vroeg ik verbaasd aan Floriano. Tot mijn ontsteltenis raakte ik een beetje in paniek bij die gedachte.

'Ja. Weet je nog, die mail die ik je een paar weken geleden gestuurd heb? Jij bent ook uitgenodigd.' Hij glimlachte.

'Ik niet,' pruilde Valentina. 'Papai denkt dat ik hem voor de voeten loop.'

'Nee, querida, ik denk dat je er niks aan zult vinden. Hier vind je het toch ook vreselijk om mee te gaan naar lezingen of signeersessies? Zodra we er zijn, begin je alweer te zeuren wanneer we naar huis kunnen.'

'Maar dat is hier, niet in Parijs. Ik wil heel graag naar Parijs,' zei Valentina weemoedig.

'Op een dag neem ik je mee, dat beloof ik,' reageerde Floriano, die zich naar voren boog om een kus op haar donkere, glanzende haar te drukken. 'Maar goed, opa en oma kunnen er elk moment zijn. Heb je je spullen al gepakt?'

'Ja, papai,' zei ze gehoorzaam.

'Maia, als ik nou eens afruim, wil jij dan met Valentina kijken of ze haar tandenborstel bij zich heeft, en genoeg kleren voor de komende twee weken?' vroeg Floriano. 'Als het op inpakken aankomt, kan ze nogal halfslachtig te werk gaan.'

'Natuurlijk.' Achter Valentina aan liep ik de trap af naar haar slaapkamertje. Alles was er roze, de muren, het dekbedovertrek, zelfs een aantal van de teddyberen die op een rijtje aan het voeteneind van het bed zaten. Terwijl Valentina gebaarde dat ik moest gaan zitten en de koffer op het bed tilde zodat ik de inhoud kon inspecteren, moest ik glimlachen. Haar kamertje was ontzettend cliché en tegelijkertijd ging er iets geruststellends van uit. Elk meisje leek van roze te houden. Vroeger was het ook mijn lievelingskleur.

'Alles wat ik nodig heb zit erin, let maar op.' Ze sloeg haar armpjes afwerend over elkaar toen ik de koffer openmaakte. Die bleek vol te zitten met barbiepoppen, dvd's, kleurboeken en losse viltstiften. En met één T-shirt, een spijkerbroek en een paar gympies.

'Heb je geen ondergoed nodig?' opperde ik voorzichtig.

'O ja.' Valentina liep naar een lade. 'Dat was ik vergeten.'

'Deze pyjama misschien?' Ik raapte de pyjama op die ze vanochtend op de grond leek te hebben gegooid om zich aan te kleden. 'En misschien nog wat meer kleren?'

Tien minuten later hoorde ik de intercom zoemen en Floriano de trap af lopen. 'Ze zijn er. Ben je zover, Valentina?' riep hij vanuit de gang.

'Ik wil niet weg.' Ze keek op van de ingekleurde kleurplaten die ze me had laten zien.

Instinctief sloeg ik een arm om haar smalle schoudertjes. 'Het wordt vast leuk. Opa en oma zullen je wel flink verwennen.'

'Dat is ook zo, maar ik ga papai zo missen.'

'Natuurlijk. Ik vond het ook altijd vreselijk als mijn vader wegging. En dat deed hij heel vaak.'

'Maar jij had een heleboel zussen om je gezelschap te houden.

Ik heb helemaal niemand.' Met een zucht stond ze op en maakte haar koffer dicht.

Ik tilde de koffer van het bed, schoof het handvat uit en rolde hem naar de deur. 'Ziezo, volgens mij ben je er klaar voor.'

'Zie ik je nog als ik weer thuiskom, Maia?' vroeg ze klaaglijk. 'Jij bent veel liever dan Petra. Die zit de hele tijd met haar vriend te bellen.'

'Ik hoop het van harte, querida.' Ik gaf haar een kus. 'Zo, ga er nou maar een leuke tijd van maken.'

'Dat zal ik proberen.' Ze pakte het handvat van de koffer beet en stak haar andere hand uit naar de deurklink. 'Papai vindt je heel leuk, wist je dat?'

'Is dat zo?' Ik glimlachte.

'Ja, dat heeft hij zelf gezegd. Doei, Maia.'

Toen ik haar nakeek, deed ze me door haar lichaamshouding denken aan een hedendaagse vluchteling. Omdat ik het afscheid tussen vader en dochter niet wilde verstoren en Floriano niet in verlegenheid wilde brengen tegenover de ouders van zijn overleden vrouw, ging ik op het bed zitten, met mijn handen in mijn schoot gevouwen. Voor de zoveelste keer bedacht ik hoe moeilijk die twee het hadden en hoe knap ik het van Floriano vond hoe hij zijn werk met de zorg voor zijn dochter wist te combineren. Er ging een aangename tinteling door me heen bij de gedachte dat Valentina had gezegd dat haar vader me leuk vond. Ik kon niet ontkennen dat dat wederzijds was.

Een paar minuten later klopte Floriano aan en stak zijn hoofd door de deuropening. 'Je kunt wel weer tevoorschijn komen. Ik had eigenlijk wel verwacht dat je met Valentina mee zou komen om kennis te maken met Giovane en Livia. Maar goed...' Hij pakte mijn hand en trok me overeind. 'Zoals ik tijdens het ontbijt al zei, vind ik dat het tijd is dat je plezier maakt. Weet je nog wat dat is?'

'Natuurlijk wel!' zei ik verontwaardigd.

'Mooi zo. Dan kun je me onderweg vertellen wanneer je voor het laatst iets leuks hebt gedaan.'

'Floriano, doe niet zo betuttelend!' Nors liep ik achter hem aan de slaapkamer uit. In de gang bleef hij met een ruk staan, zodat ik bijna tegen hem op botste.

'Maia, ontspan je nou eens, ik plaag je maar een beetje. Zelfs ik, met mijn neiging tot navelstaren, weet dat ik mezelf niet te serieus moet nemen. Je bent te lang alleen geweest, zo simpel is het. Ik heb tenminste mijn dochter nog om me met beide benen op de grond te houden,' legde hij uit. 'Vandaag wil ik dat je je zorgen opzijzet en gewoon lééft. Oké?'

Opgelaten liet ik mijn hoofd hangen. Het drong tot me door dat het heel lang geleden was dat ik iemand dichtbij genoeg had laten komen om me op mijn tekortkomingen te kunnen wijzen.

'Ik wil je míjn Rio laten zien. En ik kan je verzekeren dat ik net zo veel behoefte heb aan een uitje als jij.' Hij hield de voordeur open en liet mij voorgaan.

'Oké dan,' stemde ik toe.

'Mooi zo.' Hij liep de trap af en we kwamen aan bij de deur naar de straat. Daar bood hij me zijn arm aan. 'Zullen we?'

'Ja.'

Hij leidde me het gebouw uit, de straten van Ipanema over, naar een café waar het nu al wemelde van de mensen uit de buurt die een biertje dronken.

Floriano begroette de barkeeper, die hem duidelijk kende, en bestelde voor ons allebei een caipirinha.

'Het is pas half elf 's ochtends!' riep ik geschokt uit toen hij me mijn drankje aangaf.

'Weet ik, we zijn ontaarde mensen.' Hij knikte wijs. 'Zo.' Met zijn glas tikte hij het mijne aan. 'Nu in één keer achteroverslaan.'

Terwijl de zure maar tegelijkertijd mierzoete alcohol door mijn slokdarm mijn maag in gleed, was ik stilletjes blij dat ik vanochtend een goede bodem had gelegd met de cake. Hij rekende af en trok me overeind van mijn barkruk. 'We gaan weer.' Buiten hield hij een taxi aan en stapte in.

'Waar gaan we naartoe?'

'Op bezoek bij een vriend van me,' antwoordde hij geheimzinnig. 'Voordat je uit Rio weggaat, wil ik je iets laten zien.'

De taxi bracht ons tot buiten de stad en twintig minuten later stapten we uit bij wat de toegangsweg tot een favela moest zijn. 'Niet bang zijn,' zei hij, terwijl hij de chauffeur betaalde. 'Mijn vriend is geen moordenaar of een drugsbaron.' Hij sloeg zijn arm om mijn schouder en we begonnen aan de lange klim over de trap naar de sloppenwijk. 'Ik kan je verzekeren dat Ramon net zo beschaafd is als wij.'

Toen we bovenaan de trap waren en de favela in liepen, hoorde ik in de verte al het gedreun van surdo-trommels. De steegjes waren zo smal dat ik de hutjes aan weerszijden ervan zou kunnen aanraken als ik mijn armen uitstak. Tussen de woningen was het donker en overal waar ik keek, zag ik een vreemde mengelmoes van constructies, boven op de gebouwen op straatniveau.

Floriano volgde mijn blik en knikte. 'De bewoners op de begane grond verkopen de ruimte op het dak aan andere gezinnen, die daar een huisje bouwen,' legde hij uit, me steeds verder omhoog voerend over de kronkelende straatjes.

Hoewel ik er prat op ging dat ik goed tegen warmte kon, begon ik hevig te zweten en voelde ik me licht in mijn hoofd door de claustrofobische, benauwde omgeving. Floriano had het meteen in de gaten en bovenaan een van de steegjes trok hij me mee door een deur. Eenmaal binnen besefte ik dat we in een soort winkeltje stonden, een betonnen ruimte met een paar planken waarop ingeblikte voedingswaren stonden, en in de hoek een koelkast. Nadat hij een flesje water had gekocht, dat ik gulzig naar binnen klokte, liepen we verder naar boven tot we bij een felblauw geschilderde deur aankwamen. Floriano klopte aan en er werd meteen opengedaan door een man met een donkere huid. De twee mannen omhelsden elkaar met de nodige speelse klappen op de rug en stoten tegen hun armen, en we gingen naar binnen. Tot mijn verbazing stond er in de hoek van de smalle kamer een computer en hing er ook een groot televisiescherm. Hoewel er amper meubels stonden, zag alles er smetteloos uit.

'Maia, dit is Ramon. Hij woont al vanaf zijn geboorte in de favela, maar nu werkt hij voor de overheid als...' Hij keek naar zijn vriend om het juiste woord te vinden. '... vredestichter.'

De witte tanden van de man blikkerden toen zijn lippen vaneen weken en hij zijn hoofd in zijn nek gooide van het lachen. 'Vriend,' zei hij met een zware stem, 'je kunt wel merken dat je schrijver bent.' Daarna stak hij zijn hand naar me uit. 'Aangenaam kennis te maken, senhorita.'

De twee uur daarna dwaalden we door de favela, aten wat en dronken een biertje in een bouwvallig cafeetje dat een ondernemende bewoner had ingericht in zijn beperkte woonruimte. Onderwijl leerde ik een heleboel over het leven in de favela's.

'Natuurlijk is er nog steeds misdaad en armoede op de straten van alle favela's in Rio,' legde Ramon me uit. 'Er zijn plekken waar zelfs ik niet durf te komen, vooral 's avonds niet. Toch heb ik er vertrouwen in dat er verbetering in zit, al gaat het dan langzamer dan zou moeten. Omdat iedereen nu de mogelijkheid heeft om naar school te gaan en zo zelfvertrouwen te kweken, hoop ik dat mijn kleinkinderen een betere jeugd zullen hebben dan ik heb gehad.'

'Hoe hebben jullie elkaar leren kennen?' vroeg ik, nog steeds badend in het zweet.

'Ramon had een beurs in de wacht gesleept voor mijn universiteit,' antwoordde Floriano. 'Zijn hoofdvak was sociale wetenschappen, maar daarnaast volgde hij geschiedenis. Hij is veel slimmer dan ik. Ik zeg altijd dat hij een boek over zijn leven zou moeten schrijven.'

'Jij weet net zo goed als ik dat niemand hier in Brazilië dat zou willen uitgeven.' Opeens klonk Ramon serieus. 'Maar misschien, als ik oud ben en de politieke situatie het toelaat, doe ik het ooit wel. Nu wil ik jullie mijn lievelingsproject laten zien.'

Terwijl we achter Ramon aan door de wirwar van steegjes liepen, legde Floriano fluisterend uit dat Ramons moeder de prostitutie in was gedwongen door zijn vader, een beruchte drugsbaron die inmiddels levenslang vastzat voor een dubbele moord.

'Ramon heeft zes jongere broertjes en zusjes moeten grootbrengen nadat zijn moeder was gestorven aan een overdosis heroïne. Hij is een verbazingwekkende man. Zo iemand door wie je weer hoop krijgt voor de mensheid,' zei hij dromerig. 'Hij zet zich keihard in om gezondheidszorg en betere voorzieningen te regelen voor de kinderen hier. Zijn hele leven staat in het teken van de favela's.' Hij pakte mijn arm beet om me te ondersteunen op de ongelijke stenen trap.

Ver beneden ons hoorde ik het geluid van de trommels aanzwellen. Het dreunde steeds harder door mijn hele lichaam naarmate we de trap verder afdaalden. Ik zag dat Ramon door alle inwoners vanuit hun smalle deuropening hartelijk en met respect begroet werd. Tegen de tijd dat we beneden waren en hij ons voorging door een houten poort omringd door hoge muren, had ik zelf ook ongekend veel respect voor hem. Als ik eraan dacht hoe hij het roer had omgegooid door zijn afschuwelijke leefomstandigheden te gebruiken om te zorgen dat anderen het beter kregen en hoeveel toewijding en wilskracht zoiets kostte, voelde ik me heel nietig.

Op de binnenplaats waar we uitkwamen, zag ik een stuk of twintig kinderen, waarvan er veel nog jonger waren dan Valentina, op het krachtige ritme van de trommels dansen. Ramon loodste ons discreet mee langs de muur, naar de schaduw van het gebouw boven ons. Hij wees naar de kinderen. 'Ze oefenen voor carnaval. Wist je dat dat ontstaan is in de favela's?' fluisterde hij. Ondertussen trok hij een gammel plastic stoeltje naar zich toe zodat ik kon gaan zitten om naar de kinderen te kijken.

De lichaampjes van de kinderen leken instinctief op het ritme te bewegen. Ik keek naar hun geconcentreerde gezichtjes, de meeste met gesloten ogen, terwijl ze simpelweg dansten op de muziek.

'Ze leren iets wat we *samba no pé* noemen. Dit was mijn redding als kind,' zei Ramon zachtjes achter me. 'Ze dansen voor hun leven.'

Later wilde ik dat ik foto's had kunnen maken, maar misschien had ik de verrukte gezichtjes van de kinderen toch niet goed kunnen vastleggen. Ik wist dat dit moment voorgoed op mijn netvlies gebrand zou staan.

Toen Ramon uiteindelijk aangaf dat het tijd was om te vertrekken, stond ik met tegenzin op. We zwaaiden de kinderen gedag en liepen door de houten poort bij hen vandaan.

'Gaat het wel?' Floriano sloeg beschermend een arm om mijn schouder.

'Ja,' wist ik met overslaande stem uit te brengen. 'Zoiets moois heb ik nog nooit gezien.'

We liepen de favela uit en namen een taxi terug naar de stad. Mijn hart en mijn zintuigen waren nog steeds in de ban van de pure overgave waarmee de kinderen hadden gedanst.

'Gaat het echt wel goed met je, Maia?' Floriano pakte bezorgd mijn hand beet.

'Ja,' zei ik. 'Het gaat echt prima.'

'Vond je de samba een mooie dans om naar te kijken?'

'Ik vond het geweldig.'

'Mooi, want wij gaan die vanavond ook dansen.'

Vol afgrijzen keek ik hem aan. 'Floriano, ik kan helemaal niet dansen!'

'Natuurlijk wel, Maia. Iedereen kan het, vooral carioca's. Het zit je in het bloed.' Hij liet de taxi stoppen bij een plein vol kraampjes in Ipanema. 'Eerst moeten we geschikte kleding voor je kopen. O, en een paar sambaschoenen.'

Zo mak als een lammetje liep ik achter hem aan over de markt, waar hij in de rekken neusde en er jurken uit haalde waar ik volgens hem uit moest kiezen. 'Volgens mij staat die zalmroze het mooist bij je huid.' Hij hield me een nauwsluitende wikkeljurk van zijdezachte stof voor.

Met gefronst voorhoofd keek ik ernaar. Zoiets zou ik zelf nooit uitkiezen, ik vond het model veel te bloot.

'Kom op, Maia, je had beloofd dat je je vandaag een beetje zou laten gaan. Normaal gesproken kleed je je net als mijn moeder,' plaagde hij me.

'Bedankt,' zei ik droogjes, terwijl hij erop stond de paar reais voor de jurk af te rekenen.

'Goed, alleen nog een paar schoenen.' Hij pakte mijn hand weer vast en we liepen door de straten van Ipanema. Voor een piepklein winkeltje dat op een schoenmakerij leek bleef hij staan.

Tien minuten later kwam ik weer naar buiten met leren schoenen met hakjes, die aan mijn voeten bleven zitten door een bandje over mijn wreef.

'Die schoenen zouden pas echt iets zijn voor Marina,' zei ik. Toch drong ik erop aan dat hij me de schoenen zou laten terugbetalen, want ik wist dat ze duur waren. Hij weigerde en bleef staan voor een ijssalon met eindeloos veel smaken in de vitrine.

'Wat wil je hebben?' vroeg hij. 'Hier hebben ze het beste ijs van Rio.'

'Doe maar hetzelfde als jij.'

Met de hoorntjes liepen we naar de hoofdweg en gingen op een bankje zitten dat uitkeek over het strand, het heerlijke ijs oplikkend voordat het kon smelten.

'Goed,' zei hij terwijl we onze plakkerige monden afveegden. 'Het is zes uur geweest, dus misschien kun je naar je hotel gaan om je voor te bereiden op je dansdebuut van vanavond. Ik moet thuis nog een paar e-mails schrijven en inpakken voor Parijs. Om half negen kom ik je ophalen in de lobby.'

'Oké, en bedankt voor de heerlijke dag,' riep ik hem na toen hij wegliep en ik de straat overstak naar mijn hotel.

'De dag is nog niet voorbij, Maia,' riep hij glimlachend terug.

Bij de receptie van het hotel, waar ik naar mijn kamersleutel vroeg, werd ik bezorgd aangekeken. 'Senhorita D'Aplièse, we maakten ons zorgen om u. Gisteravond bent u niet teruggekomen.'

'Nee, ik heb bij een vriend gelogeerd.'

'Ik begrijp het. Er is voor u gebeld. Omdat we u niet konden bereiken, heeft de beller een bericht achtergelaten. Ze zei dat het dringend was.' De receptioniste overhandigde me een envelop.

'Dank u.'

'Kunt u het voortaan misschien even laten weten als u besluit ergens anders te overnachten? Rio kan een gevaarlijke stad zijn voor buitenlanders, ziet u. Als u nog langer was weggebleven, hadden we de *polícia* gebeld.'

'Natuurlijk.' Licht beschaamd liep ik naar de lift, mijmerend over de gedachte dat Rio gevaarlijk kon zijn voor buitenlanders. Voor iemand die hiervandaan kwam, zoals ik, voelde het volkomen veilig.

In mijn kamer scheurde ik de envelop open, benieuwd wie er zo'n dringende boodschap voor me had, en las de getypte woorden.

Beste Senhorita Maia,

Senhora Beatriz zegt dat ze u wil zien. Ze wordt met de dag zwakker en het is belangrijk dat u zo snel mogelijk komt. Morgenochtend om tien uur schikt het het best.

Yara Canterino

Nu ik er een hele dag tussenuit was geweest en een paar uur helemaal niet had gedacht aan mijn onbekende verleden en onzekere toekomst, duurde het even voordat de betekenis van de woorden tot me doordrong. Onder de warme douche besloot ik vanavond niet te piekeren over wat er morgen zou gebeuren.

Na het douchen trok ik de jurk aan die Floriano voor me had gekocht, in de volste overtuiging dat die me niet zou staan, maar toen ik de schoenen ook aanhad en het resultaat in de spiegel bekeek, stond ik versteld. Het wikkellijfje accentueerde mijn volle borsten en slanke middel, de rok viel in zachte plooien om me heen en liet een stuk van mijn benen bloot, die nog langer leken door de parmantige hakjes.

In Rio had ik een kleurtje gekregen en terwijl ik mijn haar föhnde en boven op mijn hoofd vastzette en me opmaakte met eyeliner, mascara en een dieprode lippenstift die ik ooit in een opwelling had gekocht en nooit had gebruikt, moest ik af en toe grinniken omdat mijn zussen me zo amper zouden herkennen. Floriano's plagerige opmerking over mijn kledingstijl had pijn gedaan, maar hij zat er niet ver naast. Al mijn kleding was ingetogen, erop uitgekozen om op te kunnen gaan in de menigte. Hier in Rio pronkten vrouwen met hun sensuele lichamen en seksualiteit, terwijl ik het mijne jarenlang had verborgen.

In het half uur voordat Floriano zou komen mailde ik mijn zussen om te zeggen hoe fijn ik het hier vond en dat ik me stukken beter voelde. Voorzichtig nippend van een flesje wijn uit de minibar besefte ik dat dat waar was. Het leek wel of er een enorme last van mijn schouders was gevallen en ik nu zo licht als een veertje was. Misschien kwam het alleen door wat ik aan Floriano had opgebiecht, maar een stemmetje in mijn achterhoofd zei me dat het meer was.

Het kwam ook door Floriano zelf.

Aan zijn energie, optimisme en nuchtere instelling, in combinatie met de handige manier waarop hij met zijn dochter en de situatie thuis omging, kon ik nog een voorbeeld nemen. Vergeleken bij hem leek mijn eigen leven maar een slap aftreksel, en ik was me ervan bewust dat Floriano me met zijn soms pijnlijke opmerkingen had laten inzien dat ik alleen maar bezig was met overleven, niet met leven.

Op de een of andere manier had de combinatie van deze stad en deze man de onzichtbare beschermlaag doorbroken waarachter ik me had verscholen. Ik glimlachte bij de gedachte dat ik me voelde als een kuikentje dat net uit het ei was gekropen.

En ja, ik kon niet ontkennen dat ik een beetje verliefd op hem was. Terwijl ik op mijn horloge zag dat het tijd was om naar beneden te gaan, was ik me ervan bewust dat zelfs als ik Floriano nooit meer zou zien, hij me mijn leven had teruggeven. En vanavond ging ik mijn wedergeboorte vieren, zonder angst voor morgen.

'Wauw!' Met onverholen bewondering staarde Floriano me aan toen ik in de lobby verscheen. 'Je lijkt wel een feniks die uit zijn as is herrezen.'

In plaats van blozend zijn compliment weg te wuiven, glimlachte ik warm. 'Bedankt voor de jurk. Je had gelijk, hij past bij me.'

'Maia, je ziet er schitterend uit, en geloof me...' Hij stak zijn arm door de mijne en we liepen naar buiten. '... ik heb alleen naar voren gehaald wat jij zo graag leek te willen verbergen.' Bovenaan de trap keek hij me aan. 'Zullen we?'

'Ja.'

We hielden een taxi aan en Floriano gaf de chauffeur opdracht om naar het district Lapa te rijden, volgens hem een oud stadsgedeelte waar de bohemienachtige bevolking vroeger rondhing.

'Hier moet je niet in je eentje naartoe gaan,' waarschuwde hij me toen we uitstapten op een klinkerstraatje, omzoomd door oude bakstenen gebouwen. 'Maar vanavond ben ik erbij om je te beschermen.'

Doordat ik door mijn nieuwe hakken een beetje wankel liep op het ongelijke wegdek, hield ik hem stevig vast. De cafeetjes zaten bomvol etende en drinkende mensen, maar we sloegen een zijstraat in en uiteindelijk voerde hij me langs een trap mee een kelder in.

'Dit is de oudste sambaclub van Rio. Hier vind je geen toeristen, alleen de echte carioca's die willen dansen op de beste sambamuziek in de stad.'

Een serveerster glimlachte naar hem, gaf hem op elke wang een zoen en ging ons voor naar een verweerd leren zitje in een hoek. Daar bestelde hij twee biertjes, omdat hij beweerde dat de wijn hier niet te drinken was, en nam de menukaarten aan van de serveerster.

'Alsjeblieft, Floriano, vanavond trakteer ik.' Ik keek naar de dansvloer, waar de muzikanten hun instrumenten al aan het uitstallen waren.

'Dank je.' Hij knikte. 'Trouwens, als je nog iets kwijt wilt, moet je dat het komende half uur doen. Daarna kunnen we ons niet meer verstaanbaar maken.'

Nadat we op aanraden van Floriano allebei de specialiteit van het huis hadden besteld, werden onze biertjes gebracht en tikte hij met zijn flesje het mijne aan. 'Maia, het was me een waar genoegen om tijd met je door te brengen. Jammer dat ik morgen alweer naar Parijs moet.'

'Jij ook bedankt. Je bent een grote steun voor me geweest, Floriano. Dat meen ik.'

'Dus je wilt mijn volgende boek vertalen?' vroeg hij gekscherend.

'Ik zou beledigd zijn als je me niet vroeg,' zei ik, terwijl er een soort stoofschotel met bonen voor ons werd neergezet. 'Voor ik het vergeet: bij terugkomst in het hotel bleek dat Yara een bericht voor me had achtergelaten. Blijkbaar wil Senhora Beatriz me morgenochtend spreken.' Ik probeerde zo nonchalant mogelijk over te komen.

'Echt?' vroeg Floriano tussen twee happen door. 'Wat vind je daarvan?'

'Vandaag zouden we plezier maken,' bracht ik hem speels in herinnering. 'Dus heb ik er nog niet echt over nagedacht.'

'Goed zo. Toch jammer dat ik niet met je mee kan. Al was het maar als chauffeur. We hebben heel wat meegemaakt, de afgelopen dagen. En ik heb ervan genoten om alles vanaf de zijlijn mee te maken. Laat je me nog weten wat ze te zeggen heeft?'

'Natuurlijk. Ik mail je wel.'

Opeens hing er een zekere spanning tussen ons, die we opvulden door van de heerlijke stoofschotel te eten. Floriano bestelde nog een biertje bij de attente serveerster, ik nam een glas van de 'niet te drinken' wijn. Op de achtergrond begon de band dezelfde sensuele muziek te spelen als ik in de heuvels had gehoord, en twee paartjes gingen de dansvloer op. Ik keek naar hen terwijl ze begonnen te dansen. Hun nauwgezette bewegingen weerspiegelden de aangename spanning tussen Floriano en mij.

'En,' zei ik toen er nog meer paartjes de dansvloer op gingen, 'wil jij me leren hoe ik de samba moet dansen?' Over de tafel heen stak ik mijn hand naar hem uit, waarop hij knikte. Zonder verder iets te zeggen stonden we op en liepen naar de dansvloer.

Met één arm om mijn middel en zijn andere hand door de mijne gehaakt fluisterde hij in mijn oor: 'Voel het ritme gewoon door je lichaam stromen, Maia. Meer hoef je niet te doen.'

Ik deed wat hij zei en voelde de klanken door mijn lichaam dreunen. Mijn heupen begonnen in hetzelfde ritme te wiegen als de zijne en onze voeten zetten zich in beweging, die van mij eerst onhandig, omdat ik naar zijn voeten en die van de andere dansers keek. Al snel nam mijn instinct het over en liet ik mijn lichaam ontspannen samen met hem het ritme volgen.

Ik weet niet zeker hoe lang we die avond gedanst hebben. Naarmate het steeds drukker werd op de vloer, kreeg ik het gevoel dat we allemaal met elkaar versmolten, samen bewogen als een mensenmassa die gewoonweg van het leven genoot. In de ogen van een professional zag mijn samba er vast amateuristisch uit, maar voor het eerst in mijn leven kon het me niks schelen wat anderen van me dachten. Floriano nam de leiding, liet me rondjes draaien en hield me stevig vast, totdat ik begon te schateren van de opwinding.

Uiteindelijk, toen we allebei flink zweetten, voerde hij me mee van de dansvloer, griste het water van onze tafel en trok me mee de trap naar de straat op om een frisse neus te halen, wat hij meteen weer verpestte door een sigaret op te steken.

'Meu Deus, Maia! Dat deed je echt goed voor een beginner. Je bent een echte carioca.'

'Zo voel ik me vanavond ook, dankzij jou.' Ik pakte de sigaret uit zijn hand en nam een trekje. Terwijl ik dat deed, voelde ik zijn blik op me gericht.

'Weet je wel hoe mooi je eruitziet?' mompelde hij. 'Nog veel mooier dan je overgrootmoeder. Vanavond straal je helemaal.'

'Ja,' zei ik. 'Dat komt door jou, Floriano.'

'Maia, ik heb helemaal niks gedaan. Je hebt zelf besloten om weer te gaan leven.'

Opeens trok hij me in zijn armen en voordat ik het goed en wel doorhad, kuste hij me. Ik deed al net zo enthousiast mee.

'Alsjeblieft,' fluisterde hij nadat we ons van elkaar hadden losgemaakt om op adem te komen. 'Ga vannacht met me mee naar huis.'

We verlieten de club en waren nog maar goed en wel in zijn appartement toen hij mijn jurk al over mijn hoofd trok en me ter plekke nam, in de hal, met nog steeds een pieptoon van de muziek in mijn oren. Uiteindelijk gingen we in zijn bed liggen en bedreven nog een keer de liefde, ditmaal langzamer, maar al net zo gepassioneerd.

Na afloop duwde hij zich op één elleboog omhoog en staarde me aan met die inmiddels bekende, intense blik van hem. 'Wat ben jij veel veranderd,' merkte hij op. 'Bij onze eerste ontmoeting zag ik natuurlijk wel hoe mooi je was, ik heb mijn ogen niet in mijn zak zitten. Maar je was zo gesloten, zo gespannen. En moet je nou eens kijken.' Hij kuste het kuiltje tussen mijn sleutelbeenderen en begon mijn borsten te strelen. 'Je bent verrukkelijk. Ik kijk er al maanden naar uit om naar Parijs te vliegen en nu, met nog een paar uur te gaan, wil ik alleen maar hier bij jou blijven. Ik ben gek op je, Maia.' Onverwacht kwam hij op me liggen en staarde me aan. 'Ga met me mee naar Parijs.'

'Floriano, deze nacht is van ons,' fluisterde ik. 'Jij hebt me geleerd om elk moment te nemen zoals het komt. Trouwens, je weet best dat ik niet mee kan.'

'Nee, morgen niet, maar als je met die oude dame gepraat hebt, stap dan alsjeblieft in het vliegtuig en kom naar me toe. We kunnen er een paar onvergetelijke dagen van maken.'

Ik gaf geen antwoord, want ik wilde nog niet over morgen nadenken. Uiteindelijk viel hij naast me in slaap en sloeg ik hem gade, badend in het maanlicht dat door het raam naar binnen viel. Voorzichtig raakte ik zijn wang aan. 'Dank je,' fluisterde ik. 'Dank je wel.'

48

Hoewel ik al ruim veertien jaar niet meer met iemand naast me had geslapen, werd ik tot mijn verbazing pas wakker toen ik een voorzichtige por tegen mijn schouder voelde en Floriano van bovenaf naar me zag kijken, al helemaal aangekleed.

'Ik heb koffie voor je gezet.' Hij wees naar de mok op het nachtkastje.

'Dank je,' zei ik slaperig. 'Hoe laat is het?'

'Half negen. Ik moet naar het vliegveld. Over drie uur vertrekt mijn vlucht naar Parijs al.'

'En ik moet naar mijn hotel om me om te kleden.' Meteen maakte ik aanstalten om uit bed te komen. 'Om tien uur moet ik al in het klooster zijn.'

Floriano legde zijn hand op mijn arm om me tegen te houden. 'Hoor eens, ik weet niet wat je plannen zijn nadat je Beatriz hebt gesproken, maar vergeet niet wat ik gisteravond heb gezegd. Kom naar Parijs, querida. Ik wil dolgraag bij je zijn. Beloof je dat je erover zult nadenken?'

'Ja, dat beloof ik.'

'Mooi zo.' Floriano krabde aan zijn neus en lachte wrang. 'Ik zeg het niet graag, maar dit gesprek doet me denken aan Bel en Laurent. Hopelijk loopt het met ons beter af.' Met zijn hand streek hij een verdwaalde haarlok van mijn voorhoofd en daarna drukte hij er een kusje op. 'À bientôt, en succes straks. Nu moet ik echt weg.'

'Goede reis.' Ik keek hem na terwijl hij naar de deur liep.

'Dank je. Trek de deur maar achter je dicht als je weggaat.

Over een paar dagen is Petra er weer. Dag querida.'

Een paar tellen later hoorde ik de voordeur dichtklikken en sprong ik uit bed om me aan te kleden. Ik verliet het appartement en liep snel door de straten van Ipanema naar mijn hotel. Met opgeheven hoofd liep ik de lobby in en vroeg bij de balie naar de sleutel, zonder acht te slaan op de blik waarmee de receptioniste mijn verfomfaaide uiterlijk opnam. Ik vroeg haar of Pietro over twintig minuten tijd had om me naar het klooster te brengen.

In mijn suite nam ik een snelle douche, een beetje met tegenzin omdat ik Floriano's geur niet van me af wilde spoelen. Daarna trok ik snel iets degelijkers aan en een kwartier later stond ik in de lobby. Ik zag dat Pietro buiten al op me stond te wachten en hij glimlachte naar me toen ik in de auto stapte.

'Senhorita D'Aplièse, hoe gaat het met u? Ik heb u al een paar dagen niet gezien. We gaan naar het hospice in het klooster, toch?' vroeg hij voor de zekerheid.

'Ja,' zei ik terwijl we wegreden. Daarna probeerde ik mijn hoofd leeg te maken voor het gesprek dat me te wachten stond.

Bij aankomst stond Yara me al nerveus op te wachten. 'Hallo Senhorita Maia. Bedankt dat u gekomen bent.'

'U bedankt, omdat u dit geregeld hebt.'

'Eerlijk gezegd had ik er niets mee te maken. Senhora Beatriz heeft me zelf gevraagd contact met u op te nemen. Ze weet dat ze niet lang meer te leven heeft. Bent u er klaar voor?' In haar ogen stond medeleven te lezen.

Ik zei van wel en ze ging me voor door een aantal brede, donkere gangen naar de vleugel waar het hospice gevestigd was. Zodra ze de dubbele deuren openduwde en we erdoorheen liepen, rook ik ontsmettingsmiddel, gecombineerd met een andere ondefinieerbare geur die ik kende uit elk ziekenhuis waar ik ooit geweest was. De laatste keer was toen ik moest bevallen van mijn zoontje.

'Senhora Beatriz ligt daar.' Ze wees naar een deur aan het eind van de hal. 'Ik zal even vragen of ze in staat is om u te ontvangen.'

Terwijl ik op het bankje bij de deur ging zitten, nam ik me voor om me niet van de wijs te laten brengen, wat Beatriz ook tegen me te zeggen had. Het verleden was voorbij en gisteren was mijn toekomst eindelijk begonnen.

De deur van Beatriz' kamer ging open en Yara gebaarde dat ik binnen mocht komen. 'Ze is vanmorgen heel helder. Tegen de verpleegster heeft ze gezegd dat ze geen medicijnen wil totdat ze u gesproken heeft, omdat ze goed wil kunnen nadenken. U hebt ongeveer een uur totdat de pijn te erg wordt.' Ze loodste me mee de kamer in, die ruim en licht was en een prachtig uitzicht bood op de bergen en de oceaan beneden. Op het ziekenhuisbed na leek het net een gewone slaapkamer.

'Goedemorgen, Maia,' begroette Beatriz me verrassend hartelijk, vanuit een stoel bij het raam. 'Bedankt dat je gekomen bent. Ga zitten.' Ze wees naar een houten stoel tegenover haar. 'Laat ons maar even alleen, Yara.'

'Ja, senhora. Druk maar op de bel als u iets nodig hebt.' Ze liep de kamer uit.

Tijdens het gesprekje tussen bazin en werkneemster had ik de tijd genomen om Beatriz eens goed te bekijken. Na wat Yara me over haar verteld had, probeerde ik haar in een ander licht te zien. Qua uiterlijk leek ze in ieder geval niet op Izabela, haar moeder. Ongetwijfeld had ze de blekere, Europese trekken van haar vader geërfd. Nu zag ik pas dat haar ogen nog steeds felgroen waren. In haar ingevallen gezicht staken ze enorm af.

'Maia, allereerst wil ik je mijn excuses aanbieden. Toen ik je de tuin in zag lopen, het evenbeeld van mijn moeder, schrok ik me een hoedje. En dan die ketting die je draagt... Net als Yara herkende ik die ogenblikkelijk. Mijn moeder, Izabela, heeft hem aan me nagelaten en ik heb hem aan mijn eigen dochter gegeven, op haar achttiende verjaardag.' Opeens kreeg ze tranen in haar ogen, van de pijn of van verdriet, dat wist ik niet zeker. 'Neem me niet kwalijk, Maia, ik had tijd nodig om na te denken over wat ik aan moest met je plotselinge komst hierheen, zo kort voordat ik dit leven moet verlaten.'

'Senhora Beatriz, zoals ik al eerder heb gezegd, ben ik niet uit op geld of een erfenis of...'

Ze stak een bevende hand op om me het zwijgen op te leggen. 'Ten eerste, zeg maar Beatriz. Jammer genoeg is het een beetje laat om nog "oma" te gaan zeggen, vind je niet? En ten tweede, hoewel je timing bijna geen toeval kon zijn, maakte ik me daar niet zo druk om. Tegenwoordig is het heel gemakkelijk te achterhalen of er een verwantschap bestaat. Trouwens, je gezicht spreekt boekdelen.' Ze zuchtte. 'Nee, mijn twijfels hadden een andere oorzaak.'

'En die is?'

'Maia, elk kind dat geadopteerd is of op jonge leeftijd een ouder verliest, heeft de neiging om zijn biologische ouders op een voetstuk te plaatsen. Dat deed ik in ieder geval wel bij mijn eigen moeder. In mijn hoofd was Izabela een madonna, een perfecte vrouw. Al zal ze in werkelijkheid heus wel haar tekortkomingen hebben gehad, net als iedereen.'

'Ja, dat zal wel,' zei ik.

Even keek ze me onderzoekend aan. 'Dus toen ik je wanhoop zag om meer te weten te komen over je eigen moeder en de redenen waarom ze je heeft afgestaan, wist ik dat ik niet zou kunnen liegen als ik ermee zou instemmen om je vragen te beantwoorden. En dat als ik je de waarheid vertelde, ik het beeld kapot zou maken dat je van haar hebt.'

'Dat moet een enorm dilemma voor u zijn geweest,' probeerde ik haar gerust te stellen. 'Misschien helpt het als ik zeg dat ik tot aan de dood van mijn adoptievader zelden over mijn echte moeder heb nagedacht. Of over mijn vader, trouwens. Ik heb een heel gelukkige jeugd gehad, was dol op mijn vader. En Marina, de vrouw die mij en mijn zussen heeft grootgebracht, was heel zorgzaam. Dat is ze nog steeds.'

'Dat is een pak van mijn hart,' beaamde Beatriz. 'Want helaas is het verhaal over je adoptie geen prettig verhaal om te horen. Het is vreselijk om als moeder toe te moeten geven dat je moeite hebt om van je eigen kind te houden, maar tot mijn spijt heb ik dat met Cristina, je moeder. Vergeef me, Maia, ik wil je niet nog meer verdriet doen. Maar je bent duidelijk een intelligente vrouw en ik wil je al helemaal niet voorliegen. Daar zou je zo doorheen prikken, dat weet ik zeker. Denk erom, net zoals ouders hun kinderen niet voor het kiezen hebben, hebben kinderen hun ouders niet voor het kiezen.'

Ik begreep wat Beatriz me wilde vertellen en vroeg me even af of het misschien beter zou zijn om het niet te weten. Maar ik was nu al zo ver gekomen en ik vond dat Beatriz een kans verdiende om het uit te leggen. Dus haalde ik diep adem. 'Vertel me maar over Cristina,' zei ik zacht.

Beatriz zag dat mijn besluit vaststond. 'Prima. Yara zegt dat ze al het een en ander over mij heeft verteld, dus je zult wel gehoord hebben dat mijn man – jouw grootvader – en ik heel gelukkig getrouwd waren. Als kers op de taart kwamen we erachter dat ik zwanger was. Onze zoon stierf een paar weken na de geboorte, dus toen Cristina een paar jaar later geboren werd, vonden we dat nog een groter wonder.'

Ik ademde diep in, want onwillekeurig dacht ik aan mijn eigen zoontje.

'Na wat ik zelf als kind had meegemaakt,' vervolgde ze, 'was ik vastbesloten om ervoor te zorgen dat mijn kindje zo veel liefde zou krijgen als haar vader en ik haar maar konden geven. Maar bot gezegd was Cristina al vanaf de geboorte een moeilijk kind. 's Nachts sliep ze zelden door en tegen de tijd dat ze een peuter was, kreeg ze last van enorme driftbuien die soms urenlang aanhielden. Later op school had ze voortdurend problemen. We kregen vaak brieven van de leraren omdat ze weer eens een meisje had gepest en aan het huilen had gemaakt. Het is vreselijk om toe te geven...' Haar stem trilde omdat ze het pijnlijk leek te vinden om eraan terug te denken. '... maar Cristina leek er niet mee te zitten als ze mensen kwetste. Achteraf had ze er nooit spijt van.' Ze keek me met een gekwelde blik aan. 'Maia, liefje, zeg het alsjeblieft als je wilt dat ik ophoud.'

'Nee, vertel maar verder,' moedigde ik haar als verdoofd aan.

'Natuurlijk liep het helemaal de spuigaten uit toen ze in de puberteit kwam. Haar vader en ik waren de wanhoop nabij omdat ze totaal geen respect voor gezag had, niet voor ons en niet voor andere mensen. Het trieste aan het verhaal is dat ze buitengewoon intelligent was, daar herinnerden haar leraren ons keer op keer aan. Op jonge leeftijd is haar IQ getest en dat was ver boven het gemiddelde. De afgelopen jaren is er veel onderzoek gedaan naar problemen met de mentale gezondheid en heb ik artikelen gelezen over het syndroom van Asperger. Heb je daar weleens van gehoord?'

Ik knikte.

'Blijkbaar hebben mensen die daaraan lijden vrijwel altijd een hoog IQ en beschikken ze over weinig inlevingsvermogen. Dat is de beste manier waarop ik je moeder kan beschrijven. Al zei Loen, de moeder van Yara, altijd dat Cristina haar deed denken aan mijn grootmoeder Luiza. Zelf kan ik me haar amper herinneren. Ze is gestorven toen ik bijna twee was, rond dezelfde tijd als mijn moeder.'

'Ja, dat heeft Yara me verteld.'

'Dus of het nou een kwestie van aanleg was, of dat er inmiddels een officiële diagnose gesteld zou kunnen worden, of een combinatie van beide, Cristina was behoorlijk onhandelbaar. En de deskundigen die we hebben geraadpleegd, konden ons niet helpen.' Verdrietig schudde ze haar hoofd. 'Op haar zestiende ging ze steeds vaker uit, naar louche bars in de stad waar ze met de verkeerde mensen in aanraking kwam. Je kunt je wel voorstellen dat dat in Rio, zeker vijfendertig jaar geleden, extreem gevaarlijk kon zijn. Meer dan eens werd ze naar huis gebracht door de polícia, dronken en verslonsd. Ze dreigden haar te vervolgen voor drankgebruik door een minderjarige en daardoor leek ze een tijdje iets te bedaren. Tot we erachter kwamen dat ze spijbelde en onder schooltijd met haar vrienden optrok. Veel van hen woonden in de favela's en daar gingen ze dan heen.'

Beatriz aarzelde even en staarde uit het raam naar de bergen in de verte, alvorens haar blik weer op mij te richten. 'Uiteindelijk moest de school haar wel wegsturen. Ze was betrapt met een fles rum in haar schooltas, waar ze de andere meisjes van had laten drinken. Die middag kwamen ze allemaal dronken in het klaslokaal aan. Haar vader en ik namen een privéleraar in dienst, zodat ze ten minste haar diploma kon halen en we haar beter in de gaten konden houden. Soms sloten we haar zelfs op in haar kamer als ze 's avonds op pad wilde, maar dan werd ze woest. Trouwens, ze vond altijd wel een manier om te ontsnappen. Ze was volkomen losgeslagen. Liefje, wil je me dat glas water op mijn nachtkastje even aangeven? Van al dat gepraat heb ik een droge mond gekregen.'

'Natuurlijk.' Ik pakte het glas met het rietje van het nachtkastje en gaf het aan haar. Toen ze het probeerde vast te houden zag ik dat haar handen te erg trilden, dus stopte ik het rietje tussen haar lippen en hield het daar terwijl ze zoog.

'Dank je.' Met haar groene ogen keek ze me geëmotioneerd aan. 'Weet je zeker dat je de rest wilt horen, Maia?'

'Ja.' Ik zette het glas neer en ging weer zitten.

'Nou, op een dag kwam ik erachter dat de smaragden van mijn moeder, de halsketting en oorbellen die ze op haar achttiende verjaardag van haar ouders had gekregen en die een fortuin waard waren, uit mijn sieradenkistje verdwenen waren. Verder was er niets weg, dus leek het me sterk dat er was ingebroken in A Casa. Inmiddels bracht Cristina bijna al haar tijd door in de favela, haar vader en ik dachten dat dat iets met een man te maken had. Het viel me op dat haar ogen vaak wazig stonden en dat haar pupillen verwijd waren. Daarom raadpleegde ik een bevriende arts en die zei dat Cristina waarschijnlijk drugs gebruikte.' Bij de gedachte daaraan moest Beatriz huiveren. 'Toen hij zei hoeveel zulke middelen kosten, verklaarde dat natuurlijk meteen waar de smaragden waren gebleven. We dachten dat ze ze gestolen en doorverkocht had om haar verslaving te bekostigen. Het was zelfs zo erg dat haar vader en ik op het punt stonden om een scheiding aan te vragen. Evandro had er genoeg van en het was buigen of barsten. Een paar maanden daarvoor was Cristina achttien geworden. Ik herinner me nog goed dat ik haar op haar verjaardag de maansteen van mijn moeder gaf en dat haar gezicht betrok omdat ze wist dat die niet veel waard was.' Voor het eerst kreeg Beatriz tranen in haar ogen. 'Dat kwam bij mij misschien nog wel het hardste aan. Het was mijn dierbaarste bezit, omdat ik wist dat mijn vader de ketting ooit aan mijn moeder had gegeven en hij hem na haar dood weer aan mij had gegeven. Maar mijn dochter vroeg zich alleen af voor hoeveel reais ze het sieraad kon verpatsen om haar verslaving te bekostigen. Neem me niet kwalijk, lieve Maia.' Ze tastte in de zak van haar kamerjas naar een zakdoek.

'U hoeft zich niet te verontschuldigen, Beatriz. Ik weet hoe moeilijk het voor u moet zijn om dit te vertellen. Vergeet alleen niet dat ze voor mij een onbekende is, of ze nou goed of slecht overkomt. Ik kan geen liefde voelen voor iemand die ik nooit gekend heb,' troostte ik haar zachtjes.

'Nou, ik kan je wel vertellen dat mijn man en ik besloten om Cristina erop aan te spreken en haar te waarschuwen. Als ze niet stopte met de drugs en met stelen, dan zagen we geen andere mogelijkheid dan haar te vragen A Casa te verlaten. Tegelijkertijd wilden we haar steunen waar het maar kon, als ze maar bereid was om hulp te zoeken. Tegen die tijd was ze al te erg verslaafd en speelde haar leven zich ergens anders af, in de heuvels bij haar vrienden uit de favela. Dus uiteindelijk pakten we haar koffer in en vroegen haar ons huis te verlaten.'

'Wat erg, Beatriz. Dat moet vreselijk voor u zijn geweest.' Ik stak mijn hand naar haar uit en gaf een troostend kneepje in haar hand.

'Nou en of,' verzuchtte ze. 'We maakten haar duidelijk dat als ze ooit wilde afkicken, we haar met open armen zouden verwelkomen. Ik weet nog dat ze van de trap af kwam met haar koffer en dat ik bij de voordeur stond. Ze liep zó langs me heen en draaide zich nog even om, een seconde maar. De hatelijke blik waarmee ze me toen aankeek laat me nog steeds niet los. En...' Nu liet Beatriz haar tranen de vrije loop. 'Ik durf het haast niet te zeggen, maar dat is de laatste keer dat ik mijn dochter gezien heb.'

We bleven een tijdje zwijgend zitten, allebei in gedachten verzonken. Hoewel ik had gezegd dat ik niet van streek zou raken door wat Beatriz me te vertellen had, bleek dat een onmogelijke opgave. Want het bloed van Cristina stroomde door mijn aderen. Was ik net zo verknipt als mijn moeder?

'Maia, ik weet wat je denkt,' zei Beatriz plotseling, waarna ze haar tranen droogde en mij aankeek. 'En nu ik jou heb gezien en door wat Yara over je heeft verteld, kan ik je verzekeren dat je me in de verste verte niet aan je moeder doet denken. Ze zeggen weleens dat erfelijke dingen een of meer generaties overslaan en je bent echt het evenbeeld van mijn moeder. Door wat anderen me over haar verteld hebben, denk ik dat je qua karakter ook op haar lijkt.'

Ik wist dat Beatriz het goed bedoelde. En ja, al vanaf het begin, sinds ik voor het eerst over mijn overgrootmoeder had gehoord en had gezien hoeveel we uiterlijk op elkaar leken, voelde ik sympathie voor haar. Dat deed er echter niets aan af hoe mijn biologische moeder was geweest.

'Als je Cristina nooit meer hebt gezien, hoe weet je dan dat ik haar kind ben?' vroeg ik, me vastklampend aan de hoop dat het allemaal een vergissing was. Dat ik toch geen familie was van deze mensen. Van Cristina.

'Dat had ik nooit geweten als een vriendin van me in die tijd niet als vrijwilligster in een van de vele weeshuizen in Rio had gewerkt. De meeste baby's kwamen uit de favela's en mijn vriendin was toevallig aan het werk op de dag dat Cristina je kwam brengen. Ze gaf geen naam op, liet de baby gewoon achter en ging ervandoor, zoals veel van de moeders deden. Pas een paar dagen later realiseerde mijn vriendin zich waar ze Cristina van kende. Kennelijk was ze sterk vermagerd en was ze een paar tanden kwijtgeraakt.' Beatriz' stem sloeg over van de emoties. 'Maar uiteindelijk ging haar een lichtje op. Ze kwam me vertellen dat je was achtergelaten met een ketting met een maansteen eraan. Door haar beschrijving wist ik direct dat het de ketting was die ik aan mijn dochter had gegeven. Ik ging linea recta met Evandro naar het weeshuis om je op te halen, zodat we voor je zouden kunnen zorgen alsof je ons eigen kind was. Maar ook al was je nog geen week daarvoor binnengebracht, je was al weg. Dat verbaasde mijn vriendin, want volgens haar verbleef er op dat moment een groot aantal pasgeboren baby's in het weeshuis. Vaak duurde het weken voordat een kindje werd geadopteerd, als dat al gebeurde. Misschien kwam het doordat je een heel mooi baby'tje was, liefje.' Ze glimlachte.

'Dus...' zei ik met trillende stem, in de wetenschap dat ik de vraag moest stellen die op mijn lippen brandde. '... wil dat zeggen dat je vriendin mijn adoptievader heeft gezien?'

'Ja,' beaamde Beatriz, 'en ook de vrouw die erbij was toen hij je kwam ophalen. Volgens mijn vriendin kwamen ze allebei heel vriendelijk over. Natuurlijk hebben Evandro en ik haar gesmeekt ons te vertellen waar je naartoe was gebracht, maar als vrijwilligster beschikte ze niet over die informatie.'

'Ik begrijp het.'

'Eén ding kon ze ons wel geven, Maia.' Ze wees naar een kastje. 'In die lade ligt een envelop. In het weeshuis maakten ze een foto van elke baby die werd binnengebracht, voor in hun dossier. Omdat je was geadopteerd en het dossier was gesloten, heeft mijn vriendin de directrice van het weeshuis gevraagd of ze de foto aan mij mocht geven, bij wijze van aandenken. Kijk zelf maar.'

Ik liep naar de lade en haalde de envelop eruit. De foto in kwestie bleek een wazige zwart-witfoto te zijn van een baby met een volle bos donker haar en enorme, verschrikt kijkende ogen. Ik had een aantal foto's van mezelf als baby gezien waarop ik tevreden in Marina's armen lag of werd vastgehouden door Pa Salt. En ik wist honderd procent zeker dat dit een foto van mij was.

'Zijn jullie er nooit achter gekomen wie me geadopteerd heeft?' vroeg ik.

'Nee. Al kun je je hopelijk wel indenken hoe hard we dat geprobeerd hebben. We hebben de directrice uitgelegd dat wij je grootouders waren en dat we je wilden adopteren om je als ons eigen kind op te voeden. Ze vroeg of we konden bewijzen dat je ons kleinkind was. Helaas konden we dat niet.' Beatriz zuchtte diep. 'Toen ik haar een foto van mezelf liet zien waarop ik de ketting met de maansteen droeg, zei ze dat dat geen wettig bewijsmateriaal was. Ik heb haar gevraagd, gesmeekt zelfs, om me ten minste in contact te brengen met het gezin dat je had meegenomen. Dat weigerde ze, omdat ze er geen goede ervaringen mee had als de oude familie contact opnam met de nieuwe. Daar waren ze heel streng in,' verzuchtte ze. 'Dus liefje, ondanks al onze pogingen liep het spoor dood.'

'Bedankt dat u het geprobeerd hebt,' fluisterde ik.

'Maia, geloof me als ik zeg dat wanneer je adoptievader niet zo snel had toegehapt, ons leven er heel anders had uitgezien.'

Ik stopte de foto weer in de envelop, om iets omhanden te hebben. Daarna maakte ik aanstalten om de envelop weer in de lade op te bergen.

'Nee, liefje, hou hem maar. Ik heb hem niet meer nodig nu mijn kleindochter in levenden lijve voor me staat.'

Ik zag haar ineenkrimpen van de pijn en wist dat de tijd drong.

'Dus u bent er nooit achter gekomen wie mijn echte vader was?' vroeg ik.

'Nee.'

'En Cristina? Weet u wat er van haar geworden is?'

'Jammer genoeg heb ik nooit meer iets van haar gehoord. Dus ik kan je niet eens vertellen of ze nog leeft. Nadat ze je naar het weeshuis heeft gebracht, is ze spoorloos verdwenen. Dat gebeurde in die tijd wel vaker in Rio.' Ze zuchtte weer. 'Als je het verder wilt uitzoeken, heb je misschien meer geluk dan ik destijds. Tegenwoordig zijn de autoriteiten een stuk behulpzamer tegenover mensen die op zoek zijn naar een ouder die al lang verdwenen is. Mijn moederinstinct, als zoiets echt bestaat, geeft me in dat Cristina dood is. Mensen die zichzelf kapot willen maken, slagen daar meestal ook in. Maar mijn hart breekt nog steeds elke keer als ik aan haar denk.'

'Dat geloof ik graag,' zei ik zacht, omdat ik heel goed wist hoe dat voelde. 'Maar Beatriz, troost u met de gedachte dat ze de ketting heeft meegenomen toen ze uit A Casa vertrok. En dat ze die aan mij heeft meegegeven. Kennelijk hechtte ze toch waarde aan wat die ketting voor u betekende, ongeacht wat er daarvoor en sindsdien gebeurd is. Misschien is dat een teken dat ze diep vanbinnen toch van u hield.'

'Misschien wel.' Beatriz knikte langzaam, er speelde een flauw lachje om haar lippen. 'Wil je nu alsjeblieft de verpleegster voor me bellen, liefje? Ik vrees dat ik zo'n akelige pil nodig heb. Daardoor raak ik helemaal van de wereld, maar in ieder geval maken ze de pijn wel wat draaglijker.'

'Natuurlijk.' Ik drukte op de bel en zag dat Beatriz zwakjes haar hand naar me uitstak.

'Maia, zeg alsjeblieft dat je dit alles je toekomst niet laat beïnvloeden. Ook al hebben je vader en moeder je laten stikken, vergeet niet dat ik en je grootvader altijd aan je zijn blijven denken en van je zijn blijven houden. Nu je hier weer bent, heb ik eindelijk rust.'

Ik liep naar haar toe en sloeg mijn armen om haar heen – mijn eerste omhelzing met een bloedverwant. Ik wilde alleen dat we nog iets meer tijd met elkaar hadden. 'Bedankt dat u me wilde zien. Ook al heb ik mijn moeder niet gevonden, u heb ik wel. En dat is genoeg,' zei ik zacht.

Op dat moment kwam de verpleegster binnen.

'Maia, ben je morgen nog in Rio?' vroeg Beatriz plotseling.

'Daar kan ik wel voor zorgen, ja.'

'Kom dan nog eens bij me op bezoek. Ik heb je nu alle narigheid verteld en als het jou uitkomt, kunnen we de tijd die me nog rest gebruiken om elkaar beter te leren kennen. Je moest eens weten hoe erg ik ernaar heb uitgekeken om te ontdekken wie je bent.'

Ik zag dat Beatriz haar mond gewillig opendeed om de pillen van de verpleegster in te nemen. 'Dan zie ik je morgen rond dezelfde tijd,' zei ik.

Toen ik de kamer uit liep, wuifde ze zwakjes.

49

Terug in het hotel kroop ik meteen in bed en viel in slaap. Toen ik wakker werd, bleef ik nog een poosje liggen nadenken over Beatriz en wat ze me verteld had en vroeg ik me af wat ik daarbij moest voelen. Verrassend genoeg deed het me niet echt verdriet, ook al had mijn grootmoeder een vreselijk beeld geschetst van mijn moeder.

Daarna dacht ik terug aan de diepe ontroering die ik had gevoeld voor de kinderen in de favela, die hadden gedanst voor hun leven. Misschien kwam dat doordat ik me verbonden met hen voelde op een manier die ik op dat ogenblik nog niet begreep. Dankzij Beatriz wist ik nu immers vrijwel zeker dat ik ook in een favela was geboren. Wat mijn moeder had gedaan, ongeacht haar motivatie daarvoor, had me ongetwijfeld behoed voor een onzekere toekomst. Trouwens, wie mijn ouders ook waren geweest, ik had een biologische grootmoeder gevonden die oprecht om me leek te geven.

Ik vroeg me af of ik moest proberen mijn moeder op te sporen. Vrijwel meteen besloot ik echter dat niet te doen. Uit wat Beatriz me had verteld, bleek duidelijk dat ik puur het biologische gevolg was van haar manier van leven en dus ongewenst was. Toch liet het me maar niet los dat ik in wezen hetzelfde had gedaan met mijn eigen kind. Hoe kon ik nou hard over mijn moeder oordelen of geloven dat ze nooit van me gehouden had, zonder dat ik precies wist onder welke omstandigheden ze die beslissing genomen had?

De gebeurtenissen van vandaag hadden me echter wel duidelijk gemaakt dat ik iets voor mijn zoon wilde achterlaten wat verklaarde waarom ik had besloten hem af te staan. Hij had geen ketting met een maansteen of een grootouder die hem wanhopig graag wilde adopteren. Geen aanwijzingen over waar hij vandaan kwam. Zoals Floriano had gezegd, was het goed mogelijk dat zijn adoptieouders hem het ware verhaal over zijn geboorte niet hadden verteld. Maar voor het geval ze dat wel hadden gedaan of later alsnog zouden doen, voor het geval dat hij naar me op zoek ging, wilde ik zorgen dat hij een spoor kon volgen.

Net zoals Pa Salt dat had gedaan voor zijn zes dochters.

Nu begreep ik waarom de coördinaten van Pa Salt me naar A Casa das Orquídeas hadden geleid en niet naar een weeshuis. Ook al was ik daar niet geboren, misschien had hij geweten dat ik Beatriz zou vinden, het enige biologische familielid dat genoeg om me had gegeven om me te zoeken.

Voor de zoveelste keer vroeg ik me af waarom Pa Salt in Rio was geweest rond de tijd dat ik werd geboren en waarom hij, van alle baby's die hij had kunnen adopteren, voor mij had gekozen. Beatriz had niet gezegd dat ik een tegeltje van speksteen bij me had toen ik te vondeling werd gelegd. Dus hoe had Pa Salt dat in handen gekregen?

Nog een raadsel waar ik nooit antwoord op zou krijgen. Ik vond dat ik me niet steeds moest afvragen 'waarom' en me er gewoon bij neer moest leggen dat ik gezegend was met een geweldige mentor en liefhebbende vader, die er altijd voor me was geweest als ik hem nodig had. En dat ik moest leren vertrouwen op de goedheid van anderen.

Natuurlijk moest ik daardoor weer aan Floriano denken.

Automatisch keek ik uit het raam naar de lucht. Intussen vloog hij al ergens boven de Atlantische Oceaan. Nadat ik veertien jaar in een vacuüm had geleefd, zonder ergens over te willen nadenken, was het vreemd dat ik nu zo veel emoties te verwerken kreeg. Mijn gevoelens voor Floriano waren uit het niets gekomen, zoals de strakke knop van een roos 's nachts op magische wijze tot bloei komt. Het was overweldigend, maar tegelijkertijd leek het heel vanzelfsprekend.

Ik kon niet ontkennen dat ik hem miste. Dit was geen bevlieging, hij was een deel van mij geworden. Op de een of andere manier wist ik dat hij het ook zo ervoer. In plaats van wanhoop voelde ik een soort berusting bij de wetenschap dat er iets tussen ons was opgebloeid dat gekoesterd moest worden zodat het niet verwelkte.

Ik pakte mijn laptop, klapte die open en schreef zoals beloofd een e-mail naar Floriano. Zo kort en bondig mogelijk legde ik hem uit wat Beatriz me vanochtend had verteld en dat ik morgen terugging naar het klooster om haar weer te zien.

Normaal gesproken zou ik aarzelen over hoe ik de mail moest afsluiten, nu volgde ik mijn instinct. Zonder er nog iets aan te veranderen klikte ik op 'verzenden'. Daarna verliet ik het hotel en stak de straat over voor een duik in de golven bij het strand van Ipanema.

De volgende ochtend stond Yara me op te wachten in de hal van het klooster, net als de dag ervoor. Vandaag begroette ze me echter met een stralende glimlach en pakte verlegen mijn hand beet. 'Bedankt, senhorita.'

'Waarvoor?'

'Omdat u de ogen van Senhora Beatriz weer laat sprankelen. Al is het maar voor even. Gaat het een beetje met u na wat ze gezegd heeft?'

'Eerlijk gezegd was het niet wat ik ervan verwacht had, maar ik red me wel.'

'Ze had niet zo'n dochter verdiend, en u niet zo'n moeder,' mompelde Yara op verbeten toon.

'Het gebeurt zo vaak dat we niet krijgen wat we verdienen.

Hopelijk krijgen we dat in de toekomst wel,' zei ik, bijna in mezelf, terwijl ik achter haar aan de gang door liep.

'Senhora Beatriz ligt in bed, maar wil u toch graag zien. Zullen we naar binnen gaan?'

'Ja.'

Voor het eerst liepen we samen de kamer in, zonder dat Yara eerst moest kijken of haar mevrouw klaar was om me te ontvangen.

Beatriz lag in bed en zag er ontzettend breekbaar uit. Zodra ze me zag, begon ze echter te glimlachen. 'Maia.' Ze gebaarde dat Yara een stoel bij het bed moest trekken. 'Ga toch zitten. Hoe gaat het met je, liefje? Ik heb me vannacht zorgen om je gemaakt. Je zult wel geschrokken zijn van wat ik je allemaal te vertellen had.'

'Het gaat wel, Beatriz, echt.' Ik ging zitten en gaf aarzelend een klopje op haar hand.

'Gelukkig maar. Je komt op me over als een sterke vrouw, daar heb ik bewondering voor. Maar goed, genoeg over vroeger. Ik wil het over jou hebben. Vertel eens, waar woon je? Ben je getrouwd? Heb je al kinderen? Werk je?'

Het half uur daarna vertelde ik haar alles over mezelf wat ik maar kon bedenken. Over Pa Salt, mijn zussen en ons prachtige huis aan de rand van het Meer van Genève. Over mijn carrière als vertaler. Bijna kwam ik in de verleiding om haar over Zed te vertellen en haar in vertrouwen te nemen over de zwangerschap en de baby die ik had afgestaan. Instinctief voelde ik echter aan dat ze alleen wilde horen dat ik gelukkig was, dus besloot ik er niet over uit te weiden.

'Hoe zit het met de toekomst? Vertel eens over die knappe man met wie je naar A Casa kwam. Hij is een bekend figuur in Rio. Zijn jullie gewoon vrienden?' Sluw nam ze me op. 'Volgens mij is er iets meer tussen jullie.'

'Ja, ik vind hem leuk,' bekende ik.

'Wat ga je nu doen, Maia? Ga je terug naar Genève of blijf je in Rio, bij je jongeman?'

'Toevallig is hij gisterochtend naar Parijs vertrokken.'

'Ah, Parijs!' Verrukt klapte ze in haar handen. 'Daar heb ik een aantal van de gelukkigste momenten van mijn leven beleefd. En zoals je weet is je overgrootmoeder er als jong meisje ook geweest. Je zult haar beeld wel in de tuin hebben zien staan, dat mijn vader als huwelijkscadeau uit Parijs heeft laten overkomen?'

'Ja, dat heb ik gezien,' antwoordde ik luchtig, benieuwd waar dit gesprek heen ging.

'Toen ik in Parijs aan de Beaux-Arts studeerde, was de maker van dat beeld een van mijn professors. Op een dag na de les stelde ik mezelf aan hem voor en zei dat ik Izabela's dochter was. Tot mijn verbazing zei professor Brouilly dat hij zich haar nog goed kon herinneren. Hij leek echt aangedaan toen ik hem vertelde dat ze was overleden. Daarna heeft hij me onder zijn hoede genomen, of in ieder geval leek hij oprechte interesse in me te hebben. Hij nodigde me uit in zijn prachtige woning in Montparnasse en nam me mee uit lunchen in La Closerie des Lilas. Volgens hem had hij daar ook een keer heerlijk geluncht met mijn moeder. Hij nam me zelfs mee naar het atelier van professor Landowski om me voor te stellen aan de grote man zelf. Tegen die tijd was Landowski natuurlijk al op leeftijd en werkte hij nog amper, maar hij liet me foto's zien uit de tijd dat de mallen voor de Cristo werden gemaakt in zijn atelier. Blijkbaar is mijn moeder daar ook geweest toen Landowski en professor Brouilly eraan werkten. Hij liet me zelfs een mal zien die hij volgens hem van de handen van mijn moeder had gemaakt, als prototype voor de handen van de Cristo.' Bij de herinnering verscheen er een warme lach op Beatriz' gezicht. 'Professor Brouilly was zo aardig voor me en stak zo veel tijd in me. Daarna zijn we elkaar blijven schrijven, tot aan zijn dood in 1965. Genegenheid uit onverwachte hoek,' mijmerde ze. 'Dus Maia, treed jij in de voetsporen van je overgrootmoeder en grootmoeder en ga je van Rio naar Parijs? Tegenwoordig is het een stuk eenvoudiger om er te komen. De overtocht kostte mij en mijn moeder bijna zes weken. Morgen rond deze tijd kun je al in La Closerie des Lilas aan de absint zitten. Maia? Luister je wel?'

Na wat Beatriz me zojuist verteld had, kon ik geen woord uitbrengen. Geen wonder dat Yara zo had getwijfeld of ze me over mijn verleden moest inlichten. Het was duidelijk dat Beatriz geen flauw benul had wie haar echte vader was.

'Ja, misschien doe ik dat wel,' zei ik snel.

'Mooi zo.' Beatriz leek in haar nopjes met mijn antwoord. 'Nu moeten we het helaas over serieuzere zaken hebben, Maia. Vanmiddag heb ik een afspraak met een *notário*. Ik ben van plan mijn testament te herzien en het grootste gedeelte van mijn bezittingen aan jou na te laten. Helaas heb ik je niet veel te bieden, alleen een huis dat op instorten staat en waarvan de renovatie honderdduizenden reais zal kosten. Zo veel geld heb je vast niet, dus misschien verkoop je het liever. In dat geval moet je weten dat ik daar geen enkel bezwaar tegen heb. Alleen heb ik wel één voorwaarde: dat je zorgt dat Yara er tot aan haar dood kan blijven wonen. Ik weet hoe bang ze is voor de toekomst en ik wil dat ze zich nergens zorgen over hoeft te maken. A Casa is net zo goed haar huis als het mijne. Zelf erft ze ook iets, een geldbedrag waarvan ze de rest van haar leven zou moeten kunnen rondkomen. Mocht dat niet het geval zijn, dan vertrouw ik erop dat jij haar helpt. Ze is mijn beste vriendin, zie je. We zijn als zusjes met elkaar opgegroeid.'

'Natuurlijk doe ik dat,' zei ik, mijn tranen verbijtend.

'Ik heb ook nog wat juwelen die van mij en je overgrootmoeder zijn geweest. En de Fazenda Santa Tereza, het huis waar mijn moeder is opgegroeid. Ik heb een kleine stichting die vrouwen uit de favela's helpt. De plantage wordt tegenwoordig gebruikt als opvangcentrum voor hen. Als je dat draaiende zou kunnen houden, zou ik daar heel blij mee zijn.'

'Natuurlijk wil ik dat, Beatriz,' fluisterde ik met een brok in mijn keel. 'Maar dit verdien ik helemaal niet. Je hebt vast wel vrienden of familie...'

'Maia! Hoe kun je nou zeggen dat je het niet verdient?' Ze klonk onverwacht heel fel. 'Je moeder heeft je als baby afgestaan en je daarmee je erfdeel ontzegd, wat vroeger heel wat voorstelde in Rio. Jij bent een nazaat van de familie Aires Cabral en hoewel met geld niet goed te maken valt wat je bent kwijtgeraakt, is dit wel het minste wat ik kan doen. Ik moet dit doen,' benadrukte ze.

'Dank u, Beatriz.' Ik zag dat ze geagiteerd raakte en wilde haar niet nog erger van streek maken.

'Ik vertrouw erop dat je verstandig met je erfenis zult omspringen.' Ze kromp weer in elkaar van de pijn.

'Zal ik de verpleegster roepen?'

'Even wachten nog. Misschien kom je nu in de verleiding om tegen me te zeggen dat je tot het einde toe bij me wilt blijven, maar ik zeg je alvast dat ik niet wil dat je na vandaag nog bij me op bezoek komt. Ik weet wat me te wachten staat en wil niet dat je me ziet wegkwijnen, zeker niet nu je de dood van je adoptievader nog niet verwerkt hebt. Yara is bij me, meer heb ik niet nodig.'

'Maar Beatriz...'

'Niks te maren, Maia. De pijn is inmiddels zo heftig dat ik de verpleegster vanmiddag voor het eerst om morfine ga vragen. Dan zal het einde niet lang meer op zich laten wachten. Dus...' Ze dwong zichzelf om te glimlachen. 'Ik ben gewoon blij dat ik mijn laatste heldere momenten met mijn prachtige kleindochter heb kunnen doorbrengen. Want prachtig ben je, lieve Maia. Ik wens je het allerbeste toe voor de toekomst. Maar ik hoop vooral dat je liefde zult vinden. Dat is het enige wat het leven draaglijk maakt. Onthoud dat alsjeblieft. En laat nu die verpleegster maar komen.'

Even later omhelsde ik Beatriz en namen we definitief afscheid van elkaar. Terwijl ik de kamer uit liep zag ik dat haar oogleden al dicht begonnen te vallen, al zwaaide ze nog wel zwakjes voordat ik de deur achter me dichttrok. Ik liet me op het bankje zakken, sloeg mijn handen voor mijn gezicht en begon zachtjes te snikken. Even later voelde ik dat er een arm om me heen werd geslagen en zag ik dat Yara naast me was komen zitten.

'Ze heeft nooit geweten dat Laurent Brouilly haar vader was, hè?'

'Nee, Senhorita Maia.'

Yara pakte mijn hand beet en zo bleven we zitten, allebei verdrietig om de tragiek van de situatie.

Nadat ik mijn adres, telefoonnummer en e-mailadres voor Yara op een velletje papier had geschreven, liep ze met me mee naar de auto die stond te wachten. 'Dag senhorita. Ik ben blij dat jullie alles hebben uitgepraat voordat het te laat was.'

'Dat heb ik aan u te danken, Yara. Beatriz boft maar met iemand als u.'

'En ik met haar.'

Ik stapte in de auto. 'Laat u het me weten als ze...' Ik kon me er niet toe zetten de woorden hardop uit te spreken.

'Natuurlijk. Ga nu maar verder met uw leven, senhorita. Zoals u wel uit het verhaal van uw eigen familie hebt kunnen opmaken, is elk moment heel kostbaar.'

Ik nam Yara's wijze raad ter harte en bekeek in het hotel mijn e-mails met veel meer enthousiasme dan gewoonlijk. Toen ik zag dat Floriano had gereageerd, moest ik glimlachen. Hij schreef dat Parijs heerlijk was, maar dat hij een tolk nodig had omdat zijn Frans zo slecht was.

Ik heb ook iets ontdekt wat je moet zien, Maia. Laat me alsjeblieft weten wanneer je komt.

Ik moest lachen toen ik dat las, want hij vroeg niet óf ik kwam maar wanneer. Meteen belde ik naar de receptie om te vragen of ze konden checken of er nog plaats was op een vlucht van Rio naar Parijs. Tien minuten later belden ze terug om te zeggen dat er alleen plaats was in de first class. Hoewel ik bij het horen van de prijs even moest slikken, zei ik dat ze mochten boeken. Ik dacht dat Pa Salt, Beatriz en Bel dat wel zouden kunnen waarderen.

Nadat ik had opgehangen liep ik het hotel uit, naar de markt in Ipanema, en kocht een paar 'ongepaste' jurken waar de oude Maia van gegruwd zou hebben. Maar dit was de nieuwe Maia, die dacht dat er misschien, heel misschien, een man van haar hield en die er alles aan wilde doen om er voor hem op haar best uit te zien.

Geen verstoppertje meer, hield ik mezelf voor terwijl ik ook twee paar schoenen met hakken kocht en naar een drogisterij liep om een paar geurtjes uit te proberen, iets wat ik al jaren niet meer had gedaan. Ook kocht ik een nieuwe rode lippenstift.

Die avond ging ik naar het dakterras van het hotel om een laatste glimp van de Cristo op te vangen voordat de zon onderging. Nippend van een glas koele witte wijn dankte ik Hem en de hemel omdat ik mezelf weer gevonden had.

Toen ik de volgende ochtend vroeg met Pietro uit Rio vertrok, keek ik achterom naar Hem, hoog boven me op de Corcovado. Op de een of andere manier wist ik heel zeker dat Hij me binnenkort weer met open armen zou verwelkomen.

50

'Hallo?' zei een bekende stem aan de andere kant van de lijn.

'Ma, met mij, Maia.'

'Maia! Hoe gaat het met je, chérie? Ik heb al in geen eeuwen iets van je gehoord,' zei Marina een tikje verwijtend.

'Ja, het spijt me dat ik zo weinig contact heb gehouden, Ma. Ik had het nogal druk.' Ik probeerde niet te giechelen toen er een hand langs mijn blote buik omhoogkroop. 'Ik wilde alleen even zeggen dat ik morgen tegen etenstijd thuis ben. En...' Ik slikte moeizaam voordat ik met mijn mededeling op de proppen kwam. '... dat ik een gast meeneem.'

'Zal ik een kamer gereedmaken in het huis, of slaapt ze bij jou in het Paviljoen?'

'Mijn gast slaapt bij mij in het Paviljoen.' Glimlachend keek ik naar Floriano.

'Geweldig,' zei ze opgewekt. 'Zal ik voor jullie koken?'

'Nee, doe maar geen moeite. Ik bel je morgen nog wel om door te geven hoe laat Christian ons moet komen ophalen.'

'Dan wacht ik je telefoontje af. Tot dan, chérie.'

'Tot dan.' Ik legde de hoorn terug op het toestel op het nachtkastje en liet me weer in Floriano's armen vallen, me afvragend wat hij wel niet zou denken van de plek waar ik was opgegroeid. 'Niet schrikken als je mijn huis ziet, hoor, en niet denken dat ik verwaand ben of zo. Ik was vroeger gewoon niet anders gewend.'

'Querida,' zei hij terwijl hij me in zijn armen nam, 'ik vind het fascinerend om te zien hoe je nu leeft. Maar vergeet niet dat ik weet waar je vandaan komt. En nu, op onze laatste dag in Parijs, wil ik je meenemen om je iets bijzonders te laten zien.'

'Moet dat echt?' Ik kroop lui tegen hem aan.

'Dat lijkt me wel beter,' zei hij. 'Over een poosje, tenminste...'

Twee uur later kleedden we ons aan en liepen het hotel uit, waarna Floriano een taxi aanhield. Het lukte hem zelfs de chauffeur een verstaanbaar adres op te geven in het Frans.

'Moeten we in de buurt van de Champs-Élysées zijn?' vroeg ik, zowel ter bevestiging voor de chauffeur als voor mezelf.

'Ja. Vertrouw je soms niet op mijn beheersing van mijn nieuwe lievelingstaal?' Hij glimlachte.

'Natuurlijk wel,' zei ik. 'Maar weet je zeker dat je een park bedoelde?'

'Stil nou maar, Maia.' Hij legde een vinger tegen mijn lippen. 'Vertrouw me.'

En ja hoor, we kwamen uit bij een stukje groen aan de Avenue de Marigny. Floriano rekende af, pakte mijn hand en voerde me mee over een pad naar het midden van de tuinen. Er stond een mooie fontein en Floriano wees naar het bronzen beeld van een naakte vrouw dat erbovenop stond. In Parijs had ik al wel meer erotische kunst gezien, dus keek ik Floriano zijdelings aan.

'Kijk naar haar, Maia, en vertel me wie dat is.'

Ik deed wat hij van me vroeg en opeens zag ik het. Izabela, mijn overgrootmoeder, naakt en sensueel, met haar hoofd in extase achterover geworpen en met haar handen uitgestrekt naar de hemel.

'Zie je het nu?'

'Ja,' fluisterde ik.

'Dan zal het je niet verbazen dat ik heb ontdekt dat dit beeld gemaakt is door niemand minder dan professor Laurent Brouilly, je overgrootvader. Volgens mij was dit zijn stille eerbetoon aan zijn liefde voor je overgrootmoeder. Moet je eens naar haar handen kijken.'

Ik keek naar de handpalmen en ranke vingers. En inderdaad, ik zag het.

'Natuurlijk zijn ze een stuk kleiner, maar ik heb ze vergeleken met de handen van de Cristo en ben ervan overtuigd dat ze identiek zijn. Later zal ik je de foto's wel laten zien, al is er voor mij geen twijfel mogelijk. Zeker aangezien dit het parkje is waarover Izabela aan Loen schreef dat ze hier Laurent voor het laatst had gezien voordat ze uit Parijs vertrok.'

Ik keek omhoog naar Izabela en vroeg me af wat ze ervan zou vinden als ze kon zien hoe ze was vereeuwigd: niet meer als de onschuldige maagd van het eerste beeld, maar subtiel en sensueel, door een man die echt van haar had gehouden. Door de vader die vanwege een speling van het lot later alsnog de kans had gekregen om de dochter die ze samen hadden verwekt te leren kennen en lief te hebben.

Toen we uiteindelijk wegliepen, legde Floriano een arm om mijn schouder. 'Maia, wij nemen hier geen afscheid van elkaar, zoals Bel en Laurent moesten doen. Je mag nooit denken dat we dat ooit zullen doen. Begrijp je dat?'

'Ja.'

'Mooi, dan kunnen we weg uit Parijs. En op een dag,' fluisterde hij in mijn oor, 'schrijf ik een prachtig boek als eerbetoon aan jóú.'

Ik hield Floriano's reactie nauwlettend in de gaten toen we in volle vaart over het Meer van Genève naar mijn huis voeren. Het voelde alsof ik maanden was weggeweest, al waren het in werkelijkheid slechts drie weken. Op het meer wemelde het van de bootjes waarvan de zeilen in de wind opbolden als de vleugels van een engel. Na zes uur 's avonds was het nog steeds warm en de zon hing als een stralende gouden bol boven ons in de strakblauwe lucht. Terwijl ik in de verte zich de bekende bomenrij zag aftekenen, voelde het alsof ik een heel leven achter de rug had sinds ik Atlantis had verlaten.

Christian stuurde de motorsloep naar de aanlegsteiger, legde hem vast en hielp ons allebei met uitstappen. Ik zag Floriano aanstalten maken om onze bagage te pakken, maar Christian hield hem tegen. 'Nee, monsieur. Die spullen kom ik straks wel naar het huis brengen.'

'Meu Deus!' riep hij uit toen we over het gras liepen. 'Je bent dus echt een prinses die terugkeert naar haar kasteel.' Het klonk plagerig.

In het grote huis stelde ik hem voor aan Marina, die haar verbazing probeerde te verbergen over het feit dat mijn gast een 'hij' was en geen 'zij'. Daarna gaf ik hem een rondleiding door het huis en de tuinen. Door zijn reactie zag ik pas weer hoe mooi het hier eigenlijk was.

Terwijl de zon achter de bergen aan de overkant van het meer begon te zakken, togen we met een glas witte wijn voor mij en een biertje voor hem naar de geheime tuin van Pa Salt aan de waterkant. Het was er een waar kleurenspektakel; in juli stonden alle planten en bloemen volop in bloei. Vandaag deed het me denken aan een beroemde tuin die ik ergens in het zuiden van Engeland had gezien tijdens mijn bezoek aan Jenny en haar ouders. Alles lag er perfect bij, de bloemperken werden omzoomd door keurig geknipte buxushaagjes.

We gingen samen op het bankje onder de prachtige, heerlijk geurende rozenboog zitten vanwaar we uitzicht hadden over het water – het plekje waar ik mijn vader zo vaak in gedachten verzonken had aangetroffen – en proostten met elkaar.

'Op je laatste avond in Europa,' zei ik met licht overslaande stem. 'En op het succes van je boek. Als het in de eerste week in Frankrijk al op nummer zes in de bestsellerlijst staat, stijg je misschien nog wel naar de eerste plaats.'

'Je weet maar nooit.' Floriano haalde nonchalant zijn schouders op, al wist ik dat hij overweldigd was door de positieve reacties in de Franse media en de boekhandels. 'En dat natuurlijk allemaal dankzij de prachtige vertaling.' Opeens wees hij naar het midden van het terras. 'Wat is dat?'

'Het heet een armillarium. Volgens mij had ik je al eens verteld dat het hier kort na de dood van Pa Salt is neergezet. Al onze namen staan op een ring gegraveerd, plus coördinaten voor elke zus. En een inscriptie in het Grieks.'

Floriano stond op en liep erheen om eens goed te kijken. 'Hier sta jij.' Hij wees naar een van de ringen. 'Wat betekent de inscriptie?'

'"Laat angst nooit je lot bepalen"', zei ik met een ironisch glimlachje.

'Zo te horen kende je vader je goed.' Hij keek weer naar het armillarium. 'En deze ring dan? Daar staat niets op.'

'Nee. Pa heeft ons vernoemd naar het gesternte van de Zeven Zusters, maar hoewel we allemaal verwacht hadden nog een zus te krijgen, is die er nooit gekomen. Dus we zijn altijd maar met z'n zessen geweest. En nu komt er nooit meer een zevende,' mijmerde ik verdrietig.

'Wat een prachtig afscheidscadeau aan zijn dochters. Je vader lijkt me een interessante man.' Floriano ging weer naast me zitten.

'Dat was hij ook, al ben ik na zijn dood tot het besef gekomen dat we eigenlijk maar heel weinig van hem wisten. Hij was een raadsel.' Ik haalde mijn schouders op. 'Eerlijk gezegd vraag ik me nog steeds af wat hij in Brazilië te zoeken had toen ik geboren werd. En waarom hij mij heeft uitgekozen.'

'Dan kun je je net zo goed afvragen waarom een ziel zijn ouders uitkiest of waarom jij bent uitgekozen om mijn boek te vertalen, waar het voor ons allemaal mee begon. Het leven is willekeurig, Maia, een loterij.'

'Misschien wel, maar geloof jij in het lot?' vroeg ik.

'Een maand geleden had ik nog gezegd van niet. Maar ik zal je een geheimpje verklappen.' Hij pakte mijn hand. 'Vlak voordat ik jou ontmoette, was het de sterfdag van mijn vrouw en zat ik diep in de put. Vergeet niet dat ik net als jij al een hele tijd alleen was. Ik weet nog dat ik op de rand van mijn dakterras naar de Cristo en de sterren daarboven stond te turen. Ik praatte met Andrea en vroeg haar iemand naar me toe te sturen die me een reden zou geven om door te gaan. Een dag later stuurde mijn uitgever je e-mail naar me door om te vragen of ik je onder mijn hoede wilde nemen in Rio. Dus ja, Maia, ik denk dat je naar me toe gestuurd bent. En ik naar jou.' Hij gaf een kneepje in mijn hand, zoals altijd als het hem even te serieus werd, en zorgde voor een vrolijke noot. 'Maar nu ik heb gezien hoe jij hier leeft, verwacht ik je de eerstkomende tijd nog niet terug in mijn flatje.'

Uiteindelijk liepen we terug en sneed Marina ons de pas af naar het Paviljoen, ook al had ik gezegd dat ze niet voor ons hoefde te koken.

'Mochten jullie trek hebben, Claudia heeft bouillabaisse gemaakt die in de keuken op het warmhoudplaatje staat.'

'Ik lust wel wat,' zei Floriano gretig. 'Dank je, Marina. Eet jij ook mee?' vroeg hij in haperend Frans.

'Nee, dank je, Floriano. Ik heb al gegeten.'

In de keuken aten we van de heerlijke bouillabaisse, ons er opeens van bewust dat dit ons laatste avondmaal samen was. Hij was al langer dan gepland in Europa gebleven en hoewel Valentina's grootouders met liefde hadden opgepast, wist ik dat hij terug moest naar zijn dochter. En ik... Tja, ik wist nog niet wat ik ging doen.

Na het eten nam ik hem mee naar de studeerkamer van Pa om hem de foto van Pa Salt en zijn zes dochters te laten zien die ik het mooist vond. Ik wees al mijn zussen voor hem aan.

'Jullie zijn allemaal zo verschillend,' merkte hij op. 'Je vader was ook een aantrekkelijke man om te zien, hè?' Hij zette de foto weer op de plank. Terwijl hij dat deed, viel zijn blik ergens anders op. Een paar tellen lang bleef hij er strak naar staren. 'Maia, heb je dit al eens gezien?' Hij wenkte me en wees naar het beeldje op de plank, een van de schatten die Pa Salt in zijn leven had vergaard. Zodra ik ernaar keek, begreep ik waarom hij het vroeg.

'Ja, heel vaak, maar het is gewoon een kopie van de Cristo.'

'Dat weet ik zo net nog niet... Mag ik het pakken?'

'Natuurlijk.' Ik vroeg me af waarom hij zo veel interesse had in een beeldje dat waarschijnlijk in elke souvenirwinkel in Rio voor een paar reais te koop was.

'Kijk eens hoe gedetailleerd het is.' Met zijn vingers streek hij over de groeven in het gewaad van de Cristo. 'En kijk hier eens.' Hij wees naar de voet, waar een inscriptie in bleek te staan.

Landowski

'Maia,' zei hij, met grote ogen van verwondering. 'Dit is geen massaproductie. Het is gesigneerd door de beeldhouwer zelf! Weet je nog dat Bel aan Loen schreef dat Heitor da Silva Costa miniatuurtjes liet maken door Landowski voordat ze een definitief ontwerp uitkozen? Hier.'

Hij gaf het beeldje aan mij en ik nam het voorzichtig aan, verbaasd dat het zo zwaar was. Met mijn vingers volgde ik de zorgvuldig aangebrachte lijnen van het gezicht en de handen van de Cristo. En ik wist dat Floriano gelijk had; dit was het werk van een meester.

'Hoe is Pa hier in vredesnaam aan gekomen? Heeft hij het op een veiling gekocht? Van een vriend gekregen? Of... Ik heb echt geen idee,' zei ik gefrustreerd.

'Dat zou allebei kunnen. Maar behalve de beeldjes die in het bezit zijn van de familie Landowski, zijn de enige andere beeldjes waarvan we op de hoogte zijn in handen van de erfgenamen van Heitor da Silva Costa. Natuurlijk zou er een expert naar moeten kijken, maar wat een vondst!'

De opwinding stond in zijn ogen te lezen. Ik begreep dat hij er als historicus naar keek, terwijl ik alleen probeerde te bedenken hoe mijn vader eraan was gekomen.

'Het spijt me, Maia, ik laat me weer eens te veel meeslepen,' zei Floriano. 'Waarschijnlijk wil je het beeldje hoe dan ook houden. Zou iemand er bezwaar tegen hebben als we het vanavond meenamen naar het Paviljoen? Ik wil er graag nog een tijdje naar kijken.'

'Natuurlijk mag dat. Alles in dit huis is nu van mij en mijn zussen en ik denk niet dat de anderen er iets op tegen zouden hebben.'

'Laten we dan naar bed gaan,' fluisterde hij, terwijl hij teder met zijn vingers langs mijn wang streek.

Die nacht sliep ik slecht, de gedachte dat Floriano morgen zou vertrekken stemde me somber. Hoewel ik mezelf steeds had voorgehouden dat ik niet te ver vooruit wilde kijken binnen onze relatie, merkte ik naarmate de uren tot de ochtend voorbij kropen dat dat niet lukte. Toen ik me omdraaide, zag ik dat Floriano vredig naast me lag te slapen. Daarna bedacht ik dat mijn leven zodra hij weg was weer precies zou worden zoals het was geweest voordat ik naar Rio was vertrokken.

Floriano en ik hadden het amper over de toekomst gehad en al helemaal geen concrete plannen gemaakt. Al wist ik dat hij gevoelens voor me had, omdat hij dat vaak gezegd had tijdens het vrijen, was onze relatie nog heel pril. En aangezien we allebei aan een andere kant van de wereld woonden, moest ik me erbij neerleggen dat de kans groot was dat ons contact zou verwateren en niet méér zou worden dan een dierbare herinnering.

Ik was dolblij toen de wekker ging en die lange nacht eindelijk achter de rug was. Terwijl Floriano bleef doezelen, sprong ik meteen onder de douche, bang voor wat hij zou zeggen nu onze wegen zich scheidden. Haastig kleedde ik me aan en zei tegen hem dat ik naar de keuken ging om het ontbijt klaar te maken, omdat Christian over twintig minuten bij de motorsloep zou staan te wachten. Toen hij even later in de keuken verscheen, maakte ik me uit de voeten met de smoes dat ik naar het hoofdgebouw moest en dat ik hem over tien minuten bij de aanlegsteiger zou zien.

'Maia, alsjeblieft...' riep hij nog, maar ik was de voordeur al uit en haastte me over het pad naar het huis. Eenmaal daar kon ik Marina of Claudia niet onder ogen komen en sloot ik mezelf op in de garderobekast beneden, waar ik de seconden aftelde op mijn horloge zodat het moment van afscheid nemen maar snel voorbij zou zijn. Met nog een paar minuten te gaan voordat de sloep vertrok, kwam ik weer tevoorschijn, liep door de voordeur het gras over en zag dat Floriano al bij de aanlegsteiger met Marina stond te praten.

'Waar zat je, chérie? Je vriend moet meteen met de sloep mee, anders mist hij zijn vlucht.' Marina keek me even vragend aan en wendde zich vervolgens tot Floriano. 'Het was me een genoegen en ik hoop dat we je binnenkort weer eens op Atlantis zien. Ik laat jullie alleen, dan kunnen jullie afscheid nemen.'

'Maia,' zei Floriano zodra Marina weg was. 'Wat is er toch?'

'Niks, niks... Christian wacht op je. Je kunt beter gaan.'

Hij deed zijn mond open om iets te zeggen, maar ik liep abrupt voor hem langs over de aanlegsteiger naar de sloep, zodat hij wel achter me aan moest komen. Christian hielp hem in te stappen en startte de motor.

'Adeus, Maia,' zei Floriano met een triestte blik in zijn ogen. De sloep kwam los van de steiger, de motor ronkte luidruchtig. 'Ik schrijf je nog!' riep hij boven het gebrul uit. Daarna zei hij nog iets wat ik niet kon verstaan omdat de sloep al te ver weg was bij Atlantis. En bij mij.

Met mijn ziel onder mijn arm liep ik terug naar het huis, mezelf verwijtend dat ik me zo kinderachtig had gedragen. Ik was verdorie een volwassen vrouw, ik had toch van het begin af aan geweten dat afscheid nemen onvermijdelijk was. Verstandelijk wist ik dat ik automatisch zo reageerde vanwege mijn verleden, omdat het verdriet van de breuk met Zed na al die jaren nog steeds door mijn ziel sneed.

Voor het Paviljoen stond Marina me op te wachten, met over elkaar geslagen armen en een frons op haar voorhoofd. 'Waar sloeg dat nou op, Maia? Hebben jullie ruzie gehad? Floriano leek me zo'n aardige man. Je hebt hem amper gedag gezegd. We wisten geen van beiden waar je uithing.'

'Ik moest iets doen. Het spijt me.' Ik haalde mijn schouders op, als een opstandige tiener die een standje had gekregen. 'Trouwens, ik ga naar Georg Hoffman in Genève. Kan ik nog iets voor je meebrengen?' veranderde ik nadrukkelijk van onderwerp.

Marina keek me aan met iets van wanhoop in haar ogen. 'Nee, dank je, schat. Ik heb niets nodig.'

Toen ze wegliep, voelde ik me al net zo belachelijk als dat ik me tegenover Floriano had gedragen.

Het bedrijfspand van Georg Hoffman bevond zich in de zakelijke wijk van Genève, in een zijstraat van de Rue Jean-Petitot. Zijn kantoor was gestroomlijnd en modern, met enorme kamerhoge ramen die uitzicht boden op de haven in de verte.

'Maia.' Hij stond op achter zijn bureau om me te begroeten. 'Wat een leuke verrassing.' Glimlachend voerde hij me mee naar een zwarte leren sofa, en we gingen allebei zitten. 'Ik hoorde dat je weg bent geweest.'

'Dat klopt. Wie heeft dat gezegd?'

'Marina, natuurlijk. Zo, wat kan ik voor je betekenen?'

'Nou...' Ik schraapte mijn keel. 'Twee dingen, eigenlijk.'

'Juist.' Hij zette zijn vingers tegen elkaar. 'Brand los.'

'Heb jij enig idee hoe Pa Salt mij heeft uitgekozen als zijn eerste adoptiedochter?'

'Jeetje, Maia.' Verbaasd keek hij me aan. 'Ik was je vaders advocaat, niet zijn vertrouwenspersoon.'

'Maar jullie waren toch bevriend?'

'Dat klopt wel, wat mij betrof tenminste. Zoals je weet was je vader erg op zichzelf. Hoewel hij me volgens mij wel betrouwbaar vond, was ik in de eerste plaats een werknemer van hem en verkeerde ik niet in de positie om vragen te stellen. Ik hoorde pas over je toen hij contact met me opnam om je adoptie te laten vastleggen bij de Zwitserse autoriteiten en om de nodige formulieren in te vullen voor je eerste paspoort.'

'Dus je hebt geen idee wat hij in Brazilië te zoeken had?' drong ik aan.

'Op persoonlijk vlak niet. Al had hij er natuurlijk wel zakelijke contacten, maar dat gold voor zo veel plekken in de wereld. Dus ik ben bang dat ik je wat dat betreft niet verder kan helpen.'

Teleurgesteld, zonder echt verbaasd te zijn over zijn antwoord, vroeg ik door.

'In Brazilië heb ik dankzij de aanwijzingen die Pa voor me heeft achtergelaten, kennisgemaakt met mijn grootmoeder, die een paar dagen terug helaas is komen te overlijden. Zij vertelde me dat mijn vader een vrouw bij zich had toen hij me kwam ophalen. In het weeshuis gingen ze ervan uit dat dat zijn echtgenote was. Is hij getrouwd geweest?'

'Nooit, voor zover ik weet.'

'Kan die vrouw destijds dan zijn vriendin zijn geweest?'

'Maia, neem me niet kwalijk, maar ik weet helemaal niks van het privéleven van je vader. Het spijt me dat ik je niet verder kan helpen. Wat wilde je verder nog met me bespreken?'

Omdat het duidelijk was dat ik op een dood spoor zat, moest ik me er wel bij neerleggen dat ik er nooit achter zou komen wat de omstandigheden omtrent mijn adoptie waren geweest. Daarom haalde ik diep adem om de moed te verzamelen voor wat ik nog meer wilde zeggen. 'Zoals ik net al zei, is mijn grootmoeder van moederskant pas overleden. Ze heeft me twee panden in Brazilië en een bescheiden geldbedrag nagelaten.'

'Ik begrijp het. Wil je dat ik de formaliteiten voor je afhandel?'

'Dat ook, maar bovendien wil ik zelf een testament opstellen. Om de panden na te laten aan een familielid.'

'Ik begrijp het. Dat is geen probleem. Trouwens, ik beveel het al mijn cliënten aan, ongeacht hun leeftijd. Als je een lijst maakt van wat je precies wilt nalaten en aan wie, inclusief kleine erfenisjes voor vrienden et cetera, dan kan ik er juridische taal van maken.'

'Dank je.' Even aarzelde ik, me afvragend hoe ik mijn volgende vraag zou verwoorden. 'Verder wilde ik nog vragen hoe moeilijk het is voor een ouder om een kind op te sporen dat hij of zij na de geboorte heeft afgestaan.'

Georg keek me bedachtzaam aan, maar leek niet op te kijken van de vraag. 'Extreem moeilijk, voor de ouder tenminste. Je kunt je wel indenken dat een kind dat geadopteerd is, zeker op jonge leeftijd, behoefte heeft aan geborgenheid. Adoptiebureaus nemen niet het risico dat de biologische ouders spijt krijgen en alsnog contact zoeken met het kind. Je snapt wel dat je daarmee voor veel onrust kunt zorgen. Voor de adoptieouders, die het kind als hun eigen kind beschouwen, kan het ook erg vervelend zijn als de biologische vader of moeder plotseling komt opdagen, tenzij dat op voorhand is afgesproken. Als het geadopteerde kind net als jij op zoek wil naar zijn biologische ouders zodra het meerderjarig is, dan is het een ander verhaal.'

Ik luisterde aandachtig. 'Als een adoptiekind zijn of haar biologische ouders wil opsporen, waar kan hij dan terecht?'

'Bij het adoptiebureau. Tegenwoordig worden die gegevens in Zwitserland heel goed bijgehouden. Daar zou hij naartoe gaan, of zij, natuurlijk.' Hij corrigeerde zichzelf onmiddellijk, maar ik zag zijn bleke wangen lichtroze kleuren. Op dat moment besefte ik dat hij het wist.

'En als een biologische ouder, puur hypothetisch, een testament wil laten opmaken om iets na te laten aan het kind dat hij of zij heeft afgestaan, wat gebeurt er dan?'

Ik zag dat Georg goed nadacht over zijn antwoord. 'Een advocaat zou dezelfde wegen bewandelen als het adoptiekind. Hij zou naar het adoptiebureau stappen en de situatie uitleggen. Als het kind boven de zestien is, wordt er van daaruit contact opgenomen met het kind, of liever gezegd met de jonge volwassene.'

'En als het kind nog geen zestien is?'

'Dan neemt het adoptiebureau contact op met de adoptieouders, die mogen beslissen of het kind er baat bij heeft om al over de erfenis ingelicht te worden.'

'Ik begrijp het.' Ik knikte, merkwaardig beheerst. 'Mocht het adoptiebureau het kind niet kunnen vinden, waardoor een advocaat minder conventionele methoden moet gebruiken om het kind op te sporen, hoe moeilijk is dat dan?'

Georg staarde me aan. Op dat moment stond in zijn ogen alles te lezen wat hij niet hardop kon zeggen. 'Voor een advocaat die zijn vak verstaat, is dat een fluitje van een cent.'

Ik zei tegen Georg dat ik zou doen wat we besproken hadden en een testament zou opstellen. Daarnaast zou ik hem een brief sturen die hij kon doorgeven in het geval dat een adoptiebureau of een man met de geboortedatum die ik hem had gegeven, contact zou zoeken. Nadat we dat hadden afgesproken, verliet ik zijn kantoor.

Eenmaal buiten had ik geen zin om naar huis te gaan voordat ik al deze nieuwe informatie had kunnen verwerken, dus koos ik een tafeltje uit in een café aan het meer en bestelde een biertje. Normaal gesproken vond ik bier hartstikke smerig, maar toen ik het flesje aan mijn lippen zette, zonder het glas te gebruiken dat de serveerster op tafel had gezet, deed de smaak me aan Rio denken en dat bood me troost.

Als Georg van het bestaan van mijn zoon afwist, had Pa Salt het ook geweten. Ik dacht terug aan de woorden in zijn afscheidsbrief aan mij waardoor ik zo van mijn stuk was gebracht.

Geloof me alsjeblieft als ik zeg dat familie álles is. En dat er op aarde geen sterkere kracht bestaat dan de liefde van een ouder voor zijn kind.

Terwijl ik in het zonnetje van mijn bier dronk, wist ik zeker dat ik nu terug zou kunnen gaan naar Georg om de waarheid uit hem te trekken. Hem vragen me precies te vertellen wie mijn zoon had geadopteerd en waar hij was. Maar Floriano had gelijk. Hoe graag ik mijn zoon ook wilde vertellen waarom ik hem had afgestaan en met mezelf in het reine wilde komen, dat zou egoïstisch zijn.

Opeens werd ik woedend bij de gedachte dat Pa Salt na zijn dood nog steeds mijn leven leek te bepalen. En misschien ook wel dat van mijn zoon.

Waar haalde hij het recht vandaan om dingen over mij te weten die ik zelf niet eens wist?

Toch, net als mensen die naar de kerk gaan om tot een onzichtbare macht te bidden waarop ze onvoorwaardelijk vertrouwen, puur vanuit hun geloof en niet op basis van feiten, voelde ik me getroost door de almogendheid van Pa Salt. Als mijn vader van de adoptie op de hoogte was geweest, en door het schuldbesef in Georgs ogen na zijn verspreking was ik daar heel zeker van, dan kon ik er in ieder geval van op aan dat mijn zoontje goed terecht was gekomen.

Mijn vader was niet degene die geen vertrouwen in onze relatie had gehad, maar ik. Het stond me ineens heel helder voor ogen dat hij had begrepen waarom ik hem niet in vertrouwen had willen nemen en zich daarbij neergelegd had. Hij had me vrijgelaten om zelf een keuze te maken en nu moest ik onder ogen zien dat mijn beslissing destijds niet alleen gebaseerd was op angst voor de reactie van Pa Salt. Ik had ook voor mezelf gekozen. Op mijn negentiende had ik nog maar net mijn vleugels uitgeslagen en was ik ervan overtuigd dat ik een stralende toekomst tegemoet ging. Het laatste wat ik wilde, was in mijn eentje een kind moeten grootbrengen. Misschien, mijmerde ik, had ik deze beslissing ook wel genomen als ik wél naar Pa was gegaan, alles had opgebiecht en de mogelijkheden met hem had besproken.

Ik dacht aan mijn eigen moeder. Ongeveer even oud, zo'n beetje met hetzelfde dilemma, alleen op een ander moment.

'Ik vergeef het je,' zei ik plotseling. 'Dank je wel,' voegde ik er nog aan toe, want wat haar motief ook was geweest, voor mij, haar dochter, had ze de juiste beslissing genomen.

Mijn gedachten dwaalden weer af naar Pa Salt. Onwillekeurig moest ik grinniken, want ik zag hem er best voor aan dat hij zelf de gesprekken had gevoerd met de adoptieouders van mijn zoon.

Misschien wel, misschien ook niet, maar terwijl ik daar van mijn biertje dronk, voelde ik voor het eerst sinds ik dertien jaar geleden mijn kindje op de wereld had gezet een soort berusting.

En nu? Ik realiseerde me dat Pa door mijn verleden prijs te geven, me ook een toekomst had geboden. Huiverend dacht ik terug aan de manier waarop ik Floriano vanmorgen had behandeld.

Maia, wat heb je gedaan?

Met mijn mobieltje belde ik Christian om hem te vragen over een kwartier naar de aanlegsteiger te komen. Nu ik door de drukke straten van Genève liep, verlangde ik terug naar de relaxte sfeer in Rio. De mensen daar werkten en maakten plezier en legden zich neer bij wat ze niet konden veranderen of begrijpen. Als ik mijn toekomst had verpest door me te laten leiden door mijn oude angsten, dan was dat mijn eigen schuld.

Want toen ik van de aanlegsteiger in de motorsloep stapte, was ik me ervan bewust dat mijn leven misschien gevormd was door gebeurtenissen waar ik geen invloed op had, maar dat ik zelf kon bepalen hoe ik daarmee omging.

Zodra de sloep aankwam bij Atlantis, werd ik begroet door een bekende en tegelijkertijd onverwachte verschijning.

'Verrassing!' Met gespreide armen kwam ze me tegemoet.

'Ally! Wat doe jij hier nou?'

'Geloof het of niet, maar dit is ook mijn huis,' zei ze grijnzend, waarna we arm in arm naar het huis liepen.

'Weet ik, alleen had ik je niet verwacht.'

'Ik was een paar dagen vrij, dus wilde ik kijken of Ma zich wel redde zonder jou. Sinds de dood van Pa zal zij het ook wel moeilijk hebben.'

Ik kon mezelf wel voor mijn kop slaan omdat ik zo egoïstisch was geweest. Tijdens mijn verblijf in Rio had ik Ma niet één keer gesproken. En sinds ik gisteren was thuisgekomen, had ik amper meer dan een terloops 'hallo' tegen haar gezegd.

'Wat zie je er goed uit, Maia! Ik hoorde dat je het druk hebt gehad.' Ally gaf me een vriendelijke por. 'Volgens Ma is er vannacht iemand bij je blijven slapen. Wie is het?'

'Gewoon iemand die ik uit Rio ken.'

'Nou, laten we een lekker koud drankje nemen, dan kun je me er alles over vertellen.'

We gingen aan de tafel op het terras zitten, in de zon. Naarmate mijn gebruikelijke terughoudendheid tegenover mijn 'perfecte' zus door haar sympathieke houding naar de achtergrond verdween, ontspande ik me een beetje en vertelde haar wat er in Brazilië was gebeurd.

'Wauw,' zei ze toen ik een slokje nam van de zelfgemaakte limonade waarvan Claudia wist dat we er dol op waren. 'Wat een avontuur. En wat dapper van je dat je daarheen bent gegaan om je voorgeschiedenis te leren kennen. Ik weet niet of ik het wel aan zou kunnen om erachter te komen waarom ik ter adoptie ben afgestaan, ook al ben ik nog zo goed terechtgekomen bij Pa Salt en al mijn zussen. Vond je het niet pijnlijk om de verhalen van je grootmoeder over je moeder te horen?'

'Natuurlijk wel, maar ik heb er begrip voor. Ally, ik wil je nog iets vertellen. Misschien had ik dat al heel lang geleden moeten doen...'

Ik vertelde haar over mijn zoon en de loodzware beslissing om hem af te staan.

Mijn zus leek oprecht geschokt en de tranen sprongen haar in de ogen. 'Maia, wat vreselijk dat je dat allemaal in je eentje hebt moeten doorstaan. Waarom heb je niks tegen me gezegd? Ik ben je zus! Ik dacht altijd dat we een goede band hadden. Als je het me had verteld, had ik er voor je kunnen zijn.'

'Dat weet ik, maar jij was pas zestien. Trouwens, ik schaamde me.'

'Wat moet jij het zwaar hebben gehad,' verzuchtte ze. 'Mag ik weten wie de vader is?'

'O, die ken je niet. Iemand die ik op de universiteit had leren kennen, Zed.'

'Zed Eszu?'

'Ja. Je zult zijn naam wel van het nieuws kennen. Zijn vader was die magnaat die onlangs zelfmoord heeft gepleegd.'

'En wiens boot ik vlak bij die van Pa zag, op die vreselijke dag dat ik hoorde dat hij gestorven was, weet je nog?' Ze huiverde.

'Natuurlijk.' In het tumult van de afgelopen drie weken was ik dat helemaal vergeten. 'Ironisch genoeg heeft Zed me onbedoeld het zetje gegeven dat ik nodig had om op het vliegtuig naar Rio te stappen. Na veertien jaar radiostilte liet hij opeens een voicemailbericht voor me achter. Hij zei dat hij in Zwitserland was en met me wilde afspreken.'

Ally keek me bevreemd aan. 'Wilde hij je zien?'

'Ja. Hij zei dat hij had gehoord dat Pa was overleden en stelde voor om bij elkaar uit te huilen. Als iets ervoor kon zorgen dat ik uit Zwitserland weg wilde, was dat het wel.'

'Weet Zed dat hij de vader van je kind is?'

'Nee, en anders zou het hem waarschijnlijk niks kunnen schelen.'

'Volgens mij ben je beter af zonder hem,' zei Ally geheimzinnig.

'Hoezo? Ken je hem dan?'

'Niet persoonlijk. Maar ik heb een vriendin die hem kent. Hoe dan ook...' Ze herpakte zich weer. '... zo te horen was die reis naar Brazilië het beste wat je ooit is overkomen. Trouwens, je hebt me nog steeds niet verteld over die woest aantrekkelijke Braziliaan die je gisteren bij je had. Volgens mij is Ma een beetje verkikkerd op hem. Daarstraks had ze het nergens anders over. Klopt het dat hij schrijver is?'

'Ja, ik heb zijn debuutroman vertaald. Die is vorige week in Parijs uitgekomen en de critici zijn laaiend enthousiast.'

'Ben je met hem in Parijs geweest?'

'Ja.'

'En?'

'Ik vind hem heel leuk.'

'Volgens Marina vindt hij jou ook leuk. Heel leuk,' benadrukte Ally. 'Hoe gaat het nu verder tussen jullie?'

'Geen idee. We hebben het niet echt over de toekomst gehad. Hij heeft een dochter van zes en woont in Rio, en ik ben hier... Maar goed, hoe is het met jou, Ally?' Ik had geen zin meer om over Floriano te praten.

'Met zeilen gaat het goed en ik ben gevraagd om volgende maand mee te doen aan de Fastnet Race. Bovendien wil de coach van de Zwitserse zeilploeg zien wat ik kan. Als alles volgens plan verloopt, kan ik in de herfst met de ploeg gaan trainen voor de Olympische Spelen van volgend jaar, in Peking.'

'Ally! Dat is geweldig! Je houdt me wel op de hoogte, hè?'

'Natuurlijk.'

Ik wilde net doorvragen toen Marina het terras op liep. 'Maia, chérie, ik hoorde net pas van Claudia dat je er weer bent. Christian heeft dit aan me gegeven.' Ze stak me een envelop toe.

Het handschrift herkende ik meteen als dat van Floriano. 'Bedankt, Ma.'

'Eten jullie vanavond mee?'

'Graag. Jij ook, Maia?' Ally keek me aan. 'Zo vaak zijn we tegenwoordig niet in de gelegenheid om bij te kletsen.'

'Natuurlijk.' Ik stond op. 'Maar als jullie het niet erg vinden, ga ik eerst nog even naar het Paviljoen.'

De twee vrouwen keken begrijpend naar mij en de brief.

'Tot straks, chérie,' zei Marina.

In het Paviljoen maakte ik de envelop met trillende vingers open.

Er zat een kladje in dat eruitzag alsof het haastig uit een notitieblok was gescheurd.

Op de boot
Meer van Genève
13 juli 2007

Mon amour Maia,

Ik schrijf je in het Frans, ook al weet ik dat ik de taal niet echt machtig ben en ik me niet zo poëtisch kan uitdrukken als Laurent Brouilly tegenover Izabela (en vergeef me mijn lelijke handschrift, de sloep stuitert nogal over het water). Chérie, ik begrijp waarom je vanochtend van streek was en ik had je graag willen troosten, maar misschien vind je het nog steeds moeilijk om me te vertrouwen. Dus wil ik je schrijven dat ik

van je houd. Hoewel we nog niet zo lang samen zijn, denk ik dat ons verhaal nog maar net begonnen is. Als je vanmorgen lang genoeg bij me was gebleven voordat ik vertrok, had ik tegen je gezegd dat ik niets liever wil dan dat je met me meegaat naar Rio. Dan kunnen we aangebrande bonenstoofpot eten, van wijn nippen die niet te drinken is en elke avond samen de samba dansen. Ik weet dat het veel gevraagd is om je leven in Genève op te geven en naar mij toe te komen. Maar net als Izabela heb ik een kind waar ik rekening mee moet houden. En Valentina heeft haar familie hard nodig. Voorlopig, in ieder geval.
Denk er maar eens over na, het is een grote beslissing. Maar wacht alsjeblieft niet te lang om me uit mijn lijden te verlossen. Tot vanavond duurt me al te lang, maar gezien de omstandigheden zou dat nog acceptabel zijn.
O ja, ik sluit het tegeltje van speksteen bij. Mijn vriend in het museum is er eindelijk in geslaagd de inscriptie te ontcijferen die Izabela er voor Laurent op heeft geschreven:

De liefde kent geen afstand
en heeft geen continent
haar ogen zijn voor de sterren

Tot ziens voor nu. Ik wacht op je reactie.
Floriano x

ALLY

JULI 2007
NIEUWE MAAN
12:04:53

51

Marina en ik zwaaiden en bliezen handkusjes naar Maia toen ze van Atlantis vertrok. Haar twee koffers zaten tjokvol met haar dierbaarste bezittingen. En met driehonderd zakjes English breakfast tea van Twinings, die volgens haar met geen mogelijkheid te vinden was in Rio. Hoewel ze ons verzekerd had dat ze heel snel weer terug zou komen, wisten we op de een of andere manier dat dat niet waar was. Dus waren we allebei emotioneel omdat mijn grote zus uit het zicht verdween om aan haar nieuwe leven te beginnen.

'Ik ben zo blij voor haar.' Op de terugweg naar het huis pinkte Marina stiekem een traan weg. 'Floriano is een geweldige man en volgens Maia heeft hij ook een lieve dochter.'

'Zo te horen kan ze zo in dat gezinnetje stappen,' merkte ik op. 'Misschien maakt dat een beetje goed wat ze is kwijtgeraakt.'

Toen we naar binnen gingen keek Marina me aan. 'Heeft ze het je verteld?'

'Gisteren pas. Ik kan niet ontkennen dat ik geschokt was. Niet zozeer door wat er gebeurd is, maar omdat ze het al die jaren voor zich heeft gehouden.' Een beetje egoïstisch voegde ik eraan toe: 'Ik was best gekwetst omdat ze me haar geheim niet eerder had durven toevertrouwen. Jij wist het zeker wel?' Achter haar aan liep ik naar de keuken.

'Ja, chérie. Ik heb haar destijds geholpen. Maar goed, gedane zaken nemen geen keer. Gelukkig heeft Maia eindelijk haar plaatsje gevonden.' Ze zette de waterkoker aan. 'Eerlijk gezegd begon ik me al af te vragen of dat er ooit nog van zou komen.'

‘Wij allemaal, denk ik. Als kind was ze zo vrolijk en positief, en dat leek van de ene op de andere dag te veranderen. Ik ben een keer bij haar op bezoek geweest, aan het begin van haar derde studiejaar aan de Sorbonne. Ze was zo stil, gesloten,’ verzuchtte ik. ‘Het was een heel saai weekend, want Maia wilde nergens naartoe, terwijl ik zestien was en het voor mij de eerste keer in Parijs was. Nu begrijp ik pas hoe dat kwam. Je weet dat ik haar als kind op een voetstuk zette. Het deed me echt pijn dat ze me buitensloot.’

‘Ze sloot ons allemaal buiten,’ probeerde Marina me te troosten. ‘Maar als iemand haar weer kan leren om mensen te vertrouwen, dan is het wel die jongeman die ze heeft gevonden. Wil je thee? Of iets kouds?’

‘Water, alsjeblieft. Ma, volgens mij ben je zelf verliefd op Floriano!’ plaagde ik haar.

Ze gaf me een glas water. ‘Nou, hij is wel heel aantrekkelijk,’ gaf ze toe.

‘Ik kan niet wachten om hem te ontmoeten. Wat ga jij eigenlijk doen nu Maia weg is?’

‘O, maak je maar geen zorgen, ik heb genoeg omhanden. Het zou je nog verbazen hoe vaak jullie terugvliegen naar het nest. Meestal in een opwelling.’ Ze glimlachte. ‘Vorige week was Star hier nog.’

‘Echt waar? Zonder CeCe?’

‘Ja.’ Marina ging er niet dieper op in. ‘Ik vind het altijd heerlijk als jullie naar huis komen.’

‘Het voelt hier zo anders zonder Pa,’ zei ik.

‘Dat is ook niet zo verwonderlijk. Maar denk je eens in hoe trots hij zou zijn als hij wist wat je morgen gaat doen. Je weet hoe dol hij op zeilen was.’

‘Ja,’ zei ik met een verdrietig glimlachje. ‘Even iets anders. Je weet toch dat de vader van Maia’s zoontje Zed is, de zoon van Kreeg Eszu?’

'Dat weet ik, ja.' Snel veranderde ze van onderwerp. 'Maar goed, ik zal tegen Claudia zeggen dat we vanavond om zeven uur willen eten. Ik weet dat je morgen weer vroeg op moet.'

'Ja, en ik moet mijn e-mails nog bekijken. Mag ik dat in de studeerkamer van Pa doen?'

'Natuurlijk. Denk erom, dit huis is nu van jou en je zussen,' zei ze geduldig.

Ik ging mijn laptop uit mijn slaapkamer halen, liep naar beneden en deed de deur van mijn vaders studeerkamer open. Voor het eerst van mijn leven ging ik aarzelend in de stoel van Pa Salt zitten. Terwijl mijn laptop aan het opstarten was, staarde ik voor me uit naar de bonte verzameling spulletjes die Pa op zijn planken uitgestald had.

Op dat moment gaf de laptop aan dat hij opnieuw opgestart moest worden, al had ik dat net nog gedaan, dus stond ik op en liep naar de cd-speler van Pa. We hadden allemaal geprobeerd hem over te halen een iPod aan te schaffen, maar hoewel hij allerlei geavanceerde computers en elektronische communicatieapparatuur in zijn studeerkamer had, zei hij altijd dat hij te oud was om nog te veranderen en dat hij zijn muziek het liefst wilde 'zien' voordat hij die afspeelde. Toen ik de speler aanzette, benieuwd waar hij als laatste naar had geluisterd, werd de kamer plotseling gevuld met de prachtige openingsmelodie van 'Morgenstimmung' van Grieg, uit de Peer Gynt-suite.

Als aan de grond genageld bleef ik staan, overspoeld door herinneringen. Dit was het favoriete stuk van Pa geweest en hij had me vaak gevraagd de openingsmelodie op de fluit voor hem te spelen. Het was het themaliedje van mijn kindertijd geworden en deed me denken aan al die prachtige zonsopgangen die we samen hadden gezien wanneer hij me meenam het meer op en me geduldig leerde zeilen.

Ik miste hem ontzettend.

En er was nog iemand die ik miste.

Terwijl de muziek aanzwol uit de verborgen luidsprekers en de kamer gevuld werd met prachtige klanken, pakte ik in een impuls de telefoon op het bureau op.

Op het moment dat ik de hoorn naar mijn oor bracht om het nummer in te toetsen, besefte ik dat er al iemand anders in het huis aan de lijn was. Door de schrik van het horen van die bekende stem die me van kleins af aan had getroost, moest ik het gesprek wel verstoren. 'Hallo?' zei ik, snel het geluid van de cd-speler zachter zettend om zeker te weten dat ik het goed had gehoord.

Maar aan de andere kant van de lijn klonk alleen nog een monotoon gepiep en ik wist dat hij er niet meer was.

NOOT VAN DE AUTEUR

Dit boek is losjes gebaseerd op de mythe van de Zeven Zusters of de Plejaden, het welbekende gesternte naast de beroemde Gordel van Orion. Bij de Maya's, de Grieken en de Aboriginals werden de Zeven Zusters vermeld in inscripties en verzen. Op zee worden ze al duizenden jaren gebruikt om te navigeren en het Japanse automerk Subaru is zelfs vernoemd naar de zés zusters...

Veel van de namen in deze reeks zijn een anagram van de namen uit de legendes, en door het verhaal heen worden allegorische verwijzingen gebruikt, maar om van de boeken te genieten is het niet nodig om er alles van te weten. Mocht je toch meer willen lezen over 'Pa Salt', Maia en haar zussen, kijk dan op mijn website, www.lucindariley.com, waar de vele legendes en verhalen op staan.

DANKWOORD

Allereerst wil ik Milla en Fernando Baracchini en hun zoon Gui bedanken, omdat ik aan hun eettafel in Ribeirão Preto op het idee kwam om een verhaal te schrijven dat zich in Brazilië afspeelt. Ook gaat mijn dank uit naar de geweldige Maria Izabel Seabra de Noronha, de achterkleindochter van Heitor da Silva Costa, de architect en ingenieur van Christus de Verlosser. Ze was zo gul om haar tijd en kennis met me te delen en me haar documentaire te laten zien, *De Braços Abertos* (*Arms Wide Open*). En dan nam ze ook nog de tijd om het manuscript door te lezen om te checken of alle details wel klopten. Niettemin is dit boek fictie, om echte historische figuren heen verzonnen. Mijn weergave van zowel Paul Landowski als de familie Da Silva Costa en het personeel komt voort uit mijn verbeelding, niet uit de feiten. Valeria en Luiz Augusto Ribeiro, bedankt dat ik in jullie fazenda in de bergen boven Rio mocht schrijven; het liefst was ik nooit meer weggegaan. En een speciaal bedankje aan Vania en Ivonne Silva voor de cake en nog zo veel meer. Mijn dank gaat ook uit naar Suzanna Perl, die me met veel geduld wegwijs heeft gemaakt in Rio en de geschiedenis, naar Pietro en Eduardo, onze geweldige chauffeurs, naar Carla Ortelli voor de fantastische organisatie – niets was haar te veel – en naar Andrea Ferreira omdat ik haar altijd kon bellen als ze iets voor me moest vertalen.

Daarnaast wil ik al mijn uitgevers in de hele wereld bedanken voor hun steun en bemoedigende woorden toen ik zei dat ik een reeks van zeven boeken wilde schrijven, gebaseerd op de

Zeven Zusters. Met name bedank ik Jez Trevathan en Catherine Richards, Georg Reuchlein en Claudia Negele, Peter Borland en Judith Curr, Knut Gørvell, Jorid Mathiassen en Pip Hallén.

Valérie Brochand, mijn buurvrouw in Zuid-Frankrijk, was zo lief om voor me naar het Landowski-museum in Boulogne-Billancourt te gaan en daar honderden foto's te maken, Adriana Hunter heeft Landowski's enorme biografie vertaald en de belangrijke feiten op een rijtje gezet. En David Harber en zijn werknemers hebben me uitgelegd hoe een armillarium werkt.

Ook bedank ik mijn moeder Janet die me altijd steunt, mijn zus Georgia en haar zoon Rafe, die op zijn negende mijn boek *The Midnight Rose* heeft gelezen voor school. Rita Kalagate, omdat ze tegen me zei dat ik naar Brazilië móést en zóú, de avond voordat ik een aanbod kreeg van mijn uitgeverij, en Izabel Latter, omdat ze me aan de gang hield in Norfolk en mijn gefoeter moest aanhoren terwijl ze zelf pijn had omdat ze duizenden kilometers over de wereld had gevlogen of vierentwintig uur per dag over een manuscript gebogen had gezeten.

Susan Moss, mijn beste vriendin en bij dit manuscript ook mijn partner in crime, Jacquelyn Heslop, mijn 'zus' uit een ander leven, en mijn persoonlijke assistent Olivia Riley, die er wonderwel in slaagt om mijn hanenpoten te ontcijferen en me attent heeft gemaakt op het bestaan van een armillarium.

Op een door sterren verlichte avond, aan het begin van januari 2013, kwam ik op het idee om over mijn zeven mythische zusters te schrijven. Ik riep het gezin bij elkaar rondom het haardvuur, om dolenthousiast uit te leggen wat ik van plan was. Ik moet hen nageven dat niemand me voor gek verklaarde, hoewel het wel zo moet hebben geklonken naarmate de ideeën vaste vorm kregen. Dus ik heb het vooral aan hen te danken wat er sindsdien allemaal is gebeurd. Mijn lieve man en impresario, Stephen: het afgelopen jaar hebben we een opwindende reis afgelegd en allebei veel geleerd. En mijn fantastische kinderen:

Harry, die al mijn geweldige films maakt; Leonora, die het eerste anagram, Pa Salt, heeft bedacht; Kit, mijn jongste die me altijd aan het lachen weet te maken; en natuurlijk Isabella Rose, mijn geweldige 'hoogspanningsbaby' van achttien, aan wie dit boek is opgedragen.

BIBLIOGRAFIE

Dit boek is fictie die tegen een historische en mythologische achtergrond is gezet. De bronnen die ik heb gebruikt in mijn onderzoek naar de tijd waarin mijn personages leefden en de details daarvan staan hieronder:

Munya Andrews, *The Seven Sisters of the Pleiades* (Spinifex Press, 2004).

Dan Franck, *Bohemian Paris* (Grove Press, 2001).

Robert Graves, *Griekse mythen* (Olympus, 2008).

Robert Graves, *The White Goddess, a Historical Grammar of Poetic Myth* (Faber and Faber, 1975).

Michèle Lefrançois, *Paul Landowski: L'oeuvre sculpté* (Crèaphis editions, 2009).

Jeffrey D. Needell, *A Tropical Belle Époque* (Cambridge, 2009).

Maria Izabel Noronha, *De Braços Abertos* (documentaire) (2008).

Maria Izabel Noronha, *Redentor: De Braços Abertos* (Reptil Editora, 2011).

Peter Robb, *Een dood in Brazilië* (Spectrum, 2005).

Nigel Spivey, *Songs of Bronze* (Faber and Faber, 2005).

Ally D'Aplièse komt bijna over de finish van een van de meest prestigieuze zeilwedstrijden, als ze bericht krijgt over de plotselinge dood van haar vader. Zo snel ze kan vliegt ze naar huis om samen met haar zussen hun vaders testament te openen. Voor ieder van hen is een brief met een mysterieuze opdracht: ze moeten op zoek naar hun ware afkomst. De opdracht voert haar naar Noorwegen, en hoe meer Ally over haar verleden te weten komt, hoe meer vragen ontstaan. Wat probeerde haar vader haar duidelijk te maken? En wie was hij echt?

***Storm*, het tweede deel in de *Zeven zussen*-serie,**
is vanaf januari 2018 overal verkrijgbaar!

Star D'Aplièse staat op een keerpunt in haar leven. Na de dood van haar vader heeft ook zij, net als haar zussen, de opdracht gekregen op zoek te gaan naar haar afkomst. Er is alleen één ding dat haar tegenhoudt: haar zusje CeCe, met wie ze alles deelt. Als ze uiteindelijk met lichte tegenzin naar Londen vertrekt, gaat een nieuwe wereld voor haar open. Zal Star in Londen eindelijk uit de schaduw van haar zusje kunnen stappen?

***Schaduw*, het derde deel in de *Zeven zussen*-serie,**
is vanaf mei 2018 overal verkrijgbaar.

Blijf op de hoogte van al het nieuws over
De zeven zussen en Lucinda Riley via:

Facebook.com/ZevenZussen